WESTERWALD
Vetzberg
Biebertal
Dill
Wiesensee
Katzenstein
Saynbach
Tencterer
Elbbach
Lahn
Emsbach
Eschbach
Mühlbach
Aar
Chatten
TAUNUS
Die Platte
Eiserne Hand
Raben-grund
Goldbach
Nidda
Main
Kesselbach
Hohe Wurzel
Neroberg
Dornbach
Schläfers-kopf
MATTIACUM
Rhein
Main
MOGONTIACUM
Treverer
DAKIEN
Danubia
RAKIEN
BITHYNIEN
ANATOLIEN
KAPPADOKIEN
Korinth
KOS
MESOPOTAMIEN
PARTHIEN
CHALDÄA
JUDÄA
ARABIA
Alexandria
YRENAICA
REG. AVRIANE AVRINIA
SEN. MARCVS IVLIANVS

Donna Gillespie
Mondschatten

Donna Gillespie

MONDSCHATTEN

Roman

Aus dem Amerikanischen
von Manfred Ohl und Hans Sartorius

Krüger Verlag

Von Donna Gillespie autorisierte deutsche Fassung
von ›Fire from the Moon‹

Satz: Pinkuin Satz und Datentechnik, Berlin
Druck und Bindung: Clausen & Bosse, Leck
Printed in Germany 2003
3-8105-0898-5

MONDSCHATTEN

Prolog

103 CÄ
im Monat Januarius

An den erhabenen und wohltätigen Trajan, Sohn des göttlichen Nerva, Kaiser der Römer, den edelsten und besten aller Fürsten, Eroberer Dakiens, Konsul in seinem fünften Jahr, in dessen göttliche Hände die Götter unser Reich gelegt haben.
Dies ist der vertrauliche und geheime Bericht Eures ergebenen Dieners Valerius Maximus, Statthalter in der Festung Mogontiacum, über die Stärke der Chatten und über die Auswirkungen ihrer Niederlage im Krieg gegen deinen Vorgänger, Kaiser Domitian, der nicht zum Gott erhoben wurde.

»Ihr habt mich beauftragt, die Stärke des Chattenstammes zu beurteilen, nachdem sie vor kurzem von uns bezwungen und gedemütigt worden sind. Daraufhin habe ich einhundert meiner besten *Exploratores* ausgesandt, die heimlich durch das Gebiet der Chatten gereist sind. Ich füge diesem Brief einen ausführlichen Bericht für den geschätzten kaiserlichen Rat bei, der alles enthält, was meine Kundschafter im Hinblick auf die Stimmung der Bevölkerung, die Zahl der Geburten und die allgemeine Kampfbereitschaft beobachtet haben.
Der Rat der Vierzig ist zu dem Schluss gekommen, dass durch Eure weise Neuordnung unserer Verteidigung jenseits des Rhenus das kriegerische Feuer des Stammes so weit gedämpft worden ist, dass sich die Chatten in unserer Generation nicht noch einmal erheben werden. Und bis jetzt hat Euer ergebener Diener ebenso

gedacht: Wo immer unsere Kundschafter gewesen sind, fürchtet man uns und verehrt Euren Namen. Krankheiten haben die Dörfer heimgesucht. Auf den vernachlässigten Feldern wachsen Disteln. So können die Cherusker, ihre Feinde im Norden, nach der Niederlage Nutzen aus der Schwäche der Chatten ziehen. Sie vertreiben die Menschen von ihren Höfen und bemächtigen sich des wenigen Getreides, das sie der Erde abringen können. Das alles ist für uns in der Tat ein glücklicher Umstand.

Da im letzten Krieg die meisten ihrer jungen Männer das Leben verloren haben, wurde zu Recht gesagt, dass dieses wilde Land mehr denn je ein Land der Frauen geworden ist. Allerdings bringt die von Natur aus barbarische Rasse so harte und kriegerische Frauen hervor, dass es unklug wäre, wenn wir in Anbetracht ihres Geschlechts in unserer Wachsamkeit nachließen.

Ich muss Euch jedoch auch berichten, dass wir auf einen Unruheherd gestoßen sind, wo die Bewohner nach wie vor stolz und ungebeugt sind. Es handelt sich um eine Reihe von Dörfern, die auf rätselhafte Weise blühen, als würden sie von einer unterirdischen Quelle gespeist. Dort kommen und gehen wie in früheren Zeiten hochmütige, zum Kampf gerüstete Krieger. Trotz Eures neuen Gesetzes, das ihnen den Besitz von Eisenwaffen verbietet, tragen sie Langschwerter einheimischer Fertigung. Weit beunruhigender ist jedoch, dass mir mehr als ein vertrauenswürdiger Bericht vorliegt, in dem von einem großen Waffenlager die Rede ist. Es soll sich im Westen versteckt in einer Höhle im Wald befinden. Das erinnert mich an die ständig wiederholten Warnungen der militärischen Geschichtsschreiber, dass die Barbaren ein kurzes Gedächtnis haben, wenn es darum geht, sich an Niederlagen durch Rom zu erinnern.

Um in Erfahrung zu bringen, wer diese Schwerter liefert, ordnete ich die Festnahme von zehn Bewohnern dieser Gegend an. Sie wurden nach Mogontiacum in unser Kastell am Brückenkopf gebracht und einzeln verhört. Einer starb unter der Folter, ohne etwas verraten zu haben, neun aber berichteten nichts Gutes.

Es gibt offenbar einen Wohltäter dieser Leute, der im Reichsgebiet lebt. Wahrscheinlich gehört er seiner Herkunft nach zu den

Stämmen. Selbst unter sachkundiger Befragung nannte keiner der neun seinen Namen, was ich als Beweis dafür ansehe, dass sie ihn nicht kennen. Die Zuwendungen scheinen jedoch aus einer einzigen Quelle zu stammen. Sie erreichen die Dörfer in Form von Silbermünzen, die an die Häuptlinge der Chatten verteilt werden. Sie erwerben dafür Schwerter einheimischer Machart. Die Münzen gelangen offenbar versteckt in heiligen Karren über unsere Grenzen. Sie sind der chattischen Korngöttin geweiht und werden aus natürlicher Achtung nicht durchsucht. Ich kann Euch jedoch versichern, dass die Posten, die diese Karren bis jetzt durchgelassen haben, es nicht mehr tun werden.

Wir vermuten, dass dieser Wohltäter in einer der Städte der Provinzen Gallia Belgica oder Germania Superior wohnt, nicht weit entfernt vom Zusammenfluss von Rhenus und Mosella. Vermutlich irren wir uns nicht, denn alle neun Männer behaupten, dass die Münzen auf den Flüssen nur eine kurze Tagesreise zurücklegen müssten. Der Name dieses Wohltäters der Chatten bleibt also ein Geheimnis, das dringend gelüftet werden muss.

Wir bereiten uns darauf vor, den Jahrestag Eurer Thronbesteigung mit Opfern und vielen Lustbarkeiten zu begehen. Möge Eure Glück bringende Herrschaft lange währen und möge Euch – und durch Euch der gesamten Menschheit – Gesundheit, Glück und Wohlergehen beschieden sein.«

103 CÄ
im Monat Martius

Kaiser Trajan an Valerius Maximus, Statthalter in der Festung Mogontiacum am Rhenus.

»An meinen Freund, den geschätzten und hoch gelehrten Valerius Maximus, die besten Grüße.
Du hast deine Pflichten hervorragend erfüllt. Aber das ist nicht mehr, als ich nach dem Vertrauen, das ich in dich setze, von dir erwartet hatte.
Unsere Agenten bestätigen immer wieder Berichte, in denen uns mitgeteilt wird, dass Silber-*Denarii* älterer Prägung aus der Zeit, bevor Kaiser Nero diese Münze entwertete, ungehindert in die Hände der drei wichtigsten Häuptlinge der Chatten gelangen, die damit Waffen ubischer Herstellung erwerben, und dass dieses Geld aus einer einzigen Quelle stammt.
Du musst der Angelegenheit größte Aufmerksamkeit widmen, denn wir möchten, dass diese Quelle entdeckt und der Übeltäter bestraft wird. Ich werde Rom bald zu einem zweiten Feldzug verlassen, um gegen die Daker auszuziehen, der, wie du weißt, mich nötigen wird, auch Truppen aus den Festungen am Rhenus abzuziehen, sodass ich diese Grenze geschwächt zurücklassen muss.
Du wirst alle Schiffe von Weinhändlern anhalten und durchsuchen. Neue Informationen deuten darauf hin, dass die Münzen auf diesem Weg nach Norden gebracht werden. Und wir wollen, dass du Untersuchungen über die Familie Ibliomarus aus der Stadt

Rigodolum an der Mosella einleitest. Wie du weißt, sind die beiden Brüder reiche Woll- und Weinhändler. Vielleicht weißt du jedoch nicht, dass der Name ›Ibliomarus‹ angenommen ist. Sie sind chattischer Herkunft. Außerdem beauftrage ich dich, in deiner Provinz bekannt zu machen, dass jeder frei geborene römische Bürger, der uns Informationen liefert, die uns in die Lage versetzen, den Wohltäter der Chatten ausfindig zu machen und festzunehmen, eine Million Sesterzen Belohnung erhält. Mit der gleichen Summe und der Gewährung der Bürgerrechte soll jemand von Stammesherkunft belohnt werden. Sollte der Betreffende ein Sklave sein, bekommt er fünfhunderttausend Sesterzen und die Freiheit.

Ich sende die besten Grüße an deine Gemahlin und verbinde damit die aufrichtige Hoffnung, dass sie inzwischen völlig von ihrer Krankheit genesen ist.«

ERSTER TEIL

Hagalaz

Erstes Kapitel

105 CÄ
Am ersten Tag des Monat Aprilis

Dies war das Grenzland zwischen den beiden Welten. Die Dämmerung breitete sich über die Senke, und die Mosel strebte gemächlich dem Rhein zu, so wie sie es schon seit urdenklichen Zeiten tat. Der sanft dahinströmende Fluss hielt das letzte Tageslicht fest, das den gewundenen Lauf des Wassers in einen silbernen Spiegel verwandelte, der so unergründlich tief war wie der Himmel weit. Schwäne lösten sich zu Dutzenden wie Nebelschwaden von seiner Oberfläche und zogen einen Schleier über den tiefen Graben zwischen den Welten.

Die Menschen, die an der Mosel lebten, liebten ihren Fluss und seine Geister, die hier freundlicher und großzügiger als anderswo waren.

Als die Händler auf den Schiffen ihre Laternen entzündeten, hatte man fast den Eindruck, als würden die Lichter auf den Wellen ein Sternbild spiegeln. Aber schon seit langem waren es nicht mehr Sonne, Mond und Sterne, die den Menschen das Licht für ein glückliches Leben schenkten, denn das ganze Land lag im Schatten der langen und mächtigen Fittiche des kaiserlichen Rom. Die Mosel gehörte zur Provinz Obergermanien. An vielen Stellen entlang des Ufers spiegelten sich herrschaftliche Villen im ruhigen Wasser, und römische Städte schützten als strenge Wächter den Flusslauf. Doch in dieser Gegend, nicht allzu weit von der Mündung entfernt, gab es nur einen grasgesäumten Treidelpfad und einen Eibenhain unter dem grauen Himmel der Dämmerung.

Weniger als eine Tagesreise in Richtung Norden brauchte der Reisende bis zum Anfang des Limes, der Reichsgrenze, wo der Wall der römischen Festungen einen mächtigen Wellenbrecher bildete, der die Zivilisation vor den Barbaren schützte.
Hinter dem Limes lag das Ende der Welt, die Heimat der Chatten, wo es keine Straßen gab und wo die Namen der Ahnen nicht aufgeschrieben, sondern gesungen wurden.
Eine Chattin ritt auf einer schlanken schwarzen Stute im ruhigen Kanter auf dem Treidelpfad entlang der Mosel. Der Wind hatte die Kapuze des Umhangs von ihrem Kopf geweht, sodass ihre dunklen Haare zu sehen waren, die im Nacken zu einem dicken, schweren Zopf geflochten waren und wie Bronze schimmerten. In ihren grauen Augen brannte das Feuer einer heiligen Frau, das gedämpft wurde von der ruhigen Gelassenheit einer Feldherrin im Krieg und dem Leid von mehr als nur einem Leben. Ein Geschichtsschreiber, der ihr Leben im Krieg und im Frieden hätte aufzeichnen wollen, hätte wahrscheinlich mehr als zehn Buchrollen dafür gebraucht.
Eine Seherin der Chatten hatte ihr das Amulett mit heiliger Erde gegeben, das sie um den Hals trug, und ihr im Wissen um die Zukunft prophezeit, dass sie »ein Dorn in der Pfote des großen Wolfs« sein werde. Bei den Chatten galt das beherrschende Rom als der »große Wolf«. Und ein römischer Adliger hatte einmal über sie gesagt: »Die Laune der Vorsehung hat die Seele eines Philosophen an den Körper einer Frau aus der Wildnis des Nordens gefesselt.« Ein Waffenmeister in einer römischen Gladiatorenschule hatte ihre Geschicklichkeit im Umgang mit dem Schwert in die Worte gefasst: »Nur eine Katze mit dem Geist eines Menschen kann so kämpfen wie sie.« Ein Kaiser hatte erklärt, diese Kriegerin habe mehr Narben an ihrem Körper als mancher Veteran nach zwanzig Jahren auf den Schlachtfeldern. Die Römer nannten sie Aurinia, für die Stammeskrieger, die sie einst in den Kampf geführt hatte, war sie die Tochter der Esche, und im Dorf ihrer Geburt hieß sie Auriane.
Dicht hinter ihr ritt Avenahar, ihre halbwüchsige Tochter. Das Mädchen trug einen kurzen Umhang aus dem Fell eines Hirschs,

den sie selbst erlegt hatte. Avenahars sanft gerundetes Gesicht war dem ihrer Mutter verblüffend ähnlich, nur dass ein Schatten darüber lag. Ihre Augen waren schwarzbraun und funkelten tintenschwarz, wenn sie in Zorn geriet. Das Haar, das sie wie ihre Mutter glatt zurückgekämmt und zu einem Zopf geflochten trug, glänzte schwarz wie verkohltes Holz, und ihre Stirn war so weiß wie das Gefieder der Schwäne. Aurianes älteste Tochter kämpfte gegen das Unrecht, wo immer es ihr begegnete. Sie suchte nach Ungerechtigkeiten und fand sie oft. Der Welt zeigte sie ein unerschrockenes, trotziges Gesicht, doch jetzt, während sie hinter ihrer Mutter herritt, bewegte sie sich im Gleichklang mit ihr wie eine Tänzerin zur Musik.

Beide waren sie in den tiefen Wäldern geboren, beide lebten jetzt in einer herrschaftlichen Villa am Fluss, einer der prachtvollsten der gesamten Provinz Obergermanien. Die beiden Frauen waren die eine Hälfte der Familie – die chattische Hälfte. Aurianes zweite Tochter, Arria Juliana, war ihr römisches Kind, das aus der seit neun Jahren bestehenden Beziehung mit dem aristokratischen Marcus Arrius Julianus entstammte. Er war ein berühmter Staatsmann, hatte vier Kaiser beraten, und einer von ihnen war nach seinen Plänen ermordet worden.

Die Pferde trabten leise vor sich hin. Kleine Bronzeglöckchen, die in ihre Mähnen geflochten waren, um die Landgeister abzuwehren, die von Aurianes Stamm verehrt wurden, klangen im leichten Rhythmus wie das Sistrum in den Händen eines Verehrers der Isis.

Hin und wieder kamen sie an langen Reihen von Männern vorbei, die mit gebeugten Rücken die schwer beladenen Schiffe mit ihrer Fracht von Weinfässern oder Bergen von Häuten und Fellen aus den unerforschten Wäldern Germaniens flussaufwärts treidelten. Sie sahen den Reiterinnen missbilligend nach oder bedachten sie mit Flüchen in den unterschiedlichsten keltischen Sprachen.

Das schwache Licht der Dämmerung verblasste immer mehr. Die Einsamkeit, die über dem Land lag, war so unendlich wie die Stille des Himmels. Auriane zog die Zügel an, brachte ihre Stute zum

Stehen und bog dann unvermittelt auf einen Pfad ab, der so gut verborgen war, dass Avenahar darüber staunte, wie ihre Mutter ihn überhaupt gefunden hatte. Die Aufregung des Mädchens nahm zu. Auriane hatte ihre Tochter noch nie zuvor bei diesen nächtlichen Ausflügen zum Schrein mitgenommen.
Vor ihnen stand zwischen alten Eiben ein schlichter Weihestein mit einem Giebeldach wie ein Tempel. In den Marmor waren drei Frauen in Hochrelief gehauen, die würdevoll nebeneinander saßen. In der einbrechenden Dunkelheit wirkte das kleine Heiligtum erschreckend gespenstisch, und man hätte meinen können, ihnen sei auf dem Pfad ein Geist erschienen.
Der Schrein war den Müttern geweiht, den gütigen Geistern der Ahnfrauen, die von allen germanischen Stämmen geliebt und verehrt wurden. Der wuchtige Sockel des Monuments ruhte fest im Boden, und viele gläubige Pilgerinnen hielten ihn frei von Moos und Erde. Reste von Opfergaben – Gerste, Butter und Käse – sammelten sich um den Stein. Jede der Mütter hielt einen Brotlaib in den Armen. Ihre sanften Gesichter blickten voll erhabener Güte und unendlicher Geduld auf die Welt. Ihr Anblick öffnete das Bewusstsein des Betrachters und ließ die Träume von einem Paradies der Fülle und des Wachstums unter der immer währenden Fürsorge einer liebevollen Mutter aufsteigen. Die gütigen Gesichter wirkten geheimnisvoll. Sie waren Frauen und zugleich Göttinnen.
Auriane fröstelte. Sie fühlte sich von kraftvollen Armen emporgehoben in ein Leben, das erhabener war als ihr eigenes. Das Blut, das einst durch die Urmutter geströmt war, floss jetzt in ihr und in ihrer Tochter Avenahar.
Hinter dem Schrein stiegen Störche mit anmutigen Flügelschlägen in die Luft auf, und ihre Silhouetten sahen am Abendhimmel wie geschriebene Worte aus. Auriane beobachtete aufmerksam die schlanken, gestreckten Hälse, die kraftvoll schlagenden Schwingen und das Muster der gefiederten Körper, die sich wie das Netz eines Fischers in der Abendluft ausbreiteten.
Die Störche flogen nach Süden, also entgegen der normalen Richtung ihres Zugs im Frühling.

Auriane starrte ungläubig auf das Zeichen, das die Formation der Vögel bildete, eine Rune, die ihr Volk *Hagalaz* nannte. Die Rune bedeutete Unheil. Sie warnte vor dem Zusammenbruch der beiden Welten, vor der schnellen Zerstörung alles Bekannten und Vertrauten. Es war das dritte unheilvolle Omen, das Auriane in den letzten Tagen gesehen hatte.

Es wird etwas Schreckliches geschehen. Das Unheil steht schon kurz bevor.

Auriane glaubte, dass sie daran schuld war. Sie teilte seit neun Jahren das Bett eines Römers, der zu den Feinden ihres Stammes gehörte. Sie hatte dem unerbittlichen Gegner, der ihr Land an sich gerissen hatte, ein Kind geboren. Sie hatte ihr verwüstetes Land im Stich gelassen, um hier in großem Reichtum zu leben. Und sie hatte es immer gewusst, denn es gab ein unumstößliches Gesetz des Schicksals, dass sie eines Tages zur Rechenschaft gezogen werden würde.

Die Stimme der Vernunft drängte sie entschlossen, den heiligen Ort sofort zu verlassen. Doch Auriane schob sie beiseite, denn es war der verabredete Abend. Zu viele Leben hingen von dem Geld ab, das sie als Geschenk mitbrachte.

»Avenahar«, sagte sie ruhig, »du bleibst auf dem Pferd sitzen.«

Avenahars Gesicht verriet eine so große Enttäuschung, als habe man sie auf unverzeihliche Weise verraten. Als Auriane das sah, hatte sie das Gefühl, ihrer Tochter gegenüber in jeder Hinsicht versagt zu haben, in der eine Mutter ihren Kindern gegenüber versagen konnte.

Auriane strich Avenahar mit dem Handrücken über die Wange. »Wir sind nicht sicher hier. Etwas Böses liegt in der Luft. Beim nächsten Mal darfst du neben mir stehen, das verspreche ich dir.«

»Du hast es mir für *dieses* Mal versprochen. Und wir kommen erst in einem Jahr wieder hierher. Du hast sogar gesagt …«

»Still! Ich kann den Wind nicht hören.«

Auriane glitt vom Pferd. Sie wurde ein unsicheres Gefühl nicht los und näherte sich vorsichtig dem Schrein. In der rechten Hand hielt sie einen kurzen Eschenspeer mit einer im Feuer gehärteten Spitze. Es war die gebräuchliche Waffe ihres Stammes.

Sie hörte, wie Avenahar hinter ihr auf dem schlammigen Boden landete. Auriane zuckte die Schultern und lächelte ergeben.
Von neunmal tut sie nur einmal das, was ich ihr sage. Es ist wahrscheinlich meine Schuld, weil ich versuche, in ihr eine natürliche Einsicht zu wecken, anstatt die römische Bereitschaft zum Gehorsam zu fordern.
Auriane griff nach der Hand ihrer Tochter. Und so standen sie dann doch nebeneinander vor dem Schrein.
In mir wohnen zwei Seelen.
Bei diesem Gedanken wurde Auriane gleichzeitig bewusst, welch seidige Haare Avenahar hatte, als sich eine Strähne aus dem Zopf löste, die der Wind ihr ins Gesicht blies. Sie sah die verletzliche Linie des Halses, das ernste Vertrauen in die Mutter, das aus Avenahars Augen sprach, und die Mischung aus Zerbrechlichkeit und Stärke in den jungen, wachsenden Gliedmaßen. Unwillkürlich dachte Auriane über die zahllosen Schrecken nach, die ihr Kind, die *jedes* Kind, im Handumdrehen das Leben kosten konnten.
Ein Leben, so zerbrechlich wie eine Eierschale. Könnte ich ohne sie einen Tag lang froh sein? Sie ist für mich Luft und Nahrung, Fleisch und wärmendes Feuer. Ich würde den Verstand verlieren, sollte das Schicksal sie mir nehmen.
Es war kalt. Eine dünne Eisschicht bedeckte die Pfützen. Die einzige Wärme strahlten die drei freundlichen Mütter aus.
Auriane stieß den Eschenspeer in die Erde vor dem Schrein. Dann legte sie ein Büschel Eisenkraut auf den Opferstein und entzündete es. Die Flamme züngelte kurz auf und erlosch sofort wieder, als der Wind seine kalte Faust ballte und sie erstickte.
»Die Mütter wollen uns hier nicht haben«, flüsterte Avenahar. Ihre Stimme verriet gespannte Neugier, aber keine Furcht. »Wollen sie, dass wir einfach umkehren und gehen? Wenn du mich fragst, ich finde …«
Auriane drückte die Hand ihrer Tochter, um sie zum Schweigen zu bringen, und untersagte sich ein Lächeln. Dann neigte sie den Kopf und bedeutete Avenahar, ihrem Beispiel zu folgen.
»Hört mich, Mütter aus alter Zeit, Spenderinnen allen Lebens … euer Schrein ist schön! Ich bitte euch, uns allen Glück zu bringen,

über uns zu wachen und alles Böse abzuwehren. Nehmt diese Münzen und bringt sie auf ihren Weg.«

Auriane drehte sich um und nahm aus den ledernen Satteltaschen der Pferde vier schwere, mit Silbermünzen gefüllte Beutel. Sie hatte Mühe mit den Schnallen der Taschen, denn die beiden Stuten waren plötzlich unruhig und ständig in Bewegung. Das Zaumzeug klirrte. Ein solches Verhalten hätte Auriane normalerweise alarmiert, an diesem Ort aber nicht. Schließlich war es nur zu verständlich, dass Pferde in einem Hain voller Geister schnaubten und scheuten.

Sie nahm zwei der schweren Beutel und schleppte sie zum Schrein. Avenahar mühte sich mit den beiden anderen ab und folgte ihr. Auriane schob eine Steinplatte hinter dem Marmorsockel beiseite, die eine Grube in der Erde verbarg. Gemeinsam ließen sie die vier Beutel in das Loch fallen.

»... und lasst kein fremdes Auge auf dieses Silber fallen«, betete Auriane weiter. »Es stammt aus einer unermesslichen Quelle des Reichtums. Möge es denen Hilfe bringen, die auf Stroh schlafen. Die Huld und die Gunst, die ihr mir geschenkt habt ...« Brennende Scham ließ sie verstummen.

Ich bin in Sicherheit. Alle meine Narben sind alt.

»... wurde mir nur gewährt, damit ich mein Volk besser beschützen kann.«

Auriane kniete sich über die Grube. Leise intonierte sie die Rune, die Schutz gewährte: »*Algiz ... Algiz ...*« Dabei zog sie die Silben so sehr in die Länge, dass daraus ein beinahe unverständliches Summen wurde, während sie mit der linken Hand die Form der heiligen Rune, die einem Vogelfuß gleicht, in die Luft zeichnete. Sie hätte nicht sagen können, ob die Rune für andere sichtbar war oder nur für ihre eigenen Augen.

Es war wieder einmal vollbracht – das Verbrechen, das sie seit sieben Jahren beging. Durch ein Netz von Überbringern schickte sie ihrem Volk Geld, damit die Chatten, die keine römischen Eisenwaffen besitzen durften, Schwerter für den Kampf gegen die Cherusker, ihre erneut vorrückenden Feinde aus dem Norden, erwerben konnten. Das Geld gehörte eigentlich Marcus Julianus und stammte aus den Einkünften eines Landgutes, das er ihr überlassen hatte. Wenn man sie ertappte, würde man sie als Staatsfeindin bezeichnen und wegen Hochverrats anklagen.

Ich habe lange seinen Reichtum genommen und sein Gesetz damit gebrochen – Marcus, der immer nur freundlich zu mir war. Aber wie kann ich mein Volk im Stich lassen?

Der vertraute, von einem Gefühl brennender Scham begleitete Gedanke durchzuckte sie, während sie begann, die Steinplatte an ihren Platz zurückzuschieben, und Avenahar stumm bedeutete, sie müssten sich sofort von hier entfernen.

In der Dunkelheit hörte sie plötzlich das Knirschen von Stein auf Stein. Vom Wald hinter dem Schrein näherte sich jemand.

Auriane drehte sich erschrocken um und sah vier Männer, die sich hintereinander einen Weg durch das Weißdorngestrüpp bahnten. Die vier blieben wie angewurzelt stehen. Sie waren ebenso überrascht wie Auriane. Das Weiße in ihren Augen leuchtete wie bei verängstigten Pferden. Der Gestank von altem Schweiß, fauligem Wasser und Fisch ging ihnen voraus. Sie hatten die Enden ihrer schmutzigen Tuniken in die Gürtel gesteckt, um beim Gehen nicht behindert zu werden. Ihre Beine waren bis zu den Knien mit Schlamm bespritzt. Die Haare waren, wie es bei den Seeleuten der kaiserlichen Flotte üblich war, kurz geschnitten.

Dann sah Auriane, dass die Angst in den Augen des ersten Mannes nackter Gier wich, als er begriff, welch gute Gelegenheit sich ihnen vielleicht bot: Waren sie tatsächlich auf zwei Frauen gestoßen, die sich bei Anbruch der Nacht ungeschützt zu nahe am Fluss aufhielten? Das wäre ein so unglaubliches Glück, dass ihm sofort der Verdacht kam, es könnte sich um einen Hinterhalt handeln. Und hatte die Frau nicht gerade einen schweren Stein bewegt?

Fahnenflüchtige Matrosen!

Auriane begriff es sofort. Diese Männer waren am Rhein stationiert. Der Dienst bei der Flotte galt als nicht so ruhmvoll wie der Dienst in den Legionen. Und man behauptete allgemein, Rom fülle die Reihen der Matrosen mit Räubern und Mördern.

Sie stieß im Stillen eine Verwünschung aus. Ihr Speer befand sich außer Reichweite vor dem Schrein.

»Avenahar, auf dein Pferd und *los!*«, rief sie in der Sprache ihres Volkes.
Erleichtert hörte sie das Geräusch von Avenahars Stute, die auf dem Treidelpfad in Richtung der Villa davongaloppierte. Doch bevor das Pferd in der Dunkelheit verschwand, sah Auriane gerade noch, dass die Zügel herabhingen. Und der Hufschlag klang unregelmäßig.
Avenahar saß nicht auf dem Pferd.
Auriane unterdrückte mühsam den ohnmächtigen Zorn, der in ihr aufstieg. Sie durfte sich jetzt auf keinen Fall ablenken lassen. Es konnte verhängnisvoll sein, wenn sie ihre Feinde auch nur flüchtig aus den Augen ließ.
Natürlich lässt sie mich nicht allein. Sie hat zu viele der alten Geschichten gehört. Ich habe kein Mädchen großgezogen, sondern eine junge Wölfin.
Ich kann sie nicht länger beschützen. Sie hat ihr eigenes Schicksal. Aber das zu wissen ist eine Folter.
»Seht her, Freunde, zwei gesunde starke Frauen!«, rief der Mann. Er schien der Anführer der Meute zu sein. Seine Haut war von der Sonne braunrot verbrannt und glänzte. Das Gesicht erinnerte unbestimmt an die Schnauze eines Tieres. Mit einer geringschätzigen Geste wies er auf Auriane und sagte: »Die da ist zwar schon älter, aber sie sieht noch ziemlich gut erhalten aus. Ich würde sagen, wir nehmen sie uns hier vor und schaffen sie uns dann vom Hals. Aber die zarte Niobe dort … *boni Amici* … für die könnten wir auf dem Sklavenmarkt in Treverorum vier- oder fünfhundert bekommen!«
Wie viele Männer der kaiserlichen Flotte war er syrischer Abstammung und sprach Latein in einem seltsamem Singsang. Auriane begriff nicht sofort, was er meinte. Das Entsetzen über seine Worte überkam sie nur langsam.
»Verlasst diesen Ort, oder ihr seid verflucht!« Aurianes Stimme überraschte die Männer. Sie klang sanft und leise, aber doch so kraftvoll, dass man sie über ein weites Feld hinweg gehört hätte.
»Ha! Wenn du uns verfluchst«, sagte der Mann hinter dem Anführer, dessen Körper gedrungen und stark war wie der Stumpf einer Eiche, und der muskulöse Arme hatte wie die Männer, die

die Amphoren auf die Schiffe der Händler luden, »musst du dich als Gespenst hinter ein paar anderen anstellen, etwa hinter unserem Kapitän der ganzen verfluchten Flotte und diesem stinkenden Fluss, der gerade versucht hat, uns lebendig zu schlucken.«
Der schwarzhaarige Syrer gab unterdessen den anderen verstohlen ein Zeichen. Es war das Signal, sich zu verteilen und die Frauen zu umringen. Dann zog er mit der Beiläufigkeit eines Priesters der Juno, der ungerührt die Keule hebt, um das zehnte Lamm des Tages zu opfern, sein Schwert.
Ein Schwert!
Ganz plötzlich begriff Auriane, dass ihr Leben vielleicht an diesem Ort enden würde.
Sie zog ihren Umhang von den Schultern und warf ihn auf die Erde, um beim Kampf größere Bewegungsfreiheit zu haben. Die Unwahrscheinlichkeit des Augenblicks gab ihr das Gefühl, fern ihres alltäglichen Lebens zu sein. Neun Jahre eines geordneten Lebens verschwanden wie eine Kulisse, die zwischen zwei Szenen abgeräumt wird.
Die vier Männer starrten überrascht auf die große, kräftig gebaute Frau, die mit leuchtenden Augen vor ihnen stand, als sei der Kampf ein Lied, das sie immer wieder gerne hörte. Sie trug die Kleidung der einheimischen Männer, eine lange Tunika, die von einem Gürtel gehalten wurde, an dem Bronzewerkzeuge hingen, und eine lederne Reithose. Ihre Haare waren glatt aus der hohen Stirn gekämmt. Kein Schmuck zierte ihren Körper, und ihr Benehmen hatte nichts Weibliches an sich. Ihre Schönheit gewann sie aus Kraft – eine Verbindung, die in den Augen der Männer etwas Abstoßendes hatte.
Mit der unendlichen Behutsamkeit eines Taschendiebs, dessen Hand nach einer seidenen Geldbörse greift, glitt Auriane von dem Syrer weg, um zu ihrem Speer zu gelangen. Doch der Syrer folgte ihr im gleichen Abstand. Nachdem sie sich von der Grube entfernt hatte, kam einer der vier, ein gedrungener Mann mit abstehenden strohblonden Haaren, die wie eine schmutzige Roßhaarbürste wirkten, langsam näher und schob die Steinplatte beiseite. Sein verdrossener Blick verriet, dass er jemand war, der mehr vom

Denken hielt als seine Kumpane. Er hob einen der Beutel hoch, schüttete den glänzenden Inhalt auf die Erde und griff mit den Händen in das Silber.

»Bei den Augen Minervas!«, rief er leise. »Was für schöne alte Münzen!«

»Lass das, Lurio!«, brummte der Syrer ungehalten mit rauer Stimme. Er wandte den Blick nicht von Auriane, während er langsam mit seitlichen Schritten um sie herumging, das Schwert auf ihre Kehle richtete und dabei den Oberkörper vorbeugte wie ein Reiter beim Pferderennen.

Auriane blieb keine Zeit, sich darüber Sorgen zu machen, zu welchen Schlussfolgerungen der neugierige Mann möglicherweise kommen würde, denn der vierte, von dem sie nur die Schultern wahrnahm, die so breit waren, dass man ein Ochsenjoch hätte darauf legen können, trat hinter sie und versperrte ihr den Weg zum Speer. Jetzt bildeten drei Männer einen Ring um sie, der vom Schrein der Mütter geschlossen wurde. Sie saß in der Falle. Ihre Hand glitt langsam zu dem Feuersteindolch an ihrem Gürtel.

Der Mann, den der Syrer Lurio genannt hatte, achtete nicht darauf, was um ihn herum vorging, sondern begutachtete immer noch die Münzen.

»... das sind nicht diese *neuen* Münzen mit dem vielen Zinn, wie wir sie als Sold von der Flotte bekommen, die uns damit gewissermaßen bestiehlt. Das ist gutes Silber, durch und durch massiv ...«

Lurio musterte Auriane nachdenklich. Er hatte sie schon irgendwo gesehen. Dann erinnerte er sich: Der mächtigste Aristokrat der Gegend, der edle Marcus Arrius Julianus, hatte der am Rhein gelegenen Provinzstadt Confluentes ein Theater geschenkt. Lurio war am Tag der Einweihung unter der Menschenmenge auf dem Forum gewesen. Und diese Frau hatte während der Zeremonie neben Julianus gestanden. Sie war die chattische Wilde, die inzwischen gerade so weit zivilisiert war, um die Frau von Julianus zu sein – eine Frau, unermesslich reich, Herrin über Hunderte von Haussklaven. Das machte es aber irgendwie sehr seltsam, dass sie sich bei Einbruch der Dunkelheit hier allein am Fluss herumtrieb und Münzen vergrub.

Blitzartig hatte Lurio eine ganze Reihe von Erkenntnissen, die weit reichende Folgen haben könnten. Jeder hatte von den Münzen gehört, die über die Grenze geschmuggelt wurden. Doch Lurio war einer der wenigen, die wussten, dass es sich um Silberdinare handelte, die zu Beginn von Neros Herrschaft geprägt worden waren – das einzige Geld, das bei den germanischen Häuptlingen einen Wert hatte. Denn Lurio war vor seiner unehrenhaften Entlassung aus den Legionen in einem einsamen Grenzposten stationiert gewesen und hatte die Aufgabe gehabt, alle durchkommenden Menschen und Wagen zu durchsuchen. Auch von der fürstlichen Belohnung, die der Statthalter ausgesetzt hatte, wusste inzwischen jeder. Lurio richtete sich langsam auf. Er begann, vor Aufregung zu zittern.
Der Syrer versuchte einen Scheinangriff, aber Auriane wich so geschickt aus, dass er vor Überraschung große Augen bekam.
Auriane hörte in ihrem Rücken einen leisen Pfiff. Sie drehte sich blitzschnell um und sah Avenahar, die ihrer Mutter den Speer zuwerfen wollte.
Die Vernunft hatte über Avenahars ersten Impuls gesiegt, sich in blindem Zorn auf die Männer zu stürzen. Sie war klug genug, um zu wissen, dass sie die Waffe ihrer Mutter überlassen musste. Der Mann, der zwischen ihnen stand, fuhr herum und wollte ihr den Speer entreißen. Doch Avenahar war zu schnell für ihn. Geschickt warf sie den Speer Auriane zu, die ihre Tochter einen kurzen Augenblick erstaunt und liebevoll ansah. Auriane sprang hoch und fing den Speer mühelos am Schaft auf.
Dann drehte sie sich blitzschnell um und stellte sich dem gezogenen Schwert des Syrers. Gespenstisches Sternenlicht funkelte auf der langen Klinge. Der andere Mann brachte Avenahar zu Fall und bemühte sich, ihr mit einer Leine die Beine zusammenzubinden. Es gelang ihm allerdings nicht sehr gut, und deshalb setzte er sich auf das schreiende und um sich schlagende Mädchen, während die anderen über ihn spotteten und ihre derben Witze machten.
Auriane rief: »Gut gemacht, Brico! Damit hast du dir die Peitsche erspart!«
Avenahar war zwar zunächst über das »Brico« verwirrt, durch-

schaute dann aber schnell die Absicht ihrer Mutter. Auriane wollte natürlich, dass die Deserteure sie für eine Sklavin und nicht für ihre Tochter hielten. Die Männer hätten ihr sonst einfach einen Dolch an den Hals gesetzt und von ihrer Mutter verlangt, sich ihrem Willen zu fügen.
Auriane fasste den Speer fester und spürte, wie Mut und kraftvoller Atem in ihn strömten. Sie war ein Geschöpf, das sich mit eingezogenen Krallen dem Feind stellte, ein wildes Tier, das seinen Nachwuchs beschützen würde. Sie hielt die Waffe tief und dicht an ihrem Körper und achtete auf jede auch noch so kleine Unaufmerksamkeit des Syrers, während sie sich beinahe unmerklich seiner ungeschützten linken Seite näherte. Ein direkter Schwerthieb konnte ihren Eschenspeer wie ein Schilfrohr durchtrennen. Die drei Kumpane des Syrers schienen ihm den Kampf zu überlassen – zweifellos deshalb, weil er als Einziger ein Schwert besaß.
Der Syrer lachte brutal und geringschätzig, um seinen Ärger zu verbergen. Er hatte zwei unterwürfige Opfer erwartet. Stattdessen stand er vor einem geistesgegenwärtigen Sklavenmädchen und einer Frau, die ihren Speer so geschmeidig und mühelos wie ein erfahrener Gladiator in der Arena handhabte.
»Wirf den Speer weg!« Die Worte des Syrers klangen wie wütende Hiebe. »Ich habe Stahl, du hast Holz. Der Kampf kann nur auf eine Weise enden.« Er lachte übertrieben laut. »Dir hat also jemand beigebracht, einen Speer in der Hand zu halten. Das gibt dir das Selbstvertrauen eines Dummkopfs. Du hast keine Ahnung vom Krieg. Die Schlacht ist ein Schrecken, von dem du nichts weißt. Du kannst entweder in einem Graben verfaulen, wo dich deine Familie niemals finden wird, oder du kannst dich unserem Willen fügen!«
Der Syrer begann den Angriff mit einem weit ausholenden diagonalen Hieb, den Auriane gut kannte. Es war der erste einer ganzen Reihe festgelegter Übungen mit der Waffe, die alle Legionäre lernten. Der Mann wäre zutiefst beunruhigt gewesen, wenn er gewusst hätte, wie viel er Auriane durch diese nichts sagende Vorführung seines Könnens verriet: Das Schwert hatte nicht das richtige Gewicht für ihn. Er kannte seine Schlagweite nicht. Er

kündigte jede Bewegung mit den Augen an, bevor er sie ausführte.

Sie zog ihren Speer mit einer Geschwindigkeit zur Seite, die ihm übermenschlich erschien.

»Miststück!«

»Farnaces!« Der Mann namens Lurio war hinter den Syrer getreten und flüsterte ihm eindringlich etwas ins Ohr. »Töte sie nicht!«

»Sei still, oder ich hänge dich an einem Schiffstau auf!«

»Weißt du, wer das ist? Sie ist *Gold* wert!«

Auriane biss die Zähne zusammen.

Verfluchtes Leben. Meine Hoffnung, dass keiner von ihnen mich erkennen würde, war vergebens.

»Du wirst dir eine Villa am Fluss mit vierhundert Sklaven kaufen können. Sie ist die Frau des reichsten Mannes der Provinz, Marcus Julianus, der ...«

»Verlange Lösegeld für sie!«, rief der Matrose, der auf Avenahar saß. »Der Mann ist so reich wie Maecenas!«

»Nein, wir können uns nicht länger als nötig in dieser Gegend aufhalten!«, schrie der Syrer. Dann machte er einen Ausfallschritt und führte einen melodramatischen Schwerthieb nach unten, der zu seinem Erstaunen Auriane verfehlte und ihn lächerlich aussehen ließ. Danach versuchte er mit dem Einsatz seiner ganzen Körperkraft einen schnellen, tiefen und horizontalen Hieb, aber wieder entging der Speer seiner Gegnerin geschickt dem Schwert. Es war unheimlich, beinahe so, als wahre eine unsichtbare Hand den Abstand zwischen ihren Waffen. Er hatte den Eindruck, als kämpfe er gegen Rauch.

»Sie stirbt, und das Mädchen nehmen wir mit!«, stieß er keuchend hervor. »Helft mir lieber und steht nicht nur nutzlos herum!«

Lurio gab nicht auf. »Farnaces, hör zu! Ich rede nicht von Lösegeld! Du hast Recht. Das Risiko wäre zu groß. Aber das Mädchen ist eine Sklavin, sie bringt uns nicht viel. Ich rede von etwas sehr viel Besserem.«

Der Syrer beachtete ihn immer noch nicht.

Lurio schimpfte: »Du bellst, um ein Stückchen Fleisch zu bekom-

men, während ein paar Schritte weiter eine ganze Schafherde wartet! Du bist so dumm wie ein Hund, Farnaces. Hör ein einziges Mal auf einen Mann, der etwas klüger ist!«
Der Syrer spuckte vor Lurio aus. Dabei wandte er seine Aufmerksamkeit nur ganz kurz von Auriane ab, doch das erwies sich als sein Verderben.
Den Männern kam es so vor, als habe sie nur einen kleinen Sprung gemacht, sich beinahe unmerklich in der Luft gedreht, um dann leicht und anmutig wie ein Luchs mit vorgeneigtem Körper und einem gebeugten Knie auf der Erde zu landen. Ihre Bewegungen waren schnell, fließend und sicher wie die einer Tänzerin beim Feuerfest. Das blitzschnelle Manöver führte dazu, dass dem Syrer das Schwert mit solcher Wucht aus der Hand geschlagen wurde, dass ihm ein Mittelhandknochen brach. Dann zischte der Holzspeer durch die Luft. Seine Bahn war kurz und zielsicher. Die feuergehärtete Spitze drang in die Vertiefung unterhalb der Schulter des Syrers ein. Auriane hatte die Stelle absichtlich gewählt, denn sie wollte den Mann nur verwunden und nicht töten. Farnaces hatte keine Ahnung, was geschehen war. Ihn hätte ebenso gut der peitschende Schwanz eines Drachen gestreift haben können. Er wusste nur, dass sein Schwert durch die Luft flog. Es landete mit einem lauten Klatschen vor einem seiner Kumpane im Schlamm. Der Mann, der so massig war wie ein Eichenstamm, hob es schnell auf.
Es herrschte fassungsloses Schweigen. Avenahar lachte laut. Der Mann, der sie festhielt, schlug ihr ins Gesicht.
»Bei Medusa!«, brüllte der Syrer, als er mit schmerzverzerrtem Gesicht zu Boden ging. Auriane saß sofort auf ihm und riss den Speer aus der Wunde. Farnaces hielt sich die Schulter und schnappte nach Luft wie ein Fisch auf dem Trockenen.
Aurianes neuer Gegner wartete bereits. Er hatte seine dicken, behaarten Beine gespreizt und starrte sie an wie ein gereizter Stier. In seinen Augen glühte das Feuer eines Wahnsinnigen. Er verlor keine Zeit und begann mit dem Eifer des Stümpers, das Schwert zu schwingen. Aber er beherrschte den Umgang mit der Waffe noch weniger als der Syrer. Lurio entging nicht, dass die Frau das sah.

»Kämpf nicht ... das ist nicht notwendig!«, rief Lurio, als der Mann in schneller Folge mit schwerfälligen diagonalen Hieben angriff. »Diese Frau steckt hinter dem schweren Verbrechen, das von hier bis nach Rom kein Magistrat aufklären kann! Begreifst du das nicht?«

Die Worte trafen Auriane wie ein Schlag, der ihre Sinne betäubte. Die Welt schien plötzlich in ein helles Licht getaucht, und alles erschien ihr so unwirklich, als hätte sie ihr Todesurteil gehört. Nur ihre lange Erfahrung im Umgang mit Waffen ermöglichte es ihr, sich sofort wieder ganz auf ihren Gegner zu konzentrieren.

Lurios Stimme wurde vor Verzweiflung noch lauter. »Die Belohnung ist vor kurzem erhöht worden. Mit dem Geld hätten wir für Jahre ausgesorgt! Wir werden berühmt sein!«

»Wir sind Deserteure! Wer würde auf unsere Geschichte etwas geben?«, rief sein Kumpan über die Schulter, während er erfolglos versuchte, Auriane zu dem Schrein zu treiben.

»Zum Hades mit euch allen!« Lurio gab seine Bemühungen auf und begann gierig, so viele Münzen an sich zu raffen, wie er nur konnte. Der verwundete Syrer, den auf einmal die Angst trieb, er könnte seinen Teil der Beute verlieren, vergaß alle Schmerzen. Er drückte den Stoff seiner Tunika auf die Wunde und schaufelte mit der anderen Hand Münzen. Dann flohen die beiden in verschiedene Richtungen.

Auriane zögerte einen Augenblick. Sie überlegte, ob sie den Deserteur mit dem Speer töten sollte, weil er zu viel wusste, brachte es aber nicht über sich. Ihr Gegner nutzte seine Chance. Er umfasste das Schwert mit beiden Händen, stürmte mit erhobenen Armen vorwärts und wollte Auriane einen Schlag auf den Kopf versetzen.

»Mutter!«

Avenahar hatte instinktiv aufgeschrien.

Mutter?

Der Mann blieb wie angewurzelt stehen. Sie waren also getäuscht worden.

Ohne den Blick von Auriane zu wenden, wich der Matrose mit dem rußgeschwärzten Gesicht zurück in Richtung Avenahar. Er

schob den anderen Mann beiseite, riss das Mädchen an sich und legte seinen dicken, narbigen Arm um Avenahars Hals. Dann setzte er ihr die Schwertspitze an die Kehle.
»Wirf den Speer weg und komm mit. Wir werden Lösegeld für dich verlangen!«, rief er Auriane zu. Er entblößte braune Zahnstummel und zischte: »Sonst hat deine hübsche Tochter gleich ihren letzten Atemzug getan!«
Hätte Auriane auch nur einen Augenblick gezögert, wäre es ihm vielleicht möglich gewesen, seine Drohung wahr zu machen. Die Worte waren kaum gesprochen, als Auriane zu einer Peitsche wurde. Die beiden Männer sahen nur den Speer, der wie von einem Katapult geschleudert durch die Luft flog. Er traf den Matrosen mitten in die Brust und warf ihn rückwärts. Er zuckte noch ein paar Mal, als kämpfe sich ein Geist mühsam aus seinem Körper heraus, dann war er tot.
Es war alles so schnell und mühelos geschehen, dass der letzte Matrose mit angstvoll geweiteten Augen aufsprang, steifbeinig ein paar Schritte zurückwich und so schnell er konnte in Richtung Fluss floh.
Auriane und Avenahar waren mit dem Toten allein. Die plötzliche Stille schmerzte in den Ohren. Auriane hörte nur ihren eigenen Atem, während sie nach Luft rang und sich an das fast verloren geglaubte Leben klammerte.
Verstreute Silbermünzen glänzten in der Dunkelheit wie helle Sterne. Auriane durchschnitt mit zitternden Händen die Fesseln ihrer Tochter. Dann schloss sie Avenahar mit sanfter Heftigkeit in ihre Arme. Und kam allmählich wieder zurück in die Welt der Lebenden. Beide hatten das Bedürfnis, den Schrecken der Nacht zu vertreiben, und blieben lange Augenblicke eng umschlungen stehen.
Auriane stammelte halb unsinnige Dankgebete an Freia. Die Göttin hatte das Leben und die Freiheit ihrer Tochter gerettet und verhindert, dass sie selbst auf ewig von ihrem geliebten Marcus Julianus und der Wärme und dem Frieden, die von seiner Nähe ausgingen, getrennt wurde.
Schließlich hielt sie Avenahar auf Armeslänge von sich und be-

trachtete sie voll Liebe und Stolz. Ihre Tochter erinnerte sie in diesem Augenblick an eine Kerze, die nur schwach brannte. Die erste Begegnung mit Tod und Kampf hatte so wenig Ähnlichkeit mit Avenahars Träumen von Ruhm wie eine Fahrt im Triumphwagen durch eine mit Rosen bestreute Straße mit einem Ausflug in die Kloaken einer Stadt.

»Auf dein Schicksal ist Verlass, Avenahar«, sagte Auriane und hob das Kinn ihrer Tochter. »Hättest du mir gehorcht, stünde ich vielleicht jetzt vor den Ahnfrauen ...«

Das Mädchen lächelte verzagt. »Glaubst du wirklich?« Aber dann blitzten ihre Augen bereits wieder unbekümmert. In ihrem Bewusstsein nahmen die Ereignisse des Abends sofort eine neue Gestalt an und ähnelten den vielen anderen Geschichten über Auriane. Langsam strich sie sich mit beiden Händen die feuchten Haare aus der Stirn. Das war unverkennbar eine Geste ihrer Mutter, die sie in Gegenwart von Auriane noch nie nachgeahmt hatte.

Auriane staunte darüber, dass ein einfacher, sanfter Anstoß in die richtige Richtung genügt hatte, um das kleine, spitzbübische Mädchen wieder zum Vorschein kommen zu lassen.

Sie standen auf, packten den toten Mann an den Beinen und schleppten ihn ins Unterholz.

»Ich glaube, ich habe dich übertroffen, Mutter«, sagte Avenahar mit glänzenden Augen.

»Wie das, Avenahar?«

»Ich bin erst dreizehn und habe schon meine erste Ehrentat vollbracht. Du warst bereits sechzehn, als du deinen ersten Mann getötet hast!«

Auriane lächelte müde und hielt die Worte zurück, die sie erwidern wollte.

Sag so etwas nicht einmal im Spaß. Ich würde dir nie erlauben, den Schwur einer Schildjungfrau abzulegen. Du wirst als Kräuterfrau zu unserem Volk zurückkehren, oder ich lasse dich überhaupt nicht gehen.

Aber Auriane schwebte noch immer auf einer Woge der Dankbarkeit, weil Avenahar nichts geschehen war, und so ließ sie die Bemerkung ihrer Tochter für den Augenblick auf sich beruhen.

»Binde seine Schnürsenkel zusammen«, sagte sie stattdessen. Das war ein Brauch ihres Stammes, der verhindern sollte, dass der Geist des Mannes zu den Lebenden zurückkehrte.
Avenahar tat, wie ihr befohlen worden war. »Und … das Schwert?«
Auriane betrachtete die Waffe aufmerksam. Vor vielen Jahren hatte sie geschworen, kein Eisenschwert mehr zu berühren. Aber die Waffe lockte sie; ihre Klinge schimmerte im Sternenlicht wie Wasser. Auriane wollte ihr Gewicht fühlen, spüren, wie sie in der Hand lag. Das Schwert war einmal so etwas wie eine Saite ihrer Harfe, ihre Stimme gewesen.
Avenahar beobachtete sie mit wachsender Hoffnung.
»Wirf es in den Fluss, Avenahar!«
Avenahar ging leicht enttäuscht mit dem Schwert davon.
Beinahe hätte sie es getan.
Aber die Seherin, der ihre Mutter den Schwur geleistet hatte, war die größte im ganzen Land und wurde am meisten gefürchtet. Womöglich beobachtete sie in diesem Augenblick sie beide durch die Augen eines Schwans oder durch das Blinken eines Sterns auf der Wasseroberfläche. Diese von allen geachtete nordische Prophetin hieß Ramis. Ihre Weissagungen waren selbst in Rom gefragt. Ramis erwartete, dass Auriane eines Tages den heiligen Weg einschlagen würde. Frauen, die dazu ausersehen waren, durften kein Eisen berühren. Es galt als unheilig und brachte Unglück sowohl von den bösen als auch von den guten Geistern. Die daraus gefertigten Gegenstände waren in der unsichtbaren Welt verhasst, denn sie wurden dazu benutzt, um die Erde aufzureißen, Lebewesen zu fesseln, sie mit Brandzeichen zu zeichnen und sie zu töten.
Auriane lauschte, bis sie ein Klatschen hörte.
Im Fluss ist das Schwert gut aufgehoben.
Sie wusste nicht, ob sie Ramis gehorchte, weil ein Teil von ihr es so wollte, oder ob sie sich einfach fürchtete, der harten alten Frau Widerstand zu leisten. Unterdessen beugte sie sich über den Toten und zog ihm den Speer aus seinem Körper. Als ihr dabei die ganze Bedeutung der Ereignisse am heutigen Abend bewusst wurde, kam sie sich vor wie ein zersprungenes Glasgefäß.

Sie reinigte ihre Waffe im Wasser einer Pfütze.
Dieser Lurio wird bestimmt schnell mein Verbrechen aufdecken. Mein Friede ist dahin … ein Friede, den ich neun Jahre lang genossen habe. Alles ist dahin, und das in weniger Zeit, als man braucht, um eine Furche auf einem Gerstenfeld zu pflügen.
Aber ich habe eine Zeit der Ruhe erlebt, die länger dauerte als so manches Leben. Warum sollte mir das alles nun nicht gewaltsam entrissen werden?
Irgendwo am Fluss ertönte der wilde, raue Ruf von Gänsen. Aurianes ganzer Körper spannte sich, denn sie glaubte einen Augenblick lang, es seien Hörner, die zum Kampf riefen.
Ich gehe nach Hause, und das liegt in einer anderen Welt. Dort stehe ich schutzlos vor dem Gesetz eines fremden Landes.
Schnell sprach sie mit monotoner Stimme einen Zauber über die Leiche.
Sie verließ den Schrein der Mütter so, wie er war. Das Durcheinander würde ihrem Verbündeten, einem chattischen Sklaven namens Grimo, der Ruderer auf einem Weinschiff war, hoffentlich verraten, dass sich hier etwas Schreckliches ereignet hatte, sodass er fliehen konnte, bevor er sich zu nahe an den Schrein heranwagte. Es bestand durchaus die Möglichkeit, dass die geflüchteten Matrosen nur darauf warteten, dass ihnen noch jemand in die Falle ging, oder dass sie zurückkommen würden, um noch mehr von dem Silber zu stehlen.
Das Schicksal ist nie mit uns fertig. Tod und Zerstörung schleichen sich ein, auch über hohe Mauern und Berge von Reichtum. Nichts Irdisches kann uns davor schützen.
Lurio … er wird dafür sorgen, dass der Firstbalken zerbricht, und er wird damit mein Haus zum Einsturz bringen.
Aber er ist ein Flüchtiger. Vielleicht hat er Angst davor, einem Magistrat unter die Augen zu treten.
Aber aus irgendeinem Grund tröstete dieser Gedanke Auriane nicht.

Zweites Kapitel

Auriane glaubte, das Unheil dieser Nacht sei überstanden.
Tatsächlich war inzwischen nicht mehr viel davon übrig geblieben. Im Osten glühte der Horizont bereits in einem ungestüm aufflammenden Scharlachrot, als habe der Gott der Schmiede seine unterirdische Esse geschürt. Der weite Himmel darüber war bereits zu einem fahlen Schiefergrau verblasst. In der Ferne krähten die ersten Hähne.
Aber es sollte sich herausstellen, dass die Schicksalsgöttinnen noch einen letzten Spaß mit ihr vorhatten.
Auriane bestand darauf, dass Avenahar das verbliebene Pferd ritt, denn ihre Tochter hatte sich den Fuß verstaucht, als sie sich mit Tritten gegen einen der Matrosen gewehrt hatte. Sie selbst ging die weite Strecke zur Villa zu Fuß. Die entlaufene Stute graste zweifellos friedlich irgendwo entlang des Treidelpfads. Nach ihrer Rückkehr würde Auriane einen Stallknecht losschicken müssen, damit der das Tier suchte. Aurianes Hände schmerzten vor Kälte, und ihre lederne Reithose war mit Kletten übersät.
Sie hatten inzwischen die gepflasterte Poststraße erreicht, die zu der ummauerten Stadt Confluentes führte, einem bedeutenden Zentrum der Provinz, und waren sogar schon an der schiefen Säule des zweiten Meilensteins vorbeigekommen, auf der ein einheimischer Steinmetz den Namen Vespasian falsch geschrieben hatte. Vespasian war damals Kaiser gewesen, als der Meilenstein aufgestellt wurde. Es war also nur noch weniger als eine Meile bis zu den Dornenhecken, die sich wie lockere Bänder um das Haupthaus und die Nebengebäude der Villa von Marcus Julianus schlangen.

Etwa zweihundert Schritte vor ihnen entdeckten sie plötzlich etwas Unförmiges, Schwerfälliges, das sich langsam und leicht schaukelnd vorwärts bewegte. Es wirkte wie ein dunkles, lebendes Wesen, als es aus den wogenden Dunstschleiern auftauchte, das dicht über der Straße zu schweben schien. Es erinnerte irgendwie an ein Ungeheuer, so als sei die große Schlange, die ihren Leib um die Erde geschlungen hatte, unterwegs, um die Menschen heimzusuchen.

Auriane kniff die Augen zusammen und hielt den Atem an. Fassungslos beobachtete sie die Erscheinung durch den frühmorgendlichen Dunst, bis sich herausstellte, dass der »Wurm« in Wirklichkeit eine dicht gedrängte Masse von Männern und Tieren war.

»Eine Jagdgesellschaft«, sagte Auriane schließlich. Das war auf dem Land ein durchaus gewohnter Anblick. Der allgemein beliebte Kaiser Trajan war ein begeisterter Jäger und dafür berühmt, dass er große, gefährliche Tiere in der Wildnis jagte. Deshalb fühlte sich jeder ehrgeizige Mann in der Provinz, der vorankommen wollte, verpflichtet, die Jagd zu pflegen, und zwar so, dass möglichst alle Welt es sah.

»Nemesis sei verflucht!«, rief Auriane leise. »Das sind die Farben der Dienerschaft des Volusius Victorinus.«

Victorinus war der mächtigere der beiden Magistrate von Confluentes. Er war ein Kleinstadtpotentat, der seiner Bedeutung dadurch Glanz verliehen hatte, dass er der Stadt ein *Gymnasium*, ein Bad und ein neues Gerichtsgebäude geschenkt hatte. Vor allen seinen Stiftungen hatte er eine Statue von sich in heroischer Pose oder zusammen mit seiner Gemahlin Decimina aufstellen lassen.

Die Beziehungen zwischen den beiden Familien waren von gegenseitigem Misstrauen geprägt. Als Marcus Julianus seinerzeit das Theater von Confluentes bauen ließ, ohne zu ahnen, dass Victorinus bereits einen Baumeister damit beauftragt hatte, Pläne für ein von ihm zu errichtendes Theater zu entwerfen, sah Victorinus darin den schändlichen Versuch, ihn zu übertreffen.

Innerhalb kurzer Zeit war das von Marcus Julianus gestiftete Theater mysteriöserweise abgebrannt.

»Seine Vorreiter haben uns gesehen. Ausweichen hat keinen Zweck. Zieh deinen Umhang nach vorne. Halte den Blick gesenkt. Mit etwas Glück wird er an uns vorbeiziehen.«
Auriane wusste, wenn Lurio, der Deserteur, vor willigen römischen Ohren seine Aussage machte, würde die Tatsache, dass man sie im Morgengrauen auf dieser Straße gesehen hatte, der Geschichte eines geflüchteten Matrosen größere Glaubwürdigkeit verleihen.
Es gab noch einen anderen Grund dafür, dass sie dem Magistrat nicht begegnen wollte. Victorinus hatte Julianus hartnäckig darum gebeten, Aurianes jüngere Tochter, Arria Juliana, seinem Sohn Lucius zur Ehe zu versprechen. Die Anwort darauf war überfällig. Victorinus wollte mit der neunjährigen Arria sein eigenes lebenslanges Dilemma lösen: Er war nämlich das Ergebnis einer vertuschten Affäre der Tochter eines Senators mit einem kaiserlichen Freigelassenen. Die adlige Seite der Familie hatte ihn in die ferne Provinz geschickt, um sich Peinlichkeiten zu ersparen. Durch großzügige Schenkungen von Land und Geld hatte man sich von Victorinus das Versprechen erkauft, dass er niemals nach Rom kommen würde. Victorinus glaubte allen Ernstes, dass die Aufnahme von Arria in seine Familie für ihn der sicherste Weg zum Capitol sei. Er wiederholte immer wieder, Arria Juliana entspreche so vollkommen seinen Wünschen, dass er sie nicht besser hätte erfinden können. Und wegen des ungemein großen Ansehens ihres Vaters würden sich die hochgeborenen Familien von Rom gezwungen sehen, ihn bei seiner Rückkehr willkommen zu heißen. Andererseits war das Kind durch seine Mutter, eine Barbarin vom Stamm der Chatten, so weit kompromittiert, dass ihm eine Einheirat in seine Familie nicht unmöglich erschien.
Doch Auriane und Julianus hätten ihre jüngste Tochter eher einem Ziegenbock versprochen. Sie wollten mit einer diplomatisch formulierten Ablehnung die Sache ein für alle Mal klären, ohne Victorinus unnötig vor den Kopf zu stoßen.
»Er geht auf die *Jagd*, ach wirklich?«, entgegnete Avenahar. »Schöne Jagd! Du kannst sicher sein, das Wild wird von anderen erlegt werden, weil unser Herkules lieber auf Polstern ruht, gekühlten

Wein aus Chian trinkt und dabei lächerliche Gedichte über das *Thema* ›Jagd‹ verfasst.«
Auriane hörte ihr mit einem belustigten Lächeln zu. Aber der heftige Zorn und die unverkennbare Abscheu hinter diesen Worten bereiteten ihr Unbehagen. Avenahars Hass auf die Sitten und Gebräuche der Römer ging weit über die Wutausbrüche ihrer eigenen Jugend hinaus.
Der Zug der Wagen kam näher. Ein in den Farben seines Herrn gekleideter Reiter an der Spitze befahl mit einem gleichgültigen Knallen der Peitsche den beiden Frauen, den Weg für Victorinus freizumachen. Er war der Ansicht, dass die Straße seinem Herrn gehörte, wenn dieser geruhte, sie zu benutzen.
»Aufgeblasener Provinzler!«
»Avenahar!«
»Sollte es uns überraschen, dass ein Volk, das an Grausamkeiten alle Völker dieser Welt übertrifft, auch das unhöflichste und faulste ist?«
»Avenahar!«
»Wenn Nemesis ihm auf dieser Jagd einen wild gewordenen Auerochsen schickt, der ihn in seiner Sänfte auf die Hörner nimmt, werde ich mein Leben dem Dienst der Göttin weihen.«
»*Avenahar!*«
Auriane brachte die Stute zum Stehen und zwang ihre Tochter, sie anzusehen.
»Du hältst den Mund, bis wir an ihnen vorbei sind. Du bist noch viel zu jung, um zu wissen, wer dein wahrer Feind ist. Spar dir die Rache auf. Dir steht im Leben nur ein bescheidenes Maß davon zur Verfügung. Verschwende sie nicht damit, Fliegen zu klatschen.«
Die zurechtgewiesene Avenahar nickte und murmelte etwas, das nach Folgsamkeit klang. Dann machte Auriane dem Zug Platz, indem sie die Stute von der Straße auf das gepflügte Feld führte.
Provisionswagen rumpelten lärmend vorbei. Auf ihnen türmten sich Lattenkisten mit erlesenen Delikatessen in grünen Glasbehältern: eingelegter Spargel, kandiertes Obst und Konfekt. Es folgte ein Wagen mit Olivenöl in kugelförmigen Amphoren, die

übereinander gestapelt waren und wie Weintrauben aus Ton aussahen, sowie Amphoren in Herzform mit Weinen hervorragender Herkunft und die vertrauten Krüge mit dem dicken Boden, die zweifellos die feinste Fischpaste aus Hispanien enthielten. Auriane konnte sich mit eigenen Augen davon überzeugen, dass der Magistrat nicht vorhatte, auch nur einen Tag vergehen zu lassen, ohne seine kulinarischen Gelüste zu befriedigen. Danach kam ein Wagen mit schlichteren Vorräten für die Sklaven: hartes Fladenbrot, getrockneter Fisch und Krüge mit Essig. Ihm folgten vier Karren mit der Jagdausrüstung: Berge von Netzen, unzählige Rollen Seile, Stapel langer Speere und Sauspieße.

Die großen libyschen Sklaven, die neben den Karren gingen, waren geschickte Jäger und hatten, wie Auriane wusste, die gefährliche Aufgabe, das Wild in die Netze zu treiben. Schließlich kam eine kleine schlichte Sänfte mit dem Sekretär des Victorinus, ein Freigelassener, der während der Jagd den Schriftwechsel des Magistrats führen sollte. Dahinter folgte Victorinus. Seine Sänfte ruhte auf den Schultern von acht in Blau und Gold gekleideten kappadozischen Trägern.

Bei diesem Anblick kannte auch Aurianes Verachtung keine Grenzen. Sie schüttelte verblüfft den Kopf.

Was für ein Mann ist das? Er setzt sich nicht einmal bei der Jagd auf ein Pferd!

Auriane hatte noch nie eine so überladen geschmückte und verzierte Sänfte gesehen. Das wäre selbst in Rom lächerlich und geschmacklos gewesen. Aber hier auf dem Land, wo nur staunende Provinzbewohner und muhende Rinder die vergoldete Monstrosität zu Gesicht bekamen, geriet Victorinus damit wahrscheinlich nicht in Gefahr, mit bissigen, auf die Mauern der Stadt gekritzelten Versen lächerlich gemacht zu werden.

Nach zwanzig Herzschlägen war die Sänfte an ihnen vorbei. Auriane erlaubte sich einen Augenblick der Erleichterung.

In diesem Augenblick näherte sich von der Wiese her geräuschlos wie ein riesiger Falter eine Eule. Sie flog niedrig und dicht vor dem Kopf der Stute vorbei. Dabei stieß sie einen rauen, freudlosen Schrei aus. Das erschrockene Pferd begann wie ein Frosch zu hüpfen. Es schnaubte und scheute und riss Auriane die Zügel aus der Hand. Avenahar verlor den Halt und hing gefährlich schief auf einer Seite. Geistesgegenwärtig klammerte sie sich an den Pferdehals, um nicht abgeworfen zu werden. Die Stute machte einen Satz auf die Straße und stieß mit einem Karren zusammen. Bündel von Sauspießen rollten mit dumpfem Gepolter über die Seitenbretter. Der Kutscher fluchte, zog mit einem Ruck die Zügel an und brachte seine Maultiere zum Stehen. Für die Zugtiere hinter ihm geschah das zu unerwartet, und sie stießen mit seinem Karren zusammen. Die Meute der riesigen Jagdhunde begann sofort aufgeregt zu kläffen.

»He, he! Ist die Welt untergegangen?« Die Stimme des Victorinus dröhnte durch die Morgenluft wie die dumpf hallenden Schritte eines mürrischen Riesen. Eine Hand, an der etwas wie grünes Feuer leuchtete, tauchte zwischen karneolfarbenen Seidenvorhängen auf – ein Smaragd von der Größe einer Erbse schmückte den goldenen Ring des Magistrats. Mit ein paar energischen Gesten befahl er einen allgemeinen Halt.

»Haben die Titanen Felsbrocken auf uns herabgeschleudert?« Ein Kopf erschien zwischen den Vorhängen. Auriane sah eine blasse, von Altersflecken gesprenkelte Glatze, umgeben von einem schütteren Kranz rötlich grauer Haare.

Victorinus war sehr kurzsichtig. Während er blinzelnd das aufgedunsene Gesicht langsam hin und her bewegte und nach der Ursache der Störung suchte, musste Auriane unwillkürlich an den blind suchenden Kopf eines Wurms denken. Über dem einen zusammengekniffenen Auge saß ein verrutschter Kranz aus welken Wiesenblumen. Eine Wolke von orientalischem Parfüm drang aus der Sänfte. Es roch süß und schwer, aber auch scharf. Für Auriane war es der Geruch von einem dekadenten Leben. Sie hatte sich nie daran gewöhnt, dass die Römer Blütenessenzen mit Öl mischten, die Tinktur *Parfüm* nannten, dafür unanständig hohe Summen ausgaben und schlicht vergaßen, dass Öl in Verbindung mit Körperausdünstungen sehr schnell ranzig wurde.

Victorinus richtete seinen verschwommenen Blick auf Avenahar. »Unverschämtes Ding! Du bringst sofort das Durcheinander in

Ordnung, das du verursacht hast, sonst wirst du in Ketten gelegt und vor Gericht gestellt!«

Am Gesichtsausdruck ihrer Tochter erkannte Auriane, dass sich Avenahar für diejenige hielt, der ein Schaden zugefügt worden war. Doch als Auriane sie mit einem knappen Nicken aufforderte, sich dem Wunsch des Victorinus zu fügen, glitt ihre Tochter folgsam vom Pferd und begann, die Sauspieße aufzusammeln.

Auriane wusste, dass Avenahar das ihr zuliebe tat. Das freute und rührte sie. Zwar konnte sie nur Vermutungen darüber anstellen, welche Gedanken ihrer Tochter dabei durch den Kopf gingen. Bestimmt stellte sie sich unter anderem vor, wie Victorinus bei lebendigem Leib über einem lodernden Feuer geröstet wurde.

»Zeig dein Gesicht, Frau!«, rief der Magistrat und sah Auriane misstrauisch an. »Ich meine, wenn du überhaupt eine Frau bist. Nach allem, was ich sehe, könnte unter dem Umhang ein Kamel stecken. Nenn deinen Namen und sag, von welchem Gehöft du kommst.«

Sie schob die Kapuze des Umhangs zurück. »Ich bin Auriane von den Chatten, die ihr Römer Aurinia nennt«, begann sie. »Deine Nachbarin …«

»Ah!« Sein Benehmen wurde sofort freundlicher. »Es ist …« Er suchte nach einem Wort, das nicht beleidigend wirken würde: *Gemahlin* war nicht korrekt, *Konkubine* klang zu direkt für ein höfliches Gespräch, *Geliebte des …* war zu anzüglich, *Freundin von …* zu persönlich. Deshalb entschied er sich dafür, sie überhaupt nicht mit Marcus Julianus in Verbindung zu bringen. »Unsere kühne Aurinia! Die Prinzessin der Chatten und ihre reizende, hübsche Tochter sind wieder einmal unterwegs, um die Gegend zu erkunden!«

In seinen wässrigen Augen stand zwar sofort die Frage nach der Heirat, aber er hielt seine Zunge im Zaum. Die Hoffnung, die Auriane in seinem geröteten Gesicht sah, versetzte ihr einen Stich des Unbehagens.

»Lass das Zeug liegen, mein hübsches Täubchen«, sagte er zu Avenahar, und es klang plötzlich sehr liebenswürdig. »Die Sklaven werden es einsammeln.«

»Wir bitten dich um Entschuldigung, und ich wünsche dir Erfolg bei der Jagd«, sagte Auriane höflich und fügte energisch hinzu: »Aber wir müssen uns wieder auf den Weg machen.« Sie wandte sich Avenahar zu, um ihr beim Aufsitzen zu helfen.

»Komm her, Avenahar, ich habe etwas für dich.«

Die Pest soll ihn holen!

Auriane schüttelte unwillig den Kopf.

Er fuhr mit zuckersüßer Stimme fort: »Deine Tunika hat ein eigenartiges Muster ..., aber ich finde es sehr hübsch. Hier, nimm, es ist ein neues Buch über die alte libysche Pferderasse, die du so liebst. Es enthält die Stammbäume der berühmtesten Stuten. Meine Schreiber haben es kopiert und eigens illustriert.«

Auriane stöhnte innerlich. Das Buch war ein ideales Lockmittel. Ihre Tochter las seit einiger Zeit wie besessen alle Werke über Pferdezucht, die sie finden konnte. Trotzdem musste sie Avenahar jetzt anstoßen, um sie zu ermutigen, damit sie näher trat und das Buch entgegennahm. Das Mädchen bedankte sich zurückhaltend bei Victorinus, hielt aber die Rolle so weit von sich, als wolle sie sie nicht haben. Auriane stellte mit Interesse fest, dass ihre Tochter seiner Herkunft größere Bedeutung beimaß als dem Inhalt.

Aus der Nähe konnte Victorinus sehen, dass das »eigenartige Muster« von Avenahars Tunika aus Schlamm und Blut bestand.

Der Ausdruck väterlicher Fürsorglichkeit verschwand. »Ich muss schon sagen, ihr beide seid zu einer höchst ungewöhnlichen Zeit unterwegs. Avenahar, du hinkst ja!« Er sah Auriane an. »Wo ist euer zweites Pferd? Und wo sind deine Dienerinnen und die Sklaven, die euch beschützen?«

»Spar dir deine Fragen für Leute, die in den Gerichtssaal geführt werden, Magistrat«, erwiderte Auriane. »Unsere Frauen sind nicht wie die euren. Wenn es sein muss, reisen wir schnell und allein.«

»Hm ... nun ja, ihr solltet nicht auf dieser Straße sein. Ich meine, nicht ohne ein Dutzend bewaffneter Sklaven, die euch begleiten. Gestern haben vier Matrosen von der Trireme *Concordia* ihren Kapitän ermordet und sich davongemacht. Sie sind bewaffnet, und man befürchtet, sie werden versuchen, in dieser Gegend Raubüberfälle zu verüben. Ihr bleibt am besten in eurer sicheren Villa, bis die Garnison die Mörder alle aufgespürt hat.«

Kalte Angst ließ Auriane erstarren, doch ihr Gesichtsausdruck blieb unbeteiligt und stolz.

»... sie alle aufgespürt hat« ...?

Man suchte also die Flüchtigen bereits! Lurio mochte schon in den nächsten Stunden den Soldaten der Garnison in die Hände fallen.

Victorinus musterte die Frauen einen Augenblick lang mit gerunzelter Stirn. Zwar konnte ihm niemand nachsagen, er sei besonders intelligent, doch der Magistrat hatte das Gespür eines Jagdhundes, wenn es darum ging herauszufinden, ob jemand etwas verbarg.

»Wir vertrauen darauf, dass du deine Pflicht erfüllst«, sagte Auriane scheinbar unbeeindruckt.

»Und was ist mit meiner Antwort, Aurinia ...« In dem schlaffen, alten Gesicht wirkte das eifrige Lächeln, das an einen kleinen Jungen erinnerte, absurd. »Werde ich sie bald bekommen?«

Dein Sohn bekommt meine Tochter im Hades!

Sie unterdrückte diese ehrliche Antwort. Doch es blieb ihr erspart, sich ein paar höfliche, ausweichende Worte auszudenken, denn in diesem Augenblick ritt Lucius, der Sohn des Victorinus, vom Ende des Zugs heran. Der Junge saß auf einem temperamentvollen thrakischen Hengst, einem Rappen, den er nur mühsam zu zügeln vermochte, und dem er deshalb mit Peitschenhieben seinen Willen aufzwang. Der kraftvoll gewölbte Nacken des widerspenstigen Tieres war schaumbedeckt. An der feucht glänzenden Schulter entdeckte Auriane eine klaffende hellrote Wunde. Pferd und Reiter schienen von demselben zornigen Geist angetrieben zu sein. Lucius war ein vierzehnjähriger Junge, dessen Gesicht eine in die Länge gezogene Version der Züge seines Vaters war. Es verriet, wie Victorinus einmal ausgesehen haben musste, bevor Knochen und Konturen unter einem Fettpolster beinahe verschwunden waren und die lebenslange Gewohnheit, üppige Mahlzeiten mit großen Mengen Wein hinunterzuspülen, die Haut bläulich rot gefärbt hatte.

»Weshalb geht es nicht weiter, Vater? Ich hoffe, du sprichst mit Personen von Stand, die unsere Zeit wert sind.«
Der Junge war wie ein scharfkantiger Feuerstein, der Funken sprühte. Er sah Avenahar mit einem unangenehmen Lächeln an.
»Ah, ich sehe! Das heilige, von einem Gott gezeugte Kind.«
Avenahar bedachte Lucius mit einem Blick, der vermutlich Wasser zum Kochen gebracht hätte. Doch Auriane entging auch nicht, dass die Hände ihrer Tochter zitterten.
Avenahar kannte die wahre Geschichte ihrer Herkunft nicht, und zu ihrer Sicherheit hatte Auriane es bis jetzt dabei belassen. Die Menschen in den Dörfern, die um den Stammsitz ihrer Sippe lagen, erzählten sich von einer Geburt auf der Insel der großen Seherin Ramis und glaubten, sie sei von einem mächtigen Waldgeist gezeugt worden. In Wirklichkeit war Avenahars Vater ein römischer Leibeigener namens Decius, ein Gefangener von Aurianes Stamm, der auf den Feldern ihres Vaters gearbeitet hatte. Die Jahre hatten die Schande von Avenahars Abstammung noch vergrößert, denn Decius war zu den Feinden ihres Stammes übergelaufen und überfiel mit ihnen chattische Dörfer. Deshalb verheimlichte Auriane ihrer Tochter auch weiterhin die Wahrheit. Als Avenahar noch jung genug gewesen war, um an das Märchen ihrer Geburt zu glauben, hatte sie den Kindern der Pächter erzählt, ihr Vater sei der Gott Wotan. Darüber ärgerte sie sich immer noch.
»Entschuldigt das ungebührliche und unverzeihliche Benehmen eines Kindes«, erklärte Victorinus hastig. »Er ist nur ein Junge und hat noch viel zu lernen.«
Ein in seinem Stolz verletzter Junge!
Auriane erkannte das plötzlich. Sie vermutete, dass der einsame, unglückliche Lucius die Wahrheit irgendwie erraten oder durch das Gerede der Dienerinnen des Haushalts erfahren hatte – eine Wahrheit, die sein kurzsichtiger Vater noch nicht in Erwägung gezogen hatte. Er würde Arria Juliana nicht bekommen.
Lucius beachtete seinen Vater nicht und sagte zu Auriane: »Ich müsste mich schon sehr täuschen, wenn das nicht die kriegerische Konkubine unseres geschätzten Julianus ist.«
»Lucius, lass das!«, bat sein Vater schwach.

»Es macht mir Angst, auch nur darüber nachzudenken, was du vorhast«, fuhr Lucius ungerührt fort, »denn nur Diebe und Huren sind nachts auf dieser Straße unterwegs.«

»Lucius, nimm dich vor den Schicksalsgöttinnen in Acht«, erwiderte Auriane. Ihr Blick war stählern, und ihre Stimme klang leise, aber energisch. Sie warf Avenahar vorsorglich einen strengen Blick zu, mit dem sie ihr befahl, sich nicht einzumischen.

Lucius senkte die Stimme zu einem verletzten Flüstern. »Du hast mich bereits abgelehnt! Glaubst du, ich wüsste das nicht?«

»*Lucius!*« Victorinus versuchte es noch einmal.

»Leg einer barbarischen Wilden eine Palla um die Schultern, setze sie in eine prächtige Villa, und schon bin ich nicht mehr gut genug für ihre Bastarde!«

»Lucius, du bist nicht einmal gut genug für ein Schaf!«, rief Avenahar, und ihre Worte klangen so herrisch wie ein Befehl. Sie hatte die Stimme ihrer Mutter geerbt. Avenahar stellte sich zornig dem schnaubenden Hengst in den Weg. Auriane versuchte vergebens, sie am Umhang festzuhalten.

»Ich sehe, unser tapferer Junge ist unterwegs zu einer Landpartie, um am Zipfel der Toga seines Vaters und hinter den Sklaven mit einem Stock wehrlose wilde Tiere abzustechen, die in Netzen gefangen worden sind!«, rief sie ihm zu. »Ist daran vielleicht etwas Gutes … außer dass die Schafe mal einen Tag vor dir Ruhe haben?«

»Dein Name ist in der Gosse an alle Wände gekritzelt, Avenahar. Da kannst du zum Beispiel *lesen*: ›Treib es mit einer kleinen Halbgöttin.‹«

»Du hast unser Theater abgebrannt, du Neidhammel!«, schrie Avenahar. »Glaubst du, wir wüssten das nicht?«

»Noch ein Wort, Lucius«, mischte Victorinus sich ein, »und du wirst nicht nur einmal ausgepeitscht!« Der Magistrat wandte sich Auriane zu und sagte: »Und du sorgst besser dafür, dass deine Tochter ihre verleumderische Zunge im Zaum hält, Aurinia. Schurken, die nicht aus der Stadt stammen, haben das Feuer gelegt.« Er räusperte sich. »Meine Untersuchungen haben das *bewiesen*.«

»Ich habe keine Angst vor ihnen wie du, Vater«, fuhr Lucius fort. »Mit Marcus Julianus ist es vorbei. Niemand von Bedeutung kümmert sich in unserer Epoche um Philosophie. Der Kaiser hält sich Philosophen wie Schoßtiere, aber er hört nicht auf sie. Wir leben in einer Ära für tapfere Männer, es ist keine Zeit für Haarspalter mit der Feder, die gegen alles sind, was ...«
»Seid *still,* ihr zwei!« Aurianes Stimme unterbrach ihn energisch. »Du sagst das nur aus verletztem Stolz, Lucius. Ich höre deine Worte nicht. Ich bedaure das Zusammentreffen. Ich will euch nichts Böses. Komm, Avenahar, wir müssen gehen.«
Victorinus zog die Stirn in Falten und wandte sich an seinen Sohn. »*Lucius?*« Er beugte sich so weit aus der Sänfte, dass die Träger sie schnell unter ihm anheben mussten, damit er nicht herausfiel. »In der Frage der Heirat ist noch keine Entscheidung gefallen. Du redest, als sei das bereits entschieden.«
»Er hat Recht, Victorinus ...«
»*Avenahar!*«
»Meine Schwester wird *nie* über deine Schwelle treten.« Avenahars Worte verrieten ihre Schadenfreude. »Ich weiß nicht, was dich dazu gebracht hat zu glauben, meine Mutter und mein Vater würden Arria Juliana so einem erbärmlichen, ungeschliffenen Kerl wie deinem Sohn geben!«
Victorinus sah aus, als habe ihn der Schlag getroffen.
»Aurinia? Kann das wahr sein?«, stöhnte er. »Das ist ja entsetzlich. Ich bin grausam aus dem Hinterhalt überfallen worden. Und ich dachte, wir hätten eine gute Verbindung unserer Familien geschaffen.«
»Es ist wahr, Victorinus, obwohl ich es dir nicht auf diese Weise sagen wollte«, erwiderte Auriane erschöpft. Sie bemühte sich sehr, ihre Stimme sanft klingen zu lassen. »Arria ist noch ein Kind. Bei meinem Volk verspricht man Kinder nicht in der Wiege. Und wir halten es für richtig, dass ein Mädchen bei der Wahl des Mannes, den es heiraten wird, ein Wort mitzureden hat. Dies sind die einzigen Gründe. Ich bin nicht deine Feindin, Victorinus.«
In dem nun eintretenden Schweigen starrte Victorinus wie betäubt und blind vor sich hin. Auriane betrachtete ihn mit zurück-

haltender, gelassener Freundlichkeit. Avenahar blickte triumphierend zu Boden.

Lucius kochte wie ein brodelnder Topf mit fest geschlossenem Deckel.

»Die Götter bestrafen Überheblichkeit, aber vielleicht warten wir nicht auf das Eingreifen der Götter!«, rief Lucius schließlich. »Jeder von euch in diesem lächerlichen Haushalt sollte sich vorsehen. Julianus begeht in seinen Vorträgen an der Akademie in der Stadt Hochverrat. Und mehr und mehr Männer in wichtigen Stellen wissen das. Er spricht sich sogar gegen den kommenden großen Krieg aus, neben dem alle Schlachten Alexanders wie Geplänkel wirken werden. Damit ihr es wisst, ihr beiden, Vater hat Octavius Capito mehrere Briefe geschrieben«, fuhr er hämisch fort. Lucius sprach von dem Sekretär im kaiserlichen Palast zu Rom, der Trajans Korrespondenz aus den Provinzen beaufsichtigte, »in denen er die Niedertracht des Julianus Wort für Wort berichtet, und …«

»*Lucius!*«, schrie sein Vater mit hochrotem Gesicht. »Der Junge lügt!«

Im Gesicht des Magistrats zeigte sich ein Anflug von Unsicherheit, als Auriane zur Sänfte trat. Ihre Ruhe hatte etwas Seltsames, nicht zu Deutendes. Sie nickte unmerklich. In ihrer Ruhe lag etwas Unbekanntes, nicht Erkennbares, etwas Unerbittliches wie eine nicht zu zähmende Naturgewalt, wie ein Fluss, von dem bekannt ist, dass er immer wieder das Ufer überflutet. Wie beiläufig legte sie dem unruhig tänzelnden Hengst von Lucius die Hand über die seidigen Nüstern. Das Tier beruhigte sich sofort, senkte den schönen Kopf und drückte ihn sanft an Aurianes Körper. Der Junge bekam es mit der Angst zu tun. Der Hengst ließ sich sonst von niemandem anfassen. Für Lucius bestand kein Zweifel daran, dass die Frau Zauberkräfte besaß.

»Ich glaube, er sagt die Wahrheit, Victorinus.« Ihre Stimme klang leise. »Aber wieso überrascht es dich, dass dein Sohn deine Machenschaften verrät, wenn du ihn mit Gift großgezogen hast? Mach dir keine Sorgen, ich werde dir deshalb nichts tun. Bei meinem Volk sucht man sich die Gegner nur unter den Stärksten.«

Sie hatte nicht vor, noch etwas zu sagen, doch ihr Blick richtete sich unwillkürlich auf Lucius. »Stell den Giftbecher beiseite, Lucius, und überlasse diese Sache einem Größeren ... sonst rennst du in ein selbst heraufbeschworenes Unglück noch bevor das Jahr zu Ende ist.« Die spontane Weissagung beunruhigte Auriane, und sie fragte sich, ob die Worte aufs Geratewohl aus der Stille hervorgeholt worden waren wie das Geplapper einer Verrückten.
Lucius trat dem Pferd in die Weichen, das sofort bösartig schnaubte und ausschlug. Lucius hob die Hand, ballte sie zur Faust und schob dabei den Daumen zwischen Mittelfinger und Ringfinger, um das Böse abzuwehren. Der Hengst galoppierte mit seinem Reiter an die Spitze der Kolonne.
Victorinus fand schließlich die Sprache wieder: »Du wirst mich als deinen Feind nicht mögen, du elende Zauberin und Hure!«
Er zog den Kopf zurück und schloss wütend die Vorhänge der Sänfte. Auriane zuckte zusammen, als habe er eine Tür ins Schloss geworfen. Dann setzte sich der Tross des Magistrats in einer Wolke aus Fackelrauch, Staub und dem Gestank der Maultiere wieder lärmend in Bewegung und verschwand schließlich im Nebel.

* * *

»Avenahar, deine Worte sind sehr gefährlich! Du hast uns zu einer offenen Kriegserklärung gebracht. Und das zum denkbar schlechtesten Zeitpunkt. Er war bereits misstrauisch, weil wir um diese Zeit unterwegs sind. Wenn der geflüchtete Matrose seine Geschichte erzählt, sind wir erledigt. Zu Hause würde man einen Hitzkopf wie dich als Fluch für das ganze Dorf betrachten und davonjagen!«
Avenahar murmelte kläglich: »Tut mir Leid, Mutter.« Aber ihre Stimme verriet eine gewisse Erleichterung – wenigstens redete ihre Mutter wieder mit ihr. Auriane war nach der Begegnung mit Victorinus die halbe Entfernung zwischen den Meilensteinen stumm vor Zorn neben der Stute gegangen.
»Wir haben uns Feinde gemacht, die Feinde bleiben werden«, fuhr Auriane fort. »Und das war nicht nötig. Wenn du nur lernen

würdest, dass man manchmal kämpfen muss und manchmal nicht!«

»Ich … du hast Recht, Mutter. Aber Lucius, dieses Scheusal … er hat mich zur Weißglut getrieben!«

»Eine kluge Frau lässt sich nie so sehr reizen, dass sie die Selbstbeherrschung verliert, wenn sie es nicht für richtig hält.«

»Mutter … wer war mein Vater?« Avenahar hatte das Gefühl, in ihrer Kehle stecke ein spitzer Stein, als sie sich auf dieses gefährliche Gebiet vorwagte. »Wenn ich von seinen edlen Taten sprechen könnte, hätte ich gegen solche Widerlinge wenigstens eine Waffe in der Hand.«

Aurianes Körper spannte sich unwillkürlich. Ihre Tochter hatte diese Frage noch nie zuvor direkt gestellt. Sie schien bisher zufrieden mit ihren eigenen Vorstellungen und den Geschichten anderer gewesen zu sein.

Er war ein Leibeigener, Avenahar, noch schlimmer, ein römischer Leibeigener … und noch schlimmer, inzwischen ist er der Ratgeber des Häuptlings dieser Aasgeier, der Cherusker, die darauf aus sind, über unseren Stamm herzufallen und sich zu rächen …

Nein. Es wäre grausam, dir das jetzt zu sagen.

»Wir haben schon so lange gewartet«, antwortete Auriane sanft. »Wir warten einfach noch ein wenig länger. Bestimmt wird dein Mondblut bald anfangen zu fließen, und das bedeutet, das Ritual, mit dem du in den Kreis der Frauen aufgenommen wirst, findet bald statt. Wenn die alten Frauen deine Ahnen aufzählen, werden sie auch deinen Vater beim Namen nennen.«

Ich möchte vor allem, dass mehr als eine Mutter dabei ist, wenn du die Wahrheit erfährst.

»Nun ja, er … *war* doch ehrbar und tapfer, nicht wahr?« Avenahar ließ nicht locker. »Er hatte viele Männer, die mit ihm in den Kampf zogen … und eine große Halle?«

Aurianes Unbehagen wuchs. Avenahar schien nicht in Erwägung zu ziehen, dass ihr Vater möglicherweise kein Chatte war.

»Er war ein ehrbarer Mann, als ich ihn kannte, Avenahar … ein Mann, der dir alles gegeben hätte, was er besaß, wenn die Schicksalsgöttinnen ihn nicht auf eine andere Bahn gebracht hätten.«

»Diese Geschichte von Wotan … die hast du dir doch nicht ausgedacht, um etwas Schreckliches zu verbergen?«

»Avenahar!« Sie schüttelte seufzend den Kopf. »Kinder sind die hartnäckigsten Wesen auf der Welt. Schluss jetzt, keine Fragen mehr!«

Das hohle Klappern der Pferdehufe auf dem Pflaster war das einzige Geräusch, nachdem Avenahar in ein kurzes widerwilliges Schweigen versunken war. Doch bald brach ihr aufgestauter Zorn mit solchem Ungestüm aus ihr heraus, dass sich Aurianes Herz schmerzlich zusammenzog.

»Ich bin es leid, dass die Leute gemeine Witze über mich machen! Wir gehören nicht in dieses Land. Ich will nach Hause. Ich schwöre, wenn ich erwachsen bin, werde ich meinen Stamm suchen und mit ihm gegen unsere Feinde kämpfen, so wie du es getan hast. Ich will vergossenes Blut mit Blut rächen! Jetzt weiß ich, dass auch die Götter es so wollen. Habe ich dir nicht gerade zu einem Sieg verholfen, auch wenn es nur ein kleiner war?«

»Blut für Blut. Rache, immer wieder Rache! Du machst mich traurig, Avenahar. Du hast aus meinem Leben überhaupt nichts gelernt.«

»*Du* hattest die Vorstellung, dass die Götter Rache verabscheuen. Das hast du geglaubt, nicht ich.«

»Avenahar, Avenahar …« Auriane hob die Hand und drückte liebevoll das Knie ihrer Tochter. »Was weißt du davon, wie es ist, in einem Zelt aus Ziegenfell auf gefrorenem Boden zu schlafen und nie zweimal am selben Platz zu lagern?« Sie schüttelte langsam den Kopf. »Avenahar, du kannst keine drei Tage ohne einen Gang zu den Ständen der Buchhändler vergehen lassen. Du glaubst, das Leben zu Hause wäre die reine Freude. Aber Kummer und Leid gibt es überall. Auch wir haben Leute wie Victorinus. Ach, du bist genauso wie ich in deinem Alter war. Und das macht mich jedes Mal, wenn ich dich bestrafe, zur Heuchlerin. Aber wie soll ich dich sonst am Leben halten, bis du darüber hinausgewachsen bist?«

»Bist du denn darüber hinausgewachsen?«, fragte Avenahar. »Bist du das wirklich, Mutter?«

»Nein, ich bin es nicht. Aber für mich hat sich vieles geändert.

Inzwischen sind meine Meinungen, Pläne und Absichten von der Genauigkeit, mit der ich früher den Speer geworfen habe. Gewiss, ich verachte bestimmte Römer, aber ihr Land ... es ist nur ein Land. Alle deine Gefühle an Hass zu verschwenden ist so, als ob du Feuer in einen Brunnen wirfst.« Sie griff nach der Hand ihrer Tochter und drückte sie. »Du urteilst zu schnell über Menschen, Avenahar, und noch schneller über ganze Völker. Dein Hass wird nicht immer so heftig und ungezügelt sein. Lass dich nicht von ihm verbrennen, bevor du ein Alter erreicht hast, in dem du ruhiger geworden bist. Warum nur scheint in der Jugend alles so *einfach* zu sein? Als sei das Leben ein Spiel auf einem Brett mit weißen und schwarzen Feldern. Wenn du älter bist, erkennst du bei genauerem Hinsehen, dass die schwarzen Felder dunkelgrau sind. Wenn du noch genauer darauf blickst, weißt du, dass es überhaupt kein Schwarz gibt – nirgends. Und die weißen Felder, die haben Farben, und nicht eine Farbe ist wie die andere. Und das Spiel selbst, nun ja, du wirst erkennen, dass es nicht nur *ein* Spielbrett gibt. Da sind noch andere, darüber und darunter, deren Vorhandensein du nie vermutet hättest. Deshalb musst du auf die älteren Frauen hören. Du bist zu jung. Dein Blick ist noch nicht geschärft genug. Wenn sich dein Bewusstsein weiter geöffnet hat, verdienst du es vielleicht, deinen armen Vater kennen zu lernen.«

Sie erreichten die Kuppe einer kleinen Anhöhe, und vor ihnen lag das Anwesen von Marcus Julianus. Avenahar hatte keine Augen für die große Villa vor ihnen. Sie blickte auf das Spiel des Morgenlichts über ihren Köpfen. Der Himmel war voller Leben, die Erde war noch nicht erwacht. In diesem Augenblick schien der Himmel festes Land, eine Landschaft mit zerklüfteten Bergen und lang gestreckten Tälern zu sein. Felsenwolken ragten aus einem schimmernden See schäumender Milch auf. In Gedanken floh Avenahar auf der unwegsamen Straße der Götter nach Hause. Dort war sie wieder vereint mit ihrem Stamm und nahm ihren Platz zwischen den schattenhaften Helden und ehrwürdigen Frauen ein, bei denen ihre Mutter gelebt hatte. Dort war sie eine Frau, die man verehrte und nicht verspottete, wenn sie in Krieg und Frieden ihre Stimme erhob und Rat erteilte, eine Frau, um die das Leben der Dörfer

kreiste und keine Anstoß erregende Außenseiterin, die sie in dieser ruhigen römischen Provinz immer bleiben würde.
Sie erreichten das mächtige steinerne Portal der Villa. Es war das Tor zu der kleinen, von Dichtern, Naturalisten und Gelehrten bewohnten Stadt, einem kleinen Reich unter der Obhut zweier wohlwollender Regenten – das Landgut von Marcus Arrius Julianus.
Im Pförtnerhaus betätigte ein Torhüter einen Hebel, und das schwere schmiedeeiserne Tor öffnete sich fast lautlos. Auriane und Avenahar gingen unter dem wuchtigen Torbogen aus Kalkstein hindurch, dessen Schlussstein ein Basrelief der Minerva, der Schutzgöttin der Villa, schmückte. Sie betraten eine andere Welt, die unter dem Schutz der mächtigen und gütigen Geister dieses friedlichen und eigenständigen Staatswesens stand. Die runden hellen Kieselsteine knirschten unter den Hufen der Stute, als sie im Schatten der Haselsträucher dahintrottete, aus deren Zweigen Hürden für Zäune geflochten wurden. Sie kamen an alten Buchen und knorrigen Kastanien vorbei, die Holzkohle für die Feuer der Villa lieferten. Schließlich erreichten sie einen überdachten Gang, den zwei riesige runde Wasserbecken flankierten. Sie waren umgeben von freistehenden Säulen aus parischem Marmor. Hohe Fontänen gossen ihr sprudelndes Wasser in plätschernden Kaskaden über phantasievolle Gruppen aus Muscheln, Nereiden und sich windenden Schlangen. Dahinter lagen in ordentlichen Rechtecken die langen Beete des Gemüsegartens, wo Kohl, Rüben, Pastinaken, Erbsen, Bohnen, Salat und Heilkräuter wuchsen. In einem künstlich angelegten Teich, über den sich eine schlichte Holzbrücke spannte, schwammen Gänse. Schließlich erreichten sie einen zweiten überdachten Gang, der im rechten Winkel abbog und zu einem Gebäudekomplex mit roten Ziegeldächern führte. Dort befanden sich die Ställe für die edlen und für ihre Ausdauer bekannten Pferde, die hier gezüchtet wurden. Neben den Ställen gab es einen schilfgedeckten Rinderstall, und dahinter lag eine Wiese, die als Rennbahn diente.
Direkt vor ihnen stand das Haupthaus. Es war ein zweistöckiges Ziegelsteingebäude mit einer Doppelreihe von Glasfenstern. Ein paar Stufen führten zu einer langen Veranda mit majestätischen

korinthischen Säulen. Das Dach war mit Schiefer gedeckt. Die prachtvoll gestaltete Vorderseite und zwei einstöckige Flügel umschlossen auf drei Seiten den von einem Säulengang umgebenen Garten mit labyrinthischen Wegen, Zierbäumen und Blumen, die wegen ihres Dufts angepflanzt worden waren. Wie bei den meisten Villen an der Mosel blieb die Rückseite offen, um den Blick auf den Fluss freizugeben. Zur Rechten der Villa tauchte unwirklich die ausladende Kuppel des großen Badehauses mit seinen von der Apsis ausgehenden Räumen aus dem morgendlichen Dunst auf. Wegen der Gefahr von Bränden stand es in einiger Entfernung vom Hauptgebäude.

Das Landgut war von der Außenwelt unabhängig und konnte seine zweihundert Bewohner, Freie und Sklaven, ohne weiteres ernähren.

Am Säulenportal standen vier *Redas,* vor die jeweils zwei braune Pferde gespannt waren. Die mit reichem Schnitzwerk verzierten Reisewagen waren abfahrbereit.

Er ist öfter unterwegs als hier …

Unwillkürlich und nicht ohne eine gewisse Verzweiflung drängte sich Auriane dieser Gedanke auf, als ihr klar wurde, dass Julianus wegen einer dringenden Angelegenheit wieder einmal nach Mogontiacum gerufen wurde.

Sie übergaben die Stute einem Stallburschen. Mutter und Tochter traten in die Stille des Vestibüls mit seinen Wänden aus kostbarem carystischem Marmor, der Bänder in unterschiedlichen blassen Grüntönen bildete, und von dort in das *Atrium*. Den Fußboden schmückte ein Mosaik der Musen. Die einzelnen Steinchen waren so klein, dass der Eindruck entstand, die Figuren seien mit dem Pinsel gemalt und nicht aus vielen tausend Tesserae zusammengesetzt. Um den Springbrunnen standen schlanke Säulen aus beinahe durchscheinendem Luna-Marmor. Sie leuchteten geheimnisvoll von innen, da sie das sanfte Morgenlicht auffingen, das durch die Lichtöffnung in der gewölbten Decke herabfiel.

Der Kämmerer Demaratos erwartete sie. Es war offensichtlich, dass ihn ihre späte Rückkehr und die schmutzigen Kleider überaus neugierig machten. Der Kämmerer zog unmerklich die Au-

genbrauen hoch, als widerstrebe es ihm, seine makellos glatten attischen Gesichtszüge durch ein Gefühl oder eine Bewegung zu entstellen.
»*Domina*«, begrüßte er Auriane und neigte den Kopf. »Mein Herr möchte dich sofort sprechen.« Es war Auriane ein Rätsel, wie es Demaratos immer wieder gelang, so viel Geringschätzung in die Anrede »*Domina*« zu legen. Sie stellte nur fest, dass er nach dem Wort eine kurze, wohl überlegte Pause einlegte, als wolle er den Hausgöttern Zeit zum Lachen geben.
Demaratos war der einzige Sohn einer verarmten aristokratischen Familie aus Rhodos, dem allerdings eine teure griechische Erziehung zuteil geworden war. Deshalb hatte er sich als Sklave an einen Philosophen verkauft, den er bewunderte. Er hielt es für ein besseres Los, ein höherer Bediensteter im Hause eines großen Mannes zu sein, als ein armer, wenn auch freier Mann, der gezwungen war, schmachvoll im Schmutz zu wühlen, um sein tägliches Brot zu verdienen. Zumindest lebte er unter Menschen von Rang und in einem Haus, in dem Bücher in hohem Ansehen standen. Für den Griechen Demaratos war Rom eine barbarische Stadt, aber Aurianes Herkunft war noch so viel tiefer angesiedelt, dass sich auf seiner gesellschaftlichen Stufenleiter kein Platz dafür fand.
»Zwei Bittsteller warten wegen einer Grenzstreitigkeit im Archiv auf dich«, fuhr er in seiner betont korrekten Aussprache fort. »Du solltest sie nicht empfangen. Allein ihre Kleidung ist eine Schande. Wenn sie nicht einmal etwas Sauberes zum Anziehen finden, bevor sie hierher kommen …«
»Ich werde sie empfangen. Lass ihnen Fleisch und etwas zu trinken bringen, während ich mit Julianus spreche.« Sie war diesen ständigen Kampf mit seinen Vorurteilen leid. Auriane empfand das Verhalten des Kämmerers wie eine nie nachlassende Strömung, gegen die sie schwimmen musste. Keine seiner Kränkungen schien jemals groß genug, dass sie sich veranlasst gefühlt hätte, etwas gegen ihn zu unternehmen. Seine Ablehnung war eher wie eine unbestimmte Wolke, die einen Raum füllte, wenn er erschien, und die mit ihm wieder verschwand.

Das kaum merkliche Schulterzucken bedeutete: Nicht dein guter Name steht auf dem Spiel, sondern der unseres Herrn. Doch Demaratos erwiderte nur mit vollendeter Höflichkeit: »Er ist in der Bibliothek.«

Sie schickte Avenahar mit einer Sklavin weg, damit sie saubere Kleider bekam und der verletzte Fuß behandelt wurde. Ein junger Diener schob stumm eine Falttür zur Seite, und Auriane betrat den innersten Teil des Hauses. Sie war sich der Dicke der Mauern deutlich bewusst, der Wärme, die von dem Hypokaust unter dem Fußboden kam, und der wunderbaren Vorrichtung zum Anzeigen der Stunden. Sie dachte daran, dass es Diener für jede kleine Aufgabe und vertrauenswürdige Tutoren für die Kinder gab, und an die Stapel Rechnungsbücher im Archiv, in denen alle Erträge der über fünf Provinzen verstreuten Ländereien verzeichnet waren.

Früher hatte sie ohne all diese Dinge gelebt, und sie konnte es jederzeit wieder tun. Aber hatte sie das Recht, ihren Kindern zu nehmen, was die Schicksalsgöttinnen ihnen geschenkt hatten?

Hör auf damit! Es wird alles gut werden.

Die Schatten der Nacht bildeten noch immer dunkle Teiche in der Bibliothek. Ein angenehmer Zederduft hing in der Luft. Marcus Julianus saß ihr zugewandt an einem Arbeitstisch, der, wie sie nie müde wurde zu scherzen, sehr viel weniger geordnet war als sein Verstand: Korrespondenz und alle möglichen Dokumente stapelten sich darauf, und darunter lagen entrollte Landkarten, die von Handlampen aus Bronze daran gehindert wurden, sich wieder zusammenzurollen. Wenn er konzentriert arbeitete, schien er niemals an die damit verbundene Brandgefahr zu denken.

Marcus betrachtete aufmerksam eine der Karten, während ein junger griechischer Sekretär neben ihm saß und mit klarer Stimme einen vertrauten Text vorlas: »… wie können wir also etwas als ›mein‹ bezeichnen? Wir können das nur so tun, wie wir das Bett in einer Herberge ›mein‹ nennen. Wenn du kein Bett findest, schlafe auf dem Fußboden, aber tu es guten Mutes, und erinnere dich daran, dass Tragödien bei den Reichen zu finden sind und bei Königen und Tyrannen …«

Sie kannte den Text. Er stammte von Epiktet, und das verriet ihr, dass Marcus etwas schwer auf der Seele lastete, denn er ließ sich die Werke dieses Philosophen vorlesen, wie jemand vielleicht Wein trank, um sich zu beruhigen.
Hinter ihm bemerkte sie ein ungemachtes *Lectus*, auf dem er vermutlich kurz geruht hatte. Offenbar hatte er die ganze Nacht in der Bibliothek gearbeitet. Etwas an dieser Szene wirkte feierlich, sogar heilig auf sie. Auriane hatte plötzlich den Eindruck, einen geheimnisvollen Ritus zu stören, mit dem Marcus die Geister der Dunkelheit bannte, indem er das Licht des Geistes leuchten ließ.
Marcus trug zum Schutz gegen die kühle Luft zwei Tuniken übereinander – alte, abgetragene, die schon unzählige Male gewaschen waren. Vermutlich wusste er nicht, dass der Morgen bereits angebrochen war.
Er hob den Kopf und blickte sie keineswegs überrascht an. In seinem Gesicht zeigte sich sofort die Freude darüber, sie zu sehen. Ein Teil von ihm schien ständig auf sie zu warten, als sei sie niemals ganz von ihm getrennt. Er stand auf und befahl dem Sekretär zu gehen.
Für Auriane gab es keine überwältigendere Schönheit als die seines Gesichts. Er war mit den Jahren hagerer geworden, sodass seine markanten Züge noch deutlicher hervortraten. Aber noch immer verrieten sie dieselbe hochherzige Gesinnung.
Marcus zog sie sanft an sich. Sie fuhr mit der Hand durch seine dunklen, kurz geschnittenen Haare, in denen sich seit einiger Zeit das erste Grau zeigte. Sie umarmten sich ein paar süße Augenblicke lang. In seinen Armen fühlte sie sich wohl. Sie empfand die Glückseligkeit eines Säuglings oder eines Vogels im Nest, während sie sich gegenseitig Kraft schenkten und sie sich auf eine Weise an ihn presste, die gleichzeitig leidenschaftlich und mütterlich war. In neun Jahren hatte selbst das flüchtigste Zusammenkommen nichts von dem seligen Entzücken der allerersten Stunden ihrer Liebe verloren. Schließlich umfasste er ihre Schultern, hielt sie auf Armeslänge von sich und betrachtete sie stolz.
»Du bist ein gutes Argument dafür, dass die Straßen in diesem

Jahr instand gesetzt werden müssen«, sagte er mit einem belustigten Lächeln.
»Kann ich mich nicht auch einmal im Schlamm wälzen, ohne dass alle sofort darüber reden?«
»Welche Stunde haben wir?«, fragte er, sah sich um und entdeckte etwas überrascht das schwache Licht, das durch ein Glasfenster hoch oben in der Wand der Bibliothek fiel. »Du kommst erst jetzt zurück? Hat es Schwierigkeiten gegeben?«
»Wir hatten einen kleinen Unfall. Nichts Schlimmes, wirklich nicht ... Avenahar hat ihr Pferd verloren. Wir mussten den ganzen Rückweg zu Fuß gehen.«
»Habt ihr Blumen zum Schrein der Mütter gebracht?«
Aurianes anerzogene Wachsamkeit stellte sich wieder ein. Sie hatte die Geschichte schon halb vergessen, die sie erfunden hatte, um den nächtlichen Ausflug zu erklären. Es erschien ihr plötzlich schäbig und jämmerlich, seine Freundlichkeit mit einer Lüge zu erwidern. Sie wandte den Blick ab.
»Ja, das haben wir.«
»Wieso ist die kleine Wölfin nicht an deiner Seite? Da muss doch irgendetwas geschehen sein.«
»In diesem Alter geschieht immer etwas. Der abscheuliche Lucius ist an allem schuld. Er hat sie wieder einmal verspottet.«
»Ein nichtswürdiger Vater mit einem nichtswürdigen Sohn. Ich werde Victorinus eine strenge Rüge erteilen.«
»Marcus, sie hat mich nach ihrem Vater gefragt, und mich hat der Mut verlassen. Ich konnte es ihr nicht sagen.«
»Hast du dir schon einmal überlegt, dass sie vielleicht mehr darunter leidet, es nicht zu wissen? Das bringt einen lebhaften und einfallsreichen Verstand nur dazu, sich noch etwas Schlimmeres als die Wahrheit vorzustellen.«
»Wie kann etwas noch schlimmer sein? Nach ihren Maßstäben ist Decius ein Ungeheuer. Ich fürchte, sie wird den Verstand verlieren, wenn sie bei der Initiation seinen Namen hört.«
»Warum vertraust du nicht darauf, dass ihre Vernunft ihr hilft, auch das durchzustehen?«
»Ich kann nicht auf etwas vertrauen, von dem ich in letzter Zeit

wenig gesehen habe!« Ihre Antwort klang heftiger, als sie sie beabsichtigt hatte. Sie zuckte hilflos mit den Schultern und fragte besorgt: »Warum musst du so bald gehen?«

»Es ist für mich genauso unerfreulich wie für dich, aber der Bericht über die Stärke unserer Verteidigung entlang der germanischen Grenze muss noch vor den Floralien fertig gestellt sein.«

Mit jedem Monat erschien ein großer Krieg, der alle Kräfte des Reichs fordern würde, wahrscheinlicher. In Europa gab es nur eine einzige Nation, die mächtig genug war, Rom die Stirn zu bieten, und das war Dakien. Im Winter war die Nachricht eingetroffen, dass sich der dakische König geweigert hatte, seinen Tribut in Gold zu leisten. Nach letzten Meldungen hatte er inzwischen alle römischen Befestigungen auf seinem Gebiet eingenommen und die Besatzungen zu Sklaven gemacht. Julianus war Mitglied von Trajans *Consilium*, einem Rat von vierzig Männern unterschiedlichen Rangs, die dem Kaiser als Berater dienten. Ein Ausschuss dieses Rates sollte in der etwa eine halbe Tagesreise auf der Poststraße südlich gelegenen Festung Mogontiacum zusammentreten, um zu entscheiden, ob die römischen Befestigungen entlang des Rheins einen Abzug von Truppen für den offenbar unvermeidlichen dakischen Feldzug des Kaisers verkraften konnten.

»Bevor ich mich auf den Weg mache, muss ich dich etwas fragen«, fuhr Marcus fort. »Es ist so gut wie sicher, dass dieser Feldzug im Osten stattfinden wird, auch wenn bei der Vorstellung, es offen auszusprechen, jemand wie ich ein flaues Gefühl bekommt. Das bedeutet, dass Truppen von der Grenze zu deinem Stamm abgezogen werden. Das kann aber nur geschehen, wenn dort Ruhe herrscht. Das bringt uns zu deinem alten Kampfgefährten Witgern. Auriane, hast du irgendwelchen Einfluss auf ihn?«

Sie senkte traurig den Kopf. In ihrer Kindheit war Witgern einer der Gefolgsleute ihres Vaters gewesen. Aber inzwischen war er ein verbitterter Außenseiter, der Anführer eines Trupps geächteter, unzufriedener chattischer Krieger, die sich an Rom mit kleinen Sabotageakten entlang der Grenze rächen wollten.

»Kannst du ihm eine Botschaft zukommen lassen, dass er sich um der alten Zeiten willen ruhig verhalten soll? Es wäre ein gefähr-

licher Augenblick für seine üblen Streiche. So etwas könnte eine Strafexpedition nach sich ziehen.«
»Es wäre ein Wunder, wenn ich ihn überhaupt ausfindig machen könnte. Und ich weiß nicht, ob er auf mich hören würde. Alle sagen, sein Verstand ist zerrüttet, und er hört auf niemanden als auf die Götter. Aber seine Überfälle sind doch nur Flohstiche. Er würde niemals eine römische Festung angreifen.«
»Einer meiner Späher hat Informationen, dass er genau das vorhat. Aber der Mann hat sich schon öfter geirrt, deshalb … Auriane, was hast du?«
Auriane war in sich selbst versunken. Ihre Augen schienen angestrengt auf etwas zu blicken, das für ihn unsichtbar blieb. Gleichzeitig waren sie offen wie der Nachthimmel. Auriane war sich nur bewusst, dass ihr Blick scheinbar von einer der sanft brennenden Bronzelampen auf dem Arbeitstisch angezogen, gefesselt und dann in die Flamme hineingezogen wurde. Die Erschöpfung nach der überlangen Nacht hatte die gleiche starke magische Wirkung auf ihr Bewusstsein, wie sie normalerweise nur das lange ruhige Betrachten des heiligen Feuers hervorrief. Die Welt um sie herum schien allmählich zum Stillstand zu kommen, als falle ein unsichtbarer Mantel zu Boden. Darauf folgte die Gnade des Zustands schöpferischer Leere, die ihren Blick für andere Welten öffnete.
»Was hast du?«, fragte er, diesmal flüsternd, und zog ihr Gesicht näher zu sich heran, als wolle er genau erkennen, was sich in ihren halb geschlossenen Augen spiegelte.
»Marcus, es ist bereits zu spät.«
»Was ist zu spät?«
»Du kannst niemanden mehr rechtzeitig warnen. Witgern wird heute in der Abenddämmerung angreifen.«
»Wo?« Er hatte inzwischen gelernt, nicht an ihr zu zweifeln.
»Das Kastell nördlich der Quellen der Mattiaker … an der Grenzlinie. Der Präfekt heißt …«, sie runzelte die Stirn und suchte angestrengt nach dem Namen des Mannes, »… Hoffnung … ja, so heißt er.«
Der Name ergab keinen Sinn, aber Marcus kannte das Kastell.

»Gütige Vorsehung, wieso ausgerechnet dort? Dieses Kastell ist besser verteidigt als vier, nein, fünf andere im Nordosten.«
Sie schloss die Augen ganz, als könne sie so besser sehen. »Dort gibt es etwas, das ihm sehr teuer ist ... ich meine Witgern, ich meine ... ich weiß nicht. Mehr sehe ich nicht. Das ist alles.«
Plötzlich war sie zu müde, um noch länger aufrecht zu stehen, und sank mit gekreuzten Beinen auf einen Stuhl.
»Gut. Ich muss los«, erklärte er entschlossen. »Ich kann um die Mittagszeit in Mogontiacum sein. Ich werde die Sache so berichten, als stamme die Nachricht aus den regulären Quellen, damit sie nicht denken, ich hätte den Verstand verloren.« Beim Sprechen sammelte er schnell ein paar der Wachstafeln zusammen, die auf dem Arbeitstisch lagen. Auf zweien oder dreien erkannte sie die vertraute pompöse Grußformel eines Schreibens an den Kaiser. Als er ihren fragenden Blick bemerkte, sagte er: »Sie würden dich nicht interessieren. Es wäre eine ermüdende und langweilige Lektüre. Es sind nur die Kopien von Briefen und Antworten des Rates im Zusammenhang mit dieser unerfreulichen Angelegenheit ... das Geld, das über die Grenze zu deinem Stamm geschmuggelt wird.«
Sie atmete langsamer und hielt dann die Luft an.
»Es ist ärgerlich und sehr ungewöhnlich, dass man den Übeltäter noch nicht gefunden hat. Offenbar ist die Belohnung für jeden, der uns den Namen des Übeltäters nennt, inzwischen auf *zwei* Millionen erhöht worden ... und trotzdem sind wir bis jetzt nicht weitergekommen. Unser armer Maximus verliert noch den Verstand. Das ist auch ein Grund dafür, dass ich in die Festung muss.«
Maximus war der Statthalter in Mogontiacum und ein guter Freund von Julianus. »Er wird mit Kritik überhäuft, weil es ihm nicht gelingt, die Schmuggler aufzuspüren. Er fürchtet, Rom wird ihn deshalb ein Jahr früher von seinem Amt abberufen. Allmählich gerät er in Panik und ordnet völlig lächerliche Festnahmen an. Nachdem sich die Spur zu den Brüdern Ibliomaris als falsch erwiesen hat, werden jetzt sogar Frauen verhört. Er hat mehrere bekannte Frauen der Töpfergilde in Colonia vorführen lassen.«

Marcus schüttelte den Kopf und sagte dann: »Ich muss zu ihm und ihn zur Vernunft bringen.« Er beugte sich über sie und blickte ihr besorgt ins Gesicht. »Auriane … was ist los?«
Sie überlegte, ob sie ihm die Wahrheit sagen sollte. Es schien so einfach, als schütte sie vor Erschöpfung einen schweren Sack Steine aus, den sie nicht länger tragen konnte. Doch sie beschloss, es nicht zu tun.
»Vieles. Meine Mutter …«
»Aber ich habe dir doch schon gesagt, wir werden Atlind und ihren Haushalt in Sicherheit bringen, lange bevor die Cherusker ihr Dorf erreichen. Es muss etwas anderes sein. Was ist es?«
»Da ist außerdem Victorinus«, sagte sie gepresst und wandte den Blick ab. »Er hat erfahren, dass sein Sohn unsere Arria nicht bekommen wird, und sinnt deshalb auf Rache.«
Marcus lachte leise. »Das macht dir Angst? Es war nichts als wohlwollende Rücksichtnahme, ihn überhaupt ernst zu nehmen. Bestimmt hat er nie wirklich geglaubt …«
»Da irrst du dich. Und jetzt ist er gefährlich wütend.«
»›Gefährlich‹ und ›Victorinus‹ gehören nicht in einen Satz! Er ist ein unbedeutender, wenn auch aufdringlicher Mann, dem wir nur aus Höflichkeit nicht sofort eine Absage erteilt haben. Es ist eine neue und für dich ungewöhnliche Beschäftigung«, sagte er lächelnd, »dir über einen möglichen Mückenstich Sorgen zu machen. Denk an die Pferde. Ein Schlag mit dem Schweif, und die Mücke ist weg.«
Ich habe einmal von einem Pferd gehört, das nach einem Mückenstich gestorben ist. Die Wunde hat geeitert. Das Kleine kann das Große sehr wohl zu Fall bringen.
Auriane sah ihn bekümmert an und schwieg.
»Da steckt mehr dahinter.« Marcus ließ nicht locker. »Was quält dich so?«
Wenn ihre Augen tiefe Brunnen gewesen wären, hätte er bis hinunter auf den Grund geblickt. Da er das voll Freundlichkeit tat, kam sie sich noch mehr wie ein in die Enge getriebenes Tier vor.
Sag es ihm. Die Wahrheit wird eine schmerzliche Befreiung sein, so, wie wenn man eine Eiterbeule mit der Lanzette aufsticht.

Marcus, ich habe dir deinen Reichtum genommen und ihn benutzt, um ein schweres Verbrechen zu begehen. Ich habe mich für mein Volk und gegen dich entschieden. Und wenn man mich fasst, werde ich wahrscheinlich nicht nur mich, sondern auch dich vernichten.

Nein! Hat er nicht genug Sorgen? Es ist ein zu großer Verrat … es könnte unser Leben hier beenden.

Und es besteht durchaus die Möglichkeit, dass die ganze Sache nie ans Licht kommt.

Also sagte sie nur: »Vielleicht haben wir vor sieben Jahren einen Fehler gemacht, als wir hierher gezogen sind. Im Grenzgebiet zu leben ist einfach nicht möglich, und es wird auch nie möglich sein …«

»Unsinn! Ich möchte kein anderes Leben als dieses hier mit dir.« Er zuckte liebenswürdig die Schultern. »Es gibt keine Probleme für uns, die wir nicht mit Geduld und Zeit lösen könnten.«

Sie stand auf und schob den Arm in seinen. Einträchtig, in einer beiläufigen, beinahe unbewussten Zurschaustellung ihrer Liebe verließen sie die Bibliothek und sprachen auf dem Weg zu den wartenden Wagen leise über die täglichen Dinge des Haushalts.

Nachdem Julianus gegangen war, redete Auriane mit den beiden Bittstellern, dann schlief sie, aber nur eine Stunde und sehr unruhig. Sie rief einen ihrer vertrauenswürdigen Diener. Der Mann war Verwalter des Weinguts bei Lugdunum in Südgallien, das auf sie übertragen worden war. Sie schickte ihn zur Anlegestelle in der nahe gelegenen Stadt Confluentes und trug ihm auf, die Dienste eines Mannes namens Aprossius in Anspruch zu nehmen. Der Mann besaß einen Speicher, in dem Rinderhäute lagerten, die an die Legionen verkauft wurden. Sie wusste, dass Aprossius einer zweiten, einer geheimen Beschäftigung nachging. Er spürte mit großem Geschick Leute auf, und wenn er seinen Lohn in Empfang nahm, stellte er keine Fragen. Sie würde ihn beauftragen, Lurio ausfindig zu machen. Sie wollte den geflüchteten Matrosen mit einer Summe bestechen, die höher war als die ausgesetzte Belohnung. Es schien ein verzweifelter Plan, aber sie musste es versuchen.

Nachdem das erledigt war, ging sie leise in Avenahars Schlafkammer.

Wie friedlich sie schläft … mit dem Vertrauen eines Kindes in das Gute dieser Welt. Wie anders ist sie im wachen Zustand!

Ihre jüngere Tochter Arria stand im Freien und erhielt Unterricht vom Stallmeister. Auriane hörte ihr fröhliches Rufen.

Um sie muss ich mir keine großen Sorgen machen. Arria ist durch und durch ein römisches Kind, das sich nicht zu meinem Stamm hingezogen fühlt.

Aber Avenahar? Was soll ich mit ihr tun? Sie ist ein Feuer, das ich nicht unter Kontrolle halten werde. Sie kann nicht hier leben und heiraten. Sie muss nach Hause. Und was wird aus mir? Ich, die Kriegerin und Tochter eines Chattenhäuptlings, die von einem ungewöhnlichen, reichen römischen Staatsmann geliebt und bald als Verräterin entlarvt werden wird? Aurinia ist zwar reich, aber sie kann ihrem Stamm nicht länger mit römischem Silber den Schutz vor den Feinden kaufen.

Aus einem unerfindlichen Grund war ihr plötzlich überdeutlich bewusst, dass ihre gesellschaftliche Stellung und die ihrer beiden Töchter, im Grunde ihr ganzes Wohlergehen und ihre Sicherheit, einzig und allein in der Hand von Marcus Julianus lagen. Gewiss, er war ehrenhaft und sorgte dafür, dass es ihnen gut ging, aber trotzdem – nur ein einziges Herz, das Leben eines einzigen Mannes, schützten sie vor einer fremden Welt mit ihrem verwirrenden Dickicht von Gesetzen, von denen einige vernünftig und andere barbarisch waren. Es waren Gesetze, nach denen ihre Kinder als Mischlinge galten und sie selbst nur wenig mehr als ein Tier war, auch wenn sie die römischen Bürgerrechte besaß. Was würde mit ihnen geschehen, wenn Marcus nicht mehr da war, um sie zu beschützen?

Und wie soll ich nach allem, was ich Marcus angetan habe, nicht vor Scham und Trauer vergehen, wenn die Sache jemals ans Licht kommt?

Drittes Kapitel

Marcus Firmius Speratus, Lagerpräfekt der ersten Kohorte der zweiten Legion Augusta, starrte mit wachsendem Unbehagen auf das aufgewühlte Meer windgepeitschter Fichten. Er stand auf dem Postengang eines kleinen Grenzkastells. Die Wälle aus Grassoden waren mit Baumstämmen verstärkt. Die grasgedeckten Dächer der Ecktürme reckten sich tapfer dem Himmel entgegen, der dem Land mit einer stürmischen Nacht drohte.

Das Kastell war nur mit einer einzigen Centurie der zweiten Legion bemannt, die durch eine Hundertschaft einheimischer Hilfstruppen verstärkt wurde.

Dieser winzige Vorposten des Reichs befand sich am Rand der Zivilisation. Schon zweihundert Schritte weiter endete die römische Welt im gespenstischen Dunkel der Wildnis, und das barbarische Land der Chatten begann. Eine Heerstraße, ein Graben und ein Zaun aus geflochtenen Weidenzweigen markierten den Limes, die dreihundert Meilen lange Grenze, deren bescheidenes Aussehen ihrem großen Zweck widersprach. Der Limes trennte die bekannte von der unbekannten Welt, die historische Zeit von der mystischen Zeit.

Das Licht am Himmel schwand erschreckend schnell, und die Nacht hatte bereits von dem Wald Besitz ergriffen. Speratus lief ein Schauer über den Rücken. In der zehnten Stunde des Tages waren seine *Exploratores*, die Männer des Nachrichtendienstes der Legionen, mit der Meldung zurückgekommen, dass sie mitten in dem unwegsamen Gelände, in dem es weit und breit keine chattischen Siedlungen gab, Rauch hatten aufsteigen sehen. Mit einiger Mühe stellten sie fest, dass der Rauch aus einem Sumpfgebiet kam.

Als Speratus daraufhin anordnete, die Schafe von der Weide vor den Wällen in die Sicherheit des Kastells zu treiben, schien die Herde einer Panik nahe, und es fehlten einige Tiere.
Der Präfekt forderte dringend Verstärkung durch Fackelsignale an, die über eine Reihe von Signaltürmen den Rhein und das große gemauerte Kastell am Brückenkopf vor Mogontiacum erreichten. Speratus konnte jedoch nicht damit rechnen, dass vor der zehnten Stunde am nächsten Tag Truppen eintrafen. Dann schickte er eine Abteilung Freiwilliger vor die Wälle. Sie übernahmen die gefährliche Aufgabe, in Reichweite eines Wurfspeers vor dem Nordtor des Kastells einen zusätzlichen Verteidigungsgraben auszuheben und darin angespitzte Pfähle aufzustellen. Doch Speratus fürchtete zu Recht, die Männer würden mit der Arbeit nicht fertig werden, bevor die Dunkelheit sie wie ein Raubtier überfiel. Bestimmt würde sich selbst ein Grieche aus Alexandria, dessen Bewohner dafür bekannt waren, dass sie über den Glauben an unsichtbare Mächte spotteten, nicht nachts in dieser von den Göttern verdammten Wildnis aufhalten. Hier hatte man nur den einen Wunsch, sich im Schein des Kochfeuers zusammenzukauern und darauf zu warten, dass das Morgengrauen einen von den zahllosen Ängsten der Nacht erlöste.
Es gab viele Geschichten von gespenstischen Lichtern, die zu den schaurigen Gesängen unsichtbarer Wesen durch den Wald tanzten, und von wilden Tieren, auf die keine Beschreibung bekannter Lebewesen passte. Immer wieder kam es vor, dass Soldaten, die sich nicht mehr als zwanzig Schritte von ihrer Kolonne entfernt hatten, auf Nimmerwiedersehen im Dickicht verschwanden. Irgendwann fand man vielleicht ihre gebleichten Skelette in einem blutigen Opferhain der Barbaren.
In einer Reihe grausamer Kriege am rechten Rheinufer war Rom bis in diese Wildnis vorgedrungen. Speratus war der Ansicht, dass die römischen Truppen nach dem Chattenkrieg zu dünn in dem von den Göttern verlassenen Land verteilt worden waren. Der Präfekt wusste, man rechnete damit, dass sein Kastell bei einem schweren Angriff den Chatten in die Hände fallen würde. Die lange Grenze wurde auf diesem Abschnitt nur unzulänglich patrouil-

liert und von grasbedeckten Wachtürmen geschützt, die einen halben Tagesmarsch voneinander entfernt standen. Speratus hoffte nur, sie würden die Barbaren lange genug aufhalten, damit die Legionen in den großen Kastellen am Rhein in Alarmbereitschaft versetzt werden konnten.

Da Rom daran gelegen war, das Leben von Römern nicht unnötig aufs Spiel zu setzen, wurden in den kleinen Grenzkastellen einheimische Hilfstruppen stationiert. Nur ein Viertel der Männer unter dem Kommando von Speratus waren geborene Römer. Bei den meisten handelte es sich um Rekruten vom Stamm der Ubier – im Schnellgang ausgebildete Männer, die noch nie in einer Schlacht gekämpft hatten.

Als das sanfte Licht des beinahe vollen Mondes langsam über den fernen Hügeln auftauchte, hörten die Männer plötzlich Wolfsgeheul.

Der Präfekt wusste sofort, dass es sich nicht um vierbeinige Wölfe handelte. Unerfahrene Neulinge ließen sich vielleicht täuschen. Aber der lange Dienst an der Grenze hatte Speratus gelehrt, das Geheul eines Wolfs von dem der Wolfskrieger zu unterscheiden. Mit Disziplin gelang es ihm, sein Gesicht so unbewegt wirken zu lassen wie das Gesicht einer Bronzestatue, denn seine Männer, die unter ihm im Schein der unruhig flackernden Fackeln standen, ließen ihn nicht aus den Augen.

Einer der Wachposten vom Westturm trat neben ihn. Im Halbdunkel sah Speratus die glatten Umrisse eines Helms, eine große Nase, die wie ein gebeugter Finger nach unten wies, und Augen, die nur zwei horizontale Schlitze zu sein schienen. Es war Vettius Gratus, der Soldat, der das besondere Vertrauen des Präfekten genoss, ein Veteran, der seit dreißig Jahren in der Legion diente.

»In die kimmerischen Tiefen mit den schlauen Bestien!«, stieß der Wachposten mit gedämpfter Stimme hervor. »Wie viele sind es wohl, nach dem Geheul zu urteilen? Was würdest du sagen?«

Das Wolfsgeheul wurde lauter. Es klang wie eine Hymne an die großen Geister des Waldes, ein feierlicher Ritus. Die Klagen stiegen hoch in die Luft. Sie waren ein Ausdruck der Trauer über Tragödien, von denen Speratus niemals etwas erfahren würde. Es schien, als hätten die Hügel mit ihren uralten Wunden endlich eine Stimme gefunden. Das Geheul hallte durch die Welten, klagte die Dunkelheit an, erhellte das Moos mit gespenstischem Licht, brachte Leben in die kalte Erde und weckte die Toten auf.

Die beiden Männer wussten, dass die chattischen Krieger den volltönenden, gefühlsbeladenen Wolfsruf erstaunlich geschickt nachahmen konnten. Es hieß, die chattischen Wölfe täuschten sogar die Wolfsrudel in den Wäldern, die manchmal in Antwortgeheul ausbrachen und das schaurige Konzert noch unheimlicher machten.

Es wäre Speratus nicht leicht gefallen, wenn er hätte erklären müssen, weshalb er wusste, dass das Wolfsgeheul in dieser Nacht von Männern und nicht von Tieren stammte. Manche Dinge ließen sich nicht in Worte fassen. Er hörte nur, dass in den Tönen eindeutig eine gewisse menschliche Durchtriebenheit lag.

»Nicht weniger als zweihundert«, antwortete Speratus schließlich. Gratus nickte, und das Kastell aus Grassoden und Holz wirkte in dem riesigen Wald plötzlich sehr klein und verloren.

»Sie sind in der Nähe, Herr«, sagte Gratus nach einer Weile. »Sie haben den Limes überschritten. Die Wolfskrieger rücken vor. Sie haben die Hälfte der Strecke zwischen dem Limes und uns bereits zurückgelegt.« Er fluchte leise. Dann sagte er: »Irgendetwas stimmt nicht. So kühn und frech habe ich sie nur erlebt, als sie noch nicht von uns besiegt worden waren.«

Gratus umklammerte den Speer mit der Wurfhand, und am Unterarm wölbte sich sofort ein gut trainierter Muskelstrang – Speerwerfen war in diesem einsamen Vorposten der Zivilisation auch während der dienstfreien Zeit die Hauptbeschäftigung der Männer.

»Der Größe dieser Horde nach zu urteilen … kann es nur unser einäugiger Freund sein …«

»Witgern …?« Speratus nickte. »Du hast zweifellos Recht, Gratus. Du willst natürlich Rache nehmen. Die Männer auch. Das ist gut so. Aber sprich nicht darüber, bis wir sicher sein können.«

Man erzählte, der Chattenhäuptling Witgern habe den Verstand verloren. Und die Leichtgläubigen an beiden Ufern des Rheins behaupteten, er beherrsche die Kunst der Verwandlung und könne

Wolfsgestalt annehmen. Vor einem Überfall unterzogen er und seine Männer sich angeblich geheimnisvollen Ritualen, bei denen sie die Geister von Wölfen beschworen und sich mit ihnen vereinten. Als Wesen ohne Wissen um den Tod stürzten sie sich dann mit übermenschlichem Mut mitten unter die Feinde.

»Komm nur, Witgern! Ich warte auf dich. Jetzt wirst du für den Hirsch bezahlen!«, knurrte Gratus. Zwei Männer unten im Hof hörten seine Worte. Sie schöpften gerade aus einem Kessel, der auf einem Dreifuß stand, ihre Abendration Dinkelbrei. Sie drehten sich um und riefen: »Rache für den Hirsch!« Der Ruf wurde schnell von der ganzen Besatzung des Kastells aufgenommen.

Im Jahr zuvor hatte Witgern eine brünstige Hirschkuh im Netz gefangen und in der Nähe einer Höhle, in der er und seine Wolfskrieger versteckt lagen, an einen Baum gebunden. Danach trieben sie einem Trupp jagender Legionäre einen Hirsch zu. Der Hirsch nahm die Witterung der Hirschkuh auf, näherte sich ihr und lockte auf diese Weise die Legionäre in Witgerns Hinterhalt. Von zwanzig waren nur zwei zurückgekehrt, um die Geschichte zu berichten.

»Ruhe! Löscht die Fackeln!«, befahl Firmius Speratus. Mit Hilfe der Signalflagge wurden alle Männer auf den mit Kies bestreuten Wall gerufen, der als Kampfplattform und Postengang diente.

Das Kastell war nicht ausreichend bemannt, und Speratus wusste, ihre einzige Hoffnung lag darin, in eindrucksvoller Zahl auf dem Wall zu erscheinen. Die Legionäre an den sechs Katapulten drehten die Winden und warteten auf das Zeichen des Präfekten.

Speratus besann sich auf eine List und befahl, den Fellumhang eines Chatten am Wall aufzuhängen. Das signalisierte den Wolfskriegern, dass sich im Kastell eine Geisel befand, die man bei einem Angriff töten würde. In Wahrheit hatten sie jedoch keine Geisel.

»Darf ich etwas sagen?« Das Flüstern kam von einem verängstigten Neunzehnjährigen, einem Mann der ubischen Hilfstruppen. Speratus nickte knapp.

»Ich bin mir sicher ... ungefähr in der Mitte der Wache ... habe ich Stahl zwischen den Bäumen aufblitzen sehen.«

»Magissius, ich schneide dir die Zunge heraus, wenn du solche Dinge erzählst, ohne sie beweisen zu können«, fuhr ihn der Präfekt ungnädig an. Nach Kriegsende hatte Rom den Chatten alle Eisenwaffen abgenommen. Witgern kämpfte mit Speeren und Keulen und gelegentlich mit Steinen. Seine Stärke lag in der genauen Kenntnis des Landes, nicht in seiner Bewaffnung.

Doch nachdem Speratus einen Augenblick angestrengt in den dunklen Wald geblickt hatte, sah er es selbst – ein kalter Mondstrahl glitt über Eisen, das hin und wieder fahl hinter den Stämmen der Bäume schimmerte. Was er sah, ließ sich nicht leugnen. Er hatte seit langem den Verdacht, dass das Silber, das über die Grenze geschmuggelt wurde, zum Kauf von Schwertern diente. Doch die meisten Berichte behaupteten, die Waffen der Chatten seien in einer Höhle gehortet. Aus Gründen, die niemand richtig verstand, schienen die Chatten bisher jedoch nicht willens, sie zu benutzen. Speratus hatte ein flaues Gefühl im Magen, aber in seine Besorgnis mischte sich auch Neugier.

Warum hier? Warum jetzt?

Energisch und mit Blicken, denen nichts entging, inspizierte der Präfekt die Männer, die inzwischen in zwei Reihen auf dem Wall standen. Dann stieg er auf den Torturm, damit alle seine Leute ihn sehen konnten.

Er senkte den Arm, und sechs Katapultbolzen flogen blitzschnell in die Nacht. Man hörte das dumpfe Aufschlagen im Laub, dann herrschte Stille. Sie hatten ihr Ziel verfehlt.

* * *

Im tiefen Dunkel des Waldes kauerten zweihundert Chattenkrieger im feuchten Moos. Sie ließen ihr Geheul allmählich in der Dunkelheit verklingen, und schließlich war kein Laut mehr zu hören. Sie alle blickten unverwandt auf das Kastell und sehnten sich danach, ihre Beute anzuspringen. Aber noch warteten sie geduldig, wenn auch gespannt, auf das Zeichen von Witgern, dem Leitwolf.

Neun Nächte hatten sie unter dem zunehmenden Mond auf

Wolfsfellen geschlafen. Neun Tage hatten sie den schönen roten Pilz mit den weißen Punkten gegessen, den sie Rabenbrot nannten und mit dem sie den Wolfsgeist riefen. Sie hatten Wolfslieder gesungen und dabei das Feuer links herum umschritten, während die weise Frau ihres Stammes sie in andere Welten sang. Sie alle hatten bis zum Morgengrauen dieses Tages gefastet und dann Wolfsherzen verzehrt.

Jetzt waren sie Wölfe, die ihre Treue dem Wolfsrudel geschworen hatten, bereit, sich ihrer rasenden Wut zu überlassen.

Diese zweihundert Krieger waren Außenseiter auch bei den Chatten, der verbittertste Teil des gemarterten Stammes. Unter den Männern befanden sich auch ein paar Frauen. Sie alle hatten ihre Dörfer und Familien verlassen, um als Gesetzlose zu leben.

Die Versammlung der Chatten, die durch einen erzwungenen Friedensvertrag zu einem widerstrebenden Einvernehmen mit Rom verpflichtet worden waren, musste in Anwesenheit römischer Beobachter Witgern und seine Taten verurteilen. Doch wenn die Häuptlinge in ihre Dörfer zurückkehrten, schickten sie Witgern und seinen Rebellen so viel Fleisch, Met oder Felle, wie ihre Familien entbehren konnten. Seit Witgern seine Sippe verlassen hatte, rührte er weder Pflug noch Hacke an und war auf die Unterstützung seines Stammes angewiesen.

Witgern hatte seine Männer in der »Schweinskopf«-Formation aufgestellt, in einer langen Reihe, mit seinen erfahrensten Wölfen in der Mitte. Trauer überkam ihn, als er jetzt zum Kastell hinüberblickte. Er hatte so viele Freunde durch Kampf oder Gefangennahme verloren, dass ihn schon seit Jahren die Unterwelt stärker anzog als die helle Mittelwelt mit ihrem Tumult und ihrem Leid.

Witgern war noch ein Junge gewesen, als er einer der Gefolgsleute des unsterblichen Baldur wurde, der Roms Angriffe eine Generation lang erfolgreich abgewehrt hatte. Und als Auriane nach Baldurs Tod die Stammeskrieger anführte, war auch er ihr gefolgt. Es war für ihn die beste Zeit seines Lebens gewesen. Jetzt wünschte er sich nur noch, dass Baldurs Geist ihn bald in Ruhe lassen und er in den Schlaf des Vergessens sinken würde.

Witgern hatte erfahren, dass der Präfekt Firmius Speratus in diesem Kastell Baldurs legendäres Schwert aufbewahrte, das sein Stamm als heilig verehrte.

* * *

Speratus eilte in sein Quartier, denn er hatte noch etwas zu erledigen. Ihm war bewusst, dass das Kastell wahrscheinlich gestürmt und niedergebrannt werden würde.

Hastig suchte er alle offiziellen Dokumente zusammen – Stapel dünner Holztafeln, auf denen alle Ausgaben des Jahres aufgeführt waren, die Dienstakten seiner Männer, die Tagesberichte, Briefe des Oberkommandos in Mogontiacum und eine in Ehren gehaltene Belobigung auf Pergament, die er von Kaiser Trajan erhalten hatte. Speratus verstaute alles eilig in einer Eisenkassette und hatte dabei einen Augenblick das beklemmende Gefühl, dass er mit eigener Hand eine Welt vor der Zerstörung bewahrte, eine kleine zivilisierte Welt, die nur er und ein paar wenige andere kannten, die in diesem Kastell eingeschlossen waren.

Dann nahm er ein mit Edelsteinen besetztes Barbarenschwert von der Wand, das er seit Jahren von einer Garnison zur nächsten mitnahm, weil er glaubte, es bringe ihm Glück. Er hatte das Schwert in Rom bei einer Versteigerung von Beutestücken aus dem Chattenkrieg erworben. Die geschliffenen Edelsteine, mit denen der Griff besetzt war, funkelten in den Farben von Himmel, Wasser und Blut. In den Knauf waren Barbarenzeichen eingeritzt. Der Händler hatte der Menge versichert, mit dieser Waffe habe einst Baldur gekämpft, der berüchtigtste aller Chattenhäuptlinge. Speratus war geneigt gewesen, den Mann für einen Lügner und Betrüger zu halten. Doch er hatte das Schwert in Rom einmal zu einem Naturalisten gebracht, der viel über die Sitten und Gebräuche der Stämme im Norden wusste. Der gelehrte Mann hatte behauptet, eine solche Waffe könne nur einem Häuptling von höchstem Rang gehört haben. Und Speratus hatte später mit einem Legionär gesprochen, der an der letzten Schlacht des Chattenkrieges teilgenommen hatte. Der Mann berichtete, Baldurs kriegerische Tochter, eine Amazone namens

Auriane, habe nach dem Tod ihres Vaters das Schwert an sich genommen und es bei ihrer Gefangennahme auf dem Schlachtfeld weggeworfen. Nachdem Firmius Speratus an den Limes versetzt worden war, hatte er das Schwert einer chattischen Seherin gezeigt. Sie war in Tränen ausgebrochen und hatte ihn angefleht, es ihr zu überlassen, damit sie es ihrem Volk zurückbringen könne. Die Zeichen, so behauptete sie, seien die Runen für den Namen Baldur, und darunter stünden die Zeichen für Wildkatze. Dieses Raubtier hatte den Chatten ihren Stammesnamen gegeben. Für Firmius Speratus war das Langschwert deshalb mehr als nur eine schöne Kriegstrophäe. Er hütete es als etwas, das eine geheimnisvolle Macht besaß und das Kastell vor Schaden bewahrte.
Zumindest war es bis jetzt so gewesen.
An der Rückwand seines Quartiers hatte er eine kleine Grube ausgehoben, in der das Silbergeschirr versteckt war. Dort hinein legte er nun auch das Schwert und bedeckte es schnell mit Erde.

* * *

Witgern murmelte ein Gebet zu den Geistern des Landes: »Ihr Alten, wir sind eure Pfoten. Ihr Alten, wir sind eure Augen. Wir sind ein stolzes Rudel. Lasst unser Blut kraftvoll fließen, wenn wir im Namen der Haine unsere Feinde besiegen …«
»Alle Ehre der Sonne und dem Mond«, kam die geflüsterte Antwort seiner Männer.
»Steht uns bei, wenn wir jetzt im Namen Baldurs kämpfen, des Großen, der die eisernen Ringe der Feinde zerbricht. Steht uns bei, wenn wir im Namen Wotans siegen …«
»Alle Ehre der Sonne und dem Mond.«
Witgern gab sich keine Mühe, die unwölfischen Tränen zurückzuhalten, die aus dem einen Auge flossen, das ihm geblieben war.
»Steht uns bei, wenn wir jetzt im Namen Aurianes kämpfen, die unser lebender Schild ist.«

* * *

Der Sturm trieb ein Wolkenland über den Himmel. Es zog über den Mond und löschte sein Licht. In der plötzlichen Dunkelheit schlichen Witgerns Männer beinahe geräuschlos über das nasse Laub. Sie rochen den frisch ausgehobenen Graben und umgingen ihn wie ein Rudel Wölfe. Ihre Schatten verschmolzen zu einem Strom, der sich in Richtung des Kastells einen Weg bahnte. Die Männer auf dem Postengang hörten die Angreifer, bevor sie etwas sahen. Unter den heulenden Wind mischte sich plötzlich ein dumpfes, schnelles Klopfen, das man für trommelnden Regen hätte halten können. Sie starrten mit weit aufgerissenen Augen in die tiefschwarze Nacht. Auf ein Zeichen von Speratus stieß der *Tubicen* einmal in sein langes Instrument, und die erste Welle Speere schwirrte in hohem Bogen durch die Luft. Ein paar von Witgerns Männern wurde getroffen, doch die meisten blieben unverletzt, denn in diesem Augenblick teilte sich die Schar wie von einer unsichtbaren Hand gelenkt. Die eine Hälfte rannte zum Westtor, die andere zum Osttor. Der *Cornicen* stieß in sein gebogenes Horn, und der tiefe, hohle Ruf lenkte die Aufmerksamkeit der Soldaten auf die Standarten. Sie wurden zum Westtor und zum Osttor beordert, wo sich in den Doppelgräben, die das Kastell umgaben, die Angreifer bereits wie Wespen sammelten. Die Wolfskrieger im Westen entzündeten plötzlich Fackeln, warfen brennende Strohbündel auf den Postengang und setzten damit ein Viertel der Verteidiger außer Gefecht, die in aller Eile versuchten, das um sich greifende Feuer zu löschen. Zur gleichen Zeit erreichten die anderen Wolfskrieger das gegenüberliegende Osttor und warfen sich gegen das eisenbeschlagene äußere Tor, dessen Eichenplanken so dick waren wie ein Männerarm. Ihr Verbündeter im Kastell hatte sie nicht im Stich gelassen. Das Tor ließ sich mühelos öffnen, denn der schwere Querbalken war bereits zurückgeschoben worden. Die Angreifer sammelten sich in dem engen Raum zwischen den beiden Toren. Sie warteten mit angehaltenem Atem, bis ihnen das knirschende Schaben eines schweren Eisenriegels verriet, dass auch der Querbalken des inneren Tors zurückgeschoben wurde.

Die Wolfskrieger stürmten in das Kastell. Witgern kam das Ent-

setzen der Legionäre beim Anblick von Chatten in Wolfspelzen zu Hilfe, die in ihrer Raserei Schwerter wie Sicheln schwangen. In ihren Augen funkelte das Feuer des Rabenbrots. Die wutverzerrten Gesichter und die nackten Leiber glänzten schwarz von Ruß und Asche.
Nur ein Teil der Verteidiger versuchte noch, sich zu wehren. Viele der unerfahrenen Ubier sprangen in Panik von den Palisaden und flohen in den Wald, denn sie waren sicher, keine Menschen vor sich zu haben, sondern den Sümpfen des Nordens entsprungene Ungeheuer. Und so war es nicht verwunderlich, dass in weniger Zeit, als nötig gewesen wäre, einen Kessel Dinkelbrei zum Kochen zu bringen, das Kastell Witgern und seinen Wolfskriegern gehörte.

* * *

Der Präfekt Firmius Speratus schlug die Augen auf, weil er eine sengende Hitze an seinem Gesicht spürte. Hatte sich die Sonne auf ihrer Bahn zu weit der Erde genähert?
Er lag in seinem Quartier auf dem Rücken und war in eine seltsame feuchte Wärme gebadet, die er als angenehm empfand, bis er begriff, dass es sich um sein eigenes Blut handelte.
Schlachthausgerüche und eine schaurige Stille ... wie gut er das kannte. Es bedeutete, dass der Kampf verloren war.
Die Unterkünfte der Männer standen in Flammen. Er wusste genau, aus welcher Richtung der Wind wehte
Ich werde bei lebendigem Leibe verbrennen.
Eine zottige Silhouette verdeckte plötzlich die Türöffnung, und ein beinahe nackter Chatte betrat zögernd das Quartier von Firmius Speratus. Über seinen Schultern hingen Felle wie eine Art bizarre Mähne. Um die Hüfte trug er den berühmten Gürtel aus Wolfspelz, dem die Chatten die Macht zuschrieben, einen Mann in einen Wolf verwandeln zu können.
Nemesis! Einer von der Mörderbande ist zurückgeblieben.
Worauf wartest du noch, du stinkendes Ungeheuer? Schick mich in den Hades!
Speratus sah das Gesicht des Mannes und unterdrückte nur mit

Mühe einen Aufschrei. Im nächsten Augenblick erkannte er, dass der Wilde eine Wolfsmaske trug. Das Tiergesicht mit den gefletschten Zähnen war auf roh geschnitztes Holz gemalt.
Der Präfekt bewegte sich nicht und wartete auf den Tod. Aber der Wolfskrieger zeigte kein Interesse an ihm. Er riss sich die Maske vom Gesicht und durchquerte den Raum. An der Rückwand fand er sofort die Stelle, wo die Erde frisch aufgeschüttet war, und begann mit einer Tonscherbe zu graben. Speratus fühlte sich dem Tode nahe und hatte wenig Neigung, sich darüber zu wundern, weshalb der Wolfskrieger so genau wusste, wohin er zu gehen hatte. Aber er ließ ihn nicht aus den Augen.
Der Mann richtete sich einmal kurz auf und schob sich eine verfilzte Haarsträhne aus der Stirn. Im zuckenden Schein der Flammen, die das Kastell in Asche legten, sah Speratus sein Gesicht.
Der Mann musste einmal ganz passabel ausgesehen haben, aber jetzt wirkte sein Kopf abstoßend wie der eines Zyklopen und verwittert wie ein Stein, der zu lange dem Wüten der Elemente ausgesetzt gewesen war. Wo ein Auge hätte sein sollen, befand sich eine eingesunkene Stelle. Schwarzes Fleisch war wie eine geballte Faust über die leere Augenhöhle gewuchert. Das gesunde Auge glänzte, und Speratus sah darin den Ausdruck von Trauer und Ergriffenheit.
Witgern …
Man erzählte, Witgern habe sich vor langer Zeit ein Auge ausgestochen, weil Baldurs Tochter Auriane ihn nicht heiraten wollte.
Der Wolfskrieger kniete sich auf den Boden, nahm das juwelengeschmückte Schwert aus der Grube, hob es hoch und begann, ein Gebet zu murmeln.
Eine neue Hitzewelle drang in das Gebäude. Speratus hatte das Gefühl, ein Stück Teig zu sein, das in den Backofen geschoben wurde. Bald würde sein Fleisch anfangen zu sieden und Blasen zu schlagen.
Aus Witgerns Auge flossen Tränen.
Nimm deine Beute und geh, du winselnder Hund, damit ich die Möglichkeit habe, lebendig hier rauszukriechen.
Der Chatte drehte sich um. Für einen Augenblick sahen sie sich an.

Einen seltsamen langen Augenblick lang bewegte Witgern sich nicht. Speratus entdeckte noch vieles in dem einen Auge – Hoffnung, in die sich Trauer mischte, die Liebe eines Barden für seine Lieder und das Leid eines Menschen, der die Last Tausender zum Untergang Verurteilter auf den Schultern trug ... Aber nein, Speratus wusste es besser. Das war kein Mensch, sondern ein Barbar, der weder lesen noch schreiben konnte. Sein Bewusstsein schrieb Witgern Eigenschaften zu, die nicht vorhanden waren.

Das Dach fing Feuer.

Witgern ging auf Firmius Speratus zu.

Jetzt sterbe ich durch die Klinge meines eigenen verwünschten Erinnerungsstücks!

Speratus schloss die Augen und betete zum Geist seiner toten Mutter.

Doch der Wolfskrieger packte ihn grob an den Beinen. Speratus dachte zuerst, der Barbar habe es auf seine Schuhe abgesehen. Doch Witgern zerrte ihn hinaus ins Freie und ließ ihn auf dem Hof liegen, wo er vor den Flammen sicher war. Ein paar Herzschläge später brach das Dach mit einem dumpfen Krachen ein, und das Feuer, der größte und gierigste aller Wölfe, verschlang das Quartier des Präfekten. Durch das Knistern der Flammen hindurch hörte Speratus das schnelle Klappern von Hufen, das sich in Richtung Osttor entfernte. Witgern hatte sich ein Pferd genommen und war davongeritten.

Speratus versuchte verzweifelt, klar zu denken.

Hat Witgern mich aus Mitleid gerettet, oder hofft er, dadurch einmal Gnade zu finden, wenn man ihn gefangen nimmt? Oder will er lediglich, dass ein Mann von Rang am Leben bleibt, um die Geschichte seines Sieges zu erzählen? Hat er es vielleicht getan, weil ich lange Zeit etwas gehütet habe, das für Witgern ein heiliger Schatz ist?

Während Speratus versuchte, das Rätsel zu lösen, blickte er in den unergründlichen Nachthimmel, der ihm die Antwort auf seine Fragen aber auch nicht gab.

* * *

»Es war eine Nacht des Wahnsinns«, sagte Firmius Speratus, als er sieben Tage nach dem Überfall vor den misstrauischen Mitgliedern des kaiserlichen Rats stand. Der Ausschuss war einberufen worden, um die Gründe für die Zerstörung seines Kastells zu untersuchen. Speratus war nur mit einer Hand voll seiner Männer in die große Festung Mogontiacum am Rhein gekommen und hatte sich sorgfältig überlegt, was er sagen würde.

Und nun musste er drei strengen Adligen Rede und Antwort stehen. Draußen befand sich der von Säulen umstandene Haupthof der riesigen steinernen Festung, der von geometrisch angelegten Kieswegen mit Buchshecken durchschnitten wurde. In Mogontiacum waren die sechstausend Soldaten der *Legio XXII Primigenia Pia Fidelis*, der zweiundzwanzigsten Legion, stationiert.

Speratus kam sich wie eine Beute vor, die in die Höhle des Bären geschleppt worden war, um dort zerrissen zu werden. Er wusste zwar, dass Valerius Maximus, der Statthalter, kein besonderes Vergnügen daran finden würde, ihn zu vernichten. Die durchaus freundlichen Augen in dem teigigen Gesicht eines Mannes im mittleren Alter, der mit seinem angenehmen Leben zufrieden war, schienen sich während des Verhörs immer wieder unbestimmt auf etwas anderes zu richten. Es hieß, Maximus betrachte die offiziellen Pflichten nur als lästige Zeitverschwendung zwischen seinen geliebten Jagden mit adligen Freunden. Aber die beiden anderen Männer wollten sich offenbar das Blut eines gemeinen Soldaten nicht entgehen lassen.

Der eine war der junge Pomponius Fabatus. Dieser junge Mann war kaum trocken hinter den Ohren, aber er glühte vor Ehrgeiz, der durch keinerlei Erfahrung gemäßigt wurde. Er verdankte seinen Platz im Rat einem Gunstbeweis für seinen Vater, der eine Verschwörung gegen den Thron aufgedeckt hatte. Der andere war der untersetzte, zwergenhafte Lappius Blaesus, ein römischer Senator. Er gehörte zu den Befürwortern des bevorstehenden Krieges und drängte den Kaiser am lautesten von allen, im fernen Dakien einzumarschieren und es unter die Fittiche des Reichs zu nehmen.

Der Präfekt hörte seit einiger Zeit nur mit halbem Ohr zu, denn er blickte wie gebannt auf das Pferdegebiss des jungen Fabatus, der geradezu wieherte, wenn er sich in Rednerpose warf. Es fiel Speratus nicht schwer, sich die passenden Ohren dazu vorzustellen und aus ihm ein Maultier zu machen. Er ließ den Kopf sinken. Hier saß er nun vor einem Maultier und einem Zwerg. Die beiden hatten ihn bereits länger als eine Stunde mit ihren Tiraden wie einen Ball hin- und hergeworfen.

Zwei Schreiber des Heeres hielten jede Frage und jede Antwort in militärischer Kurzschrift mit kratzenden Schreibrohren auf Papyrus fest. Hinter ihnen stand auf einem schlanken Piedestal eine Bronzebüste Trajans. Der Kaiser schien über all ihre Köpfe hinweg geradewegs zur dakischen Grenze zu blicken, und das verstärkte das Gefühl von Speratus, äußerst unwichtig im großen Plan der Ereignisse zu sein. Er hatte den Auftrag, die Grenze am Rhein ruhig zu halten, damit der Kaiser sich auf Eroberungen an anderer Stelle des Reichs vorbereiten konnte. Er, Speratus, hatte versagt.

»Von Anfang an war alles gegen uns«, fuhr Speratus tonlos fort. »Meine schlecht ausgebildeten Ubier sind in Panik geraten und waren letzten Endes nur im Weg.« Er wusste, damit beendete er die Laufbahn des Mannes, der die Hilfstruppen ausgebildet hatte. Aber das gehörte zum Ritual einer solchen Untersuchung, das seine Opfer verlangte. Außerdem hatte dieser Mann einmal versucht, Speratus zugrunde zu richten. »Sie haben eine abergläubische Angst vor den Wolfskriegern. Und in ihrem Wahn haben sie dreimal mehr Männer gesehen, als Witgern tatsächlich hatte, und so …«

»Wolfskrieger?«, unterbrach ihn der junge Fabatus. Die metallische Stimme bohrte sich dem Präfekten wie eine Schraube in den Kopf. »Erkläre uns das!«

»Sie bringen sich vor der Schlacht in einen Zustand der Raserei. Sie heulen, tanzen und trinken jede Menge Met, der mit Rosmarin versetzt ist«, erklärte Speratus ohne jede Gefühlsregung. »Anschließend glauben sie, Wölfe zu sein. Die, die ich gesehen habe, waren zwar sehr behaart, aber zweifellos Menschen.«

Blaesus und Fabatus lächelten spöttisch. Das war nicht schmeichelhaft. Speratus wusste, sie machten sich über seine provinzielle Art lustig.

»Kehren wir zu dem Verräter, dem Helfer der Chatten zurück, der die Tore geöffnet hat«, fuhr Pomponius Fabatus mit stechendem Blick fort. Der junge Streber war in der Tat ein kampflustiges Maultier. Es hatte den Kopf gesenkt und wollte Speratus zertrampeln. Fabatus kam immer mehr in Fahrt. Er freute sich offenbar darüber, dass die Älteren es ihm überließen, das Verhör in dieser harten Art zu führen. In seiner jugendlichen Verblendung begriff er nicht, dass sie ihm damit das Risiko eines möglichen kaiserlichen Tadels überließen. Es war bekannt, dass Kaiser Trajan Soldaten, die sich durch militärische Leistungen ihren Weg aus dem Mannschaftsstand nach oben verdienten, wie Söhne unter seinen persönlichen Schutz stellte. »Firmius Speratus, wärst du pflichtbewusst gewesen und hättest du jede Richtlinie zur Sicherung des Kastells befolgt, dann hätte es nicht zu dieser Katastrophe kommen können.«
Der Präfekt war dem Arzt der Krankenstation des Kastells für den Mohnsaft dankbar, den er ihm gegen die Wundschmerzen gegeben hatte. Dadurch fühlte er sich angenehm ruhig und konnte die scharfe Antwort unterdrücken, die ihm auf der Zunge lag und die ihn möglicherweise das Leben gekostet hätte.
»Ich schwöre beim Geist meines Vaters«, erwiderte Speratus geduldig, »dass ich jede Richtlinie befolgt habe und dass ich …«
Er musste eine Pause einlegen, denn ein viertes Mitglied des Ausschusses betrat den Raum. Speratus hob wenig interessiert den Kopf. Dann sah er verblüfft noch einmal hin. Wer war dieser Mann? Alles an seinem Verhalten deutete auf Macht und Einfluss hin, ohne jedoch etwas davon zur Schau zu stellen. Er sah eigentlich so aus, wie sich Speratus einen Senator vorstellte oder sich zumindest in seiner Jugend vorgestellt hatte. Der Mann überzeugte durch eine angenehme Erscheinung und eine ungewöhnliche Entschlossenheit. Er schien die seltene Fähigkeit zu besitzen, jedes triviale Ereignis in einem größeren Zusammenhang, vielleicht sogar in Beziehung zum langen Atem der Geschichte zu sehen. Die förmliche Toga wirkte, als sei sie noch nie getragen worden, und er begrüßte die anderen Männer nacheinander mit ausgesuchter Höflichkeit. In seinem dunklen Haar zeigten sich

erste graue Strähnen. Mit dem Eintritt dieses Mannes änderte sich sofort das Verhalten der Ausschussmitglieder. Es war, als hätte jemand unmerklich das Gleichgewicht einer Waage beeinflusst und damit das Verhältnis von Gewicht und Gegengewicht gestört. Speratus glaubte zu sehen, wie die anderen blitzschnell ihre Strategien überdachten. Die Männer saßen mit einem Mal gerade aufgerichtet auf ihren Stühlen. Niemand äußerte sich über sein spätes Eintreffen. Man überreichte ihm stumm eine Niederschrift der bisherigen Vorgänge, und alle warteten in gespanntem Schweigen, während er sich damit beschäftigte.
Nachdem der erlauchte Neuankömmling zu Ende gelesen hatte, bedeutete er, und nicht der Statthalter, Speratus weiterzusprechen. Maximus schien beinahe erleichtert, diesem Mann wortlos die Zügel zu überlassen.
»... und ihr könnt versichert sein, meine Herren, dass ich nichts versäumt habe. Ich habe befohlen, einen zusätzlichen Verteidigungsgraben auszuheben. Ich habe jeden Abend und jeden Morgen die Losung geändert ... und mich persönlich davon überzeugt, dass die Wachposten es niemals unterließen, jeden danach zu fragen ...«
»Wie kommt es dann, dass einer von Witgerns Männern für einen rechtmäßigen Bevollmächtigten des chattischen Rats gehalten wurde?« Pomponius Fabatus witterte eine Möglichkeit, sich vor dem neuen Mann in Szene zu setzen. Der Präfekt vermutete, dass das Maultier die günstige Gelegenheit nutzen wollte, um sich von einem mächtigen Gönner über ein paar lästige und unnötige Stufen in seiner Senatorenlaufbahn hinwegtragen zu lassen. »Warst du vielleicht doch *einmal* nachlässig im Befolgen der Richtlinien? Nimm dich in Acht, Firmius Speratus. Wir haben fünf andere Männer, die wir danach befragen können. Ich würde mir an deiner Stelle die Lüge gut überlegen, die du uns auftischen willst. Du wirst staunen, wie schnell falsche Aussagen vor dem Rat zu einem Todesurteil führen können.«
Der Neuankömmling warf Pomponius Fabatus einen so vernichtenden Blick zu, dass Speratus vage zu hoffen begann, es sei vielleicht doch noch nicht alles verloren.

»Ich glaube, Witgerns Männer haben den richtigen Bevollmächtigten abgefangen und ihn mit Gewalt gezwungen, das Passwort zu verraten«, antwortete Firmius Speratus, ohne zu zögern. »Für mich ist das die einzige Erklärung.« Er räusperte sich. »Die einzige vernünftige Erklärung.« Speratus nickte. »Du wirst feststellen, dass ich in der Verteidigung vorsichtig bin, aber beim Angriff kühn. Ich bin ehrlich, und meine Männer haben mich immer geachtet.«
Speratus sah in den Augen des Neuankömmlings wohlwollendes Verständnis. Er hob die Hand, um Fabatus zu unterbrechen, bevor der junge Mann seine nächste Attacke vorbringen konnte.
»Ich glaube, du hast richtig gehandelt, Firmius Speratus.« Seine Stimme überzeugte mit ihrer eindringlichen Ruhe. Sie klang gemäßigt und hatte in teuren Rednerschulen Fülle und Wohlklang bekommen, doch erfreulicherweise fehlte ihr die für diese Art Männer typische überhebliche Wichtigtuerei.
Speratus atmete erleichtert auf.
Das ist die Stimme eines Mannes, dem ich in die Schlacht folgen würde.
»Und ich halte dich auch für einen ehrlichen Mann. Nach allem, was ich hier sehe, hast du dich überlegt und mutig verteidigt. Ich glaube nicht, dass du uns im Stich gelassen hast. Vielmehr hat das Glück dich im Stich gelassen. Um das zu ändern, werde ich dafür sorgen, dass das Glück wieder auf deiner Seite steht. Vor kurzem ist der Posten des Präfekten im Kastell von Aquae Mattiacorum frei geworden. Ich empfehle, dass du dorthin versetzt wirst, sobald deine Wunden verheilt sind.«
Das war ein Schlag ins Gesicht von Fabatus. Der neue Mann hätte ihn nicht deutlicher zurechtweisen können. Der Präfekt war nicht nur geschont worden, er war sogar befördert worden, denn ihm wurde das Kommando über ein größeres, schon länger bestehendes Kastell anvertraut, das sich weiter entfernt von der Grenze befand.
Speratus kam sich vor, als habe ihn Theseus im letzten Augenblick vor dem Minotaurus gerettet.
»Ist das *klug*, Julianus?«, fragte Blaesus gereizt.
Julianus!

Da also war Marcus Arrius Julianus, über den Speratus schon so viele Geschichten gehört hatte. Die Erkenntnis durchzuckte ihn wie ein Blitz. Er musste sich zusammennehmen, um Julianus nicht mit offenem Mund anzustarren.
Dieser Mann war seit mehr als einer Generation das schlechte Gewissen jeder römischen Regierung. Er hatte unter Nero verbotene Bücher veröffentlicht und förderte in aller Offenheit Philosophen, die die Entmachtung oder die Ausschaltung von Herrschern forderten. Wie Herkules hatte er gegen Riesen gekämpft – zuerst gegen den wahnsinnigen Nero und dann gegen den mörderischen Domitian. Inzwischen saß er zusammen mit einigen wenigen Beratern des Kaisers in den nebelverhangenen olympischen Höhen der Macht. Er galt als das Gewissen von Trajans Ratsversammlung. Er war die einsame Stimme, die sich gegen den dakischen Krieg erhob. Es musste sich wirklich um eine sehr ernste Angelegenheit handeln, wenn man Julianus zu dieser Untersuchung hinzugezogen hatte.
»Die vorliegenden Berichte deuten auf weit reichende Ursachen für dieses Unglück hin«, fuhr Julianus fort. »Aber es erspart uns eine Menge Zeit, Schwierigkeiten, Papyrus und Tinte, wenn wir einfach alles diesem einen Mann hier aufladen, nicht wahr? Das Kastell sollte durch eine Kohorte batavischer Kavallerie verstärkt werden. Aber unser Präfekt in Aquae Mattiacorum hat sie vier Tage aufgehalten, damit er sie bei einer Jagd einsetzen konnte. Wenn wir weitersuchen, was werden wir dann noch finden? Und ich sehe hier nirgends erwähnt, dass Firmius Speratus sowohl mit einer *Civica Corona* als auch einer *Mural Corona* ausgezeichnet wurde, obwohl diese Information im Archiv des Kastells leicht zugänglich ist.« Er wartete einen Augenblick. Alle blieben still. Man hörte nur das Kratzen der Schreibrohre auf dem Papyrus. Marcus Julianus lächelte, und Speratus sah, es war ein gefährliches Lächeln. »Ist das vielleicht eine nicht ganz zufällige Unterlassung, weil es dann leichter wäre, diesen tapferen Mann ohne Bedenken in den Hades zu schicken?«
»Man hat dich einen hoch gebildeten intellektuellen Tyrannen genannt, Julianus«, erwiderte der zwergenhafte Blaesus mit einem

kalten Lächeln »Und ich bemühe mich sehr darum, dem nicht zuzustimmen …«
»Dann bitte ich dich, deine Bemühungen zu verstärken, mein guter Freund, denn ich bin noch nicht fertig.« Julianus wandte sich an den jungen Fabatus. »Der Ausschuss hatte Anweisung, dem Zeugen nicht zu drohen. Der Kaiser scheint mehr Achtung vor den Soldaten im Mannschaftsrang zu haben als du. Ich werde mein Missfallen über dieses Verhalten nicht nur hier zum Ausdruck bringen.«
Fabatus sank tief getroffen in sich zusammen. Er war wie vor den Kopf geschlagen. So schnell hatte sich sein Glück gewendet. Von einem solchen Mann getadelt zu werden bedeutete, dass er alle Hoffnungen auf eine schnelle Beförderung begraben konnte.
Speratus stellte fest, dass sich seine Bewunderung für seinen Retter in tiefe Verehrung verwandelte.
»Außerdem«, fuhr Julianus fort, »sehe ich Hinweise dafür, dass dieser Überfall ungewöhnlich war, es gibt keine Beweise dafür, dass er einen größeren Aufstand ankündigt, wie ich an mehreren Stellen in diesem Bericht lese.«
»Aber Julianus, dann siehst du, was du sehen willst!«, rief Blaesus mit hochrotem Kopf. »Jeder kennt deine übertriebene Neigung zum Frieden. Hier in dieser Provinz ist es beinahe unmöglich, Männer auszuheben, denn die Einheimischen zitieren *deine* Abhandlungen gegen den Krieg. Das ist ein Unheil, wie es nur Philosophen anrichten können. Und wie immer vertrittst du die Sache der chattischen Feinde mit so viel Nachdruck und Leidenschaft, dass deine Motive fragwürdig werden!« Dieser Vorwurf wurde allgemein von seinen Feinden gegen Julianus erhoben. Sie behaupteten, die Barbarin, die er in sein Haus aufgenommen hatte, beeinflusse ihn, damit er sich gegen die harten Maßnahmen aussprach, die gegen ihren Stamm ergriffen wurden.
»Beruhige dich, Blaesus. Mein ›Nachdruck‹ und meine ›Leidenschaft‹, wie du es nennst, dienen, wie ich hoffe, nur der Gerechtigkeit. Sieh dir den Anführer dieser Rebellen doch an! Witgern leidet an einer Krankheit, am ›Wolfswahn‹, wie man sie in seinem Stamm nennt. Seine eigenen Leute meiden ihn. Niemand hat sich seinem

Überfall angeschlossen. Dein ›allgemeiner Aufstand‹ scheint mir an einem Mangel an Kriegern zu leiden. Die ›große Anstrengung, uns aus dem Stammesgebiet der Chatten zu vertreiben und in den Rhein zu jagen‹, bestand aus einem einzigen Angriff von vielleicht zweihundert Außenseitern, die das Wolfsbier toll gemacht hatte. Die loyalen Häuptlinge der Chatten haben den Überfall auf ihrer Ratsversammlung entschieden verurteilt.« Er lächelte Blaesus freundlich an, der seinem prüfenden Blick auswich.

»Und«, fuhr Julianus sachlich fort, »niemand hat sich dafür interessiert, weshalb Witgern ausgerechnet *dieses* Kastell überfallen hat. Die Kastelle östlich davon sind weniger gut befestigt. Ich glaube, Witgern hatte eine andere Absicht, die wir noch nicht kennen. Wollte er vielleicht jemanden befreien, der im Kastell festgehalten wurde?«

Julianus schwieg einen Augenblick und überflog noch einmal den Bericht. »Mir fällt auf, du hast vergessen, unseren guten Firmius Speratus zu fragen, ob er etwas von einer Plünderung bemerkt hat.«

»Die anderen fünf haben *nein* gesagt. Genügt dir das nicht?«, entgegnete Blaesus höhnisch.

»Ich habe etwas gesehen, Herr«, meldete sich Firmius Speratus ungefragt zu Wort. Es freute ihn, dass sich Blaesus darüber ärgerte. »Witgern hat ein Barbarenschwert gestohlen, das, wie man sagt, einmal dem aufständischen Häuptling Baldur gehörte.«

Dem Statthalter war es sichtlich peinlich, dass er diese Frage nicht gestellt hatte. Aber Blaesus war ein Mann, der einen Standpunkt so lange verteidigte, bis seine Widersacher erschöpft aufgaben. Für ihn war ein Disput eher eine Art körperlicher Ertüchtigung als eine Überprüfung von Fakten.

»Nun gut«, sagte er mit gespielter Gleichgültigkeit, »dann haben sie also ein Schwert mehr in ihrem Besitz, Julianus. Glaubst du, mit dieser Erkenntnis hast du das Goldene Vlies gefunden?«

»In der Tat, das haben wir«, erwiderte Julianus mit einem gelassenen Lächeln. »Meine Vermutung ist durch die Aussage von Speratus bewiesen. Wir müssen der Angelegenheit weiter nachgehen. Baldurs Schwert ist für die Chatten ein Schatz von unermesslicher, ich würde sagen von heiliger Bedeutung. Sie glauben, der Geist des alten Häuptlings lebt in der Klinge des Schwertes weiter. Viele Jahre lang haben sie es unermüdlich gesucht. Sie haben sich nie damit abgefunden, dass es sich in fremden Händen befinden könnte. Ich kann ihre Gefühle in dieser Hinsicht nur mit dem Entsetzen vergleichen, das euch erfassen würde, wenn ein Feind eine unserer Adlerstandarten erbeuten sollte.«

»Das ist ja ein anmaßender Vergleich, Julianus, wenn nicht sogar ein Sakrileg«, entgegnete Blaesus empört.

»Ich vertraue darauf, dass die Götter nachsichtiger sind als du«, erwiderte Julianus mit einem belustigten Lächeln. »Da fällt mir noch etwas ein. Wenn man neun Tage vom Tag des Überfalls abzieht … zu diesem Zeitpunkt begannen Witgerns Männer ihre Wolfsriten …, dann haben wir den Jahrestag von Baldurs Tod. Zweifellos hat Witgern mit seinen Kriegern am Todestag des alten Häuptlings einen Schwur abgelegt. Deshalb meine ich, eine militärische Vergeltung wäre eine falsche und unnötige Überreaktion auf diesen …«

Blaesus fiel ihm heftig ins Wort: »Entgegen des Verbots haben diese Rebellen mit Schwertern gekämpft! Und du sagst, wir sollen ruhig dasitzen und nichts tun?«

»Wenn du deinen übereifrigen Verstand beschäftigen musst, Blaesus«, antwortete Julianus, und seine Stimme verriet erste Anzeichen von Gereiztheit, »dann finde die Quelle, aus der die Silbermünzen über die Grenze strömen. Damit hat sich Witgern bewaffnet. Ich habe immer und immer wieder gesagt, ihre Feindseligkeit richtet sich zurzeit nicht eigentlich gegen uns, sondern gegen den Stamm der Cherusker in ihrem Norden.«

»Barbaren, die andere Barbaren umbringen, anstatt uns zur Last zu fallen, sind nur von Vorteil, Blaesus«, sagte Maximus.

Nur Speratus bemerkte den Anflug von Ekel, der sich bei den Worten des Statthalters auf dem Gesicht von Julianus zeigte. Offenbar gefiel ihm diese Art Argumentation nicht.

»Man sollte auf jeden Fall eine Strafexpedition schicken!«, ereiferte sich Blaesus.

»Das sehe ich nicht so«, erwiderte Julianus entschieden. »Unsere

Strafexpeditionen haben die Chatten in der Vergangenheit nie sonderlich beeindruckt. In Wahrheit scheinen solche Aktionen eher das Gegenteil zu bewirken und sie zu stärken, so wie das Beschneiden die Reben kräftigt. Wie auch immer, ich habe noch nie an die Wirkung von Einschüchterung geglaubt. Die Furcht verfliegt, sobald die Truppen abziehen, aber der Hass hat sich verdoppelt. Ich finde es sehr viel besser, ein Volk durch Gerechtigkeit auf unsere Seite zu ziehen und dadurch, dass wir unsere Versprechen einhalten.« Er schwieg und blickte nachdenklich von einem Mann zum anderen. »Mehr habe ich nicht zu sagen.«

»Du bist mir einfach zu gerissen, Julianus«, erwiderte Blaesus gereizt. »Aber ich erkenne einen Agitator für den Frieden, wenn ich ihn vor mir habe. Nehmt in den Bericht auf, dass ich mit Marcus Julianus nicht übereinstimme. Wenn die Überfälle weitergehen, kannst *du* dich an den Kaiser wenden und vor den Familien unserer Toten verantworten.«

Alle sahen erwartungsvoll Maximus an. Welcher Meinung würde sich der Statthalter anschließen? Nach dem Gesetz traf er die Entscheidung, doch jeder wusste, wer der eigentliche Statthalter war, wenn Julianus anwesend war.

»Es wird keine Strafexpedition geben!«, erklärte Maximus. »Wir werden dem Rat der Chatten eine ernste Warnung schicken. Und wir werden die Geiseln töten.« Bei den Geiseln handelte es sich um zehn Chattenkrieger, die als Unterpfand für das Wohlverhalten des Stammes im Kastell festgehalten wurden. »Das sollte die Forderung Roms nach Gerechtigkeit zufrieden stellen.«

Julianus war Sieger. Blaesus schüttelte ungläubig den Kopf, als sei er Zeuge eines Zauberkunststücks geworden. Ein rebellischer Stamm, der ein Kastell niederbrannte und die meisten Männer der Besatzung erschlug. Chatten, die mit Schwertern kämpften, die diese Wilden überhaupt nicht besitzen durften, kamen mit wenig mehr als einer Verwarnung davon.

»Darf ich nun mit dem Centurio Firmius Speratus unter vier Augen sprechen?«, fragte Julianus.

Maximus sah ihn überrascht an. »Auch ohne Schreiber, Julianus?«

»Ja, wenn du gestattest. Ich habe eine Nachricht von seiner Familie. Es geht um eine beunruhigende Sache, und ich halte es nicht für richtig, in Anwesenheit von allen darüber zu sprechen.«

* * *

Als sie allein waren, fragte Speratus bedrückt: »Herr, was ist mit meiner Familie?«

»Verzeih, ich habe keine Nachricht für dich. Es war eine List, damit ich dir ungestört ein paar Fragen stellen kann.«

Speratus legte den Kopf in die Hände und seufzte erleichtert.

»Ich werde mein Leben lang dein Diener sein, Marcus Julianus«, sagte er schließlich. »Ich stehe in deiner Schuld, und sie ist so groß, dass ich sie in diesem Leben vielleicht nicht abtragen kann. Frag, was du willst, ich werde dir nichts vorenthalten.«

»Mir geht es um Informationen, die du vielleicht in einem offiziellen Bericht nicht geben willst. Was meinst du, weshalb hat Witgern das Schwert des alten Häuptlings gesucht?«

»Willst du die Geschichten hören, die man sich hinter vorgehaltener Hand erzählt«, antwortete Speratus, »und die kein Mann wiederholen würde, dem daran gelegen ist, dass man ihn nicht für verrückt hält?«

»Genau diese Geschichten will ich hören«, sagte Julianus freundlich. »Bitte sprich.«

»In den Wäldern dort draußen heißt es, dass Baldur immer noch lebt. Es gibt Berichte von Fellhändlern, die im Westwald gewesen sind, wo Baldurs alte Witwe lebt. Ich halte das nur für eine Geschichte, um die Hilflosen in einer Zeit der Hoffnungslosigkeit zu ermutigen. Aber irgendetwas geht ganz sicher dort vor sich. Ich habe es vorhin nicht gesagt, ich wollte den anderen nicht den Rücken stärken. Man behauptet, Baldur oder sein Geist habe Witgern befohlen, sein Schwert zurückzuholen und …«

»Ruft dieser Geist zum Aufstand gegen Rom auf?«

»Nein! Alles, was ich gehört habe, stimmt mit dem überein, was du sagst. Sie bewaffnen sich gegen die Cherusker, nicht gegen uns. Die Chatten glauben, dass die völlige Vernichtung ihres Stammes

droht. Aber das Beunruhigende an der Sache ist …«, Speratus verstummte.
»Sprich weiter. Beim Geist des Aeneas. Ich schwöre dir, es wird dir nichts geschehen.«
»… es heißt, Baldur wird nicht ruhen, und das Schicksal der Chatten wird sich nicht wenden, bis Witgern Baldurs Schwert in die Hände von … von …« Sein Gesicht verriet großes Unbehagen.
»Nemesis! Das reicht«, flüsterte Marcus Julianus und wandte sich ab. »Ich weiß, wen du meinst.«
Bis Witgern Baldurs Schwert in die Hände seines einzigen lebenden Kindes, seiner Tochter, legt, die es schon einmal getragen hat.
Genau das hatte Julianus befürchtet. Obwohl ihn die Aussage nicht unvorbereitet traf, hatte er das Gefühl, den Boden unter den Füßen zu verlieren. Er konnte sich der grausamen Logik nicht länger verschließen.
Natürlich werden sie ihre Rückkehr durchsetzen. Aurianes Stamm wird wieder einmal von allen Seiten bedroht. Und alle würden sich um sie scharen wie um niemanden sonst.
Sein Gesichtsausdruck blieb unbewegt. Speratus ahnte nichts von seinen inneren Qualen. Aber Julianus empfand plötzlich eine erstickende Angst, die er aus härteren Zeiten kannte. Sie gehörte nicht in die ruhigere Welt, in der er jetzt lebte.
Auriane darf zu ihrem eigenen Wohl nie etwas davon erfahren. Das Pflichtgefühl gegenüber ihrem Stamm würde sie zwingen zurückzukehren. Die Götter mögen mir verzeihen, aber das kann ich nicht zulassen. Sie verlangen zu viel von ihr. Sie hat Sicherheit und Ruhe verdient. Sie ist die Herrin einer Villa und die Mutter von zwei Kindern …
»Leider musst du deine Aussage, du stündest lebenslang in meiner Schuld, sofort beweisen«, sagte Julianus schließlich. »Du wirst mit niemandem über diese Angelegenheit sprechen, unabhängig von Autorität oder Rang. Wenn du deine Schuld bezahlen willst, dann tu es in der Währung des Schweigens.«
»Du hast mich vor dem Untergang gerettet«, erwiderte Speratus mit ruhigem Ernst. »Meine Treue gehört dir. Niemandem sonst.

Soll ich es bei unserem Kaiser schwören?« Er wies mit dem Kinn auf die Bronzebüste Trajans.

»Dein Wort ist so gut wie ein Schwur.«

Sie standen auf, um zu gehen. Dabei streifte Speratus ein Tuch, das eine neu gefertigte Porträtbüste des Statthalters bedeckte. Als das Tuch herunterfiel, sah Julianus etwas, was dort nicht hätte sein sollen. Dicht über dem Fußboden war ein Loch, durch das man vom angrenzenden Raum alles belauschen konnte.

Eisige Kälte überkam ihn. Das Loch war am frühen Nachmittag noch nicht da gewesen. Er hatte den Raum überprüfen lassen, nachdem er wusste, dass die Untersuchung hier stattfinden würde. Seine Spione lieferten ihm regelmäßig genaue Angaben zu allen Gucklöchern in der Festung.

Er verabschiedete Speratus mit einem ruhigen Nicken. Doch draußen im Säulengang warf er unauffällig einen Blick in den unbeleuchteten Nebenraum.

Er war leer. Aber war er auch vor wenigen Augenblicken noch leer gewesen?

Und was war das? Auf dem Fußboden lag in einem Dreieck aus Licht, das in den Raum fiel, ein Schreibgriffel und ein Stück des Lederriemens, mit dem er an der Wachstafel befestigt gewesen war. Hatte jemand den Raum in großer Eile verlassen und den Griffel dabei verloren?

Aus den Augenwinkeln nahm er eine schnelle Bewegung wahr. Hundert Schritte vor ihm rannte jemand. Die schlanke Gestalt eines Jungen im kurzen Lederumhang der gallischen Bauern eilte durch den Säulengang und verschwand um eine Ecke. Eine Verfolgung kam nicht infrage. Der Junge war zu weit entfernt, und in der Festung gab es zahllose versteckte Winkel, wo ein flinker Junge verschwinden konnte. Außerdem war es Julianus lieber, dass derjenige, der ihn belauscht hatte, sich in Sicherheit wähnte.

Julianus zwang sich deshalb, ruhig weiterzugehen, als sei nichts geschehen. Aber plötzlich nahm er die strahlende Mittagssonne so wenig wahr wie den Sklaven, der einen dringenden Auftrag zu erledigen hatte und beinahe mit ihm zusammengestoßen wäre. Auch die klar gegliederte, prachtvolle Säulenfassade am anderen

Ende des Gangs sah er nicht mehr. Seine Gedanken überschlugen sich.
Würde Maximus einen Spion auf mich ansetzen? Unmöglich! Er müsste mich zuerst um Rat fragen. Er ist durch mich zum Statthalter geworden. Er wäre verrückt, wenn er einen Mann vernichten wollte, von dem er abhängig ist. Außerdem ist er niemand, der einem insgeheim etwas nachtragen würde.
Und der aufgeblasene Giftzwerg Blaesus, der bestimmt nicht sein Freund war? Julianus wusste, der Senator würde triumphieren, wenn er die Möglichkeit hätte, ihn zu ruinieren. Er hatte Julianus nie verziehen, dass er zehn Jahre zuvor eine gerichtliche Untersuchung gegen ihn in Gang gesetzt hatte, weil Blaesus die ihm anvertraute Provinz aussaugte. Aber er war Julianus nicht ebenbürtig, weder in Hinblick auf Macht noch auf kaiserliche Gunst. Er musste damit rechnen, dass jede Anschuldigung gegen Julianus auf ihn selbst zurückfallen konnte.
Der Palast? Schwer vorstellbar, aber nicht unmöglich. Trajan hatte die olympische Leistung vollbracht, nicht nur beim Senat und dem Volk beliebt zu sein, sondern auch beim Heer – bei seinen adligen Kommandanten und den gemeinen Soldaten. In Trajans erstem dakischen Krieg hatte er von seiner eigenen Tunika Stoffstreifen abgerissen, um die Wunden gemeiner Soldaten zu verbinden.
Er muss wissen, dass sein Platz auf dem Thron sicher ist.
Und im Gegensatz zu vielen seiner Vorgänger war Trajan von Natur aus nicht misstrauisch und musste einen guten Grund haben, etwas gegen jemanden zu unternehmen.
Trotzdem, Julianus wusste, dass man von allen Männern, die dem Kaiser nahe standen, ihm gleichzeitig am meisten vertraute und misstraute. Wenn er durch irgendetwas, das er tat, Verdacht erweckte, würden die Flammen des Misstrauens doppelt so hoch schlagen. Denn Trajan gehörte zu den wenigen Männern, die mit Sicherheit wussten, dass Marcus Julianus die unsichtbare Hand hinter der Ermordung Domitians gewesen war, auf dessen Tod die milde Herrschaft des Kaisers Nerva folgte, der sehr bald Trajan adoptiert hatte, um eine reibungslose Nachfolge sicherzustellen.

Jeder Herrscher würde sich immer wieder sagen: Der Mann, der schon einmal eine so erfolgreiche Revolte geplant hat, ist immer fähig, das noch einmal zu tun.
Julianus machte sich keine Illusionen. Trajans Macht war so unbeschränkt, wie die von Domitian es gewesen war. Und das Gespenst einer gewaltsamen Ablösung verfolgte alle Herrscher besonders dann, wenn sie sich, wie Trajan jetzt, auf einen Eroberungsfeldzug vorbereiteten, der ihre jahrelange Abwesenheit von Rom verlangte.
Obwohl Julianus sich einredete, es könne nicht sein, malte er sich in Gedanken den Bericht eines kaiserlichen Spions aus:
Marcus Julianus brachte zuerst den Statthalter durch eine List dazu, den Raum zu verlassen, indem er einen falschen Grund angab. Danach befragte er den Hauptzeugen unter vier Augen und erhielt auf diese Weise wichtige Informationen über die Pläne unseres Feindes, die er dem kaiserlichen Rat nicht offen gelegt hat. Und dann nahm er dem Speratus das Versprechen ab zu schweigen, als sei der Mann Julianus zu größerer Ergebenheit und Treue verpflichtet als seinem Kaiser und Herrn.
In den nächsten Tagen musste Julianus immer wieder an die Möglichkeit denken, beim Kaiser in Ungnade zu fallen. Diese Vorstellung hatte sich vermutlich nicht zu Unrecht hartnäckig in einem Winkel seines Bewusstseins festgesetzt.

Viertes Kapitel

Fünf Tage waren seit der offiziellen Untersuchung über Witgerns Überfall vergangen, und Marcus war immer noch nicht in die Villa an der Mosel zurückgekehrt. Auriane saß im halbdunklen Krankenzimmer am Bett ihrer Tochter Arria Juliana. Der betäubende Duft von Heilkräutern erfüllte den Raum.

Arria lag fiebernd unter einem Berg Decken. Ihre langen feuchten Haare breiteten sich auf dem Kissen wie ein schwarzer Fächer aus. Auriane drückte die Hand ihrer Tochter, als könnte sie das kleine Mädchen so auf der Erde festhalten. Mit jedem mühsamen Atemzug suchte Arria Halt am Leben wie an einem steilen Felsen. Würde sie es bis nach oben schaffen oder in das dunkle Nichts hinabstürzen? Der Ausgang des Ringens war ungewiss. Aurianes Tochter würde sich an ihren neun Jahren festhalten oder auch nicht.

Im Gang vor der Tür hingen Bronzeglöckchen, um das Böse fern zu halten. Als sie plötzlich zu läuten begannen, erinnerten die hohlen, traurigen Töne Auriane an den Tod. Unwillkürlich dachte sie an die vielen kleinen, schief stehenden Grabsteine am dunklen Ufer der Mosel. Es waren schmerzliche Mahnmale, Erinnerungen an das kurze Erdendasein von Pächterskindern, die alle ungefähr so alt wie Arria gewesen waren, als der grausame Tod den Lebensfaden vor der Zeit abgeschnitten hatte. Kinder mussten sich immer und immer wieder durch Hels Reich hindurchkämpfen, bevor sie das relativ sichere Leben von Erwachsenen erreichten. Das war schon immer so gewesen.

Brico reichte ihrer Herrin ein dampfendes Tongefäß. Tränen nahmen Auriane die Sicht, als sie das schmale lange Mundstück an

Arrias trockene, aufgesprungene Lippen drückte. Auriane traute dem griechischen Arzt der Villa nicht zu, dass er den richtigen Heiltrank herstellte. Deshalb hatte sie es selbst getan und zu Freia und den Ahnfrauen gebetet, während sie einen *Sextarius* kochendes Wasser über die Mischung aus Stechpalmenblättern, Mädesüß und weißer Weidenrinde goss. Die Pflanzen hatte sie zusammen mit Avenahar am frühen Morgen bei ihrem Gang durch Wald und Wiesen in der Umgebung der Villa gesammelt. Der Sud half wenig, aber Auriane wusste nicht, was sie sonst noch versuchen sollte.

Ohne recht zu wissen, was sie tat, nahm sie das schwarze Lederamulett vom Hals und legte es Arria auf die Brust. Im nächsten Augenblick erschien es ihr unbesonnen, das zu wagen, denn die Macht der geweihten Erde war so unberechenbar wie das Wirken von Ramis, die Auriane einst den Beutel um den Hals gelegt hatte. Er enthielt Erde aus dem heiligsten der heiligen Bezirke Freias in ihrem Land. Auriane hielt das Amulett manchmal für eine Art heilige Leine, mit deren Hilfe die Furcht einflößende alte Seherin sie beeinflussen konnte. Doch sie wurde nie das dumpfe Gefühl los, dass Ramis noch mehr von ihr wollte, und zwar so viel mehr, dass ihr Bewusstsein dieses Wissen mit aller Macht verdrängte.

Sie will, dass ich ihren Platz einnehme.

Aber dafür, so glaubte Auriane, war sie nicht geeignet. Außerdem konnte sie sich nicht vorstellen, den Frieden ihres eigenen Heimes für immer aufzugeben.

Es erschien ihr pietätlos, das Amulett abzunehmen, doch vielleicht würde sein Erdzauber Arria heilen. Die langen dunklen Wimpern ihrer kleinen Tochter bewegten sich nicht, als das schwarze Leder die heiße Haut berührte.

Plötzlich erschien Avenahar in der offenen Zimmertür. Sie hatte einen Brief in der Hand und wartete mit ungewohnter Zurückhaltung darauf, dass ihre Mutter sie bemerken würde. Als Auriane das Siegel von Marcus sah, stand sie auf. Sofort setzte sich ihre Dienerin Brico zu dem kranken Kind und begann, einen Heilgesang ihres Stammes zu summen. Die junge Frau gehörte zum keltischen Stamm der Treverer, der vor der Eroberung durch Rom entlang der Mosel gesiedelt hatte. Sie wurde bald zwanzig, hatte seidiges rotgoldenes Haar, blasse Haut und einen stolzen geschwungenen Mund, der in einem gewissen Gegensatz zu den weichen Formen ihres kräftigen Körpers stand. Sie trug ein Kind des Kämmerers Demaratos im Leib und ahnte nicht, dass Auriane es wusste. Aber das war kein Problem, das an diesem Tag eine Rolle spielte. Auriane und Avenahar lasen den Brief zusammen draußen auf dem Gang, nachdem sie alle Verbindungstüren geschlossen hatten, um ungestört zu sein. Avenahar konnte schneller lesen. Sie hatte es als Kind gelernt, und so wusste sie als Erste von Witgerns Überfall.

Sie stieß einen Freudenschrei aus.

»Avenahar! Nimm Rücksicht auf deine Schwester.«

Avenahar flüsterte auf Chattisch: »Witgerns Sieg ist ein Zeichen der Hoffnung.«

»Es ist ein Zeichen unbesonnener Dummheit«, antwortete Auriane ebenfalls in der Stammessprache. »Alles, was Witgern gewonnen hat, ist der Tod der zehn Geiseln.«

»Er ist über die Römer hergefallen wie über eine wehrlose Beute.«

»Er wird einen Krieg auslösen.«

»Nein, lies weiter. Vater hat es verhindert. Witgern behält seinen Sieg.« Avenahar richtete sich langsam auf und sah ihre Mutter staunend an. »Mutter, du hast das Kastell, den Tag und die Stunde genau vorausgesagt.«

Auriane bedauerte, Avenahar von der Weissagung erzählt zu haben. »Das ist jetzt unwichtig.«

Avenahar schüttelte den Kopf. »Und du hast es ohne die Lieder getan. Eine Seherin braucht Lieder, die ihr helfen. Du hast es einfach so getan. Das ist ein Wunder. Du hast sogar den Namen des Präfekten gewusst ... der Familienname ›Speratus‹ ... in der Sprache der Römer bedeutet das der ›Erhoffte‹.«

»Genug. Geh zu Bett, Avenahar. Ich verbiete dir, weiter darüber zu sprechen.«

Bevor Avenahar das Ende des Gangs erreicht hatte, drehte sie sich noch einmal um und flüsterte: »Wie lange kannst du es noch leugnen?«

»Ins Bett mit dir!«
Als Auriane in Arrias Zimmer zurückging, spürte sie, wie sich alles in ihr auflehnte. Immer häufiger hatte sie eine Ahnung von Dingen, die sie eigentlich nicht wissen konnte. Anfangs waren es Kleinigkeiten, aber in letzter Zeit handelte es sich um wichtige Dinge. Das beunruhigte sie zunehmend. Sie hatte das Gefühl, ein Tor öffne sich, und dahinter tauche eine gebieterische Hand auf, die sie heranwinkte. Wenn sie die Macht einer Prophetin besaß, dann gehörte sie ihrem Stamm. Wenn sie nicht in die Heimat zurückkehrte, war das so, als raube sie dem Stamm die Stimme der Götter. Es war ein weiteres Zeichen dafür, dass das Schicksal das Unmögliche von ihr verlangte. Sie sollte nach Hause zurückkehren und ihrem Volk dienen.
Im Krankenzimmer saß eine strahlende Brico. Arria murmelte etwas Unverständliches und schlug mühsam die Augen auf.
»Herrin!« Brico sprang auf und blickte vorsichtig, beinahe ängstlich zu dem Amulett auf Arrias Brust. »Ist das von der Herrin? Ich meine, von Ramis?«
Auriane nickte langsam.
»Arria hat die Augen aufgeschlagen! Sie erkennt mich! Das Amulett hat sie geheilt. Herrin, es hat ihr das Leben gerettet!«
»Das kann nicht sein. Nichts kann so schnell dieses hohe Fieber heilen.«
Aber Arria richtete sich ohne Hilfe in den Kissen auf, blickte ihre Mutter an und streckte ihr die kleinen Hände entgegen. Auriane sank auf das Bett und nahm sie in die Arme. Sie gestattete sich einen Augenblick der Erleichterung und Freude. Dann schossen ihr alle möglichen Dinge durch den Kopf, die als Nächstes zu tun waren. Als Erstes würde sie Marcus schreiben und ihm sagen, dass seine Tochter wieder gesund war und er nicht sofort nach Hause zurückkommen musste.
Besaß das Amulett tatsächlich eine so große Macht? Plötzlich beunruhigte es sie, dass der schwarze Beutel all die Jahre an ihrer Brust gelegen und womöglich ihr Tun gelenkt und den Willen von Ramis durchgesetzt hatte.
Noch während sie ihre Tochter eng an sich drückte, läuteten un-

vermittelt die Glöckchen – diesmal aufgeregt und beharrlich. Es klang, als riefen Frauen über einen stillen See hinweg nach Auriane. Sie bekam es mit der Angst zu tun. Im Gang ging kein Luftzug. Sie hatte alle Türen geschlossen.
Energisch schob sie alle Gedanken daran beiseite. Im Augenblick zählte nur das Eine: Arria war wieder gesund!

* * *

Am nächsten Tag erschien am Tor der Villa ein Decurio der berittenen kaiserlichen Garde aus Rom. Dem Kämmerer Demaratos missfiel der Mann sofort. Gardisten wurden manchmal als Boten für besondere Aufgaben eingesetzt und beförderten unter anderem wichtige Korrespondenz aus Rom in die Provinzen. Der Decurio hatte ein großspuriges und überhebliches Benehmen und blickte unverwandt in die Luft und über den Kopf von Demaratos hinweg, als wolle er andeuten, dass er täglich mit Regierungsgeschäften zu tun hatte, die den Verstand eines schlichten Kämmerers in der Provinz bei weitem überstiegen.
»Ich bin Marcus Ulpius Secundus«, begann er mit dröhnender Stimme, »und ich habe einen Brief für den Herrn der Villa.«
Demaratos reichte dem Decurio nur bis zum goldenen Brustharnisch, auf dem ein getriebener Marskopf glänzte. Er wusste, die Männer der Reitergarde wurden wegen ihrer Körpergröße ausgewählt. Außerdem wog der Fremde etwa doppelt so viel wie er. Bei den Gardisten handelte es sich hauptsächlich um Bataver, und der Decurio hatte viel unternommen, um die Spuren seiner Herkunft zu beseitigen. Er war römischer Bürger geworden, versteckte sich hinter drei Namen und bemühte sich um die Sprechweise des Capitols, aber die Tünche war dünn. Ulpius Secundus war nur eine Generation von seiner Sippe entfernt, die noch immer am Herdfeuer schlief und sich die von Flöhen wimmelnden Decken über die Ohren zog, während dicht daneben in Verschlägen das Vieh stand. Trotz seines Gehabes war der rothaarige Riese so unzivilisiert wie die *Domina* des Hauses.
Demaratos beschloss, die Angelegenheit für den römischen Boten

so schwierig wie möglich zu machen. »Ich bedaure, mein Herr ist nicht hier. Er befindet sich in Mogontiacum. Er ist einer der Männer, die darüber entscheiden, wohin du im kommenden dakischen Krieg geschickt wirst. Es ist nur ein halber Tagesritt bis dorthin. Aber das weißt du ja selbst. Schließlich bist du ja an Mogontiacum vorbeigeritten.« Ohne eine Antwort abzuwarten, sprach Demaratos weiter: »Mein Herr hält heute einen Vortrag vor hohen Gästen aus Rom. Er wird über die Schönheiten des goldenen Zeitalters sprechen, als sich die Herrscher noch für das Volk opferten und alle Menschen ohne Gesetze tugendhaft lebten. Aber ich bin sicher, du weißt darüber mehr als ich. Schließlich kommst du ja vom Capitol. Der Vortrag beginnt um die Mittagsstunde. Wenn du dich beeilst, wirst du gerade noch rechtzeitig dort sein, um zu hören, wie Zeus geboren wurde.«
Der rothaarige Riese gab sich große Mühe, nicht verwirrt zu wirken, doch Demaratus war zufrieden. Der Mann hatte zumindest so viel begriffen, dass er damit rechnen musste, sich in sumpfiges Gelände zu wagen.
»Oder …«, unterbrach der Kämmerer die eingetretene Stille scheinbar hilfsbereit: »Du kannst deinen Brief der *Matrona* übergeben.«
»Der *Matrona*?« Marcus Julianus hatte keine Frau. Das war allgemein bekannt. Der Gardist gestattete sich den Anflug eines Lächelns, unterdrückte es jedoch sofort.
Demaratos hörte deutlich die unausgesprochenen Worte:
Mir ist es gleichgültig, wie du damit zurechtkommst, dass du einer solchen anrüchigen Herrin dienst.
»Sie tut es auch«, sagte er. »Ruf sie sofort, damit es keine Verzögerung gibt!«
Demaratos war einen Augenblick ratlos. Es war ihm nicht in den Sinn gekommen, dass der aufgeblasene Kerl sich bereit finden könnte, seinen Brief auch der Herrin zu übergeben. Doch er fasste sich schnell und erwiderte unverfroren: »Die Herrin … *übt*. Sie übt mit Holzschwertern, um das Blut zu erhitzen, die Körpersäfte ins Gleichgewicht zu bringen und um bei Kräften zu bleiben.«
Ulpius Secundus biss sich auf die Lippen, um nicht laut zu lachen.

Der Provinzkämmerer wollte ihn glauben machen, ein Arzt habe diese für eine Frau höchst seltsame Beschäftigung angeordnet. Er sah Demaratos ausdruckslos an.
»Natürlich. Darf ich sie vielleicht beim ... *Üben* ... stören?«
Demaratos fühlte sich wie eine auf einen Baum geflüchtete Katze, die nur noch fauchen kann. Doch er wahrte die Form und erwiderte den Blick des Decurio gleichmütig.
»Das kannst du. Aber vielleicht legst du deinen feinen Mantel und den goldenen Harnisch ab. Es könnte schließlich sein, dass sie mit dir üben will.«
»Kämmerer, ich habe noch nie gegen eine Frau gekämpft. Zum einen möchte ich sie nicht verletzen und zum anderen wäre es unschicklich für einen hohen Offizier der kaiserlichen Garde, bei etwas so Schmachvollem beobachtet zu werden.«
»Aber Herr! Sie hat mit sehr viel stärkeren und muskulöseren Männern gekämpft, als du es bist. Einen hat sie sogar vor deinem ganzen Volk erschlagen!«
Demaratos freute sich über seine zweischneidige Waffe, mit der er sowohl Auriane als auch diesen hochnäsigen Kerl lächerlich machen konnte.
»Ja natürlich ... ich bin sicher, das hat sie getan«, murmelte der Decurio vorsichtig. Ihm kam die halb vergessene Geschichte wieder in den Sinn, wonach Marcus Arrius Julianus diese sonderbare Frau aus der Arena geholt hatte, wo sie tatsächlich in aller Öffentlichkeit aufgetreten war. Doch er unterdrückte eine scharfe Erwiderung. Warum sollte er sich die Mühe machen, einem dummen Dienstboten Manieren beizubringen, solange es keine Zeugen dafür gab? Flüchtig zog er die Möglichkeit in Betracht, dass der Hausherr und die Hausherrin schlicht und ergreifend verrückt waren. Es hieß, Julianus sei ein Philosoph, und alle Philosophen waren schließlich nicht ganz richtig im Kopf.
»Dann führe mich zu ihr«, sagte er, denn er hatte sein schweißbedecktes Pferd den Stallknechten der Villa übergeben. »Ich übergebe meinen Brief und mache mich sofort auf den Rückweg.«
Demaratos gab einem jungen Diener ein Zeichen. Der rannte davon, um aus den Ställen ein frisches Pferd bringen zu lassen. Als

das Tier gesattelt draußen stand, ging der Gardist mit großen Schritten hinaus in die strahlende Morgensonne. Seinen mit mystischen Szenen und einem Busch geschmückten Helm hatte er unter den Arm geklemmt.
»Das ist eine Stute!«, erklärte der Decurio, als sei der Grund für seine Beschwerde offensichtlich.
»Da hast du Recht«, erwiderte Demaratos höflich. »Es ist eine Stute.«
»Ich kann keine Stute reiten.«
»Es ist nicht so einfach, ein Pferd zu finden, das sich ohne weiteres mit einem unbekannten Reiter anfreunden will. Ich kann dir versichern, es ist eine kühne, tapfere und deiner würdige Stute. Genauer gesagt, es ist eine Kampfstute, die unter Pferden den Rang eines Centurio hat.«
»In diesem Haus wird offenbar die Peitsche nicht oft genug gebraucht!« Befriedigt nahm Ulpius Secundus den Ausdruck des Entsetzens auf dem glatten Gesicht des Kämmerers zur Kenntnis. Auch wenn das erstaunlich war, dieser Sklave schien Züchtigung als Bestrafung überhaupt nicht in Betracht zu ziehen. Vielleicht hatte er sich nur einen Scherz erlaubt und seine Antwort überhaupt nicht als Frechheit empfunden.
Wahrhaft ein Haus voller Verrückter.
Der Gardist richtete sich auf und erklärte: »Ich gehe zu Fuß.«
»Es sind mehr als zwei Meilen.«
»Niemand läuft eine solche Strecke schneller als ich.«
Der schmächtige Stallbursche, ein sanftmütiger junger Treverer, ging eifrig voraus, um ihm den Weg zu zeigen. Demaratos begleitete die beiden aus Höflichkeit eine kurze Strecke. Sie schritten schweigend durch den langen Säulengang, am Badehaus vorbei und über ein Feld mit saftigem grünen Gras, das als Auslauf für die Pferde diente. Sie kamen zwischen Koppeln hindurch, auf denen zufrieden wohlgenährte Stuten mit glänzendem rotbraunem, dunkelbraunem und goldfarbenem Fell weideten. Auf einer Anhöhe stand ein kleiner Tempel der Pferdegöttin Epona. Der Decurio kannte diese Göttin gut, denn sie wurde von der römischen Reiterei verehrt. Doch es missfiel ihm entschieden, die würdige

Epona mit dem ungebildeten Landvolk teilen zu müssen. Der kleine Tempel machte ihm außerdem bewusst, dass er im Haupthaus keine Schreine gesehen hatte. Marcus Julianus hielt offenbar nicht viel von Apollo oder Mars und verehrte wie die meisten Aristokraten mit einer Neigung zur Philosophie vermutlich nur die Vorsehung.

Bald lagen die ordentlichen Häuser der Pächter hinter ihnen. Auf den Feldern wuchsen Hafer, Emmer, Weizen und Gerste. Zwei Bauern mit hüftlangen Kapuzenumhängen aus Leder winkten freundlich grüßend.

Der Gardist runzelte die Stirn.

Eine Frechheit! Hier wimmelt es von ungehobeltem Volk, das seinen Platz nicht kennt! An solchen Unsitten trägt immer der Herr die Schuld.

Nach einer Viertelmeile stand Demaratos der Schweiß auf der Stirn, und er atmete flach und schnell. Dem jungen Stallburschen ging es nicht viel anders. Ulpius Secundus in seiner schweren Rüstung atmete dagegen nach wie vor gleichmäßig. Demaratos erinnerte sich, irgendwo gehört zu haben, dass die Gardisten das Gesicht verloren, wenn es ihnen nicht gelang, in voller Rüstung auf ihr galoppierendes Pferd zu springen. Zum ersten Mal konnte der Kämmerer der kaiserlichen Garde eine gewisse Anerkennung nicht versagen.

Schließlich bogen sie vom Weg auf einen Waldpfad ab. Dort verabschiedete sich Demaratos und kehrte zur Villa zurück.

Nach einiger Zeit hörte Ulpius Secundus das helle Schlagen von Holz gegen Holz. Es klang unregelmäßig, aber gezielt.

Der Pfad endete am Rand einer Lichtung. Ihre Füße versanken fast in dem dichten Moosteppich über dem schwarzen Waldboden. Vor ihnen befand sich eine Art natürliches Amphitheater, und seine schräg ansteigenden Seiten waren von Gebüsch und Gras überwuchert. Am dicken Stamm einer alten Eiche hing ein gebleichter Pferdeschädel. Die großen leeren Augenhöhlen schienen sich in stummem Staunen auf einen Furcht einflößenden Anblick zu richten.

Um dieses Waldtheater hatte man Baumstämme als Sitze für ein kleines Publikum gelegt. Die Hälfte der Plätze war besetzt. Die Zuschauer waren eine merkwürdige Mischung aus Stallburschen und Haussklaven, jungen Männern und Mädchen, die vermutlich von der Akademie kamen, die Julianus im nahen Confluentes unterhielt, und dem einen oder anderen Pächter. Dazwischen lagerte ganz selbstverständlich ein hübsches schwarzhaariges Mädchen, das für eine Sklavin zu gut gekleidet war. Womöglich eine Tochter der Herrschaft?

Das ungezogene Ding starrte den Gardisten an, als habe er sich etwas zuschulden kommen lassen. Das tat ihrem guten Aussehen Abbruch. Neben ihr saß ein schmächtiger Wicht, den er kannte. Der Kleine hatte einmal ein Gastmahl in einem reichen Haus in Rom gegeben, in dem der Decurio öfter eingeladen war. Es war der Satirendichter Milo, ein herumvagabundierender Bursche mit rasiermesserscharfem Witz, den jeder Mann ein wenig fürchtete, und jede Frau umsorgen wollte.

Milo lag ausgestreckt auf einem Baumstamm, gestikulierte mit einem silbernen Weinbecher und trug eine absurde bunte Tunika mit einem Muster roter und blauer Blumen, die vielleicht passend für eine Abendgesellschaft gewesen wäre. Es überraschte den Gardisten nicht, jemanden wie diesen Milo hier zu treffen, denn jeder Sonderling in Rom fand früher oder später den Weg zur Villa von Marcus Julianus. Es förderte den Ruf eines Mannes, wenn er sagen konnte, er habe sich einige Zeit in diesem Tempel der Gelehrsamkeit aufgehalten.

In der von allem Bewuchs gesäuberten Arena stand eine große Frau in einer kurzen, gegürteten Ledertunika. Sie bückte sich gerade und half einem Mann auf die Beine. Das also war Aurinia oder Auriane, wie sie in ihrer Muttersprache hieß. In der Hand hielt sie so selbstverständlich wie etwa einen Griffel oder einen Kamm ein schweres hölzernes Übungsschwert, als gehöre es dorthin.

»Bleib hier stehen«, sagte der junge Stallbursche. »Du musst dein Schwert ablegen, wenn du weitergehen willst.«

»Meine Geduld ist erschöpft!«, schnaubte der Decurio. »Mach Platz, ich nehme von Haussklaven keine Befehle entgegen.« Mit energischen Schritten trat er in das Rund.

Die große Frau wandte sich ihm zu. »Vielleicht nimmst du dann von mir Befehle entgegen.«
In der vollen Stimme schwang eine geschmeidige Kraft. Sie musterte ihn mit der strengen Reinheit einer Vestalin, doch in ihren Augen lag ein Anflug von Humor. Dieser seltsamen Jägerin, die ihren Hain verteidigte, schien nicht bewusst zu sein, wie barbarisch sie aussah. Auf ihrer Stirn glänzten kleine Schweißperlen. Die bronzefarbenen Haare waren männlich streng zurückgekämmt und zu einem Zopf geflochten. Sie trug die dunklen Schweißflecken auf der rehfarbigen Tunika wie Schmuck. Der Gardist fand diesen Anblick leicht abstoßend, aber auch faszinierend.
»Leg das Schwert ab«, sagte sie noch einmal, »oder ich nehme den Brief nicht entgegen, den du in der Hand hältst.«
»Ich trage mein Schwert selbst in Anwesenheit des Kaisers. Ganz bestimmt werde ich es nicht für eine Frau aus der Provinz ablegen.«
»Gut, dann werde ich sagen, du hast den Brief nie abgegeben. Dann wirst du vielleicht sogar deine gut bemessene Pension verlieren, Gardist.«
Ihr Gesichtsausdruck war eine Mischung aus Ernst und Verspieltheit, Humor und Herausforderung. Die Zuschauer auf den Baumstämmen brachen in Lachen aus.
Der Decurio kämpfte mit seinem Zorn.
Es klingt wie das Geschnatter der Gänse im Hades.
Nur das vorwitzige Mädchen mit den dunklen Haaren lachte nicht. Er sah, dass das Füllen mit der glatten Mähne die gleichen Augen und das gleiche Kinn wie die Frau hatte. Er war sich sicher, dass sie tatsächlich die Tochter dieser Frau war.
Aurianes Ausdruck wurde freundlicher. »Das hier ist geheiligter Boden, und er würde durch Eisen entweiht. Ich bitte dich um einen Gefallen. Ich will dich nicht herausfordern.«
»Das hier ist ein Anwesen voller Verrückter.« Der Gardist zog das Schwert aus der Scheide und legte es ins Gras.
»Ein neuer Kämpfer, Mars und Bellona seien gepriesen! Greif sie an, kämpfe mit ihr!«

Der Zuruf kam von Milo, der die Worte musikalisch, fast wie ein Gedicht sprach. Die anderen begannen sofort zu rufen: »Kämpfe mit ihr, kämpfe mit ihr!«

»Ruhe, ihr Bauern!« Niemand hörte auf ihn.

Doch als Auriane die Hand hob, herrschte sofort Stille.

»Ich muss mich vergewissern, dass ich die richtige Frau vor mir habe«, erklärte Ulpius Secundus und warf sich in die Brust. Jetzt würde er sich auf seine Weise rächen. »Bist du Aurinia von den Chatten, die nach der Strafexpedition von Kaiser Domitian gegen dein Volk in Ketten nach Rom gebracht wurde, und die jetzt die Konkubine von Marcus Arrius Julianus ist?«

Sie ließ sich nicht reizen. »Wenn du darauf bestehst, es so auszudrücken, ja, das bin ich.«

»Dann nimmst du dieses Schreiben von Octavius Capito, dem kaiserlichen Sekretär in Rom, der im Auftrag des Kaisers handelt, an Marcus Arrius Julianus entgegen.«

Kaum hatte er das gesagt, wurde der Ruf: »Kämpfe mit ihr!« wieder angestimmt. Diesmal klang es herausfordernder, und die Zuschauer klatschten dabei rhythmisch in die Hände.

»Manch einer würde sagen, er ist feige!«, trällerte Milo fröhlich. Seine Stichelei erhob sich wie die Stimme eines Solisten über den Chor. »Aber eine Sybille hat einmal gesagt, er hat viele Siege errungen, von denen niemand etwas weiß … Ich rate ihm, schnell das Weite zu suchen, damit er im Alter nicht seine Schande verheimlichen muss!«

Ein Stallknecht drückte dem Decurio ein mit Erde verschmiertes Holzschwert in die Hand, dessen Griff dunkel von getrocknetem Schweiß war.

Der Gardist drehte sich nach den Zuschauern um und rief: »Ich bringe die Tochter von Barbaren nicht zu Fall, nur um einem Haufen betrunkener Weichlinge etwas zu beweisen, was nicht bewiesen werden muss!«

Milo turnte inzwischen munter auf dem Baumstamm. In seinem Froschlächeln lag ein Anflug von gespieltem Entsetzen. Dabei zeigte er unbekümmert eine Reihe schwarz verfärbter Zähne. »Ich glaube, du hältst zu viel von dir, Bataver, und das ohne rechten

Grund. Dein Stamm hat sich Rom unterworfen, und dein Herr ist der Kaiser. Ein weiser Mann hat einmal gesagt: ›Auch der Sklave eines großen Mannes ist ein Sklave.‹ Und doch beleidigst du eine freie Frau eines Stammes, der seine Freiheit mit Erfolg verteidigt hat.«

Ulpius Secundus biss sich auf die Lippen. Aber in Gedanken rächte er sich bereits.

Sein Hals ist so dünn wie ein Hühnerhals. Einmal richtig zugepackt, und er würde brechen.

»Kämpfe mit ihr! Zeig uns, wie mutig du bist!«, riefen die anderen Zuschauer wieder im Chor. In seiner Wut verstand der Gardist nicht, wie harmlos der Spott war. Er verwechselte Milo mit einem Richter auf dem Capitol. Für ihn waren es die Worte der Richter im Capitol, die brennende Fackel, die einen Gladiator dazu treibt zu kämpfen.

»Ich erniedrige mich, indem ich dir diese Lektion erteile«, sagte er steif zu Auriane. »Aber wer wird das schon erfahren, außer diesem Haufen Affen da drüben.«

»Wie du willst. Aber sie haben nichts Böses im Sinn, so wenig wie ich.«

Er legte den schweren goldenen Brustpanzer ab und ging in seiner wollenen, gegürteten Untertunika mit großen Schritten in die Mitte des Platzes. Auriane drehte sich um und stellte sich ihm gegenüber. Sie senkte flüchtig den Blick und murmelte rituelle Worte.

Der Decurio umfasste das Schwert mit grimmiger Entschlossenheit und brachte sich ins Gleichgewicht. In Aurianes Augen sah er Erregung aufleuchten, wie bei einem Rennpferd, das zum Startseil geführt wurde. Er begann, sie langsam zu umkreisen, und zeigte ihr dabei seine Größe und die Reichweite seiner Arme. Sie wahrte Abstand, bewegte sich mit ihm und rückte dann zu seinem Erstaunen näher. Es war ein gewagtes Vorgehen, aber er wusste, es war richtig für jemanden von leichtem Körperbau wie sie. Dadurch geriet er mit seinen längeren Armen in Nachteil.

Er begann seine Attacke mit einem brutalen Schlag nach unten, der jedoch ins Leere ging. Sie wich seitlich aus, war unfassbar wie eine Feder in einer Brise. Das scheinbare Ausweichmanöver entwickelte sich irgendwie zu einem Angriff. In einer fließenden Bewegung drehte sie sich um, stand im nächsten Augenblick so dicht vor ihm, dass sie sich hätten umarmen können, und attackierte ihn mit peitschenschnellen Paraden, bei denen es ihm unbehaglich zumute wurde. Er hatte das Gefühl, in die Enge getrieben und durch ein raffiniertes Manöver gefangen zu werden. Er konnte nicht zu einem schwungvollen Schlag ausholen und hatte den Eindruck, gegen einen Luchs zu kämpfen. Er wich zurück, um Platz zu haben, konnte aber nicht genau sagen, ab welchem Augenblick er das nicht mehr freiwillig tat. Er verlor an Boden, während sie an Boden gewann, ohne dass er verstand, wie ihr das gelang. Sie stieß in Lücken seiner Verteidigung, von denen er nicht wusste, dass es sie gab. Ihre Bewegungen waren so unberechenbar wie der peitschende Schwanz einer Schlange. Es schien, als habe sich ihr Bewusstsein irgendwo auf sein Bewusstsein gesetzt, als könne sie seinen nächsten Schlag sehen, noch bevor er ihn in die Tat umsetzte. Plötzlich führte sie mit der flachen Seite des Schwertes einen Schlag auf seine Seite und traf eine Rippe.

»Treffer!«, schrie jemand.

»Er ist tot!«, rief Milo ausgelassen.

Der Gardist sah rot, ging in die Offensive und bedrängte Auriane. Er erkämpfte sich die Kontrolle zurück und hieb wie rasend auf ihr Schwert ein. Doch sie verteidigte sich mit schnellen und gezielten Schlägen, die irgendwie verwirrend waren, denn sie schien seine Stärke niemals mit Stärke zu erwidern. Es war, als gewinne sie bereits durch ihre Bewegungen noch mehr Kraft. Dann begriff er, dass sie ihm bewusst auswich, dass sie ihn lenkte, ihn dazu brachte, sich zu verausgaben, und dass sie ihn ermüdete. Am meisten erbitterte ihn, dass es so aussah, als sei sie nicht mit voller Aufmerksamkeit bei der Sache. Ihr Blick schien den ganzen Platz zu umfassen und ihn dadurch zu einem kleinen, unwichtigen Teil des Ganzen zu machen.

Nach der Wasseruhr war vielleicht eine Viertelstunde vergangen, als er begann, nach Luft zu ringen. Er biss die Zähne zusammen, und ihm gelang ein perfekter Abwärtsschlag. Damit wollte er sie an der Schulter treffen. Aber ihr Schwert fuhr wie aus dem Nichts blitzschnell nach oben und parierte seinen Angriff. Der Aufprall war so heftig und hart, dass es ihm vorkam, als träfe seine Waffe auf Granit. Seine Zähne schlugen zusammen, und er hatte das Gefühl, sein Kiefer werde von der Gewalt zerschmettert. Der Schlagabtausch schien plötzlich kein harmloses Geplänkel auf dem Übungsplatz mehr zu sein. Es war etwas Unbekanntes und Unheimliches im Spiel. Sie war mit dem Schlag vorwärts gekommen, als seien alle Kräfte von Körper und Geist in das Schwert geflossen, aber beim Zusammenprall schien sie mit ihrer Aufmerksamkeit bereits scheinbar wieder woanders zu sein.

Ihm blieb keine Zeit festzustellen, was sie getan hatte, denn sie stand unvermittelt an seiner Seite und einen Augenblick später hinter ihm, während sie vor ihm hätte sein sollen. Schließlich erledigte sie ihn mit drei schnellen schrägen Schlägen, so als schreibe sie Schriftzeichen in die Luft. Ein heftiger Schlag nach unten traf seine Kniekehlen, und er sank langsam zu Boden. Ihr Schwert beschrieb eine schwungvolle Schleife, die in den Himmel reichte und in einem blitzschnellen Treffer auf seinem Unterarm endete. Seine gefühllose Hand öffnete sich, und das Holzschwert fiel auf die Erde.

Als der Gardist wieder zu sich kam, lag er mit dem Rücken im Moos. Er war zu sehr gedemütigt, um sich zu bewegen, und überlegte unbestimmt, ob er die anderen irgendwie davon überzeugen könnte, dass er tot sei, damit sie ihn in Ruhe lassen würden.

»Den hat sie erledigt. Bringt den nächsten!« Die Worte klangen gleichzeitig wie Essig und Honig und kamen natürlich von Milo.

»Herr, deine Tribune sollten diese Göttin in Menschengestalt mit der Ausbildung der kaiserlichen Garde beauftragen!«

Meine Laufbahn ist zu Ende, wenn das jemals auf dem Capitol bekannt wird. Sie werden mir Pferd und Rüstung abnehmen und mich vor meiner versammelten Kohorte waffenlos und entehrt davonjagen. Es wird keinen frühen Abschied aus dem Dienst geben, keine gute Anstellung in der Verwaltung und kein glückliches, sorgenfreies Alter in der Wärme kaiserlicher Wertschätzung.

Jetzt beugte sich auch noch die verwünschte Amazone über ihn und wollte ihm tatsächlich beim Aufstehen behilflich sein.
»Es war nicht meine Absicht, dich zu kränken«, sagte Auriane. »Du hast gut gekämpft. Achte nicht auf ihre Witze.« Nach kurzem Zögern fügte sie hinzu: »Du musst unser Gast sein. Marcus Julianus würde wollen, dass du die Nacht über hier bleibst.«
Während er aufstand, beobachtete er Milo, diesen Albtraum von einem Zyniker mit seinen schwarzen, fettigen Kräusellocken. Der Zwerg mit dem breiten, unschuldigen und jungenhaften Männergesicht erwiderte seinen Blick. In seinen Augen zeigte sich kein Gefühl und kein Bewusstsein dafür, wie tief er den Decurio beleidigt hatte.
Würde die kleine Schmeißfliege ein Epigramm über seine Niederlage verfassen? Vielleicht war ihm das Debakel sogar so wichtig, dass er ein längeres Werk darüber schrieb, das in jedem großen Haus, in jeder Taverne in Rom die Runde machen würde?
Ich werde dafür sorgen, dass er dazu keine Chance bekommt. Und ich werde alles tun, dass dieser ganze lächerliche Haushalt, der Fluch jeder normalen Gesellschaft und aller anständigen und tüchtigen Menschen, für seine Frevel bezahlt.
»Ich nehme dein Angebot an«, antwortete er steif. Wenn er Milo zum Schweigen bringen wollte, musste er sich eine Weile in der Villa aufhalten. Es würde kein Mord sein. Er würde nur den Ruf einer der altehrwürdigen Säulen des Reichs, die berittene kaiserliche Garde, schützen.

* * *

Die Zuschauer standen nach und nach auf, um ihre Pferde zu suchen oder um zu Fuß zurückzugehen. Auriane erbrach das Siegel des kaiserlichen Briefs. Ihr Gesicht war gerötet, denn der Kampf mit einem so starken Gegner hatte sie belebt. Avenahar blieb noch auf ihrem Platz. Sie hieb mit Aurianes Schwert begeistert im die Luft und imitierte Schläge, die sie bei ihrer Mutter gesehen hatte. Seit dem Zwischenfall mit den flüchtigen Matrosen übte sie jeden Tag vom Morgengrauen bis zum Mittag mit den Waffen. Schließlich ließ Avenahar das Schwert fallen, sprang übermütig wie ein

junger Hund zu Auriane und schmiegte sich unter ihre Schulter, sodass sie sich in der engen Umarmung sicher fühlte.
Avenahar senkte ihre Stimme so weit, wie es ihr vor Aufregung möglich war: »Was war das für ein Manöver, mit dem du ihn erledigt hast? Der Schlag nach oben war einfach unheimlich. Zeigst du mir, wie du das gemacht hast?«
»Ja, Avenahar, aber nicht jetzt ... morgen. Diesen Mann muss man im Auge behalten.« Sie wies mit einem Nicken auf Ulpius Secundus, der darauf bedacht war, Abstand zu den anderen zu halten. »Er hat irgendetwas vor. Etwas an ihm gefällt mir nicht. Außerdem sind mehr als die Hälfte dieser Gardisten Spitzel.«
»Spitzel? Aber ich höre überall, Trajan erlaube keine Spitzel.«
»Das ist eine hübsche Geschichte für die arglosen Römer. Ein Kaiser ist ein Kaiser. Trajan setzt seine Spitzel nur so geschickt und unauffällig ein, damit niemand verunsichert ist oder sich bedroht fühlt. Wenn er sich auf dem Thron halten will, braucht er solche Leute ... Avenahar!«
Das Mädchen hatte ihrer Mutter den Brief abgenommen und überflog ihn schnell. »Das ist schrecklich, ganz schrecklich ...«
»Gib her!«
»Ich lese schneller.«
»Dann lies etwas anderes. Ich kann es einfach nicht glauben, dass ich eine Tochter mit so schlechten Manieren großgezogen habe.«
Nachdem Auriane den Brief mit einiger Mühe gelesen hatte, sagte sie: »Es ist so, wie wir befürchtet hatten. Wie konnten wir hoffen, dass er davonkommen würde? Dieser verwünschte Krieg in Dakien ... Es wird ihm befohlen, als einer der engen Ratgeber des Kaisers daran teilzunehmen. Um Marcus hier zu halten, können wir vermutlich nur hoffen, dass Rom bald keine Länder mehr findet, die es sich einverleiben kann.«
»Dazu wird es nicht kommen. Die Welt ist groß. Hinter dem Land der Parther liegt das geheimnisumwitterte Land der ...«
»Schon gut. Ich brauche keinen klugen jungen Tutor, der mir sagt, dass Dakien nicht das Ende der Welt ist.« Auriane seufzte. »Und Marcus, eben weil er Marcus ist, wird sich nicht weigern. Er hätte Angst, seinem Vater Schande zu machen. Das wird ihn uns min-

destens für ein Jahr nehmen.« Sie legte Avenahar den Arm um die Schulter. »Lass dir nichts anmerken, dieser schreckliche Gardist lässt dich nicht aus den Augen.«
Der Decurio beobachtete sie in der Tat, aber nicht hasserfüllt, wie Auriane es erwartet hätte, sondern eher mit einem Ausdruck des Entsetzens und des Abscheus, wie jemand, der an seine Vorräte geht und feststellt, dass sie von Würmern wimmeln.
»Ich bekomme eine Gänsehaut, wenn ich ihn nur ansehe. Nach den Gesetzen der Gastfreundschaft müssen wir ihm etwas zu essen geben und ihm ein Nachtlager anbieten. Aber bei Hel, ich will, dass er morgen wieder verschwindet, und zwar so früh wie möglich. Ich werde den Stallburschen sagen, sein Pferd und seine Diener sollen bei Tagesanbruch am Tor warten.«

* * *

Es war ein bescheidenes Mahl. Auriane ließ in der Küche als ersten Gang Wachteleier in Safran und süßsaure, mit Raute gewürzte Rüben zubereiten. Als Hauptgang folgten mit Olivenpaste gefüllte Hühnchen in Thymianhonig geschmort sowie Lauch- und Zwiebelkuchen und schließlich mit Mandeln gefüllte Bratäpfel.
Die Gäste fanden sich nacheinander im Speiseraum ein und waren bereits beim Hauptgang angelangt, während Auriane immer noch die Alltagsgeschäfte der Villa erledigte. Sie ging mit Demaratos die Ausgaben durch, hörte sich Beschwerden aus dem Haushalt an und sorgte dafür, dass Arria Juliana im Bett liegen blieb. Sie musste mindestens drei Tage fieberfrei sein, ehe sie aufstehen durfte.
In der dunklen Bibliothek erstattete ihr Aprossius zum zweiten Mal Bericht. Er hatte immer noch keine Spur von Lurio entdeckt, sondern nur herausgefunden, dass der flüchtige Matrose nicht bei einem der Magistrate in Confluentes erschienen war. Die Fahnenflüchtigen der kaiserlichen Flotte schienen sich im Morgennebel in Nichts aufgelöst zu haben. Doch ein unbestimmtes Gefühl sagte Auriane, dass sich dieser Nebel bald lichten würde.
Zuletzt brachte sie ein Geschenk zu dem schlichten, holzge-

schnitzten Standbild von Freia, das sie am Fluss aufgestellt hatte, um der Göttin für die Rettung ihrer jüngsten Tochter zu danken. Nachdem sie eine von Arrias hölzernen Gliederpuppen dem ewig fließenden Wasser übergeben hatte, stellte sie fest, dass Grimo, der Ruderer auf dem Weinschiff Isis, der Mann, der die Münzen für sie über die Grenze brachte, kein Zeichen hinterlassen hatte. Er band immer ein weißes Tuch an eine der Erlen, um ihr zu sagen, dass alles gut gegangen war. Diesmal hatte er es seit einem Viertelmond nicht getan. Das rote Tuch, das sie an einen Zweig gebunden hatte, und das bedeutete: »Melde dich so schnell wie möglich. Es gibt große Schwierigkeiten«, hing schlaff am Baum. Die rote Farbe war vom vielen Regen schon bald ausgewaschen.

Als Auriane schließlich zu ihren Gästen in das prächtige *Triclinium* kam, hatte Milo bereits alle Anwesenden in Unruhe versetzt. Jeder lachte laut über seine anzüglichen Witze und amüsierte sich auf Kosten eines anderen, bis er selbst zur Zielscheibe wurde. Weil Milo berühmt war, wetteiferten alle um seine Aufmerksamkeit. Doch sie zu erlangen war so schwierig wie der Versuch, nach Rauch zu greifen, und ebenso leicht wurde die Gunst des Poeten auch wieder entzogen, bis er etwas sagte, was man niemals, niemals wiederholt hören wollte.

Auriane hatte Milo die Polsterliege zugewiesen, die am weitesten von der des Decurio entfernt stand, und sich selbst einen Platz dazwischen vorbehalten. Aber Milo ignorierte die Ordnung. Er schwebte durch den Raum und rezitierte anschaulich Verse, die er über einen Jungen geschrieben hatte, der sich in Rom im Zirkus verkaufte und die Gefühle der vornehmen Römer verletzte, weil er sich in Palla und Stola kleidete, eine modische Perücke trug und an irgendwelchen langweiligen religiösen Riten der Matronen teilnahm. Milo hatte lange weiße Hände, die er anmutig wie Schwanenhälse als Untermalung seiner hellen einschmeichelnden Stimme bewegte.

Auriane verfolgte das Treiben wachsam und traurig. Sie fand keine Ruhe, wenn sie daran dachte, wie vieles in letzter Zeit eine Wendung zum Schlechteren genommen hatte. Ein dunkler Wind wirbelte ihre stille und schöne Welt durcheinander. Aus alter Gewohnheit suchte sie Kraft in der Berührung des Erdamuletts von Ramis an ihrem Hals. Plötzlich hatte sie das Gefühl, es sei lebendig und ein schlauer Feind.

* * *

Milo ließ sich den vorzüglichen Wein aus den Kellern der Villa schmecken. Deshalb würde er auch irgendwann zur *Latrina* gehen müssen. Der Gardist trank dagegen kaum einen Schluck. Einen Becher Wein hatte er unauffällig in die neben ihm stehende große getriebene Silberschale mit Eis geschüttet, in der das Wasser zum Verdünnen des Weins gekühlt wurde. Seine Abstinenz sollte keinen Argwohn erregen. Doch bei Milo zeigte der Wein allmählich Wirkung. Mars und Epona kamen dem Decurio bei seinem Plan zu Hilfe.

Die Leute, mit denen er gezwungenermaßen das Mahl hatte teilen müssen, bestärkten ihn in seiner Überzeugung, dass er sich in einem Haus voller Verrückter befand. Einige schienen Schüler aus der Stadt zu sein. Sie wurden nicht von Sklaven begleitet, und nach dem Zustand ihrer Schuhe zu urteilen, die ordentlich am Eingang aufgereiht standen, waren sie vermutlich schrecklich arm. Andere waren offenbar Händler aus der Stadt. Doch sie lagen vertraut in Gesellschaft des einen oder anderen berühmten Gasts aus Rom. Der Decurio erkannte zum Beispiel den alten Gelehrten Marcellinus, einen Senator, der sich hier aufhielt, um sein Werk, eine zwanzigbändige Naturgeschichte, fertig zu stellen. Das hatte der Gardist irgendwo gehört. Auriane, diese *Matrona* des Hades, verhielt sich als Gastgeberin auch nicht so, wie man es von einer anständigen Frau erwartet hätte. Sie saß nicht still und gesittet hinter ihren Gästen auf einem Stuhl, sondern eher wie ein Barbarenhäuptling auf einem erhöhten Sitz. Sie lachte über die derben ländlichen Witze und ließ sich inzwischen auch Becher mit diesem abscheulichen schäumenden Met reichen. Einmal hob sie sogar ihren von Kampfnarben übersäten Arm und brachte einen Trinkspruch aus. Der Decurio fand, es sei eine unverzeihliche Schwäche von Julianus, dieser Frau solche Ungehörigkeiten zu erlauben. Die hübsche schwarzhaarige Tochter trank verstohlen unverdünnten Wein, wenn ihre

Mutter es nicht bemerkte. Sie war darin ebenso geschickt wie ihre Mutter mit dem Schwert, denn den scharfen Augen der Mutter entging nämlich kaum etwas. Das arme Ding würde hier verkommen, dachte er. Hätte Juno ihr anständige Eltern gegeben, wäre aus diesem Mädchen vielleicht eine große Schönheit geworden. Das Essen fand er halbwegs erträglich. Huhn war schließlich ein eher bescheidenes Geflügel. Ein Mann vom Reichtum eines Julianus hätte jeden Abend Pfauenhirn auf dem Tisch haben können. Und in den nördlichen Provinzen konnte offenbar niemand eine anständig schmeckende Olivenpaste zubereiten.

Milo verkündete schließlich mit einem unsinnigen Vers, dass er dem Ruf der Natur folgen müsse. Als ihm einer seiner jungen Sklaven beim Aufstehen half, schwankte er auf den krummen Beinen wie ein gerade geborenes Füllen.

Der Gardist folgte ihm nicht gleich, denn das hätte Auriane mit Sicherheit dazu gebracht, aufzustehen und festzustellen, ob alles in Ordnung sei. Stattdessen trat, wie verabredet, kurze Zeit später sein Pferdeknecht zu ihm und flüsterte seinem Herrn eindringlich etwas ins Ohr. Ulpius Secundus entschuldigte sich und erklärte, er müsse sich persönlich um eine dringende Angelegenheit kümmern. Eines seiner Pferde habe ein entzündetes Fesselbeingelenk, und er müsse das kranke Tier möglicherweise austauschen. Die Gäste interessierten sich für seine Begründung kaum. Aber diese wachsame Aurinia sah ihn zweifelnd an. Er würde sich beeilen müssen.

Nachdem der Decurio und sein Pferdeknecht das Vestibül durchschritten hatten, liefen sie durch den Säulengang vor dem Eingang. Er wollte unauffällig im Labyrinth der Gartenwege des Peristyls untertauchen und auf einem Umweg die *Latrina* hinter dem Südflügel der Villa erreichen.

Sie kamen an einem Raum neben der Küche vorbei, wo die Dienstboten bei der Abendmahlzeit saßen. Mit einem schnellen Blick stellte er überrascht fest, dass sie offenbar das Gleiche aßen wie die Gäste. In einem normalen Haushalt bekamen Sklaven die besten Gerichte nur dann, wenn die Speisen bei wichtigen Zeremonien der Familie als Opfergaben gedient hatten.

Sein Pferdeknecht ging eine Weile neben ihm her und berichtete mit gedämpfter Stimme: »Wir haben etwas herausgefunden, obwohl ich nicht weiß, ob es von großem Nutzen ist. In einer Scheune versteckt sich eine Sklavin. Auf ihrem Kragen steht: ›Wenn ich davonlaufe, bring mich zu Volusius Victorinus zurück.‹«
»Das ist doch der oberste Magistrat von Confluentes!«
»Richtig, Herr. Er ist ein Mann von einiger Bedeutung.«
»Die Frau verhilft also einer Sklavin, die rechtmäßiges Eigentum des Magistrats ist, zur Flucht. Das ist mit Sicherheit kein anständiges Verhalten, aber es reicht bei weitem nicht aus, um einen Mann wie Julianus zu Fall zu bringen. Du musst etwas Besseres herausfinden. Du bleibst ein paar Tage hier, damit du mehr Zeit hast, um dich umzusehen. Stell dich krank, sag, du hättest dir den Magen verdorben oder sonst etwas. Bei Jupiter, das Essen hier ist wahrlich schlecht genug. Aber sei vorsichtig. Die Frau ist misstrauisch. Hat Argaippo die Pferde gebracht?«
»Ja, Herr.«
»Dann weg mit dir. Sag den anderen, ich treffe sie im Morgengrauen am Stadttor von Confluentes.«
Der Gardist blieb am Ende des Säulengangs zögernd im Dunkeln stehen. Vor ihm, dicht beim Haupthaus, befand sich die *Latrina*, ein massives, kastenartiges Gebäude ohne Fenster. Der Eingang wurde von Öllampen, die an schmiedeeisernen Ketten hingen, nur schwach erleuchtet. Im Innern konnte er undeutlich zwei von insgesamt vier Marmorsitzen erkennen. Jemand kam heraus. Es war nicht Milo. Er konnte nur hoffen, dass sich der Zwerg noch immer dort drinnen aufhielt.
Gerade wollte er hineingehen, als er im Garten leichte Schritte und das Lachen von Frauen hörte. Er schüttelte missbilligend den Kopf.
Was für eine Zeit für Küchenmägde, im Garten spazieren zu gehen …
Die kostbaren Behänge zwischen den Säulen des Peristyls verbargen ihn nicht völlig. Deshalb wich er schnell in die Mauernische eines Hauseingangs zurück. Zu seiner Überraschung gab die schwere Eichentür nach.

Der Gardist sah sich aufmerksam um. Was für ein Raum war das? Er schien mit der Bibliothek der Villa verbunden zu sein, aber die Innentür war verschlossen. Überall lagen Dokumente verstreut, einige sogar auf dem Fußboden. Es handelte sich offenbar um einen sehr persönlichen Raum, den die Sklaven vielleicht nie betraten, ein Raum zum Denken und zum Schreiben. War es vielleicht ein Raum für die Aufbewahrung fragwürdiger Bücher, peinlicher Briefe oder die Texte verleumderischer Reden?

Die Frauen schnatterten direkt vor der Tür immer noch wie Gänse. Er wäre ein Dummkopf, wenn er sich nicht umsehen würde, solange er hier ausharren musste. Eilig nahm er eine Buchrolle nach der anderen in die Hand und hielt sie in das schwindende Licht, das durch das einzige Fenster in den Raum fiel. Mit wachsender Enttäuschung stellte er jedoch fest, dass es sich lediglich um Texte von Vorträgen handelte, die einen normalen Mann geradewegs in die Arme von Morpheus getrieben hätten – ein Kommentar zu Senecas Ansichten über die Vorsehung, ein Vortrag über das rechte Handeln von Demonax, der dem Reichtum entsagt und die Armut eines Philosophen vorgezogen hatte.

Der Gardist stieß angewidert die Luft aus.

Manche Männer töten mit dem Schwert, andere durch Langeweile.

Er überflog schnell eine weitere Rolle und las leise: »›Begehre nicht, dass die Dinge, die dir widerfahren, sich so ereignen, wie du es wünschst, sondern wünsche dir, dass die Dinge, die geschehen, sind, wie sie sind, und du wirst Gelassenheit finden …‹« Aber das hatte nicht einmal Julianus geschrieben, sondern es stammte von jemandem namens Epiktet. Der Decurio ließ die Rolle missmutig zu Boden fallen. Das Suchen führte zu nichts.

Aber er hatte in Rom einen Mann getroffen, der seit einiger Zeit wissen ließ, dass er für alles Material, das gegen Marcus Julianus verwendet werden konnte, gut bezahlen würde. Er sagte, er sei der Agent des Senators Lappius Blaesus. Deshalb wusste der Gardist, dass hinter ihm gutes Geld stand. Etwas unschlüssig kramte er weiter.

Als er gerade aufgeben wollte, entdeckte er endlich eine Perle im

Stroh. Es war ein persönlicher Brief, mit Sicherheit von Julianus geschrieben, denn er hatte ihn unterzeichnet. Der Decurio wurde ganz aufgeregt, als er sah, dass es sich um eine Schmähschrift gegen alle Eroberungskriege handelte.

»… welcher Schaden für das gemeine Volk«, stand dort, »wie sinnlos nach dem Urteil der alten Philosophen und wie verhasst der friedlichen Absicht der Vorsehung …« Er las schnell weiter, und ihm wurde klar, dass es sich um den Text eines Vortrags handelte, der in den Brief eingefügt war. Julianus hatte diesen Vortrag offenbar in der Akademie von Confluentes gehalten, die er gegründet hatte. »… in Wahrheit lässt sich zeigen, dass selbst der neue dakische Feldzug, den die meisten begrüßen und der scheinbar notwendig ist, weil unsere Gebiete von einem aufständischen König angegriffen werden, angesichts der Vorsehung nicht rechtmäßiger ist als ein Diebstahl im Haus eines Nachbarn, wenn man diesen Krieg bis zu unseren republikanischen Anfängen zurückverfolgt und zu unserer Eroberung eines Landes nach dem anderen – ein Weg, der uns schließlich nach Dakien führt. Man denke an die angeblichen Bedrohungen in früherer Zeit durch Mösien und seine feindseligen Stämme und von Illyrien, das angeblich zur Zeit des Augustus ein Zufluchtsort für Seeräuber war. Beide Länder wurden aus Gründen erobert, die in unseren Ohren bedrückend zeitgemäß und vertraut klingen … Wo wird schließlich einmal Frieden geschlossen werden? An den Enden der Erde?«

Mars sei Dank, Julianus erwähnt sogar den dakischen Krieg! In einem Vortrag.

Wenn er sich nicht täuschte, würden die Feinde von Julianus damit dem Feuer neue Nahrung geben und ihm vorwerfen, er verleumde den Genius des göttlichen Augustus.

In einer Elfenbeinschatulle fand er zwei weitere Kopien des Briefes. Würde es auffallen, wenn eine fehlte? Er nahm einen Brief an sich. In einer der Wandnischen entdeckte er ein gerolltes Dokument von ungefähr gleicher Größe und Dicke und legte es in die Schatulle, sodass auf den ersten Blick nichts Verdächtiges zu erkennen war. Es konnte einen Monat oder länger dauern, bis der

Diebstahl bemerkt wurde. Und selbst dann konnte man annehmen, der Brief sei aus Unachtsamkeit einfach verlegt worden.

Der Decurio versteckte die Beute in seiner Tunika und wartete, bis die Küchenmägde endlich nicht mehr zu hören waren. Dann schlich er zur *Latrina,* aber Milo war nicht zu sehen. Er fluchte leise, denn er nahm an, der verhasste Dichter sei inzwischen wieder bei den anderen Gästen. Doch da hörte er gedämpft Milos unverkennbares Lachen. Hatte er sich so lange in der *Latrina* aufgehalten, um obszöne Verse an die Wand zu kritzeln, damit alle Welt erfahren würde, dass der große Milo hier gewesen war?

Kurz darauf erschien ein Junge mit dem Gesicht eines *Cupido* und einer verrutschten Tunika im Eingang und eilte verstohlen davon wie Ungeziefer, wenn man eine Fackel in einen dunklen Raum hält.

Ein Haussklave. Das also hat den Poeten aufgehalten.

Der Gardist trat in den engen Eingang der *Latrina* und wäre beinahe mit Milo zusammengeprallt.

Er versetzte ihm einen heftigen Stoß. Milo torkelte in die Dunkelheit zurück und prallte mit dem Kopf an eine der eisernen Hängelampen. Heißes Öl ergoss sich über beide. Der Dichter schrie aus Leibeskräften. Seine schrillen und fast melodisch klingenden Schreie hallten ohrenbetäubend laut in den nackten gemauerten Wänden. Es klang, als bearbeite ein Verrückter die Wasserorgel.

Der Decurio packte mit beiden Händen Milos dünnen Hals. Aber im selben Augenblick spürte er einen heftigen, brennenden Schmerz am Arm. Der Wicht hatte ein Rasiermesser, mit dem er sich wehrte. Bald fanden die Hände des Gardisten in der schrecklichen Mischung aus heißem Öl und seinem eigenen Blut keinen Halt mehr. Unwillkürlich ließ er los. Der ölverschmierte Milo glitt keuchend zu Boden. Irgendwie gelang es ihm, zwischen den Beinen des Gardisten hindurchzukriechen und zu entkommen.

Sein gellendes Geschrei »Mörder, Mörder!« verstummte selbst dann nicht, als er bereits draußen im Garten und nicht mehr in Gefahr war. Damit rief er den ganzen Haushalt zu den Waffen.

Der Decurio tastete nach dem Brief – ja, er steckte noch sicher an seinem Platz –, dann rannte er aus der *Latrina* und durch den

Pflaumengarten, an dessen Ausgang der junge Argaippo mit den Pferden wartete.
Marcus Ulpius Secundus musste fliehen wie ein gemeiner Dieb, während Milo, diese Ratte, weiterlebte, um noch schlimmere Geschichten über ihn zu verbreiten. Die einzige Hoffnung, seinen guten Ruf zu wahren, bestand darin, diesen Haushalt gründlich in Misskredit zu bringen, damit man keinem dieser Verrückten noch jemals etwas glauben würde.
Er griff nach einem der vier hölzernen Sattelhörner und zog sich mühsam nach oben. Die Nachwirkungen des Kampfs gegen die Harpyie mit dem Schwert machten sich bemerkbar.
Hinter ihm wurde das Haus lebendig. Hunde bellten, schattenhafte Gestalten sammelten sich, und andere liefen mit Fackeln durch den Garten.
Der Hengst fiel in Galopp. Argaippo folgte eine Pferdelänge hinter ihm. Sie verschwanden in Richtung Wald, wo der Decurio im Laufe des Tages einen Holzfällerpfad entdeckt hatte.

Fünftes Kapitel

»Wenn du deine Rückkehr beschleunigen kannst«, schrieb Auriane am nächsten Tag an Marcus, »bitte ich dich, es zu tun. Dieser Gardist war wie Gift. Ich spüre, dass von ihm Böses ausgehen wird. Ein übler Gestank hängt in der Luft, seit er das Weite gesucht hat. Der arme Milo hat mir gesagt, dass der Mann versucht hat, ihn zu ermorden.
Du bist mir teurer als mein Leben.«

* * *

In der nächsten Nacht, lange nachdem alle Lampen gelöscht worden waren, wurde Auriane von einem Sturm geweckt. Als sie aufstand, um sich zu vergewissern, dass beide Kinder schliefen, sah sie es wieder. In der Nacht zuvor war es ihr auch schon aufgefallen. Am Ende des Peristyl-Gartens leuchtete in der dunklen Tiefe unten am Fluss schwach ein Licht. Sie hielt den Atem an. Gestern hatte sie sich eingeredet, es sei die Lampe eines Handelsschiffs auf der Mosel. Heute war es eindeutig etwas anderes. Jetzt kam es sogar langsam das Ufer herauf. Das kleine Licht wirkte beinahe neugierig, wie es sich so dicht über der Erde hin und her bewegte. Dann beschrieb es einen etwa mannshohen Bogen, als wolle es Aurianes Aufmerksamkeit auf sich lenken.
Bei diesem Unwetter kann kein Mensch dort draußen sein.
Sie vergaß alle Vorsicht und ließ sich fast gegen ihren Willen von dem geheimnisvollen Licht durch den Säulengang locken. Ihr Nachtgewand blähte sich sofort wie ein Segel.
Die Gewalt des Sturms nahm zu. Er warf im Garten eine Statue

um, tobte in den Blättern und Zweigen des Obstgartens, peitschte die Erlen und beschwor die Erdgeister aus der Tiefe.
Auriane dachte schaudernd an die Legionen von Toten, die auf den Rössern der Vergeltung in solchen Nächten aus der Unterwelt hervorbrachen. Wotans wilde Jagd zog über das Land.
Das schwache Licht bewegte sich unbeirrt weiter. Es schien den Naturgewalten zu trotzen und kam immer näher. Gespensterhaft zuckend blinkte es durch die Bäume des Obstgartens und verschwand tanzend hinter Büschen und Blättern, ohne zu verlöschen.
Plötzlich wurde Auriane klar, dass sich ein Mensch mit einer Lampe näherte. Wer immer es sein mochte, er nahm den einzigen Weg, der sicherstellte, dass weder Hunde noch Pferde seine Witterung aufnahmen und ihn mit ihrem Lärm verrieten. Offenbar kannte das geheimnisvolle Wesen sich aus.
Ich sollte die Stallburschen wecken. Es ist leichtsinnig, wenn ich den Eindringling allein stelle.
Sie überlegte kurz, warf einen forschenden Blick zu den Stallungen hinüber und stellte fest, dass tatsächlich einer der Männer noch wach war.
Gut. Er kann die anderen rufen, wenn es Schwierigkeiten gibt.
Plötzlich bemerkte Auriane, dass das Licht Linien beschrieb, die ihr so vertraut waren wie das Kopfnicken eines Freundes. Bildete sie sich das ein? Nein, sie täuschte sich nicht! Es war das Signal, mit dem früher Baldurs Gefolgsleute nachts den Gefährten ihr Kommen angezeigt hatten. Nachdem Auriane das alte Zeichen erkannt hatte, sah sie es so klar und deutlich wie die Füße, die sie durch die Dunkelheit trugen. Wie war es möglich, dass sie so lange gebraucht hatte, um es wieder zu erkennen?
Fassungslosigkeit, Mitgefühl und Staunen kämpften in ihr miteinander. Ihr Herz begann schneller zu schlagen.
Ich muss dem, der da kommt, etwas zu essen geben.
Das war ihr erster Gedanke. Sie eilte in das Vorratshaus, das an die Küche der Villa angebaut war. Mit Tränen in den Augen nahm sie einen Sack, legte Hirsebrot hinein, einen Laib harten Käse und Würste aus der Räucherkammer. Ihre Hände zitterten, als sie schnell noch einen Krug mit Wein füllte.

Während sie sich im Vorratshaus befand, schlich ein Stallbursche in der Dunkelheit eilig näher und versteckte sich zwischen den Buchsbaumhecken.
Auriane trug den Sack mit Proviant ins Freie. Dabei empfand sie eine bodenlose Angst, in deren Kern aber auch tiefe Erleichterung aufkeimte. So, stellte sie sich vor, fühlte man sich, wenn man nach langer Krankheit den sicheren Tod vor Augen hatte.
Die alte Welt kommt endlich, um mich zurückzuholen!
Nachrichten von zu Hause konnten nichts Gutes bedeuten.
Das Licht hatte inzwischen den Peristyl-Garten erreicht. Auriane sah, dass es sich um eine Hornlampe handelte, wie man sie an den Reisewagen befestigte. Sie beleuchtete eine Gestalt in einem weiten, flatternden Umhang. Der Kopf verschwand völlig unter einer Kapuze.
»Wer ist da?«, rief Auriane in den Sturm. »Brauchst du Hilfe?«
»Nein, ich bin ein Freund. Ich will nichts Böses!«
Die Stimme klang so vertraut und fremd zugleich, dass ihr Klang Auriane wie ein Pfeil mitten ins Herz traf.
Nein, das kann nicht sein!
»Bist du es, Auriane?«
Diese Stimme …
»Auriane? Du bist es doch, nicht wahr? Ich bin es … Witgern!«
Sie zögerte. Ihr kamen Zweifel. Wo war der alte, volltönende Klang?
»Wie hieß der Hund meines Vaters?«, rief Auriane. »Sein Lieblingshund?«
»Schatten!«, kam die Antwort. »Auriane, ich bin …«
»Wie hieß mein toter Bruder, und wie wurde er getötet?«
»Arnwulf!«, erwiderte er, ohne zu zögern: »Er wurde bei einem Überfall der Römer auf Baldurs Halle erschlagen! Wieso glaubst du mir nicht, Auriane? Ich bin es wirklich! Ich schwöre es beim Schwert deines Vaters!«
Auriane begann zu rennen. Eine Armlänge vor ihm blieb sie stehen und packte ihn bei den Schultern.
»Witgern! Was im Namen aller Götter tust du hier?« Ihr plötzliches erleichtertes Lachen machte ihren Ärger weniger überzeu-

gend. »Du bist verrückt, dich auf diese Seite des Flusses zu wagen!«
»Vielleicht«, erwiderte er gutmütig. »Aber schließlich ist die ganze Welt verrückt.«
Unter der wollenen Kapuze glänzte das eine Auge wie das Auge eines wilden Tiers, aber sie sah auch ein warmes Willkommen darin. Aschfarbene Haare fielen ihm in die Stirn. Eine schwarze seidene Klappe bedeckte die Stelle, wo das zweite Auge hätte sein sollen. Dadurch wirkte er wie ein Zauberer, der halb in dunklen Welten lebte und zu früh Hels Reich kennen gelernt hatte. Das kantige Gesicht trug noch immer Spuren beseelter Leidenschaft, obwohl die Landschaft seiner Gefühle verödet und die Haut durch das lange Zerstörungswerk der Elemente verwittert war. Er wirkte kleiner, als sie ihn in Erinnerung hatte, aber er hatte immer noch etwas von einem nachdenklichen jungen Dichter an sich. Wäre er in einer römischen Stadt geboren worden, dann hätte er seine lyrischen Verse vor begeisterten Zuhörern vorgetragen und nicht Speere auf unerbittliche Feinde geworfen. Er roch nach dem Bärenfett, mit dem er sich gegen die Nässe und Kälte eingerieben hatte.
»Wenn sie dich fangen, machen sie aus deinem Tod ein großes Schauspiel! Willst du in der Arena irgendeiner armseligen kleinen Stadt beim Kampf gegen wilde Tiere elend sterben? Witgern, hast du völlig den Verstand verloren?«
»Können wir an einen wärmeren Platz gehen, bevor du dich heiser schreist?« Er lachte ungezwungen.
Sie zog ihn mit sich zum Haus. Dort fanden sie einen geschützten Platz unter dem überstehenden Dach und setzten sich mit dem Rücken gegen die Mauer. Er sprang erschrocken wieder auf.
»In der Mauer brennt Feuer!«
»Das ist nur heiße Luft, kein Feuer. Damit heizen wir die Räume«, erklärte sie lächelnd.
Vorsichtig betastete er die Mauer, murmelte kopfschüttelnd etwas Unverständliches und setzte sich wieder neben sie. Dann wandte er sich Auriane zu und hob mit der Hand ihr Kinn. Sie schwiegen eine Weile.

»Du bist gesund und hübsch wie eine Schwanenjungfrau! Hier wohnst du also! Wirklich ein königliches Haus, das deiner würdig ist! Ich hatte immer die Vorstellung, du solltest in einem Palast leben. Offenbar denken die Götter das auch.«

Sie wollte ihm widersprechen, ihm erklären, das sei kein Palast, aber ihr wurde bewusst, wie viel sie und wie wenig er von der Welt gesehen hatte. Deshalb erwiderte sie nur: »Und du bist stark wie ein Bär!« Sie sagte das mehr, um ihre Traurigkeit zu verbergen, denn er war so deutlich vom Leben gezeichnet, dass es ihr ins Herz schnitt.

Witgern lachte leise. »Dein Anblick, Auriane, ist wie der Frühling nach einem Winter, in dem alle Rinder erfroren sind! Du bist noch genauso wie damals, als ich dich zum letzten Mal gesehen habe. Dabei sind seit dem Frühlingsmorgen, als dich Ramis aus dem Leib deiner Mutter geholt hat, bereits vierzig Winter vergangen.«

»Hör auf, mir zu schmeicheln, und iss etwas«, fiel sie ihm schnell ins Wort, legte die Dinge aus dem Sack vor ihm auf die Steinplatten und stellte den Krug daneben. Nach der Schnelligkeit zu urteilen, mit der er aß, hatte er mehrere Tage lang gehungert.

»Ich werde nicht davongejagt?«, fragte er besorgt zwischen großen Bissen Brot.

»Wenn du meinst von Julianus«, erwiderte Auriane, »er ist nicht hier. Außerdem würde er einen Mann, der mein Freund ist, niemals als Feind behandeln. Aber wir wollen die Verschwiegenheit des Haushalts nicht auf die Probe stellen, wenn es nicht unbedingt sein muss. Wie bist du hierher gekommen?«

»Mit Hilfe von Freunden, die in eine dieser neuen Reiter-Kohorten gepresst wurden. Du weißt, sie bestehen aus unseren Männern und Männern von Bruderstämmen. Sie haben mich als einen der ihren verkleidet, und ich bin mit ihnen zusammen nachts einfach über die Brücke von Mogontiacum geritten.«

»Das kann nicht wahr sein! Der Rebell, auf dessen Kopf eine Belohnung ausgesetzt ist, reitet ungehindert an den Brückenwachen vorbei!«

Er lachte, aber es klang bitter. »Mit Wotans Hilfe habe ich dann das Haus gefunden. Man hat mich zuerst zweimal in die falsche

Richtung geschickt. Ich werde nicht lange bleiben. Ein paar Worte mit dir, und der Wolf verschwindet wieder im Wald!«
Auriane beteuerte: »Wir sind und wir bleiben Bruder und Schwester!«
Sie meinte Bruder und Schwester im Kampf. In ihrer Jugend hatten sie zusammen Überfälle an der Grenze verübt und während des Kriegs, den Kaiser Domitian gegen ihren Stamm führte, gemeinsam gehungert. Er hatte an ihrer Seite sterben wollen, als die kaiserlichen Truppen die belagerten Chatten aus ihrem letzten Zufluchtsort vertrieben. Wäre Witgerns Pferd nicht gestürzt und hätte ihn abgeworfen, als sie todesmutig ihren letzten Angriff ritten, wären sie zusammen gefangen genommen worden. Stattdessen hatten sich ihre Wege getrennt. Und Auriane lebte als Verbannte auf der sicheren und bequemen Seite des Rheins.
»Ich komme besser gleich zur Sache«, sagte Witgern, und seine Stimme klang plötzlich hart. »Beim letzten Vollmond ist heimlich der große Rat zusammengetreten. Man hat mich gewählt, um dich zu holen. Sie glauben, ich kann als Einziger gut genug reden, um dich davon zu überzeugen, dass du zurückkommen musst. Auriane, wir brauchen dich, so wie wir dich noch nie gebraucht haben.«
Sie spürte, wie sich ihr ganzer Körper spannte, als sei er ein Schild geworden.
»Die Cherusker haben bereits siebzehn Dörfer erobert«, fuhr er fort. »Und sie haben sich zum Bleiben eingerichtet. Dein Dorf liegt als leichte Beute vor ihnen.«
»Und was ist mit meiner Mutter?«, flüsterte sie tonlos.
»Atlind geht es gut.« Er lachte. »Ich glaube, der König der Cherusker fürchtet sich ein wenig vor ihr. Wie auch immer, wahrscheinlich werden sie das Dorf im Bibertal nicht vor dem nächsten Jahr angreifen. Wir müssen Krieg führen, Auriane.« Er beugte sich noch näher und flüsterte: »Dank deiner Großzügigkeit können wir das jetzt ja tun … wir haben eine ganze Höhle voller Eisenwaffen.«
Sie wandte niedergeschlagen den Blick ab, denn sie fühlte sich wie ein Tier, das in immer engere Gehege getrieben wurde.
»Wir müssen die Cherusker von unserem Gebiet verjagen, oder

sie werden uns für alle Zeiten unterwerfen. Unsere drei größten Häuptlinge bekämpfen sich gegenseitig. Sie werden sich nicht geschlossen hinter einen Anführer stellen. Selbst der Rat ist zerstritten. Es stimmt, Sigbert würden zwar mehr folgen als jedem anderen, aber man erzählt eine hässliche Geschichte. Er soll von Rom Geld annehmen.« Witgern starrte einen Augenblick lang wie versteinert in die Nacht. »Die traurige Wahrheit ist, dass wir ohne dich keine Streitmacht aufstellen können, die groß genug wäre, um die Cherusker aus unserem Land zu vertreiben. Nur dir, Auriane, werden alle folgen.«

Die Worte trafen sie wie Wurfspieße – schnell, zielsicher, meisterhaft und unerbittlich, während sie sich hilflos wie an einen Baum gefesselt unter den Treffern wand. Eine Weile konnte sie nicht sprechen, nur den Kopf schütteln.

Nein …

»Du sollst wissen, warum ich das Kastell überfallen habe«, fuhr er fort.

»Das war sehr dumm, Witgern!«, brach es aus ihr heraus. »Weißt du, wenn Julianus nicht …«

»Ich habe Baldurs Schwert gerettet, Auriane! Ich habe es vor dem Schicksal gerettet, als jämmerliche römische Kriegstrophäe entweiht zu sein.«

»Das ist unmöglich. Niemand wusste, wo es …« Sie musste schlucken und fragte dann leise: »Bist du sicher?«

»Wir haben unsere Augen und Ohren offen gehalten und es gefunden. Bei meinen Männern ist es in Sicherheit.«

»Ich habe nicht geglaubt, dass es noch einmal auftauchen würde«, flüsterte Auriane tonlos. »Ich dachte, es sei irgendwo in einen Graben gefallen und roste in der Erde, oder es sei in einer fremden Waffenkammer gelandet …«

»Ich habe es getan, damit du zurückkommen kannst und mit Baldurs Schwert unsere Feinde besiegst.«

»Witgern, mich binden hier mehr als hundert Stricke.«

»Ich habe das Schwert, um tausend Stricke zu durchschneiden. Willst du, dass das Dorf im Bibertal ein Cheruskerdorf wird? Willst du tatenlos mit ansehen, wie diese cheruskischen Läuse unsere Mädchen aus den Dörfern verschleppen, wenn sie Geld brauchen? Man bekommt sie erst wieder zu Gesicht, wenn sie in Mogontiacum als Sklavinnen verkauft werden. Kannst du ruhigen Gewissens zulassen, dass wir den cheruskischen Sklavenhändlern Nachschub liefern?« Leise, fast flüsternd sprach er weiter: »Wir stellen bereits eine Streitmacht auf. Aber wenn wir die heiligen Bildnisse aus den Hainen nehmen und in den Krieg ziehen, musst du bei uns sein, Auriane. Das sagen alle. Die richtige Waffe in der richtigen Hand wird unsere Welt wieder zu dem machen, was sie einmal gewesen ist.«

»Das hier ist die falsche Hand!«, rief sie. »Ich habe Avenahar einmal zurückgelassen und bin in den Kampf gezogen. Damit habe ich ihr eine Wunde zugefügt, die niemals heilen wird. Ich glaube, ein Teil von ihr misstraut mir deshalb bis heute. Jetzt forderst du von mir, dass ich diesmal zwei Kinder zurücklasse. Nein, Witgern, nicht noch einmal!«

Aber ihr gequälter Gesichtsausdruck verriet ihm, dass sie innerlich mit sich rang. Das ermutigte ihn, weiter in sie zu dringen.

»Warum übst du jeden Tag mit einem Holzschwert? Weil du ganz genau weißt, dass in diesem Leben der Kampf deine wahre Aufgabe ist! Was Avenahar und Arria angeht, nun, Kinder müssen mit dem Schicksal ihrer Eltern leben, das war schon immer so. Du könntest irgendwann nach ihnen schicken. Und Marcus Julianus … er ist keiner von uns, Auriane. Ich bitte dich, das Blut des Stammes über das Blut eines Fremden zu stellen.«

»Du machst mich wütend, Witgern. Du drückst mir ein Wickelkind in die Hand und sagst: ›Zieh es groß!‹ Du blickst auf diese Villa, die alles bedeutet, was ich liebe, und sagst: ›Verlasse sie!‹ Du bist nicht ganz bei Sinnen, wenn du das verlangst. Und du bist ein Narr, wenn du glaubst, man könnte so etwas in einem einzigen Augenblick entscheiden!«

»Ich sehe die Sache einfacher. Wir haben das machtvollste aller Schwerter. Wir haben Baldurs Tochter. Wenn man ein großes Feuer machen will, wirft man Pech in die Flammen. Das ist meine Aufgabe. Ich überlasse es dir, deine Rechnung mit den Göttern zu begleichen.«

Als sie schwieg, funkelte sein Auge hart. »Wie ich sehe, hat dieser Palast eine andere aus dir gemacht. Du bist keine mehr von uns.«

»Das ist grausam, Witgern! Du verlangst von mir, ich soll zustimmen, dass mein Leben in einer Nacht auf den Kopf gestellt wird.«

»Ah, ich mache meine Sache schlecht. Ich kann doch nicht der gute Redner sein, für den sie mich halten. Aber glaube mir, Auriane, ich weiß, was ich von dir verlange.«

»Warum wollen sie ausgerechnet mich? Habe ich nicht genug heilige Gesetze mit Füßen getreten, um für den Stamm ein lebender Fluch zu sein? Meine Kinder haben zwei Väter, und beide sind Männer des Feindes. Ich bin sogar römische Bürgerin geworden. Meine Herkunft gehört nicht mehr mir, sie gehört Rom. Ich bin unserem Land untreu geworden. Ich habe Jahre vergehen lassen, ohne die Riten an den Gräbern meiner Vorfahren zu praktizieren. Ich …«

Er nickte. »Du hast Recht, du hast eine Menge Feinde. Es gibt Dörfer, in die könntest du dich nicht ohne bewaffnete Begleiter wagen. Aber bei den Kriegern ist das anders. Es gibt immer noch viele Männer, die dich verehren. Sie bringen an dem Platz, an dem du gefangen genommen worden bist, jedes Frühjahr ein Opfer für deine Rückkehr. Für sie alle bist du das Unterpfand für unseren Sieg. Manche sehen zwischen dir und einer Schwanenjungfrau keinen Unterschied. Und eine Schwanenjungfrau kann jeden Mann in ihr Bett nehmen, wenn es ihren Zwecken dient. Sie kann mit dem Feind verhandeln, wenn sie es für richtig hält. Sie kann sogar sterben und wieder lebendig werden …«

»Aber Witgern …«, unterbrach sie ihn ungeduldig.

»Lass mich ausreden! Für die Krieger ist es so, als seist du schon jetzt eine der Stammesmütter, eine kämpfende Ahnfrau, die ihnen die Freiheit bringen wird. Du ahnst nichts von deiner Macht, Trost und Beistand zu spenden. Sie lieben dich, wie sie ihren eigenen Herd lieben. Sie denken an all das hier nicht.« Er deutete auf die Villa. »Sie erinnern sich nur daran, dass du nach dem Krieg gegen Domitian den großen Verräter getötet hast, der uns mit einem

Heer in den Rücken gefallen war. Kein Lebender hat so große Taten vollbracht oder so viel Licht verbreitet wie du. Komm mit mir, Auriane!«

Der Kummer würgte sie. Die Worte über die Lippen zu bringen bereitete ihr große Schmerzen, so als werde sie über spitze Steine geschleift.

»Witgern, ... meine Antwort ... muss trotz allem ... nein sein.«

»Du bist klüger als jeder Mann und jede Frau, die ich gekannt habe, Auriane. Aber manchmal werde ich den Eindruck nicht los, dass dich deine Weisheit langsam macht. Du gehst durch einen dichteren Wald als wir alle, und er verbirgt dir, was wir anderen mühelos sehen.« Er umfasste ihre Schultern, als wolle er sie schütteln. »Deine Heimat ist in Not! Schwärme von cheruskischem Ungeziefer fallen über unsere Felder her. Ich frage dich: Wie kannst du uns *jetzt* im Stich lassen?«

»Wie kann ich meine Kinder im Stich lassen? Und Marcus, der auch zu mir gehört ... Ich stehe an einer Kreuzung, Witgern. Ganz gleich, welchen Weg ich einschlage, er bringt mir Schande, weil ich nicht gleichzeitig in die andere Richtung gehen kann.«

Kalter Regen schlug ihr ins Gesicht. Sie wollte nicht weinen, aber die Tränen der Wolken verwandelten sich in das Eis ihrer Verzweiflung. Obwohl sie unter dieser Kälte erstarrte, blutete ihr Herz.

Auch das Land dort drüben auf der anderen Seite ist mein Kind. Ich habe ehrlos gehandelt, als ich es wegen Marcus verließ ...

»Denk nicht zu viel darüber nach, Auriane. Komm einfach mit.«

Er wartete schweigend. »Du weigerst dich also immer noch?«

»Es tut mir Leid, Witgern.«

»Dann muss ich jetzt gehen.« Er stand auf.

»Bleib noch.«

»Ich habe hier keine anderen Aufgaben. Ich habe versagt. Leb wohl.«

»Wie kommst du wieder über den Fluss?«

»Das ist nicht mehr wichtig. Es zählt nur, dass ich ohne dich zurückkomme.«

»Witgern!«

»Ach, mach dir keine Sorgen um mich. Ich versöhne den Fluss durch ein Geschenk, damit er mich nicht in die Tiefe zieht, und schwimme in der Dunkelheit wieder hinüber. Ich bin geschickt darin, den Legionären auszuweichen. Ein Wolf kennt sich aus.«
Sie umarmte ihn. »Es war schön, dich zu sehen, Witgern. Du bist und bleibst mein lieber guter Freund. Aber du hast die alten Wunden wieder aufgerissen. Ich bin bis ins Innerste getroffen. Sei vorsichtig. Freias Gnade sei mit dir!«
Sie bat ihn, alles von dem Proviant mitzunehmen, was er nicht gegessen hatte. Aber er war erst ein paar Schritte gegangen, als sie ihm nachlief. »Witgern! Eine letzte Frage ... hast du etwas von Decius gehört?«
»Leider ja, Auriane.« Zum ersten Mal sah sie ein mitleidloses Funkeln in seinem Auge. »Ich sage nur so viel ... sein Herz ist das Herz eines Cheruskers. Er konnte es kaum abwarten, sich mit dem Blut unseres Stammes zu beflecken.« Er zögerte und schien irgendwie beunruhigt. »Weiß Avenahar ... hat sie eine Ahnung, dass ...« *dieser blutgierige Halunke, den du früher einmal kurze Zeit zu dir ins Bett genommen hast, ihr Vater ist?* ... hörte sie aus seinem Schweigen heraus.
»Nein«, erwiderte Auriane schnell und wandte den Blick ab. »Ihre Mutter ist zu feige, um es ihr zu sagen.«
Sie sah ihm nicht nach, sondern eilte weinend ins Haus zurück. In ihrem Schmerz bemerkte sie nicht, dass der Sturm sich legte, die Wolken verschwanden, und alle Sterne am Himmel funkelten.

* * *

Der Stallbursche lag noch immer unter der Buchsbaumhecke auf dem Bauch. Erst lange nachdem die *Matrona* und der berüchtigte Rebell auseinander gegangen waren, wagte er, sich wieder zu bewegen. Er dachte kurz daran, sofort im Galopp nach Confluentes zu reiten und die Männer des Magistrats zu alarmieren. Aber die Vernunft sagte ihm, dass das nutzlos gewesen wäre. Witgern bewegte sich mit großem Geschick unsichtbar in diesem Land. Bis man einen Suchtrupp zusammengestellt hätte, wäre der Aufrührer schon lange verschwunden. Der Stallbursche hatte nur wenig von dem verstanden, was gesprochen worden war. Aurianes Muttersprache glich zwar dem Germanischen der Bataver, seines eigenen Stammes, aber nicht in allen Einzelheiten. Aber Witgern war hier gewesen. Das genügte! Die Villa war ein stinkender Sumpf der Verschwörung. Der Stallbursche glaubte, er werde seine Freiheit erhalten, wenn er diese erstaunliche Nachricht seinem Herrn überbrachte, dem Decurio der berittenen kaiserlichen Garde.

* * *

Avenahar und Auriane brachen am nächsten Morgen wie jeden Tag zum Übungsplatz auf. Während sie durch den Morgennebel gingen, bemerkte Avenahar besorgt den gequälten Gesichtsausdruck ihrer Mutter.

»Es ist nichts«, erwiderte Auriane knapp auf eine vorsichtige Frage und ging mit schnellen Schritten weiter.

Avenahar, du darfst nie erfahren, dass Witgern hier gewesen ist. Ihr dürft euch nicht beide gegen mich verbünden. Das wäre zu viel für mich, und Witgern würde siegen.

Das Weinen meines Stammes. Das Weinen eines Kindes. Was ist vordringlicher? Was ist meine wahre Aufgabe?

Auriane blieb plötzlich stehen und nahm das Amulett vom Hals. Sie war sicher, dass es sich ebenfalls gegen sie verschworen hatte.

Es zieht mich unerbittlich zurück in mein Land. Ich muss mich von ihm befreien.

»Das kannst du nicht abnehmen!« Avenahars Stimme überschlug sich vor Entsetzen. »Das hat dir *Ramis* gegeben …«

»O doch, das kann ich«, erwiderte Auriane leise. »Nimm es, Avenahar. Du musst es von nun an tragen.«

Es wird dich schützen, wenn ich dazu nicht mehr in der Lage bin.

Die Gewissheit, dass Avenahar diesen Schutz brauchen würde, wuchs von Tag zu Tag.

»Ich soll es immer tragen? Ist das dein Ernst?«

»Mit solchen Dingen mache ich wohl kaum Spaß.«

Avenahar wich unsicher einen Schritt zurück. »Etwas hat sich verändert.«
»Nimm das Amulett und leg es dir um den Hals«, wiederholte Auriane geistesabwesend.
Aber ihre Tochter bewegte sich nicht. Sie hielt die Arme dicht an den Körper gepresst, als sei sie mit unsichtbaren Stricken gefesselt. Sie konnte ihrer Mutter nicht das Heiligste rauben, das sie besaß. Und ganz tief im Innern dachte sie, es sei schrecklich und undankbar, wenn man eine solche Auszeichnung auf diese Weise erhielt.
»Avenahar, ich werde nie mehr in meine Heimat zurückkehren. Und dein Weg wird dich dorthin führen, das ist deutlich zu sehen. Deshalb ist es richtig, dass du das Amulett trägst. So sei es. Widersprich mir nicht.«
Aurianes strenger Blick erlaubte keinen Ungehorsam. Also nahm Avenahar das Amulett und streifte das Lederband etwas ungeschickt über die glatten schwarzen Haare. Sie hatte dabei das Gefühl, mit etwas Heiligem zu spielen, so wie man vielleicht den Stirnreif einer Königin aufsetzen würde, nur um einmal das Gefühl der Macht zu erleben. Doch kaum berührte das Amulett ihre Haut, fühlte es sich gut und richtig an. Avenahar glaubte, einen schwachen Zug zu spüren, als lenke sie das Amulett machtvoll in die Richtung eines größeren Schicksals. Bestimmt würde es sie in das Herz ihrer Heimat ziehen ... sie würde eine geweihte Schildjungfrau werden. Sie würde Rache an Rom nehmen, an jedem, der versuchte, ihrem Volk zu schaden ... sie würde das Leben ihrer Mutter führen, nur noch ruhmvoller ...
Avenahar berauschte sich noch an diesen Gedanken, und deshalb hörte sie zunächst nicht, als Auriane rief: »Avenahar ... Avenahar! Du musst zurück. Du hast dich verletzt.«
»Das kann nicht sein, Mutter.« Aber dann entdeckte auch sie im graugrünen Moos die hellroten Blutstropfen. Sie waren geradezu unverschämt rot und übervoll von unsichtbarem Leben. Verwundert betrachtete sie ihre unverletzten Hände und die nicht aufgeschürften Knie. Ein eigenartiges Gefühl ergriff von ihr Besitz. Es war etwas Ernstes und Wichtiges, sie spürte eine dumpfe Schwere

im Leib, einen starken Schmerz, der sie in Richtung Erde zu ziehen schien. Es war ein unvergleichliches Gefühl, denn es barg undeutliche, aber machtvolle Versprechen in sich: Die Freuden und die Verletzlichkeit, die nur der Körper einer Frau kennt.

»Mutter, ich glaube …«, murmelte Avenahar und strich verlegen ihre Tunika glatt. »Ich habe mich nicht verletzt … es ist …« Sie verstummte, denn sie spürte plötzlich, wie sich um sie herum die Ahnfrauen versammelten wie ein Taubenschwarm. Das Blut, das Seelen trägt, war das Tor, durch das sie wieder in die Welt zurückkehrten.

»Bei Freias Liebe«, hörte sie Auriane flüstern. »Es ist so weit, meine Tochter. Es ist so weit …«

Avenahar wurde es unbehaglich zumute.

Blut steht am Anfang und Blut steht am Ende.

Sie wollte sich an ihrer Kindheit festhalten, noch nicht aus dem Schatten ihrer Mutter heraus in die Welt treten.

»Keine Angst, Avenahar. Das Blut der Generationen ist das Mittel, durch das du uns weiterträgst. Es gibt uns die Gewissheit, dass wir nicht sterben.« Ihre Mutter trat zu ihr und legte ihr sanft die Hände auf die Schultern. »Schließ die Augen.«

Avenahar tat es und freute sich über die Aufmerksamkeit und das Wohlwollen. Sie spürte, wie ihre Mutter die Rune für Schutz auf ihre Stirn zeichnete und danach die Rune für Kraft. Dann sprach sie ein Gebet an die Göttin Hel. »Du Schöne, die du unter der Erde weilst, sieh diese Tochter, die in der Sonne wandelt … lasse aus Avenahar alle Früchte der Mutterlinie entspringen. Sei gütig zu ihr und nimm ihr Blut in Gnaden an.«

Sie nahm ihre Tochter bei der Hand und ging mit ihr an das Ufer der Mosel. »Komm mit. Das Wasser des Flusses wird dich reinigen.«

»Jetzt muss meine Initiation noch in diesem Jahr stattfinden!«, rief Avenahar nach einer Weile plötzlich. Sie lachte glücklich und befreit. »Mutter, dann werden wir beide wieder nach Hause gehen.«

»Für kurze Zeit, ja. Aber wir haben noch viel zu tun … wir müssen uns auf die Reise zum heiligen Eichenwald vorbereiten. Du musst dich beeilen und vor allem deinen Mantel fertig weben.«

Der heilige Eichenwald lag am Anfang des Chattenlandes, etwa einen halben Tagesritt von der römischen Grenze entfernt. Avenahar hatte schon als Kind gewusst, dass sie, wenn das Blut der Generationen einsetzte, auf der Erde ihrer Heimat geweiht werden musste. Das geschah im Beisein von neun »Müttern« oder den Alten, so wie es im Stamm schon seit Urzeiten Brauch war. Auriane hatte bereits Pläne gemacht. Da auch sie bei dem Ritual anwesend sein musste, der Militärrat der Römer ihr aber die Rückkehr in das Land ihrer Heimat für alle Zeiten verboten hatte, weil man fürchtete, Aurianes Anwesenheit auf chattischem Grund könne gewisse Gruppierungen des Stammes zum Aufstand gegen Rom anstacheln, hatte Marcus sich Hilfe suchend an seinen guten Freund Maximus, den Statthalter in Mogontiacum, gewandt. Um in das Land der Chatten zu gelangen, mussten Auriane und Avenahar das unter seiner Zuständigkeit stehende Gebiet durchqueren. Maximus hatte sich bereit erklärt, zu gegebener Zeit eine heimliche Grenzüberquerung von Mutter und Tochter zu ermöglichen. Sie würden nicht länger als die für die Zeremonie erforderlichen neun Nächte auf chattischem Gebiet bleiben.

Nach einer Weile sagte Avenahar: »Mutter, sein Blut fließt auch in mir.«

»Das Blut deines Vaters. Ja, natürlich.«

Was Avenahar bei diesen Worten in Aurianes Gesicht zu sehen glaubte, gefiel ihr überhaupt nicht. Manchmal lag eine Anspannung darin, die verriet, dass sich ein starker Geist ganz auf eine Sache konzentrierte. Aber dann gab es auch die Spannung wie an diesem Morgen. Sie wirkte irgendwie krank und sprach von Unheil, das bald über sie alle hereinbrechen würde. Deshalb bedrängte Avenahar sie nicht weiter, sondern sagte nur: »Bald werde ich erfahren, wer es ist.«

Er ist ein kühner und guter Krieger, der für unsere Freiheit gekämpft hat!

Das versicherte sie sich stumm in dem Hochgefühl, das ihr das Amulett auf ihrer Brust verschaffte.

Und wenn er etwas weniger angesehen ist, nun ja, ich bin auf der

Insel der Ramis geboren. Das wird doch bestimmt alles aufwiegen, was ihm fehlt.
»Ja«, erwiderte Auriane, als habe sie ihre Gedanken erraten. »Und ich hoffe, du wirst die Wahrheit als Frau hören und nicht als ein Kind.«
Auriane blickte nachdenklich auf den Fluss. Vor ihnen lag die gläserne Oberfläche der Mosel. Das Wasser wirkte still wie schwarzer Marmor.
Aber das täuscht. Die Strömung ist da. Sie ist mächtig, wenn auch unsichtbar, und sie sucht auf ewig den großen Mutter-Fluss.
Ein Schwan, mehr Geist als Vogel, glitt dicht über dem dunklen Wasser dahin, bis er im dichten Nebel verschwand, der wie Räucherwerk in der Luft hing und das andere Ufer der Mosel geheimnisvoll verbarg. Ein Handelsschiff mit Weinfässern ließ die beiden Frauen zusammenschrecken, als es beinahe geräuschlos aus dem Dunst auftauchte. Die zweiundzwanzig Ruder blitzten im Takt eines unhörbaren Befehls alle gleichzeitig auf. Der Bug mit einem geschnitzten Drachenkopf durchschnitt das Wasser verblüffend schnell auf seinem Weg flussabwärts. Staunend sahen sie das Schiff vorübergleiten.
»Mir gefällt das eigentlich nicht, Mutter«, sagte Avenahar, als sie sich am Ufer bückte, um die Riemen ihrer Sandalen zu lösen. »Von jetzt an habe ich bei Vollmond etwas zu verbergen. Und was ist, wenn die Blutung während einer Jagd einsetzt?«
Der verletzte Gesichtsausdruck ihrer Mutter überraschte Avenahar. »Jemand hat dir etwas Falsches erzählt. Das Blut der Generationen … das ist etwas sehr viel Größeres und Wichtigeres als die Jagd.«
»Aber … wieso sagt Brico dann …, Mutter, ich habe von Brico einmal gehört, das Blut der Generationen kann einen Fluch über einen Fluss bringen … es kann dazu führen, dass dem Fluss Hörner wachsen und er über die Ufer tritt. Sie hat erklärt, es kann eine Ernte verkümmern lassen oder verhindern, dass eine Kuh Milch gibt.«
»Sieh mich an, Avenahar. Du wirst vergessen, was Brico gesagt hat.«

»Also gut. Aber warum bist du plötzlich so wütend?«
Aurianes Gesichtsausdruck wurde sofort wieder weich. Avenahar bemerkte nur noch ängstliche Trauer darin.
»Weil Brico … weil sie dir einreden will, dass du dich schämen musst, Avenahar. Brico ist mit den Gebräuchen des Eisens aufgewachsen. Wenn du in den heiligen Eichenwald kommst, wirst du etwas anderes finden. Du wirst den alten Brauch kennen lernen, den schönen Brauch. Aber etwas sollst du jetzt schon wissen.« Sie lächelte. »Vergiss es nie, Avenahar: Dein Blut wird den Fluss segnen.«

Sechstes Kapitel

Seit Witgerns nächtlichem Besuch in der Villa war mehr als ein Monat vergangen, und der erste *Maius* war gekommen. An diesem Tag verdoppelte sich die Bevölkerung von Confluentes, denn in der Stadt am Fluss begannen die Floralien. Das Feuerfest der Treverer, die vor den Römern auf diesen Hügeln gelebt hatten, fiel ungefähr auf denselben Tag wie die römischen Feiern für die Göttin Flora mit ihren Gelagen und ausschweifenden Spielen. Deshalb verbanden sich bei den Frühlingsfeiern in Confluentes heimische und römische Bräuche. Der blassgoldene Wein von den steilen Hängen der Mosel wurde in Fässern durch die gepflasterten Straßen gerollt und an jeder Kreuzung ausgeschenkt. Anschließend wurden die Fässer in den Abwasserrinnen ausgewaschen. Die Menschen entzündeten am helllichten Tag Fackeln, um den fröhlichen Farben zu huldigen, mit denen Flora, die Königin der Blumen, das Land schmückte. Bohnen und Lupinen wurden auf den Straßen verstreut. Die Frauen der Korbmachergilde wanden Girlanden und verteilten sie auf den Stufen der Tempel. Die heiratsfähigen Mädchen opferten den Geistern des Frühlings geweihte Kuchen. Vor den Stadtmauern veranstaltete man Wettkämpfe – Läufe, Ringkämpfe und Pferderennen. Flora war die Schutzgöttin der Gärten, und sie liebte die kleinen Tiere, die man dort fand. Deshalb fingen die Kinder Hasen in Netzen und jagten zwischen den Reben Haselmäuse. Alle, die den Winter vertreiben und dem Frühling huldigen wollten, verkleideten sich mit grotesken, aus Ton gebrannten Tiermasken, zogen übermütig durch die Straßen, hielten sich an den Händen, erschienen ausgelassen und in großen Scharen an den Feuern oder versammelten sich zu Gelagen auf den Feldern. Wer dann einen Liebsten oder eine Liebste fand, lief mit ihr oder ihm in den Wald und feierte das älteste aller Rituale.

An diesem Tag sollte auch Marcus von den Ratssitzungen in Mogontiacum zurückkehren. Die Nachricht, dass die Wagen von Marcus Julianus durch die Stadt fahren würden, weil ein Erdrutsch den Weg zu seiner Villa unpassierbar gemacht hatte, verbreitete sich schnell vom Forum bis auf die Felder. Deshalb drängten sich viele Bauern, Stadtbewohner und Sklaven entlang der Hauptstraße, um ihn zu sehen. Der Anblick eines solchen Mannes war in diesem fernen Winkel des Reiches eine seltene Unterhaltung. Der alte römische Adel lebte normalerweise sehr viel näher am Mittelpunkt der Welt. Der einzige Bürger von Stand, den die Bewohner der Stadt und der Umgebung gewöhnlich sahen, war der Magistrat Volusius Victorinus. Er war zwar reich und besaß viel Land, aber er war trotzdem nur einer der ihren. Man wusste, dass ihm mittlerweile nach jahrelangem Gebrauch der überhitzten Lockenzange die Haare ausfielen, und alle machten Witze über die schlecht sitzenden Elfenbeinzähne seiner Gemahlin Decimina. Marcus Julianus dagegen führte hinter den meilenlangen Dornenhecken seines Landguts vornehm und abgeschieden ein Leben, das der hohen Philosophie und den Geheimnissen der Staatsgeschäfte gewidmet war. Die nie verstummende Geschichte, wonach Julianus der eigentliche Drahtzieher gewesen sei, der die Ermordung des Tyrannen Domitian in die Wege geleitet habe, verlieh seinem Namen einen dunklen Glanz. Wenige in der Menge konnten einen solchen Mann anschauen, ohne mit ihrem inneren Ohr die Flöten und Trommeln Roms zu hören.

Der Magistrat Volusius Victorinus beobachtete das bunte Treiben in der Stadt von einem der beiden Türme, die das große Tor von Confluentes flankierten. Er trug eine weite Festtagstunika aus Leinen in rostbraunen und grünlich gelben Tönen. Die günstige Lage der Wachstube im Turm erlaubte ihm einen ausgezeichneten Blick auf den Wehrgang der Stadtmauer, die Mosel, die sich an dieser Stelle weitete und sich im breiten Rhein verlor, und auf die gepflasterte Überlandstraße, die in Richtung Süden nach Mogontiacum führte.

Victorinus hatte auch in diesem Jahr die Festlichkeiten finanziert. Er hatte die Musikanten bezahlt und auch die Preise für die Athleten, die Fässer Wein und die Wildschweine für das Festmahl gestiftet.

Er saß mit Absicht am offenen Fenster, damit ihn die dankbaren Menschen von unten sehen und grüßen konnten. Um sich die Langeweile zu vertreiben, spielte er mit dem Centurio der Wache ein Spiel, das »Räuber« hieß und sich zurzeit in Rom großer Beliebtheit erfreute. Als der Magistrat nach langem und ermüdendem Überlegen endlich eine seiner Spielfiguren aus Kristall ergriff, um sie auf das nächste Marmorfeld zu setzen, erschien ein junger Treverer und unterbrach das Spiel.

Der Mann war der Gerichtssekretär, ein Freigelassener namens Cobnertus. Ein Festkranz verhinderte nur mit Mühe, dass dem Gerichtssekretär die schlecht geschnittenen blonden Haare ins Gesicht fielen, als er den Kopf einzog, um nicht an die rußgeschwärzte Decke der Wachstube zu stoßen. Die grüne Tunika war zu klein für ihn und spannte sich über den breiten Schultern. Er wirkte so plump und unbeholfen wie ein tollpatschiger Hund, der seinen Herrn schwanzwedelnd begrüßt.

»Mein Herr Victorinus, ich bitte einen Augenblick um deine Aufmerksamkeit«, begann Cobnertus außer Atem. »Wir haben in dem kleinen Tempel am Fluss gerade einen Mann festgenommen, der sich als Priester der Flora ausgibt. Der alte Lallus, der eigentlich dort sein sollte, liegt mit Sumpffieber im Bett, und so hat sich dieser Schwindler eingeschlichen. Der Betrug wäre vielleicht überhaupt nicht entdeckt worden, wenn er nicht die Kupfermünzen gestohlen hätte, die von den frommen Menschen dort geopfert werden.«

Der Blick des Magistrats ruhte verstimmt auf den Spielfiguren. »Warum belästigst du mich heute damit, Cobnertus? Wenn der Dieb ein Sklave ist, steckst du ihn in das Sklavengefängnis, bis wir herausfinden, wem er gehört. Wenn er ein Einheimischer und kein Bürger ist, halte ihn fest, und wir lassen ihn nach dem Fest auspeitschen ...«

»Aber ...«

»Zwanzig Hiebe. Das ist mein Urteil. Wenn er beweisen kann, dass er Bürger ist, nimm ihn in die Liste der Übeltäter auf und wirf ihn ins Gefängnis, bis ich seinen Fall untersuchen kann!«

»Aber Herr, der Mann ist einer der Fahnenflüchtigen von der *Concordia*. Du erinnerst dich doch, sie haben damals ihren Kapitän ermordet!«

Wenigstens dieser Einwand führte dazu, dass Victorinus vom Spiel aufblickte. »Dann hast du deine Sache gut gemacht, Cobnertus. Sperr ihn bis zum nächsten Gerichtstag ein, dann werde ich ihn verhören. Aber jetzt hast du dir dein Vergnügen mehr als verdient! Fort mit dir, du willst mich doch nicht beleidigen. Ich habe eine Menge Silber für das Fest bezahlt. Such dir eine junge Frau, aber nicht deine eigene, nimm einen tüchtigen Schluck von unserem goldenen Nektar, und dann tu uns allen einen Gefallen: Verschwinde mit ihr im Wald! Und mich lässt du hier in Ruhe das Spiel gewinnen.«

Der Centurio der Wache räusperte sich höflich. Er war gerade dabei zu gewinnen.

»Das Wichtigste habe ich dir noch nicht gesagt«, fuhr Cobnertus unbeirrt fort. »Dieser Lurio, so heißt er nämlich, erzählt eine *erstaunliche* Geschichte. Er ...«

»Stell meine Geduld nicht länger auf die Probe! Warum musst du wie ein Ochse vor dem Fenster stehen? Der Wettlauf der jungen Männer beginnt gleich!«

Cobnertus wich erschrocken zur Wand zurück. »Aber mein Herr, werter Victorinus, dieser Lurio behauptet, den berüchtigten Übeltäter zu kennen, der den chattischen Rebellen das viele Silber schickt. Und die Person, die er beschuldigt ... der Name wird ... hm, äh ... also, der Name wird dich sehr überraschen.«

Victorinus warf Cobnertus einen vernichtenden Blick zu und stellte die Kristallfigur, die er immer noch in der Hand hielt, mit Nachdruck auf das Brett. Doch damit war er schlecht beraten, und der Hauptmann lächelte zufrieden. Der völlig verwirrte Gerichtssekretär schwieg verletzt.

»Cobnertus, du bist wirklich fleißig wie eine Biene. Aber ein Esel ist sehr viel klüger als du. Bei allen Göttern, begreifst du nicht, dass dieser Gauner nur seiner gerechten Strafe entgehen will und dir eine Lügengeschichte erzählt hat? Der Mann ist ein Mörder! Er schachert um sein Leben. Die Wahrscheinlichkeit, dass er wirklich nützliche Informationen in dieser Angelegenheit besitzt, ist ebenso groß, wie die, dass deine Frau geduldig zu Hause auf dich wartet. Sieh mich nicht so niedergeschlagen an. Gib deinen Bericht Cletusto«, er wies mit einer Handbewegung auf einen der beiden Sekretäre, die ernst und geduldig an der Wand standen. »Ich werde mich damit beschäftigen, wenn ich Zeit habe. So, und jetzt sei ein Mann. Du bist nur einmal jung!«

* * *

Bald darauf erreichte die Nachricht die Stadt, dass die vier Wagen von Marcus Arrius Julianus mit seinem Familienwappen, einem Schild mit dem getriebenen Bildnis der Minerva, den ersten Meilenstein auf der Straße nach Mogontiacum passiert hatten. Noch mehr Menschen eilten herbei.

In der ausgelassenen Menge Betrunkener und Maskierter fiel ein junger Mann nicht auf, der im Schatten des einen Torturms stand. Sein weiter Reisemantel hatte die Farbe der Steine, und sein Gesicht verschwand unter der Kapuze. Er hätte eine Fledermaus sein können, die an der Mauer hing, denn er mied das Licht und die Feiernden, während er mit wachsender Anspannung auf die Straße starrte, wo die Wagen von Marcus Julianus vorbeifahren mussten. Der Fremde bereitete sich auf eine schreckliche Tat vor. Hoch über ihm standen zwar zwanzig Mann der Stadtwache, doch da der obere Teil des Turms über den Sockel hinausragte, konnten sie ihn nicht sehen.

Endlich entdeckte die Menge die vier *Redas,* die aus dem Dunst auftauchten. Sie wurden jeweils von zwei Pferden gezogen, die sich in schnellem Trab näherten. An die Rückseite jedes Wagens waren Ersatzpferde gebunden. Neben den Wagen liefen Diener. Etwa eine Viertelmeile vor dem Stadttor begannen die Zuschauer, die Wagen in ihrer Fahrt zu behindern. Das erboste die Kutscher, die strenge Anweisung hatten, ihre Peitschen nicht zu benutzen.

Vor allem um den dritten Wagen, der besonders vornehm aussah, drängten sich die Menschen. Er hatte schwere schwarze Vorhänge und getriebene Goldverzierungen. Die Leute riefen den Namen von Julianus und versuchten, Bittschriften in den Wagen zu werfen. Der Kutscher fluchte und drohte mit dem Peitschenstiel.
Als sich die vier Wagen dem Stadttor näherten, unterbrachen Victorinus und der Centurio der Leibwache ihr Spiel und standen auf, um das Ereignis zu beobachten.
Ihnen bot sich jedoch ein unerwarteter albtraumhafter Anblick. Der Wagen von Julianus erreichte gerade den Ulmenhain, in dessen Schatten der kleine Marstempel stand, als sich ein Mann mit einer Fackel einen Weg durch die Menge bahnte und ein paar Schritte neben dem Wagen herlief. Dabei warf er etwas auf das Wagendach, das nach drei kleinen glatten Steinen aussah. Sie zerbrachen, und es stellte sich heraus, dass sie eine Flüssigkeit enthielten. Der Mann schleuderte die Fackel hinterher, und blitzartig schlugen hohe Flammen auf, die sofort die schwarzen Vorhänge in Brand setzten. Mit erstaunlicher Schnelligkeit erfasste das Feuer den ganzen Wagen, der bald kein Wagen mehr war, sondern eine Fackel des Hephaistos. Die bläulichen Flammen loderten und flackerten mit unnatürlicher Wut. Es war ein so schauriges und erschreckendes Bild, als habe der zornige Jupiter einen Donnerkeil auf den Wagen geschleudert. Die Pferde gerieten in Panik, und bei dem Versuch, der ungeheuren Hitze zu entrinnen, zerbrachen sie mit ihren Hufschlägen die Wagendeichsel. Giftig aussehender Rauch stieg zwischen den Ulmen auf.
Die Menge war verstummt und wie erstarrt. Die Menschen wussten nicht genau, was sie sahen, während das krachende und knisternde Feuer hoch aufloderte.
In diesem Inferno konnte nichts und niemand mehr am Leben sein.
Zwischen den Entsetzensrufen der Menge hörte man einen gellenden Schrei: »Sie haben ihn ermordet!«
Ein großer Teil der Menschen wich in panischer Angst wie eine aufgescheuchte Schafherde bis zur Stadtmauer zurück, um sich vor den Flammen in Sicherheit zu bringen.

Victorinus gab dem Trompeter auf der Mauer das Zeichen, mit einem Trompetenstoß die Wache vor das Tor zu rufen. Dann befahl er den Männern, die Unglücksstelle zu räumen. Der Centurio eilte die Stufen hinab, um den Befehl in die Tat umzusetzen. Dabei rief er Victorinus noch zu: »Es ist ein griechisches Feuer! Es kann nicht mit Wasser gelöscht werden. Wir müssen Essig finden!«

Victorinus befahl einem jungen Sklaven, die Glocke zu läuten, um die Feuerwehrmänner mit ihren Eimern zu dem Brand zu rufen. Dann beugte er sich weit aus dem Fenster und hielt in der Menge Ausschau nach dem Attentäter. Er wollte dafür sorgen, dass alle sahen, wie schnell er handelte, sonst würde er später von der Öffentlichkeit beschuldigt, er habe zu wenig unternommen, um den Mörder von Julianus festzunehmen. Freude über das gelungene Attentat konnte er sich im Augenblick nicht erlauben. Doch in den niederen Regionen seines Bewusstseins formten sich bereits gewisse Gedanken.

Wie es aussieht, hat die wohl behütete und verwöhnte Arria Juliana keinen Beschützer mehr ... vielleicht sollte ich beantragen, zu ihrem Vormund ernannt zu werden ...

Victorinus sah, wie sich ein einzelner Mann eilig von der Menge entfernte. Im ersten Augenblick erschreckte ihn das Gesicht des Mannes. Es war so schwarz wie verbranntes Holz, und er hatte große, weit aufgerissene Augen. Doch dann wurde Victorinus klar, dass sich der Mann die Haut mit Lampenruß geschwärzt hatte. Der Magistrat wies laut rufend und gestikulierend die Wachen auf den Mann hin. Sofort nahmen ein Dutzend Stadtbewohner und Gardisten die Verfolgung auf. Sie rannten hinter dem Attentäter her, der in Richtung eines brachliegenden Feldes im Süden der Überlandstraße floh.

In diesem Augenblick kam Lucius schwankend die Stufen herauf und sang mit lauter Stimme ein Tavernenlied. Sein gerötetes Gesicht war schweißbedeckt. Mit einem seiner muskulösen Arme drückte er eine junge verängstigt aussehende Trevererin an sich.

»Vater, du überraschst mich!«, rief er Victorinus zu, der sich noch immer mit geballter Faust aus dem Fenster beugte und die Verfolger anspornte. »Deine Gerechtigkeit ist so schnell wie die eines Jupiter.«

Victorinus verließ seinen Platz am Fenster. »Halt den Mund, du frecher Lümmel! Damit habe ich nichts zu tun. Ich verbiete dir, so etwas auch nur zu *denken*. Ich halte mich an das Gesetz.« Etwas leiser fügte er hinzu: »Wenn du es wagst, das auch nur einem Menschen zu sagen, siehst du keine Sesterze deines Erbes.«

»Dann bitte ich dich um Entschuldigung, Vater. Aber was ist das für ein Zaubermittel? Was ist das für ein Feuer, das niemand löschen kann?«

»Seine Verwendung ist nur auf Kriegsschiffen erlaubt. Es ist eine Mischung aus Naphta, das aus der Erde austritt, ungelöschtem Kalk und Schwefel. Die Flüssigkeit wird in Tongefäße gefüllt. Man nennt sie griechisches Feuer. Das Zeug muss in der Tat Feuer in sich haben, denn die Flammen lieben es. Der arme Marcus Julianus … er hatte einen sehr viel erbarmungsloseren Feind, als ich es jemals war.« Mehr zu sich selbst fügte er hinzu: »Es muss jemand gewesen sein, der etwas von Schiffen und Seekrieg versteht.«

»Wie schön, dass wir den närrischen und verschrobenen Bücherwurm los sind.«

In der Ferne warf der fliehende Mann mit einer heftigen Bewegung den Mantel ab und rannte weiter. Er war ein hervorragender Läufer, der mit langen, kraftvollen Schritten den Abstand zu seinen Verfolgern immer mehr vergrößerte. Schließlich sprang er über einen Wasserlauf und verschwand unter Vogelbeerbäumen, die das Bachufer säumten.

Der Centurio der Wache vermochte wenig gegen die Flammen auszurichten. Der Wagen brannte wie ein offenes Schmiedefeuer und verbreitete eine solche Hitze, dass sich ihm niemand nähern konnte. Die Feuerwehrmänner schütteten Wasser auf die Ulmen, damit sich die Flammen nicht weiter ausbreiteten. Bei der allgemeinen Verwirrung hatte noch niemand Essig zum Löschen des griechischen Feuers gebracht.

In der verängstigten Menge erhob sich lautes Klagegeschrei. Die Menschen riefen den Namen von Julianus und warfen Floras Blumen in das Feuer. Dieser Mord traf alle wie ein Schock. Sie waren gekommen, um einen gefeierten Staatsmann zu sehen, und hatten nicht damit gerechnet, Zeugen eines so dreisten Überfalls zu werden. Ihr unbedeutender Winkel des Reichs schien ihnen an diesem Tag ein wenig bedeutender geworden zu sein. Manche in der Menge flüsterten, wegen *ihr* habe das Feuer eine so erschreckende Macht. Wäre Julianus nicht die seltsame Verbindung mit dieser barbarischen Frau aus dem Norden eingegangen, die sich in den Netzen des Krieges gefangen hatte, hätte er nicht eine Liebesbeziehung aufgenommen, die nicht einmal einen richtigen Namen hatte, und hätte er nicht fremden Göttern mit zungenbrecherischen Namen seine Tore geöffnet, dann wäre er vielleicht nicht auf so ungewöhnliche Weise ums Leben gekommen.

Siebtes Kapitel

Als der Wagen in Flammen aufging, befand sich Auriane ahnungslos in der Bibliothek der Villa und gab ihren beiden Töchtern Unterricht.

Die Tutoren für Latein und Griechisch hatten die Kinder alle Geheimnisse des Südens gelehrt: Sie hatten von Theseus gehört und vom Kampf um Troja. Und sie erfuhren von der langen Geschichte Roms, die mit Romulus begann, den eine Wölfin säugte, und der zu dem überraschenden Aufstieg führte, durch den Rom zur Hüterin aller großen Städte der Welt geworden war.

Avenahar und Arria hatten sich mit der Lehre des Philosophen Lukrez beschäftigt und etwas über die ewigen Bahnen der Sterne gelernt. Inzwischen erhielten sie die ersten einfachen Lektionen in philosophischem Denken. Für Auriane schien Philosophie eine Art neue Religion zu sein. Einige Anhänger behaupteten zu ihrem Erstaunen, die Götter seien eigentlich nur Helden vergangener Zeiten, die irgendwann von den Menschen zu Göttern erhoben worden wären.

Auriane wollte das Bewusstsein ihrer Töchter aber auf andere, gewundene und dunkle Wege lenken, die jene aufgeklärten Tutoren niemals betraten. So erzählte sie ihnen von der Entstehung der Chatten aus dem Körper eines toten Riesen. Sie berichtete von Kriegsführern, die Siege errangen, indem sie ihre Gegner mit Bannsprüchen belegten, ohne sie zu töten, und sie sprach von den Landgeistern, die die Ernte schützten, wenn man ihnen Achtung erwies und ihnen geweihte Kuchen opferte. In der Welt, in die Auriane ihre Töchter führte, raschelte das Laub niemals ohne Absicht, floss in den Bächen Freias Blut, und auf jedem Hü-

gel, in jeder Quelle, und in jedem bemoosten Stein wirkte ein Geist.
Während Auriane den Mädchen Fragen stellte, kam sie sich vor wie ein unruhiger Wachposten auf seinem Rundgang. Sie sah abwechselnd den bitter enttäuschten Witgern und den Deserteur Lurio vor sich. Deshalb reagierte sie gereizter als sonst auf Arria Julianas üblichen erbitterten Widerstand gegen den Unterricht.
Ihre jüngere Tochter hatte sich wieder einmal verspätet. Jetzt saß sie endlich in einem großen Korbstuhl, in dem sie beinahe zu verschwinden schien. Die geflochtene, vorgewölbte Rückenlehne ragte über ihren Kopf und umgab das zarte kluge Gesicht wie der Nimbus eine eigensinnige kleine Göttin. Ihre Füße berührten den Fußboden nicht, und sie ließ die Beine gelangweilt hin und her schwingen. Sie gab vor, die Titel der Buchrollen in ihrem ordentlich aufgeräumten Lernkasten aus Elfenbein zu studieren, den sie auf den Knien hielt. In Wirklichkeit las sie verstohlen eine billige, glatt gestrichene Rolle, die unter dem Kasten lag, aber nicht so gut verborgen war, wie sie glaubte.
Arria hatte nach der Wasseruhr eine ganze Stunde gebraucht, um sich für den Unterricht zurechtzumachen. Auriane vermutete, dass sie sich teilweise deshalb als aristokratische Römerin gekleidet hatte, um sich gegen die Lektionen ihrer Mutter zu wappnen. Sie trug eine aquamarinfarbene Tunika mit einem gestickten scharlachroten Besatz, die in weichen Falten bis zu den kleinen, mit Henna gefärbten Fußnägeln fiel. Die kleinen Füße steckten in scheinbar kaum getragenen Sandalen. Sie hatte sich von der *Ornatrix* die langen Haare im Stil einer Matrone frisieren lassen, mit gedrehten Kräusellocken über der Stirn und vielen Ringellöckchen im Nacken, die von einem Goldnetz gehalten wurden. Auriane fand diesen Aufputz bei einem Mädchen in Arrias Alter seltsam und unnatürlich. Selbst nach römischem Brauch erwartete man von einer Neunjährigen nicht, dass sie ihr kindliches Wesen verleugnete. Normalerweise trug Arria die Haare frei und offen. Noch trauriger fand Auriane, dass Arria ihren chattischen Namen – Atlind, den Namen ihrer Großmutter – abgelegt hatte und nur noch auf ihren römischen Namen reagierte. Natürlich erhob sie

niemals Einwände, wenn Arria auf der Anerkennung ihrer Rechte bestand. Schließlich hatte sie ihre Kinder in das Grenzland zwischen den beiden Welten gebracht und schon vor langer Zeit beschlossen, jedes der beiden Mädchen müsse selbst entscheiden, zu welcher Welt es gehören wolle.
Avenahar dagegen hatte an diesem Morgen auf ihr Aussehen kaum mehr Zeit verwandt, als man braucht, um die Flöhe aus einer Satteldecke zu schütteln und sie einem Pferd aufzulegen. Es war, als lebten Aurianes Töchter in verschiedenen Ländern, die kaum diplomatische Beziehungen unterhielten und nur in Ausnahmefällen gemeinsame Sache machten. Avenahar verschmähte Sitzgelegenheiten und lag ausgestreckt auf dem Fußboden neben ihrer Schwester. Ihre Ellbogen ruhten auf dem Mosaikkopf des griechischen Philosophen Anaximander, und um sie herum hatte sie Buchrollen verstreut, die aussahen, als seien sie von stürmischen Winden dorthin geweht worden. An ihren Sandalen schien eine Ziege herumgekaut zu haben, und die kurze braune Tunika war ein Zeugnis all der Dinge, die sie in letzter Zeit getan hatte. Dunkle Flecken bezeugten, dass sie das Zaumzeug mit Öl eingerieben hatte. Blutspuren verrieten ihre Mithilfe bei der Geburt eines Kalbs, und getrockneter Algenschleim bewies, dass sie in einen Brunnen gestiegen war, um ihn von Zweigen und Laub zu säubern. Avenahar hatte gerade lange genug stillgehalten, damit ihr Brico mit dem Kamm ein paar Mal durch die Haare fahren konnte. Sie hingen wie ein seidiger schwarzer Vorhang vor ihrem Gesicht, während sie sich über die Wachstafel beugte. Nur wenn es um ihre Haare ging, zeigte Avenahar eine gewisse Eitelkeit. Auriane vermutete, das lag daran, dass ihre älteste Tochter sich ganz als Chattin betrachtete. Für eine Frau der Stämme waren die Haare ein heiliges Gut und ein Mantel der Macht.
»Ein Fremder kommt zu eurer Halle und bittet um Hilfe und um etwas zu essen. Was müsst ihr tun?«, fragte Auriane die beiden. »Er ist blutverschmiert, und ihr habt kurz zuvor von einem Überfall in der Nähe gehört, bei dem ein Mord verübt worden ist.«
»Den Fremden aufnehmen und ihn vor seinen Feinden schützen.

Denn das Gesetz der Gastfreundschaft gebietet es, einen Reisenden gut zu behandeln, selbst wenn er ein flüchtiger Mörder ist«, erwiderte Avenahar ohne Zögern und schob sich flüchtig die Haare aus dem Gesicht.

»Aus welchem heiligen Holz werden unsere Schilde gefertigt?«

»Aus Lindenholz!«, rief Avenahar eifrig.

Arria tat, als antworte ihre ältere Schwester extra so schnell, dass sie nicht zu Worte kam.

»Was ist zur Zeit eurer Großväter in dieser Jahreszeit und an diesem Tag geschehen?«

»Unser Großvater Baldur hat das Kastell von Aquae Mattiacorum zerstört und als Kriegsbeute den Speer eines Ersten Centurio verlangt.«

»Arria, warum lässt du jedes Mal deine Schwester antworten?«, fragte Auriane sachlich, aber gegen ihren Willen war zu hören, dass sie sich über das Verhalten ihrer zweiten Tochter ärgerte.

Das Mädchen legte den Kopf etwas schief. »Ich will nichts von Menschen hören, die im Schmutz leben.«

»Arria, mir reicht es jetzt. Tag für Tag dasselbe Spiel ...«

Ihre Tochter sank in sich zusammen, schloss die Augen und gähnte.

»Arria, halte dich gerade! Du hast auch eine Mutterlinie. Du wirst etwas über *all* die Geister lernen, die dein Leben möglich gemacht haben, sonst bist du später einmal eine ungebildete Frau!«

Arria verzog das Gesicht in der typischen Art einer Neunjährigen zu einer Grimasse des Abscheus. »Die Chatten sind nichts als dreckige, besiegte Bettler!«

»Sie sind auch dein Volk!« Auriane schämte sich, weil in ihrer Stimme das Zittern der Verletzlichkeit lag.

»Sie sind nicht mein Volk! Sag nicht, dass sie das sind! Alle lachen über uns, weil du so etwas sagst. Wenn Avenahar die Chatten so sehr liebt, dann soll sie meinetwegen *alles* über sie lernen!«

»Wenn Witgern mit seinen Kriegern vor deiner Tür steht«, erwiderte Avenahar höhnisch, »dann bekommst du vielleicht Achtung vor der Geschichte unseres Volkes!«

»Seid still, ihr beiden!« Auriane überkam eine grenzenlose Nie-

dergeschlagenheit. Sie hatte das Gefühl, als versuche Arria Juliana, sich mit einer Säge von ihr abzutrennen.
»Wir wollen doch einmal sehen, was *du* lernst!«, rief Avenahar mit boshaft blitzenden Augen, sprang auf und zog die Buchrolle hervor, in der Arria heimlich gelesen hatte.
»Gib sie mir zurück!«, schrie Arria wütend. Sie rutschte vom Stuhl und zerriss sich bei ihrem verzweifelten Versuch, die Buchrolle wiederzubekommen, ihre Tunika am Korbgeflecht.
»Sieh dir das an, Mutter!«, sagte Avenahar schadenfroh. »Arria wühlt im römischen Abfall nach einem besonders erlesenen Stück Klatsch! Es ist die *Acta Inepta* für den Monat Aprilis.«
Acta Inepta ... Das »Treiben der Narren« war das Wortspiel eines beliebten Satirikers mit dem Palast-Bulletin, das in Rom täglich veröffentlicht wurde, der *Acta Diurna*, die »Ereignisse des Tages«.
»Und haben wir ...«, Avenahar sprang schnell auf, um die Rolle außer Arrias Reichweite zu halten, »bedeutsame Ereignisse, die es wert sind, dass man sich mit ihnen beschäftigt? Aha, Scantia Secunda lässt sich von Gaius Apronius scheiden, damit sie seine Laufbahn ruinieren kann. Aber das ist ganz gut so, denn ihre Kinder stammen ohnehin alle von seinen Dienern. Am Abend vor den Nonen des Aprilis haben die Lieblingsknaben des Kaisers um Mitternacht den Sieger im Wettbewerb um die schöne Helena von Troja gewählt.« Arria sprang in ihrer ohnmächtigen Wut Avenahar an wie eine Wildkatze ihre Beute. Die beiden Mädchen fielen zu Boden.
»Das reicht!« Aurianes Stimme setzte dem Geschrei ein Ende, und ihre Töchter erstarrten mitten in der Bewegung. Avenahars Bein lag um Arrias Hüfte, weil sie gerade versucht hatte, sich von ihrer Schwester abzustoßen.
Auriane blickte stumm auf die beiden.
Ich kann das nicht länger ertragen. Arria ist einfach so, wie die Götter sie geschaffen haben. Ich kann nichts dagegen tun. Es muss einen tieferen Sinn haben, der wichtiger ist, als meine vergeblichen Hoffnungen und mein Wissen.
Bei diesem Gedanken wich auf einmal die Verzweiflung von ihr, als sei sie ein Gift, das aus einem Gefäß rann. Ein seltsamer, er-

staunlicher Friede breitete sich in Auriane aus, wie sie ihn bisher nur in Anwesenheit von Ramis erlebt hatte. Irgendwie schien die alte Seherin ihre Einsicht zu billigen.

»Arria Juliana, steh auf!«, sagte Auriane, die sich jetzt innerlich weicher und sicherer fühlte. Das kleine Mädchen löste sich widerwillig von Avenahar und stand wie ein kleiner Soldat vor ihrer Mutter. Die Locken ihrer zerstörten Frisur hingen ihr zerzaust um den Kopf.

Ich liebe den Stolz und die Angriffslust in ihren Augen. Es ist unwichtig, dass sie nicht mehr dem folgen will, dem ich diene.

»Du bist frei, Arria«, sagte Auriane. »Du musst nichts mehr über mein Volk lernen. Ich überlasse dich deinen Tutoren. Vom heutigen Tag an befreie ich dich davon, deiner Mutterlinie zu dienen.«

Arria wusste genug über die Bräuche der Chatten, um zu wissen, dass dies auch bedeutete, dass sie von der Pflicht befreit war, die Götter ihrer Mutter zu verehren. Irgendwo in ihren grauen Augen zeigten sich Verwirrung und Erschrecken.

»Möchtest du das denn nicht?«, fragte Auriane verblüfft. Sie hatte erwartet, Arria werde überglücklich sein. »Ich weiß nicht, was ich sonst noch tun soll. Jetzt geh. Irenaeus wird dir heute Unterricht geben. Ich werde ihm sagen, er soll dir Herodot vorlesen.«

Wie ein Pferd, das lange eingesperrt war und nicht sofort begreift, dass es keinen Zaun mehr um die Wiese gibt, blieb Arria wie angewurzelt stehen. Sie erlebte das, was man bei Tieren manchmal beobachten kann. Ein Zaun gibt ein gewisses Maß an Sicherheit. Er umschließt eine bekannte Welt. Arria blickte ihre Mutter fragend an. Schließlich hob Arria vorsichtig eine Hand, als wolle sie einen möglicherweise heißen Bratrost berühren. Leise sagte sie: »Das ist gut, sehr gut. Aber … bist du mir böse, Mutter?«

»O nein! Sie freut sich wie der betrunkene Steuermann eines Weinschiffs über ihr schreckliches Kind …«

»Avenahar, sei still!« Auriane schüttelte den Kopf. »Nein, Arria, ich bin dir nicht böse. Ich bin … erleichtert. In dir ist der Geist Roms stärker als die Geister meines Volkes. Aber willst du nicht gehen?«

Avenahar sah ihre Schwester mit unverhülltem Triumph an, und Arria erwiderte mit gespielter Sicherheit: »Doch.« Dabei hielt sie die *Acta Inepta* an sich gedrückt wie einen Schild und ging rückwärts zur Tür. Sie schien sich noch immer zu fragen, ob das alles nur eine List war, ob ihre Schwester sie irgendwie übervorteilt hatte, und ob ihre Mutter sie noch liebte. Schließlich drehte sie sich um und lief schnell aus der Bibliothek.

Auch Auriane war verwirrt. Ein Angebot, mit dem sie Arria einen Gefallen tun wollte, erschien plötzlich hart und ungerecht.

Was habe ich getan? Meine Töchter sind wilde Pferde, die an mir festgebunden sind und in entgegengesetzte Richtungen galoppieren.

Avenahar setzte sich zufrieden in Arria Julianas Korbstuhl. Auriane sagte in die Stille hinein: »Avenahar, ich werde dir etwas aus dem Leben von Ramis vorlesen.« Plötzlich hatte sie das Gefühl, genau das tun zu müssen. »Hör gut zu. Ich werde dich anschließend auffordern, so viel davon zu wiederholen, wie dir im Gedächtnis geblieben ist.«

»Aber du hast gesagt, ich muss mindestens zwanzig sein, bis ich vielleicht anfange, etwas von Ramis zu verstehen.«

Auriane stand auf und öffnete mit einem Bronzeschlüssel eine Lade aus Zedernholz. »Die Zeit ist ein Feind. Ich weiß nicht, wie viel uns davon noch bleibt. Ramis ist so groß wie eine Königin, und doch kennen nur wenige ihre Geschichte. Ihr Leben darf nicht in Vergessenheit geraten, sondern muss weitergegeben werden.«

»Das ist ja das Buch, das du diktiert hast!«, flüsterte ihre Tochter atemlos.

»Ja, das stimmt. Aber vergiss nicht, es ist nur eine Darstellung ihres *Lebens*. Ihre Lehre kann man nicht aus Worten auf einem Papyrus lernen. Man liest sie möglicherweise zur falschen Zeit. Oder man hört die Worte nicht so, wie sie gemeint waren, und verdreht sie zu etwas anderem. Die Lehre kann nur von einem lebendigen Bewusstsein an ein anderes weitergegeben werden.«

Auriane setzte sich und entrollte den Papyrus behutsam gerade so weit, dass sie die erste geschriebene Spalte sah. Der mit Marmor ausgekleidete Raum trat augenblicklich zurück. Avenahar sah im

Geist ihre Mutter auf gestampfter Erde sitzen. Das ernste Gesicht leuchtete im Widerschein eines Feuers.
»Ich berichte dir jetzt von Ramis.« Die Worte kamen langsam und im einschläfernden Singsang eines Barden über Aurianes Lippen. »Und von all ihrem wundersamen Wissen. Denn wenn es lehrreich ist, große Taten und den Aufstieg zu Größe zu studieren, dann ist es weise, sich mit dieser Frau zu beschäftigen.
Ramis kommt aus einfachsten Verhältnissen, doch sie wurde erhöht und ist berühmter unter den Chatten, den Batavern und all den Stämmen des Nordens als sonst eine Frau oder ein Mann. Ein Wort aus ihrem Mund vermag ein Volk in den Krieg zu schicken. Ihr Rat hat der Hand römischer Legaten Einhalt geboten.
In ihrem fünfzigsten Jahr wurde das Los geworfen, und sie wurde zur Weleda, der höchsten Seherin aller Stämme. Für alle, die nicht unter uns leben, sei gesagt: Weleda bedeutet, ›Sie, die sieht‹, aber nicht die Zukunft, wie man allgemein glaubt, sondern die wahre Natur des irdischen Lebens.
Das Dorf ihrer Geburt hieß Rams-Auge. Seine Bewohner waren so arm, dass sie sich von den Abfällen der Nachbardörfer ernährten, wie die Ratten des Feldes. Ihre Mutter war Radegund. Sie teilte sich eine Ziege mit drei Nachbarinnen. Der Mann, der sich ihr Vater nannte, besaß nicht einmal ein Schwert.
Ramis wurde während der Eastre-Feiern empfangen. Deshalb behaupten viele, sie sei nicht von einem sterblichen Vater gezeugt. Sie wurde um die Mittagszeit geboren, während durch ein Wunder Sonne und Mond gleichzeitig am Himmel standen. Als sie neun Sommer gelebt hatte, zerstampfte sie eines Morgens im Methaus des Dorfes in einem Mörser Kräuter. Sie hörte niemanden kommen, doch in der Türöffnung stand plötzlich eine so runzelige Frau, dass sie hätte zweihundert Winter alt sein können. Sie war eine lebendig gewordene knorrige Eiche. Das unheimliche Wesen hielt eine weiße Katze in den Armen.«
Avenahar lauschte so gespannt, dass sie im Korbstuhl zu weit nach vorne rutschte und gerade noch verhindern konnte, dass sie auf dem Mosaikfußboden landete.
»Die alte Frau bat um Milch für ihre Katze, die Mitleid erregend

dünn war. Die Mutter von Ramis hatte kaum selbst Milch und bestimmt keine, um sie einer Katze zu geben. Aber Ramis ging zu der Stelle, wo der Tonkrug mit Ziegenmilch zur Kühlung in der kalten Erde vergraben lag, und goss alles, was sie hatten, in eine Schale. Unsere Stammesältesten wollten einmal wissen, weshalb sie das getan habe. Ramis erwiderte, in diesem Augenblick sei ihr bewusst geworden, dass es nur ein Feuer auf der Welt gibt, *ein* Feuer. Und der Riese, den wir Not nennen, ist nichts als der Schatten, den unser verkümmertes Wissen wirft. Kaum hatte die Katze die Milch aufgeleckt, als sich das Gesicht der Alten veränderte wie die Oberfläche eines Sees im Wind. Einen Augenblick lang schien sie ein hübsches junges Mädchen mit schimmernden Wangen zu sein, im nächsten eine Furcht einflößende Alte mit blaurotem Gesicht, um deren Kopf sich Schlangen wanden.

Ramis wollte wissen, wer sie sei. Und sie nannte einen Namen, der so schön war und Ramis zu Tränen rührte, doch sie sagte später, sie habe sich nicht einmal daran erinnern können, nachdem sie ihn gerade gehört hatte, denn der Name sei nicht in einer menschlichen Sprache gesprochen worden. Alle Laute der Welt hätten ihn hervorgebracht: das Rauschen der Blätter im Wald, das Brausen des Windes, das Weinen der Kinder.

Aber an die nächsten Worte erinnerte sich Ramis mit völliger Klarheit, als seien sie wie Runen in einem Stab eingegraben: ›Ramis, Tochter der Radegund, du gehörst mir. Ich befehle dir, alle die mit einer lebenden Fackel zu berühren, die erkalten.‹«

»Was bedeutet das, Mutter?«

»Die alte Frau meinte, dass das Wissen um die wahre Natur der Welt immer dicht davor ist, in Vergessenheit zu geraten, und dass Ramis hier sei, um es zu bewahren. Das ist die wahre Aufgabe der hohen Seherinnen, die unser Volk die heiligen Neun nennt – nicht die Leitung von Festen zu übernehmen, nicht Weissagungen bei der Geburt von Kindern zu machen oder die Häuptlinge im Krieg zu beraten, wie die meisten Menschen glauben. Sie sind da, um das beinahe verloren gegangene Wissen zu bewahren, das aus der Zeit des Friedens und der Wanderungen, in der alle an einem Tisch gegessen haben, überliefert ist. Wir leben nicht in einer Zeit, in der wir dieses Zeitalter zurückbringen können. Wir leben in einer Zeit der Finsternis, und die Finsternis wird sich noch weiter ausbreiten. Aber in jeder Generation brennt eine Fackel, nur eine«, erwiderte Auriane. Avenahar nickte, und ihre Mutter las weiter aus dem Buch vor. »Und dann verschwand die Erscheinung vor ihren Augen, wie der Mond vor dem Tag.«

»Wer war das?«

»Das hat mir Ramis nie gesagt. Aber vielleicht verrät die weiße Katze alles.«

»Doch nicht ... Freia selbst?«

Auriane gab darauf keine Antwort, denn Brico stand plötzlich in der Tür der Bibliothek und hielt sich am Türrahmen fest. Die glänzenden Haare fielen ihr ins Gesicht, die Augen waren vom Weinen gerötet. Auriane und Avenahar starrten sie an, als seien sie wie von einem Donnerschlag aus einem Zauberschlaf gerissen worden.

»Brico, es ist schon gut, mein Kind. Komm herein.« Brico trat unsicher näher. Stumme Angst sprach aus ihrem ganzen Wesen. Sie öffnete den Mund, um zu sprechen, doch dann verließ sie der Mut. Sie senkte den Blick und zupfte unruhig am Leinen ihrer Tunika.

»Was gibt es?«, fragte Auriane freundlich.

»Es tut mir Leid ... vergib mir ... aber du musst es wissen.« Sie schluckte. »Unser Herr Marcus Julianus ist von einem Attentäter überfallen worden. Der Mann hat seinen Wagen in Brand gesteckt!«

Achtes Kapitel

Auriane stand langsam auf.
»Lebt er noch?«
Brico drehte sich zur Wand, presste den Stoff der Tunika an die Augen und schüttelte heftig den Kopf.
Nein ...
Auriane befahl Avenahar, an ihrem Platz zu bleiben, schob den schweren Vorhang mit einer schnellen Bewegung beiseite und eilte hinaus. Ihre energischen Schritte hallten auf dem Marmorfußboden. Die übliche Sanftmut war verschwunden. Sie breitete die langen Schwingen eines Falken aus und überließ sich nur noch der Bereitschaft zum Kampf.
Unter dem Säulenvorbau des prächtigen Portals versammelten sich in tiefem Schweigen Diener und Sklaven. Allen stand das Entsetzen ins Gesicht geschrieben. Nur der Säugling auf den Armen einer Küchenmagd weinte laut und verzweifelt, als bekomme er nicht genug Luft.
Demaratos erschien an ihrer Seite und sagte mit belegter Stimme: »Wir werden uns darum kümmern, *Domina.*« Dieses eine Mal sprach er das Wort ohne jeden Unterton von Verachtung aus. »Wir werden ihn nach Hause überführen.«
»Nein, Demaratos. Ich werde mich darum kümmern. Lass mein Pferd bringen.«
»Aber die Menschenmenge! Sie hat sich in eine Herde wilder Tiere verwandelt.«
»Ich bin schon durch Schlimmeres geritten. Geh, schnell!«
Während Auriane wartete, überfiel sie das Leid wie eine hohe Flutwelle. Sie zitterte.

Noch nicht. Ich muss Mut beweisen oder ich stürze den ganzen Haushalt in Verzweiflung.
Lebendig verbrannt …
Nein, er ist ein zu großer Geist, um so leicht zugrunde zu gehen. Er würde sich einen Weg herauskämpfen, das hat er immer getan. Er hat zwei Tyrannen getrotzt und sie überlebt. Ein gedungener Mörder könnte sein Leben sicher nicht auslöschen. Sie irren sich alle.
Aber bei so vielen Zeugen, kann das nicht sein!
Der Gedanke quälte sie in kurzen Abständen wieder und wieder und war jedes Mal so schrecklich wie ein Schwerthieb. Sie konnte sich kaum noch aufrecht halten. Sie wollte zu Boden sinken und eins werden mit der stummen Erde.
Marcus, du und ich, wir sind ein Wesen. Du bist Mitschöpfer eines Reichs ohne König, geliebter Gefährte bei allem, was ich tu. Wir sind ein Wesen mit zwei Seelen, Zwillingskräfte, die in diesem Leben niemals getrennt werden dürfen. Meine Liebe ist ein ungezähmtes, unerbittliches Tier. Es gehört in die Wildnis, nicht in diese zivilisierte Welt.
Ich habe die Kräfte einer Seherin. Warum habe ich es nicht vorausgesehen?
Entsetzen und Leid schwanden plötzlich, und es stellte sich eine eigenartige, unerklärliche Gewissheit ein, dass irgendwie alles gut war.
Der Kummer hat mich um den Verstand gebracht.
Inzwischen hatten zwei der schlichteren Wagen aus dem Tross von Marcus den Weg nach Hause geschafft. Die Zweiergespanne kamen in schnellem Trab auf der breiten Auffahrt näher. Der Kies knirschte unter den Hufen der Pferde.
Zur gleichen Zeit kehrte Demaratos mit einem Stallburschen, der Aurianes Stute am Zügel führte, zurück. Auch die beiden Kinder kamen aus dem Haus. Alle Feindschaft war vergessen. Sie suchten beide Schutz und Trost in Aurianes Armen. Auriane bereute es jetzt bitter, Arria aus der Bibliothek geschickt zu haben, und drückte die Kleine fester an sich als Avenahar, damit Arria nicht fürchten musste, an einem Tag Mutter und Vater verloren zu haben.

Undeutlich nahm sie wahr, dass ihr Gast aus Rom, der alte Gelehrte Gaius Asinius Marcellinus, aus seinen Räumen gekommen war. Er stand ebenfalls neben ihr und redete auf sie ein.

»Meine liebe Aurinia«, sagte er, und die sanfte Besorgnis in seiner Stimme brachte sie dazu, sich ihm zuzuwenden. Dabei sah sie seine mit Tinte befleckten Hände, den glatten, haarlosen Kopf und die tief gefurchte Stirn und sah das alles doch nicht. »Ich werde unverzüglich ein Schreiben nach Rom senden und den notwendigen Schutz für dich verlangen. Du weißt, mein Sohn ist am Gericht und hat dort große Macht. Ich werde alles tun, was in meinen Kräften steht, damit das Erbe nicht beschlagnahmt wird.«

»Du bist überaus freundlich. Aber …« Sie schwieg und suchte nach den richtigen Worten, denn sie wollte ihn nicht beleidigen. Als sie schließlich sprach, war es, als mache sich eine fremde Gewissheit in ihr breit, als sei sie von einem größeren Geist als dem eigenen erfüllt. »Warte damit, Gaius Asinius. Es wird vielleicht nicht notwendig sein.«

»Ich versichere dir, es ist notwendig. Du befindest dich in einer überaus schwierigen Lage. Es ist bei jeder großen Hinterlassenschaft wahrscheinlich, dass falsche Erben auftauchen. Und da sich das Erbe von Marcus Julianus in den Händen einer Frau befindet, die nicht als Römerin geboren wurde, wird das mit Sicherheit geschehen.«

»Du hast Recht. Ich würde mich in einer überaus schwierigen Lage befinden, wenn Marcus wirklich tot wäre.«

»Aber … Aurinia … alle sagen es!« Er betrachtete sie beunruhigt und begann sich zu fragen, ob sie durch den plötzlichen Verlust den Verstand verloren habe. »Wie kannst du etwas anderes behaupten?«

Arria Juliana weinte lautlos und hörte nichts von all dem. Avenahar ließ ihre Mutter jedoch nicht aus den Augen.

Aurianes Aufmerksamkeit richtete sich plötzlich auf den zweiten Wagen. Er hätte dem ersten zu den Stallungen folgen sollen, doch der Kutscher blieb auf dem breiten Weg stehen, der zum Hauptgebäude führte. Ein Stallknecht rannte eine Weile hinter ihm her und schrie wütend: »Halt! Wohin fährst du, du Dummkopf? Dreh

um!« Der Kutscher beachtete ihn nicht. Auch Demaratos rief ihm zu anzuhalten und unterstrich seine Worte mit der herrischen Geste seiner Stellung. Der Kutscher lachte nur.
Alle verfolgten verwirrt das Geschehen. Auriane lief dem Wagen erst langsam und dann immer schneller entgegen, ohne genau zu wissen, was sie vorwärts trieb.
Er hat seine Feinde immer überlistet!
Der Kutscher brachte die Pferde vor ihr zum Stehen. Die mit schwarzen Vorhängen verhangene Tür des Wagens wurde geöffnet. Marcus stieg aus. Er war unverletzt und schien nur etwas ungeduldig zu sein. Wie üblich vertraute er einfach darauf, dass die Welt in Ordnung war.
Nach einem kurzen Augenblick der Verblüffung begannen die Diener und Sklaven zu jubeln und laut in die Hände zu klatschen, als sei dies das gute Ende eines Theaterstücks.
Auriane blieb stumm und regungslos stehen. Tränen liefen ihr über das Gesicht. Sie überließ sich glücklich seinem Anblick und staunte über das unergründliche Schicksal.
Große Freia, sei gepriesen. Es beunruhigt mich sehr zu wissen, wie wichtig er für mich geworden ist.
»Du alter Fuchs!«, stieß sie schließlich mit rauer Stimme hervor. Sie kam sich vor wie ein Opfertier, das im allerletzten Augenblick vor dem Messer des Priesters gerettet worden war.
»Bei den Göttern! Du wusstest es nicht!«, rief er leise, trat auf sie zu und umfasste mit dem Ausdruck von Mitleid und Entsetzen ihre Schultern. Ihm wurde jetzt erst klar, dass sich der Bote, den Victorinus mit der Nachricht von seinem Tod geschickt hatte, schneller einen Weg durch die aufgewühlte Menge gebahnt haben musste als sein eigener Bote mit der Wahrheit. »Das ist ja schrecklich!«
Lachend und weinend sank sie ihm in die Arme, und er fuhr ihr mit der Hand durch die Haare. »Du hast mich beinahe zu den Ahnen geschickt!«, murmelte sie noch immer zitternd. Allmählich kehrte das Leben in ihren Körper zurück, während sie wie ausgehungert seine Nähe in sich aufnahm. »Aber das ist nicht wichtig. Es ist alles gut gegangen! Gepriesen seien Sonne und Mond!«
Der Gedanke an die Zuschauer machte sie plötzlich befangen.

Auriane löste sich von ihm, und sie gingen zum Haus. Doch verborgen von den Falten ihrer Mäntel umklammerte ihre Hand die seine.
»Preise Sonne und Mond nicht zu sehr«, sagte er leise, »denn eine Tragödie hat sich schließlich doch ereignet. Und zwar für unseren lieben Dichter Peregrinus, der tausend Bände seiner neuesten Werke verloren hat.«
»Du hattest seine Gedichte in deinem Wagen?«
»Ja, sie sind verkohlt und zu Asche verbrannt.« Er zuckte mit den Schultern. »Ganz wie es sich seine Kritiker wünschen. Der arme Peregrinus. Ich werde sie ihm neu kopieren lassen müssen. Er wird nie einen anderen Gönner finden. Nur ich scheine fähig zu sein, seine gelegentlichen poetischen Glanzpunkte zu verstehen.«
»Dann wusstest du, dass es jemand auf dein Leben abgesehen hatte.«
Er gab darauf keine Antwort, doch sein Blick verriet ihr genug.
»Was hast du mir alles nicht gesagt?«, fragte sie leise, ohne den Kopf zu wenden.
»Ach, es ist vieles geschehen, und es gibt viele neue, dringende Angelegenheiten, über die ich deine Meinung hören möchte.«
»Du weichst meiner Frage aus!«
Er näherte sich freundlich nickend Gaius Marcellinus. Die anfängliche Freude und das Staunen des alten Mannes darüber, dass Julianus lebte, waren großer Neugier gewichen, und er sah Auriane fragend an. Irgendwie hatte die eigenartige fremde Frau gewusst, dass Julianus noch am Leben war.
»Wie geht es unserem lieben Gaius Asinius?«, fragte Julianus lächelnd, als sie an ihm vorbei waren. »Er sieht aus, als hätte er Verdauungsstörungen. Hat Avenahar die Scheune inzwischen abgebrannt?«
»Du bist entschlossen, mir nicht zu antworten.«
Er umfasste ihre Hand mit beiden Händen und sagte nur: »Warte, bis ich alle weggeschickt habe. Lass uns im Speisesaal miteinander reden … nein, komm in den Alkoven der Bibliothek, da sind wir ungestörter.«

* * *

»Mein größter Feind ist noch am Leben«, sagte Marcus Julianus, als sie schließlich allein in der Bibliothek waren. Er saß auf einem *Lectus* mit Elfenbeinfüßen, einem kleinen Bett mit einem geschnitzten Rahmen aus Terebinthenholz mit Schildpattintarsien, und hielt einen Silberbecher mit Wein in der Hand. Auriane ging mit gesenktem Kopf langsam hin und her. Sie hielt ihren Becher geistesabwesend in der Hand, während sie Marcus aufmerksam zuhörte. Diener hatten eine große ovale Platte mit kalten Speisen gebracht, die mit Wildblumen garniert worden waren: Hasenleberpastete in Form kleiner Fische und Grasmücken in Koriandersoße. Obwohl alles so hübsch angerichtet war, wurde Auriane beinahe übel, wenn sie nur hinsah.

»Aber … wir kennen alle deine lebenden Feinde«, erwiderte sie. »Livianus von der Prätorianergarde, dieser widerliche Lappius Blaesus und die Kriegstreiber, die unbedingt nach Dakien wollen. Es geht ihnen allen gut.«

»Ich spreche nicht von diesem zahnlosen Haufen. Man muss ein Tyrann sein, um wirkliche Feinde hervorzubringen. Zur Ehre unseres Herrn Trajan sei gesagt, dass die Leute heutzutage kaum wissen, was Feinde sind. Nein, ich meine einen Mann aus einer anderen Zeit.«

In ihrer Stimme lag Angst. »Einen der Anhänger von Domitian?«

»Ja, Casperius Aelianus, der alte fanatisch loyale Präfekt der Prätorianer unter Domitian.«

Auriane blieb so unvermittelt stehen, dass sie etwas von ihrem Wein verschüttete. Eine lange verschlossene, unterirdische Tür öffnete sich knarrend, und ein übel riechender Lufthauch drang daraus hervor. Sie spürte, dass in der Dunkelheit etwas Böses auf sie beide zukam. »Bei den Göttern der Unterwelt«, flüsterte sie, »der Mann, der die grausame Folter und die Hinrichtung der Verschwörer befohlen hat, die deine Befehle ausführten …«

Sie hatten lange geglaubt, es sei niemand mehr am Leben, um den Mord an Domitian zu rächen.

»Ja, dieser Aelianus. Aber genauer gesagt, ich meine seinen ebenso fanatischen Sohn gleichen Namens.«

Sie setzte sich langsam neben ihn. »Aber Marcus, das ist unmöglich, wenn er nicht zu einem Delphin geworden ist. Auch er ist tot. Er ist zusammen mit all den anderen vor langer Zeit ertrunken.«

Trajan hatte sofort nach seiner Thronbesteigung den Sohn des loyalen Präfekten der Prätorianergarde Casperius Aelianus zusammen mit hundert anderen der berüchtigtsten Spitzel Domitians, die jahrelang ihre Macht missbraucht und mit falschen Anschuldigungen das Leben vieler Menschen vorsätzlich zerstört hatten, öffentlich bestraft. Er befahl, sie zuerst wie gewöhnliche Verbrecher im Colosseum zur Schau zu stellen, damit die Familien der Opfer sie beschimpfen konnten. Dann, so erwartete man, werde der Kaiser sie den wilden Tieren vorwerfen. Aber Trajan erstaunte das Volk und bestrafte die Übeltäter auf eine neue Art. Er galt als ein schlichter und nüchterner Mensch. Doch danach sagten viele, der Kaiser habe bewiesen, dass seine Kunst nicht in Worten, sondern in seinen Taten liege. Trajan ließ die Verurteilten zum Tiber führen. Dort wurden sie in Ketten auf ein Schiff ohne Segel und Ruder gebracht, weit hinaus auf das Meer geschleppt und ihrem Schicksal überlassen. Der Kaiser übergab sie den Göttern von Wind und Wasser, ohne seine Hände mit ihrem Blut zu beflecken.

»Der junge Casperius Aelianus lebt, Auriane. Neptun hat diesen einen Mann nicht verschlungen. Vielleicht hat sich Casperius an den Trümmern des Schiffs festgeklammert und wurde ans Ufer gespült. Wer weiß? Ich glaube, er ist in Sizilien an Land gegangen, denn meine Spione haben erfahren, dass er dort den Verwalter eines großen Landsitzes an der Küste ermordet hat. Er bedrohte die Sklaven und bereicherte sich an dem Landgut, bevor der Eigentümer, der nicht dort lebte und nichts davon wusste, ihm die Polizei auf den Hals schicken konnte. Wir haben auch Beweise dafür, dass er später am Stammsitz seiner Familie in Apulien aufgetaucht ist, der versteigert werden sollte. Er entwendete jedoch nur Dinge, die ein Sohn an sich nehmen würde – persönliche Briefe seines Vaters, Familienbilder, einen Siegelring, Kaufverträge und so weiter. Er war offenbar viel zu klug, um den Reichtum seines Vaters zu beanspruchen. Danach ließ er sich unter einem falschen Namen im Norden, in der Nachbarprovinz Gallia Belgica, nieder und erwarb mit dem gestohlenen Geld in der Nähe von Augusta Treverorum ein neues Landgut. Inzwischen soll er wieder ein reicher Mann sein.« Marcus seufzte. »Er lebt, Auriane, der Mann, der glaubt, ich hätte seinen Gönner Domitian ermordet, seinen Vater erschlagen und ihn zu einem verhassten und geächteten Ausgestoßenen gemacht. Er lebt und hat nur noch das eine Ziel, mich für den Mord an seinem geliebten Herrn und Gott zu bestrafen!«

»Das alles weißt du schon seit einiger Zeit, Marcus. Bin ich ein Kind, dass du es vor mir verheimlicht hast?« Noch während Auriane das sagte, traf sie die Ironie ihrer eigenen Worte wie ein Peitschenhieb.

Wer bin ich, ihm Vorwürfe zu machen? Ich, die ich ihm nicht sagen kann, dass ich seit Jahren heimlich sein Geld über die Grenze gebracht habe?

»Unsinn!« Er stellte den Weinbecher neben die Speisen und zog sie liebevoll an sich. »Ich wollte nur, dass dein Leben hier davon nicht überschattet wird. Ich wollte sehen, wie du aufblühen würdest, wenn du die Zuflucht gefunden hättest, die du mehr als verdienst.«

»Es tut mir Leid.« Sie küsste ihn zärtlich. »Ich hätte das nicht sagen sollen. Du hast immer nur das Beste gewollt. Und wenn es dir nicht gelungen ist, dann wäre es niemandem gelungen.« Ihr lagen noch andere Worte auf den Lippen, die sie jedoch nicht aussprechen konnte.

Unserem Frieden hier war von Anfang keine Dauer beschieden. Ich habe die rauen Winde und Stürme in dein Leben gebracht.

Doch plötzlich sah sie Witgern vor sich, der im Schnee kauerte, während sie hier in der Wärme saß.

Bei der Gnade Freias, wie hätte ich anders handeln können?

Sie senkte den Blick. »Woher wusstest du, dass der Sohn des Aelianus bei deiner Rückkehr aus Mogontiacum zuschlagen würde?«

»Er hat ganz plötzlich das Landgut verkauft und ist aus dem Blickfeld meiner Informanten verschwunden. Wie du weißt, gibt es keinen besseren Zeitpunkt für ein Attentat, als wenn ein Mann auf Reisen ist.«

»Inzwischen weiß er, dass er keinen Erfolg hatte.« Sie sah ihn an.

»Marcus, er wird es wieder versuchen.«
»Zumindest hat er seine Karten aufgedeckt. Wir werden uns von jetzt an mit größerer Vorsicht bewegen müssen und vor allem immer unter Bewachung.«
»Immer unter Bewachung? Du meinst, auch wenn Avenahar und ich auf die Jagd gehen … oder in die Stadt?«
»Ich fürchte ja, Auriane. Ich glaube, er wird nicht aufgeben. In ihm verbindet sich die Entschlossenheit eines Wahnsinnigen mit dem Geschick und der Ausdauer eines Wettkämpfers. Und er geht mit seinem Leben beunruhigend sorglos um. Schlimmer noch: Weil er seinen Hass lange Jahre genährt hat, ist es wahrscheinlich, dass er dich ebenso vernichten will wie mich.«
Er dachte einen Augenblick nach und fügte dann hinzu: »Aus diesem Grund werde ich der kaiserlichen Aufforderung, nach Dakien zu gehen, nicht Folge leisten. Ich kann dich in dieser Lage schlecht hier allein lassen.«
Seine Worte alarmierten Auriane, und sie wurde plötzlich ganz still. »Marcus … kann man sich einer solchen Bitte des Kaisers verweigern? Ist sie trotz der freundlichen Sprache in Wahrheit nicht ein Befehl, dem man gehorchen muss?«
»Du hast Recht. Mit einer Weigerung werde ich mich bei dem Herrscher der bekannten Welt bestimmt nicht gerade beliebt machen, aber ich fürchte, es muss sein.«
»Und wir sind hierher gekommen, um fern der Schrecken von Tyrannen und Kriegen ein einfaches Leben ohne Zwänge zu führen und glückliche Kinder großzuziehen.«
»Es ist Wahnsinn, ich weiß, aber … das Leben ist kein Bild an der Wand. Es ist eher ein schnell fließender Strom von Wolken, die unablässig ihre Gestalt verändern. Vielleicht habe ich den Keim für meinen Untergang in Rom gelegt. ›Attentat‹ klingt so viel sauberer und eindrucksvoller als ›Mord‹. Ich habe den Tod eines Mannes geplant. Und schlimmer noch, andere sind dafür bestraft worden, nicht ich … und zwar schrecklich bestraft worden. Vielleicht hat Nemesis mich erst jetzt, nach acht Jahren gefunden, um Vergeltung zu üben.«
»Den Tod eines Mannes geplant?« Sie schüttelte heftig den Kopf.

»Marcus, jeder vernünftige Mensch würde sagen: Du hast einen Mörder seiner gerechten Strafe zugeführt! Einen Mörder vieler Menschen! Nemesis hat durch *dich* ihr Werk vollbracht. Sie würde die Ihren niemals erschlagen! Deine Reue ist ein Dämon, der sich über die Jahre an deinem gütigen Wesen gemästet hat. Ich will nichts davon hören!«

Er lachte leise. »Ich glaube, dein Mangel an Nachsicht mit meiner Reue hat verhindert, dass ich wahnsinnig geworden bin!«

Er nahm ihr Gesicht in beide Hände, und die Welt um sie herum versank. »Wie hätte ich mich in all den Jahren entwickeln können ohne die stille Flamme in deinen Augen, die so wohltuend brennt und mich zur Wahrheit zurückführt?«

Irgendwo im Garten, vor dem milden Lichtschimmer des Glasfensters, spielte ein Stallbursche eine Hirtenflöte. Die Musik klang nach einem friedvollen Leben im Schutz von etwas Erhabenem, dessen Ruhe sich sanft über sie legte. Auriane hatte das Gefühl, sich mit den melancholischen, absteigenden Tönen zu bewegen, als sie in großer innerer Erschöpfung an seine Brust sank. Ihr Kopf lag unter seinem Kinn. Sie wollte das warme Nest seiner Liebe nie mehr verlassen. Ganz natürlich und ganz bewusst begann er, ihren Nakken zu küssen. Jede Berührung seiner Lippen drang tiefer in sie ein, bis sie das Gefühl hatte, ihr Körper schmelze dahin und sie sei nur noch heißes, leidenschaftliches Verlangen. Als sie die Augen langsam schloss, öffnete sich wie selbstverständlich jeder Teil von ihr. Es war ihr kaum bewusst, was sie tat, als sie begann, an seinen Kleidern zu ziehen, und ihn mehr und mehr darin verwickelte, während sie versuchte, ihn daraus zu befreien. Irgendwie gelang es ihm, den schweren Vorhang zu schließen, der den Alkoven von der Bibliothek trennte. Immer noch im Rhythmus mit der traurigen Flöte und mit Tränen in den Augen löste sie die Nadeln ihrer Tunika und ließ den dünnen Stoff auf ihre Hüften fallen. Nun war sie halb nackt wie eine Venus aus blassem Luna-Marmor. Das entfesselte, willkommene Verlangen gab ihr das Gefühl, als gäbe es kein Leben und keinen Tod, sondern nur seine Schönheit. Sie sanken auf das Bett. Selbst jetzt noch hatte es einen Anflug des Unerlaubten, wenn sie beisammenlagen und sich ihre nackten Körper berührten, so als seien sie beide mit anderen verheiratet und träfen sich in einer dunklen Kolonnade. Vielleicht, so hatte sie oft gedacht, kam das daher, dass die ganze Welt, von der römischen Aristokratie bis zu ihren Nachbarn, den Bauern, es missbilligte, dass sie einen so hohen Stellenwert in seinem Leben einnahm – sie, ein Emporkömmling, eine Fremde, die ihn so sehr in Anspruch nahm. Bei all der unterwürfigen Missbilligung und der Feindseligkeit der Nachbarn kam es ihr immer so vor, als müsse sie erst einen reißenden Fluss durchschwimmen, um zu Marcus zu gelangen.

* * *

Am nächsten Tag kam um die fünfte Morgenstunde ein Postreiter zur Villa von Marcus Julianus. Das Fest der Flora war zu Ende, und die Händler, Bauern und Magistrate gingen wieder ihrer Arbeit nach.

Nach alter Gewohnheit übergab Demaratos die Post des Tages Auriane.

Die letzte der ordentlich gefalteten und verschnürten Wachstafeln stürzte sie in eisige Finsternis. Das Wachssiegel auf der geknoteten Schnur trug den Abdruck des Siegelrings von Volusius Victorinus.

Sie achtete nicht auf das Hämmern des Bluts an ihren Schläfen, brach das Siegel und klappte die dreiteilige Tafel auf.

Es war eine Vorladung. Sie sollte am Mittag des nächsten Tages im Gericht des Victorinus in Confluentes erscheinen.

Lurio. Er muss zum Magistrat gegangen sein und ihm die Geschichte erzählt haben. Wieso würde Victorinus mich sonst vorladen?

Sie musste dorthin gehen und sich einen Weg ausdenken, ihn zum Schweigen zu verpflichten. Das bedeutete, sie musste Marcus einen falschen Grund für den Gang in die Stadt nennen.

Ich verstricke mich immer mehr in meinem eigenen Netz. Und jetzt habe ich durch meine Befreiungsversuche eine Giftspinne auf mich aufmerksam gemacht.

* * *

Als sich die Familie an diesem Abend im kleinen *Triclinum* zu einem schlichten Mahl versammelte, spürte Auriane eine Ruhe im Raum, die der Ruhe eines Raubtieres vor dem Sprung glich. Die vier lagen auf einem Polsterbett, das für drei Personen gedacht war. Arria hatte sich zwischen ihre Eltern gedrängt, und Auriane ließ das seit dem Überfall auf Marcus zu. Auriane hörte nur mit halbem Ohr zu, wie Arria sich entschlossen um ihren Vater bemühte. Sie bestürmte ihn mit Fragen nach den mächtigen Männern in Rom, die für sie ferne, irdische Götter waren, und Marcus antwortete mit belustigtem Vergnügen. Avenahar lag zu Aurianes Linken und hing kühnen Tagträumen nach, die einen düsteren Hintergrund hatten. Sie schwieg während des Essens, bis sie hörte, wie Arria ihren Vater fragte, welcher der Männer in Trajans Umgebung der vertrauteste Freund des Kaisers war.
Avenahar murmelte zwischen zwei Bissen: »Wer immer es ist, Arria will es nur wissen, damit sie seinen Sohn heiraten kann.«
»Avenahar, mit diesen Sticheleien tust du dir keinen Gefallen, und uns auch nicht«, sagte Marcus ruhig und sah Auriane fragend an. Doch Auriane dachte gerade darüber nach, welche Bestechungssumme sie dem widerlichen Magistrat anbieten könne, wenn man bedachte, dass ihm zwei Millionen winkten, wenn er sie verriet. Deshalb erwiderte sie den Blick von Marcus einen Herzschlag zu spät. Er runzelte die Stirn und wunderte sich über ihr Schweigen.
Arria stellte unbeeindruckt noch mehr Fragen. »Im Palast gibt es einen Mann, der Dion heißt. Der Kaiser lässt sich jeden Tag beim Abendessen aus seinen Schriften vorlesen. Wirst du mich etwas von dem lehren, was er sagt?«
»Er heißt Dion Chrysostomus und kommt aus Prusa, aber für sein Werk bist du noch viel zu jung. Dein Verstand ist noch nicht genügend geformt. Vielleicht in ein paar Jahren …, wenn du dann immer noch etwas von ihm lesen willst.«
»Du magst ihn nicht, Vater. Warum nicht?«
»Ist Gleichgültigkeit dasselbe wie Ablehnung? Er ist ein Chamäleon. Ich bin vor jemandem auf der Hut, der sich so geschickt verdaulich machen kann. Er ist Sophist, wenn das gerade Mode ist,

und er billigt lautstark die Vertreibung aller Philosophen aus Rom, wenn *das* Mode ist. Und er tut diese Dinge, wenn er nicht gerade Bücher schreibt, in denen er Trajan mit Herkules oder Zeus vergleicht. Der Kaiser hört diesem hochtrabenden Unsinn zu, denn irgendwann hat ihm irgendwo jemand, dem er vertraut, gesagt, das sei wichtig. Aber es heißt, Trajan schläft ein, während Dion spricht. Der Mann hat viel Gutes an sich, aber von ihm kommt wenig wahre Philosophie. Er ist nur die lauteste Stimme im Chor der Schmeichler.«

»Aber alle sagen, er ist der größte Phil... Lehrer unserer Zeit.« Arria verbesserte sich sofort und fügte ernst hinzu: »Außer dir natürlich ...«

Avenahar verdrehte die Augen, um zu zeigen, dass ihre Geduld über das normale menschliche Maß hinaus strapaziert wurde.

»Das ist schon in Ordnung«, erwiderte Marcus lächelnd. »Ich gehöre nicht in diese Zeit.«

Avenahar wählte diesen Augenblick, um sich den Becher mit unverdünntem Wein zu füllen, und es gelang ihr irgendwie unbemerkt, das meiste davon zu trinken. »Aber er hat das Ohr des Kaisers, selbst wenn er schläft«, murmelte Avenahar. »Und das ist für Arria am wichtigsten. Was macht es schon, wenn er so fade ist wie Hafergrütze, solange man bei jedem Gastmahl, das zählt, über ihn spricht?«

»Avenahar!«, riefen beide Eltern gleichzeitig.

»Und für wen interessierst du dich?« Arria hatte den Streit in der Bibliothek nicht vergessen. »Für alte Weiber, die aus Wolfsgedärm die Zukunft vorhersagen!«

Avenahar ließ einen Vorlegelöffel laut klappernd auf den Tisch fallen und würdigte ihre kleine Schwester zum ersten Mal eines Blicks. »Du dummes Ding! *Ramis* hat Trajans Herrschaft schon zu einer Zeit vorausgesagt, als niemand es für möglich hielt. Und kein Mensch ist jemals eingeschlafen, wenn sie spricht.«

»Seid still ... beide!«, sagte Marcus eher besorgt als wütend. Er wandte sich zuerst an Avenahar: »Lernen heißt eine kleine Flamme zu entfachen. Man darf deshalb nicht das verurteilen, was sie nährt. Arrias Neugier ist lobenswert, ganz gleich, was du von der

Richtung hältst, in die sie geht. Deine Bemerkung war unnötig und gemein.«
Avenahar schmollte über die Zurechtweisung. Aber Marcus wollte das Gleichgewicht zwischen seinen Töchtern nicht allzu sehr stören und ermahnte auch Arria. »Mach dich nicht mehr über deine Schwester lustig. Avenahar verdient große Anerkennung für das, was ihr am Herzen liegt. Die weisen Frauen der Chatten geben ihrem Volk Hoffnung, und sie besitzen eine große Geistesstärke. So, ihr beiden, ihr werdet euch jetzt gegenseitig um Verzeihung bitten!«
Auriane warf Marcus einen schnellen Blick zu, der bedeutete: Das hast du gut gemacht! Einen Augenblick lang war die Vorladung vergessen. Sie empfand eine tiefe Liebe für ihn, weil ihm seine Töchter so sehr am Herzen lagen. Sie wusste, dass bei seinem Volk viele Väter nur dann Interesse zeigten, wenn alle Welt die Schönheit oder die Sittsamkeit ihrer Töchter oder ihr Geschick am Webstuhl pries. Marcus dagegen lobte seine Töchter aus vielen Gründen und ermutigte sie, alles über die Welt zu lernen, nicht nur kleine, verkümmerte Abschnitte. Sie hatte einmal gehört, wie er einen zu Besuch weilenden Philosophen zurechtwies, der es gewagt hatte, die umfassende Erziehung zu kritisieren, die Marcus seinen Töchtern zuteil werden ließ. Marcus hatte zu ihm gesagt: »Der Geist ist unsterblich, und für ihn gibt es keine Grenzen, wie die Sitten der Menschen sie willkürlich dem sterblichen Körper aufzwingen, der ihn beherbergt.«
Auriane stellte fest, dass der Weinkrug leer und das Wasser zum Mischen unberührt war.
»Avenahar, du bist wirklich sehr ungezogen!« Sie stellte den Krug außerhalb von Avenahars Reichweite. »Du übertreibst alles, sei es Streiten, Jagen, Trinken oder Hassen. Das eine kann ich dir sagen, die Einweihung allein wird dich noch nicht zu einer Frau machen. Wann wirst du endlich beweisen, dass du den Verstand einer Frau besitzt!« Sie rief Brico und ließ Avenahar auf ihr Zimmer bringen.
Nachdem ihre Schwester gegangen war, sonnte sich Arria einen Augenblick in dem Gefühl, wieder in Gnaden aufgenommen zu

sein. Die Welt war für sie wieder im Gleichgewicht. Doch dann schien sie den Vorfall im nächsten Augenblick bereits vergessen zu haben, denn sie sprang von der Liege, um ihr Hündchen zu suchen. Die Eltern waren allein.

Marcus griff nach Aurianes Hand, und ihre Finger schlangen sich umeinander. Auriane hob seine Hand und drückte sie stumm an die Lippen.

»Es wird schon alles gut«, sagte er sanft. »So sind Kinder nun einmal. Sie wachsen, indem sie sich streiten. Aber sie lieben auch, und sie werden geliebt.«

»Ich finde, du musst wegen des jungen Fanatikers, der Domitian abgöttisch verehrt, den Kaiser um Schutz bitten.«

»Ich werde Trajan damit nicht belasten. Verglichen mit dem bevorstehenden Krieg, ist das eine banale Angelegenheit.«

»Marcus, du gehörst nicht zum Chor der Schmeichler. Du bist auch kein Chamäleon …«

Und du weißt nicht, wie schrecklich ich dir geschadet habe.

»Du sprichst dich beinahe als Einziger gegen diesen Krieg aus. Das gefällt mir nicht. Was wird der Kaiser von dir denken, wenn gerade du es ablehnst, an diesem Feldzug teilzunehmen? Ich werde das Gefühl nicht los, dass das schlimme Folgen haben wird.«

Marcus beruhigte sie, doch dabei musste er an das geheimnisvolle Guckloch im Kastell denken – und an all die Anlässe, bei denen er sich schon bei Hof geschadet hatte, ohne dass Auriane etwas davon wusste. Seine Worte klangen ihm selbst irgendwie hohl in den Ohren. Er machte sich in der Tat größere Sorgen, als er es zu zeigen wagte.

Neuntes Kapitel

Im Innern des Gerichtsgebäudes von Confluentes war es um die Mittagszeit düster. Auriane kam sich klein und unbedeutend vor, als sie in das ehrwürdige Halbdunkel trat. Die mächtigen strengen Frauenstatuen, die den Eingang flankierten, stellten Roma und Justitia dar. Ihre wallenden Marmorgewänder waren für alle Zeiten in der Bewegung erstarrt. Die dicken Steinwände der prächtigen Basilica verhinderten, dass der Lärm des geschäftigen Treibens auf dem Forum ins Innere drang. Aurianes dumpf hallende Schritte klangen hohl und einsam, als habe sie eine steinerne Grabkammer betreten. Der Fußboden, ein schwarzweißes Mosaik mit Weinreben, wirkte fahl und reglos.

Als Auriane das Mittelschiff erreichte, griff sie sich aus alter Gewohnheit an den Hals, um das Amulett von Ramis zu berühren. Doch ihre Hand schloss sich um Leere, und sie bedauerte einen Augenblick, dass sie es Avenahar gegeben hatte. Durch die Öffnungen des Fenstergeschosses hoch oben fiel fahles, herbstliches Licht. Darunter zog sich ein Schmuckband mit grünen Voluten in Flachrelief auf goldenem Hintergrund, das auf den anderen Wänden weiterlief. Die Reihen dicker, wuchtiger Säulen aus rotem Porphyr, zwischen denen sie hindurchging, wirkten wie glatte und stumme Bäume, die unerbittlich Wache standen.

Die Basilica übte eine starke Wirkung auf die Sinne aus, doch Auriane vergaß keinen Augenblick, dass dieses Bauwerk nicht lebte. Ein Haus für Menschen bestand aus Materialien, die einmal lebendig gewesen waren – Weidenzweige, Gras, Eichenholz. Der Wind konnte hindurchstreichen und es mit seinem Atem erfüllen. Die Basilica dagegen war ein hermetisch abgeschlossener Tempel.

Vor dem Richterstuhl des Volusius Victorinus blieb Auriane stehen. Ihre Füße versanken in einem Teppich aus meergrüner Wolle, der so weich war wie Moos.
Wie alle Gerichtsgebäude in den Provinzen sollte auch diese Basilica etwas von dem Ernst und der Beständigkeit des römischen Gesetzes vermitteln. Doch der Vertreter des Gesetzes wirkte dem völlig entgegengesetzt. Der unförmige Victorinus hockte schlaff und mit herabhängender Unterlippe auf seinem Amtsstuhl. Er erinnerte Auriane unwillkürlich an eine bauchige Amphore mit Henkelohren als Griffen. Victorinus hatte ihren langen Weg durch das Hauptschiff mit stoischer Geduld verfolgt. Seine Augen waren kalt und bösartig wie die eines gefräßigen Ungeheuers. Ihre Augen stellten sich allmählich auf das immer währende Halbdunkel ein, und sie bemerkte fettige Flecken auf seiner Toga. Victorinus an diesem Ort strenger Schönheit zu begegnen war irgendwie so, als fände man auf einem sauber geschriebenen Text einen Suppenfleck.
Er wahrte eisige Distanz. Nichts in seinen Augen erinnerte an die früheren Beteuerungen seiner Freundschaft.
Auriane stand vor der Estrade und fand es seltsam, dass niemand von den am Gericht beschäftigten Leuten zu sehen war, nicht einmal der umgängliche Trottel Cobnertus. Hinter Victorinus wartete kein einziger Sklave, der das Gespräch hätte protokollieren können. Was immer der Magistrat plante, er wollte keine Zeugen.
Die Giftspinne ist allein und wartet auf die Fliege.
»Ich bin hier, Victorinus. Allerdings weiß ich nicht, warum.«
»Ach, Königin Aurinia hat geruht, ihren ländlichen Thron zu verlassen, um unsere kleine Stadt mit ihrer Anwesenheit zu erfreuen. Ich hoffe, es geht dir gut.«
»Es fällt mir schwer, dir das zu glauben. Ich habe nicht vergessen, dass du mich bei unserem letzten Zusammentreffen eine Hexe genannt hast«, erwiderte sie trocken.
Er verzog verdrießlich das Gesicht. »Es ist sehr ärgerlich, wenn einem die eigenen Worte vorgehalten werden. Das ist so, als ob ein übereifriger Rechnungsführer jede Ausgabe des vergangenen Jahres aufzählt. Und wo ist Avenahar? Ich habe sie ebenfalls er-

wartet. Ich wollte ihr zu ihrem Geburtstag ein Geschenk machen.«
»Was willst du, Victorinus?«
»Ihr das Geschenk persönlich übergeben. Es ist etwas, das nicht von einem Boten überbracht werden kann. Ich war gezwungen, dich hierher zu bitten, da du offenbar nie bereit bist, mir deine Gastfreundschaft zu gewähren. Da finden sich regelmäßig alle diese bedeutenden Gäste bei Julianus zum Mahl ein, und *dieser* eine Gast fehlt auffälligerweise immer. Das ist keine Art, sich mit dem Vertreter des Gesetzes gut zu stellen, Aurinia. Aber ich versichere dir, du wirst mich bald auf deiner Seite wünschen.«
Die Angst, die sie empfand, war körperlich und bitter. Irgendwo im Innern fühlte sie sich wie eine unglückselige Kreatur, die auf einem steilen Pfad Halt suchte und jeden Augenblick in den Abgrund stürzen konnte. Aber durch ihre lange Erfahrung im Zweikampf besaß ihr Blick die Stärke einer eisernen Faust, mit der sie Victorinus festhielt.
»Ich lasse mich nicht von dir wie ein Spielball einer Katze hin und her werfen, Victorinus. Setze mich schriftlich davon in Kenntnis, was du willst, wenn du es endlich für angebracht hältst, zur Sache zu kommen.«
Sie drehte sich entschlossen um und ging mit großen Schritten durch den Mittelgang der Basilica davon. Ihr himmelblauer Mantel blähte sich, und ihre Schritte hallten laut auf dem Stein.
Victorinus musste einsehen, dass seine Hoffnung, das Gerichtsgebäude werde sie einschüchtern, vergeblich gewesen war.
»Du hast Avenahars Geschenk vergessen!«, rief er ihr nach.
Auriane verlangsamte ihre Schritte. Die Spannung kroch in jeden einzelnen ihrer Muskeln.
»Ich will deiner Tochter …«, er machte eine Pause, um ihre Qual zu genießen, »… die Sicherheit schenken, dass sie auch in Zukunft noch eine Mutter haben wird. Aber du musst mir schon entgegenkommen und keine weiteren Schwierigkeiten machen.«
Sie drehte sich wütend um. Ihre Augen funkelten. »Du Schlange! Erkläre mir, was du damit meinst.«
»Sagen wir …«, er spielte scheinbar mit den Worten, »mir ist ein

Fisch ins Netz geschwommen, der eine bemerkenswerte Geschichte zu erzählen hat. Ein Fisch namens Lurio.«

Der Name blitzte gespenstisch und erschreckend aus dem Dunkel ihrer Albträume auf.

Die Schicksalsgöttinnen haben sich schließlich doch gegen mich verschworen.

Auriane spürte, wie sie unvermittelt die Haltung einer Kämpferin einnahm.

»Welche Erklärung hast du dafür, dass du am Abend der dritten Nacht nach den Kalenden des Aprilus die vielen Silbermünzen von Julianus nahe des elften Meilensteins hinter einem den Müttern geweihten Stein vergraben hast?«

»Du schmeichelst dir grundlos, Magistrat«, sagte sie leise, »wenn du glaubst, ich würde meine Angelegenheiten mit dir erörtern.«

»Vielleicht wird sich deine Überheblichkeit etwas mäßigen, wenn ich dir sage, dass wir mehr als Lurios Beschreibung von dir haben. Obwohl ich mir sicher bin, dass in einem so schwer wiegenden Fall die imperiale Forderung nach drei frei geborenen Zeugen außer Kraft gesetzt werden würde. Meine weiteren Nachforschungen haben zu höchst interessanten Ergebnissen geführt. Auf der Erde vor dem Schrein der Mütter hat man ein Minerva-Medaillon gefunden. Es wurde von einem Geschirr abgerissen, wie nur die Pferde von Julianus es tragen. Das beweist, dass jemand von eurem Gut an dieser Stelle war und dass es dort eindeutig zu einer Art Kampf gekommen ist, wie dieser Lurio behauptet …«

»Kein kluger Richter würde ein Medaillon als *Beweis* ansehen.«

»Ah, du kennst mich schlecht! Bei einem Festmahl spare ich mir das beste Gericht immer bis zuletzt auf. Ich habe vier meiner Wachen dort postiert, um zu sehen, wer kommen und die Münzen holen würde. Aurinia, und stell dir vor, ich habe einen gewissen Grimo festgenommen. Er ist Ruderer auf der *Isis*, einem Weinschiff, das aus Rigodulum stammt. Unter der Folter hat er deinen Namen preisgegeben. Deine Zeit als Hochverräterin ist zu Ende.«

Ein Abgrund tat sich unter ihr auf und verschlang sie.

»Dieser Grimo war ein Feigling«, fuhr Victorinus abfällig fort. »Er war schwach und ist unter der Folter gestorben. Aber erst, nachdem er genug geplaudert hatte, um dich zugrunde zu richten.«

Auriane durchschaute seine Absicht. Er wollte sie so weit bringen, dass sie Mitleid und Abscheu zeigte und damit ihre Verbindung zu Grimo verriet. Sie blickte ihn scheinbar ungerührt an. Doch vor ihrem inneren Auge zeichnete sie die Rune für Wiedergeburt. Mehr konnte sie im Augenblick für den armen Grimo nicht tun.

Freia, schenke ihm im Tod Geborgenheit. Er hatte nur ein Ruder in der Hand und keinen Speer, doch in diesem nicht enden wollenden Kampf ist er als ein tapferer Krieger gestorben. Nimm ihn in den strahlenden Himmel auf.

»Also gut, Victorinus, wenn du tatsächlich alles hast, was du brauchst, weshalb hast du mich dann überhaupt gerufen? Übergib mich dem kaiserlichen Rat und hol dir deine zwei Millionen Sesterzen für mein Blut ab.«

Während sie sprach, überschlugen sich ihre Gedanken. Sie musste unverzüglich Axcillius, dem Händler in Mogontiacum, dem Grimo das Geld stets übergab, eine Nachricht zukommen lassen, für den Fall, dass Grimo auch seinen Namen genannt hatte.

»Du hast Mut«, erwiderte Victorinus, »das muss ich dir lassen, selbst wenn dir alle Reize fehlen, die man an Frauen schätzt. Aber hör nur weiter zu. Ich bin noch nicht fertig. Dieser Brief hier«, er hob eine Pergamentrolle hoch, »enthält eine Zusammenstellung meiner Beweise. Ich kann ihn so schnell wie möglich nach Rom befördern lassen, und die Ratgeber unseres Herrn und Kaisers Trajan werden ihn staunend lesen – und mir dankbar sein.«

Er bedeutete ihr mit einer Handbewegung, näher zu treten, doch sie blieb stehen. »Aber weißt du, das muss nicht sein.« Während der letzten Worte hatte sich seine Stimme kaum wahrnehmbar verändert. Sie klang jetzt durchtrieben und beinahe verschämt. Auriane witterte einen üblen Gestank, eine neue Art Gefahr.

»Denn vergiss nicht, Aurinia, ich bin ein sehr reicher Mann … vielleicht sind diese zwei Millionen Sesterzen für mich nicht mehr als eine Perlenkette um den Hals einer Kaiserin … nehmen wir an, es gibt etwas anderes, das ich mir noch mehr wünsche …« Er beugte sich lauernd vor. »Ich bin selbst jetzt noch bereit, diesen

Brief dem Feuer zu übergeben«, sagte er, streckte den Arm aus und hielt den gerollten Papyrus hoch über die fünf kleinen Flammen einer Tonlampe, »wenn du dieses Dokument unterschreibst, mit dem du deine zweitgeborene Tochter Arria Juliana meinem Sohn Lucius zur Ehe versprichst.«

»Hast du keinen Funken Ehrgefühl mehr und jede Erinnerung daran verloren? Ich hätte nicht geglaubt, dass deine Schamlosigkeit mich noch immer überraschen könnte.«

»Gib sie uns, Aurinia.« Er bemühte sich, die belustigte Zufriedenheit des Siegers in sein Lächeln zu legen, doch seine Augen verrieten ihn. Sie hatten einen flehentlichen Ausdruck. In ihnen brannte das Feuer eines Mannes, für den sich auf der Welt alles nur um eine einzige Sache dreht. Mit dem Zeigefinger liebkoste er den Rand des Dokuments, als sei es der Körper einer Frau, die sein Blut in Wallung brachte. Auriane sah es und spürte Übelkeit in sich aufsteigen. »Dann wird dein schreckliches Verbrechen vielleicht unser Geheimnis bleiben.«

»Hast du keine Angst vor Nemesis? Das wäre keine echte Heirat! Du möchtest, dass ich mein Kind wie eine Geisel für meine Freiheit eintausche. Rom mag sich auf Frauen gründen, die ins Brautbett gezwungen wurden, aber meine Tochter Arria ist keine Sabinerin, die nach einem Jahr den Mann lieben wird, der sie geraubt und ins Ehebett gezerrt hat. Selbst wenn ich zustimmen würde, Victorinus, glaubst du, Marcus Julianus würde das ebenfalls tun? Kannst du dir vorstellen, dass er sein einziges leibliches Kind einem Mann überlassen würde, der eine Braut für seinen missratenen Sohn erpressen muss, weil er auf anderem Weg keine bekommt?«

»Julianus? Ach, ich denke, mit deiner Hexenzunge könntest du ihn dazu bringen, dass er allem zustimmt, was du von ihm haben möchtest. Gib uns Arria!«

Sie machte einen Schritt auf ihn zu. »Wenn deine Beweise gegen mich so hieb- und stichfest sind, Victorinus, wieso willst du den Fall dann auf sich beruhen lassen? Es fällt mir schwer zu glauben, du würdest zwei Millionen Sesterzen in den Wind schlagen und auf den Ruhm verzichten, den dir die Entlarvung der Schuldigen einbrächte. Wieso willst du deine Herren betrügen und ihnen eine so wertvolle Verbrecherin wie mich vorenthalten?«

Darauf erwiderte er nichts, doch über seine Augen schien sich ein Schatten zu senken.

»Liegt es vielleicht daran, dass die Beweise doch nicht so hieb- und stichfest sind?«, fragte sie spöttisch. »Heraus mit der Wahrheit, Victorinus! Vielleicht hast du diesen Grimo gefasst, aber er ist bedauerlicherweise gestorben, ohne meinen Namen genannt zu haben. Oder rechnest du dir aus, wie wenig Gewicht der Palast einem Fall beimessen wird, den ein Wurm wie du vorbringt?«

»Spiele mit deinen Zweifeln, Aurinia, sie sind alles, was du hast. Ich versichere dir, Grimo hat deinen Namen genannt!«

»Das glaube ich nicht.«

»Das ist unwichtig. In weniger als zwei Monaten wird der Kaiser diesen interessanten Brief in der Hand halten. Ich vermute, bei deiner niedrigen Herkunft wird man dir nicht erlauben, die Art deines Todes selbst zu wählen. Außerdem ist da noch die Sache, wem die Silbermünzen gehört haben. Der arme Julianus … ich wette, er wird es sich in Zukunft zweimal überlegen, bevor er noch mehr Barbarenschlampen aus dem Krieg mit nach Hause bringt. Ich weiß nicht, ob du auch *ihn* getäuscht hast. Aber ich versichere dir, an offizieller Stelle wird niemand glauben, dass Marcus Julianus nichts davon wusste.«

»Victorinus, du bist treulos gegen alle, selbst gegen die Männer, denen du angeblich dienst. Du hast nichts in der Hand, um verhandeln zu können, denn Verhandeln kann nur ein Mann mit einem gewissen Ehrgefühl.«

Sie drehte sich wieder um und ging mit schnellen Schritten davon.

Er erhob sich halb von seinem Sitz, als ihm klar wurde, dass er genau das verlieren würde, was er unter allen Umständen haben wollte. »Du wagst es?! Ich werde es dir zeigen!« Seine Stimme klang leicht verzerrt, als singe er durch ein Schilfrohr. »Und bevor ich dich der höheren Justiz übergebe, werde ich dir die Kleider vom Leib reißen und dich vor den Augen der ganzen Stadt auspeitschen lassen!«

Sie blieb unvermittelt stehen und drehte sich nach ihm um.

»Du willst sie für *dich*«, sagte Auriane tonlos. Es war eine Vermutung, die ihr plötzlich wahr erschien. »Du willst sie gar nicht für deinen Sohn. Die Hochzeit wäre nur ein Mittel, um sie in *deiner* Nähe zu haben.«

»Du irrst dich. Ich will sie für meinen Sohn ...« Aber sein unsicherer Blick bestätigte ihre Vermutung. Sie hatte das Gefühl, eine Natter zu überraschen, als sie in seine Augen blickte – etwas Kleines, Dunkles suchte eilig Schutz vor ihrem wissenden Blick.

Kinderschänder!

Bei den Chatten galt es als Schande, ja sogar als unmännlich, mit einer Frau zu schlafen, die noch nicht zwanzig war. Aber Auriane wusste, die Römer betrachteten es nur als ein kleines Laster, wenn sich jemand ein halb so altes Mädchen ins Bett nahm.

Meine Arria ... meine zarte, noch nicht geöffnete Blüte ... abgerissen und vernichtet ...

Mein Verrat an Marcus hat meine Kinder einem Ungeheuer preisgegeben.

Er wird sie nicht bekommen!

»Ich lasse dir keine andere Wahl, Aurinia«, sagte Victorinus leise. »Gib sie mir!«

In ihrer Heimat hatte Auriane rituelle Verfluchungen erlebt. Sie würde ihm eine überzeugend vorspielen. Aus einem Lederbeutel an ihrem Gürtel nahm sie eine Prise zerstoßenen Rautensamen, ein Pulver, das sie bei den täglichen Segensritualen verwendete. Mit weit ausholender Geste warf sie es hoch in die Luft, als sei es das Pulver der Seherinnen, das ihren Flüchen Wirkung verlieh.

»Abscheuliche Circe ... was tust du da?«

Das grünlichbraune Pulver fiel nach unten, und Auriane begann auf Chattisch schnell einen Fluch zu sprechen. »Mögen dein Blut und deine Augen verflucht sein ... möge jedes deiner Gliedmaßen verkrümmt werden ...«

»Was ist das für ein barbarischer Singsang? Hör sofort damit auf!« Der Magistrat läutete wie besessen ein Glöckchen, von dem er glaubte, dass es die Macht besäße, einen Zauber abzuwehren.

»... mögen deine Eingeweide verfaulen ... möge Hel deine Ge-

danken und deine Erinnerung verwirren. Ich kehre deinen Namen um. Möge …« Dabei zeichnete sie mit schnellen präzisen Bewegungen Runen in die Luft. Victorinus wusste, dass ihr Volk ein gefürchtetes geheimes Alphabet kannte, das ausschließlich dazu diente, Zauber zu bekräftigen oder abzuwehren.
Er war davon überzeugt, dass sie ihn mit einem tödlichen Fluch belegt hatte. Seine Angst vor der Zauberei war der feine Riss im Stein, den sie gefunden hatte.
»Wache!« Sein Krächzen drang nicht einmal bis zur Wachstube.
»Und wenn du versuchen solltest, sie in deine Gewalt zu bekommen, wird Hel dich innerhalb eines Mondes holen«, endete sie in Latein, damit er sie verstand. Sie musterte ihn einen Augenblick wortlos, während das Pulver sich setzte und eine scharfe, üble Stille zurückließ. Der Magistrat saß starr und stumm auf seinem Richterstuhl. Sein Körper war verzerrt wie der eines Gelähmten.
»Ich empfehle dir, den Brief zu behalten, Victorinus«, sagte sie leise. »Du brauchst etwas, um dir den Speichel abzuwischen, wenn du an meine Tochter denkst. Guten Tag, Victorinus.«

* * *

Gib sie uns …
Die Worte hämmerten in Aurianes Kopf wie ein Stößel im Mörser.
»Was wollte Victorinus, Mutter?«, fragte Avenahar besorgt, als sie sah, dass Auriane niedergeschlagen, aber entschlossen aus der Basilica trat. Die Kapuze eines roten Mantels lag auf Avenahars glänzenden schwarzen Haaren. An ihren Handgelenken glänzten Goldreifen. Diese auffälligen weiblichen Dinge schienen ihre natürliche Selbstsicherheit noch zu verstärken. Mutter und Tochter sprachen chattisch, um von ihrem Gefolge nicht verstanden zu werden. Es bestand aus bewaffneten Stallburschen der Villa, die als Leibwächter dienten und ihnen einen Weg durch die Menge bahnten.
Die kleine Gruppe eilte an den Ständen der Geldwechsler vorbei über das Forum. In der Luft lag der aromatische Duft des Getränkestandes, wo man heißen, gewürzten Wein ausschenkte. Sie nah-

men den Weg zu den Steinschneidern. Avenahar wollte sich dort einen Sardonyxring aussuchen und ihre Initialen eingravieren lassen. Der Ring sollte ein Geburtstagsgeschenk von Marcus Julianus sein. Soweit Julianus wusste, war das der einzige Grund für ihren Besuch in der Stadt.

»Er wollte Arria«, erwiderte Auriane mit schmalen Lippen.

»Bei allen Göttern, ein Huhn hat mehr Verstand als er!«, rief Avenahar und lachte schallend. »Und eine Stechmücke ist weniger hartnäckig! Der Kerl muss eine abartige Freude empfinden, wenn er hört, wie du ›Nein‹ sagst. War das alles?«

Auriane zögerte.

Nein, aber es lastet so schwer auf mir, dass ich nicht darüber sprechen kann.

Ich werde deine Geburtstagsfeier nicht in eine Totenklage verwandeln.

»Das war nicht alles. Ich werde es dir nach deinem Geburtstag erzählen, das verspreche ich.«

Zehntes Kapitel

An diesem Frühlingstag hatte weit nördlich von Confluentes, in einem Tal, das die zivilisierte Welt nicht kannte, ein vom Leben gezeichneter alter Kriegshäuptling seine Gefolgsleute in seiner Halle versammelt. Es war Chariomerus vom Stamm der Cherusker, die im bergigen Teutoburger Wald lebten. Die Cherusker waren seit über hundert Jahren die Feinde der Chatten. Das grasgedeckte Langhaus war erst seit dem Vortag seine Halle geworden, als sein Trupp das chattische Dorf überfallen und erobert hatte. Die Leichen der Dorfbewohner lagen noch unbetrauert und unverbrannt auf den Emmerfeldern oder verlassen im düsteren Wald, wo die Cherusker über sie hergefallen waren, als sie versucht hatten zu fliehen. Das Gemetzel hatte sich in einem engen, fichtenbestandenen Flusstal ereignet, das verloren im endlosen Meer der Wälder von Germania Libera lag. Hätte es passierbare Straßen gegeben, hätte man das Dorf von der römischen Grenze aus etwa nach einem gefährlichen vierzehntägigen Ritt erreicht.

Der alte Häuptling saß regungslos wie ein hölzernes Götterbild auf seinem erhöhten Sitz. In der rechten Hand hielt er eine eiserne Standarte, die von einem fliehenden Hirsch gekrönt wurde. Rom nannte ihn »König« Chariomerus, denn er wollte die Herrschaft in Erbfolge einführen. Doch im Vergleich zu dem, was gebildete Völker des Südens einen König nannten, war er nicht mehr als ein Dutzend anderer in Felle gekleidete Häuptlinge, die im unruhigen Norden um die Vorherrschaft kämpften. Chariomerus hatte ein hageres, eingefallenes Gesicht mit kantig hervorstehenden Wangenknochen und mit einer beinahe grauen, schlaffen Haut. Augen von der Farbe schmutzigen Schnees in großen kno-

chigen Augenhöhlen blickten freudlos in die Welt. Der zottige, sandfarbene Bart, der bereits weiße Strähnen hatte, reichte ihm bis zum schweren goldenen Gürtel. Die Hermelinpelze, in die er gehüllt war, verbargen einen Körper, der nach den ständigen Auszehrungen von sechzig Wintern verfallen war. Hinter ihm hing ein Wandteppich in den Farben der Erde, die von Ocker und Rotbraun bis Dunkelgrün reichten. Darauf war Chariomerus zu sehen, der einen den Göttern geweihten Hirsch segnete. Elf geschickte Frauen hatten ihn unter der Anleitung seiner inzwischen verstorbenen Frau im Verlauf von zwei Jahren gewebt.
Die zweihundert jungen Cheruskerkrieger, die auf ganzer Länge des Herdfeuers auf Bänken saßen, warteten ernst und feierlich gestimmt auf den Beginn der Verbrüderungszeremonie. Das Ritual würde die neu hinzugekommenen Männer zu Kampfbrüdern machen, die verpflichtet waren, füreinander zu sterben. Der alte Häuptling wusste sehr wohl, dass er die Ergebenheit der jungen Krieger nicht auf traditionelle Weise, nämlich durch Tapferkeit im Kampf erworben hatte. Sie drängten sich nur deshalb in seine Halle, weil der römische Großkönig Trajan, Herr über Länder, die Chariomerus niemals sehen würde, seine Truhen wieder mit Gold füllen ließ. Das war die Belohnung dafür, dass Chariomerus die chattische Meute peinigte und nicht zur Ruhe kommen ließ. Das römische Gold war vor einem Viertelmond auf Maultieren eingetroffen. Es genügte, um ihm die Treue vieler hundert Gefolgsleute auf Jahre hinaus zu sichern.
Die Schicksalsgöttinnen waren jetzt bereit, alle Misshelligkeiten wieder gutzumachen, die sie ihm in seinem Leben auferlegt hatten. Der eigene Stamm hatte ihn vertrieben. Seine Frau hatte ihm nur Töchter geboren, und der junge Krieger, den er an Sohnes statt angenommen hatte, war auf merkwürdige und ruchlose Weise erschlagen worden. Jahrelang hatte er sich versteckt gehalten, und immer wieder hatten ihn Seherinnen vor der Strafe der alten Götter gewarnt, weil er römische Bräuche übernommen habe. Doch seine Siege über die Chatten in jüngster Zeit hatten das Blatt gewendet. Er war jetzt ein Held, der seinem Volk noch nie dagewesene Geschenke brachte. Wotan liebte ihn, und ihm

opferte er regelmäßig sein bestes Pferd und die beste Keule der Schlachttiere.
Chariomerus nickte dem Barden zu, und die silberhellen einschmeichelnden Klänge der Harfe fielen wie ein warmer sanfter Regen auf die Versammlung. Chariomerus verabscheute Harfenmusik, weil sie für ihn nach Tränen klang. Er zog Hörner und Trommeln vor, die das Blut in Wallung brachten. Harfenspieler waren für ihn alle Schmarotzer, die die Gutwilligkeit anderer ausnutzten. Aber in den Liedern erzählten die Barden von Heldentaten. Und die Bedeutung des Anlasses verlangte eine solche Geschichte.
Nachdem das Lied verklungen war, hob Chariomerus die Standarte und stieß sie zweimal laut hallend auf den Holzboden. Darauf traten vier Leibeigene in die Halle. Auf den Schultern trugen sie einen großen rechteckigen Schild, auf dem ein Berg von Goldmünzen aufgehäuft war. Es war Trajans Dank für die Dienste, die Chariomerus Rom erwiesen hatte. Die Krieger starrten wie gebannt auf das Gold, das von den Fackeln an den Wänden so angestrahlt wurde, dass es gespenstisch wie der Hort eines Drachen leuchtete.
Die Männer in der Nähe von Chariomerus hörten, wie er gereizt knurrte. Etwas an dem Auftritt gefiel ihm nicht.
Hinter den Schildträgern war ein fünfter Leibeigener erschienen und folgte ihnen mit munteren Schritten. Die bärtige Gesellschaft mit ihren kriegerischen Armringen, die entlang des Feuers saß, beobachtete ihn mit zusammengekniffenen Augen. Der Mann lächelte auf eine Weise, die erkennen ließ, der Welt werde es gut gehen, wenn sie nur seinem Rat folgte. Es war offensichtlich, dass er nicht aus dem Norden stammte: Seine dunklen mediterranen Augen funkelten vor gut gelauntem Zynismus. Er hatte sich sorgfältig rasiert und zeigte voll Stolz sein ausgeprägtes, energisches Kinn. Er war nicht sehr groß und trug das kurz geschnittene schwarze, von Silbersträhnen durchzogene Haar auf römische Art nach vorne gekämmt.
Als die vier Schildträger ihren Schatz mit einem dumpfen Geräusch vor die Füße des Häuptlings stellten, trat der freche Fremd-

ling geradewegs zu Chariomerus und verneigte sich übertrieben tief. Die ernste Feierlichkeit des Rituals schien ihn nicht zu berühren.

Der Mann hieß Decius, er war ein ehemaliger römischer Legionär – und Avenahars leiblicher Vater.

Die Unmutsfalten auf der Stirn von Chariomerus wurden tiefer, als sich Decius zu ihm beugte und mit gedämpfter Stimme das Wort an ihn richtete.

»Wir haben da ein kleines Problem, o du Erhabener und Königlicher.« Bei den letzten Worten fiel er ins Lateinische, sodass der ungebildete Chariomerus ihn nur anstarrte. Er fühlte sich durch Decius jedoch weniger beleidigt, als durch die Unterbrechung verunsichert. »Heutzutage kann man nicht einmal mehr einer Vestalin trauen«, fuhr Decius unbekümmert fort. »Ich fürchte, ein paar dieser *Aurei* haben nicht das volle Gewicht.«

Chariomerus brummte leise. Er schwankte zwischen seinem brennenden Interesse an allem, was seine Bezahlung betraf, und der Notwendigkeit, Würde zu wahren.

»Irgendein Spaßvogel hat ganz unten eine paar falsche Münzen eingeschmuggelt.« Decius gab sich stolz als echter Kenner und besorgter Vertrauter. »Ich gebe zu, es sind sehr gelungene Nachahmungen der echten. Aber du kannst nicht zulassen, dass sie dich auf diese Weise missbrauchen, alter Freund. Ich wäre als dein wichtigster Ratgeber nichts wert, wenn ich nicht darauf dringen würde, dass du sofort eine Gesandtschaft nach Aquae Mattiacorum schickst, um ihnen zu sagen, wie sehr …«

»Verschwinde!«, flüsterte der alte Häuptling und stieß die Eisenstandarte heftig auf den Boden. Alle außer Decius zuckten zusammen.

Decius verneigte sich noch tiefer. »Stets zu Diensten«, sagte er leichthin und mit einem Schulterzucken, doch im Gehen legte er eine der falschen Münzen auf den Schleifstein neben dem Thronsitz. Die Neugier siegte bei dem alten Häuptling. Sein Blick wurde wie magisch von dem Gold angezogen. Er nahm die Münze in die Hand und betrachtete sie einen Augenblick gierig, bevor er sich zusammennahm und sie zu den anderen warf.

Decius verließ die Halle munteren Schritts. Die Krieger sahen ihm fassungslos nach, als sei er ein geflügelter Drache, der in ihrer Mitte gelandet war. Mit welchem Zauber hatte dieser hochfahrende Bursche ihren reizbaren Häuptling geblendet, dass Chariomerus einem Leibeigenen solche Freiheiten erlaubte?

Als Decius gegangen war, rief Chariomerus nach seiner Tochter Elsa.

Es war die Aufgabe der Frauen, den Gefolgsleuten feierlich das Methorn zu reichen. Meist übernahm das die Ehefrau des Häuptlings, denn nur Frauen kannten den geheimnisvollen Zauber, der den Met in Blut verwandelte, sodass Krieger, die nicht miteinander verwandt waren, zu Brüdern wurden. Doch die Frau von Chariomerus war vor neun Wintern gestorben, und da die Verhandlungen um eine neue Ehe noch nicht abgeschlossen waren, musste Elsa, die letzte lebende Frau der Familie, das Amt übernehmen.

Ein junges Mädchen, so schlank wie ein Reh, erschien zögernd im Eingang. Sie trug einen waldgrünen Umhang mit einem Schilfkolbenmuster und darunter ein rotes Gewand mit einem grünbestickten Saum. Die Männer verstummten. Selbst die geübten Finger des Barden griffen falsch, und die Musik brach unvermittelt ab, als sich alle umdrehten und zum Eingang starrten.

Elsa schien ein Geistwesen zu sein. Ein Sonnenstrahl, der durch das Dach fiel, ließ ihr Kupferhaar aufleuchten, das unter der grünen Kapuze ihres Umhangs gerade sichtbar war. Ihr Kopf schien von einem Kranz aus weichem Licht umgeben zu sein. Die weit geöffneten Augen blickten traurig und fragend auf die Männer. Sie zogen die Aufmerksamkeit mit einer stillen, aber unwiderstehlichen Kraft auf sich, als gehe es darum, die Tiefe einer klaren Quelle zu erraten. In der rechten Hand hielt sie ein langes, anmutig geschwungenes Auerochshorn, dessen silbernes Mundstück mit Edelsteinen besetzt war. Bereits ihre Großmutter hatte es in Händen gehalten.

König Chariomerus verzog die schmalen Lippen zu einem aufmunternden Lächeln und bedeutete ihr mit einer unbeholfenen Geste, näher zu treten. Er kannte seine Tochter kaum. Sie war von den Leibeigenen seiner verstorbenen Frau erzogen worden. Er

hatte ihr kaum mehr als eine oberflächliche Aufmerksamkeit geschenkt. Jetzt hielt er ihre Anspannung und ihr Zögern für mädchenhafte Schüchternheit.
Er täuschte sich! Elsa schritt mit zeremonieller Langsamkeit am Herdfeuer entlang. Die Flammen schlugen knisternd höher, wie um ihr die Ehre zu erweisen, und die Männer glaubten, die Geister der Ahnen, die im Herd wohnten, begrüßten sie wie ihre liebende Tochter. Mit ihren sanften Augen bewegte sie sich wie ein scheues Reh zwischen Wölfen, doch der Eindruck täuschte. Der entschlossene kleine Mund und der etwas vorgeschobene Unterkiefer verrieten mehr von ihrem Wesen. Sie war jemand, der alles bis zum Ende durchführte, ganz gleich, ob es ihr schadete oder nicht. Elsa hatte bereits in früher Kindheit gelernt, dass sie in dieser brutalen Welt nichts bekam, wenn sie es sich nicht selbst nahm.
Heute würde sie eine schreckliche Tat begehen.
Die kleinen, vibrierenden Bernsteintropfen ihrer Ohrringe und die silbernen Sieblöffel an ihrem Gürtel erzeugten beim Gehen eine leise Musik – ein beruhigendes Geräusch, das in einem seltsamen Gegensatz zur Spannung in der Halle stand, die jetzt stetig wuchs.
Die junge Frau von neunzehn Jahren übte im Moment große Macht aus, wenn auch nur für diesen einen flüchtigen Augenblick. Elsa war sich deutlich bewusst, dass die Männer sie fürchteten. Tödliche Gewalt konnte ausbrechen, wenn sie das Methorn in der falschen Reihenfolge herumreichte. Mit dem Methorn konnte sie einen Mann als Dieb beschuldigen, und alle wären gezwungen, ihn wie einen Dieb zu behandeln. Sie konnte jedem der Männer Feigheit vorwerfen, und das würde den Betreffenden zu einer Mutprobe zwingen, die ihn vielleicht das Leben kostete. Frauen kannten die Worte, die im Körper wie Geschwüre wucherten und einen Mann langsam zerstörten. Und diese Macht war doppelt so groß, wenn eine Frau das Ritual der Verbrüderung durchführte, bei dem viele Bewohner der unsichtbaren Welt zugegen waren.
Elsa sah die Macht der Worte an diesem Tag als ihr Schwert und ihren Schild. Von ihrer Mutter hatte sie gelernt, diese Macht erbarmungslos zu gebrauchen.

Sie ging am Schleifstein vorbei und blieb vor dem Metfass stehen. Mit einer geübten Armbewegung füllte sie das Horn. Sie hatte den Met selbst gebraut und dabei mehr als fünfzig Kräuter verwendet, von denen jede Pflanze dem Trank ihre eigene geheimnisvolle Wirkung hinzufügte. Die Kräfte aller Zutaten vereinigten sich zu einer gewaltigen Macht, die aus Fremden Brüder machen konnte.
Schließlich erreichte sie den Thronsitz und stand vor ihrem Vater, der sie wie ein alter, hungriger Wolf beobachtete. Im Langhaus herrschte eine so tiefe Stille, dass man das gedämpfte Reden der Frauen hören konnte, die draußen im Hof vier Wildschweine brieten.
Elsa hob das Horn mit dem schäumenden Getränk hoch über ihren Kopf und sprach leise die Worte einer Beschwörung, die so alt waren wie die Steine unter der Halle.
Ihre Anrufung verwandelte den Met in heiliges Blut. Wenn sie danach das Horn zuerst ihrem Vater reichte, bekräftigte sie damit seinen Rang als Häuptling dieser Krieger. Es war schon erstaunlich, dass ein brutaler, von Narben bedeckter alter Kämpfer seine Zukunft in die zarten Hände eines halb erwachsenen Mädchens legte.
Elsas Anrufung war zu Ende. Jetzt bereitete sie sich stumm darauf vor, Rache zu nehmen. Und dazu hatte sie gute Gründe.
Sie wollte nicht mit einem Mann dieser Schar verheiratet werden, denn sie hasste alle diese Männer aus tiefstem Herzen. Einer von ihnen hatte mit Hilfe ihres Vaters ihre Mutter vergiftet. Elsa wusste seit langem, dass es kein normaler Tod im Wochenbett gewesen war. Ihre Mutter hatte ein drittes Mädchen geboren und damit Chariomerus' mörderischen Zorn herausgefordert. Für ihre Mutter gab es kein Erbarmen. Man traute ihr nicht, denn sie war eine Chattin. Ihre Ehe war der erfolglose Versuch einer Allianz mit den Chatten und für sie eine einzige Qual gewesen.
Also hatte Elsa ihre eigenen Ehepläne im Geheimen geschmiedet. Sie hatte sich für den jungen chattischen Kriegshäuptling Sigbert entschieden. Sie hatte ihn zwar nur einmal gesehen, aber sie wollte ihn unter anderem deshalb, weil Sigbert all das verkörperte, was ihr Vater nicht war. Er verhielt sich großmütig gegenüber den Schwachen. Er war bereit, Reichtum und Freiheit aufs Spiel zu

setzen, um seinen Freunden zu helfen, und seine Männer liebten ihn aufrichtig. Er verbreitete Glanz und gewann immer größeres Ansehen. Eine Hochzeit war jedoch unmöglich, denn die beiden Stämme lagen ja im Krieg miteinander. Nur eine hohe Seherin konnte in einem Orakel eine solche Heirat anordnen, und es war Elsa gelungen, eine solche Frau auf ihre Seite zu ziehen. Sie hieß Sawita, stand in der Rangordnung direkt hinter Ramis, und war die höchste Seherin des Nordens. Elsas Plan würde ihr Sawitas Gunst einbringen. Sawita hatte versprochen, im Gegenzug den Weg für die Eheschließung mit Sigbert zu ebnen.

Chariomerus hob die Hand, um das Horn in Empfang zu nehmen. Elsa wich einen kleinen Schritt zurück. Augenblicke verstrichen, während sie das Horn gerade außerhalb der Reichweite ihres Vaters hielt. Chariomerus wollte sich nicht demütigen und sich vorbeugen, um nach dem Horn zu greifen. Seine erwartungsvoll gehobene Hand verharrte halb geöffnet in der Luft. Die hilflose Geste wirkte rasch lächerlich.

»Elsa!«, flüsterte er mit rauer Stimme. Aber die Männer, die ihm am nächsten saßen, hörten ihn gleichwohl über das leise Knistern des Feuers hinweg. »Du bist noch nicht zu alt, als dass ich dich nicht auspeitschen lassen könnte!«

Elsa erwiderte seinen Blick ruhig.

Ja, als ich neun war, hast du mich beinahe totschlagen lassen, nur weil ich deinen Schild berührte. Und du hast meine Mutter ermordet, den einzigen Menschen, der mich jemals freundlich behandelt hat.

»Siehst du die Fibel, die ich trage, Vater?« Ihre Stimme klang klar und sanft. Sie wies auf die Fibel mit dem Raben, die den grünen Umhang zusammenhielt.

Er schüttelte den Kopf. Die Hand, die das Horn hatte ergreifen wollen, sank langsam nieder. »Nein, ich sehe sie nicht. Ich sehe nur die flinken Bewegungen einer Schlangenzunge. Du kleine Hexe, du Tochter einer Nixe … gib mir endlich das Horn!«

Elsa wich noch einen Schritt zurück.

»Es ist die Fibel meines toten Bruders, Vater. Die Fibel deines Adoptivsohns Odbert.«

Mit Genugtuung sah sie in den Augen ihres Vaters einen Funken Angst, der immer größer wurde.
»Du hast als Kind offenbar nicht genug Prügel bekommen. Das ist unmöglich. Odbert ist in einem fernen Land durch die Niedertracht einer Frau gestorben. Niemand hat seine Fibel zurückgebracht.«
Ihr Vater sagte die Wahrheit. Elsas Fibel war nur eine Nachahmung jener anderen, an die sie sich erinnerte. Aber das vereitelte ihre Absicht nicht.
»Odbert hat sie mir gegeben, als ich klein war«, erwiderte sie, ohne mit der Wimper zu zucken. Das war gelogen. »Erst sehr viel später ist er für dich in den Süden gezogen, um auf deinen Befehl hin die Chatten anzugreifen. Dein ermordeter Sohn hat jetzt nur noch mich, um für ihn zu sprechen.«
»Er war kein leiblicher Sohn!« Die zeremonielle Würde war verschwunden. Der Atem von Chariomerus wurde schneller, und seine Stimme klang scharf. »Er war ein Sohn nach römischem Recht. Das ist nicht dasselbe!«
Da seine Frau Chariomerus keine Söhne schenkte, hatte der Cheruskerkönig den jungen Mann namens Odbert nach römischer Sitte adoptiert und aus diesem Grund ein anderes Blutsbrüderschaftritual vollzogen, denn bei seinem Volk war es nicht Brauch, einen Fremden an Sohnes statt anzunehmen.
»Ach Vater, viele Männer haben gesehen, wie du ihn im Angesicht der Götter zu deinem Sohn gemacht hast.«
»Elsa, hör auf!« Er räusperte sich und fügte etwas leiser hinzu: »Ich bitte dich«, sagte er in dem verzweifelten Versuch, eine Spur Mitgefühl bei ihr zu finden. »Du hast mein Wort, ich spreche mit dir später darüber. Du bekommst jeden Ehemann, den du willst. Aber jetzt gib mir das Horn!« Speichel lief ihm über das Kinn.
Als Antwort schloss sie halb die Augen, und als sie sprach, klangen ihre Worte schrill und anklagend, wie die einer Seherin, die den Wind anderer Welten übertönt.
»Chariomerus, du trägst den Wolfskopf, und dein Blut ist Gift! Du hast jeden tapferen Mann hier entehrt!«
Elsas Stimme besaß eine erschreckende Kraft, in ihr lag die ganze

Wildheit eines gequälten Tieres, das eine Möglichkeit der Befreiung sucht.

»Ich kann so lange nicht mehr über unsere Felder blicken und froh sein, bis mein Bruder Odbert gerächt ist. Sein Blut schreit aus der Erde. Ich befehle dir im Namen Wotans: Räche seinen Tod, oder sei von allen ehrbaren Männern verachtet!«

Elsa schob mit einer schnellen Bewegung die Kapuze ihres Umhangs zurück und nahm den Knochenkamm aus ihrem Haar. Die Männer am Herdfeuer begannen erschrocken zu murmeln. Manche legten die Hände über die Augen oder flehten die Götter um Beistand an.

Chariomerus sah aus wie die Leiche eines Erfrorenen im Schnee. Seine Haut war aschfahl, der Mund stand offen, die linke Hand war zu einer Klaue gekrümmt.

»Tochter von Trollen ... was ... was hast du getan!«

Elsas lange rotblonde Haare waren ungeschickt abgeschnitten worden. Struppig lagen sie auf ihrem Kopf wie eine zerrissene Decke und waren so kurz, dass sie ihr nicht einmal mehr über die Ohren reichten.

Dieser Anblick war den versammelten Männern ein Gräuel und eine Schande, denn die heilige Kraft einer Frau lag in ihren Haaren. Sie verbanden die Großfamilie mit den Göttern. Es war, als habe Elsa in boshafter Absicht das Dorfheiligtum zerstört.

»Vater«, schloss sie, »weil mein Bruder Odbert nicht mit ehrenhaften Waffen getötet wurde, sondern mit den Haaren einer Feindin erwürgt worden ist, habe ich meine Haare abgeschnitten!«

Einige Krieger warfen sich fragende Blicke zu. Aber viele kannten die beunruhigende Geschichte, die in all den Jahren wie die Leiche eines Ermordeten in einem flachen Grab gelegen hatte. Im Krieg gegen die Chatten war Odbert von den Legionen gefangen genommen und nach Rom verschleppt worden. Dort wurde er Kampfsklave oder Gladiator, wie die Römer diese Männer nannten. Auriane, die Tochter des feindlichen Häuptlings Baldur, hatte das gleiche Schicksal erlitten. Auriane hatte Odbert Rache geschworen, weil der junge Mann ihrem Stamm mit einer Schar Cherusker in den Rücken gefallen war. Die Geschichte wurde erst viele Jahre später bruchstückhaft bei den Cheruskern bekannt. Auriane hatte im fernen Rom, in einer Arena, die die Römer Colosseum nannten, gegen Odbert in einem Duell auf Leben und Tod gekämpft. Dort erschlugen sich die Gladiatoren zur Freude des römischen Sonnengottes gegenseitig. Nach einem erbitterten Kampf, bei dem es Odbert gelungen war, ihr das Schwert zu entreißen, hatte Baldurs Tochter ihn schließlich doch besiegt. Sie erwürgte ihn mit ihren langen Haaren, so wie man auch ihren Gott Wotan getötet hatte.

Bei der Erinnerung daran berührten die Männer ihre Schutzamulette.

Chariomerus erhob sich unsicher.

»Tochter, ich befehle dir: Lass die Haare wieder wachsen!«

Elsas leises Lachen klang so sehr wie das Lachen ihrer Mutter, dass Chariomerus schon fürchtete, der Geist seiner Frau habe Besitz von seiner Tochter ergriffen. »Wer folgt den Befehlen eines Häuptlings, der den Tod seines Sohnes nicht rächt? Ich lasse mir die Haare wieder wachsen, wenn du vor allen Männern Auriane Rache schwörst.«

Elsa hoffte, ihre arme Mutter blicke in diesem Augenblick aus der Himmelshalle auf sie herunter.

»Du siehst lächerlich aus!«, stieß er hervor. »Keine anständige Frau tut so etwas mit ihren Haaren.«

Chariomerus musste jedoch einsehen, dass seine Einwände und sein Zögern schwer wiegende Fehler waren. Einige Krieger sahen ihn bereits misstrauisch an. Offenbar hielten sie ihn für schwer von Begriff, weil er Elsas Kampfansage nicht vorausgesehen hatte. Andere wirkten so verstört wie Männer, die in der Mitte eines Flusses feststellen, dass sie in einem lecken Boot sitzen. Einem solchen Mann konnten sie keinen Treueschwur leisten.

»Warum schwört er nicht einfach Rache?«, grollte jemand am Feuer.

Chariomerus wusste jedoch sehr wohl, dass dieser Racheschwur wie ein Hornissennest war. Deshalb hatte er sein Schwert so lange Zeit bewusst nicht dort hineingestoßen, denn sobald er Auriane erschlug, würde jeder Sohn der Gefolgsleute ihres Vaters Jagd auf

ihn machen. Das war eben der Fluch der Rache. Sie nahm nie ein Ende.
Elsa hatte ihn in die Enge getrieben und damit sein Schicksal besiegelt. Als Chariomerus schließlich sprach, klang seine Stimme tonlos und brüchig, wie die eines Mannes, den man halb erstickt von einem Opferbaum abgeschnitten hatte.
»Ich schwöre bei Wotan, meinen Sohn Odbert zu rächen …«
»Lauter, Vater! Die Männer auf den unteren Bänken hören dich nicht.«
»Ich werde Auriane von den Chatten töten, die Tochter Baldurs, die im Dorf im Bibertal geboren wurde, und ich werde das im Licht der Sonne mit ehrenhaften Waffen tun.«
Er vermied es, beim Sprechen Elsa anzublicken.
»Und ich verpflichte jeden Mann von euch, mir zu helfen, den Mord an meinem Sohn zu sühnen.«
Die Gesichter der Männer um das Feuer entspannten sich.
»Brüder!« Die Fröhlichkeit, die Chariomerus plötzlich an den Tag legte, wirkte wenig überzeugend. »Wer jetzt mit mir trinkt, teilt mein Blut in dieser Welt und in der nächsten.«
»Denn ein Blutstrom fließt durch uns alle.« Elsa gab die rituelle Antwort. »Goldhort der Männer, Geber von Schätzen, du bist unser Herr, und alle hier sind Brüder.«
Sie reichte ihrem Vater das mit Gold versetzte Methorn. Chariomerus riss ihr das Horn so heftig aus der Hand, dass die Hälfte der Flüssigkeit auf den Fußboden schwappte. Elsa sah darin ein schlechtes Zeichen für sich selbst. Der Met war heilig. Was da wie schmutziges Wasser verschüttet wurde, war ihr Glück und ihr Geschick.
»Du elende Kreatur«, flüsterte Chariomerus ihr zu, bevor er einen großen Schluck aus dem Horn nahm. »Ich schwöre noch etwas: Schreie des Bedauerns über diesen Verrat werden die letzten Worte auf deinen Lippen sein!«
Doch Elsa empfand keine Angst, als sie das Horn aus seiner Hand entgegennahm, es wieder füllte, sich anmutig wie eine Tänzerin umdrehte und es dem ersten Gefolgsmann reichte. Von nun an stand sie unter Sawitas Schutz und konnte vor dem Zorn ihres

Vaters fliehen. Sie würde sich noch an diesem Abend davonstehlen und auf den Weg zur Freistätte machen, in der Ramis den Sommer verbrachte. Sie würde bei Sawita bleiben, bis die Hochzeit mit Sigbert in die Wege geleitet werden konnte.
Der erste Gefolgsmann erhob sich, wiederholte den Schwur, erklärte sich zum Bruder aller anderen Krieger und schloss mit dem Gelöbnis, Auriane zu töten.
Elsa tat alles, um sich von dem schlechten Vorzeichen nicht beeindrucken zu lassen. Der Met, der ja auch ihr Blut war, lag immer noch als glänzende Lache auf dem Fußboden. Sie hatte den richtigen Weg gewählt. Sie würde Sigbert zum Ehemann bekommen. Und Sawita würde sie loben und lieben, wenn sie erst erfahren hatte, dass ihr Wille erfüllt worden war. Sawita wollte unbedingt Aurianes Tod. Elsa wusste, dass die Seherin hochfliegende Pläne hatte. Sie wollte das Amt der Weleda antreten, wenn die alte Ramis endlich ihren letzten Atemzug getan hatte. Aber Sawita wurde den quälenden Verdacht nicht los, dass die unberechenbare Ramis vorhatte, ihren Orakelstab an Auriane zu übergeben.
In der Stille, die ihrem großen Sieg folgte, überkam Elsa ein Anflug von Ekel, denn sie musste sich eingestehen, dass der reine und natürliche Teil ihres Wesens Sawita verabscheute. Auriane war edler und auch sehr viel geeigneter, die nächste Weleda zu werden. So gesehen fand Elsa das Ergebnis dieses Tages traurig und falsch.
Doch dieser Augenblick ging schnell vorüber. Schließlich, so sagte sich Elsa, waren die traurigen und falschen Dinge üblich in der Welt. Alles lag nur daran, dass die Schicksalsgöttinnen mit Vorliebe die Fäden verwirrten, damit man ihre Absichten mit dem Verstand nicht enträtseln konnte.

Elftes Kapitel

In seiner Zeit als römischer Legionär hatte Decius alle Auszeichnungen erhalten, die das Heer vergeben konnte. Sogar die *Corona Civica* wurde ihm zuerkannt, nachdem er einem Kameraden das Leben gerettet hatte. Diese Auszeichnung zu bekommen war das Schwierigste von allem, denn dazu musste ein Kamerad erst einmal eingestehen, dass man ihm das Leben gerettet hatte.

Wie auch immer, seine Laufbahn beim Heer war so strahlend und kurz gewesen wie die leuchtende Bahn eines Kometen. An der germanischen Grenze musste ein tapferer Mann keine langen Friedenszeiten fürchten. Es gab ständig Gelegenheiten, Mut und Tapferkeit zu beweisen, und das half Decius, bereits mit dreiundzwanzig Jahren zum Centurio befördert zu werden.

Er wurde den Gedanken nicht los, dass dieses unverschämte Glück die missgünstige Aufmerksamkeit der Schicksalsgöttinnen auf ihn gelenkt haben musste, denn er hatte den begehrten Rebenholzstab eines Centurio erst einen Monat getragen, als eine Schar Chatten seine Einheit überfiel, während die Männer die Fundamente eines Kastells aushoben.

An diesem denkwürdigen Tag verlor Decius alles, was in seinem Leben vernünftig und gut gewesen war. Er wurde zusammen mit seinen Männern gefangen genommen, aber er entging als Einziger dem Opfertod im heidnischen Hain der Barbaren. Eine Buchrolle, die man bei ihm fand, rettete ihm das Leben. Minerva sei für seine gelehrten Neigungen gepriesen, denn der gerollte Papyrus führte dazu, dass man ihn für eine Art Seher hielt.

Glücklicherweise hatte sein Vater schon vor langer Zeit den Styx überquert. Der alte Mann wäre zu Tode entsetzt gewesen, wenn er erfahren hätte, wie sich das Schicksal seines Sohnes gewendet hatte und dass Decius, ein Mann mit Besitz, selbst Besitz geworden war, und dass der Nachkomme von zehn Generationen stolzer toskanischer Bauern sich als Sklave von Barbaren erniedrigen musste.

Seine chattischen Herren waren reizbar und regten sich leicht über alles Mögliche auf. Sie stellten ihren Hass auf Rom zur Schau, aber sie ahmten ohne Gewissensbisse die Taktiken der Eroberer nach.

Sie behandelten Decius ziemlich schlecht, bis eines Tages die junge Tochter des Häuptlings auf ihn aufmerksam wurde. Sie hieß Auriane und hatte sehr viel weltoffenere Ansichten als die anderen Wilden. Außerdem besaß sie eine ausgeprägte unbarbarische Eigenschaft, nämlich Neugier. Das Mädchen brachte ihren Vater Baldur, einen berühmten Kriegshäuptling, irgendwie zu der Einsicht, dass es klug und wünschenswert sei, einen gebildeten, zivilisierten Mann wie Decius um sich zu haben. Und so war Decius am Leben geblieben, indem er den Häuptling über die Feinheiten römischer Militärkunst und strategischer Schlachtordnung aufklärte.

Leider machte er sich damit bei seinen Landsleuten nicht gerade beliebt. Sie beschimpften ihn als Verräter, wenn sie überhaupt von ihm sprachen. Aber er zog das dem Namen vor, den die Chatten ihm gegeben hatten: Hasenpanier-Römer. Er hatte ihn sich verdient, als er eines Nachts dem Rat der Chatten davonlaufen musste, nachdem bekannt geworden war, dass Auriane ein Kind von ihm erwartete.

In jener Nacht entging er nur um Haaresbreite dem Tod. Damals kam er noch nicht auf den Gedanken, dass ihn Fortuna vielleicht nur deshalb vor den Chatten gerettet hatte, um ihn später den Cheruskern zum Fraß vorwerfen zu können.

Decius war natürlich nach Norden geflohen. Die Flucht nach Süden, auf römisches Gebiet, hätte ihm nur eine der vielen Strafen eingebracht, mit denen das Heer Verräter bedachte. So kam es, dass Decius einem anderen Trupp stinkender Barbaren in die Hände fiel, diesmal vom Stamm der Cherusker. Sie unterschieden sich nicht sehr von ihren Nachbarn. Allerdings hatten die Cherusker

keine Skrupel, sich mit Rom zu verbünden, und nannten den in Felle gehüllten Rohling, der sie anführte – ihren König.
Decius befand sich seitdem in der nicht gerade fürsorglichen Obhut dieses Barbaren. Sein Herrschersitz war eine grasgedeckte Halle, die er mit Schweinen und Rindern teilte und die inmitten der Berge des rauen Teutoburger Waldes stand – viele kalte und nasse Tagesritte nördlich vom Gebiet der Chatten entfernt.
»Mach dir keine falschen Vorstellungen«, sagte Decius einmal zu seinem Trinkgenossen, einem Händler namens Jarbas, »hier hat ein König weder ein Szepter noch ein Reich, keine Manieren und erst recht keine Kanalisation. Für die Kerle, die ihn als ihren König bezeichnen, ist Pferdeblut Wein und ein gekochter Kalbskopf ein Festmahl.«
Und so war Decius wieder darauf angewiesen, mit dem Bewusstsein der Barbaren zu spielen wie auf einer *Kithara*, um am Leben zu bleiben. Chariomerus hatte ihn anfangs als Sklaven behandelt. Decius brachte aber dem alten König mit großer Geduld bei, ihn schließlich als seinen »obersten Ratgeber« zu schätzen. Das war keine leichte Aufgabe, denn Decius hatte festgestellt, wenn die Barbaren einmal etwas in ihrem Kopf hatten, dann ließ es sich nicht mehr daraus entfernen. Er hatte verschiedene Theorien über die Gründe solcher Verbohrtheit entworfen und neigte mittlerweile dazu zu glauben, dass die Kälte den Verstand der Barbaren so überaus schwerfällig mache.
Seit die Cherusker dank der Ratschläge von Decius die eine oder andere Schlacht gewonnen hatten, überschüttete ihn Chariomerus mit Geschenken, und Decius machte geschickt das Beste aus seiner misslichen Lage. Mit nützlichen Dingen, die ihm der Händler Jarbas aus der Ferne mitbrachte, ließ Decius innerhalb der Palisaden, die den Besitz des alten Königs umgaben, eine kleine Insel der Zivilisation entstehen. Er hatte ein richtiges Haus gebaut, keine lehmbeworfene Hütte. Es stand auf einem Steinfundament und besaß ein *Atrium* mit einer Votivbüste des Vespasian, der Kaiser gewesen war, als Decius noch als freier Mann in den Legionen gedient hatte. Die Räume waren in sich geschlossene Zimmer und nicht nur mit Weidengeflecht abgetrennte Ecken. Und es gab kei-

ne Rinder in seinem Haus, die überall Kuhfladen hinterlassen hätten. Er hatte sogar ein Wasserbecken gebaut, und das erwies sich als klug, denn die Köchinnen des Königs brannten im Jahr mindestens zwei Langhäuser nieder. Das Wasser aus dem mit Felsgestein ausgekleideten *Impluvium* floss zwar noch nicht richtig ab, aber Decius suchte beharrlich nach einer Lösung für das Problem. Außerdem besaß er eine wachsende Sammlung schöner Bronzelampen, und manchmal hatte er auch Öl dafür. Ihm gehörte auch ein Kalkstein-Apollo unbekannter Herkunft, dem eine Hand und ein Fuß fehlten. Decius hielt ihn für ein recht gutes Symbol seiner selbst. Die Gefangenschaft hinter den Palisaden war so, als fehle ihm Hand und Fuß. Mit Bleirohren, die aus niedergebrannten Villen stammten, und ein paar Eisenkesseln hatte er eine Art schlichter Dampfheizung unter seinem Holzfußboden verwirklicht. Chariomerus staunte und wunderte sich über den warmen Boden so sehr, dass Decius dem alten König in seiner Halle auch eine solche Heizung einbauen musste.
Aber am meisten liebte Decius seine Bibliothek. Er hatte Jarbas beauftragt, ständig alles Neue und Wissenswerte zu kaufen, das an den Buchständen der römischen Siedlungen entlang des Rheins zu finden war. So gab es keinen berühmten Historiker oder Naturalisten, dessen neueste Werke Decius nicht besaß.
Doch der übellaunige Chariomerus tat alles, um ihn wie einen Hofhund an die Kette zu legen, und Decius vergaß nie, dass er ein Gefangener war. Es gab auch wenige Orte, wohin er hätte fliehen können, nachdem er sich Rom *und* die Chatten zu erbitterten Feinden gemacht hatte. Das ganze Land gehörte Rom, und die meisten Stämme der Gegend waren mit den Chatten verbündet.
Es überraschte Decius nicht, dass er wegen einer Frau in diese Falle geraten war. Seit er die Toga des Mannes trug, waren ihm die Frauen schamlos nachgelaufen. Sie hatten ihn mit ihren weiblichen Künsten betört, aber sie waren ihm ein Rätsel geblieben. Beim Militär war er dafür bekannt gewesen, weil die Frauen von ihm als einzigem Mann seiner Einheit kein Geld für ihre Dienste verlangten. Im Gegenteil, sie verfolgten ihn manchmal sogar bis in sein Quartier.

Doch dieses eine Mal ging ihm die Frau nicht aus dem Kopf. Sie war nicht nur das schönste junge Mädchen der Barbaren – vielleicht sogar die einzige Schönheit, denn im Allgemeinen hatten Barbaren keine schönen Töchter –, sondern sogar eine beachtliche Schwertkämpferin. Das hatte sie weitgehend ihm zu verdanken, denn er hatte sie jahrelang geduldig in der Kampfkunst unterrichtet.

In jener Nacht, als ihm die Chatten nach dem Leben trachteten, hatte sie ihm zur Flucht verholfen.

Jarbas sagte ihm einmal, er verstehe nicht, dass Decius diese Frau nicht vergessen konnte.

»Die Vorsehung schenkt manchen Menschen einen starken Geist«, hatte Decius etwas nebulös geantwortet. »Die Gründe dafür kennen wir nicht. Ich kann nur sagen, wenn ich bei dieser oder bei jener Frau liege, dann sehe ich, wie Auriane mich verächtlich beobachtet. Keine Frau, mit der ich gerade zusammen bin, ist mit ihr zu vergleichen.«

Natürlich hatte Decius gehört, dass sie schon lange mit einem besseren Mann als ihm zusammenlebte. Er gab sich größte Mühe, das mit der Kraft seiner Vernunft einzusehen. Es machte ihn nicht traurig. Wenn ihn die Erinnerungen quälten, schob er sie energisch beiseite und beglückwünschte Auriane, dass sie so außergewöhnlich gut für sich gesorgt hatte. Nein, ihr Glück machte ihn nicht traurig, aber er vergaß nie, dass ihn diese rätselhafte Frau einmal geliebt und aus freien Stücken sein Lager geteilt hatte. Er fragte sich nur immer wieder, was für eine Art Kind aus der Verbindung einer beachtlichen Schwertkämpferin und einem außergewöhnlichen, mit Auszeichnungen geschmücktem Soldaten wie ihm hervorgegangen war.

Das wollte er herausfinden, und dieser Wunsch hatte geholfen, ihn all die vielen Jahre in dieser Einöde am Leben zu halten. Er kannte nur den geheimnisvollen Namen – Avenahar.

Er war entschlossen, das einzige Kind zu sehen, von dessen Existenz er wusste, bevor man seine Leiche auf dem Scheiterhaufen verbrannte. Die anderen, die unbekannten Kinder, konnten seinetwegen ohne väterlichen Segen eine ganze Provinz bevölkern.

Im vierzehnten Jahr der Gefangenschaft nahm sein Leben noch einmal eine unglückselige Wendung. Chariomerus begann einen neuen Feldzug gegen die Chatten und drang immer weiter nach Süden vor. Den immer unwilligeren Decius schleppte er mit. Er musste sein bequemes römisches Haus verlassen und war gezwungen, sich an Grausamkeiten zu beteiligen, die, soweit er es beurteilen konnte, kaum einem anderen Zweck dienten, als mit dem Namen Chariomerus Angst und Schrecken zu verbreiten.
Decius hatte nun auch noch einen zweiten leidenschaftlichen Wunsch, der so stark zu werden drohte wie der erste. Er wollte diesem von Flöhen geplagten König entkommen, bevor alle seine Haare grau sein würden. Deshalb griff er seit einiger Zeit zu der einzig sicheren Form von Sabotage. Wenn er dem König die Anweisungen Roms vorlas, ließ er einfach wichtige Passagen aus. Einmal hatte er den kaiserlichen Befehl, ein Dorf, von dem man annahm, dass es Witgern unterstütze, dem Erdboden gleichzumachen, einfach unterschlagen.
Decius erklärte Jarbas, er greife zu solchen Mitteln einzig und allein deshalb, weil er der Ansicht sei, Aurianes Volk habe genug gelitten. Den wahren Grund gestand er nur sich selbst ein. Avenahar würde bald alt genug sein, um sich eine eigene Meinung zu bilden, und er wollte, dass sie nur Gutes von ihm dachte.
Dann kam der Tag, an dem ihn Jarbas mit einer Nachricht überraschte, von der Decius inzwischen nicht mehr zu hoffen gewagt hatte, dass er sie noch zu Lebzeiten hören würde.
Vier Abende waren vergangen, seitdem er Elsa zur Flucht verholfen hatte. Es war eine schreckliche Nacht gewesen. Elsa hatte sich zunächst geweigert, unter die stinkenden Rinderhäute zu kriechen, und Decius fürchtete, ihr Geschrei werde die ganze Welt wecken. Es fehlte nicht viel, und die Wachposten hätten auch noch den Wagen gründlich durchsucht. Decius hoffte sehr, Elsa werde sich daran erinnern, wenn er später einmal auf ihre Hilfe angewiesen sein sollte.
Es war ein kalter, sonniger Morgen, als Jarbas seine Ankunft wie üblich mit einem Trompetenstoß meldete, wenn er etwa noch einen Speerwurf weit vom Dorf entfernt war. Es dauerte nicht lan-

ge, und der Händler schritt an der Spitze seines Gefolges von sechs Sklaven und zehn Maultieren durch das Tor. Die meisten Packtaschen hingen schlaff an den Seiten der Maultiere herunter.
Jarbas war ein gerissener und wendiger Bursche, der seinem Ruf durch die Behauptung, er spioniere für die zweiundzwanzigste Legion, etwas mehr Glanz verleihen wollte. In Wahrheit war er nur ein fahrender Trödler. Vor vielen Jahren war er Standartenträger der ubischen Hilfstruppen gewesen, aber dann hatte man ihn nach einem unerfreulichen Streit wegen einer Bestechungssumme für seinen Centurio aus der Kavallerie entlassen. Deshalb war Jarbas für Decius fast schon so etwas wie ein Waffenbruder.
Decius hatte rechtzeitig erfahren, dass Jarbas an diesem Vormittag eintreffen werde, und deshalb dem Küchenpersonal befohlen, ein gutes Mahl vorzubereiten. In der Tat, Decius hatte Leibeigene, die für sein leibliches Wohl sorgten. Auch sie hatte er, wie so viele von den Bequemlichkeiten seines Hauses, die man auf Maultiere packen konnte, mitbringen lassen.
Jarbas schloss Decius in eine bärenhafte Umarmung. Decius hatte den Händler schon immer für einen seltsamen, aber freundlichen Menschen gehalten. Er hatte das verschlagene Aussehen eines Taschendiebs, doch sein Gesicht war gleichzeitig rund wie das eines Kindes. Ein schiefes Lächeln deutete an, dass er darauf wartete, dass man ihn bei einem Streich ertappen werde, den er einem schon eine ganze Weile spielte. Wenn er lachte, sah es aus, als habe er Äpfel in den Backen. Ihm fehlten mehr Zähne, als ihm geblieben waren. Seine dunklen Haare führten ein Eigenleben, und man hätte glauben können, sie wollten seinem Kopf entfliehen. Nero hätte ihn um die wilden Locken beneidet, denn Jarbas brauchte keine Lockenscheren. Ohne den Stachelbart, dachte Decius, wäre Jarbas eine Medusa in Männergestalt oder eine freundliche Gorgo gewesen.
»Ich habe gute Neuigkeiten für dich, alter Freund«, sagte Jarbas. »Aber lass mich zuerst meine Kehle anfeuchten, bevor ich dir alles berichte.«
Decius begutachtete die Reste der mitgebrachten Waren und hörte nur mit halbem Ohr zu. »Du hast wenig Bücher mitgebracht,

Jarbas. Bis zum nächsten Neumond werde ich bereits alles gelesen haben und neue brauchen.«
»Verzeih, ich hatte mehr dabei, aber ich bin ausgeraubt worden. Gibt es hier in dieser Einöde vielleicht noch so einen komischen Vogel wie dich? Sie haben mir eine ganze Maultierladung abgenommen. Das Silber, den Schmuck und mein bestes Glas haben sie auch mitgehen lassen, aber das mit den Buchrollen ist mir ein Rätsel. Es sei denn, sie decken damit Häuser oder füttern die Ziegen mit Papyrus. Kannst du mir verraten, was sie damit vorhaben?«
»Ich habe gesehen, dass sie Bücher zerschneiden und die Stücke als Talisman benutzen«, erwiderte Decius auf dem kurzen Weg zu seiner provisorischen Bleibe in dem eroberten chattischen Dorf. Es war ein hölzerner Anbau von der Größe eines Pferdestalls, der als Lagerhaus für Häute gedient hatte. Er befand sich hinter dem Langhaus, das Chariomerus für sich beanspruchte.
»Talisman, sagst du?« Jarbas zupfte an seinem Bart. Der Händler hielt beim Gehen den Kopf etwas schief. Als Folge einer alten Verwundung sah es aus, als trage er ständig eine schwere Last und müsse sich jeden einzelnen Schritt überlegen. »Das hättest du mir nicht sagen sollen. Vielleicht bringt es mehr ein, ihnen und nicht dir die Bücher zu verkaufen. Der Weg hierher ist sowieso gefährlich und lang …«
»Du bist so treu wie eine Wanderratte, Jarbas. Wenn ich tot neben dir umfallen sollte, würdest du meinen Umhang meistbietend verkaufen. Dann würdest du mir vielleicht ein anständiges Begräbnis ausrichten.« Decius schlug ihm lachend auf den Rücken.
»Aber nur, wenn ich genug dafür bekäme. Sonst würde ich dich einfach in den Brunnen da drüben werfen und mit deiner Leiche das Wasser vergiften, um mich an diesen Kerlen zu rächen. Manche von ihnen haben mich seit über einem Jahr nicht bezahlt.«
Sie gingen an der Halle des Chariomerus vorbei, in der es an diesem Tag bemerkenswert still war. Außer einer einsamen Weberin an einem Webstuhl war niemand zu sehen. Jarbas fragte: »Wo ist seine königliche Hoheit, der Häuptling? Ich habe die roten Lederstiefel mitgebracht, die er bestellt hat. Er wird lächerlich damit

aussehen. Aber mach dich nicht lustig über ihn, wenn er sie anzieht. Ich möchte diesmal mein Geld sofort haben.«

»Ich werde es versuchen. Er ist auf Wildschweinjagd und hat, den Göttern sei Dank, die kläffende Meute mitgenommen.«

Jarbas blickte viel sagend auf die Holzpalisade, das offene Tor und auf den wilden graugrünen Wald dahinter. »Wann kommen sie zurück? Decius, deine Wächter sind weg! Lass dir Flügel wachsen und fliege davon, alter Freund.«

»Mach die Augen auf, Jarbas. Sieh dir den Baum dort an. Nicht den, *diesen* da.«

Jarbas richtete die trüben Augen auf eine alte Fichte, sein Blick glitt langsam nach oben, bis er eine schemenhafte Gestalt entdeckte, die so schwer war, dass sich der Ast unter ihr bog.

»*Eine* Wache, Decius?«, fragte Jarbas. »Das ist alles, was es braucht, um dich an der Leine zu halten?«

»Ein Mann mit einem Horn und einer kräftigen Lunge, Jarbas. Ein Hornstoß bedeutet Feuer, zwei kurze verkünden, dass er verdächtige Fremde gesichtet hat, und drei lange gelten *mir*.«

»Aber wie schnell können sie zurück sein, um dich einzufangen?«

»Mit dem Horn alarmiert der Wächter die ganze Gegend, nicht nur den König. Niemand wäre so verrückt, mir Unterschlupf zu gewähren, Jarbas. Sie wissen alle, wem ich gehöre, und sie fürchten Chariomerus wie die Pest. Ich hoffe, du hast einen guten Appetit mitgebracht«, sagte Decius. »Es gibt eingelegte Artischoken, die ich seit Monaten aufgespart habe, und da draußen haben sie uns einen mit Lorbeerbeeren und Costuswurzeln gefüllten Fasan gebraten.« Er sah mit Genugtuung, dass sich Jarbas genießerisch die Lippen leckte. Immerhin, die teuren Costuswurzeln kamen aus Indien. »Und ich habe das Brot mitbringen lassen, das du so magst. Was sie hier normalerweise essen, liegt einem so schwer im Magen, dass man ein Schiff damit versenken könnte.«

Zwei alte, fröhliche Ubierinnen brachten den ersten Gang herein. Als Jarbas das erste Mal bei Decius zu Gast gewesen war, hatte der Händler zu seiner Verblüffung festgestellt, dass nicht nur die Frauen im Allgemeinen, sondern selbst seine Dienerinnen Decius ins Herz geschlossen hatten. Sie scherzten mit ihm und schienen sich aufrichtig zu freuen, wenn ihm etwas besonders gut schmeckte, das sie zubereitet hatten. Decius vermutete, dass man das in dieser Gegend nicht häufig zu sehen bekam. Bei den Stämmen wurden Leibeigene zwar nicht grausam behandelt, das Gesetz verbot sogar, im Gegensatz zu Rom, Sklaven zu schlagen, aber Leibeigene galten nicht als richtige Menschen.

»Decius«, begann Jarbas schließlich, nachdem er den ersten Hunger gestillt hatte, »hör dir die gute Nachricht an, die ich bringe. Auf dem Weg hierher habe ich einen der Männer getroffen, die Witgern und seine Krieger mit Proviant versorgen. Du weißt, im Wald fällt kein Ast zu Boden, ohne dass sie es erfahren. Er hat mir etwas gesagt, das dich freuen wird. Deine chattische Kriegerin kommt in den heiligen Eichenwald. Du weißt, wo das ist, am Rande des Westwaldes. Sie bringt ihre, ich meine, *deine* Tochter zu dem Ritual mit, das sie zur Frau machen soll.«

Decius fehlten die Worte. So etwas gab es bei ihm eigentlich nie. Wahrscheinlich hätte er in diesem Augenblick nicht einmal gemerkt, wenn ein Felsen das Dach der Hütte durchschlagen hätte. Aber dann kam er sich vor wie ein alter Vulkan, der wieder zum Leben erwacht. Doch die Erregung, mit der er kämpfte, wurde durch eine lähmende Traurigkeit gedämpft.

Solche heftigen und widerstreitenden Gefühle vermochten Mutter und Tochter noch immer in ihm auszulösen. Es war mehr als ärgerlich, sich das eingestehen zu müssen.

Aber dann empfand er etwas anderes, das er seit langem, seit Auriane in ihrer römischen Aristokratenvilla lebte, nicht mehr empfunden hatte: Er hatte Angst um ihr Leben.

Als er schließlich die Sprache wieder fand, schickte er die Frauen davon. Er trug ihnen auf, die Reste der Speisen und einen Krug von seinem besten Wein mitzunehmen. Sie sollten draußen im Hof alles essen und trinken.

Dann fragte er Jarbas: »Bist du sicher?«

Nur ein Dummkopf kann so etwas fragen.

»Sie haben bereits die alten Frauen ausgewählt und einen sicheren Weg für sie ausgehandelt. Es werden drei chattische Mädchen

geweiht. Eine von ihnen ist Avenahar. Ich schwöre es bei meiner Mutter.«
Decius zuckte zusammen. Vermutlich hatte er etwas zu lange auf den gebackenen Kürbis gestarrt, während sich in seinem Kopf alles drehte, denn plötzlich hörte er wie aus weiter Ferne die besorgte Stimme des Händlers: »Sag etwas, Decius! Ich hoffe, du lässt dich nicht zu einer Dummheit hinreißen. Vergiss nicht, jedes Kastell entlang der Grenze hat noch immer den Befehl, dich in Ketten zu legen. Du gefällst mir besser so, wie du bist. Ich meine, mit all deinen Gliedmaßen an ihrem Platz.«
Er hatte Recht. Soldaten waren in solchen Dingen nachtragend. Man konnte nicht behaupten, bei den Legionen kenne man das Wort Vergebung. Daran würde auch wenig ändern, dass er inzwischen sozusagen einen römischen Verbündeten unterstützte.
»Jarbas, es gibt etwas, das du nicht weißt. Aurianes Leben ist hier in Gefahr! Chariomerus hat ihr vor fünf Tagen vor all seinen Männern Rache geschworen.«
»Dass ich nicht lache. Rache! Dazu ist der Alte doch viel zu faul.«
»Seine Tochter Elsa hat ihn dazu getrieben. Sie ist eine Agrippina in Fellen und weit gefährlicher als ihr Vater. Ich fand das eigentlich albern. Aber nachdem ich jetzt weiß, dass Auriane zurückkommen wird, muss ich gestehen, dass mir überhaupt nicht wohl bei der Sache ist.«
»Bei allen Göttern, weshalb hat sie das getan?«
»Elsa? Sie will sich durch eine kluge Heirat aus der stinkenden Jauchegrube ihres Daseins befreien und ganz nebenbei ihren Vater zugrunde richten. Man muss durch lange Beobachtung gelernt haben, wie es in den Köpfen der Barbaren aussieht, ehe solche Dinge Sinn ergeben. Verstehst du, sie hat sich in den Kopf gesetzt, Sigbert zu heiraten, den Sohn des alten Sigwulf. Der war ein Gefolgsmann von Aurianes Vater Baldur. Natürlich ist so eine Heirat undenkbar. Dazu braucht sie den Beistand der Seherin Sawita. Und die heilige Frau wollte Elsa nur unter der Bedingung helfen, dass Elsa *ihr* hilft …«
»… indem sie Auriane aus dem Weg räumt«, beendete Jarbas den

Satz und nickte. »Damit Sawita die Nachfolgerin von Ramis werden kann.«
»Du verstehst etwas von der Politik der Barbaren, Jarbas!«, rief Decius anerkennend. »Du musst Auriane warnen.«
»Ich komme auf dem Rückweg ohnehin in diese Gegend, und ich könnte ...«
»Du musst Auriane sagen, dass sie das Gebiet der Chatten so schnell wie möglich verlassen soll. Sie muss gut aufpassen, solange sie hier ist. Chariomerus hat gerade zweihundert neue Gefolgsleute in sein Heer aufgenommen und zusammen mit den alten sind es jetzt mehr als vierhundert Krieger. Jeder Einzelne hat geschworen, Auriane zu töten. Du kannst mich nicht im Stich lassen, Jarbas! Hör zu, du bekommst dafür zehn *Aurei*, alter Freund.«
Decius wusste, der Händler würde davor zurückschrecken, einen Freund um Geld zu bitten. Doch er wusste auch, dass Jarbas in Geldnöten war. Im Jahr zuvor hatte er seine Rechnungsbücher bei einer Überschwemmung verloren, als eines seiner Maultiere ertrank und mit ihm alle Aufzeichnungen in den Fluten versanken.
»Gut, Decius«, sagte er schließlich. »Ich werde Auriane warnen, aber behalte dein Gold.«
»Nimm das Gold, ich bestehe darauf.« Decius stand auf. »Jarbas, warte noch einen Augenblick.«
»Keine Angst, solange ich bei dir etwas zu essen bekomme, bleibe ich, wo ich bin.«
Decius sah sich um, bis ihm wieder einfiel, wo seine Geldkassette war. Er verschwand und kam mit einem gelben Seidentuch zurück, auf dem eine Fibel aus reinem Weißgold lag, eine kostbare Brosche, mit der ein Mantel gehalten wurde. Sie hatte die Form eines Kreises, der durch zwei Schlangenköpfe geschlossen wurde. Die Augen der Schlangen waren Saphire. Am Ansatz der Nadel befand sich eine unregelmäßig geformte Perle von einer Größe, wie Jarbas sie noch nie gesehen hatte. Decius konnte das plötzliche Leuchten in den Augen des Händlers nur als ehrfürchtige Gier deuten. Es war, als sei ihm Merkur persönlich erschienen.
»Die ist unglaublich viel wert«, sagte Jarbas und senkte ehrfürch-

tig die Stimme. »Und Chariomerus hat sie dir geschenkt? Jetzt verstehe ich, warum du nicht davonläufst.«
»Nein, ich habe sie von seiner verstorbenen Frau. Sie hat Männer wie mich geliebt.«
»Ich hoffe, du verlangst nicht von mir, dass ich das da …«, er zögerte und deutete auf den Schmuck, »irgendwohin bringe.«
»Genau das will ich, Jarbas.«
»Ich bin ein armer Trödler. Das hast du selbst gesagt. Ich werde ständig ausgeraubt!«
»Wir nähen sie in das Futter deines Umhangs.«
Jarbas verstummte. Niemand würde seinen Umhang stehlen. Wer hätte ihn den Flöhen entreißen können?
»Aber was ist, wenn ich ermordet und mit dem Umhang und allem in einen Fluss geworfen werde?«
»Das Risiko gehe ich ein. Du bist mein einziger wahrer Freund, Jarbas. Das bringt ein gewisses Maß an Verantwortung mit sich.« Er lächelte bei seinen Worten, aber die Falten auf der Stirn von Jarbas wurden noch tiefer. »Bring das Avenahar, und ich gebe dir dafür nicht zehn, sondern zwanzig *Aurei*. Kein Widerspruch!«
»Aber wie soll ich während einer Einweihungszeremonie in die Nähe eines Mädchens kommen? Man wird mich mit Weidenruten davontreiben.«
»Irgendwann wird man Avenahar befehlen, allein in den Wald zu gehen. Das geschieht immer. Dann musst du zur Stelle sein. Mutter und Tochter sehen sich allerdings nicht sehr ähnlich … ich habe gehört, dass Avenahar mehr wie ich aussieht. Sie hat schwarze Haare, schwarze Augen und … zumindest habe ich das gehört. Du wirst sie erkennen, wenn du sie siehst. Sag ihr, die Fibel ist ein Geschenk ihres leiblichen Vaters … nur ein kleines Zeichen meines guten Willens.«
Im schwachen Licht konnte er sich möglicherweise täuschen, aber er glaubte zu sehen, dass die Augen des Händlers feucht wurden. Vielleicht waren es aber auch seine eigenen Augen, und er verwechselte das.
»Sag Avenahar, ihr Vater möchte sie sehen, Jarbas. Natürlich muss er zuerst fliehen, aber das soll nicht ihr Problem sein. Vielleicht

stellt sie fest, dass sie irgendwo in ihrem Mädchenherzen eine gewisse Zuneigung für ihn hegt. Bei ihrer Mutter war das jedenfalls so. Wenn sie mich sehen will, treffen wir uns an einem Ort ... an einem Ort ... an einem Ort, für den ich mich noch nicht entschieden habe.«

»Aber Decius ...«

Decius sank in sich zusammen. Ihm entging nicht, dass Jarbas es nur gut mit ihm meinte.

»Du würdest sie allein durch deine Anwesenheit in Lebensgefahr bringen. Du weißt, die Rache des Chariomerus könnte auf die Tochter ausgedehnt werden. Ich habe solche Fälle erlebt. Seine Männer könnten dich verfolgen und ihr etwas antun. Außerdem hassen dich die Chatten ebenso sehr wie dein eigenes Volk. Das alles kann deine Tochter nur in Schwierigkeiten bringen.«

Jarbas hatte natürlich Recht, aber Decius vermutete, dass er zu viel Zeit in dieser kalten und nassen Wildnis verbracht hatte und inzwischen die Wirklichkeit nur mehr sehr schemenhaft wahrnahm.

»Pass auf!«, sagte er. »Wir treffen uns im Haus von Aurianes Mutter Atlind. Es ist nur natürlich, wenn unsere Tochter dorthin reitet, um ihre Großmutter zu besuchen. Atlinds Gehöft ist heiliger Boden, Jarbas. Niemand würde dort etwas Gewalttätiges begehen.«

»Muss ich dich daran erinnern, dass du ein Gefangener bist, Decius?«

»Wenn ich wirklich etwas will, dann bin ich zu erstaunlichen Dingen fähig. Bisher hatte ich keinen besonderen Grund, mein Leben durch eine Flucht aufs Spiel zu setzen. Jetzt habe ich ihn. Die Zeit zum Handeln ist gekommen.«

»Decius, ich erkenne dich nicht wieder. Du bist leichtsinnig! Das macht mir Sorgen. Außerdem muss ich dich noch etwas fragen. Ist dir nie in den Sinn gekommen, dass ... dass deine Tochter dich vielleicht nicht sehen will? Schließlich hat es ihr das Leben nicht gerade erleichtert, dass du ihr Vater bist. Und viel eingebracht hat es ihr auch nicht, soweit ich sehen kann.«

»Ich bin ihr Fleisch und Blut, Jarbas. Ich weiß, dass ich sie für mich gewinnen kann. Es hat noch keine Frau gegeben, die ich nicht herumkriegen konnte, wenn ich es wirklich versucht habe. Das ist ein Geschenk der Venus. Ich bin unter ihrem Stern geboren.« Er lachte.

»Wenn du es sagst, muss ich es glauben.«

Decius vergaß einen Augenblick lang die Anwesenheit des Händlers.

Avenahar ...

Der Säugling, der zu Ramis in Sicherheit gebracht worden war, würde inzwischen schon fast erwachsen sein. Er seufzte.

Was will ich? Diese Zeit noch einmal erleben? Und was wird Avenahar sehen, wenn sie vor mir steht? Einen alten Mann, den die langen Winter und die Angst schwer mitgenommen haben. Ein Gesicht, das früher einmal das Gesicht eines zynischen Spaßvogels war und inzwischen zum Gesicht eines müden, verbitterten Griesgrams verzerrt ist. Die Flüsse der Zeit sind viel zu viele Jahre über mein Gesicht geströmt und haben immer tiefere Falten hineingegraben ...

Aber wenn ein Mensch keine Zukunft hat, wird er ein Opfer der Vergangenheit.

Er nahm kaum wahr, dass Jarbas sagte: »Also gut, Decius, ich werde es versuchen. Aber behalte dein Geld. Beleidige deinen alten Freund nicht damit.«

ZWEITER TEIL

Isa

Eis

Zwölftes Kapitel

Rom
Sieben Tage vor den Kalenden des Junius 105

Der Monat *Maius* neigte sich dem Ende zu, und Rom hatte Dakien den Krieg erklärt. In einem Gemach der Domus Augustana, dem Privatflügel der riesigen neuen kaiserlichen Residenz am östlichen Rand des Palatins, bereitete sich Kaiser Trajan auf eine Zusammenkunft seiner engsten Berater vor. Die Geschichtsschreiber behaupteten, dass acht Jahrhunderte früher auf diesem Hügel unter dem gleichen azurblauen Himmel die bescheidene Grashütte von Romulus gestanden hatte. Die Menschen in Rom waren der Ansicht, dass der Palatin schon immer der Sitz von Herrschern gewesen sei. In der Gegenwart waren sie nur besser untergebracht als in früheren Zeiten. Auf dem Hügel standen mittlerweile eine ganze Reihe großer und prachtvoller Paläste mit Terrassen, labyrinthischen Gärten und hoch aufragenden Säulenhallen, bei deren Anblick Romulus wahrscheinlich das Gefühl gehabt hätte, in eine strahlende andere Welt versetzt worden zu sein. In dem neuen Palast der römischen Herrscher gab es achteckige Empfangsräume mit himmlisch bemalten Wänden, die den Blick nicht mehr losließen. Eine besondere Attraktion waren die säulenumstandenen Innenhöfe mit Wasserfällen, die sich über Stufen in mit goldenem Glasmosaik ausgekleidete Becken ergossen. Außerdem gab es prunkvolle Bankettsäle mit Wänden aus mehrfarbigem Marmor und Decken mit verschlungenen, durchbrochenen Elfenbeinverzierungen. Gekrönt wurde das alles von einer Vielzahl von Kuppeln und Giebeln, deren goldene Dächer den Eindruck er-

weckten, die Hand eines Gottes habe flüssiges Gold über die Gebäude gegossen.
In einem Raum tief im Innern der Domus Augustana suchten zwei junge Mitglieder der kaiserlichen Pantomimetruppe im Dunkeln nach einer Terrakottalampe. Der fensterlose Raum diente zur Aufbewahrung der Kostüme.
Der Ältere der beiden, ein junger Mann namens Pylades, fand schließlich die Lampe, entzündete sie und kniete sich auf den Fußboden. Er trug eine hautenge rosa Wolltunika, die seinen schlanken, geschmeidigen Körper mit den schmalen Hüften voll zur Geltung brachte. Sein Gesicht war nach einer Probe immer noch gerötet und erhitzt. Auf den vollen, sinnlich geschwungenen Lippen sah man die Spuren von leuchtend orangerotem Zinnober, mit dem sie geschminkt gewesen waren. Er hatte gerade die Rolle des als Jungfrau verkleideten Achilles getanzt. Die seidigen, honiggoldenen Locken und die blonden Augenbrauen standen in einem seltsamen Gegensatz zu den schiefergrauen Augen. Diese eindrucksvolle Wirkung hatte ihren verführerischen Zauber auf den Kaiser nicht verfehlt. Pylades war in ganz Rom als der augenblickliche Lieblingsknabe des Kaisers bekannt. Die Stadt hielt den jungen Pantomimen für eines der beiden verzeihlichen Laster des »eisernen Soldaten«, wie man Trajan für gewöhnlich nannte. Unmäßiger Weingenuss war die andere menschliche Schwäche. Trajan hatte sich das Trinken in den Feldlagern angewöhnt und machte daraus kein Geheimnis. Seine Zusammenkünfte mit Pylades fanden dagegen sehr diskret statt, was allgemein gelobt wurde.
»Zeus sollte seinen hübschen Ganymed nicht aus den Augen lassen, wenn Trajan in der Nähe ist«, war noch das Boshafteste, was man zu diesem Thema hinter vorgehaltener Hand flüsterte.
Die kleine Flamme der Lampe leuchtete hell und verbreitete im Raum ein glitzerndes, schillerndes Licht. Schattenschmetterlinge taumelten durch das Halbdunkel, als sich der Schein der Lampe an Königskronen, silbern glänzenden Untergewändern, spinnwebzarten Flügeln aus Seide und metallischen Brustharnischen brach.
Pylades entfernte eine rechteckige Fußbodenplatte. Zum Vorschein kam die etwas mehr als handbreite Öffnung von der Länge

eines Männerfußes, durch die er in den Raum darunter blicken konnte. Er beugte sich über den Spalt und sah ein Stück Marmorfußboden, mehrere Elfenbeinstühle mit gekreuzten Beinen und die Platte eines alten ägyptischen Schreibtischs.

Dort unten befand sich der private Beratungsraum des Kaisers.

Die beiden Jungen waren nicht nur Tänzer, sondern sie hatten auch noch eine zweite Beschäftigung: Sie waren Spione im Dienst von Marcus Arrius Julianus.

Neben Pylades kniete der junge Apion, ein Neuling in der Schauspielertruppe, aber nicht im Gewerbe der Lauscher. Apion hatte schon als Neunjähriger für seinen Herrn das Ohr an die Wand gedrückt. Obwohl er den Tag seiner Geburt nicht genau kannte, wusste er, dass er mindestens fünfzehn Jahre alt sein musste. Apion wartete ungeduldig darauf, dass ihm Pylades Platz machen würde, damit er ebenfalls hinunterblicken konnte. Aber Pylades gab sich einen beunruhigend langen Augenblick den Anschein, als sei Apion überhaupt nicht vorhanden. Dem Jüngeren war bereits seit gestern Abend aufgefallen, dass sich Pylades ihm gegenüber merkwürdig verhielt.

»Sie kommen!«, flüsterte Pylades aufgeregt, aber mehr zu sich selbst als zu Apion.

Pylades kochte immer noch vor Wut bei der Erinnerung an seinen Auftritt am Vorabend im *Triclinium* des neuen Palastes beim kaiserlichen Mahl, als Trajans Blick abgeschweift war, während er ihn tanzen sah, und sich dann wie von einem Seil gezogen auf den hübschen Apion richtete – auf Apion mit seinen geschmeidigen Hüften, den scheinbar knochenlosen Gliedmaßen und den bittersüßen schwarzen Augen, die die Welt anflehten, für ihn zu sorgen.

Der Kaiser hatte Apion zu sich gerufen und ihn ein ganzes Lied lang auf seinem Polsterbett behalten. Dabei waren seine Finger über den Schmollmund des Jungen geglitten. Später hatte er ihm die leuchtend bunte Federmaske geschenkt, die jetzt über ihnen an der Wand hing.

Der Zeitpunkt dieser Kränkung war für Pylades umso unerträglicher, als er gerade seinen neunzehnten Geburtstag gefeiert hatte und damit kurz vor einem neuen Lebensabschnitt stand. Man erwartete von einem so großen und mächtigen Mann wie Trajan, dass er einen Jungen entließ, sobald er erwachsen war, denn danach wäre ein Verhältnis ein weniger verzeihliches Laster gewesen. Pylades rechnete deshalb täglich damit, dass Trajan ihn nicht mehr rufen lassen werde.

»Du Tyrann, lass mich auch etwas sehen!«, flüsterte Apion. Es gelang dem Jüngeren, sich mit den Schultern Platz zu schaffen.

Sie hörten das Geräusch einer Tür, die zurückgeschoben wurde, Schritte und das ausdruckslose Murmeln tiefer Stimmen. Plötzlich füllten Männerköpfe den Spalt.

Beide Jungen waren geschickt darin, Roms mächtige Männer von oben zu erkennen, und so gelang es ihnen mühelos, Klarheit in die Szene unter ihnen zu bringen. Die anwesenden Diener beachteten sie nicht. Ihre Aufmerksamkeit galt einem Mann mit rundem Kopf und Haaren wie Eisenspänen, der sich als Erster eingefunden hatte. Er neigte zu schnellen, brutalen Bewegungen, die Apion an einen wütenden Boxer in der Arena erinnerten. Dieser Mann hieß Titus Claudius Livianus und war der mächtigere der beiden Präfekte der Prätorianergarde.

Auf einem anderen Stuhl nahm jemand mit der Beiläufigkeit eines Mannes Platz, dem der Palast zur zweiten Heimat geworden war. Sein Körper war mit zunehmendem Alter weich und beinahe matronenhaft füllig geworden. Er hatte einen Kopf, der wie ein runder Knopf wirkte, und abstehende Ohren, die an Austernschalen erinnerten. Er bewegte die kraftvollen, sonnengebräunten Hände mit dem Geschick eines Mimen, wenn er die Gedanken aller Anwesenden zusammenfasste. Es war Lucius Licinius Sura, der alte Freund des Kaisers aus seiner Heimatstadt im fernen Hispanien.

Neben ihm saß schlaff wie ein Mehlsack der Senator Lappius Blaesus. Er hatte einen schütteren Kranz schwarzer Haare und den kleinen bösartigen Kopf einer Wespe, der scheinbar wie ein komischer Einfall der Natur nachträglich auf den zwergenhaften Körper gesetzt worden war. Die beiden Jungen hatten den Auftrag, vor allem diesen Mann zu beobachten.

Blaesus hielt Abstand zu den anderen beiden, als sei er noch nicht in den erlauchten Kreis aufgenommen, rechne jedoch bald damit. Ein vierter Stuhl blieb bedeutungsvoll frei. Nach einem langen, spannungsgeladenen Augenblick verschwand dieser Stuhl unter einem Mann, dessen Bewegungen von so großer Würde und Kraft waren, dass Apion dachte, in der Brust eines solchen Menschen könne kein Herz, sondern nur eine Militärtrommel schlagen. Die dichten grauen Haare kräuselten sich leicht, als protestierten sie dagegen, dass sie streng nach vorne gekämmt waren. Die große Gestalt hatte die Fülle und die ausgeprägten Muskeln eines Diskuswerfers. Er brauchte wirklich einen größeren Stuhl als die anderen. Apion wusste, die eindrucksvolle knochige Stirn wölbte sich über tief liegenden, wissenden Augen, die alle dazu brachten, sich jedes Wort sorgsam zu überlegen. Sein Gesicht, das vom Leben in der Sonne tiefer gebräunt war als das der meisten anderen Männer, weckte die Vorstellung, er sei in der Tat ein Mann aus Eisen. Die hageren, kantigen Züge und die glatte Haut, die sich über hohen Wangenknochen spannte, standen in starkem Kontrast zu der auffällig großen Knollennase, die vom vielen Weingenuss mit bläulich roten Äderchen durchzogen war. Doch bei einem Menschen wie ihm wirkte selbst eine solche Nase würdevoll, denn dieser Mann war Kaiser Marcus Ulpianus Trajanus.
Pylades wies auf Licinius Sura, den alten Freund des Kaisers, und sagte leise zu Apion: »Ich kann einfach nicht glauben, dass er einmal der Geliebte des Kaisers war … er ist so dick, so schwerfällig, so trocken, so gelehrt und sooo langweilig!« Beim Sprechen mimte er gekonnt seinen Abscheu vor dem kaiserlichen Freund.
»Damals sah er noch anders aus!«, flüsterte Apion ungehalten und legte warnend den Finger auf den Mund. Ihr Flüstern ging in den Begrüßungen der Männer und dem Geräusch der Stuhlbeine auf dem Marmor unter. »Sura war damals noch in den Händen seiner Tutoren, und der Kaiser ist nicht viel älter als er.«
Pylades musterte Apion finster. Offenbar ärgerte es ihn, dass der Junge den Kaiser in dieser Liebesangelegenheit so entschlossen verteidigte. Dann fragte er: »Apion, du hast mir nie verraten, wie es kommt, dass du im Dienst von Marcus Julianus stehst.«

Apion fand die Frage etwas eigenartig. Vielleicht lag es an dem Zeitpunkt, den Pylades gewählt hatte. Er runzelte die Stirn und dachte nach.

Ich stehe genauso in seinem Dienst wie du. Und wieso denkst du ausgerechnet jetzt an unseren Gönner, wo man uns jederzeit entdecken kann?

Das Netz der Informanten von Marcus Julianus war so groß und so fein gesponnen wie das des Palastes. Apion war sehr stolz darauf, zu dem Kreis der Auserwählten zu gehören.

»Ich schwöre, du weißt es bereits«, erwiderte Apion gereizt. »Er hat meinen Eltern ihr Haus zurückgegeben, nachdem der Prokurator der Insel meinen Vater wegen einer bösartigen und falschen Anklage eingesperrt hatte. Ich würde für diesen Mann mein Leben geben.« Er runzelte die Stirn. »Sei endlich still. Spar dir deine Neugier für Blaesus auf und lass mich in Ruhe.« Aus Gründen, die sie an diesem Tag zu erfahren hofften, hatte Blaesus in letzter Zeit seine Anstrengungen, Marcus Julianus zugrunde zu richten, sehr verstärkt.

Die Beratung hatte noch nicht begonnen. Licinius Sura sprach schnell und leise mit einem Diener, während der Kaiser ein langes Dokument entrollte, das ihm Livianus, der Präfekt der Prätorianer, in die Hand gedrückt hatte, und darin zu lesen begann.

Apion kniff die Augen zusammen und stellte fest, dass es in der Kurzschrift der Spione verfasst war. Also musste es sich um einen vertraulichen Bericht handeln.

»Ach, Julianus!«, flüsterte Pylades. »Keine Frau in Rom ist gut genug für ihn. Ganz Rom übrigens auch nicht!«

Apion wurde es immer unbehaglicher zumute. Doch er blieb ruhig. Pylades hatte noch nie zuvor so über ihren wahren Herrn gesprochen.

»Als mich Julianus das erste Mal rufen ließ«, fuhr Pylades leise fort, »da dachte ich schon ...«, er seufzte noch einmal. »Oh, wie habe ich es mir gewünscht ..., aber meine Hoffnungen wurden grausam enttäuscht. Der Mann findet nur Geschmack an Frauen ... noch dazu an merkwürdigen Barbarinnen.«

Die Diener hatten den Raum unter ihnen inzwischen verlassen.

Die vier Männer steckten die Köpfe enger zusammen. Apion wunderte sich immer noch über die schlechte Laune von Pylades. Was war wohl der Grund für seine plötzliche Unruhe? Fürchtete der Ältere, sein Glück am Hof zu verlieren? Das schien so gut wie unmöglich zu sein. Pylades hatte sich mittlerweile mehr als zwei Jahre in der kaiserlichen Gunst gehalten. Apion fand das eine beeindruckend lange Zeit – lange genug, um seinen Platz im Bett des Kaisers beinahe so sicher zu machen wie den Sonnenaufgang.

Pylades blies die Lampe aus. Das einzige Licht im Raum drang von unten durch den Spalt. Die beiden Jungen schwiegen und lauschten aufmerksam. In ihrem Gewerbe waren sie völlig auf ihr geschultes Gedächtnis angewiesen. Etwas aufzuschreiben hätte die Gefahr für sie nur vergrößert.

Die erste Stimme, die sie hörten, war die des Kaisers.

»Gäbe es doch nur zwei von mir! Dann müsste ich jetzt nicht all diese Arbeiten unfertig im Stich lassen.« Es besaß eine klare, volltönende Stimme, die für die windigen Weiten eines Truppenübungsplatzes gedacht war. Sie füllte mühelos den Raum.

»Er ist großartig, nicht wahr?«, flüsterte Pylades in Apions Ohr. »So klingt seine Stimme selbst im Bett, Apion.«

Apion brachte ihn mit einer heftigen Geste zum Schweigen. Unten war es ruhiger geworden. Pylades wollte wohl, dass man sie entdeckte. Dann wäre es um sie beide geschehen.

»Du musst in Zukunft ohnehin die Dinge mehr als bisher in die Hände anderer legen.« Diese Stimme gehörte Licinius Sura, dem Freund des Kaisers, dessen ausdrucksvoll gestikulierende Hände anzudeuten schienen, sie seien für solche Aufgaben bestens geeignet. »Du hast äußerst fähige Leute an deiner Seite. Die Schenkungen werden eintreffen. Die Architekten werden ihre Arbeiten fortsetzen. Dein Forum wird das Forum des Augustus in den Schatten stellen. Deine neuen Bäder werden den Neid der Welt erregen! Ich habe veranlasst, dass dir alle Änderungen der Pläne nachgeschickt werden. Sei versichert, durch deine plötzliche Abreise wird kein Schaden entstehen. Es wird hier so weitergehen, als hättest du Rom nicht verlassen.«

Der Kaiser nickte zustimmend. Dann sagte er knapp: »Anfang Juni, das ist zu spät!«

Apion wusste, er sprach von dem Zeitpunkt, an dem er Rom verlassen würde, um in den zweiten dakischen Krieg zu ziehen.

»Das sind drei Monate später, als Feldzüge üblicherweise beginnen. Uns bleibt nur Zeit für den Marsch, viel mehr nicht. Wir können unsere bestehenden Stellungen ausbauen und die Brücken verstärken. Aber der Hauptangriff kann nicht vor dem nächsten Frühling stattfinden. Damit haben die Daker ein weiteres Jahr Zeit, um Verbündete zu sammeln.« Unvermittelt brach er ab und wandte sich an den Prätorianerpräfekten. »Sag uns, weshalb du uns zusammengerufen hast, Livianus. Ich hoffe, es geht um den Krieg. Für andere Dinge habe ich keine Zeit.«

Der Sieg, den Trajan zu Beginn seiner Herrschaft über das fern im Osten liegende Dakien errungen hatte, war mit der Zeit immer brüchiger geworden. Wie sich herausstellte, vergaß der dakische König Decebalus bemerkenswert schnell, dass er den Krieg verloren hatte. Er wartete kaum auf das Ende von Trajans Siegeszug, um seine Befestigungen wieder aufzubauen, und er nahm Deserteure des römischen Heeres in seine Streitkräfte auf. Am Vortag war die entscheidende Meldung eingetroffen: König Decebalus hatte mit seinem Heer die Donau überquert und war in der römischen Provinz Mösien eingefallen. In Trajans Augen war ihm damit ein zweiter dakischer Krieg aufgezwungen worden – ganz gleich, wie weit das Jahr bereits fortgeschritten war. Bei Tagesanbruch war der Senat zusammengetreten und hatte Decebalus zum Feind Roms erklärt. Vier Tage nach den Kalenden des *Junius* würde sich Trajan in Ancona einschiffen und seinen Einmarsch in Dakien beginnen.

»Mit allem Respekt, Herr, es geht in der Tat um den Krieg«, erwiderte der Prätorianerpräfekt. »Genauer gesagt, es geht um die Sicherheit der gefährlichen chattischen Grenze, die du auch zurücklassen musst.«

»Mir liegt ein vertrauenswürdiger Bericht vor, in dem man mir versichert, dass die Region in den nächsten zwei Jahren ruhig bleiben wird«, erwiderte der Kaiser.

Blaesus mischte sich unhöflich ein. »Und von wem stammen diese Behauptungen?«
Nach seinen Worten entstand tiefe Stille. Jeder der Anwesenden wusste, dass Marcus Julianus den Kaiser in dieser Angelegenheit unterrichtet hatte. Blaesus stellte keine Frage, sondern erhob eine Beschuldigung.
Der Prätorianerpräfekt machte in Richtung des Senators eine knappe Geste, die der Kaiser nicht sah, die beiden Jungen aber sehr wohl. Damit warnte er Blaesus vor einem zu schnellen Vorgehen.
»Die Nachricht, die ich dir übergebe, hat zwei Teile, Herr«, fuhr der Präfekt Livianus ruhig fort. »Im ersten Teil geht es um die lästige chattische Grenze, die wir wegen des Krieges nicht mit voller Truppenstärke bewachen können. Der zweite Teil ... berichtet von einem Mann.«
Der Präfekt der Garde legte mehrere Dokumentenrollen auf den Schreibtisch. »Diese Berichte aus Germanien sind alarmierend, und das umso mehr, als der berüchtigte Übeltäter, der die Chatten in all den Jahren mit Waffen versorgt hat, bis jetzt nicht gefunden worden ist und ...«
»Darüber musst du dir keine Sorgen mehr machen«, unterbrach ihn der Kaiser und hob die Hand. »Unser geschätzter Maximus hat eine Untersuchung in einer neuen Richtung eingeleitet, die Ergebnisse verspricht. Sie betrifft die Töpfergilde von Colonia. Er steht dicht davor, diese Person vor den Richter zu bringen.«
»Aber das Pferd mag bereits aus dem Stall galoppiert sein. Sieh dir diese Berichte an und sag selbst, ob sie nicht eine Geschichte von wachsender chattischer Frechheit erzählen: Zwei unserer Beobachter wurden bei einer chattischen Ratsversammlung während eines Trinkgelages im Streit ermordet. Und hier, ein Legionär der Achten, der auf dem Gebiet der Chatten jagte, als er keinen Dienst hatte, wurde entführt und vor ein chattisches ›Gericht‹ gestellt, weil er angeblich Schätze aus ihren heiligen Seen geraubt hatte. Die Chatten haben einen römischen Soldaten zum Tode verurteilt, und Richterin bei diesem Prozess war die jungfräuliche Seherin Ramis. Keiner der uns ergebenen Häuptlinge hat es verhindert. Und hier ...«

»Diese Grenze ist für uns wahrlich eine Prüfung der Götter«, unterbrach ihn der Kaiser. »Die Frau, von der du sprichst ... ihre Macht über diese einfachen Menschen ist zu groß geworden. Ordne ihre Festnahme an.«
Livianus nickte. »Es wird geschehen. Da ist noch etwas. Bei einem Überfall des Aufrührers Witgern war sein Trupp mit Schwertern bewaffnet. Seit dem ersten Jahr deiner Herrschaft verbietet das Gesetz diesem Stamm den Besitz von Schwertern. Irgendwie wurde dieses Vergehen unter ... ob des Geredes eines gewissen Mannes nicht geahndet.« Livianus senkte die Stimme zu einem leisen Knurren, und Apion musste sich sehr anstrengen, um die nächsten Worte zu verstehen. »Das bringt uns zu einem Mann ... einem sehr intelligenten und geschickten Mann, der uns rät, alle diese Anzeichen einer Rebellion nicht zu beachten.«
Apion sah, dass sich der Kopf von Lappius Blaesus dem Kopf des Präfekten näherte. Der Junge schloss auf eine Komplizenschaft der beiden. Blaesus wirkte wie ein Aasfresser, der nur darauf wartete, dass ein größeres Raubtier als er die Beute machte, damit er schließlich seinen Teil davon abbekam. Apion konnte Blaesus nicht ausstehen. Der ehrgeizige Senator hätte vermutlich die eigene Mutter vor Gericht gebracht, um seine Ziele zu erreichen.
»Den Mann, von dem wir sprechen, hast du lange mit deiner Freundschaft beglückt«, fuhr der Präfekt fort. »Wir bedauern deshalb sehr, was wir dir jetzt berichten müssen. Bei der Untersuchung nach dem Überfall des Aufrührers Witgern herrschte bei allen fähigen Männern deines Rats völlige Übereinstimmung in Hinblick auf den Ernst dieser neueren Übergriffe an der germanischen Grenze, und ...«
»Der Bericht des Julianus ist der Einzige, der dem widerspricht«, beendete Blaesus den Satz für ihn, wobei er jedes Wort betonte.
Es folgte ein langes Schweigen. Für Apion war an diesem Vorgehen etwas faul. Nicht einmal der gutmütige Sura erhob einen Einwand. Apion bekam es mit der Angst zu tun. In der Sprache dieser Männer war es bereits gleichbedeutend mit einer Verurteilung, wenn niemand das Wort ergriff, um einen Abwesenden zu verteidigen.

Apion lauschte dem Gespräch so angestrengt, dass er das Gefühl hatte, in einem Wachtraum gefangen zu sein. Deshalb entging ihm auch, dass sich Pylades für das Geschehen unter ihnen nicht mehr interessierte, sondern wie gebannt nur noch *ihn* anstarrte.
Der Kaiser sagte mit einer beinahe unmerklichen Herausforderung in der Stimme: »Ich muss gestehen, was ihr durchblicken lasst, überrascht mich. Es geht schließlich um *Marcus Julianus*. Er hatte in der Vergangenheit mit jeder seiner Empfehlungen Recht – und zwar uneingeschränkt. Dafür spricht eine eindrucksvolle Liste von Truppen und Proviant, die wir dank seiner Klugheit gespart haben.« Er räusperte sich. »Alle waren anderer Meinung als er, sagst du? Alle Mitglieder des Rats zusammen wissen nicht so viel wie er.«
Apion beobachtete, wie sich der Körper des Prätorianerpräfekten spannte, und ahnte, dass ihn die Wertschätzung des Kaisers für Marcus Julianus sehr verstimmte.
Livianus fuhr fort: »So ist es … und zweifellos ist es keine Frage gespaltener Loyalität, die darauf beruht, dass Julianus eine dieser barbarischen Chattinnen zu sich genommen hat, dass er ständig rät, diesen Stamm mit leichter Hand …«
»Gib mir diese neuen Beweise!«
Apion empfand flüchtig Erleichterung, als er die Kälte in der Stimme des Kaisers hörte.
»Hier ist ein persönlicher Brief von Julianus.«
»Ich lese keine persönlichen Briefe!« Das klang so vernichtend, dass es nur einen sehr starken Mann nicht zum Schweigen brachte. Apion musste gegen seinen Willen den Mut von Livianus bewundern.
»Natürlich nicht!«, fuhr der Präfekt fort. »Aber *dieser* Brief … ich werde dich nicht damit langweilen, denn ich sehe, dass ich Anstoß damit errege. Deshalb lasse ich ihn einfach hier liegen, damit du ihn dir später ansehen kannst … du sollst nur wissen, dass ihn einer deiner treuesten Gardisten aus der Bibliothek des Julianus entfernt hat. Er ist ein hervorragender Mann, und er hat mir den Brief erst heute Morgen übergeben … aber mehr von ihm später. Julianus behauptet darin, wir seien schuld am dakischen Krieg.

Und du musst wissen, diese falsche Behauptung hat er im gleichen Wortlaut in einem Vortrag wiederholt. In einem Vortrag vor aufmerksamen, eifrigen jungen Menschen. An einem öffentlichen Ort, in Confluentes, einer kleinen, aber bedeutenden Stadt ...«

»*Genug*. Mir ist gleichgültig, was Philosophen denken.«

Der Prätorianerpräfekt legte den Brief in Reichweite des Kaisers auf den Schreibtisch. Zu Apions Erschrecken schob Trajan ihn trotz der beeindruckenden Zurschaustellung kaiserlichen Zorns nicht beiseite. Der Junge spürte, dass Livianus den Fisch an der Angel hatte.

Der Präfekt sprach schnell weiter. »Marcus Julianus hat mit dem Kommandanten des von dem Aufrührer Witgern überfallenen Kastells allein gesprochen, nachdem er die anderen Ratsmitglieder mit einer Lüge aus dem Raum geschickt hatte. Und er hat von dem Kommandanten, einem Mann namens Speratus, Informationen erhalten, ohne sie später an die anderen Ratsmitglieder weiterzugeben. Und dann – es schmerzt mich, dir eine solche Pietätlosigkeit zu berichten – hat er diesen Speratus zum Schweigen verpflichtet. Julianus hat den Mann dazu gebracht, *ihm* Treue zu geloben, wo er doch in erster Linie *dir* zur Treue verpflichtet ist.«

Apion deutete das Schweigen des Kaisers als echte Überraschung, wie sie etwa jemand empfindet, der im Dunkeln gegen eine Mauer gelaufen ist.

Nach längerem Nachdenken fragte Trajan: »Welche Informationen wurden zurückgehalten?«

Nun lag eine traurige Müdigkeit in der kaiserlichen Stimme.

»Marcus Julianus hat erfahren, dass der Aufrührer Witgern das Kastell überfiel, um das Schwert zu stehlen, das einem alten Helden der Chatten, dem Häuptling Baldur, gehört hatte«, erwiderte Livianus. »Der Rebell hat ein Komplott geschmiedet, um das Schwert einem neuen Kriegsführer zu übergeben. Den Namen hat unser Informant nicht verstanden. Maximus, unser Statthalter dort, ist ein guter Mann, aber man konnte nicht erwarten, dass er wusste, was er von diesem eigenartigen Diebstahl halten sollte. Julianus dagegen weiß es. Julianus hat in seinen Werken über das Wesen dieser Wilden geschrieben, dass sie glauben, die Seele des früheren Besitzers lebe in einem solchen Schwert weiter. Er *weiß*, dass Baldurs Schwert eine Art Sammelpunkt für einen Aufstand ist.«

»*Das* ist eine Nachricht, die es zu berichten lohnt«, mischte sich Blaesus ein. »Die chattischen Wilden lassen den alten Schurken wieder auferstehen.«

Der Kaiser lauschte so gespannt wie ein Wachposten, der einen Feind herannahen hört. Apion spürte seine tiefe Besorgnis.

»Ich will zuerst von Julianus seine Version der Angelegenheit hören«, erwiderte Trajan schließlich. Aber Apion fand, dem Widerspruch fehlte die gewohnte Entschlossenheit. Er hielt die Luft an.

Das ist nicht nur das Werk eines Tages!

Seine Angst wuchs. Zweifel, die diese Männer früher gesät hatten, keimten, gingen auf, blühten und waren reif zur Ernte. Seine Gedanken überschlugen sich.

Was sind Livianus und Blaesus doch für gerissene Halunken. Es gibt keinen besseren Zeitpunkt, um einen mächtigen Mann zu vernichten, als vor einem langen Feldzug, der die Abwesenheit des Kaisers vom Kapitol verlangt.

»Um zu hören, welch geschickte Verteidigung er vorbringen wird?« Der Präfekt Livianus ließ nicht locker. »Ich weiß, *ich* kann seine Argumente nicht entkräften. Wahrscheinlich wird er dir sagen, die Chatten bewaffnen sich für den Kampf gegen die Cherusker, nicht gegen uns. Doch wenn man bedenkt, dass die Chatten so berechenbar sind wie eine Herde wilder Pferde, dann wird meine Besorgnis nicht geringer. Aber ich bin schließlich nur ein einfacher Soldat, der die Angelegenheit so sieht, wie unsere edlen Großväter sie gesehen hätten.«

Das lastende Schweigen des Kaisers wirkte auf Apion nicht ermutigend.

»Das ist für Julianus etwas Neues«, fuhr Livianus fort. »Er hat bisher noch nie nach seinen exzentrischen Ansichten gehandelt.«

Der Kaiser sah ihn streng an. Livianus verbesserte sich. »Ich meine nur, wir wissen schon lange, dass Julianus in seiner Akademie verkündet, die Zeit der Eroberungen sei für Rom zu Ende. Und dass er in schlimmster stoischer Manier die Grundlagen jeder

Autorität, die du als Herrscher beanspruchst hast, analysiert und verwirft. Aber ich weiß, du gibst nichts auf *diese* Art Beweise, deshalb ...«

»Er stellt in den Provinzen eine Oppositionspartei zusammen!«, warf Blaesus heftig ein.

Apion erkannte, dass die beiden Männer unterschiedliche Rollen spielten. Livianus bildete die Vorhut und schuf mit großen sauberen Hieben freie Bahn. Dann kam Blaesus im Schutz des Prätorianerpräfekten schnell herbei und führte den Schlag, der schmutzig und brutal war. Sura, der Freund des Kaisers, schien dagegen nur als Beobachter zugegen zu sein. Vielleicht hatte Trajan ihn aber auch mitgebracht, um die beiden rachsüchtigen Männer im Zaum zu halten.

Blaesus fügte mit einem viel sagenden Nicken in Richtung des Briefs hinzu: »Und wir dürfen die *Geschichte* von Julianus nicht vergessen, Herr. Bevor er etwas gegen Domitian unternahm, hat er sich gegen ihn ausgesprochen.«

»Was ich dir jetzt sage«, fuhr Livianus fort und senkte wieder die Stimme, »war für uns zunächst schwer zu glauben. Es stammt von demselben loyalen Gardisten, den ich bereits erwähnt habe. Er heißt Marcus Ulpius Secundus, und er ist ein Soldat mit Auszeichnungen. Der Aufrührer Witgern ist auf dem Besitz von Julianus gesehen worden.«

Das einsetzende Schweigen war wie die Stille nach einem Donnerschlag.

Apion wurde es übel. Er glaubte, sein Magen werde sich umdrehen.

Das kann nicht wahr sein. Die treulosen Männer scheuen nicht einmal vor Lügen zurück!

»Und das ist bewiesen?« Trajans Stimme klang ausdruckslos.

»Ich fürchte, die Quelle ist über jeden Zweifel erhaben. Witgern ist mitten in der Nacht zum Besitz des Julianus gekommen, um mit Julianus seine Intrigen zu spinnen. Es wurde beobachtet, dass man ihn wie einen alten Freund empfing und dass er Unterkunft und Nahrung bekam.« Livianus machte eine Pause, die gerade lang genug war, um dem Kaiser die Ungeheuerlichkeit dieser Tatsache bewusst werden zu lassen. Dann fügte er hinzu: »Ich fürchte, Marcus Arrius Julianus ist *nicht* unser Freund.«

Nun übernahm Blaesus die Führung. »Angesichts dieser bewiesenen verräterischen Illoyalität dir gegenüber, Herr, sollte es uns nicht überraschen, dass Marcus Julianus es ablehnt, dich nach Dakien zu begleiten.« Blaesus übergab dem Kaiser eine vergoldete Wachstafel. Apion sah, dass sie einen elegant geschriebenen Brief enthielt.

Trajan las die kurze, höfliche Weigerung des Marcus Julianus, ihn auf seinem dakischen Feldzug zu begleiten, laut vor. Apion staunte, wie nachteilig jedes Wort des höflichen, freundlichen Briefs vor dem Hintergrund des von diesen Männern gesäten Misstrauens klang.

Apion kannte die Sorgen, die jeden Herrscher zu einem solchen Zeitpunkt gequält hätten: Es war nicht ratsam, in einen langen Krieg zu ziehen, wenn ein mächtiger Mann zurückblieb, dem man nicht trauen konnte. Apion sah, wie der Kaiser einmal flüchtig die Hand an die Schläfe legte, als sei das alles selbst für einen so starken Mann wie ihn zu viel.

Der Prätorianerpräfekt ergriff wieder das Wort. »Das ist eine äußerst missliche Angelegenheit, Herr. Die viel versprechende Nachricht ist, dass wir die Möglichkeit haben, den Fall unauffällig und sauber zu erledigen. Es ist nicht nötig, sich Gedanken darüber zu machen, dass du eine gefährliche Quelle der Instabilität zurücklässt. Du hast genug Sorgen, Herr. Du musst uns nur die Freiheit lassen, das zu tun, was wir tun müssen.«

Apion konnte das folgende Schweigen schwer deuten, denn in der Brust des Kaisers wohnten viele Seelen, von denen einige widersprüchliche Ziele hatten. Ein Teil von ihm schien in die Allmacht eines Gottes gehüllt zu sein, wenn er die Last der Welt auf die Schultern nahm und danach strebte, allen Völkern Wohlergehen und Gerechtigkeit zu bringen. Ein anderer Teil von ihm war einfacher, harter Soldat, der notfalls jeden Wunsch, jedes Verlangen unterdrücken konnte, um einen Mann aus sich zu machen, der ein Heer dazu brachte, durch die halbe Welt zu marschieren und für ihn zu sterben. Wieder ein anderer Teil war ein praktisch gesonnener Herrscher, dem stets bewusst blieb, dass ein Mann mit absoluter Macht niemals sicher ist. Und dann gab es noch den hochherzigen Teil, der lieber durch Feuer und Wasser gegangen wäre, als einem Freund gegenüber keinen Edelmut zu zeigen.

»Julianus hat das große Glück, dein guter Freund zu sein. Aber bedauerlicherweise ist er kein Freund des Staates«, sagte Livianus, der das Zögern des Kaisers richtig deutete. »Ich bin erleichtert, dass *du* vor diesem Dilemma stehst und nicht ich, denn du hattest wie der göttliche Augustus schon immer die heroische Fähigkeit, die Sicherheit Roms über alle persönlichen Gefühle zu stellen.«

»Sura?« Der Kaiser wandte sich an seinen alten Freund.

Doch Sura gab mit einer abwehrenden Geste zu verstehen, er werde die Angelegenheit den anderen überlassen. Apion wusste, Licinius Sura fand das Ganze ekelhaft, aber die Dinge waren zu weit gediehen. Sie befanden sich nicht in normalen Zeiten, und es war gefährlich, zugunsten von Julianus zu sprechen, solange man nicht wusste, wie der Kaiser darüber dachte.

Das erstickende Schweigen dauerte an. Für Apion bedeutete es Übereinstimmung.

Unerwartet sagte der Kaiser mit eiskalter Stimme: »Ich verurteile keinen Mann ohne ein Gerichtsverfahren.«

Der Prätorianerpräfekt war darauf vorbereitet. »Natürlich nicht«, sagte er, ebenfalls ungehalten. Dann richtete er sich auf, wandte den Blick ab und erklärte mit der gefühlsbeladenen Verzweiflung eines Schauspielers: »Und die Götter wissen, es ist nicht unsere Schuld, sondern die Schuld des verräterischen dakischen Königs, dass keine Zeit für ein Gerichtsverfahren bleibt.«

»Ich habe ihm viel zu verdanken«, sagte Trajan schließlich.

Apion hörte aus diesen Worten heraus: *Ich habe ihm meinen Thron zu verdanken.*

»Er hat den Weg für die Zeit frei gemacht, in der wir leben. Ich hätte die Herrschaft nicht verdient, wenn ich ein solcher Tyrann wäre.« Trajan sprach langsam und mit einer traurigen, schlichten Offenheit.

In Apions Ohren klang es wie die unausgesprochene Bitte: *Sagt mir, wie ich ihn loswerde. Sagt mir, wie ich es tun kann und gleichzeitig nicht tue.*

Apion warf Pylades einen kurzen Blick zu, um zu sehen, wie der Ältere das alles aufnahm. Doch Pylades war immer noch verstimmt und schien damit beschäftigt, an der Goldborte eines Kostüms herumzuspielen. Der Prätorianerpräfekt hatte wieder das Wort ergriffen, und Apion vergaß Pylades.

»Und wenn es die Tat eines anderen wäre ... und jeder könnte deutlich sehen, dass es so ist? Wenn es ein Mann täte, von dem man weiß, dass er Julianus zutiefst hasst, dass er bereit ist, ihn zu vernichten? Niemand würde glauben, dass es nicht von Anfang an der Plan dieses Mannes war.«

Apion glaubte, nicht richtig gehört zu haben. Die eintretende Stille war eigenartig. War Trajan interessiert oder entsetzt?

»Verstehe ich dich richtig?«, sagte der Kaiser schließlich. »Du sprichst von dem Sohn des Casperius Aelianus, der nichts anderes im Sinn hat, als den Mord an Domitian zu rächen?«

Apions Angst wuchs.

Wieso nimmt er diesen ungeheuerlichen Plan überhaupt zur Kenntnis?

»So ist es«, erwiderte Livianus. »Der Mann, der praktischerweise schon einen ungeschickten Versuch unternommen hat, und zwar vor den Augen Tausender, als er Marcus Julianus in seinem Wagen verbrennen wollte.« Der Präfekt flüsterte: »Lass den jungen Aelianus die Waffe sein ... das Mittel.«

»Und ihr seid ganz sicher, es *war* der junge Aelianus, der aus dem Wagen von Julianus eine Fackel gemacht hat?«, fragte Sura. Der Kaiser saß majestätisch, still und distanziert, als wolle er mit keinem Teil von sich etwas mit einem so schändlichen Plan zu tun haben, nicht einmal mit seiner Stimme.

»Wir sind sicher. Wir haben sogar schon Verbindung zu ihm aufgenommen«, erwiderte Blaesus.

Sura zog sich sofort in sich selbst zurück. Das war übereilt gehandelt, und es war eine Dummheit, das zuzugeben.

Als Nächstes hörte Apion die Stimme des Kaisers.

»Das ist verachtenswert. Ich schäme mich.«

»Scham ist für einen Herrscher tödlich«, entgegnete Livianus. »Das natürliche Gesetz gilt nicht für einen Kaiser. Das muss ich dir wohl kaum sagen. Und ich erinnere dich daran, dass du *zwei Jahre* abwesend sein wirst.«

Der Kaiser entgegnete: »Du benutzt unseren Feind, um unseren Freund zu vernichten.«

»So kann man das nicht sagen!«, widersprach Livianus. »Wir machen nur den Weg frei für einen tollwütigen Hund. Du weißt, der junge Hitzkopf wird es ohnehin wieder versuchen. Wir vergrößern nur die Chancen, dass er Erfolg hat. Ich werde dafür sorgen, dass Casperius Aelianus Geld bekommt, und wir versetzen ihn auf einen untergeordneten Posten in Mogontiacum. Das wird alles von Männern vor Ort erledigt werden. Es werden viele Männer vom Kapitol aus die Tat decken, und niemand wird die verschlungene Spur zum Palast zurückverfolgen können.«

»Du und Dion, ihr sitzt auf den beiden Enden einer Stange!«, sagte Trajan mit einer entwaffnenden Unbeschwertheit, bei der sich Apion von neuem der Magen umdrehte. Er wusste, der Kaiser sprach von dem Philosophen und Freund des Kaisers Dion Chrysostomus, der in letzter Zeit lange und wortreiche Vorträge über die Notwendigkeit gehalten hatte, bei der Ausübung von Tugend Mut zu beweisen. Apion spürte, dass Trajan ihn dadurch, dass er ihn erwähnte, gleichzeitig entwaffnete.

»Dion bläst Worte in die Luft und tut nichts«, sagte der Prätorianerpräfekt. »Ich fahre den Karren zum Markt.«

»Ich werde dazu nicht meine Zustimmung geben …« Trajan verstummte, und die Spannung stieg.

Livianus beugte sich zum Kaiser und flüsterte leise und eifrig wie ein Liebhaber: »… aber du sagst nicht nein?«

Auf Apions Brust legte sich eine so schwere Last, dass er kaum noch atmen konnte. Er sah erstaunt, dass Trajan den Diamantring, den Kaiser Nerva ihm bei seiner Adoption gegeben hatte, vom Finger streifte und auf den Schreibtisch legte. Die Bedeutung war klar: *Ich kann ihn nicht tragen, während ich eine solche schändliche Tat begehe.*

»Sag einfach nicht *nein*«, fuhr der Präfekt in diesem seltsam ver-

führerischen Ton fort, »und wir werden uns in aller Stille ans Werk machen. Mehr brauchst du darüber nicht zu wissen.«
Das folgende Schweigen war das Todesurteil für Marcus Julianus. Apion stiegen heiße Tränen in die Augen. Er gab Trajan keine Schuld. Es wäre ihm nicht in den Sinn gekommen, die Taten eines so großen Mannes mit seinen erhabenen Zielen in Zweifel zu ziehen. In Apions Augen beabsichtigte ein Gott, einen anderen Gott zu töten. Apion wollte instinktiv den Pfeil ablenken, der den Mann treffen sollte, den er liebte.
Der Junge konnte sich lange nicht bewegen. Ihm brach der Schweiß aus. Er glaubte, das Fieber habe ihn gepackt.
Dann löste sich die Spannung im Raum unten plötzlich, als habe jemand ein gespanntes Seil durchschnitten. Die Männer stellten fest, dass es nichts mehr zu sagen gab, und standen auf – zuerst der Kaiser, dann die anderen. Dabei unterhielten sie sich über so banale Dinge wie die Gesundheit ihrer Ehefrauen und das wechselhafte Glück ihrer Kinder.
Wenn ich so schnell wie ein Reiher wäre, könnte ich noch heute zu Julianus fliegen und ihn warnen.
Aber im nächsten Augenblick wurde Apion aus einem Albtraum gerissen und stürzte in einen anderen. Er blickte sich in dem kleinen Raum um.
Pylades war verschwunden!
Apion legte die Bodenplatte wieder an ihren Platz zurück. Er suchte ein Schwefelholz, zündete die Lampe wieder an und durchsuchte eilig die Kammer, während er gleichzeitig leise nach Pylades rief – obwohl die hohle Leere, die er um sich spürte, ihm die Wahrheit verriet.
Die Angst, die ihn jetzt packte, war von einer anderen Art – sie war scharf und unmittelbar wie ein Dolch an seiner Kehle.
Pylades hatte ihn im Stich gelassen. War er rachsüchtig genug, ihn an die Wachen zu verraten?
Das war er!
Wie hatte sich Pylades so geräuschlos entfernen können? Apion vermutete, er war durch die Falltür auf die Probebühne geschlichen.

Dann stellte Apion fest, dass Pylades die Federmaske von der Wand genommen und zerstört hatte. Vom Geschenk des Kaisers waren nur noch ein paar traurige Goldfedern und Karmesinstaub übrig.
Pylades musste den Verstand verloren haben. Er wollte einen Rivalen aus dem Weg räumen.
Apion öffnete die Tür zu dem gewölbten Steingang hinter dem Kostümraum, blieb zwischen den flackernden Flammen zweier Wandleuchter mit Greifenköpfen stehen und lauschte angestrengt auf die Schritte der Wachen. In seinem Gürtel steckte ein silberner Dolch. Seine Klinge war nicht geschliffen. Er benutzte den Dolch nur bei seinen Auftritten. Aber er würde seinen Zweck erfüllen.
Pylades glaubt also, er kann Marcus Julianus und mich ohne weiteres abschütteln und wegwerfen wie Essensreste vom Tisch?
Plötzlich hörte Apion von fern schnelle, harte Tritte und das rhythmische Rasseln von Eisenschlüsseln an einem Bund. Er schätzte, dass es vier Wachen waren, die sich im Eilschritt näherten. Die Angst versetzte ihn in eine andere Welt. Alle Furcht war plötzlich klein und weit weg, und Apion hatte das Gefühl, wie ein Geist durch den Gang zu schweben und sich von den Wachen zu entfernen. Er versuchte erst gar nicht, ihnen zu entkommen. In seiner rasenden Wut war es ihm gleichgültig, ob er starb.
Seinen Dolch beherrschten eigene, leidenschaftliche Gefühle. Er wollte Pylades an die Kehle.
»Dort! Dicht vor uns! Fasst ihn!« Die rauen Rufe hallten in dem Steingang wider und klangen wie das Kläffen aufgeregter Hunde. Apion vermutete, dass sie etwa hundert Schritte hinter ihm waren.
Als er die schmale Wendeltreppe erreichte, die in das untere Stockwerk führte, entdeckte er Pylades, der sich hinter einer Basaltsäule verbarg. Wie Apion vermutet hatte, war Pylades in der Nähe geblieben, denn er konnte dem Drang nicht widerstehen zu sehen, wie sein junger Rivale zugrunde ging.
Apion stürzte sich auf den Älteren und entwickelte in seinem

Zorn eine solche Wucht, dass Pylades durch den Aufprall rückwärts fiel. Apions Silberdolch war die Kralle einer Raubkatze, die die weiche Wolltunika von Pylades zerriss und tief in sein Fleisch schnitt. An vielen Stellen bildeten sich dunkle Flecken auf dem rosenfarbenen Stoff. Die beiden Jungen waren wie Schlangen ineinander verknäult und fielen gegen den seidenbestickten Vorhang einer Türöffnung. Der Vorhang wurde aus seiner Halterung gerissen und fiel auf die beiden herunter.
Die Wachen umringten sie mit gezogenen Schwertern und befahlen ihnen aufzustehen. Sie mussten Apion lebend fassen, wenn sie jemals erfahren wollten, wer der Herr des jungen Spions war. Und sie wagten nicht, Pylades zu verletzen und damit den Zorn des Kaisers auf sich zu ziehen.
»*Proditor!*«, schrie Apion in seiner Raserei, »Verräter! *Perfidiosus!*, Treuloser.« Die schlimmsten Worte in Apions Welt brachen aus ihm hervor. Es gelang ihm, sich auf Pylades zu werfen und ihn zu Boden zu drücken. Pylades umklammerte verzweifelt Apions Handgelenk. Der Dolch des Jüngeren richtete sich auf seine Kehle. Pylades ließ nicht los, aber seine Arme begannen zu zittern, und allmählich verlor er an Kraft. Noch ein paar Herzschläge, und Pylades war tot.
Einer der Wachen packte Apion an den Beinen und zog heftig daran. Ein Zweiter schlug dem Jungen mit der Breitseite seines Schwertes gegen den Kopf, um ihn zu betäuben.
Der Gardist schätzte die Wucht der Klinge jedoch falsch ein.
Apion starb und wusste es nicht. Er glaubte, auf einem Pferd zu sitzen und nach Norden zu galoppieren. Apion hatte nie reiten gelernt, doch jetzt ritt er in halsbrecherischer Geschwindigkeit über die Poststraßen, durch Städte, über Felder und Wiesen. Er durchquerte ein riesiges Reich auf der Suche nach einer Villa an einem Fluss im Norden. Er musste Marcus Julianus warnen.
Es gibt niemanden sonst, der dir sagt, dass sie dich ermorden wollen. Ich werde dich nicht enttäuschen. Du wirst so stolz auf mich sein, dass du mich als deinen Sohn adoptierst …
Er galoppierte in ein warmes, zärtliches Licht, hörte das Lachen der wilden Waldgöttinnen, die seine Mutter so liebte, und spürte

sanftes, nährendes Wasser, als er auf seinem Pferd durch einen unendlich tiefen Fluss schwamm. Immer noch im Galopp erreichte er einen hellen, klaren Glanz und eine Welt, in der Verrat keine Bedeutung hatte.

Dreizehntes Kapitel

Vier Tage nach den Kalenden des Junius 105

Auriane und Avenahar ritten die Stuten um die Wette. Es war ein alljährliches Ereignis, bei dem entschieden wurde, welche Pferde für die Zucht behalten und welche in Confluentes auf dem Pferdemarkt verkauft werden würden.

In acht Tagen wollten sie sich auf den Weg in die Heimat machen. Für Rom war das der Tag, an dem Kaiser Trajan seine Streitkräfte zum zweiten dakischen Krieg in Marsch setzen würde.

Auriane saß auf einem eher mageren und knochigen Pferd von hispanischem Blut. Die Stute hatte das Rennen verloren. Sie war von der Anstrengung erschöpft und galoppierte lustlos. An ihrem gestreckten Hals hing Schaum. Avenahar ritt dagegen ein prachtvolles braunes Tier mit dunklerem Fell um die Augen.

Mutter und Tochter zügelten die Stuten und ließen sie nach dem schnellen Ritt langsam auslaufen. Am Ende der Wiese, nahe am Ufer, würden sie die Pferde wechseln. Ein Stallbursche wartete bereits mit zwei frischen Einjährigen, die wie Bronze vor der schimmernden Seide des grünen Grases glänzten.

Unter dem roten Ziegeldach an der Nordseite der Villa hatten sich Stallknechte und Sklaven versammelt und sahen zu. Auf die Entfernung konnte Auriane gerade noch erkennen, dass auch Marcus und Arria Juliana unter den Zuschauern waren. Normalerweise hätte sich Auriane darüber gefreut, dass die Familie für eine kurze Zeit vollzählig war. Nicht aber an diesem Tag. Die Nachrichten, die am Morgen eingetroffen waren, hatten sie in eine Welt gestürzt, in der sie nun endgültig allein stand.

»Avenahar, reite dicht neben mir, ich muss mit dir reden, aber bleibe ruhig und lass dir von dem, was dich bewegt, nichts anmerken«, sagte Auriane mit einem leeren, nichts sagenden Gesichtsausdruck und blickte geradeaus. In diesem Haushalt, in dem es von Dienstboten nur so wimmelte, war der Renntag eine gute Möglichkeit, ungestört mit ihrer Tochter zu sprechen. »Der Speer ist geworfen. Victorinus hat seine Beweise nach Rom gesandt.«
Stolz stellte Auriane fest, dass die Züge ihrer Tochter keine Angst verrieten. Avenahar nahm die Nachricht gelassen auf.
Einiges hat sie doch von mir gelernt.
»Das kam so«, fuhr Auriane fort und beugte sich vor, um ihre Stute am Hals zu tätscheln – eine unbewusste Geste, um das Tier darüber hinwegzutrösten, dass es verloren hatte. »Victorinus hat vor vier Tagen eine schlechte Muschel gegessen und sich den Magen verdorben. Er dachte, er müsse sterben, weil ich ihn verflucht habe.«
Avenahar senkte den Kopf und unterdrückte mit Mühe ein Lachen. Dann fasste sie sich und sagte leise: »Tut mir Leid, Mutter.«
»Decimina, seine Frau, ist heulend durch das Haus gelaufen, hat sich die Kleider zerrissen, und alle Sklaven haben angefangen zu klagen.«
»Krokodilstränen! Ich bin sicher, seine armen, misshandelten Pächter haben bereits Dankesopfer gebracht!«
»Hör zu. Unser Mann dort ist in seiner Aufregung davongelaufen, um mir alles zu berichten. Jetzt wird er als Spitzel verdächtigt und kann nicht mehr zurück. Aber wenigstens wissen wir, was geschehen ist. Victorinus ist grün geworden und am Tisch zusammengebrochen. Er hat seinen Sohn Lucius ans Krankenbett gerufen und dem Jungen gesagt, sein Tod sei *mein* Werk!«
»Ich muss diese Muschel loben.«
»Avenahar, sei still! Ich habe dir viel zu sagen und muss es in drei Herzschlägen tun! Victorinus wollte sich natürlich an uns rächen. Als letzten Wunsch trug er Lucius auf, die Beweise nach Rom zu schicken, was er bis dahin nicht getan hatte. Ich nehme an, er machte sich immer noch Hoffnungen, ich würde nachgeben und Arria seinem Sohn überlassen. Wie auch immer, der Junge hat das

Ergebnis der Ermittlungen mit einem Boten auf den Weg gebracht.« Sie lachte bitter. »Letzter Wunsch, ha! Zwei Tage später ist unser Todkranker wieder gesund und munter und tut, was er am besten kann: Er schikaniert als allmächtiger Magistrat kleine Ladenbesitzer.«

Beide Stuten scheuten, als ein paar Amseln vorbeiflogen. Nachdem sie die unruhigen Pferde wieder unter Kontrolle gebracht hatten, fuhr Auriane fort. »Avenahar, das bedeutet, uns bleiben im günstigsten Fall eineinhalb Monate, bis die Beweise in Rom eintreffen. Unser Feind heißt nicht mehr Volusius Victorinus. Unser Feind ist das grausamste Reich, das die Götter jemals hervorgebracht haben. Und ein Mann, der als Gott verehrt wird, ist der Kaiser.«

»Aber Marcus …«

»… fürchtet keine Kaiser. Ja, das weiß ich wohl, und einen hat er sogar entmachtet. Du darfst nicht vergessen, Marcus arbeitet mit dem Verstand, nicht mit Zauberei.«

»Du musst es ihm trotzdem sagen. Es ist sein Reich und sein Gesetz. Wir haben nicht die Mittel, diesen Kampf allein zu führen.«

Wir haben nicht die Mittel …

Auriane unterdrückte ein Lächeln. Das war Avenahars neues, in letzter Zeit zutage getretenes Ich, in dem ein ungestümes Selbstvertrauen brannte, seit das Blut des Lebens gekommen war.

Das Blut hat sie stark gemacht …

Auriane stellte das nicht zum ersten Mal fest. Inzwischen trug Avenahar ihre eigenen Schlüssel bei sich. Sie ging allein zu Freias Schrein am Fluss, um Opfer zu bringen. Voll Stolz hielt sie ihren Umhang jetzt mit einer silbernen Fibel in Form eines Rades zusammen, wie es bei den Frauen von Aurianes Familie Tradition war. Und sie hatte begonnen, das Urteil ihrer Mutter in Zweifel zu ziehen. Das tat sie mit der ganzen Unbekümmertheit einer Lieblingsschülerin, die darauf vertraut, dass ihre Lehrerin darin keine Kampfeslust sehen wird, sondern die Bereitschaft, eine schwierige Aufgabe mutig anzugehen.

»Nein«, erwiderte Auriane heftig. »Ich werde es ihm noch nicht sagen. So gut ich ihn auch kenne und liebe, so kann ich mir doch nicht vorstellen, was er tun wird, wenn er davon erfährt. Ich brauche Zeit für meine eigenen Pläne. Und ich muss die warnen, die noch gewarnt werden müssen. Aber ich möchte, dass du alles weißt, ganz gleich, was geschieht, wenn …«

»… du wie ein pflichtbewusster Kapitän mit diesem Schiff untergehen und ertrinken wirst.« Avenahars Worte klangen bitter. Sie ließ den Kopf sinken. Verstohlen warf sie ihrer Mutter einen Blick zu und sah, dass Auriane erstarrte, als habe ihr jemand einen Messerstich versetzt. Sie ahnte schmerzlich die vernichteten Hoffnungen und die quälenden Sehnsüchte. »Das willst du doch nicht, Mutter, nicht wahr?«, fragte Avenahar aufbegehrend.

»Nein.«

»Du willst nach Hause!« Avenahar sprach das »nach Hause« aus, als seien es die elysischen Felder. »In Wirklichkeit wolltest du das immer. Ich weiß es. Deine Hand greift insgeheim nach einem Schwert. Du willst an der Spitze unserer Krieger reiten und unser Land den Cheruskern wieder entreißen. Sag mir die Wahrheit: Gibt es einen besseren Zeitpunkt, um hier alles zu verlassen?«

»Wie heißt diese abscheuliche Vorrichtung, mit der sie Sklaven quälen, die den Gefolterten Gelenk um Gelenk zerreißt? Muss meine eigene Tochter mich auf eine solche Folterbank spannen?«

»Du und ich, wir gehören dorthin, wo wir auf die Welt gekommen sind. Lass uns nach meiner Einweihung zu Hause bleiben.«

»Zügle deine wilden Pferde, du kleiner Hitzkopf. Mein Platz ist hier. Aber du hast nur zur Hälfte Recht. Eine von uns wird nach der Zeremonie fliehen, und das bist *du*. Aber nicht, um in den Krieg zu ziehen. Sofort nach dem Ritual im heiligen Eichenwald gehst du zu Atlind, meiner Mutter, und bleibst ein paar Jahre bei ihr.« Auriane vermutete, in Anbetracht der Schwere ihres Vergehens würde man zwischen Avenahars Schuld und ihrer keinen Unterschied machen. »Marcus wird bestimmt zustimmen. Der Westwald war bisher vor den Überfällen der Cherusker sicher, und er muss ja nicht wissen, wie lange du bleiben wirst. Atlind ist deine Großmutter. Es ist gut, dass sie dich kennen lernt, bevor sie dieses Leben hinter sich lässt.«

»Aber … was ist mit dir?«

»Ich bleibe und kämpfe.«
»Du bleibst und stirbst!«
»Kein Wort mehr! Ich werde Arria und Marcus nicht im Stich lassen.« Auriane verstand nicht, wie in ihr gleichzeitig das blinde, heftige Bedürfnis, einerseits in der Villa zu bleiben und andererseits dieser starke Drang, nach Hause zu gehen und das Land zurückzugewinnen, Platz hatten. Aber es war so.
»Ich werde nicht ohne dich fliehen ...«, erklärte Avenahar mit Nachdruck. Sie biss sich auf die Lippe und starrte geradeaus. Ihre dunklen Augen glänzten feucht. »... selbst wenn es nur für ein paar Jahre ist.«
Auriane griff nach der Hand ihrer Tochter und drückte sie kurz. »Du musst, Liebes. Sei stark. Die Fäden unserer beider Leben sind miteinander verknüpft. Selbst wenn sie durchschnitten werden sollten, werden sie irgendwann wieder miteinander verwoben sein. Du bist niemals allein, Avenahar, die Ahnfrauen sind bei dir. Jetzt halte den Kopf hoch. Du musst friedlich und fröhlich wirken, denn sie beobachten uns alle.«
Avenahar gab sich bewundernswerte Mühe, doch Auriane fand, sie sah aus wie ein Kind mit einer schweren Last auf den Schultern.
Sie erreichten schweigend den Unterstand und übergaben ihre erschöpften Tiere dem Stallburschen. Auriane packte die frische Stute bei der Mähne und am Widerrist. So sprang sie ohne die Hilfe des Blocks auf den Pferderücken. Avenahar folgte ihrem Beispiel mit großem Schwung, wenn auch weniger anmutig. Die beiden temperamentvollen Einjährigen konnten den Start kaum erwarten. Das Zaumzeug klirrte, weil sie sich gegen die angezogenen Zügel wehrten, die wie straffe Saiten ihre schlanken Hälse zu edel gewölbten Bogen spannten.
Das Rennen ging diesmal über die ganze Länge der Wiese, die vom Wald, dem Haupthaus und dem Fluss eingerahmt wurde.
Die Stuten stürmten los. Erdklumpen flogen hoch in die Luft. Auriane kam sich vor wie ein von der Schleuder geschossener Stein. Sie überließ sich der ungebändigten Kraft, freute sich über den kraftvollen Galopp mit größer und schneller werdenden Sprün-

gen. Beide Pferde jagten mit einer unbändigen Lust am Laufen über die Strecke. Sie wetteiferten mit dem Wind. Es war, als habe man ihnen das natürliche Recht, ihre Kräfte zu messen, zu lange vorenthalten.

Sie sind wunderbare Erfindungen der Götter und wurden geschaffen, damit wir die Grenzenlosigkeit von Schnelligkeit und Anmut kennen lernen.

Die Stuten waren sich so ebenbürtig, dass sie am Zaum hätten zusammengebunden sein können. Eisenharte Hufe trommelten auf der Erde, als sie in einem weiten Bogen ein dichtes Erlengebüsch umrundeten und der Weg sich am Fuß der Schieferhügel dem Wald näherte. Beide Pferde legten sich weit in die enge Kurve. Avenahars Stute lief innen und hatte die Nüstern leicht vorne. Dann sahen sie das Unmögliche vor sich. Mitten auf dem Weg stand ein Ochsenkarren mit Bausteinen, als habe ihn ein unachtsamer Riese dort abgestellt. Das tödliche Hindernis war bereits so nahe, dass Pferde und Reiterinnen keine Zeit mehr zu einem Ausweichmanöver hatten. Es blieb ihnen nicht einmal mehr der Augenblick für einen überraschten Ausruf oder für die Frage, wer das getan haben mochte. Beide Pferde hoben ab und versuchten, über das Hindernis zu springen. Sie streckten ihre Körper, um den Sprung zu verlängern, als sie die Ausdehnung der Hürde sahen. Aurianes Pferd hatte das Glück, auf einem weichen Fleck Erde aufzukommen. Nach ein paar kurzen, heftigen Sprüngen stand das Pferd wieder sicher auf den Beinen. Aber Avenahars Stute streifte mit den Vorderhufen die Steine und knickte beim Aufsetzen ein. Die Hinterhand schoss nach oben, und die Stute überschlug sich. Avenahar wurde ins Gebüsch geschleudert. Das Pferd kam mit einem mächtigen Satz wieder auf die Beine und begann, hinkend im Kreis zu gehen.

Auriane drehte ihre Stute um und kam bleich zu Avenahar zurück.

»Mir fehlt nichts, Mutter, mach dir meinetwegen keine Sorgen!«, rief Avenahar, während sie sich aus dem Gestrüpp befreite. »Such den Verbrecher! Wer immer das getan hat, kann nicht weit sein!«

Auriane ließ den Blick über die Wiese schweifen und musterte mit zusammengekniffenen Augen die rostbraunen und violetten Schatten unter den Bäumen am Waldrand. Schließlich entdeckte sie etwas, das gerade hinter dem Vorhang der Äste verschwand. Waren es die Ochsen, die den Karren aus dem Steinbruch gezogen hatten? Ja. Die beiden braunen Tiere näherten sich dem Bach. Auriane erinnerte sich, dass sie den Ochsenkarren mit den Bausteinen in der Nähe der Rennstrecke gesehen hatte. Dort wollten Bauern eine Steinmauer errichten. Jemand hatte den Karren für seine eigenen bösen Absichten benutzt. Sie trat ihrer Stute energisch in die Flanken, die wiehernd wie ein Pfeil auf sein Ziel zuschoss.

Vermutlich hatte der Täter damit gerechnet, dass die Opfer seines üblen Streichs nicht in der Lage sein würden, ihn zu verfolgen. Auriane galoppierte den Abhang hinauf. Beim Näherkommen sah sie, dass die Ochsen noch zusammengespannt waren. Der Übeltäter wollte sie über den Bach treiben, sah aber ein, dass die beiden behäbigen Tiere nicht schnell genug waren, um mit ihnen zu entkommen. Er überließ das Gespann sich selbst und rannte davon. Auriane kannte den dünnen Hals und die hängenden Schultern. Lucius!

Aurianes Stute erreichte das Ochsengespann, als der Junge die Bachböschung auf der anderen Seite bereits hinter sich gelassen hatte, und, ohne langsamer zu werden, weiterlief. Zwischen dem Unterholz wucherten an dieser Stelle dichtes Gestrüpp und Brombeerranken. Außerdem gab es in dem Wald gefährliche Schluchten. Für das Pferd war ein Durchkommen unmöglich. Auriane trabte noch ein Stück am Ufer entlang, gab aber die Hoffnung auf, den jungen Mann zu fassen. Es genügte, ihn erkannt zu haben. Außerdem hatte sie das Ochsengespann und den Karren mit den Steinen als Beweis. Deshalb wendete sie das Pferd und trieb es in einen leichten Galopp. Auf dem Rückweg zum Haupthaus ließ sie die blutende Avenahar aufsitzen.

Marcus eilte ihr entgegen und griff nach den Zügeln der Stute. Avenahars Verletzungen schienen ernsthafter zu sein, als es zunächst den Anschein hatte. Auriane berichtete Marcus in knappen Worten, was vorgefallen war, und wies auf den Wald. Während sie sprach, sah sie seinen wachsenden Zorn. Sie kannte das an ihm, aber während ihrer gemeinsamen Zeit hatte sie es nur einmal erlebt, dass er seinen Gefühlen unüberlegt nachgab. Doch diesmal schien er entschlossen zu sein, sich nicht eher besänftigen zu lassen, bis jemand für diese Untat bestraft worden war.

Er drehte sich wortlos um und ging schnell ins Haus zurück.

»Marcus?«, rief sie ihm nach.

Er blieb kurz stehen und erwiderte: »Ich werde dafür sorgen, dass so etwas nie wieder vorkommt.«

Auriane sprang vom Pferd und hörte die klaren Anweisungen, die er Demaratos gab. Sie befahl den Stallburschen, sich um die verletzte Stute und das Ochsengespann zu kümmern, und ließ dann den *Medicus* für Avenahar rufen.

Als sie kurze Zeit später Avenahar auf ihr Zimmer brachte, verließ Marcus gerade das Haus in Begleitung seines ersten Sekretärs und eines Schriftführers. Zwei der prunkvollen *Redas* standen zur Abfahrt bereit. Marcus stieg in die erste, der Sekretär und der Schriftführer in die zweite. Die Kutscher ließen die Peitschen knallen, und die Gespanne mit den starken Braunen setzten sich in Bewegung. Zehn Lakaien zu Fuß und zehn Bewaffnete zu Pferd begleiteten die Wagen.

Er wird Victorinus zur Verantwortung ziehen.

Auriane wurde es flau im Magen. Sie empfand keine Genugtuung darüber, dass die Untat sofort bestraft werden würde. Sie hatte plötzlich Angst, dass sich alles endgültig ihrer Kontrolle entziehen könnte.

* * *

Die Fahrt zum Anwesen von Victorinus dauerte nicht lange, denn die beiden Villen standen nicht allzu weit voneinander entfernt, waren aber durch einen Streifen Brachland von etwa einer halben Meile getrennt. Es war inzwischen spät geworden. Das städtische Gericht würde bereits geschlossen sein. Der Magistrat pflegte ein geregeltes Leben zu führen. Marcus rechnete deshalb damit, dass er Victorinus zu Hause antreffen würde, wo er wahrscheinlich mit Freunden beim Essen lag.

Die *Redas* kamen vor dem Säulenportal des zweistöckigen Hauptgebäudes der weitläufigen, mit Ziegeln gedeckten Villa zum Stehen. Die beiden schweren Türflügel standen weit offen und gaben den Blick in das Vestibül frei. Die Säulen der Halle waren zur Begrüßung der Gäste mit Efeu umwunden. Der Türhüter blickte verblüfft auf den unangekündigten Besuch. Warum hatte man ihm nicht gesagt, dass ein so hoher Gast zum Essen erwartet wurde?
Marcus blieb in der *Reda* sitzen. »Bringe deinen Herrn hierher, und zwar sofort, wenn er Magistrat in dieser Stadt bleiben will.«
Die Empörung des Türhüters wich Erstaunen, als er Marcus Julianus erkannte. Der Einsiedler-König, wie sein Herr ihn nannte, geruhte, ihnen einen Besuch abzustatten? Schnell verschwand er im Haus.
Marcus wartete ungeduldig. Durch die offene Tür sah man den Mosaikfußboden des Vestibüls. Das Rot war blutrot und das Blau schillerte in der späten Nachmittagssonne, die durch den Lichtschacht fiel. In besserer Laune hätte er sich vielleicht die Zeit genommen, über die Geschmacklosigkeit von Victorinus zu staunen. In den meisten Häusern wählte man für die Eingangsmosaiken feierliche, ernste Darstellungen, nicht selten mit mythischen Gestalten, die niemals etwas mit dem alltäglichen Leben zu tun hatten. Die Mosaikenhändler boten entsprechende Standardmotive an. Das Mosaik hier zeigte den Hausherrn Victorinus in der ungeschickten Ausführung einer Kinderzeichnung. Der Kopf der Gestalt war eine seltsam abgeflachte Kugel und wirkte wie ein überreifer Kürbis. Der lächerlich steife rechte Arm, mit dem er auf das Gymnasium wies, das er Confluentes gestiftet hatte, war viel zu lang.
Es dauerte nicht lange, und Victorinus eilte herbei. Er schüttelte den Kopf und rief aufgebracht: »Aber ich habe doch Gäste! Wie kann er es wagen …« Er trug ein Gewand aus himmelblauer und safrangelber Seide, das ihm von der faltigen, schlaffen Schulter gerutscht war. Ihm folgte der Sklave, dessen Aufgabe es war, der Erinnerung seines Herrn auf die Sprünge zu helfen, indem er die Gäste mit Namen ankündigte. Victorinus hatte dem Türhüter nicht glauben wollen, als der Mann ihm sagte, wer draußen auf

ihn wartete. Aber nun traute er seinen Augen nicht. Der Magistrat hatte immer noch eine Serviette umgebunden. Im Haus erklangen Flötentöne, es folgte das schnelle Rasseln von Tamburinen und das ausgelassene Gelächter der Gäste. Hinter Victorinus erschien seine Gattin Decimina, deren Stola sich wie ein Segel blähte. In ihren hoch aufgetürmten Haaren hing leicht verrutscht ein Perlendiadem. Marcus vermutete, dass viele blonde Dienerinnen ihre Haare geopfert hatten, um das Lockengebilde im Stil der letzten Dynastie zu ermöglichen. Helles Licht war grausam für diese Frau. Es zeigte erbarmungslos die Risse in ihrer weißen Schminke. Kreidige Paste klebte eine Reihe gleichförmiger Kräusellocken an die hohe Stirn. Decimina schien wie von den Toten auferstanden zu sein. Sie blieb hinter ihrem Gemahl stehen und starrte ihn böse an, als sei er schuld an der Störung.

»Volusius Victorinus, komm her, damit ich dich sehen kann.« Decimina legte ihrem Gemahl herrisch eine geschminkte Hand auf die Schulter. Sie wollte ihn festhalten, aber er nahm die weiße Hand behutsam mit seinen dicken Fingern weg, an denen noch das Fett vom Essen klebte. Dann kam er misstrauisch und betont langsam näher. Er erinnerte Marcus an Ungeziefer, das ständig nach Spalten sucht, in denen es sich verstecken kann.

»Das ist sehr unschicklich, Julianus.« Victorinus kniff die Augen zusammen und musterte blinzelnd die glänzenden Kutschen, die makellos gekleideten Lakaien und den Mann in der *Reda*, der ihn mit verhaltenem Zorn bedachte. »Hättest du nicht eine Zeit wählen können, die für uns beide günstiger gewesen wäre?«

»Es gibt keine günstige Zeit, wenn es um mörderische Fallen geht, Victorinus. Dein Sohn Lucius hat uns seinen letzten Streich gespielt.«

»Ich habe keine Ahnung, wovon du sprichst.«

»Dein Sohn wollte Auriane und meine Tochter schwer verletzen. Es war nicht das erste Mal, aber diesmal war es ein Anschlag auf ihr Leben. Deine Feindseligkeit und dein Neid haben Lucius zu dem gemacht, was er ist. Wie der Vater, so der Sohn. Du bist für seine Untaten verantwortlich!«

»Wie der Vater, so die *Tochter*«, flüsterte Decimina boshaft hinter

dem Magistrat. »Welcher Mann von Rang und Vermögen adoptiert eine Tochter, deren Vater niemand kennt?«
»Ich … ich werde den Jungen auspeitschen lassen«, erwiderte Victorinus. »Sobald er zurück ist … er jagt Rebhühner.«
»Das genügt mir nicht, Victorinus. Er darf sich ab sofort nicht einmal mehr auf Sichtweite den Mauern meines Anwesens nähern.«
Neben Decimina tauchte eine eigenartige Gestalt auf. »Victorinus, Decimina, euch entgeht eine gute Geschichte«, begann der Unbekannte, bevor die peinlich berührte Herrin des Hauses versuchte, ihn in den Speisesaal zurückzubringen. Marcus fiel auf, dass der Gast das klare, knappe Latein des Kapitols und nicht das schleppende Provinzlatein sprach. Der Gast wollte nicht weichen. Es kam zu einem eigenartigen Wortwechsel, als Decimina laut flüsternd auf ihn einredete. Auch Victorinus war offensichtlich bestürzt, dass der Gast Zeuge der Auseinandersetzung mit Marcus wurde. Der Magistrat schien gefangen zwischen seiner Angst vor dem Zorn seines berühmten Nachbarn und dem Bedürfnis, unter allen Umständen vor dem Mann im Vestibül die Würde zu wahren.
»Einverstanden. Wenn das alles ist, Marcus Julianus … du musst mich entschuldigen. Ich habe hohe Gäste und …«
»Das ist nicht alles. Ich möchte, dass sich dein Sohn Lucius auf dem Forum von Confluentes öffentlich entschuldigt und dass du dabei neben ihm stehst. Du scheinst ihn als sein Vater nicht mehr im Zaum halten zu können. Wenn die ganze Stadt das weiß, können dir die Leute vielleicht helfen, ihn im Auge zu behalten, und der böse Unfug, den er anrichtet, lässt sich in Zukunft rechtzeitig verhindern.«
Victorinus runzelte die Stirn. Seine Gedanken überschlugen sich. *Der Verrat dieser Frau hat Julianus schlimm kompromittiert … muss ich mir das überhaupt gefallen lassen?*
Decimina fürchtete, Victorinus würde klein beigeben, und trat wieder hinter ihn. Sie flüsterte: »Wir sind ruiniert, *ruiniert*, weil mein Gemahl ein Feigling ist!« Dabei tat sie, als raufe sie sich die Haare.
Das verfehlte seine Wirkung nicht. Victorinus trat entschlossen einen Schritt näher.

»Das ist eine Demütigung, Julianus, und sonst nichts. Ich werde Lucius auspeitschen lassen, weil ich es als Vater tun muss, aber ich lasse mich eher mit der Axt erschlagen, als deiner Forderung nach einer öffentlichen Entschuldigung nachzukommen!«
»Ich werde darauf bestehen, Victorinus«, erwiderte Julianus ungerührt, »denn ich will, dass die ganze Stadt erfährt, welches Unheil der Junge anrichtet. Und ich möchte, dass es vor den Kalenden des *Augustus* geschieht.«
Wäre der Magistrat allein gewesen, hätte der Vorfall vielleicht damit sein Ende gefunden. Aber der neugierige Gast hinter ihm war sein Onkel. Victorinus versuchte, mit seiner Hilfe die Rückkehr nach Rom und hoffentlich die Berufung in ein ehrenhaftes Amt zu erreichen. Die Beleidigung eines Mitglieds der Großfamilie war eine Beleidigung aller. Er konnte nicht zulassen, dass sein angesehener Onkel Zeuge wurde, wie er sich vor der Bevölkerung in der eigenen Stadt demütigte. Victorinus fühlte sich wie ein unwilliger Gladiator, der mit Fackeln dazu getrieben wird, den Kampf fortzusetzen.
»*Nichts* von all dem wird geschehen, Marcus Julianus.« In seinen Augen glitzerte der Mut eines Keilers beim Angriff. »Und wer bist *du*, dass du *uns* drohst? Es ist Zeit, dass du es erfährst, Julianus, diese Wilde, die du deine Frau nennst, hat dich ruiniert! Es ist mir ein Vergnügen, dir zu sagen, wenn du es nicht schon weißt ...« Er holte tief Luft und verkündete mit laut tönender Stimme: »Deine Aurinia ist die Verräterin, die jeder zu entlarven versucht. *Sie* hat das Geld für die Waffen der Chatten über die Grenze geschmuggelt.«
»Was ist das für ein dummes Gefasel? Wenn dir etwas an deiner Freiheit liegt, dann hältst du deine gespaltene Zunge im Zaum.«
»Sie ist die Verräterin, auf deren Kopf zwei Millionen ausgesetzt sind! Und ich habe den Beweis dafür! Du bist ein Verräter, der einen Verräter unter seinem Dach duldet! Wer bist *du*, dass du dir anmaßt, einen ehrlichen Mann zu bestrafen?«
»Du bist von Sinnen, Victorinus, und weißt nicht, was du redest.«
»Vielleicht nicht, Julianus. Deine Frau hat die rebellischen Wilden, mit denen sie verwandt ist, bewaffnet. Sie hat es seit Jahren

getan. Ich habe Beweise dafür. Während wir hier miteinander sprechen, ist mein Bericht auf dem Weg nach Rom.«
Nachdem sich Victorinus Luft gemacht hatte, bekam er es mit der Angst zu tun. Er stellte plötzlich fest, dass Julianus ihn mit der kalten Verachtung eines leidenschaftslosen Rächers musterte. Das angriffslustige Funkeln in den Augen von Victorinus erlosch. Was hatte er getan? Er war nur ein Provinzmagistrat und stand einem Mann gegenüber, dessen Verbindungen bis zum Kaiser reichten und dessen Mittel die eigenen bei weitem überstiegen.
Als Julianus sprach, klang seine Stimme beinahe sanft. Aber das trug nicht dazu bei, Victorinus zu beruhigen.
»Vielleicht hast du wirklich den Verstand verloren, Victorinus. Ich weiß es nicht, und es ist mir auch gleichgültig. Aber so viel steht fest: Deine Zeit als Magistrat von Confluentes ist abgelaufen.«
Marcus gab ein Zeichen, die Peitschen knallten, und die Kutschen rollten davon. Während die Berittenen und Lakaien auf dem breiten Kiesweg der langen Auffahrt der Villa den Blicken entschwanden, hörte man das Wehklagen von Decimina.
Auf dem Rückweg hatte Marcus Zeit, über die Worte von Victorinus nachzudenken. War es möglich, dass der Magistrat die Wahrheit gesagt hatte?
Es war möglich.
Aber würde Auriane so etwas vor ihm geheim halten?
Mit Sicherheit nicht.
Was hatte dann Victorinus den Mut zu dieser Kühnheit, zu dieser frechen Selbstsicherheit gegeben?
Ich habe nie wissen wollen, was geschehen würde, wenn Aurianes Treue zu ihrem Volk und ihre Liebe zu mir in Konflikt geraten würden. Führt der mangelnde Wille, etwas Schwerwiegendes und Stichhaltiges zu wissen, am Ende nicht oft zur Katastrophe?
Nach seiner Rückkehr ging er sofort in das Archiv und setzte einen Brief an Octavius Capito auf, den Sekretär der kaiserlichen Korrespondenz, der alle eingehenden Briefe aus den nördlichen Provinzen sichtete und bearbeitete. Nachdem Trajan den dakischen Kriegszug begonnen hatte, war Capitos Macht unvorstellbar gewachsen. Der Sekretär hatte begonnen, viele innerstaat-

liche Angelegenheiten selbst zu entscheiden und das kaiserliche Siegel unter seine Beschlüsse zu setzen.
Marcus entzog Victorinus mit wenigen Zeilen die Glaubwürdigkeit. Als Erstes berichtete er über die Affäre Florentius. Der Magistrat hatte vom Betreiber eines nahe gelegenen Kalksteinbruchs eine hohe Bestechungssumme angenommen. Der Mann war beschuldigt worden, den Tod von zehn Soldaten vorsätzlich verursacht zu haben, die bei einem Felssturz verschüttet worden waren. Victorinus hatte die Angelegenheit so behandelt, dass der Steinbruchbesitzer nie vor Gericht gestellt wurde. Außerdem beschuldigte Marcus den Magistrat, Mittel, die das Schatzamt des Palastes für »öffentliche Unterhaltung« bestimmt hatte, zum Bau einer Pferderennbahn auf dem Gelände seiner Villa verwendet zu haben. Es war die schamloseste der vielen Unterschlagungen des Victorinus. Marcus wollte in seinem Schreiben nur das bekannteste Beispiel aus der langen Zeit erwähnen, in der Victorinus Confluentes und die gesamte Umgebung mit seinen Forderungen nach Bestechungsgeldern erpresst hatte.
Als er den Brief noch einmal überflog, seufzte er tief.
Wenn die Hälfte aller Magistrate so korrupt wäre wie Victorinus, täten wir besser daran, Streitigkeiten durch einen Zweikampf beizulegen, wie es die germanischen Stämme tun.
Er übergab die Schriftrolle einem Boten, damit er ihn zur Poststation an der Straße nach Confluentes brachte, wo der Postreiter sie im Morgengrauen mitnehmen würde. Sein Siegel auf dem Brief garantierte die schnellstmögliche Beförderung.
Dann befahl er Demaratos, Auriane zu ihm zu bitten.

Vierzehntes Kapitel

Auriane wurde ein dumpfes Gefühl der Angst nicht los, als sie sich auf den Weg zum Archiv machte. Im Haus herrschte eine lähmende Spannung.

Es war inzwischen Nacht. Die Dunkelheit hatte das Haus erobert, überflutete die Räume und ergoss sich in die Hallen. Die ruhigen Flammen der Deckenlampen im Gang bildeten tapfere kleine Inseln der Wärme.

Sie hatte mit dem Stallmeister die Rechnungsbücher überprüft und trug noch immer eine Tunika aus Hirschleder mit einer einfachen Kordel um die Hüfte. Die Haare hingen ihr lose über die Schultern. Gras und Stroh hatten sich darin verfangen, und sie wusste, sie glich eher einer wilden Frau aus den Wäldern als der *Matrona* einer Villa.

Im Atrium schlug sie den schweren grünen Vorhang vor dem Alkoven des Türhüters zurück und vertrieb damit den verlegenen Demaratos von seinem bevorzugten Lauschposten. Dieses eine Mal wollte Auriane nicht, dass ein Dritter ihr Gespräch mit Marcus mithörte. Sie glaubte, im Gesicht des Kämmerers herbe Enttäuschung darüber zu entdecken, dass sie ihm die Abendunterhaltung verdorben hatte. Demaratos fand schnell wieder zu seinen griechischen Manieren zurück und setzte angriffslustig zu einer Erklärung an. Aber sie ging weiter, bevor er damit zu Ende kam.

Dann stand sie vor Marcus Julianus im Archiv. Er saß vor einem Tisch, an dem die Rechnungsbücher geführt wurden, und beugte sich über eine Reihe Wachstafeln. In einem Bronzeschrank hinter ihm befanden sich die Wachsmasken seiner Vorfahren, die er aus dem Palast in Rom mitgebracht hatte, sowie eine Marmorbüste seines Vaters. Die kalten klugen Gesichtszüge ließen Auriane daran zweifeln, dass dieser Mann seinen Sohn wirklich geliebt hatte. Nachdenklich ruhte ihr Blick auf ihm.

Wie sehr sich ihre Gesichter unterscheiden, obwohl die Götter sie nach derselben Form geschaffen haben.

Es hatte den Anschein, als blicke der Vater durch einen langen, engen Gang, und ihm schien zu missfallen, was er am anderen Ende sah. Den lebhaften Augen seines Sohnes fehlte diese unbeirrbare Ausrichtung. Marcus hatte einen weiten Horizont.

Auriane erkannte, dass es sich bei den ordentlichen Zahlenreihen auf den Tafeln um die Berichte der Verwalter der über sechs Provinzen des Reiches verstreuten Güter handelte. Erschrocken stellte sie fest, dass die Zahlen, mit denen sich Marcus gerade so eingehend beschäftigte, von dem reichen Weingut in der Nähe von Lugdunum stammten. Marcus hatte dieses Gut am Rande der Hauptstadt Galliens auf ihren Namen überschrieben. Noch nie zuvor hatte er sich dafür interessiert.

Plötzlich nahm sie deutlich das tröstliche Plätschern des Springbrunnens im Atrium wahr.

Wasser, das im Innern fließt …

Sie versuchte, sich daran zu erinnern, wie wunderbar sie es anfangs empfunden hatte, einen künstlichen Bach zu haben, der mitten durch das Haus floss. Bei dem Gedanken musste sie sich eingestehen, dass sie mit ihren Kindern in einem irdischen Paradies lebte. Leider war es nur eine Insel. Ein Schritt nach draußen, und die Dunkelheit setzte ein. Sie würde immer eine Fremde in dieser Welt bleiben, wo das Leben im Innern von Häusern in einer unnatürlichen Stille verlief, in dieser Welt mit ihren nichts sagenden Festen, ihrer Unzahl fremder Götter, den dicken Steinmauern, die grausam die Reichen von den Armen trennten – und ihren Frauen, die mit einer Scham lebten, die ihnen von Geburt an ins Herz gepflanzt wurde. Die Frauen in dieser Welt verhielten sich wie die Bewohner eines besiegten Landes; sie zügelten ihre Wünsche und hielten sich mit Ratschlägen zurück. Sie bewegten sich mit kleinen Schritten, ließen niemals ihren Ehrgeiz erkennen oder verwirklichten ihn durch eine Vielzahl anderer. Und doch war die Villa wie ein großer

Hafen, der den einzigen Frieden bot, den Auriane jemals erlebt hatte. Sie stellte fest, dass sie bereit war, unter Einsatz ihres Lebens für die Erhaltung dieses Friedens zu kämpfen.
»Ich bin hier, Marcus.«
Der tröstliche Anblick des vertrauten Gesichts schmerzte sie.
Das muss der Grund dafür sein, dass die Schicksalsgöttinnen nicht wollen, dass Feinde das Bett miteinander teilen. Am Ende steht immer ein Verrat, entweder an der Heimat oder an dem neuen Land.
Er blickte auf. Die Flammen des Bronzekandelabers warfen graue Schatten auf das geliebte Gesicht. Aus seinen ernsten Augen sprach eine Weltmüdigkeit, die ihr Mitgefühl weckte.
»Auriane, ich habe gerade alle Schritte unternommen, damit Victorinus ausgeschaltet wird. Und ich glaube, das ist nur gerecht und nicht mehr, als der Schurke verdient hat. Aber Victorinus hat eine Anschuldigung gegen dich erhoben, und ich bete zu allen Göttern, dass sie nicht wahr ist.«
Sie entdeckte erste Anzeichen von Unruhe in seinen Augen. Denn ihr Gesichtsausdruck verriet keinerlei Verblüffung oder Verwunderung – das hätte er nämlich erwartet, wenn sie unschuldig gewesen wäre.
»Er behauptet, *du* seist die berüchtigte Verräterin, die man schon so lange sucht und auf deren Kopf der Statthalter zwei Millionen ausgesetzt hat. Victorinus erklärt, er habe Beweise dafür. Sage mir, dass er lügt, und ich werde dafür sorgen, dass er nicht nur Amt und Würden verliert, sondern auch noch wegen einer falschen Anschuldigung vor Gericht gestellt wird.«
Auriane stellte fest, dass ihr Verstand sie plötzlich verlassen hatte. Ihr war nur allzu deutlich bewusst, dass sie jemanden tief verletzt hatte, den sie niemals hatte verletzen wollen. Sie wich seinem Blick aus und suchte Zuflucht im Spiegelbild der ruhigen Flammen auf der glänzend polierten Tischplatte.
»Das kann ich kann dir nicht sagen«, flüsterte sie, »weil es wahr ist.«
Ich habe es getan. Ich habe eine kostbare Verbindung vergiftet und eine wunderbare Liebe zunichte gemacht.

Er verbarg das Gesicht in den Händen.
»Damit hast du vielleicht unser Leben hier zerstört«, sagte er.
»Ich weiß«, erwiderte sie leise.
»Das alles muss der Scherz eines Verrückten sein oder ein schlechter Traum! Ich komme mir wie der Genarrte in einer Farce vor!«
Er sah sie so eindringlich an, dass sie den Blick nicht noch einmal abwenden konnte. »Warum musste ich das von diesem Schwachkopf Victorinus erfahren und nicht von dir?«
»Ich hätte es dir nicht sagen können, Marcus. Du bist an dein Gesetz gebunden, mich bindet unser Gesetz. Es ist eines der Dinge, bei denen wir uns von Anfang an darüber im Klaren waren, dass wir nicht darüber sprechen würden. Hätten wir über jedes Problem gesprochen, das zwischen deinem Volk und meinem besteht, hätten wir uns ständig auf einem Kampfplatz gegenübergestanden.«
»Aber was du getan hast, reißt uns aus unserer Verankerung. Es ist Hochverrat. Es bringt uns in größte Gefahr. Bei allen Göttern, ich glaube, ich hätte für *alles* Verständnis gehabt, aber nicht für *das*!«
»Marcus, wie hätte ich anders handeln können? Euer Senat hat mein Volk so hilflos gemacht wie eine Katze ohne Krallen. Womit sollte es sich gegen die Cherusker zur Wehr setzen? Mit Steinen? Ich konnte nicht einfach einen Seidenvorhang darüber ziehen und ruhig meiner Wege gehen!«
»Auriane, man kann keinem Feind, dessen Kriegswunden noch nicht verheilt sind und der direkt an unserer Grenze lebt, die Waffen lassen! Das ist ein Grundsatz militärischer Strategie. Wieso kannst du das nicht verstehen?«
»Wieso kannst *du* mich nicht verstehen? Das hier ist unsere Erde … wir *gehören* ihr. Ich bin wie durch eine Nabelschnur mit ihr verbunden. Das ist mein Schicksal. Ich konnte mein Volk nicht im Stich lassen.«
Er wandte müde den Blick ab. »Es tut mir Leid, aber ich habe das Gefühl, du spielst mir gegenüber falsch. Ich fühle mich … verraten. Du hast mich verraten, weil du mir nichts gesagt hast. Du hast mich verraten, weil das schon so lange geht.«

»Das also sind deine wahren Gedanken, die du nun nicht mehr verbirgst.« Worte, die Auriane nicht sagen wollte, brachen so ungestüm aus ihr heraus, als besäßen sie ein eigenes, böses Leben. »Ich habe mich manchmal gefragt, ob du insgeheim das Verbot von Eisenwaffen für gerecht hältst, ob du die Überfälle der Cherusker als eine gute Möglichkeit für Rom betrachtest, sich von der Mühe zu befreien, uns von neuem niederzuwerfen, weil andere es ja bereits tun!«

Plötzlich schien der Fußboden zu schwanken. Sie spürten beide eine gefährliche Veränderung in der Luft. Er sah sie einen Augenblick lang verwirrt an, als warte er darauf, dass sie sich daran erinnern würde, zu wem sie das gesagt hatte. Aber Auriane war selbst so verwundet, dass sie nicht merkte, wie sehr er verletzt war.

»Das ist eine unglaubliche Ungerechtigkeit«, flüsterte er und stand auf. »Ich habe die Gesetze umgangen, und ich habe meine Sicherheit und meinen Ruf viele Male für dein Volk aufs Spiel gesetzt. Ich habe dafür gesorgt, dass sofort nach dem Krieg Getreide an deine Leute geschickt wurde. Ich habe nach Witgerns Überfall eine Strafexpedition verhindert. Ich habe alles getan, was ich konnte. *Und das weißt du!*«

»Tut mir Leid. Es war nicht richtig von mir, dir das vorzuwerfen.«

»Ich habe alle möglichen Verrenkungen gemacht wie ein Akrobat, um dich zu verstehen«, fuhr er tonlos fort. »Und ich glaube, ich bin darin recht geschickt geworden. Weil ich die Welt auch mit deinen Augen sah, haben wir kein Ehegelübde abgelegt, du jagst im Wald und übst dich mit den Waffen, während du gleichzeitig den Haushalt beaufsichtigst und unsere Kinder eure und unsere Geschichte und Sitten lehrst. Was nützt mein Verständnis in dieser Sache überhaupt? Es wird dir kaum helfen! Diesmal hast du das Haus in Brand gesetzt. Und ich kenne jetzt die Unwahrheiten und Täuschungen, auf denen unsere Verbindung beruht. Auriane, du hast mein Vertrauen und meine Liebe missbraucht.«

Ein animalisches Leid erfasste sie, ein bitterkaltes Elend, das bis in alle Wurzeln ihres Geistes strömte. Es war wie die Not eines Säuglings, den man von der Mutterbrust reißt, und gleichzeitig auch die Qual der Mutter, die ihr Kind verliert.

Auch Marcus ist meine Heimat. Er ist das Land meiner Liebe. Was habe ich getan?

Sie ging langsam um den Tisch und näherte sich ihm mit einer Vorsicht, die ihrem Zusammenleben fremd war. »Das kannst du nicht im Ernst glauben! Marcus …? Alles, was ich tat, habe ich aus Liebe zu dem Land meiner Ahnfrauen getan. Ich bitte dich, sieh mich an.«

Sie streckte die Hand über den Abgrund, der sich zwischen ihnen aufgetan hatte, um ihre Seelen wieder miteinander zu verbinden. Doch dann zögerte sie, denn sie wusste nicht, ob sie es ertragen würde, wenn er ihre Hand einfach beiseite schob.

Sein Gesicht war eine kalte Felswand. Er wandte sich ab. Ihre Hand sank schwer nach unten.

Ich habe das Gesetz der Gastfreundschaft gebrochen. Dafür muss ich den Preis bezahlen. Sonst bringe ich Schande über meine Familie.

»Marcus.«

Er hörte eine beklemmende Gewissheit in ihrer Stimme, drehte sich um und sah sie an.

»Ich bin ein Gast, der das Vertrauen seines Gastgebers verraten hat«, sagte sie schlicht. »Eines Gastgebers, dem ich viel zu verdanken habe. Dadurch habe ich meinen besten Freund in einen Feind verwandelt. Ich habe Schande über meine Sippe gebracht. Du hättest allen Grund, mich davonzujagen. Ich werde gehen.«

»Was redest du für einen Unsinn?« Der schlichte Ernst ihrer Worte bestürzte ihn. »Auriane! Niemals. Du bist so hart gegen dich, wie eure nördlichen Winter es sind.« Er zog ihren gefühllosen Körper an sich und hielt sie fest, als bemühe er sich, Lebenswärme in eine Erfrorene zurückzubringen. »Sag so etwas nicht. Wir wollen mit dem Streiten aufhören. Lass uns auf einer Seite kämpfen und nicht gegeneinander. Wir müssen uns gemeinsam etwas überlegen, was deine Sicherheit garantiert.«

Zusammen wandten sie sich den Rechnungsbüchern des Weinguts außerhalb von Lugdunum zu. Als Marcus ihr seinerzeit den großen Besitz überschrieben hatte, wollte er damit das Vermögen sichern, das er Arria Juliana und Avenahar zu hinterlassen gedachte. Beide Kinder waren nach römischem Recht unehelich, und deshalb konnte ihnen nach dem Erbfolgerecht nur die Mutter ein Erbe hinterlassen. »Ich muss genau verstehen, was du getan hast. Erstens, wie viel von all dem weiß Victorinus?«

»Er hat Grimo, meinen Mann, festgenommen und ihn gefoltert. Grimo wusste genug, um sein Schicksal zu besiegeln. Außerdem hat der Magistrat einen Zeugen, der gesehen hat, wie wir die Münzen vergraben haben.«

»*Wir?* Avenahar war bei dir? Man wird sie als Mittäterin ebenso schwer bestrafen wie dich! Diese Tragödie führt zu einer weiteren Tragödie!«

»Ich weiß.« Auriane nickte, aber das aus seinem Mund zu hören, erfüllte sie von neuem mit Schrecken.

Sie wies auf die sauber geschriebenen Zahlenreihen. »Ich habe meinem Verwalter befohlen, jeweils ein Viertel der Einnahmen abzuziehen«, fuhr sie fort. »Anstatt dieses Geld in mehr Land zu investieren, brachte er es zu den Geldwechslern von Lugdunum und tauschte es in altes Silber um, in Neros Silber der letzten Prägung mit dem vollen Gewicht. Er ließ es in Lugdunum auf der Bank, bis ich es abholen lassen konnte. Ich habe es dann selbst an verabredeten Plätzen entlang der Mosel vergraben. Das Weinschiff *Isis* gehört mir. Ich habe es unter falschem Namen gekauft. Wir erfanden zu diesem Zweck einen Schiffer, der angeblich in Lugdunum lebt. Mein Mann Axsillius hat das Silber dann am Anlegeplatz an der Moselmündung übernommen. Das Schwierigste war, es über die römische Grenze zu bringen. Dazu mussten wir es auf den heiligen Wagen verstecken, die beim ersten Tauwetter nach dem langen Winter mit dem Standbild unserer Göttin Freia über die Felder fahren ...«

»Das hat Maximus herausgefunden. Bei Charon, das alles war sehr geschickt. Und weiter?«

»Von dort hat man es zur Ratsversammlung der Chatten gebracht und den drei mächtigsten Häuptlingen übergeben.«

»Auch *Witgern*?«

»Ja.«

»Nemesis ... sprich weiter.«

»Die Häuptlinge kauften bei den ubischen Waffenhändlern Langschwerter. Wie du weißt, sind die Ubier unser Bruderstamm. Die Schwerter werden in einer Höhle auf unserem Gebiet aufbewahrt, wo genau, weiß ich nicht. Witgern bewacht die Waffen. Victorinus hat mir vor kurzem mit Beweisen gedroht. Aber ich dachte, er wolle mich damit zwingen, Arria seinem Sohn zur Ehe zu versprechen. Ich dachte, die Lust sei ein Trank, der seinen Verstand betäubt. Ich habe nicht geglaubt, dass er den Mut aufbringen würde, seine Untersuchungsergebnisse nach Rom zu schicken. Marcus, du wirst es nicht glauben, aber Victorinus will Arria für sich selbst.«

»Victorinus wird von Glück sprechen können, wenn er die Tunika behält, die er am Leib trägt, wenn ich mit ihm fertig bin.« Marcus presste die Hände an die Schläfen und sank langsam auf seinen Stuhl. »Durch einen üblen Streich der Vorsehung ist das der *schlechteste* Zeitpunkt, um wegen einer solchen Sache angeklagt zu werden. Der Feldzug gegen die Daker hat begonnen. Trajan mag sehr wohl glauben, ich hätte davon gewusst.«

»Das werde ich niemals zulassen! Marcus, lass mich vor deinen Statthalter in Mogontiacum treten, und ich werde alle Schuld auf mich nehmen.«

»Nein, du kannst nicht zu Maximus gehen und diese Sache gestehen. Das würde alles nur noch schlimmer machen. Ich muss darauf vertrauen, dass man sich an mein Wirken für den Staat in der Vergangenheit erinnert und mich schützt.«

Mit ernstem, traurigem Gesicht fügte er hinzu: »Aber für dich, Auriane, gibt es keinen Schutz. Du ziehst die ganze Grausamkeit des Gesetzes auf dich.« Er fasste sie bei den Händen. »Wir müssen nach einer Möglichkeit suchen, dein Leben zu retten. Du bist so gut wie tot, wenn du nicht außer Landes fliehst.«

»Ja, das weiß ich.«

»In Anbetracht der sehr großen Wahrscheinlichkeit, dass ich daran werde nichts ändern können, müssen wir für dich eine Reise planen. Wir müssen dich und Avenahar an einen sicheren Ort außer Reichweite unserer Gesetze schicken.« Er runzelte die Stirn und dachte nach. »Kennst du Caledonien? Es liegt im Norden der

Insel Britannien. Es ist ein wildes Land, das nie ins Reich eingegliedert wurde. In der Vergangenheit war es ein Zufluchtsort vor Tyrannen. Das Klima ist ähnlich wie hier. Die Naturalisten sagen, die Stämme dort haben mit euch einen gemeinsamen Ursprung. Vielleicht wäre dir das angenehmer als …«

»Caledonien? Ich weiß nichts über Caledonien. Nein, Marcus! Ich werde mich nicht in einem fernen Land voller Fremder verstecken! Wenn ich gehe, dann nur nach Hause.«

»Die Patrouillen werden dich innerhalb eines Tages aufspüren und festnehmen.« Sein Blick hielt sie mit der eisernen Unerbittlichkeit eines Ringers fest. »Auriane, du musst auf mich hören. Dir ist nicht ganz klar, gegen was du ankämpfst. Wenn wir dein Leben retten wollen, dann muss es Caledonien sein!«

Sie befreite ihre Hände aus seinem Griff und wich einen Schritt zurück. Sie fuhr sich durch die Haare, die ihr ins Gesicht fielen, und beobachtete ihn mit furchtlosen Rehaugen wie hinter einem halb zugezogenen Vorhang. Plötzlich wirkte sie so fern auf ihn wie eine Fremde, die von unbekannten Motiven und fremden Strömungen getrieben wurde.

»Marcus«, sagte sie mit grimmiger Sanftheit, »entweder ich bleibe hier, oder ich kehre nach Hause zurück. Oder ich übergebe mich den Göttern.«

»Auriane, das kommt nicht infrage. Du musst am Leben bleiben! Glaubst du, ich kann untätig zusehen, wie ihr beide in euer Verderben rennt? Die ganze Sache ist schrecklich genug, ohne dass du gegen die einzig vernünftige Lösung ankämpfst!«

»Ich werde Arria nicht verlassen! Ich lasse mich nicht von meinem Kind trennen.«

»Daran lässt sich nichts ändern. Für den Augenblick muss es so sein. Vielleicht ist es nicht für immer. Arria ist ein römisches Kind. Sie wird sich hier ohnehin besser entfalten als in deinem Land. Ich werde sofort Briefe nach Rom schicken und die Eheverhandlungen zum Abschluss bringen, damit sie versorgt ist, unabhängig davon, was mit uns geschieht. Ihr wird es gut gehen.«

»Marcus, was ist mit Avenahars Einweihung? Bis dahin sind es nur noch acht Tage.«

»Es tut mir Leid, Auriane, aber …«
»Wir dürfen Avenahar die Initiation nicht verweigern!«
»Das ist Wahnsinn! Wieso kannst du nicht einsehen, dass ihr beide fliehen müsst!«
Auriane wandte sich unvermittelt von ihm ab und versank in unglückliches Schweigen. Sie kämpfte blindlings gegen reißende Fluten, anstatt sie hinzunehmen, und sie lauschte lange auf das melancholische Plätschern des Atriumbrunnens. Das Atrium lag im Dunkeln, denn um die Lampen anzuzünden, hätten die Diener am Archiv vorbeigehen müssen, und das hatte bis jetzt niemand gewagt.
Dann kam ihr ein Gedanke. Sie drehte sich um und fasste ihn bei den Händen.
»Marcus … gehen wir *zusammen*. Würdest du mit mir kommen?«
Das überraschte ihn. Sie spürte, wie sich sein Körper anspannte. Er löste die Hände aus ihrem Griff, wandte sich ab und antwortete lange Zeit nicht.
»Das ist nicht möglich«, sagte er schließlich.
»Und warum nicht?«, fragte sie heiser.
»Das verstehst du nicht«, erwiderte er und wählte seine Worte mit Vorsicht. »Ich habe hier komplizierte und dringende Pflichten …«
»Dringender als unser weiteres Zusammenleben?«
»Auriane, du verstehst mich nicht. Ich bin das Oberhaupt meiner Familie und muss an alle meine Angehörigen denken.«
»Aber … *ich* bin deine Familie. So wie du meine bist.«
»Natürlich, aber bei meinem Volk ist das anders. Auriane, das würde bedeuten, dass ich ins Exil gehe. Unter einem guten und gerechten Herrscher ist das Exil die härteste Strafe, die über einen Angehörigen der Senatorenklasse verhängt werden kann. Das Exil schneidet uns von allem ab, was uns Leben schenkt – das Land, in dem unsere Großeltern begraben sind, die Masken der Vorfahren, die Schutzgeister der Familie, die heiligen Relikte der Vergangenheit, die Bücher, die über unser Leben geschrieben wurden, und alles, was den Geist anregt und entwickelt. Das Exil nimmt uns die Sonne. Ich würde sogar meine Bürgerrechte verlieren. Das ist das

Schicksal eines jeden Römers, der freiwillig oder unfreiwillig nicht mehr im Imperium lebt. Ich könnte meine Mutter, meinen Vater und meine Familie niemals so sehr entehren.«

»Ich bin für dich ins Exil gegangen.«

»Du hättest Advokat werden sollen! Ja, das hast du getan. Und sieh dir an, welches Unglück das über uns gebracht hat.«

»Marcus, wenn du aus all den Gründen, die du gerade aufgezählt hast, hier bleiben musst, dann muss ich, wenn ich überhaupt gehe, zurück zu meinem Volk. Meine Mutter lebt dort. Mein Vater ist dort begraben.«

»Nein, Auriane. Du musst dorthin gehen, wohin ich sage. Du hast auf beiden Seiten des Rheins zu viele Feinde.« Seine Stimme klang jetzt kraftvoll wie die eines Redners. »Ich möchte, dass unsere Kinder eine lebende Mutter haben!«

Sie erwiderte mit einem Anflug von Härte in der Stimme: »Ich möchte, dass unsere Kinder eine Mutter haben, die ihre Ehre bewahrt!«

»Zum Hades mit deiner Ehre!«, erwiderte er scharf. »Sie bringt dich ins Grab.«

»Zum Hades mit dir, wenn du Avenahar ihre Einweihung verweigerst.«

Sie sahen sich lange an. Aus Aurianes Augen sprachen Entschlossenheit, aber auch verletzter Stolz. In seinen Augen lag Angst. Es war eine Atempause zweier erschöpfter Gegner nach einem unentschiedenen Kampf.

Schließlich sagte er mit bleierner Stimme. »Ich bin vor Schmerz so niedergeschlagen, dass ich kaum darüber nachdenken kann, was getan werden muss. Unsere Kinder … wir selbst … wir sollen auseinander gerissen werden … das ist so, als gingen wir in den Tod. Lass mich allein, damit ich in Ruhe nachdenken kann.«

»Ich gehe. Aber etwas will ich dir noch sagen. Ich bin eine freie Frau und keine Sklavin.«

»Und wer behandelt dich als Sklavin?«, fragte er überrascht und gekränkt.

»Ich muss das sagen, denn bei deinem Volk ist der Unterschied nicht immer leicht zu erkennen.«

»Wer behandelt dich als Sklavin?« Die Kränkung verwandelte sich in Empörung.
»Jeder, der mich zwingen will, dorthin zu gehen, wohin ich nicht gehen will.«
»Wahnsinn! Welch ein Wahnsinn. Lass mich allein!«

* * *

Eine Nacht und einen Tag lang fanden sie keine Worte füreinander. Eine ungesunde Stille lag über der Villa. Die lauter werdenden Stimmen hatten Demaratos, bald nachdem Auriane ihn aus dem Alkoven vertrieben hatte, wieder zurückgelockt. Und so wusste der ganze Haushalt sofort von dem Bruch zwischen Herr und Herrin. Die Diener erledigten ihre Pflichten in grimmigem, wachsamem Schweigen. Die Sklaven eines auseinander brechenden Haushalts lebten in der Furcht, verkauft und dadurch voneinander getrennt zu werden.
An diesem Abend stand Auriane lange, nachdem sich Marcus zurückgezogen hatte, an der Tür ihres gemeinsamen Schlafgemachs. Sein Vorwurf, sie habe sein Vertrauen und seine Liebe missbraucht, hatte sie ins Herz getroffen und stumm gemacht. Sie kam sich wie ein Feuer vor, das unter feuchtem Sand erstickt.
Deshalb entschied sie sich, die Nacht in einem Gästegemach zu verbringen. Er fragte nicht nach ihr. Ihre Niedergeschlagenheit verstärkte sich.
Auriane lag wach und dachte, dass seit ihrer Geburt etwas Böses in ihrem Innersten gelegen haben musste. Wie sonst hätte die Tat, durch die sie ihrem Volk geholfen hatte, all jene, die sie liebte, zugrunde gerichtet? Und sie staunte darüber, dass sie dieses alte Gefühl des Bösen in ihr irgendwie niemals ganz überwunden hatte. Es war wie Rauch; man schloss eine Öffnung, und er fand eine neue.
Der Schlaf brachte ihr Träume, die wie Stürme tobten. Hinter den Träumen glaubte sie das Lachen von Ramis zu hören. Ramis gehörte zu den Gewinnern der beiden auseinander gebrochenen Welten.

Hat sie mein Leben hier verflucht, um mich zu zwingen, in mein Land zurückzukehren … und zu ihr?
Der Morgen graute. Es wurde ein Tag der kleinen Schrecken. Marcus verschanzte sich in der Bibliothek, brütete über geheimnisvollen Plänen, die er nicht enthüllte, schrieb eine Reihe Briefe, schickte und empfing Boten.
Wahrscheinlich bereitete er die »Reise« vor, dachte Auriane.
Arria hatte man zwar nichts gesagt, doch sie war so verstört, dass sie nichts aß. Einmal sah Auriane, dass Brico Kleider in eine Reisetruhe packte. Wie sich herausstellte, waren es ihre und Avenahars Kleider. Offenbar hatte Marcus das so angeordnet. Auriane befahl der aufgeregten Brico, mit dem Packen aufzuhören.
Als Avenahar kurz darauf erfuhr, dass es für sie keine Initiation geben würde, riss sie sich von ihrer Mutter los. Augenblicke später stellte Auriane fest, dass der Einweihungsumhang aus dem Webraum verschwunden war. Sie erriet die Absicht ihrer Tochter, denn Avenahar war als Neunjährige schon einmal davongelaufen und erst nach drei Tagen zurückgekommen, und eilte zum Dienstboteneingang hinter der Küche. Dort sah sie Avenahar, die mit großen, entschlossenen Schritten zu den Ställen ging. Glücklicherweise war sie innerlich zu aufgewühlt, um ihr Vorhaben zu verheimlichen. Auriane folgte ihr und hielt Avenahars Pferd am Zügel fest, als ihre Tochter auf ihrer Lieblingsstute zum Tor galoppieren wollte.

* * *

Am nächsten Abend ging Auriane wieder in das Schlafgemach, das sie und Marcus sieben Jahre lang geteilt hatten. Sie wusste, er lag wach im Dunkeln, obwohl er kein Wort sprach.
Während ihrer gemeinsamen Jahre war sie immer die Nacht über bei ihm geblieben, obwohl das in den Häusern der römischen Aristokratie nicht üblich war. Normalerweise kamen Mann und Frau nur zusammen, um sich zu lieben, und gingen zum Schlafen in ihre kleinen, getrennten Kammern.
»Wie vereinzelt die Menschen bei euch leben«, hatte sie gesagt, als sie hierher gekommen waren. »Ihr verbringt die Nächte in

kahlen unbequemen Zimmern – ein Mensch, ein Raum. Wie in Gräbern. Bei uns schläft ein Mann oder eine Frau nur im Tod allein.«

Die Römer zogen nie in Betracht, dass die Seele eines Menschen möglicherweise nicht an der Haut endete, dass der Geist einer Familie vielleicht in einem breiten Flussbett dahinströmte. Auriane wusste, diese Vereinzelung prägte jeden Gedanken dieses Volkes und erlaubte den Menschen, kleine, unabhängige Entschlüsse zu treffen, ganz im Gegensatz zu den weit reichenden, bedächtigen, umfassenden Entscheidungen, die bei ihrem Volk üblich waren. Wie sehr unterschied sich diese Vereinzelung von ihrer Welt, wo sich in einem Langhaus vielleicht hundert Körper drängten, Menschen und Tiere, Familie und Freunde.

Um ihretwillen hatte er entgegen dem Brauch zwei der hohen, schmalen römischen Betten zusammengeschoben. Zwei Menschen, ein Raum. Doch der Spalt in der Dunkelheit blieb immer bestehen. Er war eine Trennlinie, die Auriane nie vergessen ließ, dass sie unter Fremden lebte.

»Ist mein bester Freund immer noch mein Feind?«, fragte sie vorsichtig ins Dunkel. Sie kam sich dabei wie ein Tier vor, das den Hals für das Opfermesser ausstreckt.

»Natürlich nicht.« Seine Worte waren wie eine weiche Decke. »Komm her.«

Sie tastete nach seiner Hand, die so warm und willkommen war wie das Herdfeuer. Sanft griff sie danach und empfand dabei eine so große Erleichterung, dass sie ohne Zögern auf den *lectus* hinabsank. Dort schmiegte sie sich glücklich an ihn, legte den Kopf auf seine Brust und fühlte sich zufrieden wie in einem Nest. Lange Augenblicke trieben sie auf einem tiefen und uralten Gefühl dahin, das all ihr gründliches Wissen und ihre komplizierten Gedankengebäude überflutete.

»Ich weiß nicht, weshalb du mir verziehen hast«, sagte sie nach einer Weile leise.

»Dir vergeben? … Wenn man gerecht sein will, muss man sagen, dass mich genauso viel Schuld trifft. Ich habe den Versuchungen von Fortuna nachgegeben. Sie hat mich mit Glück in Versuchung geführt, ich griff gierig danach und bin mit dir hierher gekommen. Kannte ich dein Wesen nicht von Anfang an? Wusste ich nicht, wie entschlossen dein Mut, wie unerschütterlich dein Stolz ist? Wie Seneca war ich schon immer überzeugt, dass ein Mann nichts außer seinen eigenen Überzeugungen ändern kann. Wie konnte ich also glauben, dich neu zu erschaffen? Wie konnte ich das auch nur wollen, da deine heilige Hingabe genau das war, was ich liebte?«

Sie erriet aus diesen Worten, dass er Zuflucht bei der Philosophie gesucht hatte, während sie bei Freia Trost fand.

Ja, es war ein Fest glücklicher Tage … dachte sie, als sich seine Hand sanft in die Öffnung ihrer Tunika schob und ihren nackten Rücken berührte, sich vorwärts tastete und ihre Brust fand. *Ich habe unsere wunderbare Verbindung nicht zerstört.*

Auriane genoss das Tasten seiner Hand, drängte sie in stummer Freude weiter. Sie empfand sich wie eine Rose, die sich entfaltete und langsam öffnete. Von neuem war sie von der Beredtheit seiner Berührung überrascht, denn seine zärtlichen Finger schienen das Wissen aller früheren Berührungen in sich zu vereinen. In ihnen gab es eine Bibliothek der Sinne und ein schmerzliches Verzeichnis all ihrer gemeinsamen Tage. Er schien eine Reihe verschlossener Schmuckschatullen zu öffnen, die sich ineinander befanden, bis es keine weitere mehr gab. Dann wurde etwas Blindes, Rasendes in ihr entfesselt, sie richtete sich auf dem *lectus* auf, riss sich die Tunika vom Leib, als könne sie die trennende Hülle nicht schnell genug loswerden, und presste ihren Körper an seinen Körper. Seine Haut war wie glühende Seide. Sie vereinigte sich mit ihm in einer Welt, die wieder sanft und strahlend geworden war. Und so wurden sie in der Dunkelheit eins, wunderbar eins. Seine Großzügigkeit schien der einzige Balsam zu sein. Die fehlende Hoffnung band sie so eng aneinander, dass sie beinahe vor Schmerz aufschrie, als die Lust kam.

Danach lagen sie lange wach.

»Marcus, du kannst Avenahar die Einweihung nicht verweigern. Heute hat sie versucht davonzulaufen.«

»Man hat es mir gesagt. Ich glaube, in diesem Punkt habe ich mich geirrt. Es ist alles vorbereitet ... all die lästigen Zugeständnisse, die ich Maximus gemacht habe ... und die Einweihung findet bald statt. Ich nehme an, wir können Avenahar an der Zeremonie teilnehmen lassen und sie in Sicherheit bringen, bevor alles andere über uns hereinbricht.«

»Das ist gut. Avenahar wird dir dankbar sein.«

Nach kurzem Nachdenken sagte er: »Wenn ihr beide geht, reisen wir bis Mogontiacum zusammen. Heute hat mir Maximus eine dringende Nachricht mit noch einer weiteren schlimmen Neuigkeit geschickt. Der Kaiser hat ihm offenbar befohlen, Ramis zu einem Verhör in die Festung vorzuladen.«

Der Name versetzte Auriane in eine andere Welt.

»Ramis?«, fragte sie leise. »Sie soll in die Festung befohlen werden wie eine ungehorsame Dienerin? Das würde eine gute Szene für eine Farce abgeben. Warum?«

»Sie hat einen römischen Bürger bestraft. Sie hat eine Gerichtsverhandlung angesetzt und einen unserer Soldaten zum Tode verurteilt. Die Chatten behaupten, er habe Schätze aus einem eurer heiligen Teiche geraubt. Maximus will, dass ich bei ihm bin, wenn er deine gefürchtete Hohepriesterin verhört. Der arme Mann ist mit seinem Verstand am Ende, er hat keine Ahnung, wie er eine solche Verhandlung führen soll.«

»Du meinst, er hat Angst vor ihr. Ich kenne keinen Sterblichen, der keine Angst vor ihr hätte ... abgesehen von völligen Narren ... oder Verrückten ... oder dir.«

»Du siehst mich in guter Gesellschaft!« Er lächelte im Dunkeln und strich ihr die Haare aus dem Gesicht.

»Marcus, hast du nicht auch ein wenig Angst vor ihr?«

»Jemand muss einen klaren Kopf behalten.«

»Ich meine, hast du wirklich keine Angst? Du glaubst, du kannst sie verhören, als sei sie eine gewöhnliche Frau?«

»Wenn eine Verhandlung beginnt, denke ich nur an die Tatsachen, und dann sind für mich alle Männer und Frauen gleich. Vielleicht ist das eine Form von Kurzsichtigkeit. Vielleicht liegt es in meiner Familie. Mein armer alter Vater war auch so.«

»Du stellst dein Licht unter den Scheffel. Du hast einen rechtschaffenen Kern, den andere nicht haben. Und die anderen vertrauen dir bereitwillig, weil sie in dir einen der seltenen Geister erkennen, der diese Rechtschaffenheit nicht missbraucht.« Nach kurzem Zögern fügte sie hinzu: »Marcus, als ich heute Morgen am Fluss stand, habe ich etwas Unheilvolles gespürt, das mit all dem nichts zu tun hat. Ich habe gespürt, dass dir von einem Tier Gefahr droht.«

Er schwieg – ein wachsames, wissendes Schweigen.

»Es ist ein großes und unheimliches Tier. Es riecht nach Moschus. Vielleicht täusche ich mich. Marcus …?«

Er richtete sich auf. »Bei allen Göttern, manchmal kannst du einem wirklich Angst machen, Auriane.«

»Was sagst du dazu?«

Er schüttelte langsam den Kopf. »Zu den Zugeständnissen, die mir Maximus abgerungen hat, gehört, dass ich ihn auf einer seiner abscheulichen Auerochsjagden begleite.«

»Du lehnst solche Dinge doch ab.«

»Er bedrängt mich seit Jahren. Ihm wird es große Freude machen, wenn ich diesmal dabei bin. Ich hätte nicht gedacht, dass mir eine Jagd wirklich schaden würde.«

»Ich glaube, du hast einmal gesagt, die Jagd sei für einen alten Federschwinger, der auf seinem Stuhl zu dick geworden ist, ein verwerfliches Mittel, um zu beweisen, dass er noch ein ganzer Mann ist, oder so ähnlich.«

»Dein verwünschtes Gedächtnis. Du treibst mich mit deinen Zitaten noch in die Enge.« Er lachte und küsste sie sanft auf die Lippen.

»Hat sich an dieser Einschätzung etwas geändert?«, fragte sie mit einem traurigen Lächeln.

»Ich werde mich zurückhalten und eine Randfigur bleiben … ich bin dabei, nur um ihm einen Gefallen zu tun. Es wird mir schon nichts geschehen. Maximus hat viel für uns getan. Er geht ein ziemlich großes Risiko damit ein, dass er dir und Avenahar hilft, den Limes zu überqueren. Wie auch immer, ein Mann sollte zumindest einmal alles im Leben versuchen.«

Die Wärme der wieder gefundenen Nähe machte sie wie betrunken, und sie beschloss, noch einen letzten Versuch zu einer Einigung zu unternehmen.

»Marcus, begreifst du jetzt, dass ich und Avenahar nach Hause gehen müssen, wenn es dir nicht gelingt, die Sache abzuwenden? Dieses Caledonien ... die Geister dort ... sie kennen mich nicht.«

Er blieb beunruhigend still. Die Luft zwischen ihnen schien zu erstarren.

»Aber *etwas* ist und bleibt wichtig, Auriane ... du und Avenahar, ihr müsst beide am Leben bleiben. Wir müssen euch einen Fluchtweg öffnen und ihn offen halten. Du musst begreifen, dass es nicht meinem Wesen entspricht, tatenlos zuzusehen, wie man dich und Avenahar zur Hinrichtung schleppt. Ich habe beschlossen, nach Dakien zu reisen und eine Audienz beim Kaiser zu erzwingen. Wenn ich ihm gegenüberstehe, habe ich eine bessere Möglichkeit, seinen Zorn auf dich zu besänftigen. Aber ich will, dass ihr dann bereits in Sicherheit seid ... für den Fall, dass es mir nicht gelingt.«

Sie fand sich damit ab, dass sie sich in diesem Punkt niemals einig sein würden. Die Traurigkeit, die diese Erkenntnis hervorrief, war wie ein zerbrochener Krug, aus dem das Wasser rann.

Sie musste einen Weg finden.

Ich bin wieder eine Kriegerin. Was ich plane, muss ich allein planen.

Sie hörte nur mit halbem Ohr zu, als er fortfuhr: »Ich liebe dich mehr als mein Leben, Auriane, und ich hasse die Vorstellung, dass dir irgendwelche Fesseln angelegt werden. Aber kannst du nicht verstehen, dass dir in dieser Angelegenheit einfach keine andere Wahl bleibt?«

»Du hast Recht«, murmelte sie und schmiegte sich bequemer an ihn. *Mir bleibt keine andere Wahl, als nach Hause zu fliehen.* Er verstand sie jedoch völlig falsch.

Die Schicksalsgöttinnen ließen ihr nur einen einzigen ehrenvollen Weg offen, der sie in eine grausam ungewisse Zukunft schleuderte.

Nach der Initiation würde sie nicht zur Villa zurückkehren, sondern ebenfalls zur Halle ihrer Mutter gehen. Von dort würde sie dem Weg der Haine folgen. Wegen Arria konnte sie es nicht ertragen, ihre Gedanken über ein oder zwei Jahre hinausschweifen zu lassen.

Natürlich wird es nicht für immer sein. Nur so lange, bis er die Lage wie durch Zauberei gewendet hat? Lange genug, um Witgerns Ruf zu folgen?

Aus ihrem tiefsten Innern stieg eine Erregung auf, die hell und leicht war, durch das seltsame Gefühl, das Leben auf den Kopf zu stellen, aber auch schwer wie Blei vor Traurigkeit.

Fünfzehntes Kapitel

In derselben Sommernacht fand ein verschwiegenes Treffen in der Vorstadt der Festung Mogontiacum statt. An der Anlegestelle des Hafens stand eine halb verfallene Taverne. Das heruntergekommene Haus neigte sich flussabwärts, als sei es bereit, sich von der Strömung des Rheins davontragen zu lassen. Das eingesunkene Dach war immer wieder, aber ohne großen Erfolg ausgebessert worden.

In dem feuchten und schlecht beleuchteten Hinterzimmer saßen zwei Männer. Trotz der warmen Sommernacht trug einer von ihnen die schwere *Paenula* eines Reisenden. Er hatte die große Kapuze weit ins Gesicht gezogen.

Der Fremde mit der Kapuze sprach zuerst. »Du wirst an einer Auerochsjagd teilnehmen.«

Der junge Mann, der ihm am Tisch gegenübersaß, hätte das Gesicht unter der Kapuze auch dann nicht sehen können, wenn ihm nicht das billige Lampenöl die Tränen in die Augen getrieben hätte. Deshalb wusste er auch nicht, ob er es mit einem Agenten zu tun hatte, dem er schon früher einmal begegnet war. Die leicht raue, seltsam beruhigende Stimme kam ihm jedoch irgendwie bekannt vor.

Es war bereits lange nach Mitternacht, und Teletusa, die Besitzerin der Taverne, die mit Öl immer sehr sparsam umging, hatte alle Lampen bis auf eine gelöscht. Manche Leute behaupteten, sie sei nicht geizig, sondern bevorzuge die Dunkelheit, um nicht alles deutlich sehen zu müssen, was in ihrer Schankstube geschah, damit man sie nie als Zeugin bei Gericht vorladen könne. Die Taverne am Rheinufer war ein beliebter Treffpunkt von Taschendieben und Herumtreibern, aber auch Handelsschiffer und Matrosen der kaiserlichen Flotte stellten sich bei der attraktiven Teletusa regelmäßig ein.

Die Wirtin stand hinter ihren Weinkrügen aus dem mit Ziegelsteinen gemauerten Ausschank, der den vorderen Raum der Taverne von dem stinkenden Hinterzimmer trennte. Sie beobachtete die beiden späten Gäste misstrauisch, als seien sie Sklaven, denen sie einen Stapel ihres besten Geschirrs anvertraut hatte.

Der junge Mann wusste, dass die Wirtin bereits erraten hatte, dass sie einen Mord planten.

Er musste sein Gegenüber nicht fragen, um welche Auerochsjagd es ging. Jeder am Fluss wusste von den großen Jagden, die der römische Statthalter Maximus veranstaltete. Es waren prächtige Spiele für die Herren der Welt, die miteinander um den Lorbeer wetteiferten. Die Trophäe wurde dem edlen Jäger zugesprochen, der dem Tier den Todesstoß versetzte.

Die Jagd war ein alljährliches Ereignis, bei dem viele Sklaven und alle jagderprobten Männer der keltischen und germanischen Stämme im Umkreis von Mogontiacum eingesetzt wurden. Der römische Statthalter förderte damit ungewollt das Glücksspiel am Anlegeplatz, denn die Gäste der Taverne schlossen Wetten darauf ab, welcher Aristokrat das große Wild in diesem Jahr erlegen würde.

Der junge Mann wusste sogar, um welche Trophäe es diesmal ging. Der Auerochse ist ein Koloss unter den Rindern, die größte den Naturalisten bekannte Art. Und das Tier, das erlegt werden sollte, war ein gefährlicher, bösartiger Einzelgänger, den Maximus zur Strecke bringen wollte, seit er sein Amt als Statthalter angetreten hatte. Sein Fell war von gespenstischem Weiß, eine Farbe, wie man sie noch nie bei Auerochsen gesehen hatte. Der junge Mann hatte gehört, dass die Soldaten der Grenzfestungen glaubten, die Bestie sei verflucht und könne nur von einem Halbgott getötet werden, wie Herkules es gewesen war.

»Das muss ein Witz sein«, sagte der junge Mann zu seinem gesichtslosen Gegenüber und fuhr sich mit den dicken, fleckigen Fingern unruhig durch die strähnigen dunkelblonden Haare. »Ich habe nie etwas Größeres als Wildschweine gejagt.«

»Das macht nichts. Du sollst nicht den Auerochsen jagen.«
»Ich bin jetzt ein *Schreiber.* Ich führe die Dienstlisten der Legionäre. Das heißt allerdings nicht, dass ich deshalb weniger ein Mann wäre. Diese Amphore dort an der Tür ... ich kann sie mühelos mit einer Hand hochheben. Ich springe auch auf ein galoppierendes Pferd. Und ich habe sogar ein halbes Dutzend bedeutungsloser Männer getötet, von denen niemand etwas zu wissen braucht. Aber dieser Auerochse hat bereits zwölf geschickte Jäger und mindestens dreißig Sklaven umgebracht. Die Chatten wagen sich nicht einmal in seine Nähe. Du kannst mir glauben, ich will dasselbe wie du. Aber mit allem Respekt, ich kann mir viele andere Möglichkeiten vorstellen, um mein Ziel zu erreichen, ohne durch solch spitze Hörner aufgespießt zu werden.«
»Du lässt besser die da oben für dich denken. Unser Mann hat seit einiger Zeit immer Wachen bei sich. Das haben wir dir zu verdanken. Die Jagd ist die einzige Gelegenheit, bei der sie nicht ständig um ihn herum sein werden.« Er räusperte sich. »Jetzt hör mir gut zu! Was wir von dir erwarten, wird etwas schwieriger sein, als einen unbewachten Wagen vor einer Menge fassungsloser Bauern in Brand zu setzen. Aber wir vertrauen darauf, dass du genug Mumm in den Knochen hast, um es zu schaffen.«
Der junge Mann ließ sich nicht anmerken, dass ihm ein kalter Schauer über den Rücken lief. Er hätte damit hätte rechnen müssen, dass der Agent von dem misslungenen Anschlag auf den Wagen von Julianus erfahren hatte. Die Männer mit den Kapuzen, diese unheimlichen Schattenmänner, die zu ihm kamen, schienen sogar zu wissen, was er am fünften *Junius* vor einem Jahr gefrühstückt oder wann er zum letzten Mal in einen Brunnen gespuckt hatte.
Der Agent befahl Teletusa mit einer knappen Geste, noch einen *Sextarius* von ihrem heißen Wein zu bringen. Die Wirtin ließ sich Zeit, bevor sie sich in Bewegung setzte. Sie gab ihre Geringschätzung für die beiden durch die hochgezogenen schwarzen Brauen und die weit nach unten gezogenen Mundwinkel zu erkennen.
Teletusa war eine große Frau mit üppigen Formen. Ein straff ge-

bundenes griechisches Stirnband konnte ihre dichten grau werdenden Haare kaum bändigen. Sie trug blitzende goldene Ohrringe mit jeweils einer Perle. Teletusa war eine Freigelassene und hatte ihr Leben in einer gadischen Tanztruppe begonnen. Die berühmtesten erotischen Tänzerinnen kamen aus Gades in Hispanien. Mit dem ersparten Geld aus ihrer Zeit als Sklavin hatte sie die Taverne gekauft. Die Jahre ließen sie inzwischen breiter und fülliger um die Hüfte werden, doch das verlieh der Anmut der Tänzerin nur eine gewisse Würde. Sie näherte sich den zwei letzten Gästen mit einem stolzen Wiegen ihrer Hüften, um deutlich zu machen, dass sie keine Sklavin mehr war.

Der junge Mann beobachtete sie fasziniert. Er hatte noch nie mit einer gadischen Tänzerin geschlafen und überlegte, wie viel er aus seiner Geldbörse auf den Tisch legen müsse, damit sie sich für ihn und nur für ihn so bewegte.

Teletusa stellte den Weinkrug mit einem unhöflich dumpfen Geräusch auf den Tisch. Sie war nicht gut auf die beiden zu sprechen. Es war spät, und sie blieben für ihren Geschmack viel zu lange. Das Geräusch erschreckte eine Ratte, die durch das Stroh rannte.

Der Agent hob unvermittelt die Hand und griff nach Teletusas schwerer Halskette. Für einen langen Augenblick hielt er die Frau wie an einer goldenen Leine fest. Dann drehte er die Kette langsam immer weiter zusammen, bis sie ihr den Hals zuschnürte. Der junge Mann vermutete, dass die Wirtin eine brutale Kälte in den Augen des Agenten gesehen haben musste, denn das Gesicht der stolzen Teletusa wurde vor Angst ganz grau und fahl.

Irgendwie gefiel ihm das.

»Nimm dich gefälligst zusammen«, sagte der Kapuzenmann mit entwaffnend sanfter Stimme. »Wir bleiben, bis wir fertig sind. Und du sorgst dafür, dass niemand sonst hier hereinkommt.«

Teletusa nickte schwach, und er ließ sie los. Sie unterdrückte ihren Zorn, als sie sich entfernte und wieder ihren Platz hinter den Weinkrügen einnahm. Plötzlich war es so still, dass man das leise Klatschen und Gurgeln des Wassers hörte, das träge um die Pfähle des Landungsstegs floss.

Die Hand des jungen Mannes war vor Anspannung steif, als er einen Lederbeutel hervorholte und seinen Inhalt in den zerbeulten silbernen Reisebecher schüttete. Er fügte dem Wein seine eigenen reinigenden Gewürze hinzu – Cumin, Fenchel und Wermut. Man wusste nie, was alles in einer so anrüchigen Taverne im Weinfass verendet war.

»Verlässt dich der Mut, Casperius Aelianus?«

Der Agent sprach den Namen mit grausamer Langsamkeit aus. Der junge Mann kam sich plötzlich so ungeschützt vor wie eine Schnecke ohne Haus. Es gab keinen »Casperius Aelianus« mehr. Der Junge dieses Namens war auf Befehl des Kaisers Trajan bei dem schrecklichen Schiffbruch ertrunken. Er würde die Schreie der anderen Verurteilten, die in einer Sturmbö ihr Leben verloren hatten, nie vergessen. Der heftige Wind war bald nachdem man ihr manövrierunfähiges Schiff den Wellen überlassen hatte, wie als Antwort auf den Wunsch ihres kaiserlichen Henkers aufgekommen. Er dachte oft voll Zorn daran, dass ihr einziges Verbrechen darin bestanden hatte, die Befehle des Kaisers Domitian auszuführen, wie der Eid das von ihnen verlangte. Er hatte den Schiffbruch überlebt und war als Attius Ferox wieder geboren worden. Inzwischen war er ein viel versprechender junger Mann mit mächtigen Gönnern in Rom. Man hatte ihn vor kurzem dem Statthalter in Mogontiacum für eine gute Stellung in der Kasse der Festung empfohlen. So kam es, dass er dort die Spareinlagen der Legionäre verwaltete, die sie an die Bank abführen mussten. Der junge, als Casperius Aelianus geborene Mann, der jetzt Attius Ferox hieß, wusste jedoch nicht genau, für wen die Agenten aus dem Palast arbeiteten. Sie waren namenlose Helfer, die ihm alles zur Verfügung stellten und immer dann aufzutauchen schienen, wenn er keine Verbindungen, kein Geld oder kein Glück mehr hatte. Er vermutete, selbst wenn er es nur wagen würde, nach solchen Dingen zu fragen, würde er sein Leben aufs Spiel setzen. Er hatte es sich so zurechtgelegt, dass die Schattenmänner von der angeblich immer noch innerhalb der Prätorianergarde bestehenden Partei geschickt wurden, die insgeheim schwor, den Mord an Domitian zu rächen.

»Niemals!«, erwiderte er. »Nicht, solange ich auf dieser Erde bin … und dieser Julianus noch am Leben ist.«
Die Stimme des Agenten war ausdruckslos, kalt und ohne eine Spur von Wohlwollen, Belustigung oder Mitleid, als er sagte: »Ich bin sicher, wir können deine Bezahlung verdoppeln, wenn du dir wegen der Gefahr durch den Auerochsen zu große Sorgen machst.«
»Verdreifache die Summe!« Ein wenig Großspurigkeit konnte seinem Stand gegenüber diesen Männern nicht schaden.
Der Agent zögerte nur einen Augenblick und erwiderte dann knapp: »Geht in Ordnung.«
Der junge Mann spürte, wie hinter ihm eine Tür ins Schloss fiel … und vor ihm stand ein rasendes Ungeheuer mit spitzen Hörnern. Plötzlich hatte er kein Verlangen mehr danach, die gebackene Erbsenpastete auf dem fettigen Teller, die der Agent vorher bestellt hatte, zu Ende zu essen. Er schob den Teller beiseite.
»Also, hier sind die Namen der Männer, die dieses Jahr an der Jagd teilnehmen.« Der Schattenmann zählte schnell die Namen von zehn Adligen auf. »Bist du wirklich sicher, dass keiner dieser Leute jemals dein Gesicht gesehen hat?«
»Ich war ein sechzehnjähriger Junge, als Domitian, unser großer Kaiser und Herr, so schändlich ermordet wurde. Ein Mann, der so lange im Hades war wie ich, verändert sich sehr. Nicht einmal Maximus hat mich erkannt, und er war ein guter Freund meines Vaters.«
»Die Spione von Marcus Julianus haben genaue Beschreibungen von dir«, erwiderte der Agent. »Deshalb schicken wir dir morgen einen Barbier und eine Ornatrix. Du wirst falsche Haare bekommen und die Augenbrauen dunkel färben.«
»Sprichst du von einer *Perücke*?! Eine Perücke, wie Frauen sie tragen?«
»Der gefürchtetste Feldherr aller Zeiten, der große Hannibal, hat es nicht verschmäht, Perücken zu tragen, um mögliche Mörder zu täuschen. Und du bist wohl kaum der Mann, der er war. Also sei still und hör zu. Zwei der Treiber von Maximus sind in den Plan eingeweiht. Sie werden unseren Mann von der Jagdgesellschaft

weglocken und dich, wenn nötig, vor dem Untier schützen. Vergiss nicht, du wirst nahe genug an *dein* Opfer herangehen müssen. Morgen triffst du dich zum ersten Mal mit deinen Mitverschworenen. Du bist ein hervorragender Reiter, aber du musst mit dem schweren Jagdspeer üben, den sie benutzen. Deshalb wirst du morgen sofort …«

Der Agent beschrieb genau, wie der Mord zu geschehen hatte.

Zum Schluss fand Casperius Aelianus, jetzt Attius Ferox, endlich einen Augenblick, um den Einwand vorzubringen, der ihn schon die ganze Zeit beunruhigte. »Ich kann es kaum erwarten, ihn zu töten. Aber wie bekommen wir unseren Mann dorthin? Er geht nicht auf die Jagd. Julianus verachtet diese Art von Zeitvertreib.«

»Diesmal macht er eine Ausnahme. Es wird seine erste und seine letzte Jagd sein.«

* * *

»Alles ist so schrecklich, nicht wahr? Liegt es daran, was ich getan habe?«

Arria Juliana stellte diese Frage. Es war Abend. Auriane kniete am gemauerten Ziegelsteinbogen des großen Herds im Backhaus der Villa vor ihrer Tochter. Das ernste Gesicht des kleinen Mädchens war so rund wie der Mond und schimmerte in der Dunkelheit rotgolden von der Glut des noch glimmenden Holzkohlefeuers.

»Nein, natürlich nicht!«, erwiderte Auriane. »Wir machen eine Reise, das ist alles. Vater macht eine kurze Reise, ich und deine Schwester … eine längere. Philomela bleibt natürlich hier bei dir.« Auf Arrias alte thebanische Amme war Verlass. »Es ist alles gut.« Unwillkürlich zog sie Arria an sich und drückte ihre Tochter mit einer Heftigkeit, die ihre Wärme für immer in dem Mädchen einschließen sollte. Die Liebe ihrer Mutter sollte sich Arria so tief einprägen, dass sie sich ihrer auch dann noch bewusst sein würde, wenn ihre Mutter gegangen war. Und sie sollte die kalte Freudlosigkeit vertreiben, die sich langsam in Auriane ausbreitete. Doch dann ließ sie das Mädchen los, denn ihr wurde bewusst, wie sehr sie ihre Verzweiflung zu erkennen gab.

»Eine lange Reise.« Arria wiederholte die Worte ihrer Mutter, ohne sie zu beurteilen, und das vergrößerte Aurianes Verzweiflung. Arrias Augen waren Gefäße, die vertrauensvoll auf das warteten, was Auriane in sie hineinfüllen würde. In diesem Augenblick hätte es Auriane leichter gefunden, ein Kampfgetümmel vor sich zu sehen, als in die leuchtenden und sanften Augen ihrer Tochter blicken zu müssen.
»Ich habe gesagt, eine längere, nicht eine *lange* Reise«, verbesserte Auriane das Mädchen. »Ich bin … bald zurück.« Die Lüge schmeckte bitter, aber die Gebote der Mutterliebe verlangten, dass sie das behauptete. Auriane hatte das Gefühl, ihre Worte hätten ebenso gut ungesagt bleiben können, denn sie zeigten bei Arria keine Wirkung.
Sie hat die Augen einer Seherin.
»Arria, es gibt einige Dinge, die ich dir sagen muss. Vor mir liegen Gefahren, aber ich werde sie überwinden. Und du weißt, Arria, die Schicksalsgöttinnen sagen uns niemals alles. Deshalb müssen wir daran denken, was geschehen würde, wenn … es mir nicht gelingen sollte. Wir wollen nur daran denken, verstehst du das? Ich erwarte nicht, dass es so kommen wird. Deshalb muss ich dir ein paar Dinge über die Ehe sagen, obwohl du das alles erst in acht oder noch mehr Jahren wissen musst.«
»Ihr habt einen Mann für mich gewählt.«
»Ja. Aber das geschieht nur mit deinem Einverständnis. Und es bedeutet keineswegs, dass du nicht einen anderen wählen kannst, wenn du alt genug dazu bist, um das wirklich zu verstehen. Aber dann wird dir dein Vater helfen, also mach dir jetzt deshalb keine Sorgen. Hier ist sein Bild.« Sie gab Arria das Porträt eines Jungen. Es war klein genug, dass sie die Hand um die feine, auf Holz ausgeführte Temperamalerei schließen konnte. »Er lernt fleißig, ist bei guter Gesundheit, und vor ihm liegt eine ehrenvolle Laufbahn. Der Junge ist sechzehn, also nicht so furchtbar viel älter als du. Er ist der jüngste Sohn des Bruders von Cornelius Palma, der vor einigen Jahren als Mitregent des Kaisers geherrscht hat …«
»Er war *Konsul,* Mutter«, sagte sie, und in ihren Augen stand die unverhüllte Freude eines Kindes, dem man ein Geschenk gemacht

hat. »Und sein Vater ist ein Mann, der zu den guten Freunden des Kaisers gehört. Den nehme ich.«

Auriane fühlte sich etwas erleichtert. »Bewahre das Bild an deiner Brust auf. Das wird dazu beitragen, dass sich deine Liebe zu ihm entwickelt. Aber wenn die Liebe nicht wächst oder wenn sich im Laufe der Zeit herausstellt, dass wir …«, sie zögerte kurz und räusperte sich, »… einen Fehler gemacht haben, dann musst du nicht traurig sein. Bei dem Volk von Marcus ist es Sitte, dass eine andere Wahl für dich getroffen werden kann, selbst nachdem der Trank aus dem Methorn geteilt, die Schwüre geleistet und das Ritual vollzogen worden ist. Also mach dir keine Sorgen, du kannst eine …«

»… Scheidung verlangen. Aber wir trinken nicht gemeinsam aus einem Methorn.« Sie richtete sich auf. »Mutter, du hast vergessen, dass du mir das alles schon einmal gesagt hast.«

»Natürlich«, erwiderte Auriane, die Arrias Sicherheit in diesen Dingen belustigte. »Wie ich gesagt habe, das ist noch lange hin, und Vater wird hier sein. Ich fand es aber richtig, dass ich dir als deine Mutter sein Bild gebe. So, jetzt komm mit. Es gibt noch etwas sehr Wichtiges.«

Auriane nahm von ihrem Gürtel ein Schwefelholz und entzündete damit eine kleine Handlampe aus Ton. Sie hielt die Hand über die Lampe und führte das Mädchen auf einem gepflasterten Weg zur Kräuterkammer vor dem Backhaus. Arria ging hoch aufgerichtet und ernst neben ihr und machte große, entschlossene Schritte. Sie kam sich wichtig vor, weil ihre Mutter so ernste Dinge sagte und ihr das half, alles andere mutig zu ertragen.

In der würzigen Dunkelheit der Kräuterkammer nahm Auriane von einem der oberen Regale ein luftdicht versiegeltes grünes Glas mit Samenkörnern und ein kleines, mit einem Korken verschlossenes Glasgefäß, das eine Art dunklen Saft zu enthalten schien.

»Das sind die Samen der Raute, die man beinahe überall findet. Und das ist Cyrenaikasaft von der Silphiumpflanze, die man fast nirgends findet. Diese Pflanze wächst in einer fernen heißen Gegend, und sie ist aus gutem Grund sehr teuer, denn es gibt nur noch wenige davon auf der Welt. Aber normalerweise kann sie

dir jede gute Kräuterfrau beschaffen, wenn du sie großzügig bezahlst.«
Der Klang der Worte ihrer Mutter schien Arria in eine Art Trance zu versetzen.
Sie hört mit ihrem ganzen Geist zu. Sie spürt die Angst in meiner Stimme.
»Diese Pflanzen besitzen eine wundersame Macht. Sie verhindern, dass du Kinder bekommst. Das ist sehr wichtig, Arria. Wenn du irgendwann, nachdem das Blut des Lebens bei dir einsetzt, einmal nicht willst, dass ein Kind in dir heranwächst, nimmst du am Anfang deiner Mondphase eine erbsengroße Menge davon«, sie wies auf den Saft, »und eine Prise Rautensamen. Du sollst immer selbst bestimmen können, wann du ein Kind bekommen willst. Du bist nicht die Dienerin eines anderen. Verstehst du?«
Arria nickte ernst. Trotz ihrer Jugend wusste sie sehr gut, wovon Auriane sprach. Das Einsetzen des Lebensbluts war ehrenvoll, und Auriane hatte darüber schon mit ihr gesprochen.
»Ich muss dir noch etwas sagen. Ich weiß, dass du wenig von meinem Volk hältst, aber ich möchte, dass du etwas nicht vergisst. Du stammst von Kriegern ab. Dein Großvater war Baldur, der Größte von allen. Er hat eine Generation lang die Freiheit seines Volkes verteidigt. Auch deine Mutter war eine Kriegerin. Sie konnte die Freiheit ihres Volkes nicht mehr bewahren, aber sie hat im Zweikampf gegen Odbert Rache genommen, den Feind, der uns verraten hatte. Und so bist auch du eine Kriegerin, selbst wenn du niemals eine Waffe in die Hand nehmen wirst. Ich denke jedenfalls, das du das nie tun wirst ..., aber du musst wissen, meine Tochter, auch du trägst dieses Feuer in dir.«
Arria nickte feierlich und langsam.
»Sei gut zu den Schwachen. Lass dir von niemandem die Ehre rauben. Denke daran, nichts ist jemals so, wie es aussieht. Das Leben ist nie zu Ende. Und deine Mutter ist immer bei dir.«
»Du musst weit reisen«, murmelte Arria und blickte auf den Boden. Auriane hob sie mühelos hoch. Das Mädchen war zierlich und klein und doch so stark. Sie setzte Arria auf ihren Schoß.

»Nicht weit und nicht für lange«, flüsterte sie mit vor Trauer erstickter Stimme.
Freia, lass das die Wahrheit sein.
»Arria, ich liebe dich mehr als mein Leben.«

* * *

Am folgenden Tag traten Auriane und Avenahar im düsteren Morgengrauen ihre Reise zum heiligen Wald unter den Eichen an. Die tief hängenden Wolken kündigten Regen an.
Marcus begleitete sie auf dem ersten Abschnitt der Reise. Ihre prächtige *Reda,* einer von fünf Wagen, rollte, flankiert von bewaffneten Knechten, schnell über die große Poststraße, die dem Lauf des Rheins folgte und Confluentes mit der Festung Mogontiacum verband.
Von Mogontiacum aus würden Auriane und Avenahar allein weiterreisen. Damit Auriane den letzten Kontrollpunkt an der römischen Grenze passieren konnte, ohne dass Alarm ausgelöst wurde, hatte der Statthalter sie mit falschen Papieren ausgestattet. Danach waren sie Gallier, Mutter und Tochter, die die Genehmigung hatten, an einer Hochzeit teilzunehmen. Maximus würde ihnen auch einen seiner Wagen mit seinem Wappen überlassen.
Auriane saß dicht neben Marcus. Sie empfand nichts mehr. Keine Gefühle bewegten sie, während sie, wie am Morgen einer Schlacht, darum kämpfte, innerlich ruhig und fest zu bleiben.
Marcus las alte Verträge als Vorbereitung auf das bevorstehende Verhör von Ramis. Er prägte sich jede einzelne Übereinkunft ein, die jemals zwischen Rom und den Chatten getroffen worden war, und machte sich hin und wieder auf einer Wachstafel Notizen.
Avenahar gelang es, zwischen den Kissen und Decken auf dem Boden irgendwie zu schlafen, obwohl sie im Wagen herumgeworfen wurden wie Körner in einer Getreideschwinge.
Das ist der unbeschwerte Frieden der Jugend.
Auriane beobachtete anerkennend ihre Tochter.
Aber was wird daraus werden, wenn sie am letzten Tag der Einweihung erfährt, dass Decius ihr Vater ist?

Ebenfalls auf dem schaukelnden Wagenboden zwischen ihnen stand ein mit Stroh ausgestopfter Eisenkessel, in dem sich ein Tontopf mit Luftlöchern befand. Er enthielt gemästete Siebenschläfer. Das Stroh milderte die Stöße, und die fetten Nager schliefen friedlich im Inneren des Topfs. Sie waren lebende Beweise für die teils absonderlichen, teils wichtigen Gefälligkeiten, die Maximus seinem Freund Marcus als Gegenleistung dafür abgerungen hatte, dass er die heimliche Reise über die Grenze vorbereitete und deckte. Der Statthalter hatte die Gelegenheit genutzt, um alles von seinem alten Freund und Gönner zu bekommen, was er wollte oder brauchte. Und Marcus hatte die seltsame Mischung an Bedingungen gutmütig akzeptiert. Der Statthalter hatte Julianus gebeten, Präfekte für fünf neue Kastelle entlang der Nidda zu bestimmen. Er hatte auch um die Dienste des Kochs gebeten, der ein berühmtes Rezept für Siebenschläfer hatte. Der Koch hatte darauf bestanden, seine eigenen mitzubringen, denn er traute niemandem zu, sie mit Walnüssen und Kastanien so ordentlich zu mästen, wie er das tat. Aber besondere Genugtuung bereitete es Maximus, dass er Julianus dazu gebracht hatte, an der Auerochsjagd teilzunehmen. Für den Statthalter war die Jagd weniger ein Vergnügen als ein Ritual seiner Religion, zu der er unermüdlich all seine Freunde bekehren wollte. Es war eine erhabene symbolische Handlung, die all jenen Männern abverlangt wurde, die mit dem Segen des Herkules über die Menschen und Tiere der Erde herrschten.

Auriane unterbrach Julianus. »Marcus, ich mache mir Sorgen wegen Arria. Wenn wir ums Leben kommen sollten, wer würde sie dann beschützen? Avenahar wird zurechtkommen«, sagte sie und nickte in Richtung ihrer schlafenden Tochter. »Sie ist wie eine halb gezähmte Katze. Sie könnte zurück in die Wildnis, wenn es notwendig sein sollte, und ihr eigenes Feuer entzünden. Aber Arria nicht. Sie ist ein Stadtkind. Sie würde irgendwann in das eine oder andere Bett fallen. Ich hoffe sehr, dass wir den Richtigen für sie ausgewählt haben.«

»Wieso solch düstere Gedanken? Ihre Eltern leben und werden noch viele Jahre lang am Leben sein.«

»Du hast Recht«, erwiderte Auriane ohne große innere Überzeugung. »Aber ich möchte, dass sie vor der Heirat nicht nur sein *Bild* sieht. Ich möchte, dass sie ihn kennen lernt und mit ihm spricht.«
»So soll es sein.« Er wandte sich ihr zu und sagte eindringlich: »Irgendwie werde ich diese schreckliche Drohung abwenden. Vor allem, sprich nicht so, als würdest du nie mehr zurückkommen.«
Sie senkte den Blick und schwieg.
Die Siebenschläfer bewegten sich und pfiffen.
»Marcus, ich spüre, dass dich Gefahren umringen. Sie nähern sich lautlos und schwarz wie die Schatten der Nacht.«
Ihre Worte verstärkten sein ungutes Gefühl noch, das er schon seit geraumer Zeit hatte, und er dachte unwillkürlich an die immer bedrohlicher werdenden Ereignisse der letzten Zeit. Erst am Vortag hatte er die Nachricht erhalten, dass einer seiner zuverlässigsten Spione im kaiserlichen Palast, ein Junge namens Apion, unter mysteriösen Umständen ermordet worden war. Apion war unglücklicherweise dabei überrascht worden, wie er ein Gespräch des Kaisers mit seinen Ratgebern belauscht hatte. Blaesus war anwesend gewesen, also der Mann, auf den Apion angesetzt worden war. Konnte es sein, dass man die Absicht des Jungen falsch verstanden hatte? Glaubte man vielleicht, er habe den Kaiser belauscht? Dass alles war in der Tat äußerst beunruhigend.
Er hatte Auriane von diesen Dingen nie etwas gesagt. Aber unerklärlicherweise stand in ihren klaren grauen Augen das Wissen darum. Marcus erinnerte sich nur allzu gut daran, dass viele Dinge tatsächlich eingetroffen waren, die sie vorausgesehen hatte. Er glaubte ihr.
»Du machst dir unnötige Sorgen. Trajan begeht keine Verbrechen im Verborgenen, und er richtet auch niemanden heimlich zugrunde. Wer sein Missfallen erregt, bekommt es in deutlichen Worten zu hören, und zwar sofort. Ich werde mich vorsehen. Du musst dir meinetwegen keine Sorgen machen.«
Aber auf seiner Stirn zeichneten sich tiefe Sorgenfalten ab, als er den Arm um Auriane legte und sie fest an sich drückte. Wann würde er sie wiedersehen, wann würden sie wieder in der Geborgenheit ihrer Villa friedlich leben können?

Sechzehntes Kapitel

Auriane und Avenahar folgten den Frauen und Mädchen, die auf einem felsigen Pfad einen namenlosen Hügel hinaufstiegen. Angeführt wurde die Gruppe von den grau gekleideten acht Alten. Die späte Nachmittagssonne hüllte sie alle in ein sanftes goldenes Licht. Die warme Erde bot ihren nackten Füßen einen guten Halt. Sie wollten den heiligen Hain unter den Eichen bei Sonnenuntergang erreichen. Dann würde die neun Nächte dauernde Zeremonie beginnen. Alle germanischen Stämme zogen für rituelle Zusammenkünfte oder Versammlungen die Nacht dem Tage vor. In Aurianes Kindheit hatte man ihr erklärt: »Die Nacht war zuerst da, der Tag wurde danach geschaffen.«

Gunora, die älteste und angesehenste der Alten, ging mit ausladenden Schritten an der Spitze. Sie stieß ihren Knotenstock auf den Boden, als sei er ein steifes drittes Bein. Ihr dicker grauer Zopf schwang von einer Seite zur anderen. In dem weiten Gewand aus Kalbfell wirkte sie wie ein Bär. Auf dem breiten, faltigen Gesicht sah man stets nur den Ausdruck entschlossener Ruhe. In ihren schmalen Augen lag ein Friede, der so tief und so unberührt war wie der Wald.

Gunoras Begleiterinnen hielten mühelos Schritt mit ihr, obwohl sie alle mehr Winter hinter sich hatten als vor ihnen lagen. Ihre kraftvollen Gesichter sprachen von Riten, die bei den meisten anderen in Vergessenheit geraten waren. Die acht Frauen würden zusammen mit Auriane beim Einweihungsritual den Kreis der Neun bilden.

Die Alten hatten eine Aufgabe, die bei den Stämmen allmählich in Vergessenheit geriet. Sie sollten die jungen Mädchen auf das Leben vorbereiten. Daneben bauten sie auf den heiligen Feldern im Sommerheiligtum von Ramis Wurzelgemüse und Emmer an. Auriane bewunderte diese Alten, und in Gedanken erwies sie ihnen die angemessene Ehrerbietung.

Sie sind Bäume. Sie leben von einer Jahreszeit zur nächsten und halten mit ihren starken Wurzeln an den alten Sitten fest. Die Mädchen, die von ihnen lernen, sind die Äste, die biegsam und schnell in den Himmel wachsen und begreifen müssen, dass sie ihre Lebenskraft dem verdanken, was alt ist und in der Tiefe liegt.

Hinter den Alten folgten die drei Mädchen Avenahar, Ewalda und Hildigun. Avenahar stieg mit großen, jungen Schritten den Hügel hinauf. Auriane fand, dass ihre Tochter in dem ziegelroten Umhang, den Avenahar für diesen Anlass selbst gewebt hatte, schön, entschlossen und edel wirkte. Ewalda kam aus der kleinen Ansiedlung am Fuß des Hügels. Sie war ein Mädchen mit flehenden Augen, blassblonden Haaren und noch blasserer Haut. Die zarte, in sich gekehrte Zwölfjährige wusste stets im Voraus, wann ein Kalb geboren wurde. Hildigun war die Tochter einer bekannten Seherin und war wie Avenahar im Heiligtum von Ramis aufgewachsen. Sie wirkte groß für ihr Alter, hatte schwere Knochen und hübsche, aber eher männliche Züge. Auriane erkannte sofort, dass sie ein vorlautes Wesen besaß und vorgab, Dinge zu wissen, von denen sie keine Ahnung hatte.

Die Mädchen sollten mit dem alten Ritual eingeweiht werden, das noch aus der Zeit des Friedens und der Wanderungen stammte. Nur die Frauen von Ramis konnten sich noch an diese Zeit erinnern, von der es hieß, dass damals der Speer für die Wildschweinjagd gehärtet worden sei. Das alte Ritual glich eher den Initiationsriten, mit denen die Dorfpriesterinnen in ihr Amt eingeführt wurden, als den üblichen Aufnahmezeremonien in den Kreis der Frauen, bei denen die jungen chattischen Mädchen ihre Fertigkeiten im Brauen und Weben und ihre Bereitschaft zur Ehe unter Beweis stellen mussten. Bei diesem Ritual wurden die Fähigkeiten zu Weissagungen und die Geisteskraft auf die Probe gestellt. Erst danach konnte der Weg für das Wissen geöffnet werden, das sich im späteren Alter einstellen würde.

Plötzlich bemerkte Auriane, dass sie nicht allein waren. Sie sah zuerst einen wendigen Mann mit einem langen Bart, der nur einen kurzen Umhang trug, und dann einen Zweiten. Die beiden Männer folgten der Gruppe in gleich bleibendem Abstand. Es waren chattische Krieger, die sich gewandt wie Füchse bewegten und ebenso unvermutet auftauchten, wie sie verschwanden.
Auriane ging schneller, bis sie Gunora eingeholt hatte, und fragte sie nach den Männern. Gunora blieb gerade nur so lange stehen, um zu murmeln: »Ja, ich habe sie darum gebeten. Sie werden Wache stehen.« Dann ging sie energisch weiter.
Auriane verblüffte die Antwort.
Sie werden Wache stehen? Bei einer Einweihungszeremonie in einer friedlichen Gegend des Chattenlandes?
Das Ritual fand in einem Hain statt, der sich beinahe in Rufweite ihrer römischen Reitereskorte befand, die am Rand der nahe gelegenen Siedlung ein Lager aufgeschlagen hatte. Warum also diese übertriebene Vorsicht?
Sie erreichten den Hügelkamm und stiegen dahinter in den heiligen Hain unter den Eichen ab, der in einem kleinen Tal lag.
Auriane blieb stehen und ließ den Blick über ihr Land schweifen. Die sparsamen Konturen der lang gestreckten stillen Hügel, die das Tal umgaben, waren von einer klaren Schönheit. Ein endloses graugrünes Waldmeer überflutete die Hänge der Hügel, das sich wie die Töne einer Musik hob und senkte. Über allem lag wie ein Nebel eine wohltuende Ruhe. Das Land verhieß unter dem grünen Blätterdach eine nährende Fruchtbarkeit und spendete schützende Stille. Auriane atmete auf. Die hektische Künstlichkeit und die Traurigkeit der Städte lag endlich hinter ihr. Trotz seiner Grenzenlosigkeit empfand sie den Wald als ein Haus, in dem nur eine kleine Familie lebte.
Dann aber sah sie noch mehr! Ein Schleier hatte sich vor ihren staunenden Augen gehoben, und jetzt zeigte sich das Land in seiner ganzen geheimnisvollen Größe. Erschrocken zuckte sie zusammen, als sie auf einem Hügel in der Ferne dicke Rauchwolken aufsteigen sah.
»Gunora«, sagte sie leise. »Dort brennt etwas.«

Es war wie eine klaffende Wunde mit blutig roten Rändern, ein Zeichen des Schreckens, das sie aus ihrer Kindheit gut kannte.

»Da ist ein brennendes Dorf«, murmelte sie in Trance und deutete in nördliche Richtung.

Gunora kniff die Augen zusammen, spähte in die Richtung, in die Auriane wies, und zuckte mit den Schultern. »Ich sehe nichts als Wolken und Sonne.«

Als Auriane noch länger auf den fernen Hügel starrte, verschwand das Bild, als sei es eine Lichtspiegelung gewesen, wie sie manchmal auf der Oberfläche von Seen und Teichen aufblitzen.

Ich muss mich getäuscht haben.

Gunora dachte angestrengt nach. Dann packte sie Auriane am Arm. »Auriane. Da ist tatsächlich etwas. Aber du kannst es nicht gesehen haben, es ist viel zu weit weg. Wenn du mehrere Tage geradeaus in diese Richtung gehst, in die du gedeutet hast, dann erreichst du den Ort, wo Chariomerus sein Lager aufgeschlagen hat.«

Die Worte hallten wie ein klagendes Echo in ihr nach. Auriane wunderte sich, denn das flammende Zeichen der immer weiter vordringenden Cherusker schien die Alten seltsam unberührt zu lassen. Sie wurde den Eindruck nicht los, als befinde sich die Siedlung, die der Cheruskerkönig gerade in Schutt und Asche legte, nicht mehr weit vom Dorf im Bibertal, wo ihre Mutter Atlind lebte, entfernt.

Gunora sah Auriane so lange an, bis sich ihre Gedanken zu einem stummen Gespräch fanden. Auriane hörte deutlich die Verletztheit und den Vorwurf.

Warum hast du uns verlassen und dem Brennen und Morden ausgesetzt?

Auriane widersprach stumm und deutete auf die drei Mädchen, die ahnungslos hinunter ins Tal blickten.

Das habe ich nicht getan. Du weißt es nur noch nicht. Wenn die Einweihung vorüber ist, werde ich ein letztes Mal zum Schwert greifen und die Feuer auf den Hügeln und in den Tälern löschen. Danach werden die Schicksalsgöttinnen entweder meinen Lebensfaden durchschneiden oder mir erlauben, zu Marcus zurückzukehren.

Nebelschwaden trübten ihren Blick. Oder war es der Rauch, der ihre Augen tränen ließ? Sie wehrte sich nicht mehr gegen das Kommende, aber Kummer und Leid nahmen ihr endgültig die Sicht.

Gunora beobachtete Auriane immer noch sehr aufmerksam, als die Gruppe den steilen Weg nach unten stieg. Irgendwie schien das den Sonnenuntergang zu beschleunigen. Es war, als fielen sie in einen Kessel, der sich schnell mit Dunkelheit füllte. Dort wartete eine fruchtbare Schale auf sie, in der alles zu etwas Neuem und Unbekanntem zusammengerührt werden würde. Um Trost zu finden, blickte Auriane zu Avenahar, die wie ein übermütiges Füllen den Hang hinunterstürmte. Avenahars Hoffnung wirkte wie Balsam auf Auriane, und sie fragte sich, ob das immer so war, wenn man eine Tochter hatte.

Sie erreichten die heilige Stätte. Es war ein Hain mit uralten Eichen und Buchen, an dessen verborgenster Stelle sich ein großer Findling und nicht weit davon entfernt ein kleiner Teich befanden. Kühler Wind strömte wie ein Fluss durch die ausladenden Äste über ihnen und trug den ahnungsvollen Gesang vertrauter Wesen mit sich.

Es war schön an diesem heiligen Ort, aber auch unheimlich, einladend, aber seltsam entrückt. Hier und da standen Gruppen großer Pilze, die nach dem Gewitterregen der vergangenen Nacht emporgeschossen waren. Sie erinnerten an winzige, in einem stummen Schrei der Überraschung erstarrte Geister. Auriane spürte überall die unsichtbare Welt. Erdgebundene Geistwesen saßen mürrisch und scheu an dunklen Plätzen. Die starren Gesichter trauriger Ahnfrauen spähten von hohen Ästen auf sie herab. An einem Buchenstamm entdeckte Auriane den moosbewachsenen Schädel einer Wildkatze, der aus der Ewigkeit auf sie herabblickte. Es war der Tiergeist der Chatten, der diesen Ort für immer bewachte.

Vom Himmel herab beobachtete sie teilnahmslos der weißgoldene Mond, der in neun Tagen voll sein würde, und verstrahlte seine immer stärker werdende Kraft.

Die Alten nutzten das letzte Tageslicht und machten sich ohne Zögern an die Vorbereitungen für die Zeremonie. Sie schleppten

Holz und Buschwerk herbei, das bereits vorher geschnitten worden war, und schichteten alles für ein Feuer auf. Jede Holzart war wegen ihrer besonderen Kraft ausgewählt worden. Der Rauch der Birke half bei einer Geburt und allem, was schnell wachsen sollte. Die Eiche schenkte Stärke, die Kiefer langes Leben. Gunora entzündete das Feuer auf die alte Weise, indem sie Hölzer des Feuerbaums, der im Heiligtum der Ramis wuchs, aneinander rieb. Sie sagte, das sei das Mittelfeuer, und erklärte, es werde neun Nächte lang nicht erlöschen.

In einem Kreis um das Feuer bauten sie neun Hütten aus Ästen, Buchenzweigen und Laub auf. Die Mädchen errichteten ihre eigenen Hütten außerhalb des Kreises. Die drei wurden angewiesen, ab jetzt nicht mehr zu sprechen. Walberga, eine der Alten mit einem hageren Gesicht, entzündete feierlich ein zweites Feuer nahe der drei Hütten. Darüber stellte sie einen Dreifuß und hängte einen Bronzekessel daran. Auriane half ihr, Wasser aus der Quelle zu holen. Dann sah sie zu, wie Walberga eine Suppe zubereitete, die neun Nächte lang reichen würde. Die alte Frau gab Lauch hinein und Zwiebeln, Rüben und getrocknetes Fleisch vom Wild, außerdem dreizehn verschiedene Arten Getreide und Kräuter. Sie besaßen die Macht, Schutzgeister anzulocken. Auriane beobachtete, dass Walberga noch weitere Zutaten hinzufügte – die Rückenwirbel eines Wolfs und kleine Steine, die mit helfenden Zeichen beschrieben waren. Die Suppe würde im Laufe der Tage gehaltvoller und stärker werden. Außerhalb des Kreises, den die Hütten bildeten, schlug Walberga einen dicken Holzpfosten in die Erde, in den Schutzrunen geschnitzt waren, um böse Geister fern zu halten, die durch den Wald streifen mochten.

Die Sonne erlosch hinter dem Vorhang der Fichten am Waldrand, und die Nacht brach schnell herein. Ein duftendes, sich drehendes Seil aus Dampf band den Kessel an den tiefschwarzen, sternenübersäten Himmel.

Spät am Abend, nachdem Gunora das erste Opfer gebracht und die drei Mädchen zum Teich geschickt hatte, damit sie sich dort ans Ufer setzten, kamen die neun Frauen zum Feuer, ließen das Methorn kreisen und erzählten sich Geschichten. Auriane sprach

mit Gunora und gestand ihre Angst vor dem letzten Tag der Zeremonie, wenn die Stammbäume der Mädchen gesungen und Avenahar erfahren würde, dass Decius ihr Vater war.
Gunoras Antwort war nicht sehr hilfreich.
»Sie wird leiden«, erwiderte die Alte knapp. »Sie muss wissen, worunter sie leidet. Deshalb ist sie bei uns.«
Auriane erkundigte sich noch einmal nach den Kriegern, die sie beschützten.
»Sie sind deinetwegen hier.« Das Feuer warf harte Schatten auf das verschlossene Gesicht der Alten. Gunora wirkte in diesem Augenblick wie ein zorniger alter Mann. Sie zog die Stirn in noch tiefere Falten. »Weißt du es denn nicht?«
»Nein. Die Nachrichten, die ich von unserem Volk bekomme, sind spärlich und treffen spät bei mir ein.«
»Vor etwas mehr als einem Mond hat Chariomerus geschworen, Rache an dir zu nehmen. Alle vierhundert Gefolgsmänner sind seinem Beispiel gefolgt. Er weiß, dass du hier bist. Es ist nicht auszuschließen, dass sie einen Wagemutigen schicken, der die Tat vollbringt und den Ruhm erntet.«
Diese Nachricht hätte bei Auriane großen Schrecken auslösen können, aber in diesem Augenblick empfand sie nur eine lähmende Niedergeschlagenheit. Schließlich war so etwas zu erwarten gewesen. Die Rache, die sie vor so langer Zeit genommen hatte, war ihr wie ein Wolf gefolgt.
»Ich wundere mich nur, dass Chariomerus so lange gewartet hat«, sagte Auriane schließlich.
»Er ist kein echter Krieger, sondern ein kleinlicher, skrupelloser Mann. Er musste erst dazu angestachelt werden.«
»Ich werde Avenahar so schnell wie möglich von hier wegbringen.«
»Sie ist in Sicherheit. Die Männer, die Wache halten, sind Gefolgsleute des jungen Sigbert. Er ist der Sohn von Sigwulf, der deinem Vater gefolgt ist. Sie sind dir ergeben. Sie tragen keine Waffen, weil die römischen Legionäre in der Nähe sind. Aber sie töten geschickt mit allem, was ihnen gerade in die Hände fällt.«
»Wer hat Chariomerus nach so langer Zeit angestachelt?«

Gunora beugte sich zu ihr vor und flüsterte. »Niemand außer dir und mir kennt diesen Teil der Geschichte. Und ich habe das alles selbst gerade erst erfahren. Sawita will deinen Tod, Auriane. Ich nehme an, etwas anderes konnte man von ihr auch nicht erwarten. Sie will unbedingt den Stab von Ramis tragen. Sawitas Angst vor dir zeigt das Ausmaß deiner Macht.« Gunora sprach noch leiser, und Auriane hatte Mühe, sie zu verstehen. »Eine Macht, die ich heute gesehen habe … dort oben auf dem Hügel. Auriane, ich weiß, dass du am hellichten Tag eine Vision hattest. Das ist selten. Für mich ist diese Gabe bei dir etwas Besonderes: Du siehst, was das Land bedroht.«

Auriane wollte in diesem Augenblick nicht darüber nachdenken, was die alte Frau gesagt hatte. »Das ist ein ungeheuerlicher Wahnsinn«, flüsterte sie. »Niemand will den Stab von Ramis weniger als ich.«

»Es ist keine Frage des *Wollens*. Der Weg zu Ramis ist dir von Geburt an vorgezeichnet.«

»Viele werden dir nicht zustimmen, Gunora. Ich habe mehr heilige Gesetze übertreten, als es Bäume in diesem Hain gibt, und ich beabsichtige, noch ein paar weitere zu brechen. Ich nehme an, es würde nichts helfen, wenn ich Sawita einfach eine Nachricht schicke und ihr sage, sie kann das verwünschte Amt übernehmen. Ich habe nicht den Wunsch, den Platz von Ramis einzunehmen.«

»So geht das aber nicht, Auriane. Ramis trifft die Wahl ihrer Nachfolgerin, nicht du und auch nicht ich … Ramis und die Schicksalsgöttinnen. Kurz vor deiner Ankunft ist mir ein Traum geschickt worden, Auriane. Ich habe neun Feuer gesehen. Sie stehen für die neun Jahre, die du in einem fremden Land verbracht hast. Für dieses Jahr brannte kein Feuer. Entweder stirbst du in diesem Jahr, oder du kommst zu uns zurück.«

* * *

Avenahar, Ewalda und Hildigun saßen auf frisch abgezogenen Rinderhäuten am Teich. Die spiegelglatte Oberfläche war im Sternenlicht ein unergründliches Geheimnis und so schwarz und still wie das Wasser eines Brunnens. Den Mädchen war befohlen worden, ihre Blicke die ganze Nacht hindurch auf das Wasser zu richten.

Die drei hatten an diesem Tag fasten müssen, und inzwischen war der Hunger wie eine Kralle, die sich in Avenahars Magen schlug. Sie wusste, um nicht zu versagen, musste sie ihre ganze Willenskraft aufbieten, wenn sie ihrer Mutter Ehre machen wollte. Immer wieder ließ sie sich davon anspornen.

Wenn man eine Mutter hat, die keine gewöhnliche Sterbliche ist, muss man eine übermenschliche Anstrengung auf sich nehmen.

Avenahar blickte suchend in das raschelnde Dunkel, aber es stellte sich kein übersinnliches Wissen ein. Sie sah nur die unnachgiebige Nacht. Der Teich war wie ein unverwandt starrendes Auge in der Erde, das sie verspottete und ihr nichts verriet. Sie erlebte keinen Augenblick der Offenbarung, sondern nur, dass ihre Gliedmaßen vom unendlich langen Sitzen immer steifer wurden. Sie fror immer mehr, der Hunger nahm zu, und es wurde immer feuchter. Panische Verzweiflung überkam sie, gegen die sie sich nicht wehren konnte. Im Laufe der endlosen Nacht stellte sich bei Avenahar die Gewissheit ein, dass in dem schwarzen, unergründlichen Teich Ungeheuer hausten. Sie beschloss, sitzen zu bleiben und sich, wenn nötig, von ihnen verschlingen zu lassen. Sie wollte weder sich noch ihrer Mutter Schande machen.

Avenahar war mit dem Selbstvertrauen einer Siegerin in den heiligen Eichenwald gekommen, aber bereits in der ersten Nacht kam sie sich klein und gedemütigt vor. Die Alten schienen alle strafenden Blicke nur auf sie zu richten. Sie glaubte, dass sie während der Eröffnungszeremonie ganz tapfer gewesen war. Aber bei den Schutzzaubern hatte sie gezögert, das Wolfsblut zu trinken. Die anderen Mädchen waren solche Dinge gewöhnt, sie nicht. Gunora war deshalb so aufgebracht gewesen, dass Avenahar fürchtete, von den Riten ausgeschlossen zu werden. Einmal hatte sie gehört, wie Hildigun mit großer Verachtung von ihr als dem »verhätschelten Balg aus der Villa« sprach, und plötzlich schämte sich Avenahar wegen der warmen Fußböden, an die sie gewöhnt war, und wegen all der Bequemlichkeiten ihrer Kindheit. Ewalda und Hildigun

kannten die lebendigen und immer neuen Abwandlungen der Geschichten, die man sich in den Dörfern der Chatten erzählte. Alles, was Avenahar gelernt hatte, waren verstaubte Bruchstücke von Begebenheiten, die in Buchrollen aufbewahrt wurden. Die beiden Mädchen hatten bereits deutliche Zeichen ihrer Begabung für Weissagungen unter Beweis gestellt. Avenahar fürchtete insgeheim, dass ihr geistiges Auge blind sein könnte.
Außerdem hatte sie Hildigun bei einer vertraulichen Unterhaltung mit Ewalda überrascht und zu hören geglaubt, dass von ihr als der Tochter eines römischen Sklaven gesprochen wurde. Avenahar fand das erschreckend und eigenartig. Am Ende beruhigte sie sich damit, dass sie Hildigun falsch verstanden haben müsse.
Die Morgendämmerung erreichte schließlich auch diesen tief gelegenen Ort, und der Teich wurde wieder harmlos. Avenahar sah es mit großer Erleichterung. Nun war der kleine Waldsee nur noch eine übergroße, runde, flache und metallisch glänzende Münze und spiegelte den kühlen eisengrauen Himmel.
Bald nachdem es hell geworden war, verlor eine der Alten, die mit Vorräten aus dem Dorf zurückkam, auf dem Pfad hinter den Mädchen einen Laib frisch gebackenes Brot. Er lag nicht mehr als zehn Schritte von dem Platz entfernt, wo sie saßen. Alle drei rochen das Brot. Auf die hungrigen Mädchen wirkte der Duft unwiderstehlich verführerisch. Avenahar schloss die Augen. Sie schmeckte mit qualvoller Deutlichkeit die tröstliche, köstliche Weichheit.
Es war niemand in der Nähe. Bald hörte Avenahar, dass Ewalda ihren Platz verließ. Verstohlen wie eine Maus schlich sie zu dem Brot und nahm es an sich. Sie bot zuerst Avenahar und dann Hildigun davon an. Beide lehnten stumm ab. Darauf biss Ewalda wie ein Tier in das Brot und aß den ganzen Laib. Als die Sonne hoch am Himmel stand, und Gunora kam, um sie zum Feuer zurückzubringen, berichtete Hildigun der Alten von Ewaldas Ungehorsam. Gunoras Reaktion überraschte Avenahar. »Du hast das Schweigen gebrochen«, unterbrach die Alte das Mädchen kalt. Als Hildigun erregt widersprach und erklärte, Gunora habe ihnen gerade selbst die Erlaubnis zum Sprechen gegeben, erwiderte die Alte: »Nein. Du hast ein größeres Schweigen gebrochen!« und ließ sie stehen.

Avenahar fiel auf, dass Gunora sehr viel ungehaltener über Hildigun war, weil sie die Schwäche einer anderen so schnell verraten hatte, als über Ewalda, die ihrem Hunger nachgegeben hatte. Da wusste Avenahar, dass sie keiner normalen Prüfung unterzogen wurden. Sie hatte den Verdacht, das Brot sei mit Absicht in ihrer Nähe fallen gelassen worden.

Als sie bald darauf zurückgingen, bemerkte Gunora den glänzenden Bronzeanhänger, den Avenahar trug. Sie hatte ihn sehr zum Ärger ihrer Mutter im Dorf auf der anderen Seite des Hügels erstanden. Er trug die Abbildung eines Wolfskopfes. Die Dorfbewohner hatten behauptet, er sei vom Geschirr von Witgerns Pferd gefallen.

»Den darfst du an diesem Ort nicht tragen«, erklärte Gunora, nachdem sie ihn dicht vor die Augen gehalten hatte, um ihn genauer zu betrachten. »Der Makel des Tötens haftet an ihm.«

»Die Freiheit haftet an ihm!«, erwiderte Avenahar trotzig und sah Gunora mit stolz erhobenem Kopf an. »Witgern ist der Einzige auf der Welt, der für uns kämpft. Ich nehme ihn nicht ab.«

Ein paar spannungsgeladene Augenblicke hielt Avenahar tapfer dem drohenden Blick der Alten stand. Gunoras Gesicht war kampfeslustig und kantig wie eine geballte Faust. Avenahar dachte, die Alte könne mit ihrem funkelnden Blick wahrscheinlich Holzspäne in Brand setzen. Schließlich war Gunoras Blick stärker. Avenahar kam sich vor, als sei sie zu Boden geworfen worden und werde dort festgehalten. Sie drehte sich um, nahm mit einer wütenden Bewegung den Anhänger ab und ging zu einem Baum, wo sie ihn vergrub, um ihn nach den Ritualen wieder hervorholen zu können.

Sie wusste nicht, dass Gunora mit ihr zufrieden war und hinter ihrem Rücken lächelte.

O ja, das Feuer ist da. Aber da sie nicht weiß, worauf sie es richten soll, verzehrt es sich selbst.

Die Nächte und Tage verstrichen, es gab weitere Prüfungen und weitere Unterweisungen für die Mädchen. Sie lernten, die richtigen Anrufungen zu sprechen, wenn sie das Herdfeuer entzündeten. Sie erfuhren, wie man die Ahnfrauen rief, und erhielten die ersten Lektionen darin, wie man in den Bewegungen des Laubs ihren Willen las. Sie hörten von den Taten der großen Seherinnen und von der Geschichte der Menschen bis zurück zu der Zeit, als das Eis die Erde bedeckte. Eines Tages wurden sie in den Wald geschickt, um die neun Kräuter zu suchen. Danach mussten sie den Zauber eines jeden Krauts erklären und das Wesen der Gottheit, mit dem es in Verbindung stand. Avenahar kannte zwar die neun Kräuter vom Unterricht ihrer Mutter, aber da sie in dieser Gegend fremd war, fand sie die Kräuter als Letzte. So war es eigentlich mit jeder Aufgabe. Sie blieb viele Schritte hinter ihren beiden Schwestern zurück.

Ich mache meiner Mutter Schande.

Dieser Gedanke wurde von Tag zu Tag stärker.

Wie konnte ich jemals glauben, würdig zu sein, ein so großartiges und kühnes Leben zu führen wie sie?

Die Suppe wurde kräftiger. Der Mond wurde voller und runder. Die Flammen des Mittelfeuers schlugen hoch.

* * *

Auriane betete in der Zeit im heiligen Hain zu den Ahnfrauen. Tagsüber bemühte sie sich unauffällig darum, Avenahar Kraft zu schenken. Doch wenn sie in den Nächten in ihrer Hütte lag, empfand sie die Kälte der Einsamkeit. Sie war so groß, dass sie glühte, als sei sie nackt in eine Schneewehe geworfen worden. Auriane hatte in den letzten sieben Jahren nur selten allein geschlafen. Welcher Wahn hatte sie glauben lassen, sie könne sich aus freien Stücken von Marcus trennen? Sie versuchte vergeblich, sich vorzustellen, sie drücke sich eng an Marcus, der warm wie die Morgensonne neben ihr lag. Wenn die Worte, die sie in der Dunkelheit an ihn richtete, als hohles Echo zu ihr zurückkamen, hatte sie das Gefühl, in einem steinernen Sarkophag zu liegen. In der klugen Dunkelheit der grenzenlosen Nacht im Wald erschien ihr der überstürzt gefasste Plan, zur Halle ihrer Mutter zu fliehen, brutal, widersinnig und unmöglich. Denn sie wusste plötzlich, dass sie und Marcus zusammengewachsen waren wie alte Weinstöcke, deren Triebe sich umeinander schlangen und deren zarte Ranken sich eng miteinander verwoben. Sie spürte einen schmerzhaften Knoten in der Brust, als sie sich gut zuredete.

Aber es muss sein. Und wenn die Götter wollen, wird es nicht für lange sein …

Am sechsten Tag traf ein Reiter aus dem Dorf im Bibertal mit Atlinds Antwort ein, auf die Auriane gewartet hatte. Die Nachricht, die der Junge mündlich überbrachte, klang sachlich und unpersönlich. Doch Auriane hörte deutlich die Fragen und die Sehnsucht zwischen den Worten ihrer Mutter.

»Mir geht es gut, wenn es dir gut geht. Ja, kommt beide. Aber nimm nicht den Weg durch den Westwald. Dort warten Gefahren, die du nicht kennst. Reite entlang der Flüsse. Bleibe im tiefen Wald. Komme nicht zur Halle. Ich werde beobachtet. Verzweifle nicht angesichts dessen, was du sehen wirst. Es ist nicht alles verloren. Wir haben im Wald Helfer, und wir blicken glücklich über die Felder, weil du zurückkommst.«

Auriane dachte an das eroberte und geplünderte Dorf auf dem Hügel, nicht weit von dem Dorf ihrer Mutter entfernt. Und sie sah sich von neuem in ihrem Entschluss bestärkt, die Cherusker von chattischem Boden zu vertreiben.

* * *

Am siebten Tag wurden Avenahar, Ewalda und Hildigun in Wildschweinhäute gehüllt und bei Einbruch der Dämmerung zu der niedrigen Höhle über dem Teich geführt. Sie sollten die ganze Nacht in der lebenden Dunkelheit dieses Erdtempels verbringen.

Bevor Gunora sie allein ließ, gab sie jedem Mädchen ein bis zum Rand gefülltes Trinkhorn mit einem Getränk, das sie den »Met der Erinnerung« nannte. Gunora sagte ihnen, sie habe den Wildschweingeist beschworen. Die Mädchen sollten sich von ihm zu den Orten in der Tiefe bringen lassen.

Avenahar bekam es mit der Angst zu tun, als sie hörte, dass Ahnfrauen aus so weit zurückliegenden Zeiten, dass sie keine Namen hatten, zu ihnen kommen und mit ihnen sprechen würden. Die

drei sollten sich erinnern, welche Visionen eines künftigen Lebens sie in dieser Nacht vielleicht haben würden, damit sie es den Alten berichten und sie um Rat bitten konnten.
Die Mädchen suchten sich Plätze in der Höhle und setzten sich auf ihre Häute. Sie waren so weit voneinander entfernt, dass ihnen die Anwesenheit der anderen keinen Trost schenkte. Die Schatten der Nacht näherten sich dem Höhleneingang wie eine unerbittlich vordringende Flut, die sich gierig mit der tieferen Schwärze in der Höhle vereinigen wollte. Jedes der Mädchen musste sich der Furcht erregenden Dunkelheit allein stellen.
Als die Sonne sie verließ und sie von der Schwärze der Nacht verschluckt wurden, kämpfte Avenahar gegen ihre aufsteigende Panik. Die feuchten Wände der Höhle rückten immer enger zusammen. Sie hatte das Gefühl, auf dem Boden einer Grube angekettet zu sein. Schuppige Hände schienen nach ihr zu greifen und sie in eine feuchtkalte Umarmung zu ziehen.
Und was ging hinter ihnen vor? Der rückwärtige Teil der Höhle schien plötzlich schrecklich lebendig zu werden. Avenahar traten Schweißperlen auf die Stirn. Höhlen hatten verborgene Gänge, die in die Welt der Tiefe führten. Und durch Felsspalten konnten alle möglichen unheimlichen Wesen nach oben dringen.
Ewaldas gelegentliches gedämpftes Wimmern gab Avenahars Schrecken neue Nahrung.
Als Avenahar schließlich ein blinkendes Sternenlicht wahrnahm, das durch den Höhleneingang fiel, klammerte sie sich in Gedanken an das blasse Licht wie an die Hand eines Retters.
Plötzlich hörte sie direkt vor der Höhle ein verstohlenes Rascheln. Welches Geschöpf der Nacht näherte sich jetzt der Höhle? Ein Gnom aus Felsgestein, der sie bestrafen würde, weil sie ihn aus seinem Felsen vertrieben hatten?
Oder war es das Geräusch von etwas, das nichts von Heimlichkeit hielt, etwas … Totes?
Avenahar hatte gehört, Wiedergänger streiften auf der Suche nach Leben durch solche Wälder abseits der Dörfer, weil hier keine Schutzrituale sie von den Menschen fern hielten.
Avenahars Atem ging flacher und stockte schließlich ganz. Ins-

tinktiv wollte sie sich verstecken und zog die Schultern zusammen. Sie saß dem Höhleneingang am nächsten. Was immer sich dort draußen befand, war inzwischen nicht mehr als zehn Schritte von ihr entfernt.
Sie hörte das Knacken, das ein weiterer vorsichtiger Schritt verursachte. Dann blieb das Wesen, was immer es war, Mensch oder Menschen fressendes Ungeheuer, wieder stehen.
Vor Angst traten ihr die Tränen in die Augen. Sie konnte es nicht ertragen; sie wollte ihre Mutter bei sich haben.
»Avenahar?«
Ein Dämon, der ihren Namen kannte?
Im gleichen Augenblick sah sie im Licht der Sterne die Umrisse einer unheimlichen Gestalt, um deren Kopf sich Schlangen zu ringeln schienen. Das Mensch-Unwesen kam auf sie zu.
Avenahar schrie aus Leibeskräften.
Chaos brach aus. Von oben hörte man das raue Rufen der Krieger, die vom Hügelkamm herunter zur Höhle stürmten. Ganz in der Nähe verriet lautes Knacken und Krachen, dass jemand in den Wald floh. Licht zuckte zwischen den Bäumen, als die Alten mit brennenden Fackeln herbeieilten.
Dann waren Gunora und Walberga da, und zu ihrer großen Erleichterung sah Avenahar auch ihre Mutter. Nachdem sie alles berichtet hatte, fragte Gunora: »Und du bist sicher, dass es kein Nachtgesicht war?«
»Es war ein Mann. Ich habe ihn gerochen. Er hat nach Pferdehäuten und Verwesung gestunken. Er kannte meinen Namen! Er war direkt hier!«
Während die Alten Avenahar befragten und sie trösteten, durchkämmten Sigberts Krieger in der Dunkelheit die Umgebung der Höhle. Sie fanden nichts. Für den Rest der Nacht bezogen die Krieger in der Nähe Posten. Avenahar setzte sich wieder auf ihren Platz in der Höhle, und die Mädchen blieben aufs Neue sich selbst überlassen.
Avenahar zitterte noch immer am ganzen Körper. Was hatte der Fremde von ihr gewollt?
Sobald sie allein waren, hörte Avenahar, wie Hildigun leise lachte.

Es war der Spott einer Siegerin. Offenbar dachte das ältere Mädchen, Avenahar habe durch ihren Aufschrei Schwäche gezeigt. In Avenahar stieg Zorn auf, aber sie blieb stumm. Sie hatte nicht geglaubt, dass bei dem Einweihungsritual ein Lorbeer zu gewinnen sei. Aber Hildigun dachte das offenbar, und sie schien sicher zu sein, dass die Auszeichnung ihr zufallen werde.

Ich werde nicht mehr schreien, ganz gleich, was ich sehe.

Avenahar war fest entschlossen, keine Panik mehr zu empfinden. Sie wollte sich in der Nacht wohl fühlen. Aber das kam ihr beinahe wie eine körperliche Anstrengung vor.

Die Nacht bringt das Wissen.

Das sagte sie sich immer wieder und stellte sich dabei vor, wie stolz ihre Mutter sein würde, weil sie das dachte. Und was hatte Auriane ihr immer gesagt?

Die Nacht war die erste Mutter der Welt.

Mit solchen Gedanken verging die Zeit schneller, aber sie brachten ihr keine Ruhe. Eine große, abgrundtiefe Hoffnungslosigkeit überkam sie, während sie unglücklich in die leere Dunkelheit starrte. Die Nacht verlängerte sich zu einem Monat und schrumpfte zu einem Augenblick, während sie mit wachsender Ungeduld auf einen Blick in die Zukunft wartete, der sich jedoch nicht einstellte. Ohne den Blick von der quälenden Schwärze zu wenden, musste sie sich ihren Gedanken stellen.

Vielleicht habe ich keine Zukunft. Die Geister dieses Landes wollen mich nicht.

Meine Seele ist unfruchtbar.

Ich habe kein Recht, hier zu sein.

Vielleicht ist Auriane nicht einmal meine richtige Mutter.

Trost suchend tastete sie in ihrer Tunika nach dem Amulett mit der heiligen Erde, das Auriane ihr gegeben hatte. Sie hielt den glatten, abgenutzten Lederbeutel fest in der Hand, den Ramis selbst berührt hatte.

Vor Überraschung wäre sie beinahe aufgesprungen. Das Leder fühlte sich warm an. Bestimmt war das eine Täuschung ihrer überreizten Sinne.

Doch die Wärme gab ihr die Gelassenheit, eine Art Innenschau zu versuchen, die sie von ihrer Mutter gelernt hatte. Auriane hatte das Wissen darüber von der großen Ramis. Es war das Feuerritual. Damit verbannte man alle Worte und alles weltliche Wissen, indem man sich Feuer vorstellte und dabei selbst zu einem Gefäß für das reine, leere Bewusstsein wurde.

Bei den ersten Versuchen war Avenahar nicht sehr erfolgreich, doch allmählich gewann sie an Sicherheit. Schließlich beschwor ihre Vorstellungskraft schwache Flammen. Sie waren blass, aber deutlich und hatten ein Eigenleben.

Irgendetwas in ihrem Bewusstsein fiel lautlos in sich zusammen. Plötzlich waren gewöhnliche Worte bedeutungslos.

Feind … Stamm … Höhle … Sterne …

Die Namen der Dinge waren nichts als Geräusche. Das war auf eine Weise beängstigend, die Avenahar nicht hätte beschreiben können. Es schien, als verliere sie einen Horizont aus den Augen, der nicht nur von Meer zu Meer verlief, sondern sich durch jeden Gedanken zog, den das Bewusstsein hervorbrachte. Doch sie kämpfte nicht dagegen an, sie ließ es geschehen. Nach einiger Zeit spürte sie klanglose Rhythmen, die sich tief aus der Erde nach oben, durch ihren Körper hindurch zu winden schienen und sich irgendwo im Himmel verloren. Sie hatte das Gefühl, in ein großes schlagendes Herz aufgenommen worden zu sein. Eine Verzückung des Geistes erfasste sie, die durchdringend, grenzenlos und voller Hoffnung war. Jetzt fürchtete sie sich nicht mehr vor den dunklen Orten. Sie selbst war die Dunkelheit. Das wunderbare Glücksgefühl, das ihr dieses Erlebnis brachte, überstieg alles, was sie kannte. Sie wand sich mühelos durch die Büsche und tauchte in dem Teich unter. Sie schlug mit großen Flügeln und glitt über die nachtgetränkten Hügel. Von der Höhle, den Felsen, den dunklen Bäumen ging ein faseriges Geisterlicht aus. Es schien sie zu einem Zuhause zu locken, das sie vergessen hatte.

Avenahar konnte nicht sagen, wie viel Zeit verstrichen war, als sie bemerkte, dass draußen vor der Höhle ein Feuer brannte.

Avenahar spürte seine Wärme. Sie hörte deutlich, wie das Feuer knisterte und ein Holzscheit in die Flammen fiel. Sie atmete den

kräftigen, süßen und reinigenden Geruch von harzigem Kiefernholz ein.
War sie in die Welt der Toten gestürzt? Schlief sie? War das nur ein Traum?
Nein, ihre Augen tränten, als der Wind sich drehte und Rauchschwaden in die Höhle drangen.
Aber warum bemerkten Ewalda und Hildigun das Feuer nicht? Schliefen sie?
Avenahar öffnete den Mund, um etwas zu sagen, aber sie stellte fest, dass sie stumm war wie ein Tier.
Ganz allmählich nahm sie lange Schatten wahr, die sich erst langsam und dann immer schneller um das Feuer bewegten. Eigenartigerweise empfand sie keine Furcht. Aus den Schatten wurden Frauen, die mit anmutigen und wiegenden Bewegungen um das Feuer tanzten. Zwei trugen Tiermasken – ein Schwein, ein Falke. Der Tanz wurde ausgelassener. Die Frauen machten große Schritte. Sie bewegten sich mit einer aufreizenden Selbstsicherheit, die an Verwegenheit grenzte. Während sie sprangen und sich drehten, schoben sie lachend die Welt beiseite. Das wies darauf hin, dass diese Frauen ebenso gut kämpfen wie sanft sein konnten. Es verriet eine beherrschte Ungezwungenheit. Aus ihren Bewegungen sprachen sinnliche Freude und Lust. Es war, als paarten sich die Frauen mit der Luft. Ihre Bewegungen hatten etwas zutiefst Fremdartiges. Das gab Avenahar die instinktive Sicherheit, dass alles dort draußen wirklich geschah. Sie hätte nicht etwas erfinden können, was sie noch nie gesehen hatte. Im Vergleich zu den Tanzenden bewegten sich die Frauen, die sie kannte, verkrampft, gehemmt, behindert … voll Scham.
Während Avenahar noch immer zusah, glaubte sie zu erkennen, dass es Frauen waren, die in einem heißen Land lebten. Ihre Kleidung war sehr eigenartig. Die Frauen waren so entblößt wie syrische Tänzerinnen. Eigentlich waren sie nackt, abgesehen von Muschelhalsketten und Röcken, die ihnen nur bis zu den Knien reichten und aus herabhängenden Schnüren bestanden. Am Ende jeder Schnur befand sich ein Knoten, der von Goldplättchen nach unten gezogen wurde. In den Goldplättchen spiegelte sich der

Feuerschein. Das Gold stieß in einem bewegten Rhythmus klickend aneinander. Die Schnurröcke schwangen immer heftiger und enthüllten auch die intimen Teile der Frauen. Die Röcke wirkten gefährlich. Aber plötzlich wusste Avenahar, dass es keineswegs Frauen aus einem fremden Land waren. Sie gehörten nur nicht in diese Zeit. Sie hatten hier in dem heiligen Hain gelebt, aber nicht vor zehn, nicht vor hundert, sondern vor vielen tausend Jahren.

Avenahar zählte stumm. Es waren neun Frauen.

Hinter ihnen nahm Avenahar eine verborgene, mächtige und wohlwollende Wesenheit wahr. Sie beobachtete den Tanz der Frauen, als sei sie der Mond. Avenahar hatte das Gefühl, es sei Ramis, aber wieder auch nicht Ramis. Vielleicht war es die Quelle ihrer Macht.

Die unbekannte Wesenheit schien Worte direkt in ihr Bewusstsein zu übermitteln.

Wir sind hier.

Wir sind immer hier gewesen.

Wir kommen in die Welt.

Und wir verlassen sie wieder.

Das Feuer verschwand. Avenahar nahm wieder die Höhle wahr und spürte eine übermäßige Wärme, die ihr Körper verströmte, und ein so umfassendes Gefühl der Sicherheit und Geborgenheit, dass sie sich nicht gefürchtet hätte, wenn sie von einer Klippe auf scharfkantige Felsen geworfen worden wäre.

Ewaldas leises Wimmern war verstummt. Avenahar hatte den Eindruck, dass ihre Vision irgendwie auch Ewalda gestärkt hatte.

Am nächsten Morgen erschienen die Alten, um sie abzuholen, und Avenahar trat zitternd aus der Höhle. Sie kam sich verletzlich und hilflos wie ein Säugling vor, der gerade in die Welt geholt worden war. Alle kehrten zum Mittelfeuer zurück. Die Mädchen nahmen ihre Plätze vor den Alten ein.

Als sich die Erinnerung an das, was Avenahar gesehen hatte, in ihrem Bewusstsein festigte, hätte sie es am liebsten beiseite schieben wollen. Sie hörte genau zu, während Hildigun und Ewalda ihre Gesichter beschrieben – ein Hirsch, der mit menschlicher

Stimme sprach, und ein strahlendes Dorf am Himmel. Avenahar fühlte sich immer unbehaglicher, denn sie war sich jetzt sicher, dass an ihrer Vision etwas falsch war, dass der Tanz der Frauen um das Feuer etwas unannehmbar Befremdliches war, das, wie sie fürchtete, irgendwie von etwas anderem sprach, das in ihrem innersten Kern verankert lag.

Schließlich warteten die Alten darauf, dass sie das Wort ergriff, und sie blickte angespannt von einem Gesicht zum anderen.

»Avenahar, was immer es war«, sagte Auriane sanft, um sie zu ermutigen, »es ist nicht von dir. Es kommt von den Göttern.«

Avenahar nickte und begann, ohne große Überlegung zu erzählen. Sie beschrieb die eigenartige Verzückung, die schimmernden Tiermasken und das goldene Leben, das dem Tanz entströmt war. Sie sprach von der großen, verborgenen Wesenheit hinter den Frauen. Sie nahm sich viel Zeit für den Versuch, die eigenartigen Schnurröcke zu beschreiben, die klickten und schwangen.

Die Alten schwiegen. Gunora schien vor Staunen in Trance zu fallen. Ihr nach unten gezogener Mund stand halb offen. Walbergas Augen glänzten, und eine Träne lief ihr über ihre hagere Wange. Avenahar begann sich zu fragen, ob sie die Frauen auf irgendeine Weise beleidigt hatte.

»Du hast sie gesehen«, murmelte Gunora schließlich.

Avenahar schwieg verunsichert. Doch aus Aurianes Gesichtsausdruck erriet sie, dass ihre Mutter langsam etwas zu begreifen schien.

»Die ersten neun Schwestern aus Urzeiten«, murmelte Gunora. »… aus der goldenen Zeit des Friedens und der Wanderungen.«

»Du hast gesehen, wie alt wir sind«, fügte Walberga hinzu. »Avenahar, du hast das gesehen, für dessen Bewahrung wir arbeiten, das wir heilig halten und das in Gefahr ist, in dieser Zeit der Verwirrung verloren zu gehen.«

Gunora wandte sich an Auriane: »Ich weiß von keinem Mädchen, das sie jemals gesehen hat.«

»Ich kenne kaum eine Seherin, die sie gesehen hat«, fügte eine andere der Alten hinzu.

Avenahar beobachtete erstaunt, wie sich die Alten um ihre Mutter scharten und sich leise miteinander berieten. Die drei Mädchen am Feuer wurden unruhig, während das kaum hörbare Gespräch der Frauen andauerte. Einmal sah Avenahar, dass ihre Mutter zornig wurde und heftig den Kopf schüttelte: *Nein!* Später übertönte Walbergas Stimme die der anderen, als sie sagte: »Man muss es Ramis berichten. Du kannst es nicht länger leugnen, Auriane.«

Nachdem die geflüsterte Beratung zu Ende war, befahlen die Alten den Mädchen, zurück in ihre Hütten zu gehen.

Obwohl ihre Mutter beunruhigt schien, hatte Avenahar das Gefühl, man habe ihr etwas ganz Besonderes geschenkt. Sie nahm es in gedankenloser Unwissenheit an, denn sie wusste nicht, was sie aus all dem schließen sollte. Ihr war nur wichtig, dass sie nicht länger als eine verachtete Außenseiterin galt.

Doch auf dem Weg zu ihrer kleinen Laubhütte kam sie an Hildigun und Ewalda vorüber, die die Köpfe zusammensteckten und miteinander tuschelten. Als sich Avenahar näherte, verstummten sie. Hildigun drehte sich um und erwiderte herausfordernd Avenahars Blick. In ihrem hübschen Gesicht stand eine unbestimmte Drohung.

Avenahar hatte sofort das Gefühl, dass die Bewunderung, die ihr die Vision bei den Alten eingebracht hatte, den Neid der Mädchen in Gift verwandelt hatte.

* * *

Kurze Zeit später ging Auriane zur Höhle zurück, um die Stelle, wo sich der Eindringling ihrer Tochter genähert hatte, bei Tageslicht in Augenschein zu nehmen.

Es ist beängstigend genug, dass meine Taten in der Vergangenheit Avenahar heute noch der Rache aussetzen.

Der Gedanke bekümmerte Auriane, während sie suchend durch nasses Laub und Gestrüpp ging.

Nun muss meine Tochter eine so außergewöhnliche Vision haben, die jedem beweist, dass der Stab von Ramis durch meine Linie weitergegeben werden soll. Das wird Avenahar in noch größere Gefahr bringen.

Es dauerte nicht lange, bis Auriane zerdrücktes Gras und in der feuchten Erde den Abdruck einer Männersandale entdeckte. Ihre Tochter hatte die Wahrheit gesagt.
Dicht daneben lag eine goldene Fibel, die nur durch Zauberei dorthin gekommen sein konnte. Sie war so sauber und glänzte, als sei sie gerade aus der Schmuckschatulle einer reichen Matrone genommen worden. Die Fibel hatte die Form eines Rings, der durch zwei Schlangenköpfe mit funkelnden Saphiraugen geschlossen wurde. An der Stelle, wo die Nadel befestigt wurde, befand sich eine wundervolle Perle. Der Eindringling hatte sie sicher bei der Flucht verloren. Die goldene Fibel hatte eine feine scharfe Spitze, aber sie schien kaum als Waffe geeignet zu sein. Auriane zeigte sie Gunora, die ebenfalls verblüfft war.
»Ich lasse die Stelle überwachen«, sagte Gunora. »Das Ding ist die Ernte eines ganzen Jahres wert. Wer immer sie verloren hat, wird wahrscheinlich zurückkommen, um sie zu holen.«

* * *

Als Auriane am neunten und letzten Tag des Rituals erwachte, empfand sie eine nagende Angst. Dann erinnerte sie sich.
Heute ist der Tag, an dem die Namen der Ahnen genannt werden. Heute ist der Tag, an dem meine stolze Tochter den Namen des verhassten Fremden erfährt, der ihr Vater ist.
Gunora schickte die drei Mädchen zum Teich, damit sie darin badeten. Als Vorbereitung für den Höhepunkt der Zeremonie schleppten Auriane und die Alten frische Kiefernscheite zum Mittelfeuer.
Während die Frauen die niedrigen Äste der Bäume mit Blumenkränzen schmückten, hörten sie plötzlich ganz in der Nähe im Wald das laute Lachen und die derben Scherze von Männern.
Zwei junge Chattenkrieger tauchten aus dem Unterholz auf. Die rotblonden Haare fielen ihnen auf die Schultern, über denen Umhänge aus Marderfellen lagen. An den muskulösen, narbenbedeckten Armen blitzten die breiten Reifen der Krieger. Auriane erkannte ihre Wachen wieder. Sie brachten einen unglücklich wir-

kenden Fremden mit dem runden Gesicht eines Säuglings und fettigen Locken, die ihm grotesk vom Kopf abstanden.
Die Frauen starrten die Männer verwundert an.
Einer der Krieger rief schon von weitem. »Er ist zurückgekommen, um sein goldenes Spielzeug zu suchen! Er sieht harmlos aus, wenn er nicht irgendwo noch eine Haarnadel versteckt hat.«
»Was sollen wir mit ihm machen, Gunora?«, fragte der zweite, der einen Bart trug. Sein Lachen enthüllte eine Reihe Zahnstummel. »Sollen wir ihn mit goldenen Nägeln an einen Baum nageln, weil er Gold so liebt?«
Sie zwangen den zitternden Mann vor Gunora auf die Knie.
Auriane und Gunora halfen dem Fremden beim Aufstehen und säuberten notdürftig seine Kleidung. Dann forderten sie ihn auf, sich ans Feuer zu setzen, und stellten ihm Fragen.
»Ich, ein gedungener Mörder?«, rief der Fremde verwirrt und schüttelte so energisch den Kopf, dass seine Schlangenlocken flogen. »Ich besitze nicht einmal einen Dolch! Ich bin ein ubischer Händler. Ich heiße Jarbas. Da könnt ihr alle Trödler fragen, die durch den Westwald kommen. Jeder kennt mich. Ich wollte nur ...«
»Ich sollte dich verfluchen, damit du stirbst, weil du dich einem Mädchen während der Schweigezeit genähert hast«, unterbrach ihn Gunora. »Du hast die Rituale entweiht.«
Auriane entging nicht, dass sich der Mann getrockneten Wermut um die Fußknöchel gebunden hatte. Das war bei Händlern und Fernreisenden ein bekanntes Mittel gegen müde Füße. Mit einem kaum wahrnehmbaren Nicken gab sie Gunora zu verstehen, dass der Mann ihrer Meinung nach die Wahrheit sagte.
»Ich wollte nichts Böses! Ich wollte nur mit Avenahar sprechen. Ich habe eine wichtige Nachricht, die sie an ihre Mutter weitergeben soll. Und ich habe ...«
»Hier ist Auriane, ihre Mutter«, erwiderte Gunora kalt. »Sprich mit ihr.«
Der Mann riss die geröteten Augen auf. »Du bist ...«, begann Jarbas, verstummte aber verwirrt sofort wieder. Auriane wurde es unbehaglich zumute, während der seltsame Mann aufmerksam ihr Gesicht betrachtete, als versuche er, sie mit Geschichten in Ver-

bindung zu bringen, die er gehört hatte. Dann fasste er sich und neigte den Kopf. »Ich bin sehr geehrt, eine Frau kennen zu lernen, von der man in diesem Land als einer Königin spricht. Mich hat jemand geschickt«, er räusperte sich verlegen. »Mich schickt der Mann, der Avenahars Vater ist …«
»Verflucht seien alle Götter!« Auriane ballte die Fäuste.
»… und sein einziges Kind nur einmal sehen will, bevor er …«
»Es tut mir Leid, aber du musst gehen!«, unterbrach ihn Auriane. »Du richtest größeren Schaden an, als du wissen kannst. Wir geben dir Fleisch, außerdem etwas Proviant und bringen dich sicher auf den Weg.«
»Bitte, hör mich an. Decius wollte selbst kommen. Er hatte schon seine Flucht geplant, aber dieser Barbarenkönig, der ihn gefangen hält, hat Wind davon bekommen und …«
»Du meinst Chariomerus?« Auriane spürte, wie sich ihr der Magen umdrehte.
»Genau der, aber du solltest für seine Verbrechen nicht Decius verantwortlich machen. Decius ist sein Gefangener, und er ist beim König in Ungnade gefallen. Er hat mich geschickt, um dir zu sagen, dass Chariomerus all seinen Männern den Eid abgenommen hat, um dich zu töten. Und er möchte, dass Avenahar als Zeichen seines guten Willens ein kostbares Geschenk erhält.« Er wirkte bestürzt, und sein Blick wanderte niedergeschlagen von Gunora zu Auriane. »Es ist so schrecklich … ich … ich habe das Geschenk verloren.«
»Hast du das verloren?« Auriane stand auf und kam mit der Fibel zurück.
»Rosmerta sei gepriesen, du hast sie gefunden!«
»Nimm sie, Jarbas …«, sagte Auriane.
»Du bist edel und klug.«
»… und bring sie ihm zurück.«
Das runde Gesicht des Händlers schien wie ein leerer Weinschlauch in sich zusammenzusinken. »Das kann ich nicht. Er verlässt sich darauf, dass ich das als sein Freund Avenahar übergebe.« Er sah so hilflos und traurig aus, dass Auriane Mitleid mit ihm bekam.
»Jarbas, ich muss an mein Kind denken«, sagte sie freundlicher.

»Avenahar ist ein stolzes Mädchen. Das muss Decius verstehen. Ich hoffe, es geht ihm gut, und ich danke ihm für seine Warnung. Aber sag ihm, wenn er sie wirklich liebt, dann soll er sich von ihr fern halten. Damit wird er ihr die Möglichkeit geben, ihre Ehre zu bewahren.«

»Er will sein schönes Kind nur ein einziges Mal sehen. Er will ihr nicht schaden. Gib ihr wenigstens das Geschenk und sag ihr, es kommt von ihrem Vater.«

Die schöne Fibel glänzte in der Morgensonne, als bitte sie Auriane in aller Unschuld, sie anzunehmen. Für Auriane war es, als sei die Fibel die schwächer werdende Stimme von Decius, die versuchte, sie über die Jahre hinweg zu erreichen. Decius hatte sich die Mühe gemacht, diesen Mann zu schicken, um sie zu warnen. Es erschien ihr kleinlich und erbärmlich, sich zu weigern. Sie nickte.

Nachdem sie Jarbas mit getrocknetem Fleisch, einem Laib Brot und einem Schlauch Met für die Reise verabschiedet hatten, ging Auriane zur Hütte ihrer Tochter und legte die Fibel in Avenahars Beutel aus Ziegenfell. Sie würde später eine Möglichkeit finden, Avenahar zu sagen, von wem das Geschenk kam.

* * *

Ich habe meine Sache gut gemacht!

Die Worte gingen Avenahar nicht mehr aus dem Kopf, als sie nackt aus dem Teich stieg, die dichten, rabenschwarzen Haare mit einem wollenen Tuch abtrocknete und eine weiße Leinentunika anzog.

Ich gehöre hierher, ich gehöre wirklich hierher!

Hinter den Bäumen hörte sie das dumpfe, beinahe bedrohliche Schlagen einer Trommel. Das Geräusch war laut und ehern und hörte sich an wie das Stampfen einer Riesin. Es war ein vielfältiger Rhythmus, der die gesamte Natur in Bewegung zu versetzen schien. Avenahar hatte das Gefühl, Teil eines schicksalhaften und großen Geschehens zu sein und von einer starken Kraft vorwärts gestoßen zu werden, als seien es die letzten Wehen einer Geburt, die unaufhaltsam ihren Lauf nahmen, bis die Natur ihr Ziel er-

reicht hatte. Sie sah vor ihrem inneren Auge große Geister, so gewichtig wie Berge, die bei dem letzten Ritual zugegen waren.
Ihre Schwestern stiegen bereits den Abhang hinauf. Sie sprachen leise miteinander, ohne sie zu beachten. Aber die große Freude über das Lob der Alten nach ihrer Vision linderte den Schmerz darüber, von einer Freundschaft, nach der sie sich sehnte, ausgeschlossen zu sein. Glücklich lief sie mit großen Schritten hinter ihnen her.
Als sie auf der Wiese ankam, stellte sie fest, dass Ewalda und Hildigun stehen geblieben waren und auf sie warteten. Avenahar erinnerte sich noch lange danach an die bedrohlich funkelnden Augen der beiden. Die kräftige Hildigun blickte von oben auf sie herab und reckte das kantige Kinn. Die blasse Ewalda sah sie derartig angriffslustig an, dass Avenahar erschrak.
»Du stolzierst hier wie eine aufgeblasene Henne herum, Avenahar«, sagte Hildigun hämisch, »so als ob niemand wüsste, dass du von einem römischen Hund gezeugt worden bist.«
Aus Avenahars Gesicht schien alles Blut zu weichen, wie Wein, der aus einem umgefallenen Kelch rann.
»Mit welchem Schmutz willst du mich bewerfen?«, flüsterte Avenahar. Tief im Innern spürte sie etwas Gefährliches in Hildiguns Worten.
»Ja, das weiß doch jeder hier«, ergänzte Ewalda. »Deine hässlichen, schmutzigen schwarzen Haare verraten doch alles! Geh zurück und wasch dir die Haare, du römischer Bastard.«
Avenahars kriegerisches Wesen erwachte. Zorn stieg in ihr auf. »Bei den Göttern, was seid ihr beide Dummköpfe!« Sie ging unerschrocken näher. »Mit diesen Worten beleidigt ihr auch meine Mutter.«
»Es stimmt aber, Avenahar«, erwiderte Hildigun. »Wenn ihr nicht in ein fremdes Land geflohen wärt, hättest du es inzwischen oft genug selbst gehört. Deine Mutter hat mit einem römischen Schwein namens Decius geschlafen, und das Ergebnis bist du.« Sie spuckte abfällig ins Gras. »Du kannst also aufhören, so zu tun, als wärst du etwas Besseres als wir!«
In Avenahar zerbrach etwas. Sie machte einen Satz wie ein Luchs

und traf mit dem Kopf Hildiguns Bauch. Hildigun taumelte rückwärts, und sie fielen zusammen auf den Boden. Avenahar schlug Hildigun auf den stolzen, selbstzufriedenen Mund. In ihrer blinden Wut nahm Avenahar erst allmählich wahr, dass Gunora wie eine grimmige Riesin inmitten von Gewitterwolken über ihnen stand und bereit war, einen Donnerkeil auf sie zu schleudern.

»Steht auf! Ihr entweiht die Riten! Ihr seid keine Frauen, ihr seid unbesonnene Kinder. Ich sollte euch alle drei in Schande nach Hause schicken!«

Gunora durchbohrte Avenahar am längsten mit ihren strafenden Blicken, als sei sie die Schuldige an dem Zwischenfall. Die drei Mädchen folgten der Alten zerknirscht zurück zu den Hütten.

Avenahar kämpfte den Aufruhr der Gefühle in sich nieder. Sie fühlte sich in der Zeremonie gefangen. Erst wenn das alles zu Ende war, konnte sie ihrer Mutter Fragen stellen. Bis dahin durfte sie ihren aufgebrachten Gefühlen, einer Mischung aus Zorn, Leid und Scham, keinen freien Lauf lassen.

Als die Mädchen zum Mittelfeuer geführt wurden, nahm Avenahar kaum wahr, wie sich der Hain verwandelt hatte. An den niederen Ästen der Bäume hingen Girlanden aus Blutampfer und Mondraute. Ihre Blüten waren goldgelbe und rosafarbene Sterne. Die schweren Düfte von Honig und frischem Heu lagen in der Luft. Gunora hatte Kräuter in das Feuer geworfen – getrockneten Honigklee, um das Herz zu erfreuen, und das wohltuende Wollkraut, um das Böse in die unsichtbare Welt zurückzutreiben. Die Alten und ihre Mutter trugen weiße, mit Stricken gegürtete Leinengewänder. Kränze aus blühenden Sommerblumen schmückten ihre Köpfe. Eine der Alten spielte eine Knochenflöte, deren volle, warme Töne die Schutzgeister in den Hain riefen. Walberga schlug noch immer die Trommel – ein von allem losgelöster, aber lebhafter Klang.

Avenahar bemerkte erst jetzt, dass sich Zuschauer eingestellt hatten. An diesem neunten und letzten Tag waren Frauen aus dem Dorf gekommen, um dem Ritual in respektvollem Abstand beizuwohnen. Später sollte ein gemeinsames Mahl folgen, bei dem getanzt und Geschichten erzählt wurden.

Die Niedergeschlagenheit ihrer Tochter und die erdverschmierte weiße Leinentunika beunruhigten Auriane. Sie sah Avenahar fragend an.
Doch Avenahar wich ihrem Blick aus.
Die drei Mädchen traten mit offenen Haaren vor das Feuer – ein rotgoldener Kopf, einer in der Farbe von blassem Honig und einer in glänzendem Schwarz. Gunora, die beinahe so breit wie groß war, stand mit dem Rücken zu den Flammen vor ihnen. Ihr kampflustiges Gesicht war grimmig und verschlossen, und ihr Gewand bauschte sich in der heißen Luft. Auriane und die Alten saßen auf Rinderhäuten hinter den Mädchen. Eine der Frauen erhob sich und legte den Mädchen aus Eisenhut und Gundelrebe geflochtene Kränze auf die Haare. Diese Pflanzen schenkten das Licht des Verstehens und halfen einer Frau, die unsichtbare Welt zu sehen. Eine andere summte eine Anrufung, ging dreimal im Kreis um die Mädchen herum und streute ihnen Asche von Wildschweinen auf die Köpfe. Allmählich wurden die Töne energischer und zogen kleinere und immer schnellere Kreise. Alle fühlten sich von ihnen gefangen und wurden enger und enger miteinander verbunden.
Plötzlich verstummte die Flöte und dann auch die Trommel. Nur das leise Rascheln der Blätter im Wind war noch zu hören. Eine frische, klare und friedliche Stille lag über dem Hain.
Auriane hielt die Luft an.
So muss der Wald gewesen sein, bevor die Römer kamen. Niemand hat uns vorgeschrieben, wo wir siedeln konnten. Die Stämme bewegten sich so ungehindert wie das Meer und durften sich überall ausbreiten.
Wie kann es sein, dass nicht alles gut ausgehen wird? Bald werden wir beim Essen sitzen und miteinander lachen.
Aber warum ist jeder einzelne meiner Muskeln angespannt? Warum nur werde ich das Gefühl nicht los, dass bald eine lange Nacht anbrechen wird?
Gunora trat vor Hildigun und begann in einer Art Singsang zu sprechen.
»Hildigun, Tochter der Ido, du stehst heute vor den Ahnfrauen …«
Die Anrufung zog sich lange hin und wurde nur dadurch unter-

brochen, als Gunora Hildigun ein Brot anbot, das aus neun Getreidearten gebacken und mit dem Wasser der heiligen Quelle geknetet worden war. Hildigun brach behutsam ein Stück von dem ovalen Laib ab und aß es. Das Brot vereinigte sie mit Freia, die alle Nahrung schenkte. Gunora zog ihren Bronzedolch mit der abgebrochenen Spitze. Er symbolisierte die Macht der Schicksalsgöttinnen, mit dem Durchtrennen der Nabelschnur ein neues Leben zu beginnen und das alte mit dem Durchschneiden des letzten Fadens zu beenden. Mit dem Dolch schrieb sie in die Luft über Hildiguns Kopf die Runen für Wachstum, Stärke und Schutz. Dann befahl sie Hildigun, ihre Kinderkleider zusammen mit einem Stück Tuch, das dunkel von ihrer ersten Blutung war, in die Flammen zu werfen. Schließlich sang Gunora Hildiguns Stammbaum. Die Mutterlinie reichte zwanzig Generationen zurück. Die Vaterlinie brach nach fünf ab. Wie üblich waren weniger Väter bekannt. Gunora legte Hildigun einen blauen Umhang um die Schultern. Hildigun hatte nun das Recht, bei den Frauen zu sitzen.

Gunora wiederholte das Ritual mit Ewalda. Während Auriane Gunoras volltönender Stimme lauschte, betrachtete sie stolz den hübschen Körper ihrer Tochter, der sich unter dem Leinengewand abzeichnete. Sie sah die Hüften, die sich zu runden begannen, und darüber die etwas schmalere Taille.

Sie ist schön und stark. Ihr Leben ist ein Ausgleich für mein Leben. Wie kann aus diesem Tag Unheil entstehen?

Auch Ewalda nahm ihren Platz bei den Frauen ein.

»Avenahar, tritt vor die Götter!«, rief Gunora.

Avenahar wurde gesegnet, erhielt das Brot und warf ihre Kindersachen in die Flammen.

»Die edle und strahlende Avenahar tritt vor die Hüter von Wald und Hain. Sie stammt ab von allen und stammt ab von einer …«

Während Gunora die Reihe der Ahnen nannte, schien ihre Stimme einer unhörbaren Trommel zu folgen. »Auriane ist ihre Mutter, und man nennt sie Tochter der Esche. Atlind ist Aurianes Mutter, und man nennt sie die vom weisen Rat. Gandrida ist Atlinds Mutter, und man nennt sie Gandrida die Zauberin. Avenahar, die erste dieses Namens ist Gandridas Mutter, und man nennt sie …«

Die Reihe der Mütter setzte sich fort, und Avenahar spürte, dass die Blicke von Hildigun und Ewalda sie durchbohrten. Sie empfand das starke Interesse wie sengende Hitze im Rücken. Avenahar klammerte sich an die Hoffnung, dass die beiden Unrecht hatten oder vielleicht aus Neid ein böses Spiel mit ihr getrieben hatten. Gunora würde sie in Verlegenheit bringen, wenn sie den Namen von Avenahars Vater nannte. Er mochte ein armer chattischer Bauer sein, aber trotzdem war er bestimmt ein stolzer und rechtschaffener Mann.
Gunora fuhr fort: »Von ihren Vätern ist nur einer bekannt, denn er wurde in einem fernen fremden Land geboren …«
Avenahar holte tief Luft. Es war, als sei sie auf einem hohen Berg an einen Baum gefesselt und warte darauf, dass ein Blitz sie treffen werde.
»Ihr Vater ist Decius vom Stamm der Römer, ein Volk, das in einem Land weit im Süden von einer Wölfin gesäugt wurde.«
Auriane hörte Gunoras nächste Worte nicht mehr. Sie sah nur Avenahar. Ihre Tochter zuckte unmerklich zusammen, als habe jemand heftig an einem unsichtbaren Seil gezogen, das um ihren Hals lag. Dann stieß sie einen leisen, tierischen Klagelaut aus. Sie schien in zwei Teile zu zerbrechen. Ihr Kopf sank nach vorne und die schwarzen Haaren fielen ihr ins Gesicht.
Auriane hatte nur einen Gedanken. Sie stand schnell auf, um ihre Tochter irgendwie zu trösten. Gunora hatte Avenahar die Hände auf die Schultern gelegt und flüsterte Worte, die Auriane nicht hören konnte.
Jetzt wirst du mehr als eine Mutter brauchen. Vielleicht genügen nicht einmal hundert Mütter, um dir zu helfen.
Hinter sich hörte Auriane ein unterdrücktes Lachen. Das war Hildigun.
Dann vernahm sie ein Flüstern, das in der plötzlich eingetretenen Stille deutlich zu hören war: »Wer hätte geglaubt, dass die Tochter eines römischen Mörders es wagen würde, hierher zu kommen.« Diese Worte kamen von Ewalda.
Das Lächeln der beiden erstarb, als ihnen klar wurde, dass man sie gehört hatte.

Auriane drehte sich langsam um. Sie fühlte sich nicht mehr wie eine Frau, sondern wie Feuer.
Der Ausdruck leidenschaftlicher Rache in den grauen Augen ließ alle erstarren. Es entstand eine atemlose Stille. Die Zeremonie hatte eine unbeabsichtigte Wendung genommen. Die Alten sahen es fassungslos und überrascht. Sie wussten nicht, was Auriane vorhatte, als sie zu Hildigun und Ewalda trat.
»Hildigun, Ewalda«, begann Auriane leise. »Gunora hat euch zu Frauen erklärt, aber ich werde das nicht tun. Ich sage euch, ihr seid weniger als Schmeißfliegen. Ihr verdient keinen Platz unter den Menschen. Verlasst diesen Ort!«
Hildigun sah Hilfe suchend zuerst Gunora an und dann nacheinander die anderen Alten. Aber die Gesichter blieben unbewegt. Was sollte das bedeuten? Wurden sie wirklich nach Hause geschickt?
»Vielleicht werdet ihr lange genug leben«, fuhr Auriane fort, »um eines Tages zu wissen, was eine Frau edel und wertvoll macht. Es ist nicht der Vater. Es ist nicht die Mutter. Es ist nicht der Stamm. Es ist die Ehre, die auf Taten folgt.« Sie schwieg einen Herzschlag lang und fügte hinzu. »Geht mir aus den Augen!«
Hildigun und Ewalda standen unsicher auf. Sie wussten nicht, was sie tun sollten. Niemand sagte etwas. Die beiden schlichen davon, um ihre wenigen Sachen einzusammeln. Sie warteten immer noch auf ein beschwichtigendes Wort oder auf den Widerspruch von Gunora.
Doch Gunora hatte beschlossen, der Rache einer Mutter nicht im Weg zu stehen. Hildigun und Ewalda waren jetzt voll und ganz Mitglieder des Stammes. Sie mussten sich selbst mit Auriane auseinander setzen, wie alle Frauen des Stammes untereinander. Die anderen folgten ihrem Beispiel und blieben stumm.
Gunora wartete, bis sich die beiden Bestraften weit genug vom Feuer entfernt hatten, dann wandte sie ihre Aufmerksamkeit wieder Avenahar zu.
»Wir nehmen Avenahar als Frau zu uns an den Herd«, sagte Gunora sanft und legte ihr den blauen Umhang um die Schultern.
Avenahar blieb steif und still stehen, so einsam wie ein Grenz-

pfosten. Sie ließ den Kopf hängen. Der blaue Mantel blähte sich und wirkte viel zu groß für sie.

Auriane trat vorsichtig zu ihr.

»Avenahar … mein liebes Kind … verstehst du jetzt, warum ich es dir nicht vorher sagen konnte? Du musstest erst stärker werden. Du musstest eine Frau sein, um es zu erfahren.«

Gunora hob mit der Hand Avenahars Kinn, sodass sich ihre Blicke trafen. »Die Linie deiner Mütter ist stark, Avenahar. Sie ist so stark, dass sie die Väterlinie mühelos überdeckt. Hör zu, du hättest niemals die Vision gehabt, wenn die Götter dich nicht sehr lieben würden.«

Avenahar drehte sich um und sah Auriane an. »Warum, Mutter?« Sie sah aus wie eine Bettlerin auf den Stufen eines Tempels. Ihre Augen richteten sich furchtsam und flehend auf Auriane. »Du hättest mich aus deinem Leib reißen sollen. Du hättest mich nach der Geburt ins Moor werfen sollen.«

Die Worte brannten wie Feuer, das Auriane ins Gesicht geschleudert wurde.

»Nein, Avenahar«, flüsterte sie. »Wie hätte ich das tun können, wo ich dich schon geliebt habe, bevor du geboren wurdest.«

»Ist das wirklich wahr, oder ist es nur ein Albtraum?«, flüsterte Avenahar. »Mein Vater stammt von dem Volk ab, das uns vernichtet hat … und er ist nicht einmal der Beste, wie Marcus Julianus es ist, sondern der Schlechteste von allen. Ich bin keine richtige Chattin, wie du es mir erzählt hast. Ich bin wie ein Maultier, mit einem Pferd als Mutter und einem Esel als Vater. Zuhause in der Villa bin ich eine Ausgestoßene … und jetzt gehöre ich auch nicht in dieses Land. Ich gehöre nirgendwohin. Warum hast du mir das nie gesagt?«

»Ich hatte nicht den Mut, deinen Stolz zu zerstören, als du noch zu klein warst, um die Wahrheit ertragen zu können.«

Avenahar sank langsam vor ihrer Mutter auf die Knie und schlug die Hände vors Gesicht. »Ich kann mit diesem Gift in meinen Adern nicht leben … es brennt wie Feuer.« Sie schluchzte heftig, nahm eine Hand voll Erde und verrieb sie in ihrem Gesicht, wie trauernde Frauen es taten. Dann blickte sie mit dem verschmierten Gesicht zu ihrer Mutter auf. »Hast du mir das Leben als einen besonders grausamen Scherz geschenkt?«

»Avenahar!«

Auriane ging neben Avenahar auf die Knie und packte sie bei den Schultern. »Das ist Wahnsinn, was du da sagst! Du musst deinen Hass besänftigen, bevor er dich umbringt. Ramis war bei deiner Geburt die Hebamme. Hätte sie das getan, wenn dein Blut vergiftet wäre? Decius war kein Ungeheuer. Ich habe ihn als einen edlen und guten Mann erlebt.«

»*Gut?* Er hilft den Cheruskern, sich mordend ihren Weg in unser Land zu bahnen!«

»Avenahar, ich kann nichts darüber sagen, was er seitdem getan hat. Ich weiß nichts darüber. Ich weiß nur, dass er mir in einer hoffnungslosen Lage geholfen hat, als niemand sonst es tat. Ohne ihn wäre ich gestorben. Ohne ihn hätte ich nie gelernt, mit dem Schwert umzugehen. Ohne ihn … ach, du bist zu jung, um diese Dinge zu erfahren. Wie kann ich dich dazu bringen, dass du mich verstehst?«

»Lass mich los!«

Sie schob mit einer heftigen Bewegung Aurianes Hände von ihren Schultern.

»Sieh mich an, Avenahar!«, sagte Auriane streng und stand auf. »Ich dulde das nicht. Wisch dir den Schmutz vom Gesicht. Gunora hat dir gerade gesagt, dass seine Linie dir nicht schaden kann. Du entehrst eine der Alten, wenn du ihren Rat nicht achtest.«

»Du hast mit einem römischen Leibeigenen geschlafen und sein Kind geboren. Und du sprichst von *Ehre*?«

Auriane war nur undeutlich bewusst, dass sie den Arm hob und Avenahar ins Gesicht schlug. Sie hatte ihre Tochter noch nie geschlagen. Erschrocken sah sie den roten Fleck auf Avenahars Gesicht, der schnell größer wurde.

Avenahar stand auf, presste eine Hand auf die Wange und wich ein paar Schritte zurück. Als sich ihre Überraschung legte und der Zorn wieder aufflammte, erwiderte sie kühn und furchtlos den Blick ihrer Mutter. Sie fühlte sich durch den Schlag gerechtfertigt, denn er bestärkte sie in allem, was sie bis jetzt geglaubt hatte.

Sie drehte sich um und ging mit großen Schritten davon. Der blaue Umhang rutschte ihr von einer Schulter. Sie stolperte, als sie durch die wartenden Frauen schritt und in ihrer Hütte verschwand.
Auriane wollte ihr folgen, aber Gunora hob die Hand, um sie zurückzuhalten.
»Es ist genug geredet. Gib ihr nicht das Gefühl, eingesperrt zu sein. Es wäre vielleicht nicht klug, sie mit all den Müttern zu bedrängen.«
Walberga trat zu ihnen und sagte: »Sie hat noch viel von einem Kind an sich, Auriane. Warte, bis sich der Sturm gelegt hat. Es wird alles gut werden.«
Auriane stand stumm vor den beiden Frauen. Sie hatte das Gefühl, mit Brennnesseln ausgepeitscht zu werden. Ihre Schande schien in der Tat unverzeihlich. Sie hatte geglaubt, all das schon vor langer Zeit aus ihrem Bewusstsein verbannt zu haben.
Avenahar reagiert richtig auf das Verbrechen, das ich in meiner Jugend begangen habe.
Gunora ahnte die Richtung von Aurianes Gedanken und sagte: »Sie liebt dich, Auriane. Vor ein, zwei Tagen, als du für eine Weile weg warst, hat sie mir die lustige Geschichte erzählt, wie du einen hochmütigen römischen Gardisten gedemütigt hast, der zu euch in die Villa gekommen war. Sie ist sehr stolz auf dich.«
Aber für Auriane war das kein Trost. Sie setzte sich ans Feuer und versank in brütendes Schweigen. Gunora blieb den größten Teil des Tages wortlos bei ihr sitzen. Auriane war ihr bei all ihrem Elend dafür dankbar.
Als die Dämmerung hereinbrach, begannen die Alten das Lager abzubrechen. Sie bereiteten sich darauf vor, über den Hügel zu der kleinen, aus zehn Langhäusern bestehenden Siedlung zu gehen. Dort wollten sie an der nicht sehr fröhlichen Feier teilnehmen, die bereits begonnen hatte. Hildiguns und Ewaldas Vertreibung hatte einen unheilvollen Schatten über das Ende des Rituals geworfen.
Als die Frauen schließlich aufbrachen, blieb Gunora mit Auriane zurück.
Gunora stellte ein Hirsebrot und eine Schale Suppe vor Avenahars Hütte. Avenahar rührte beides nicht an.

Die Nacht brach herein, aber Auriane blieb in eine grobe Wolldecke gehüllt an ihrem Platz sitzen. Gunora schlief irgendwann ein. Hoch am Himmel stand majestätisch, siegreich und mitleidslos der volle Mond mit seinen geheimen Plänen und tauchte den Hain in sein silbernes Licht. Doch Auriane sah nur das verlassene Mittelfeuer, das allmählich erlosch. Sie fühlte sich von seinem langsamen Erkalten irgendwie beruhigt. Die Nacht war schon halb vorüber, als sich Auriane ebenfalls vor das Feuer legte und schließlich vom Schlaf übermannt wurde.

Plötzlich erwachte sie, ohne zu wissen, wie viele Stunden vergangen waren. Die Sterne leuchteten immer noch hell, aber im Osten erschien ein Streifen Himmel in Holzkohlengrau. Auriane wusste nicht, was sie geweckt hatte. Vielleicht war es einfach zu still.

Barfuß und immer noch schlaftrunken ging Auriane zur Hütte ihrer Tochter. Sie wusste nicht, was sie sagen würde. Ihr war übel. Sie fühlte sich krank. In ihrem Kopf hämmerte es, als bahne sich dort drinnen etwas einen Weg heraus. Sie hatte das Gefühl, ihr Mund sei voller Staub.

»Avenahar?« Sie schlug die Fellklappe zurück und spähte hinein. Die Zeit schien sich vor ihren Augen zu dehnen und wieder zusammenzuziehen.

Die Hütte war leer.

Es bedeutete nichts, und es bedeutete alles. Auriane holte ein Stück Glut vom Feuer, um besser sehen zu können.

Avenahar war nicht mehr da.

Plötzlich wurde ihr klar, dass es zwei Arten von Leere gibt. Es gibt die zufällige Leere, bei welcher der Geist des abwesenden Menschen immer noch den Raum beherrscht. Dann gibt es die absichtliche Leere, die das Herz verzweifelt aufschrecken lässt.

Sie sah, dass Avenahars Einweihungsmantel und der Beutel aus Ziegenfell mit ihren Habseligkeiten verschwunden waren. Dann glaubte sie, ins Bodenlose zu fallen.

Sie weckte Gunora.

»Das ist schlimm«, murmelte die Alte. Beide Frauen begannen, den Lagerplatz nach Spuren von Avenahar abzusuchen. Auriane ging langsam im Kreis durch den Wald und rief immer wieder den

Namen ihrer Tochter. Gunora setzte sich auf ein Fell vor Avenahars Hütte, blickte hinauf zu den Kronen der Buchen und versank sofort in einen Zustand von Helligkeit und Stille, in dem sie die Sprache der Blätter verstand.

Aurianes Suche blieb erfolglos, und sie kam zurück zu Gunora.

»Es ist wirklich schlimm«, sagte Gunora und richtete sich an ihrem Knotenstock mühsam auf. »Ich kann ihren Geist nicht spüren. Sie ist schon weit weg. Allerdings hat der Wald nicht gesagt, ob sie sich körperlich oder im Geist weit entfernt hat.«

»Die Götter seien verflucht. Was ist, wenn sie ihr Pferd genommen hat? Gunora, ich muss vorausgehen und nachsehen.«

Auriane nahm sich nicht die Zeit, ihre Sachen zusammenzusuchen, sondern lief eilends über den Hügel. Die Pferde waren am Fuß der Anhöhe auf einer Lichtung dicht bei der kleinen Siedlung angebunden. Dort lagerte an einem Bach auch ihre römische Eskorte.

Drei Reiter von den batavischen Hilfstruppen, auf deren Begleitung Julianus bestanden hatte, erschienen gerade aus ihrem Zelt. Der eine legte seine Rüstung an, ein anderer klapperte laut mit Bechern und Schalen am Feuer und bereitete die Morgengrütze zu. Auriane sprach kaum ein Wort, als sie an ihnen vorbei zur Koppel ging, auf der ihre Pferde standen.

Avenahars schlanker Rotschimmel kaute zufrieden Heu. Auriane sah es mit einer gewissen Erleichterung. Das bedeutete, ihre Tochter hatte sich zu Fuß auf den Weg gemacht. Sie konnte nicht sehr weit gekommen sein. Auriane wusste, es wäre unmöglich gewesen, ein Pferd aufzuzäumen, es zu satteln und von der Koppel zu führen, ohne die Eskorte zu wecken.

In diesem Augenblick tauchte der vierte Soldat aus dem Wald auf. Er kam von der anderen Seite der Koppel. Er trug die lange wollene Tunika, welche die Männer unter der Rüstung anlegten. Der Soldat wirkte wütend genug, um in einer Taverne Streit anzufangen. Schon von weitem rief er seinen Kameraden zu, die Dorfbewohner seien alle Diebe. Er werde dafür sorgen, dass die Männer gekreuzigt und die Frauen in die Sklaverei verkauft würden.

Nachdem es Auriane gelungen war, ihn zu beruhigen, erfuhr sie, dass er am Abend zuvor sein Pferd vor der Koppel mit einem langen Seil angebunden hatte. Der Hengst war ein edles Tier. Deshalb brauchte er ein größeres Stück Wiese zum Weiden als die anderen Pferde. Und nun war sein schöner apulischer Hengst weg, der ihn den Sold eines halben Jahres gekostet hatte. Mit ihm war auch der hübsche junge Pferdeknecht verschwunden, der das Tier hatte bewachen sollen.

»Du wirst das Dorf in Ruhe lassen«, sagte Auriane. »Ich kenne die Leute gut. Sie stehlen keine Pferde. Dein Knecht ist aus Angst vor dir geflohen. Meine Tochter hat dein Pferd.«

Siebzehntes Kapitel

Auriane ritt im schnellen Trab durch das flache Wasser. Es spritzte unter den Hufen ihrer Stute hoch auf. Die Spuren des gestohlenen Hengstes hatten zu diesem Bach geführt und waren dann nicht mehr zu sehen gewesen.
Sie musste schließlich einsehen, dass ihre Tochter klug genug gewesen war, im Wasser zu reiten. Ihre Hoffnung schwand, die Fliehende einzuholen, denn es war viel Zeit vergangen, und Avenahar hatte sie bestimmt genutzt, um ihren Verfolgern zu entkommen. Aber wohin wollte sie fliehen?
Sie kennt unsere Wege und unsere Flüsse nicht und weiß nur wenig darüber, wie man im tiefen Wald allein zurechtkommt. Kühnheit und Entschlossenheit genügen zum Überleben in der Wildnis nicht.
Ein Trupp abtrünniger Krieger konnte sie überfallen und wegen des edlen Hengstes töten, den sie gestohlen hatte. Sie konnte verschleppt und gezwungen werden, als Sklavin das Bett eines unbedeutenden Häuptlings zu teilen. Oder sie wagte sich auf der Suche nach Essen in ein Dorf, und man würde sie als Feindin behandeln, weil Decius ihr Vater war.
Es war auch möglich, dass die Männer des Chariomerus sie fanden und aus Rache töteten.
Vielleicht lag Avenahar mit gebrochenem Bein irgendwo im Wald und konnte nichts anderes tun, als hilflos die Nacht und die Wölfe zu erwarten.
Auriane erinnerte sich plötzlich daran, dass sie das Geschenk von Decius, die goldene Fibel, in Avenahars Ziegenfellsack gelegt hatte. Wenn sie noch am Leben sein sollte, hatte sie wenigstens etwas

Wertvolles, mit dem sie um ihr Leben handeln konnte, um sich eine Zuflucht und Nahrung zu beschaffen. Wie seltsam, dass dieses viel zu kostbare Geschenk des verachteten Decius mit einem Mal das gesamte Vermögen ihrer Tochter und ihr einziger Schutz geworden war.

Die Sonne stieg zu ihrem höchsten Punkt am Himmel, während Auriane rastlos die steinigen Bachufer nach Hufabdrücken absuchte. Sie hielt Ausschau nach abgebrochenen Zweigen, einer Haarsträhne, zertrampeltem Gras, einem Stückchen Stoff, nach irgendeinem Zeichen, das verraten würde, an welcher Stelle ihre Tochter in den Wald geritten war. Aber die Böschungen gaben keinen Aufschluss darüber. Auriane hatte das Gefühl, ein endlos langes Buch zu entrollen, dessen Papyrus hartnäckig leer blieb. Sie war zu dem Schluss gekommen, dass Avenahar vernünftig genug sein würde, in diese Richtung zu reiten, denn die entgegengesetzte hätte sie in die Nähe der von den Cheruskern eroberten Dörfer geführt. Doch als die Sonne allmählich nach Westen wanderte und Auriane immer noch keine Spuren entdeckt hatte, musste sie die Möglichkeit in Betracht ziehen, dass sie den ganzen Tag in die falsche Richtung geritten war.

Wenn das so ist, dann sieht es schlecht aus. Ebenso gut könnte ich versuchen, eine Knochennadel in einem Gerstenfeld zu finden.

Ihre Angst wuchs. Ihr Herz klopfte schmerzhaft. Mit einem scharfen Ruck am Zügel drehte sie das Pferd schließlich herum. Auriane trieb sie in einen müden Galopp und machte sich auf den Rückweg. Tränen nahmen ihr die Sicht.

Vielleicht liegst du gebunden und geknebelt auf dem Wagen eines Sklavenhändlers …

Die Qual der schrecklichsten Folter hätte für Auriane an diesem Abend kaum größer sein können als die Ungewissheit. Ihre Heimat, der schattige Wald, hatte sich in ein gefährliches Ungeheuer verwandelt, das auf der Lauer lag, um ihre Tochter zu verschlingen. Wie schnell, wie völlig war alles andere vergessen, dachte sie verzweifelt, während sie mit schwindender Hoffnung zwischen den Baumstämmen hindurchspähte, die sich in der Ferne im undurchdringlichen Dunkel verloren. Plötzlich empfand sie nur noch die kalte, leere Feindseligkeit des endlosen Waldes. Er war ein unheimlicher Ort aus einem Albtraum, der sie verhöhnte. Das Seufzen der Blätter klang wie Todesröcheln. Sie hatte keine Gedanken mehr für die zahllosen Schwierigkeiten, die sie bedrängten. Sie dachte auch nicht an die bedrohlichen Schatten, die das Schicksal von Marcus verdunkelten. Der Plan, zur Halle ihrer Mutter zu fliehen, war vergessen. Es gab für sie nichts anderes mehr auf der Welt als die verlorene Avenahar. Und so war Auriane nur noch eine verzweifelte Mutter auf der Suche nach ihrem Kind.

Bei Einbruch der Nacht erreichte sie wieder die kleine Siedlung in der Nähe des heiligen Hains. Sie war zu erschöpft, um noch Tränen vergießen zu können. Gunoras ernster Gesichtsausdruck verriet ihr, dass sie auch von der alten Frau keine guten Nachrichten erwarten durfte.

Gunora hatte den Tag im Langhaus der Bierbrauerin des Dorfes verbracht. Von dort hatte sie Nachrichten in die umliegenden Dörfer geschickt und eine Suchmannschaft zusammengestellt.

Im Morgengrauen des nächsten Tages teilten sich die jungen Burschen und Mädchen, die Bauersfrauen und Feldarbeiter in vier Gruppen. Auriane ritt an der Spitze eines Trupps in den gefährlichen Norden. Sie erkundigte sich in den Dörfern nach Avenahar, hielt Reisende auf den Wegen an und nahm jede Furt in Augenschein. Als die Sonne an diesem zweiten Tag unterging, begann sie Avenahars glänzendes Haar im schwarzgrünen glänzenden Wasser der Bäche zu sehen und ihre Stimme im Murmeln des Wassers zu hören, das über die Steine plätscherte. Für den Fall, dass ihre Tochter irgendwo verletzt liegen sollte, rief Auriane immer und immer wieder ihren Namen. Bei der Rückkehr ins Dorf war sie so heiser, dass sie kaum noch sprechen konnte.

Die vier Männer ihrer Eskorte hatten es abgelehnt, sich an der Suche zu beteiligen. Sie erklärten, sie müssten sich an die Befehle ihres Offiziers halten. Nachdem aus den neun vorgesehenen Tagen bereits elf geworden waren, wurden sie unruhig und drängten Auriane, mit ihnen nach Mogontiacum zurückzukehren.

Am dritten Tag der Suche entdeckte ein Trupp am Rande des

Westwegs den umgestürzten Karren eines Händlers, der mit Häuten unterwegs gewesen war. Der Speer, den sie aus der Leiche des Mannes zogen, rief große Aufregung hervor. Gunora entzifferte die in den Schaft geritzten Runen und erklärte, es handle sich um die Siegesformel des Cheruskerkönigs.

Auriane musste nicht lange nachdenken.

Ein Mann des Chariomerus, der allein so weit nach Süden vorgedrungen ist, kann nur mich gesucht haben ... oder meine Tochter.

An diesem Abend saßen Auriane und Gunora im Langhaus am Feuer und beratschlagten.

»Ich habe alle Männer Sigberts benachrichtigt«, berichtete Gunora. »Jeder ihrer Jagdtrupps wird nach Avenahar suchen. Die Seherinnen im Sommerheiligtum wissen inzwischen ebenfalls Bescheid. Sie werden die Nachricht verbreiten, wohin sie auch gehen. Beim nächsten Vollmond wird der große Rat davon unterrichtet, und alle, die zur Versammlung kommen, können es in ihren Dörfern bekannt machen.«

»Das nützt nichts. Bis dahin ist es noch zu lange hin«, sagte Auriane. Sie stand unruhig auf, ging zum Eingang des Langhauses und blickte in die undurchdringliche Dunkelheit.

»Wir können die Ratsversammlung nicht früher ansetzen. Die Leute werden nur bei Vollmond kommen.«

Arria ... Avenahar! Werden wir jemals wieder zusammen an einem Feuer sitzen?

»Gunora, ich muss zur Festung zurück.«

Das Schweigen der Alten war viel sagend. Sie schob entschlossen die Unterlippe vor, unterdrückte aber jedes Wort der Missbilligung. »Ah«, brummte sie schließlich. »Das wird also dein Ende sein.«

Auriane hatte Gunora von der bevorstehenden Anklage erzählt und von ihrem Plan, sich ins Atlinds Halle zu flüchten.

»Du hast jetzt die Möglichkeit, deinen römischen Anklägern zu entkommen und uns bei der Befreiung des Nordens zu helfen.«

»Ach Gunora! Begreifst du denn nicht, dass mir keine andere Wahl bleibt?« Auriane setzte sich wieder neben Gunora und blickte in die traurigen, sanft anklagenden Augen der Alten. »Ich brauche die Hilfe von Marcus Julianus. Unsere Bemühungen sind kümmerlich im Vergleich zu dem, was er erreichen könnte. Er wird veranlassen, dass der Statthalter Berittene in unsere Dörfer entsendet. Er kann Boten in jedes römische Kastell schicken. Er kann dafür sorgen, dass man von allen Wachtürmen nach Avenahar Ausschau hält. Er kann einen Erlass des Statthalters erwirken, der verbietet, dass meiner Tochter ein Leid zugefügt wird. Gunora, ich bin entschlossen, morgen zurückzukehren.«

Gunoras trauriger Blick richtete sich in die Ferne. »Denk an meinen Traum von den neun Feuern, Auriane. Für dieses Jahr hat es kein Feuer gegeben. Du darfst nicht zurück zu den Römern.«

Aber Gunoras Warnung war wie ein Flüstern im Sturm. Auriane hörte die Worte nicht.

Als sie später auf einem Lager aus Heu und Stroh am Feuer lag und in einen leichten, unruhigen Schlaf fiel, bemühte sie sich mit aller Kraft, Avenahar lebendig und in Freiheit zu sehen. Trotzdem nagte ein leiser, beunruhigender Zweifel an ihr wie eine hungrige Ratte.

Wenn Avenahar lebt und nicht gefangen genommen wurde, warum haben sie dann Hunger und Kälte nicht hierher zurückgetrieben? Es ist der einzige Platz, den sie kennt!

Erst als sich im Halbschlaf die Träume ankündigten, gestand sie sich einen anderen Grund für die Rückkehr in die Festung ein. Marcus hatte ihr gesagt, dass der Statthalter Ramis zu einer Befragung vor ein Militärgericht geladen hatte. Die Verhandlung sollte in vier Tagen sein.

Der Gedanke an Ramis machte Auriane benommen vor Hoffnung. Sie hatte das Gefühl, in ein versiegeltes Grab eine Öffnung geschlagen zu haben, aus der ein schwerer süßlicher Geruch hervordrang.

Wenn ich mich ihrem Mitgefühl anvertraue, wird sie mir vielleicht helfen. Ihre Macht reicht so weit wie der Wind und ist so unsichtbar wie die Luft. Ramis weiß, was sich unter dem See befindet. Sie hat Avenahar den Wassersegen erteilt und ihr den Namen gegeben. Sie hat einen weiten Weg auf sich genommen, um mich aus dem Leib meiner Mutter hervorzuholen. Bestimmt wird sie mich auch jetzt noch ein wenig lieben …

Aber vielleicht liebte Ramis sie auch nicht mehr. Ihr Unmut konnte sich in all den Jahren, die Auriane sich nun schon von ihr abgewandt hatte, um im Reichtum einer Villa zu leben, in Hass verwandelt haben. Sie hatte Auriane zu ihrer Nachfolgerin ernannt. Auriane hatte dem Heiligtum, ja sogar ihrer Heimat, den Rücken gekehrt und führte seit vielen Jahren mit Marcus ein eigenes Leben. Gab es jemanden, der sich Ramis mit größerer Überheblichkeit widersetzt hatte als sie?
Die große Seherin hüllte sich seit einiger Zeit in ein undurchdringliches Dunkel. Niemand wagte es, sich ihr ungerufen zu nähern. Aber man sagte, wenn jemand eine Frage vorbrachte, während sich Ramis auf Reisen befand, dann weise sie niemanden ohne eine Prophezeiung oder ihren Segen ab.
Die gefürchtete Ramis ist meine einzige Hoffnung.

* * *

Die Auerochsjagd sollte im Morgengrauen des folgenden Tages beginnen.
Für das große Ereignis waren über zweihundert Männer aufgeboten: Tierfänger und Treiber, Netzsteller, Wagenmeister, Waffenmeister, Stallburschen und viele Sklaven, die für das leibliche Wohl der Gäste des Statthalters sorgten.
Die riesige Jagdgesellschaft war über den Rhein gezogen und hatte nach einem halben Tag eine düstere Wildnis erreicht, die bei den Chatten der Wotanswald hieß. Es war ein hügeliges Gelände, in dem keine Dörfer lagen, denn es war dem einäugigen Gott, dem Herrn der Zauberei, geweiht. Dort hatten die Treiber das Tier mit dem weißen Fell gesichtet. Die Chatten hatten diesen Wald den Geistern der Dunkelheit überlassen und erzählten Geschichten von Irrlichtern, die des Nachts zwischen den Bäumen erschienen und die Menschen auf hohe Felswände lockten, von denen sie dann in die Tiefe stürzten. Man vergaß im Wotanswald, dass auch dieses Land zum Römischen Reich gehörte. Die Jäger aus der Stadt hatten den Eindruck, dass sich hier seit den Tagen des Saturn kaum etwas verändert hatte.

Die Späher waren vier Tage vor dem großen Ereignis aufgebrochen, um den berüchtigten Auerochsen aufzuspüren, den der Statthalter erlegen wollte. Es waren meist Männer libyscher Nomadenstämme. Als erfahrene Jäger hatten sie schon indische Tiger und mesopotamische Löwen für die Tierkampfschule in Rom gefangen und die fremdartigen Tiere abgerichtet, die im Colosseum zur Schau gestellt wurden. Sie fühlten sich jedem Tier gewachsen, das die Wälder des Nordens hervorbringen mochten. Ihnen standen Männer der einheimischen Stämme zur Seite, die wussten, wo der Auerochse mit Vorliebe zur Tränke ging, wo er Schlammbäder nahm und auf welchen Wechseln er regelmäßig durch den Wald zog. Die einheimischen Jäger erkannten an abgebrochenen Zweigen und abgeschürfter Rinde, die weniger erfahrene Fremde vermutlich übersehen hätten, dass sich der riesige Bulle dort das Fell gerieben hatte.
Am Morgen des dritten Tages entdeckten sie das Tier schließlich an einem Tümpel. Der Bulle war ein Einzelgänger. Normalerweise waren Auerochsen dunkel und eher schwarzbraun, doch das zottige Fell dieses Ungetüms war von einem sonderbaren fahlen Weiß – dem Weiß gebleichter Knochen, dem Weiß der Toten und der Gespenster.
Man erzählte, im Herzen des Auerochsen fließe Drachenblut. Er hatte riesige Hörner, war sehr viel größer als ein Pferd und drei bis vier Handbreit höher als jeder andere bekannte Auerochse. Selbst große Wolfsrudel ließen ihn respektvoll in Ruhe. Bisher hatte jede Jagdgesellschaft, die ihn erlegen wollte, am Ende Tote beklagen müssen. Der Statthalter glaubte, dass diesmal die Jagd anders ausgehen würde, weil noch nie zuvor so viele Männer eingesetzt und die Einzelheiten mit größter Umsicht geplant worden waren.
Die libyschen Jäger wollten den Bullen mit Hilfe einer römischen Methode gefügig machen. Vor Sonnenuntergang versetzten sie das Wasser in seiner Tränke mit Wein. Sie folgten ihm vom Tümpel zu dem Platz, an dem er die Nacht verbrachte. Er wälzte sich zufrieden im Schlamm und legte sich nicht weit davon entfernt von der Suhle zur Ruhe. Noch vor Tagesanbruch schreckten sie ihn in der Dun-

kelheit mit Trompetenstößen auf. Das Heer der Treiber stand mit Peitschen bereit, deren Riemen mit Tonkugeln beschwert waren. Sie trieben ihn in Richtung einer lang gestreckten Wiese. Dort erwarteten die hohen römischen Beamten, die Herren der Welt, den Bullen.

* * *

Am Vorabend der Jagd standen die vierzig Zelte, in denen die Jagdgesellschaft des Statthalters untergebracht war, mit militärischer Präzision ausgerichtet an einem Ende der großen Wiese.

Der Statthalter hatte das größte Zelt. Außer seinem Ehrengast, Marcus Arrius Julianus, waren die beiden ranghöchsten Offiziere der Festung seine Gäste. Es waren junge Aristokraten, die ihren zweijährigen Militärdienst leisten mussten, bevor sie den langen Aufstieg in den Senat begannen.

In den benachbarten Zelten lagen die anderen Jagdgefährten, meist hohe Beamte vom Stab des Statthalters, beim abendlichen Mahl.

In ordentlichen Reihen dahinter befanden sich die bescheideneren Zelte der Waffenmeister, der Netzsteller, der persönlichen Sklaven und Diener. Ihre Kochfeuer bildeten in der Dämmerung entlang der Wiese wie mit der Schnur gezogene freundlich flackernde Lichtgirlanden. Und als die kimmerische Finsternis hereinbrach, schienen diese kleinen Feuer das einzige Licht auf der Welt zu sein.

Die vier Aristokraten im Zelt des Statthalters hatten sich zu einem üppigen ländlichen Mahl zusammengefunden. Es gab Weichkäse in Binsenkörbchen, gegrillte Waldpilze mit Fischpaste, Lauch mit dicken Bohnen, in Streifen geschnittene Honigeierkuchen mit Mohn, mit Pfeffer und Pinienkernen gefüllte Siebenschläfer und eingelegte Zitronen.

Hinter ihnen stand ein kleiner Schrein des Herkules. Er war die von den Römern favorisierte Gottheit der Zeit, denn viele römische Bürger sahen zwischen Herkules und Kaiser Trajan kaum einen Unterschied. Vor der steinernen Statue lag als eine Opfergabe blutiges Wildschweinfleisch.

Vor dem Zelteingang röstete der Oberkoch des Statthalters ein ganzes Wildschwein am Spieß, das er immer wieder mit Rautensud übergoss.

»Mein guter Freund, ich muss dich um etwas bitten«, sagte Marcus Julianus zu Valerius Maximus, dem Statthalter.

Eine zierliche gallische Dienerin in Jagdkleidung betrat in diesem Augenblick das Zelt. Sie balancierte mit vor Aufregung geröteten Wangen eine Vorlegeplatte, die zu groß für sie war. Auf der Platte erhob sich in einem See dampfender Sauce eine Insel aus knusprig gebratenem Wildschweinfleisch.

Marcus wartete, bis die Diener auf dem Tisch Platz für die Platte geschaffen hatten, bevor er fortfuhr: »In Confluentes lebt ein unbedeutender Mann von unersättlichem Appetit«, fuhr er fort. »Er ist ein ehemaliger Magistrat, den ich zugrunde gerichtet habe. Er heißt Volusius Victorinus. Aber mit der Geschichte werde ich dich nicht langweilen. Ich mache mir Sorgen, dass dieser Mensch heimtückisch genug sein könnte, um zu versuchen, während meiner Abwesenheit meiner Tochter Arria zu schaden. Es ist natürlich gut für sie gesorgt. Sie hat zu ihrem Schutz einen vertrauenswürdigen Haushalt, Kindermädchen, die sie lieben, und ihre Tutoren. Und mein Besitz ist gut bewacht.« Marcus musste sich vorbeugen, damit Maximus ihn verstand, denn die Stimmen der beiden Tribune am Nebentisch wurden mit jedem Becher Wein lauter. »Es würde mich sehr beruhigen zu wissen, dass du die Villa im Auge behältst.«

»Selbstverständlich«, erwiderte Maximus und runzelte leicht überrascht die Stirn. »Aber ich verstehe dich nicht. Das klingt ja wie bei einem Soldaten, der am Abend vor einer Schlacht sein Testament macht! Wir wollen morgen einen Auerochsen erlegen und nicht Hannibal besiegen.« Er lachte und ließ sich ein Stück Wildschweinbraten vorlegen. »Deine abenteuerlustige Aurinia stellt wahrscheinlich eine größere Gefahr für das Land dar als das Land für sie!«

Marcus lächelte nachsichtig und warf unruhig einen Blick in die Dunkelheit vor dem Zelteingang. Dort, zwischen den Buchen hinter den Kochfeuern, verwandelte die Nacht die Waldpfade in lichtlose Höhlen. »Sie haben sich bereits zwei Tage verspätet«, sagte er, und es klang besorgt. Er bedauerte es inzwischen, in der Angelegenheit der Einweihung nachgegeben zu haben.

»Wahrscheinlich haben sie auf dem Rückweg Schwierigkeiten«, erklärte Maximus beruhigend. »Das ist ein raues Land. Aber es ist friedlich. Wir haben ihnen vier meiner besten Bataver mitgegeben.« Mit zwei Fingern nahm der Statthalter geschickt einen Spargel aus dem Olivenöl, in dem er eingelegt war, aß ihn und tupfte sich mit der Serviette behutsam das Fett von seinem glatt rasierten Kinn. Dann sagte er: »Du hast mir nicht gesagt, weshalb du dich so plötzlich entschieden hast, nun doch nach Dakien zu gehen.«

»Ich will dem Kaiser nahe legen, dem Cheruskerkönig kein Gold mehr zu schicken.«

Das war der geringfügigste Anlass für diese Reise, aber um dem Statthalter den eigentlichen Grund zu nennen, hätte Marcus ihm verraten müssen, dass Auriane die lange gesuchte Übeltäterin war. Es wäre eine zu große Belastung ihrer Freundschaft gewesen, von Maximus zu erwarten, er werde darüber Stillschweigen bewahren.

»Das Gold steigt Chariomerus zu Kopf wie starker Wein. Er verschenkt ganze chattische Dörfer an seine Gefolgsleute. Es hat das Gleichgewicht zwischen den beiden Stämmen in einem sehr viel größeren Ausmaß gestört, als wir zunächst dachten. Seine Loyalität Rom gegenüber ist nicht viel wert, und er ist ein absonderlicher Kauz. Wenn die beiden Stämme Krieg führen, werden die Chatten verlieren, dafür haben wir gesorgt. Aber dann sitzt dieser unberechenbare Häuptling, dem wir zur Macht verholfen haben, direkt vor unserer Haustür.«

Beide Männer waren gezwungen, einen Augenblick lang zu schweigen, weil einer der Tribune mit seinem lauten Gerede die Aufmerksamkeit auf sich zog. Marcus runzelte die Stirn. Für ihn waren die beiden ein trauriges Beispiel unbesonnener Jugend. Sie waren unangemessen selbstbewusst und in ihrer Überheblichkeit blind für alles um sie herum.

Camillus war Römer und stammte aus einer alten, angesehenen

Familie. Er hatte bis jetzt nichts von der Welt gesehen. Sein einziger Vorzug war seine Herkunft, die ihm ohne eigene Anstrengung alle Türen öffnete. Der Tribun erging sich gerade über die Erhabenheit der Jagd.

»Und so frage ich: Weshalb jagen wir gefährliche Tiere, obwohl wir ihr Fleisch eigentlich nicht brauchen?«

Er deutete mit großer Geste auf den Wildschweinbraten.

Weil wir ein in die Jahre gekommenes Reich sind und große Angst davor haben, unseren Mut und unsere Tapferkeit zu verlieren.

Marcus unterließ es, seine Antwort laut zu äußern, und nahm sich schweigend ein Stück Braten.

»Nehmen wir zunächst die Tatsache, dass nur Aristokraten auf die Jagd gehen«, fuhr der Tribun fort. »Das muss so sein, denn ein großes wildes Tier zu erlegen, verlangt von einem Mann, dass er ein edles Leben führt ... ein Leben, das nicht durch den Zwang zur Arbeit für das tägliche Brot befleckt ist, oder dadurch, dass er sich unablässig und ermüdend darum bemühen muss, seine animalischen Bedürfnisse zu befriedigen. Ein freies Leben ohne diese Zwänge gibt dem Geist der Edlen die Freiheit, sich mit höheren Dingen zu beschäftigen. Ein Bauer auf dem Land fängt vielleicht ein oder zwei Hasen in der Schlinge. Sklaven und Frauen jagen überhaupt nicht. Wieso nicht? Die Hände der Sklaven sind zu sehr beschäftigt. Deshalb ist zu wenig vom göttlichen Geist in ihnen. Frauen sind ...«

»Hört, hört!«, unterbrach ihn der andere Tribun lachend.

Camillus ließ sich jedoch nicht aus der Fassung bringen. »Frauen haben keine Disziplin und viel zu viel unmännliche Angst! Sehr wahrscheinlich würden sie sich auf die Seite der Tiere schlagen. Eine Frau bringt es nicht über sich, dem wilden Tier den Todesstoß zu versetzen! Auch dem Müßiggang und dem Luxus ergebene Völker haben nichts für die Jagd übrig. Denken wir etwa an die Ägypter, denn sie sind ein Beweis für das, was ich behaupte. In früheren Zeiten haben die ägyptischen Herrscher mit Leidenschaft gejagt. Das waren auch die Zeiten ihres größten Schlachtenruhms. Noch unmännlicher ist die Trägheit der heutigen Griechen ...«

Marcus schüttelte unmerklich den Kopf.
Den Göttern sei Dank, auf diese unsinnige Tirade muss ich nichts antworten, aber es ist eine Strafe, sich solche haltlosen Vorurteile anhören zu müssen.
»... und vergessen wir nicht, dass der Tyrann Domitian nur gezähmte Tiere gejagt hat«, setzte der junge Mann seine rhetorische Attacke fort. »Er schoss seine Pfeile von einem sicheren Platz in einem ummauerten Garten mit vorher gefangenen Tieren. Das war eine Verhöhnung der Jagd ... und fand sie nicht ihre Entsprechung in der Verhöhnung des Herrscheramtes?«
Der junge Mann war inzwischen aufgestanden, um seinen Worten größeren Nachdruck zu verleihen.
»Wie anders verhält sich unser glorreicher Trajan, der kühn und unerschrocken an entlegenen und wilden Orten jagt. Es sollte uns daher nicht überraschen, dass sich der eine schließlich als Herrscher völlig ungeeignet erwiesen hat, während der andere würdiger und erhabener ist als alle Kaiser vor ihm.«
Mit einem unterdrückten Stöhnen sah Julianus, dass sich Camillus plötzlich ihm und dem Statthalter zuwandte.
»Herr«, sagte der Tribun im Überschwang der Gefühle, »die meisten unserer Jagdgefährten setzen darauf, dass du den Auerochsen erlegst. Auch ich bin dieser Meinung! Bei deinen Versuchen in der Vergangenheit bist du für den entscheidenden Treffer nie nahe genug an die Bestie herangekommen. Bisher hatte dieser Bulle es nur mit einfachen Einheimischen zu tun.« Ohne eine Antwort abzuwarten, fragte er: »Marcus Julianus, du hast uns noch nicht verraten, auf wen du setzt.«
Marcus hob langsam den Kopf und betrachtete das breite, aufgedunsene und vom Wein gerötete Gesicht. Auf der Stirn von Camillus standen trotz der Kühle kleine Schweißtropfen. Die Augen waren glasig und stumpf und voller Anmaßung. Dazu gehörte die Überzeugung, zwischen ihnen bestehe irgendeine Art enger Kameradschaft. Camillus trug eine fein gewebte weiße Tunika mit einem goldbestickten Saum. Sie war ihm über die eine Schulter und den Oberarm gerutscht und entblößte starke junge Muskeln, die jedoch bald erschlaffen und verfetten würden.

»Ich setze mein Geld auf den Auerochsen«, erwiderte Marcus ruhig.
Der Tribun lachte verblüfft. Er fühlte sich plötzlich nicht mehr ganz wohl in seiner Haut. »Du bist ein rechter Spaßvogel, Marcus Julianus. Das wusste ich nicht.«
»Mir erscheint das eine sehr vernünftige Entscheidung«, erwiderte Marcus ruhig, »wenn man bedenkt, was wir über diesen Auerochsen wissen. Ich setze fünfzigtausend auf den Auerochsen.«
Maximus stieß ihn belustigt mit dem Ellbogen an. »Als dein Freund ist es gut zu wissen, dass du es dir leisten kannst, ein kleines Vermögen zu verschwenden.«
»Ich finde das eigenartig.« Der junge Tribun gab sich den Anschein von Nachdenklichkeit, was nicht zu ihm passte. Seine pathetische Miene wirkte so, als habe er Zahnschmerzen. »Du bist kein Jäger, Julianus. Mir ist nicht entgangen, dass du dich bei unserem Opfer für Herkules abseits gehalten hast. Und doch warst du mutig genug, dich zwei Tyrannen zu widersetzen. Ich frage mich, bist du vielleicht die Ausnahme, die meine Argumente widerlegt?«
Der Statthalter sah seinen jungen Untergebenen mit gerunzelter Stirn an und schüttelte unwillig den Kopf, was so viel bedeutete wie: *Genug!*
Doch Camillus war bereits zu betrunken, um die Warnung zu bemerken. »Vielleicht ist es überhaupt nicht eigenartig. Du hältst immer und immer wieder Reden über den Frieden. Wahrscheinlich schlagen sich Philosophen wie du, die uns raten, unsere Feinde zu lieben, auch auf die Seite der Tiere.«
»Camillus, hüte deine Zunge.« Die Stimme des Statthalters klang verärgert.
»Wir liegen beim Essen, und wir sind hier in der tiefsten Wildnis. Ich wollte ihn nicht beleidigen. Ein Mann hat doch wohl noch die Freiheit zu sagen, was er denkt.«
»Es scheint, als sei es im Augenblick eine zu große Anstrengung für dich, zwischen einer ungeheuren Respektlosigkeit zu unterscheiden und dem, was es bedeutet, ›zu sagen, was man denkt‹.«
Marcus hob die Hand und lächelte freundlich, um anzudeuten, die

Zurechtweisung sei nicht notwendig. »Seine Frage war recht und billig«, erklärte er. »Ich fühle mich nicht beleidigt, wenn man mir nachsagt, ich ziehe den Frieden einem blutigen Massaker unserer Nachbarn vor. Ich frage mich, ob die Menschen die ungezügelte Anwendung von Stärke und Macht immer als klug und gerecht im Angesicht der Götter betrachten werden. Vielleicht leiden wir in dieser Hinsicht seit langem an einer gefährlichen Blindheit. Denken wir etwa an den Legionär, der bei der Eroberung von Syrakus den großen Mathematiker Archimedes getötet hat, den Vater so vieler wunderbarer Maschinen und Geräte. Rom hat an jenem Tag gewonnen. Aber wer war wirklich der Stärkere? Den Namen des Legionärs kennen wir nicht mehr. Aber jeder Schuljunge kennt Archimedes. Glanzvolle Waffentaten scheinen sich dem Gedächtnis der Menschen nicht auf Dauer einzuprägen. Vielleicht war Nemesis deshalb schon immer mehr nach meinem Geschmack als Herkules. Sie verhilft jenen zu Gerechtigkeit, die sie sich nicht selbst verschaffen können, und sie treibt den geistig Trägen dazu, über das nachzudenken, was er getan hat.«
Der Tribun starrte Marcus mit leerem Blick an. Dann sagte er, ohne zu lächeln: »Mein Vater hat nichts davon gehalten, dass sein Sohn in Philosophie unterrichtet wurde. Deshalb kann ich darauf nur mit einem Becher Wein antworten.« Der zweite Tribun, ein dünner junger Mann mit dunkler Haut von unverkennbar hispanischer Herkunft, brach in lautes Lachen aus. Der Diskurs war zu Ende.
Die Gespräche der Männer bewegten sich wieder in unterschiedlichen Bahnen. Marcus hörte noch mit halbem Ohr, wie der Tribun eine Liste auf einer Wachstafel zu Rate zog: »… wir haben also zwei Wetten auf Sabinus im Zelt nebenan … fünf auf mich … zwanzig Wetten auf unseren verehrten Statthalter und eine verrückte Wette auf den Auerochsen …«
Marcus hörte, wie draußen im Wald nicht allzu weit entfernt ein Wolf heulte. Es war ein kluger Laut und so alt wie der Mond.

* * *

Der riesige Auerochse stand in einem Schlammloch. Er senkte den zottigen Kopf und stieß ein wütendes Brummen aus, weil er feststellte, dass er sich gegen seinen Willen seit geraumer Zeit unter grausamen, stinkenden Menschen befand. Er wurde sie einfach nicht mehr los.

Die Wirkung des Weins hatte schon lange nachgelassen, zurück war nur blinde Wut geblieben. Aus Wunden, die ihm die schweren Peitschen zugefügt hatten, rann dunkles Blut in langen Streifen von seinem höckrigen Rücken über das weiße Fell bis zum Bauch. In seinen Seiten steckten Jagdspeere wie lange schwere Schreibrohre.

Die Gesellschaft des Statthalters hatte den mächtigen Bullen seit den Morgenstunden immer wieder eingekreist und ihn ermüdet. Die Sonne neigte sich inzwischen gen Westen, und die Jagd stand vor dem letzten, tödlichen Augenblick.

Ein Netz von einer viertel Meile Länge war quer über die große Wiese gespannt worden, das sich gelegentlich auf ganzer Länge im Wind wölbte, so als wolle es im nächsten Augenblick davonfliegen. Das war der einzige Hinweis auf das menschliche Vordringen in diese Landschaft.

Die acht römischen Jäger hatten in zwei Reihen in einem engen Halbkreis Stellung bezogen, das wogende Netz schloss die offene Seite des so entstandenen Geheges. Das gespenstisch weiße Tier vor ihnen wirkte wie eine aus Nebelschwaden geborene Erscheinung. Der Auerochse überragte ihre größten Pferde und wog beinahe so viel wie zwei Pferde. Und er zeigte noch immer keine Anzeichen von Erschöpfung.

Aus der Nähe sah man, dass das berühmte weiße Fell blasse graue Flecken hatte. Die Hörner waren ein Wunder an geschwungener Form. Sie kurvten kühn nach außen, bogen sich weit nach vorne und nach oben und endeten mit einem sanften Schwung nach innen. Ohren, Nüstern und Quastenschwanz waren ebenso schwarz wie die Spitzen der Hörner und die Beine bis zu den Hufen. Die dunklen Stellen verliehen dem Tier eine Eleganz und eine wilde Anmut, die im Widerspruch zu dem massigen und zottigen Körper standen.

Der Bulle senkte den Kopf, brüllte, riss mit der Spitze eines geschwungenen Horns die Erde auf und warf Grasbüschel in die Luft.
Maximus und die drei erfahrensten Jäger hatten ihre Plätze im inneren Halbkreis eingenommen. Marcus befand sich nahe dem Netz im äußeren Halbkreis.
Die libyschen Tierfänger standen außer Sichtweite der Jäger am Waldrand. Sie würden nur auf dem Schauplatz erscheinen, wenn der Statthalter und seine Freunde den Auerochsen nicht in ihre Gewalt bekommen sollten, denn sie durften ihren Herren auf keinen Fall die Möglichkeit nehmen, das Tier zu erlegen.
Die Jäger warteten auf das Signal von Maximus. Ihre Pferde tänzelten und wieherten, denn der Moschusgeruch des Bullen machte sie unruhig.
Der Statthalter senkte die Hand mit dem roten Tuch, und alle acht Jäger galoppierten gleichzeitig vorwärts.
Marcus befand sich unter ihnen. Aber er zügelte sein Pferd, denn seine Abneigung gegen diese Jagd war inzwischen noch gewachsen. Zu seiner Ausrüstung gehörten zwei Jagdspeere. Er hatte gelernt, sie zielsicher zu werfen, doch an diesem Tag sollten sie hauptsächlich seiner Sicherheit dienen. Je länger die Jagd dauerte, desto mehr musste der Auerochse schreckliche und willkürliche Qualen leiden. Marcus sah es mit Widerwillen.
Dies ist meine erste und meine letzte Jagd.
Zwischen dem Gewirr der Pferde sah Marcus, wie der Statthalter sich geschickt in die richtige Stellung brachte, um den Speer zu werfen. Er zielte dabei zwischen die dritte und vierte Rippe, die richtige Stelle, um das Tier zu töten.
Der Auerochse hat rechtmäßig gewonnen. Wir sollten ihn laufen lassen.
Beim Angriff der Jäger schien der mächtige Bulle plötzlich erstarrt zu sein. Wie ein lebloses Marmorstandbild verharrte er regungslos. Hatte er sich mit seinem Ende abgefunden?
Als der Speer des Statthalters blitzend durch die Luft flog, machte der Bulle jedoch eine halbe Drehung und stürmte in eine völlig unerwartete Richtung. Der Speer verfehlte sein Ziel und landete

wirkungslos im hohen Gras. Der Auerochse durchbrach die Linie der Jäger, rammte dabei die Flanke des großen braunen Hengstes von Camillus und warf ihn zu Boden. Der junge Mann und das Pferd überschlugen sich im hohen Gras. Der Bulle rannte weiter und war ihnen wieder einmal entkommen.
Die libyschen Tierfänger hatten von ihren Plätzen am Waldrand zugesehen. Sie hoben die Hände zum Himmel und flehten ihre Götter um Hilfe an. Die Ausdauer und Klugheit des Tieres waren so unnatürlich wie sein weißes Fell. Es hätte schon seit Stunden tot sein müssen.
Niemand unter ihnen zweifelte noch daran, dass der Auerochse ein Gott war, ein unbekannter Gott, der Tiergestalt angenommen hatte. Die erfahrenen Männer begannen, die Rache dieses Gottes zu fürchten. Bestimmt würden sie ihn erst zur Strecke bringen können, wenn er einen der hohen Herren getötet hatte.

* * *

Am anderen Ende der Wiese und auf der anderen Seite des Netzes ging eine groß gewachsene Frau in einer Hirschlederhose und einem Umhang aus grober, ungefärbter Wolle durch die Reihen der Dienstbotenzelte. Sie stellte sich dem obersten Decurio der Sklaven vor und bat darum, sofort zu Marcus Julianus gebracht zu werden.
Auriane und die vier batavischen Reiter hatten bereits das Kastell am Brückenkopf gegenüber von Mogontiacum erreicht, als sie erfuhr, dass die Jagdgesellschaft schon über den Fluss gezogen war. Daraufhin entließ sie ihre Eskorte, verbrachte die Nacht im *Mansio* und machte sich nach einem Tag und einer Nacht mit wenig Schlaf und ohne jegliches Essen allein auf den Weg zur Lichtung im Wotanswald.
Der Decurio der Sklaven konnte jedoch nur den Befehl des Statthalters wiederholen, niemand dürfe auf die andere Seite des Netzes, auch wenn er noch so gute Gründe für seinen Wunsch vorbringe.
Auriane spürte, wie allmählich eine Art Lähmung ihren ganzen

Körper ergriff, während sie ungeduldig darauf wartete, dass diese merkwürdige, mit einem viel zu großen Aufwand geplante römische Jagd endlich zu Ende sein würde.

Ist Avenahar noch am Leben? Können wir sie noch retten? Die Wahrscheinlichkeit wird von Tag zu Tag geringer.

Sie beobachtete teilnahmslos die Reiter in der Ferne, die im hohen Gras beinahe verschwanden, hörte das gelegentliche Gellen einer Messingtrompete, das leise, tiefe Brummen des Ungeheuers und das Hämmern von Hufen, wenn die Pferde wie eine Flutwelle von einer Seite der Wiese zur anderen galoppierten. Einmal erkannte sie den Grauschimmel von Marcus an seinem hoch gewölbten Hals. Kurz darauf kam er so nahe heran, dass sie sogar sein Gesicht sehen konnte.

Wenige Männer wirken auf einem Pferd so edel wie er.

Grundlos flammte Hoffnung in ihr auf, die aber schnell wieder erlosch.

Auriane staunte von neuem darüber, wie all ihre Pläne in sich zusammengefallen waren. Wie unbedeutend schienen jetzt die Sorgen darüber, ob sie der bevorstehenden Anklage entgehen könnte oder ob sie dem Wunsch nachgeben dürfe, der schon lange tief in ihrem Innern schlummerte und den Witgern geweckt hatte, den Wunsch, wieder in den Krieg zu ziehen. Der Verlust ihrer Tochter verbannte sogar die Sonne vom Himmel.

Avenahar, ich wusste nicht, dass du meine Sonne bist. Eine Mutter sollte die Erde vor ihrer Tochter verlassen. Wer wird die Tochter sonst bei den Ahnfrauen willkommen heißen?

* * *

Die acht Reiter machten kehrt und jagten hinter dem Auerochsen her, der sich mit donnernden Hufen vom Netz entfernte. Der braune Hengst des Statthalters übernahm die Führung. Camillus, der ein paar blaue Flecken hatte, sonst aber unverletzt geblieben war, folgte den anderen auf einem frischen Pferd, das die Sklaven ihm gebracht hatten. Das Tier, dem der Auerochse die Flanke aufgerissen hatte, musste getötet werden.

Maximus trieb seinen schnaubenden, vom Schweiß dunkel gefärbten Hengst neben den Bullen und machte sich bereit, den nächsten Speer zu werfen. Er zielte jedoch zu hoch, und der Speer streifte nur die dicke harte Haut auf dem Rücken des Tieres. Der Auerochse stürmte in seinem bedrohlichen, schweren und schaukelnden Galopp weiter, bis am anderen Ende der Wiese die Treiber aus dem Gras auftauchten und ihn in Richtung Netz zurücktrieben.

Der Bulle schien plötzlich unnatürlich folgsam und trottete mit schwerfälligen, aber keineswegs müde wirkenden Bewegungen zwischen die Jäger. Seine Langsamkeit deutete vielleicht darauf hin, dass er den Kampf aufgab. Unvermittelt blieb er stehen und schüttelte wiederholt den Kopf. Die Reiter zogen den Kreis um ihn enger, doch das eigenartig willfährige Tier blieb ruhig. Es beobachtete sie sehr aufmerksam, hob den Kopf und brüllte. Dabei sah man das Weiße in seinen Augen. Der Bulle schien von einem Wahn erfasst. Die Jäger sahen es mit Unruhe. Der Auerochse hatte sie offenbar durchschaut.

Der Wind hielt den Atem an. Das Netz hing schlaff herab, die Schicksalsgöttinnen schienen beim Weben innezuhalten. Aus Richtung des fernen Lagers drang das Winseln eines Hundes herüber. Er war am Morgen von einem Keiler verletzt worden, der inzwischen gehäutet im Rauch hing. Der Auerochse und mit ihm die ganze Erde schienen darauf zu warten, dass er die Jäger in einem Augenblick der Unaufmerksamkeit überraschen konnte.

Der Bulle scharrte mit den Vorderfüßen und stieß zum zweiten Mal sein weithin hallendes Gebrüll aus. Dann drehte er sich im Kreis und stürmte geradewegs auf Marcus zu. Er war wie ein in Bewegung geratener Berg, ein Ungeheuer, das mit ungeheurer Schnelligkeit näher kam und wie eine Steinlawine nicht mehr aufzuhalten war. Seine Augen funkelten böse. Er schien in Marcus den Urheber all seiner Qualen zu sehen. Wenn seine Vorderbeine die Erde berührten, gab er jedes Mal schnaubende, gurgelnde Geräusche von sich.

Der Grauschimmel von Marcus wich in panischer Angst zurück. Marcus warf geistesgegenwärtig den Speer, der tief in die dicken Schultermuskeln des Bullen eindrang. Der Treffer zeigte keine unmittelbare Wirkung. Marcus hätte das Tier ebenso gut mit einem Zahnstocher stechen können. Doch bevor das Ungeheuer das Pferd rammte, warf es sich herum und drehte sich mit den Bewegungen einer gequälten Kreatur zweimal im Kreis.

Dann raste der Bulle überraschend schnell zwischen den Jägern hindurch und auf einen Teil der Wiese zu, wo sich im Augenblick keine Treiber befanden.

Maximus zügelte seinen braunen Hengst, der wiehernd und schnaubend auf der Stelle tänzelte. Der Statthalter fluchte leise und bedeutete den Treibern mit einer wütenden Geste, die Öffnung des Kessels so schnell wie möglich zu schließen. Sie hatten sich fast den ganzen Tag unendliche Mühe gegeben, den Auerochsen in eine Lage zu bringen, in der man ihn erlegen konnte, und nun schien alles vergeblich gewesen zu sein.

Der Bulle rannte ungehindert weiter und wurde auch nicht langsamer, als er einen Jagdpfad am Rande der Wiese erreichte. Mit ein paar weiteren Sprüngen würde er im Wald verschwinden.

In diesem Augenblick entdeckten die Jäger auf dem Pfad in der Ferne eine menschliche Gestalt. Es war ein Sklave, der nach Erledigung eines Auftrags zu Fuß ins Lager zurückkehrte.

Der Auerochse änderte die Richtung und stürmte auf den Mann zu, weil er ihn vermutlich für einen seiner zweibeinigen Quälgeister hielt. Es war niemand in der Nähe, der dem Sklaven hätte zu Hilfe kommen können. Zum Erstaunen des Statthalters riss Marcus seinen Grauschimmel herum und galoppierte in die Richtung des Auerochsen.

»Bei der Meute des Zerberus! Was hat er vor?«, rief Camillus wütend und lenkte sein Pferd neben Maximus. »Er wird ihn vertreiben und macht damit alles zunichte, was wir bis jetzt erreicht haben!« Dann murmelte er: »Man soll einen Philosophen niemals mit auf die Jagd nehmen.«

»Schnell, Herr, oder er kommt dir zuvor und erlegt ihn!«, rief einer der Jäger mit einem Anflug von Panik in der Stimme. Er hieß Sabinus und hatte eine hohe Summe auf Maximus gewettet. Doch der Statthalter war nicht gewillt, seine Würde aufs Spiel zu setzen und einer bereits entkommenen Beute nachzujagen.

Als der Grauschimmel an Maximus vorbeigaloppiert war, sah der Statthalter, dass die normalerweise sanften Gesichtszüge seines Freundes den harten Ausdruck grimmiger Entschlossenheit angenommen hatten. Der Hengst durchpflügte das hohe Gras. Marcus beugte sich tief über den Hals des Tieres und bewegte sich im Einklang mit dessen kraftvollem Galopp. Maximus war eher belustigt als wütend und staunte darüber, wie schnell sich der ruhige und besonnene Stadtmensch in einen Jäger verwandelt hatte. Vielleicht bereitete die Philosophie einen Menschen ja auf jeden Notfall vor, wenn sie seinen gelehrten Freund im Handumdrehen zu einem so schnellen und todbringenden Rächer machen konnte.
Marcus hatte den größten Teil der Strecke zwischen den Jägern und dem Sklaven zurückgelegt, als ein zweiter Mann aus dem Gefolge des Statthalters sein Pferd in einen schnellen Galopp trieb. Es war Attius Ferox, der erst am Morgen im Lager eingetroffen war. Die Jäger kannten ihn als den neu ernannten Verwalter der Sparbank der Legionäre. Der Tribun Camillus rief ihm laut Verwünschungen hinterher, denn die Formation der Jäger war damit völlig durcheinander geraten. Maximus runzelte die Stirn und wunderte sich darüber, dass ein in der Jagd unerfahrener Mann so versessen darauf sein sollte, sich an der Rettung eines Sklaven zu beteiligen. Dieser Tag würde ihm wegen all der unvorhergesehenen Ereignisse noch lange im Gedächtnis bleiben.
Der Sklave stolperte und stürzte. Im nächsten Augenblick erreichte der Auerochse sein Opfer. Er nahm den hilflosen Sklaven auf die Hörner und warf ihn wie eine Strohpuppe in die Luft.
Marcus ritt zwischen den Bullen und den verwundeten, regungslos im Gras liegenden Sklaven, denn er hoffte, das Tier zu verwirren und seine Wut auf sich zu lenken. Der Auerochse war größer und sehr viel stärker als sein Pferd. Die Zuschauer erfasste Bewunderung angesichts dieses mutigen Handelns, das an Wahnsinn grenzte.
Das Manöver gelang. Der mächtige Bulle ließ von dem Sklaven ab, aber er wich nicht von der Stelle. Aufgebracht scharrte er mit den Vorderhufen und starrte Pferd und Reiter böse an. Dabei stieß er wiederholt ein tiefes, gereiztes Brummen aus.

Marcus trieb seinen wiehernden Grauschimmel, so nahe er es wagte, an die blutüberströmte, sich hebende und senkende Flanke der Bestie heran. Aber sein Pferd scheute, und er hatte keine Gelegenheit, den Speer zu schleudern. Der Auerochse stieß ein Gebrüll aus, das wie ein Posaunenstoß klang, und wandte den massigen Körper zur Seite. Mit einer erstaunlich schnellen Kopfbewegung stieß er dem Pferd eines seiner langen Hörner in die Weichen. Der Apfelschimmel stieg auf die Hinterhand und schlug mit den Vorderhufen in die Luft, bevor er rückwärts stürzte. Es gelang Marcus gerade noch rechtzeitig abzuspringen. Für die Jäger in der Ferne waren Marcus und sein Pferd im hohen Grasmeer verschwunden.

Der Hengst unternahm ein paar kraftlose Versuche, wieder auf die Beine zu kommen, und blieb schließlich zuckend liegen. Marcus war im ersten Augenblick benommen, hatte sich aber nichts gebrochen. Er kroch zu seinem verendenden Pferd, denn er wollte das arme Tier als Schild benutzen. Er erlaubte sich nur ganz kurz, traurig einen Blick auf den aufgerissenen Leib zu werfen, in dem man die Rippen herausragen sah.

Der Auerochse war so nahe, dass Marcus tief in das Labyrinth seiner blutunterlaufenen Augen blicken konnte. Ihn umgab der scharfe Gestank nach Moschus, nassem Fell, Blut und Fäulnis. Der zweite Speer lag außer Reichweite. Marcus hatte nur den Dolch in seinem Gürtel, um sich zu verteidigen.

Irgendwo hinter ihm ertönte ein lauter Schrei. Es war ein wilder, durchdringender Laut, als hätten sich die Hügel in ein einziges Wesen mit einer Stimme verwandelt.

Der Schrei kam von der anderen Seite des Netzes.

Marcus warf einen schnellen Blick in diese Richtung. Überrascht sah er in der Ferne einen Reiter, der offenbar auf seinem eigenen Ersatzpferd, einem ebenfalls in der Wüste gezüchteten Grauschimmel, saß. Der Reiter trieb das Pferd im schnellen Galopp auf Marcus und den Bullen zu. Das machte keinen Sinn, denn ein Pferd konnte unmöglich über das hohe Netz springen.

Gleichzeitig sah Marcus, dass aus mehreren Richtungen Hilfe nahte. Als Erster würde ihn einer der Jäger erreichen, der auf ihn zu galoppierte. Wie hieß der Mann noch? Attius Ferox? Ein gutes

Stück hinter ihm folgte, angeführt von Maximus, die halbe Jagdgesellschaft. Aber Marcus hatte in seiner Aufregung den Eindruck, all die Männer, die ihn retten wollten, kämen nur unerträglich langsam vorwärts. Inzwischen waren auch zwei Trupps Tierfänger mit Netzen und Stachelstöcken über die Wiese ausgeschwärmt. Aber sie hatten keine Pferde und waren deshalb noch langsamer.

Doch an das alles konnte er keinen Gedanken mehr verschwenden, denn der riesige Bulle griff jetzt mit gesenktem Kopf an. Marcus würde im nächsten Augenblick von den ambossgleichen Hufen zertrampelt werden. Das Pferd stellte kein Hindernis dar. Er kam sich vor wie jemand, der hilflos zusehen muss, wie ihm ein schwerer Marmorblock auf den Kopf fallen wird, ohne dass er sich von der Stelle rühren kann.

Er riss sich den Umhang von den Schultern.

Der Bulle hatte ihn beinahe erreicht, als Marcus den Mantel in Richtung des gesenkten Kopfes warf. Der Stoff blähte sich, blieb an den langen gekrümmten Hörnern hängen und legte sich über Kopf und Hals des Tieres. Der Auerochse blieb abrupt stehen, stemmte beide Vorderbeine in die Erde und schnaubte vor Überraschung. Dann schwang er den massigen Kopf wie ein Pendel hin und her, um sich von dem lästigen Stück Stoff zu befreien, das ihm die Sicht nahm.

Aus dem Augenwinkel sah Marcus, dass der junge Mann aus der Zahlmeisterei vom Pferd gesprungen war und ihm zu Hilfe eilte. Doch schon in diesem dramatischen Augenblick, als Marcus dem Mann zurief: »Nein! Zu gefährlich! Zurück auf dein Pferd und warte, bis die anderen kommen!«, spürte er, dass an diesem Rettungsversuch etwas seltsam und falsch war. Er wagte jedoch nicht, den Blick von dem Koloss zu wenden.

Marcus hielt Ausschau nach seinem zweiten Speer. Er wollte gerade aufspringen, um ihn vielleicht mit ein paar Sätzen zu erreichen, als er einen heftigen Stoß zwischen den Schulterblättern spürte.

Was im Namen aller Götter …?

Der Stoß nahm ihm den Atem.

Hat sich das Ungeheuer zweigeteilt. Gibt es einen zweiten Bullen, der mich von hinten aufspießt?
Nein, es war Attius Ferox, der offenbar den Verstand verloren hatte.
Marcus spürte, wie seine Arme gefühllos wurden. Dann empfand er einen brennenden, glühenden Schmerz in der Schulter. Es war, als schütte ihm jemand kochendes Wasser über den Rücken.
Er warf sich unter Aufbietung aller Kräfte herum und sah, dass sein Angreifer einen Dolch in der erhobenen Hand hielt. Attius Ferox stieß ein zweites Mal zu. Diesmal traf er Marcus am Arm. Die Spitze drang bis zum Knochen durch.
Marcus packte Attius Ferox an den Unterarmen und versuchte, sie festzuhalten. In den Augen des jungen Mannes lag eine blinde, entschlossene Raserei, die so unzugänglich für alle Vernunft war, dass sie Marcus ein neues Entsetzen einflößte. Seine Finger schlossen sich ruckartig wie Zangen um die Handgelenke seines Gegners und ließen sie nicht mehr los.
Die Zeit blieb stehen.
»Du Mörder … meines … Herrn!«, stieß Attius Ferox erstickt hervor.
Casperius Aelianus!
Natürlich. Welche Gelegenheit wäre besser, um mich zu ermorden? Jeder würde meinen Tod für das Werk des Auerochsen halten.
Der junge Mann entsprach nicht der Beschreibung seiner Spitzel, doch Julianus blieb keine Zeit, sich darüber zu wundern.
Keiner der beiden Männer hörte das tiefe Brummen des Bullen, der so nahe war, dass sein Schatten auf sie fiel. Die riesigen gespaltenen Hufe hinterließen tiefe Spuren in der feuchten Erde, während sich der Auerochse immer noch vergeblich bemühte, den Umhang über seinen Augen abzuschütteln. Dabei riss er mit einem Horn den Boden auf und warf heftig den Kopf hoch.
Marcus wollte leben. Jetzt noch mehr denn je. Seine Entschlossenheit machte ihn stark. In ihm entstand eine Kraft, die hart wie ein Fels war. Er würde diese Welt nicht verlassen, weil sich dieser Verblendete und Verrückte an ihm rächen wollte. Und er würde

Auriane und seine Kinder nicht allein und schutzlos in dieser Welt zurücklassen.
Seine Auflehnung erwies sich als die beste Hilfe. Er hatte genug von diesem Kerl und seiner widernatürlichen Treue zu einem blutrünstigen Tyrannen. Er hatte genug von den langen Monaten, in denen seine Familie gezwungen gewesen war, im Schatten dieses jungen Fanatikers zu leben. Neue Kraft strömte in seine Glieder. Er spürte den stechenden Schmerz der Wunde nicht mehr. Er trat mit aller Wucht gegen die Knie von Casperius Aelianus, der seinen Griff lockern musste. Ohne innezuhalten, zog Marcus mit einem Ruck das Knie hoch und rammte es dem jungen Mann in den Magen. Er knickte ein und fiel mit weit geöffnetem Mund nach vorne. Es gelang Marcus, ihm den Dolch zu entreißen. Keuchend warf er ihn ins hohe Gras. Casperius Aelianus brach mit einem erstickten Stöhnen auf dem toten Pferd zusammen. Marcus packte ihn bei den Haaren, denn er vermutete, Aelianus habe sich verkleidet. Tatsächlich. Er hatte sich nicht getäuscht. Marcus hielt eine Perücke in der Hand. Das kurz geschnittene blonde Haar, das darunter zum Vorschein kam, stimmte mit der Beschreibung seiner Agenten überein.
Dem jungen Mann, der Julianus so unerbittlich nach dem Leben trachtete, war alles Blut aus dem Gesicht gewichen. Er krümmte sich vor Schmerzen zusammen, und sein drahtiger Körper rollte vom Leib des Pferdes direkt vor den Kopf des Bullen. In diesem Augenblick befreite sich der Auerochse mit einer letzten, heftigen Kopfbewegung von dem Umhang. Der schwere Wollumhang rutschte von den Hörnern und deckte Aelianus zu.
Der Auerochse brüllte. Sein ganzer Zorn richtete sich nun auf den Umhang. Er stieß zuerst mit dem einen, dann mit dem anderen Horn in den Stoff. Blutflecken breiteten sich auf dem Umhang aus. Casperius Aelianus zuckte und schlug hilflos mit den Armen. Das machte den Bullen noch wilder. Marcus schrie und versuchte mit heftigen Armbewegungen, das rasende Tier von seinem blutenden Opfer abzulenken. Ohne nachzudenken, riss er den blutigen Stoff an sich. Casperius Aelianus war sein Feind, aber kein Mensch verdiente es, auf diese Weise das Leben zu verlieren.

Inzwischen hatte Maximus den Schauplatz erreicht, dicht gefolgt von Camillus, Sabinus und der übrigen Jagdgesellschaft. Beim Anblick des jungen Mannes, den sie als Attius Ferox kannten, und der nun stöhnend und übel zugerichtet vor den Vorderhufen des Bullen lag, überkam sie alle das Gefühl eines schrecklichen, unentrinnbaren Unheils. Keiner wagte, sich die Verletzungen des Unglücklichen auch nur vorzustellen.

Vier Jäger verteilten sich um den Bullen und umkreisten ihn mit wurfbereiten Speeren. Maximus sprang vom Pferd. Ungeachtet der Gefahr, in die er sich begab, zog er den jungen Mann an den Füßen außer Reichweite der Hufe und Hörner. Marcus warf den Umhang beiseite und schleppte sich hinkend in Richtung seines Speers. Er hatte das Gefühl, ein Dolch stecke immer noch in der Schulter. Bei jedem Schritt schien jemand die Spitze der Waffe in der Wunde umzudrehen.

Der Statthalter nahm aus den Augenwinkeln eine verschwommene Bewegung auf der anderen Seite des schwankenden Netzes wahr. Er blickte auf und sah, dass sich ein Grauschimmel in vollem Galopp dem Hindernis näherte. Der Reiter saß tief über den gestreckten Hals des Tieres gebeugt und war nicht zu erkennen. In der Hand hielt er einen Speer.

Was hatte der Mann vor? Nur ein geflügeltes Pferd konnte über das Netz hinwegsetzen, und doch galoppierte er darauf zu, als sei es nicht vorhanden.

Als Marcus unwillkürlich ebenfalls in diese Richtung blickte, erfassten ihn gleichzeitig Liebe und Entsetzen. Es war tatsächlich sein Ersatzpferd. Der Reiter war niemand anderes als Auriane. Wann war sie im Lager angekommen?

Sie ahnt nicht, dass sie in ein verbotenes Gebiet eindringt. Die Männer werden ihre Hilfe nicht wollen.

Einen Augenblick, nicht länger als ein oder zwei Herzschläge lang, beobachteten der Statthalter und Marcus fassungslos, wie sich das Pferd dem schwingenden Netz näherte. Auriane zog die Zügel leicht an. Marcus begriff: Sie beobachtete die Bewegungen des Netzes und spürte dem Rhythmus der Auf- und Abbewegungen nach, damit sie den Sprung genau dann wagen würde, wenn das

Netz weit genug erschlaffte und nach unten sank, damit ihr Pferd darüber hinwegsetzen konnte. Durch ihre Zweikämpfe hatte sie ein Gefühl für den richtigen Zeitpunkt entwickelt, das sich mit dem eines Akrobaten messen konnte. Kurz darauf hob das Pferd ab. Der Augenblick schien willkürlich gewählt, doch Marcus wusste es besser. Das Netz sank etwa bis in Höhe der Pferdeschulter herab, und der Grauschimmel stieg wie ein Kranich in die Luft. Frau und Tier waren zu einem einzigen fliegenden Geschöpf geworden. Das Schweben in der Luft dehnte sich wundervoll lange. Der Sprung des Hengstes war wie eine Woge, die sich machtvoll auftürmte, brach und sich dann im Grasmeer verlor.
Als die beiden wieder auftauchten, sah auch Maximus, dass auf dem Pferd eine Frau saß, und dann erkannte er Auriane. Sie ritt mit der unvergleichlichen Anmut einer Halbgöttin. Ihr Speer richtete sich gen Himmel. Sie war ein Raubvogel, der mit ausgebreiteten Schwingen dicht über dem Gras dahinglitt.
Der Auerochse geriet von neuem in Raserei. Mit einem Sprung zur Seite und einem Stoß des langen Horns zerriss er dem Pferd des Sabinus die Kniesehne eines Hinterbeins. Das Pferd bäumte sich auf, und Sabinus fiel vorwärts über den Kopf des Tieres auf die Erde. Er war auf der Stelle tot. Der Auerochse wendete sich nach der anderen Seite, machte schwerfällig zwei Schritte, und die Spitze eines Horns verfing sich in den Lederriemen des Schuhs von Camillus. Er wurde vom Pferd gezerrt und ins Gras geschleudert. In ein paar kurzen Augenblicken hatte die Bestie zwei Jäger aus dem Sattel geworfen.
Marcus biss die Zähne zusammen und stieß seinen Speer so tief in die Schulter des Auerochsen, dass er im Knochen stecken blieb. In einem vergeblichen Versuch, den Bullen festzuhalten, klammerte sich Marcus verzweifelt an das Ende des dünnen Eschenschafts. Doch der Auerochse schüttelte ihn ab. Trotz des Tumults schreiender Männer, des Gestanks von Schweiß und Blut und des nackten Entsetzens, das in Marcus ein lange zurückliegendes Erlebnis auf dem Schlachtfeld wieder lebendig werden ließ, wusste er, dass der Stier den gestürzten Sabinus getötet hatte. Der Tribun Camillus ergriff in panischer Angst die Flucht, als er sah, welches Schicksal

sein Jagdgenosse erlitten hatte. Er rannte wie ein olympischer Läufer und erwartete jeden Augenblick, von den spitzen Hörnern aufgespießt und wie ein Ball in die Luft geworfen zu werden. Der Anblick des rennenden Mannes reizte das massige weiße Tier. Es setzte sich ebenfalls in diese Richtung in Bewegung und erreichte Camillus mit der Unerbittlichkeit einer Lawine. Camillus stürzte vorwärts ins Gras. Die Tierfänger stöhnten entsetzt auf, als der Stier den Tribun mit Hörnern und Hufen bearbeitete. Marcus sank vor Schmerzen auf die Knie und glaubte, das Bewusstsein zu verlieren. Todesschreie von Männern drangen an seine Ohren.

Die meisten der Libyer flohen aus Angst vor dem bösen Geist in Tiergestalt. Der Tag hatte sich in eine Tragödie verwandelt. Alle spürten den stinkenden, erstickenden Atem der Götter der Schlacht.

Der Auerochse hatte sein blutiges Werk vollendet. Als er den Kopf hob, drang aus seinen Nüstern rosaroter Dunst. Er rannte auf Maximus zu. Er würde über ihn hinwegrollen wie Donner. Der Statthalter hatte keine Waffe mehr. Eine Flucht war unmöglich. Maximus erwartete den schrecklichen Tod in Würde.

Auriane schien durch die Luft zu fliegen.

Die Jäger sahen völlig überrascht, wie sie schnell und beinahe beiläufig den Grauschimmel zügelte, der sofort in einen tänzelnden Trab wechselte. Grassoden und Erde wirbelten unter den Hufen ihres Pferdes auf, während sie den Auerochsen in immer enger werdenden Kreisen umrundete. Es war, als binde sie das Tier mit unsichtbaren Seilen. Dabei benahm sie sich in unmittelbarer Nähe des Ungeheuers so sicher und zielstrebig, dass keiner der Zuschauer daran dachte, sich zu fragen, welche Hilfe man von einer Frau erwarten konnte, deren einzige Waffe ein Holzspeer mit einer im Feuer gehärteten Spitze war. Aus ihrem Zopf lösten sich bronzefarbene Haare und wehten im Wind. Während sie den Bullen umkreiste, glich sie einem Luftgeist, der im Nebel schwebte, einem Wesen, das keinem ähnelte, das diese Männer kannten. Sie war eher eine Erscheinung aus alter Zeit, die Atalanta der Mythen oder eine der kriegerischen Jungfrauen, die es im Dunkel der Geschichte immer gegeben hatte.

Und Marcus, der an nichts als die Vorsehung glaubte, Marcus betete. Er flehte die alten Erdgöttinnen, Juno und Diana, die Beschützerinnen der Frauen, an, dass sie verhindern mögen, dass Auriane am Ende zertrampelt und schrecklich zugerichtet im Gras liegen würde.
Die seltsam wissenden und bösartig glitzernden Augen des Bullen richteten sich jetzt auf Auriane. Er schien nur noch sie zu sehen und versuchte, sich im Gleichklang mit ihr zu drehen. Es verwirrte ihn und machte ihn wütend, gleichzeitig aber auch benommen, dass sie ihn so ausdauernd umrundete. Schließlich wurde ihr Kreis ganz eng, und dann brachte sie das Pferd mit der Präzision einer Tänzerin zum Stehen. Der Hengst beschrieb wendig eine halbe Drehung. Auriane hatte die Flanke des Auerochsen vor sich. Der Hengst stieg, sie richtete sich geschmeidig im Sattel auf und warf mit einer kraftvollen Bewegung den Speer. Es war, als gehörten in der Vorstellung der Schicksalsgöttinnen der Speer und das Herz des Tieres bereits zusammen.
Sie traf die richtige Stelle. Der Auerochse blieb bebend stehen. Man hörte einen neuen Laut von ihm, ein unnatürlich schrilles Brüllen. Es war der Protest eines Erdenwesens gegen den Himmel. Er drehte sich um sich selbst, drehte sich wie ein Mühlrad und zertrampelte das Gras.
In seinem Todeskampf unternahm er einen letzten Versuch, sich zu rächen. Er stürmte blindlings auf eine Baumgruppe zu, unter der drei der aristokratischen Jäger auf ihren Pferden saßen. Jeder von ihnen stob in eine andere Richtung davon. Auriane verfolgte den Bullen und galoppierte bald so dicht neben ihm, dass sich Pferd und Auerochse an den Schultern beinahe berührten.
Von dem, was die Tierfänger dann sahen, die in diesem Augenblick wieder furchtsam auf dem Schauplatz erschienen, sollten noch ihre Kinder und Kindeskinder sprechen. Während sich Aurianes verängstigtes Pferd mit weit aufgerissenen Augen gegen die Zügel wehrte, packte sie das struppige Fell des stinkenden Bullen am Widerrist und schwang sich auf den Rücken des Tieres.
Der Auerochse blieb unvermittelt stehen. Er hob den zottigen Kopf, sodass man das Weiß seiner Augen sah, und schnaubte. Den

Zuschauern kam es vor, als sei das der Ausdruck empörter Ungläubigkeit.
Auriane saß auf dem Bullen, aber sie konnte sich unmöglich dort halten, denn der Auerochse wehrte sich mit den letzten Kräften, die ihm noch zu Gebote standen. Sie wirkte klein und verloren, während sie sich an dem breiten höckrigen Rücken des großen Tieres festklammerte. Sie bewegte sich mit seinen Bewegungen, kämpfte nie gegen das wie betrunken schwankende Tier an, das sie von einer Seite zur anderen schleuderte. Auch das sahen die Jäger voll Staunen und Bewunderung, denn nur dort war sie vor seinen Hörnern sicher.
Ein paar der Männer sahen einen Bronzedolch in ihrer Hand aufscheinen, als sie schließlich das zottige Fell packte und sich über eine Schulter so tief nach unten beugte, dass sie die Unterseite des Halses erreichte und zustoßen konnte. Die Vorderbeine des Bullen knickten ein. Die mächtigen Hinterbeine streckten sich und begannen, auf eine Art und Weise zu zittern, die verriet, dass der Auerochse dem Tod nahe war. Der gewaltige Körper erbebte noch einmal in einem letzten Ausbruch von Raserei.
Marcus lief stolpernd und mit schmerzverzerrtem Gesicht auf das sterbende Tier zu. Er fürchtete, Auriane könnte zerquetscht werden, wenn es zu Boden ging. Doch noch während der Auerochse schwankte, sprang Auriane in einem weiten Bogen von seinem Rücken und landete mit den Füßen voran im hohen Gras. Das gewaltige Tier brach zusammen und stürzte wie eine geborstene Säule zu Boden. Es rollte von einer Seite auf die andere, zuckte noch einmal und lag dann so still wie die Trümmer einer weißen, blutbefleckten Ruine. Die Flanken bewegten sich wie ein Blasebalg, doch die Bewegung wurde schwächer und schwächer, während die Erde das heiße Blut aufsaugte.
Atemlose Stille herrschte, wie man sie vielleicht nach einem heftigen Sturm erlebt, der ein Dorf verwüstet hat. Die Sonne brannte immer noch vom westlichen Himmel, doch direkt über ihnen ballten sich dicke Gewitterwolken und verbreiteten eine bedrückende Düsternis, als breite Wotan ein großes schwarzes Leichentuch über die Wiese.

Überall lagen Verletzte und Tote. Der Sklave war ebenso tot wie Sabinus und zwei der Treiber, die der Auerochse schon vorher niedergetrampelt hatte. Der als Attius Ferrox bekannte junge Mann war dem Tode näher als dem Leben. Camillus hatte schreckliche Verletzungen, doch der herbeigeeilte Arzt glaubte, er könne überleben. Auf der großen Wiese lagen vier tote Pferde.

In der nun folgenden, eigenartigen Stille trat Auriane neben den toten Bullen und sprach leise Worte, um den Geist des Tieres zu besänftigen.

Jetzt erst brachen die libyschen Sklaven in einen lärmenden Jubel aus und stießen erleichtert in die Jagdhörner. Die Jagd war zu Ende.

»Sie hat mit den Pfeilen der Sonne die dunkle Macht der Bestie besiegt!«, hörte Auriane einen der Männer rufen.

Andere eilten herbei und tanzten lachend um den toten Auerochsen. Ein paar Männer zogen Messer hervor und begannen mit geübten Bewegungen, das erlegte Tier zu häuten.

Auriane wurde es unbehaglich zumute, als sie plötzlich feststellte, dass sich die Aufmerksamkeit aller auf sie richtete, denn sie wusste sehr wohl, welche unterschiedlichen Gefühle ihr Eingreifen hervorgerufen hatte. Sie war in eine fremde Welt eingedrungen und hatte dabei so manchen feinen Faden eines unsichtbaren Netzes fest gefügter Vorurteile zerrissen.

Bei den libyschen Tierfängern sah sie nur unverhülltes Staunen und Freude. Auch die kleine Gruppe chattischer Jäger strahlte. Die Augen der Männer leuchteten vor Stolz. Auriane nickte ihnen glücklich zu. Nach zwei Tagen der Hilflosigkeit gab ihr die Anerkennung aus den Reihen ihres Volkes neue Kraft. Sie hatte in ihnen wieder Vertrauen geweckt. Auriane glaubte, das würde vielleicht auch Avenahar Kraft schenken und ihr Glück bringen. Würde sie mit der Gunst der Götter auch ihrer Tochter das Leben retten? Bei den römischen Jägern bemerkte sie eine vorsichtige Erleichterung, die durch die bittere Enttäuschung einen sauren Beigeschmack erhielt. Bei einigen sah sie so große Scham, dass sie verlegen ihrem Blick auswichen. Das Gesicht eines Mannes verriet sogar unverhüllten Hass.

Dann richtete sich ihr Blick auf Marcus, und sie vergaß alles andere.
Er kam humpelnd zu ihr. Seine Ängste und Sorgen fielen von ihm ab. Zurück blieb glückliche Erleichterung, eine trunkene Liebe für die Vorsehung und Stolz auf Auriane, die ihm gehörte. Als Einziger unter seinen Landsleuten hätte er ihr ohne jede Vorbehalte den Siegeslorbeer überreicht.
Doch als sie sah, wie blass er war, und dass seine Tunika so rot gefärbt war, als trage er ein Gewand aus Blut, stieg eine panische Angst in ihr auf. »Marcus, er hat dich verletzt! Dreh dich um, lass mich sehen!«
»Es war nicht der Auerochse«, flüsterte Marcus, »sondern der Mann dort auf der Bahre. Casperius Aelianus. Ja, das ist er! Sieh nicht hin. Meinetwegen musst du dir keine Sorgen machen, er hat sein Ziel verfehlt. Und so wie er aussieht, wird er keine Gelegenheit mehr haben, es noch einmal zu versuchen. Aber sprich jetzt nicht darüber.«
»Aber wie hat er …?«
»Nicht jetzt.«
Der Statthalter rief mit lauter Stimme nach weiteren Bahren und Verbandszeug. Einer der Aristokraten ließ seine Verbitterung an den libyschen Tierfängern aus. Er drohte mit zornigem Gesicht, er werde sie alle zu Tode peitschen lassen, weil sie den Jägern zu langsam zu Hilfe gekommen seien. Ein paar der Männer fielen vor ihm auf die Knie und flehten um ihr Leben.
Auriane und Marcus umarmten sich voll Staunen und Ehrfurcht. Auriane empfand es als einen heiligen Augenblick, der nur ihnen gehörte und Balsam war gegen die Gleichgültigkeit der Welt.
»Wie kommt es, dass du hier bist?«, fragte Marcus schließlich leise. Er strich ihr über den aufgelösten Zopf und ordnete behutsam die einzelnen Strähnen. Verlegen stellte er fest, dass er mit den Tränen kämpfte.
»Avenahar ist verschwunden. Ich musste dich so schnell wie möglich finden, damit …«
»Verschwunden?« Er ließ sie erschrocken los.
»Sie ist davongelaufen. Sie ist nach der Einweihung geflohen.«

»Aber sie kann doch sicher nicht weit gekommen sein.«
»Ich habe zwei ganze Tage nach ihr gesucht. Vor ihrem Verschwinden war sie so zornig, wie ich sie noch nie erlebt habe.«
»Welch ein Wahnsinn. Das Übel kommt von allen Seiten. War es ... nachdem sie erfahren hatte, dass Decius ihr Vater ist?«
»Ja.« Auriane wandte den Blick ab. Sie kämpfte gegen die aufsteigende Verzweiflung. Die Kehle war ihr wie zugeschnürt. »Meine kleine Wölfin ist allein da draußen in der Wildnis. Ich weiß nicht, ob sie noch lebt.«
»*Domina,* die Hufe und die Hörner gehören dir!«, unterbrach sie ein dunkelhäutiger Tierfänger mit goldenen Ohrringen. Es war der Anführer der libyschen Sklaven.
Auriane dankte ihm mit einem benommenen Nicken.
»*Domina,* du hast uns alle zu Narren gemacht!«, sagte Maximus, der sie eingeholt hatte. In seiner Stimme mischten sich Spott und Lob auf eine Weise, die Auriane verwirrte. Sie wandte sich ihm zu und sah, das er es mit einem dankbaren Lächeln gesagt hatte, so als mache er ihr ein kleines Geschenk.
»Ich muss alles über die Abstammung dieses Pferdes wissen!«, rief einer der römischen Jäger, der im Trab an ihnen vorbeiritt. Er wies dabei auf Aurianes Pferd, das von einem Stallburschen zu den Zelten geführt wurde. »Es springt wie ein Hase und fliegt wie ein Falke.« Auriane verstand, was er damit sagen wollte. Er brachte es nicht über sich anzuerkennen, dass diese kühne Frau größeres Geschick bei der Jagd bewiesen hatte als sie alle zusammen. Deshalb tat er so, als gebühre die Ehre dem Pferd.
Auriane stützte Marcus, und gemeinsam mit Maximus gingen sie langsam zum Lager zurück. Als Camillus auf einer geflochtenen Bahre an ihnen vorbeigetragen wurde, hob er eine blutige Hand und befahl den Sklaven anzuhalten. Er lag auf dem Bauch, hob mühsam den Kopf und fragte den Statthalter mit schmerzverzerrtem Gesicht: »Wer hat den Bullen erlegt?«
Maximus wies stumm auf Auriane. Camillus drehte den Kopf zur Seite und blickte auf die auffallend große Frau, die dicht neben Marcus Julianus stand. Ihr Gesicht war vor Anstrengung leicht gerötet. Sie musterte ihn mit ernsten grauen Augen. Woher war

sie gekommen, diese hübsche Germanin in ihrer blutigen Ledertunika, den langen, wirren und mit Schlamm bespritzten Haaren und dem Ausdruck ruhiger Kraft? Er kam zu dem Schluss, der Statthalter müsse ihn falsch verstanden haben.
»Nein, ich meine, wer von unserer Gruppe hat dem Auerochsen den Todesstoß versetzt? Wer gewinnt die Wette?«
»Niemand gewinnt«, erwiderte Maximus geduldig. »Denn auf sie hat niemand gesetzt. Diese Diana, die du vor dir siehst, ist unsere siegreiche Jägerin. Sie hat den Auerochsen erlegt«, erklärte Maximus. »Sie hat ihn mit einem germanischen Speer getötet.«
Camillus verzog das Gesicht zu einer Grimasse. »Das ist ein schlechter Scherz, Herr. Das ist unmöglich.«
Auriane spürte, wie der Zorn in ihr aufstieg, aber sie schwieg. Marcus drückte ihre Hand, doch sie wusste nicht genau, ob er damit seine Verbundenheit mit ihr bekräftigen oder sie davon abhalten wollte, Camillus an die Kehle zu fahren.
»Es ist die Wahrheit, Camillus, bei allen Göttern!«, erwiderte der Statthalter ruhig.
Der Tribun starrte zuerst Maximus an und danach Marcus, als hätten sich die beiden einen schlechten Scherz erlaubt. Dann schien er unvermittelt jedes Interesse an der Sache zu verlieren.
»Der Auerochse ist also entkommen«, murmelte Camillus schließlich. »Niemand hat ihn erlegt.«
Camillus wurde davongetragen. Auriane rief ihm zornig hinterher: »Nimm dich in Acht vor *niemand*, Herr, denn *niemand* hat dich geboren, und *niemand* wird deine unbedeutende Leiche aufbahren.«
»Auriane«, sagte Marcus beschwichtigend und sah sie bittend an.
»Haben die Götter das wirklich zugelassen?«, sagte einer der Römer, der hinter ihnen ging, zu einem anderen. »Hat uns die chattische Amazone wirklich den Auerochsen gestohlen?«
Dieser Schlag ins Gesicht überraschte Auriane so sehr, dass sie nicht darauf reagieren konnte. Doch Marcus drehte sich langsam nach dem Mann um. Auriane sah erschrocken, dass die Wunde durch die Bewegung wieder stärker blutete.
»Wenn sie so nichtswürdig und schlecht wäre wie du, hätte sie

zugelassen, dass dich der Bulle auf die Hörner nimmt!«, sagte Marcus. »Ich wollte, sie hätte es getan. Dann gäbe es einen eitlen, aufgeblasenen Pfau weniger auf der Welt!«

Maximus brach in lautes Lachen aus. »Das traurige Schauspiel heute hat sich doch gelohnt, denn endlich erlebe ich, dass auch du wütend werden kannst, Marcus!«

Der Statthalter wandte sich Auriane zu. »*Domina* Aurinia, du warst uns mehr als eine große Hilfe.«

Auriane sah ihn erstaunt an. Es war eine Sache zu hören, dass Sklaven sie »*Domina*« nannten. Ein Mann wie Maximus würde diese Anrede nur bei der rechtmäßigen Ehefrau von Marcus benutzen. Sie wusste, es war die höchste Anerkennung, die Maximus ihr schenken konnte.

»Du hast uns heute einen großen Dienst erwiesen. Du machst deinem Volk Ehre, das diese mächtigen Tiere versteht, so wie wir sie nicht verstehen. Du hast mir das Leben gerettet und auch ihnen«, sagte er und wies auf die beiden Männer, die Marcus gerade zurechtgewiesen hatte. »Obwohl sie nicht großmütig genug sind, das zuzugeben. Als Sohn eines ruhmreichen Vaters ist es meine Pflicht, dir ebenfalls einen großen Dienst zu erweisen. Das ist auch mein aufrichtiger Wunsch. Ich weiß nicht, was ich dir schenken könnte, das ein so freigiebiger Ehemann wie Marcus dir nicht geben kann. Aber denke darüber nach, Aurinia. Du musst es mir nicht heute sagen.«

Die hochtrabende Huldigung war Auriane unangenehm. Aber sie nahm sich zusammen und erwiderte: »Ich kann es dir sofort sagen.«

Marcus runzelte die Stirn. Er hoffte, Auriane werde nicht um etwas bitten, das Maximus ihr nicht geben konnte.

»Ich wünsche mir drei Dinge«, sagte sie und sah den Statthalter ernst und gleichzeitig freundlich an. Der Wind blies ihr lange, kastanienfarbene Haarsträhnen ins Gesicht.

Der Statthalter lächelte aufmunternd.

»Sei gnädig mit den Sklaven, die dich heute im Stich gelassen haben«, sagte sie. »Ich möchte nicht, dass noch mehr Blut fließt.«

Maximus überlegte, fand den Wunsch vernünftig und nickte.

»Gib Hufe und Hörner dem Camillus zur Erinnerung daran, dass ich getan habe, wozu er nicht in der Lage war.« Die beiden Männer lachten.
»Und …«, fuhr sie fort, »ich hätte gern einen Trupp Männer, Legionäre und Reiter, die besten der Festung, damit ich an ihrer Spitze …«
Marcus zuckte zusammen. Es war zu früh nach dieser schrecklichen Jagd, um des Statthalters Sinn für Humor auf die Probe zu stellen.
»… die Suche nach meiner Tochter aufnehmen kann. Sie ist davongelaufen. Ich muss sie finden, bevor ihr im Wald etwas zustößt.«
»Betrachte die ersten beiden Wünsche als erfüllt, Aurinia«, sagte Maximus huldvoll. Dabei blitzten seine Augen belustigt und nahmen seinem Benehmen die Förmlichkeit. »Aber können wir über den dritten Wunsch vielleicht bei einem guten Mahl sprechen, bevor ich dir das römische Heer überlasse?«

Achtzehntes Kapitel

Die Festung Mogontiacum

Marcus bestand am Tag nach der Rückkehr in die Festung darauf, den sterbenden Aelianus selbst zu befragen. Es sollten keine Sekretäre anwesend sein, um das Gespräch zu protokollieren.
Maximus wandte zweifelnd ein: »Der Mann hat aus Hass zweimal versucht, dich umzubringen. Wie kannst du hoffen, überhaupt etwas von ihm zu erfahren?«
Das Lazarett der Festung war ein Gebäude aus Holz und Stein, das mitten in einem riesigen rechteckigen Hof lag. Ein Sklave führte ihn durch den Trakt, in dem Unfälle aufgenommen wurden. Im Lazarett herrschte eine bedrückende Stille. Die weißen Marmorplatten glänzten rot im Schein der vier großen, aus Ziegelsteinen gemauerten Feuerstellen, in denen die Ärzte ihre Instrumente ausglühten. Dahinter befand sich ein zum Himmel offener Operationsraum, der im Augenblick nicht benutzt wurde. Sie kamen an Räumen vorbei, in denen Sklaven aus Tierfetten, Bleisalzen und Harzen Salben zubereiteten. Das einzige Geräusch war ein leises schnelles Trommeln, das von Helfern kam, die in einer Reihe an Steintischen saßen und Kräuter zerstampften. Als sie den langen Gang erreichten, der an den Verwaltungsräumen und Vorratskammern vorüberführte, herrschte wieder völlige Stille.
Das große Lazarett hatte sechzig Stationen, die jeweils aus zwei Krankenzimmern und einer Latrine bestanden. Sie lagen alle an dem langen, umlaufenden Korridor. Dicke Holzwände zwischen dem Gang und den Zimmern dämpften das Stöhnen und die Schmerzensschreie der Kranken.

Die römischen Militärärzte hatten schon vor langer Zeit festgestellt, dass Ruhe für den Heilungsprozess sehr wichtig war und dass sich Krankheiten nicht so schnell ausbreiteten, wenn die Patienten in kleineren, voneinander getrennten Zimmern lagen.
Der Rauch brennender Kräuter, der die Luft reinigte, trieb Marcus Tränen in die Augen. Die Luft war warm und auf eine angenehme Weise beinahe schwül. Es roch nach Myrrhe, aber darunter lag dumpf ein schwacher, süßlicher Geruch von Blut und Krankheit.
Man hatte Casperius Aelianus in den Bereich gebracht, der Offizieren vorbehalten war. Sein Zimmer war etwa doppelt so groß wie das der gemeinen Soldaten. Malereien in eingebrannten roten, gelben und blauen Farben schmückten die Wände. Der Raum war leer bis auf das Bett mit dem Kranken und eine Bank für den behandelnden Arzt. In der Luft hing der Geruch von Mitteln, mit denen die Wunden versorgt wurden: Essig, Kiefernharz, Zimtöl und Kassiaöl.
Casperius Aelianus lag totenblass auf dem Rücken. Seine halb geöffneten Augen wollten nichts mehr von der Welt. Sie erinnerten Marcus an trübe Pfützen in einem schlammigen Graben. Die geöffneten bläulichen Lippen waren trocken und aufgesprungen. Der Atem ging flach und unregelmäßig.
»Ich habe ihn gut zusammengenäht, sogar die gerissenen Muskeln«, erklärte der Arztgehilfe, ein junger Grieche, unaufgefordert. »Aber das Blut zirkuliert nicht mehr. Er hat eine Art Perforation, die in einem Tag und einer Nacht zum Tode führt.«
Marcus verstand genug von Medizin, um zu wissen, dass entweder der Magen oder der Dickdarm durchlöchert war.
»Er hat Schmerzen«, sagte Marcus zu dem Griechen, der bereits zur Tür ging. »Hilft ihm vielleicht dieses Mittel?« Er wies auf einen bauchigen Behälter aus dickem grünen Glas, der auf dem Fußboden neben dem Bett stand. »Gib ihm etwas davon.«
»Wenn ich ihm noch mehr gebe, dann bekommst du von ihm bestimmt keine Antworten«, erwiderte der junge Gehilfe. »Es ist eine Mischung aus Bilsenkraut und Mohn.« Er lächelte unverbindlich. »Hyoscamus«, er benutzte den medizinischen Namen für Bilsenkraut, »ist dafür bekannt, dass es den Menschen vergessen lässt.«

»Gib es ihm trotzdem«, befahl Marcus. Der Sterbende beunruhigte und erschreckte ihn so sehr, dass er sein übliches diplomatisches Verhalten vergaß. Außerdem verursachten ihm die eigenen Wunden, die frisch verbunden worden waren, heftige Schmerzen.
Der Arztgehilfe drehte den Kopf des jungen Mannes zur Seite, damit er besser schlucken konnte, und flößte ihm mit dem Löffel etwas von dem Mittel ein. Als dies geschehen war, schickte ihn Marcus mit einer Handbewegung aus dem Zimmer und setzte sich neben den Sterbenden.
»Ich bin Marcus Arrius Julianus.«
Die trüben Augen öffneten sich ein wenig. Der Körper des jungen Mannes spannte sich. Es gelang ihm irgendwie, den Kopf zu heben. Dann spuckte er das Mittel aus, das ihm der Arzthelfer eingeflößt hatte. Das meiste wäre auf der Tunika von Marcus gelandet, wenn er sich nicht geistesgegenwärtig zur Seite gedreht hätte.
»Das war ein Schmerzmittel, kein Gift«, sagte Marcus. »Warum sollte ich deinen Tod noch beschleunigen? Welchen Sinn hätte das?«
Der junge Mann gab keine Antwort.
»Ich komme, weil ich sehr neugierig auf dich bin.«
»Ich sage dir nichts ...«, flüsterte Casperius Aelianus tonlos und schloss die Augen. Die Worte kamen aus seinem Mund wie übel riechender Rauch. »Mörder ... du Mörder meines Herrn.«
»Ich bin nicht dein Feind. Übrigens war ich auch nicht *sein* Feind«, erwiderte Marcus. Er meinte damit den ermordeten Kaiser Domitian, den dieser Mann so verehrte. »Nein, ich war nicht wirklich sein Feind. Ich muss die Wahrheit wissen, und ich bin bereit, im Austausch dafür großzügig zu sein.«
Aelianus drehte den Kopf zur Wand.
Marcus ließ sich nicht entmutigen. »Du bist einfallsreich und sehr mutig. Meine Agenten konnten dir nicht auf den Fersen bleiben. Wie schade, einen Mann wie dich hätte ich in meinen Diensten gebrauchen können.« Nach einer kurzen Pause fuhr er leise, aber mit Nachdruck fort. »Du bist der Mann, der meinen Wagen in Brand gesetzt hat.«
Es vergingen lange Augenblicke, in denen Marcus spürte, dass der

junge Mann mit sich kämpfte. Sollte er mit seinem Feind reden und sich zu der Tat bekennen, bevor er starb? Oder sollte er bis zum Ende stolz und unnachgiebig bleiben und in würdigem Schweigen sterben?

Marcus ließ ihm Zeit und betrachtete das beinahe Furcht einflößende Wandgemälde der Hygeia. Die Göttin der Gesundheit hatte große Augen und einen starren Blick. Ihr Körper war rührend unbeholfen dargestellt. Sie hatte Arme, die so leblos wirkten wie zwei Stöcke. Vermutlich hatte der Baumeister einheimische Handwerker beschäftigt, die Kopien von Werken …

»Vielleicht bin ich dieser Mann.« Es klang trotzig.

»Du hast dem Statthalter einen falschen Namen genannt und deine Vergangenheit gefälscht.«

»Das … war … notwendig.« Jedes Wort schien den Sterbenden große Anstrengung zu kosten.

»Du bist Casperius Aelianus der Jüngere, der Sohn des Präfekten der Prätorianergarde, der Domitian treu geblieben war.«

»Ich habe die große Ehre … sein Sohn zu sein. Nur mein Vater … hat verstanden, welche wahre Bedeutung der heilige Treueschwur besitzt …«

»Ich bezweifle, dass Treue an sich, losgelöst von der Wirklichkeit des Menschen oder der Sache, der man treu ist, eine so gute Eigenschaft ist.«

»Domitian, der erhabene Kaiser, hat für Recht und Ordnung gesorgt. Er liebte uns … er kannte uns …«

»Er war ein Ungeheuer! Aber es führt zu nichts, sich jetzt über seinen wahren Charakter zu unterhalten …«

»Er hat uns Geschenke gemacht, und wir haben Zuwendungen von ihm bekommen …«

»Er hat die Prätorianer und das Heer mit Geschenken und Zuwendungen überhäuft.«

»… und wenn er grausam war, dann haben ihn Männer wie du dazu gezwungen, weil sie seine göttliche Autorität mit verdrehtem Philosophengeschwätz herabwürdigten. Du glaubst an nichts … du hasst, was die Götter lieben. Er war gut … er hat den Familien seiner Männer in schweren Zeiten geholfen …«

»Er hat nur denen geholfen, die ein Schwert in der Hand trugen, Aelianus. Die anderen sind durch das Schwert umgekommen oder durch die wilden Hunde in der Arena.«
»Du Schlange, deine Worte sind Gift! Deinetwegen bin ich im Colosseum wie ein Tier zur Schau gestellt worden. Deinetwegen habe ich keine Freunde. Deinetwegen hat man mich auf einem Schiff auf das offene Meer geschleppt, damit ich ertrinken würde. Julianus … ich habe den Schiffbruch nur deshalb überlebt, weil ich an deinem Grab stehen wollte.« Der junge Mann rang nach Luft und schloss die Augen. Als er schließlich wieder sprach, schien er sich an jemanden zu wenden, den nur er sah. »Ich habe versagt … was der Sturm nicht geschafft hat, ist einem weißen Auerochsen gelungen …«
»Ich muss dir in einem Punkt widersprechen, Aelianus. Du hast offenbar Freunde, reiche und mächtige Freunde. Jemand hat dich aus dem Süden in den Norden gebracht, hat dir teure Kleider geschenkt und dir eine gute Stellung verschafft. Jemand wollte, dass du mit deinen Anschlägen auf mein Leben Erfolg hast. Ich weiß, du siehst keinen Grund, mir diese Dinge zu verraten. Aber es gibt etwas, das ich einem Sterbenden bieten kann. Ich kann jene großzügig unterstützen, die du zurücklässt. Bitte mich um Hilfe für einen Familienangehörigen oder für einen Freigelassenen oder einen Freund. Es ist mir gleichgültig, was es kostet. Ich möchte von dir nur wissen, wer dich bezahlt hat. Wer hat dir die Stellung hier in Mogontiacum verschafft?«
Aelianus musste husten. Hellrotes Blut färbte die blauen Lippen. Sein Kopf sank kraftlos zur Seite. Marcus beugte sich vor, um ihn zu verstehen, als er flüsterte: »Auf dich kann man sich nicht verlassen. Und ich bin bald tot. Warum sollte ich glauben, du würdest mir eine Bitte erfüllen?«
Marcus spürte, wie der Zorn in ihm aufstieg, doch er unterdrückte ihn.
»Mein Wort hat vier Kaisern genügt, Aelianus … es wird auch dir genügen müssen. Und ich habe nicht gehört, dass dir noch jemand ein solches Angebot gemacht hätte«
Der Gesichtsausdruck des jungen Mannes veränderte sich ein we-

nig und wurde weicher, so wie eine Spiegelung im leicht bewegten Wasser. Der Schleier, den der Schmerz über seine Augen legte, schien sich aufzulösen. »Es war wirklich ein Schmerzmittel«, murmelte er verwundert. Offenbar hatte er nicht alles ausgespuckt.

»Natürlich. Das habe ich dir doch gesagt.«

Aelianus schwieg. Es widerstrebte ihm immer noch, von persönlichen Dingen zu sprechen, die ihm nahe gingen. Doch das starke Mittel ließ seinen Zorn etwas in den Hintergrund treten, während es gleichzeitig sein Verlangen zu reden weckte. »Ich habe einen Sohn«, brach es plötzlich aus ihm heraus. »Er wurde erst vor kurzem geboren ... von einer Freigelassenen. Mutter und Kind ... sind mittellos. Ich habe ihr regelmäßig Geld geschickt. Eine Familie habe ich nicht mehr. Dafür hast du gesorgt. Mein Sohn und die Freigelassene ... wenn ich nicht mehr da bin ... sie sind Bettler und auf die Hilfe anderer angewiesen. Ich werde einen Mörder wie dich nicht bitten, ihnen auch nur eine Sesterze zu schicken ... aber wenn du dafür sorgen kannst, dass sie von meinem Tod erfahren ... ich habe auch ein paar Kleider und Sklaven und Pferdegeschirr, die für sie zu Geld gemacht werden könnten ...«

Als Marcus das hörte, kämpfte er gegen seinen alten Feind – die lähmende Reue.

Feind oder nicht Feind, der Mann ist mein Opfer, denn ich habe den Tod Domitians geplant und den Weg für einen neuen Herrscher freigemacht. Damit habe ich die Ereignisse in Gang gesetzt, die sein Schicksal besiegelt haben ...

Marcus schwieg eine Weile und stellte im Kopf ein paar Berechnungen an. »Sag mir, wo sie leben. Ich werde einen Mann zur Bank in Lugdunum schicken. Dort werden Mutter und Sohn sechzehn Millionen vorfinden, eine Million für jedes Jahr, bis der Junge sechzehn ist.«

»Du hältst mich wohl für einen Dummkopf. Kein Mensch tut so etwas für einen Feind.«

»Vielleicht mache ich es um der Gerechtigkeit willen. Feind hin, Feind her, du bist in eine Kette von Ereignissen verstrickt worden, die ich in Gang gesetzt habe. Ich weiß nicht, womit ich dich überzeugen kann, außer mit dem, was ich bereits gesagt habe. Aber du sollst wissen, dass ich das Gleiche für die Familien meiner Mitverschwörer getan habe, die sehr leiden mussten, weil sie meinen Auftrag ausgeführt hatten.«

Aelianus schwieg lange. Es war ein hartnäckiges Schweigen, ein undurchdringlicher Schutzschild.

»Also gut, dann möchte ich keinen deiner letzten Augenblicke mehr in Anspruch nehmen.« Marcus hob eine Wolldecke auf, die zu Boden gefallen war, und legte sie über die Füße des jungen Mannes. Er drehte sich um und wollte gehen.

»Warte«, flüsterte Aelianus. »Wie war die Frage noch?«

Marcus setzte sich wieder auf die Bank. »Wer hat dir die Reise von Lugdunum hierher bezahlt? Wer hat dir die Stellung in Mogontiacum verschafft?«

»Angeblich gab es da eine Erbschaft … von einem Freigelassenen meines Vaters. Er erhielt seine Freiheit vor vielen Jahren, als ich noch ein kleines Kind war. Ich sollte hierher kommen, um sie abzuholen. Das war eigenartig … ich hatte in all den Jahren keine Verbindung zu dem Mann gehabt. Man hätte denken sollen, dass er mich nach dem Schiffbruch für tot hielt. Er konnte unmöglich wissen, wo er mich finden würde. Aber ich brauchte das Geld dringend. Deshalb habe ich die Erbschaft angenommen.«

»Und die Stellung? Maximus sagt, jemand aus dem Stab des Statthalters in Lugdunum hat ihm ein Empfehlungsschreiben geschickt. Aber nach meinen Quellen gibt es den Mann nicht, der sich für dich eingesetzt hat. Du hast einflussreiche Freunde, Aelianus. Wie und wo bist du zu ihnen gekommen?«

»Vielleicht war unser ermordeter Herr beliebter, als du weißt.«

»Genug davon! Jeder, der in diese Sache verwickelt sein könnte, hält Domitian inzwischen für einen kahlköpfigen Nero. Man hat dir die ›Erbschaft‹ nicht wegen deiner politischen Ansichten angeboten, die du vielleicht mit einem Dutzend anderer auf der Welt teilst. Keiner dieser Leute ist in einer einflussreichen Stellung. Du wirst wegen der Mittel unterstützt, die du gewählt hast, um dein Ziel zu erreichen. Deine Gönner lachen über deine Ansichten, aber sie finden deine Methoden gut. Ich frage dich, wie bist du zu den

Pferden, den wertvollen thrakischen Braunen, gekommen? Und wie zu dem Wagen? Von wem stammen sie?«

»Ich habe sie unterwegs an einer Poststation beim Würfeln gewonnen. Ich glaube, es war in der Taverne Bacchus in Dumnissus.«

»Ist dir das nicht merkwürdig vorgekommen?«

»In der Taverne ist das Würfelspiel mehr als nur ein Zeitvertreib. Es sind sehr gute Tiere, aber sie fressen viel. Meine eigenen Pferde waren im letzten *Mansio* gestohlen worden. Ich hatte Glück ... du suchst nach etwas, das es nicht gibt. Ich habe deine Fragen beantwortet. Bekommt mein Sohn das Geld?«

»Dir werden die Pferde gestohlen, während du unterwegs bist, um mich zu ermorden. Und beinahe sofort bekommst du zwei andere Pferde. Schwer zu glauben, dass dich das nicht gewundert haben soll. Hast du sie vom Wirt der Taverne gewonnen?«

»Nein, vom Präfekten der Poststation.«

»Der kaiserlichen Post? Nicht der lokalen Station?«

»Ja.« Er schlug die Augen auf. »Ich sage dir zu viel. Du betrügst mich, und ich werde nichts dafür bekommen.«

»Soll ich auf der Stelle einen Notar rufen lassen, der einen Schuldschein über sechzehn Millionen ausstellt?«

Die Augen fielen wieder zu. Das Gesicht wurde aschgrau. Sein Geist schien davonzufliegen, wie um festzustellen, ob er bereit sei, die sterbliche Hülle endgültig zu verlassen. Als Aelianus das Bewusstsein wiedererlangte, starrte er Marcus an, als habe er vergessen, wer dieser Mann war, der sich über ihn beugte. Er sprach abgehackt und mit viel Mühe, aber ohne die vorige Zurückhaltung.

»An der ganzen Sache war vieles sehr merkwürdig ... die Männer mit den Kapuzen, die zu mir kommen und so viel wissen ... und ich weiß nicht einmal, wie sie heißen. Deshalb kann ich dir auch keine Namen nennen ...«

»Männer mit Kapuzen?« Marcus lief ein Schauer über den Rücken.

»Sprechen wir weiter über die Pferde ...«

»Ja ... ich habe sie früh am Abend gewonnen, und seltsamerweise hatte der Präfekt der Station danach kein Interesse mehr daran, weiterzuspielen. Man hätte glauben sollen, er würde sie unbedingt zurückgewinnen wollen. Am nächsten Morgen bin ich dann wie verabredet zu seiner Station gegangen. Er sagte nur, er müsse mir die Besitzpapiere geben. Einmal hat seine Frau wütend nach ihm gerufen, und er verließ den Raum. Während seiner Abwesenheit habe ich etwas gesehen ... meinen Namen auf einem Dokument ... ich meine ... meinen richtigen Namen. Das hat mich stutzig gemacht.«

Marcus wartete gespannt. Er hatte das Gefühl, der Wahrheit sehr nahe zu sein.

»Aber es war nicht hell genug. Ich konnte nur eine Unterschrift lesen, bevor er zurückkam. ›Nabis‹ stand dort in einer klaren einfachen Handschrift. Der Name sah beinahe so aus, als sei er von einem Kind geschrieben.«

Marcus sagte nichts, obwohl er das Gefühl hatte, vom Blitz getroffen zu sein. Es gelang ihm nur mühsam, seine Stimme ausdruckslos klingen zu lassen, als er fragte: »Und du bist ganz sicher?«

»Ja ... ›Nabis‹ ... stand dort groß und schwungvoll geschrieben. Ja, ich bin sicher.«

Dieser Name hätte jemandem, der mit dem Räderwerk der Regierung nicht vertraut war, wenig bedeutet. Marcus dagegen wusste sehr wohl, wer das Dokument unterzeichnet hatte. Nabis war der neue Sekretär des Centurio der kaiserlichen Kuriere. Bei diesen Boten handelte es sich um besonders ausgebildete Legionäre, die in der Castra Peregrina in Rom stationiert waren und für die Beförderung wichtiger Nachrichten zwischen den Statthaltern der Provinzen und dem Capitol eingesetzt wurden. Nach außen wurde der Anschein erweckt, als würden sich ihre Pflichten auf die Beschaffung von Getreide für das Heer beschränken. In Wahrheit bildeten sie jedoch die geheime Sicherheitstruppe des Kaisers. Marcus hatte Dokumente mit der Unterschrift des Sekretärs gesehen. Seine Schrift war klar, und die Buchstaben schienen in der Tat wie von der Hand eines Kindes geschrieben zu sein. Die Kuriere unterstanden alle dem direkten Befehl von Livianus, dem Präfekten der Prätorianergarde.

Die Kuriere und Livianus hätten ohne die Zustimmung des Kaisers nichts gegen Marcus unternehmen können.
Casperius Aelianus war der Pfeil in einem Bogen, den der Kaiser selbst abgeschossen hatte.
Bei Tageslicht betrachtet, erschien das unmöglich. Aber dieser Mordplan war sicherlich im Dunkeln ausgeheckt worden.
Wer oder was hat Trajan dazu gebracht, mir so zu misstrauen, dass er meinen Tod will?
Marcus stand auf. »Die Summe wird bezahlt werden, Aelianus, ob du mir glaubst oder nicht. Gib mir die Namen von Mutter und Kind sowie den der Stadt und des Distrikts.«
Nachdem Marcus die Angaben auf einer Wachstafel notiert hatte, fragte der junge Mann: »Warum verachtest du mich nicht, Julianus?«
Marcus dachte nach, bevor er erwiderte: »Wenn sich ein Mann von Hassgefühlen leiten lässt, hört er auf, den Gegenstand seines Hasses zu sehen. Ich habe mein Leben lang eine erklärte Abneigung gegen alle klaren, eindeutigen Gefühle gehabt. Sie erscheinen mir immer zu vereinfachend. Das Leben besteht nur noch aus dieser einzigen Sache. Wir erkennen die wunderbare Vielfalt der Schöpfung nicht mehr. Das ist alles. Stirb in Frieden, Aelianus.«
Wenige Augenblicke später verließ der Geist endgültig den geschundenen Körper von Casperius Aelianus.
Marcus blieb allein mit dem Wissen zurück, dass Kaiser Trajan, der mächtigste Mann der bekannten Welt, seinen Tod plante.

Neunzehntes Kapitel

Die Festung Mogontiacum

Auriane stand in der offenen Tür des prunkvollen Schlafgemachs im Gästeflügel der herrschaftlichen Residenz des Statthalters. Die groß angelegte Suche nach Avenahar, die Maximus angeordnet hatte, dauerte nun schon den zweiten Tag. Offenbar hatte kein Bewohner eines chattischen Dorfes in einem fünf Meilen breiten Streifen entlang der römischen Grenze Aurianes Tochter gesehen oder auch nur gerüchteweise etwas über sie gehört. Avenahar schien wie vom Erdboden verschwunden zu sein.
Auriane blickte über den Gartenhof mit seinen geometrischen, ordentlich geschnittenen Buchsbaumhecken. In einem grünlich schimmernden Wasserbecken spiegelte sich die lebensgroße Bronzestatue eines schönen, jungen schlafenden Fauns. Im Schatten, wo die sorgsam gepflegten Rosen von Maximus wuchsen, leuchteten die vielen Blüten wie rote Flecken. Irgendwo jenseits des Gartenhofs schlugen die regelmäßigen Hammerschläge eines Waffenschmieds den langsamen Rhythmus für die vergehenden Augenblicke. Das erinnerte Auriane daran, dass der umsorgte grüne Fleck vor ihren Augen eine Insel der Schönheit inmitten der Festung war. Sie stand in einem starken Gegensatz zu dem riesigen restlichen Areal, einem militärischen Vorposten der Römer, wo über sechstausend Legionäre stationiert waren.
»Du kannst nicht länger hier bleiben«, sagte Marcus hinter ihr. Seine Worte klangen sanft, aber drängend.
Auriane hüllte sich in ein verzweifeltes Schweigen, das ihn zermürbte. Ihre Augen waren wie kalte Asche.

Er unternahm noch einen Versuch. »Bei günstigem Wind und guten Bedingungen für die Reise über Land wird das Geständnis, das Victorinus diesem Matrosen abgenommen hat, in etwa zehn Tagen das Gespräch im Senat sein. Ich muss vor meiner Abreise nach Dakien dafür sorgen, dass du sicher auf dem Weg in die Freiheit bist.«

Ihre Augen wurden feucht, und er dachte, das sei immerhin eine Art Reaktion. Es ermutigte ihn, sie an den Schultern zu fassen und sie sanft zu drücken, wie um sie wieder zum Leben zu erwecken. »Du hast zu Hause noch ein Kind, das dich braucht. Nimm bitte Vernunft an!«

Das Schiff, das Auriane flussabwärts bringen sollte, hatte seine Abfahrt ihretwegen bereits verschoben. Von der Rheinmündung aus würde Auriane auf einer Galeere über das dunkle Westmeer nach Britannien fahren. Es war das Land der vielen Stämme, von dem man erst seit kurzem wusste, dass es eine Insel war. Auf dem Landweg sollte sie dann weiter in das wilde Caledonien reisen.

»Solange Avenahar nicht gefunden ist«, flüsterte sie tonlos, »gehe ich nicht. Ich kann nicht.«

Sie drehte sich um und sah ihn an. »Dein Maximus schiebt mich beiseite wie eine Dienstmagd, aber ich bin ihre Mutter. Es ist mein Recht, die Männer anzuführen, die Avenahar suchen.«

»Du kannst von den Legionären des Suchtrupps nicht erwarten, dass sie es billigen, dass eine Frau von Rang wie ein Soldat mit ihnen reitet. Das widerspricht zu sehr den römischen Sitten.«

»Dann verzichte ich auf euren Rang!«, erklärte sie. Die Heftigkeit in ihrer Stimme verriet ihm, dass sie verletzt war. »Wenn Rang nichts anderes bedeutet, als untätig im Haus sitzen zu müssen, während andere für uns in den Krieg ziehen. Ich trage auch keine *Palla.*« Sie riss sich den Mantel der verheirateten Frau von den Schultern und warf ihn zu Boden.

»Auriane, du bist meine *Domina*!«

»Und nenne mich nicht *Domina*. Ich werde niemals ein Schaf in einem Pferch sein, ganz gleich für wie ›ehrenhaft‹ dein Volk das hält. Das wäre eine Beleidigung meiner Familie. Ich bin eine freie

Chattin. Ich werde mich auf die Suche nach meiner Tochter machen!«
»Du siehst eine Beleidigung, wo keine beabsichtigt ist«, erwiderte Marcus. Er kam sich angesichts ihrer Qual allmählich hilflos vor. »Maximus hat schon sehr viel mehr getan, als man von einem Mann in seiner Stellung erwarten darf. Er hat für die Suche Männer freigestellt, auf die er eigentlich nicht verzichten kann.«
»Eure Leute kennen unsere Wälder nicht, während ich dort geboren worden bin. Ich habe in unseren Hügeln ohne Nahrung Belagerungen überlebt. Ich habe auf dem Knie meines Vaters gelernt, Spuren zu lesen. Und doch möchte dein Statthalter, dass ich untätig hier herumsitze, während seine Männer als Trupp durch ein Land irren, das sie nicht verstehen, um ein Mädchen zu suchen, das ihnen nichts bedeutet und das davongelaufen ist, weil es sich davor fürchtet, eine von ihnen zu sein.«
»Nun ja, wenn man es so ausdrückt, klingt es verrückt! Aber du vergisst, wir haben noch andere Sorgen!«
»Mir ist es inzwischen egal, ob mich dein Volk vor Gericht stellt und verurteilt.«
»Mir nicht. Es wäre so, als würde ich lebend auf der Streckbank in Stücke gerissen.«
Bei diesen Worten brach alles, was in ihr hart und spröde war, in sich zusammen. Sie sah ihn wieder so, wie er war, und ihr Geist verband sich von neuem mit dem seinen.
Marcus blickte ihr bis ins Herz. Er sah ihre Verletzlichkeit, ihre große Angst und zog sie zärtlich an sich. Sie suchte seinen Trost mit schnell erwachender Leidenschaft, in die sich Verzweiflung mischte. Sie drückte ihr Gesicht, ihren ganzen Körper fest an ihn. Lange standen sie so beisammen, als seien sie ein Wesen und waren unendlich dankbar für die Gegenwart des anderen. Auriane hatte das Gefühl, Freia habe sie für einen Augenblick in eine Decke aus goldenem Licht gehüllt.
Er flüsterte in ihr Haar: »Sie werden Avenahar finden.«
»Aber wird man sie lebend finden?«
»Hör auf damit! Avenahar ist stark und hat einen gesunden Verstand. Schließlich ist sie deine Tochter. Der Geist, der dich in die

Lage versetzt hat, den Auerochsen zu töten, lebt auch in ihr.« Er nahm sie noch fester in die Arme und küsste sie mit so sanfter und zarter Behutsamkeit auf den Mund, dass sie eine süße Wärme durchströmte. Beide hatten nur noch einen Gedanken, doch keiner zog den anderen zum Bett. Sie gaben sich damit zufrieden, im Schatten von Eros zu verweilen, der ihnen die flüchtige Gnade schenkte, alle Gedanken an die Zukunft vergessen zu können.
»Sehr wahrscheinlich versteckt sie sich irgendwo«, sagte er nach einer Weile, »und fürchtet sich, nach Hause zu kommen, weil sie glaubt, dass du böse auf sie bist. Bestimmt ist sie irgendwo auf einem einsamen Gehöft in Sicherheit. Vielleicht bringt ihr eine freundliche Bäuerin gerade in diesem Augenblick den Holzlöffel, um eine warme Suppe zu essen.«

* * *

Später nahmen sie allein das Abendessen ein. Auriane brachte kaum einen Bissen hinunter und fragte niedergeschlagen: »Was wirst du dem Kaiser sagen, wenn du ihn in diesem fernen Land triffst?«
»Ich werde eine seltsame Rolle spielen müssen. Es kann mein Ende bedeuten, wenn ich zu erkennen gebe, dass ich weiß, dass er selbst hinter den Anschlägen auf mein Leben steht.«
»Du hast doch gesagt, er wird wissen, dass du es weißt, denn ohne seine Zustimmung hätte es niemals dazu kommen können.«
»Ja. Und da liegt die größte Gefahr. Ich muss Trajan einerseits dabei helfen, seine Rolle zu verschleiern, während ich andererseits sein Vertrauen in mich wiederherstellen muss. Dabei weiß ich nicht einmal, warum er mir nicht mehr vertraut. Ich vermute, dass Blaesus etwas damit zu tun hat, aber ich kann es nicht beweisen.«
»Du solltest überhaupt nicht gehen. Ganz gleich, was du ihm sagst, du wirst es nicht erreichen, dass er mich begnadigt. Und besteht nicht vielleicht doch die Möglichkeit, dass der Kaiser von diesen Mordanschlägen nichts wusste?«
»Ich wette um mein Leben, dass er Bescheid wusste. Und was deine Schwierigkeiten angeht, so muss ich sehen, was ich erreichen

kann. Dakien stellt keine Gefahr da. Ich komme in ein Lager von siegreichen Römern. Man muss kein Augur sein, um zu wissen, wie der Krieg ausgehen wird. Wir führen Krieg gegen ein Barbarenreich, das nicht einmal ein stehendes Heer hat. Wir haben diesmal genug Legionen dorthin verlegt, damit die Schlacht zu unseren Bedingungen geführt werden kann. Bei meiner Ankunft werden bereits die Speere mit Lorbeer geschmückt sein, und die Vorbereitungen für einen Triumph des Kaisers sind dann bestimmt schon in vollem Gang.«

»Marcus, so etwas solltest du nicht sagen. Die Schicksalsgöttinnen zürnen uns, wenn wir sie nicht mehr fürchten.«

Er lächelte gutmütig und sagte dann: »Da ist übrigens etwas Merkwürdiges geschehen. Ich habe vergessen, es dir zu sagen. Die Hufe und die Hörner des Auerochsen … Camillus hat sie nicht bekommen. Jemand hat sie gestohlen.«

»Gestohlen?«

»Ja, und den Schädel auch.«

Auriane schob ihr Fladenbrot beiseite. Ihr war der Appetit endgültig vergangen. »Wer hatte die Dinge in Verwahrung? Der Auerochse war kein gewöhnliches Tier. Er hatte einen starken Geist. Mit seinen Hufen und Hörnern kann jemand einen dunklen Zauber gegen mich erwirken. Waren Leute meines Stammes in der Nähe?«

»Das beste Heilmittel dafür ist die Philosophie«, erwiderte er liebenswürdig. »Lies Lukrez. Er erklärt in deutlichen Worten, wie die Wunder der Natur das Auge täuschen und für das Werk von Göttern gehalten werden können, wenn …«

Doch alle Warnungen vor den Täuschungen des Irrglaubens wurden durch ein leises Klopfen an der Tür unterbrochen. »Herr«, der griechische Kämmerer des Statthalters streckte seinen gepflegten Kopf durch die Türöffnung, »vor einer Viertelstunde ist das Schiff der Seherin gesichtet worden. Es hat Bingium bereits passiert. Du wirst gebeten, dich bereitzumachen.«

Marcus nickte, und der Kämmerer verschwand.

Auriane schloss die Augen wie zu einem Gebet.

Ramis, du dunkle Mutter, die mich mein Leben lang verfolgt.

Sie spürte Unruhe und eine undeutliche Erregung, so als umflatterten Fledermäuse einen seit lange verschlossenen Zugang ihres Bewusstseins. Die Zeit, als Ramis sie als Novizin hatte zu sich nehmen wollen, schien so fern wie Caledonien.

»Denk daran, was ich dir über sie gesagt habe, Marcus. Lass nicht zu, dass der Statthalter versucht, sich zwischen sie und die Götter zu stellen. Dann wird alles gut werden.«

* * *

Als Marcus gegangen war, wartete Auriane, bis das Geräusch seiner Schritte verhallt war.

Dann rief sie leise nach Brico. Die junge Frau kam flink wie ein Eichhörnchen aus ihrem Alkoven. Ihre Augen glänzten erwartungsvoll unter der Kapuze des kurzen Lederumhangs, den sie trug. Für Brico war das, was kommen würde, ein großes Abenteuer. Sie summte ein Lied über ihre Stammesgöttin Sirona, während sie Aurianes dichtes, langes Haar geschickt zu einem Zopf flocht.

Auriane zog eine wollene Tunika mit langen Ärmeln an und eine dicke grobe Wollhose, die auf der Haut kratzte. Darüber legte sie einen ledernen Schulterumhang, der bis zur Hüfte reichte und auf der Vorderseite mit Lederriemen geschnürt wurde. Die spitze Kapuze ließ sich weit genug nach vorne ziehen, um das Gesicht zu verbergen. Der kurze Umhang war das übliche Kleidungsstück gallischer Bauern. Die bescheidene Tracht machte den Träger oder die Trägerin inmitten vieler Leute, die das Gleiche trugen, nahezu unsichtbar.

Es war die sicherste Art, sich am Abend in einer unruhigen Menschenmenge fortzubewegen.

Bevor die beiden Frauen den Raum verließen, verneigte sich Auriane vor dem hölzernen Standbild von Freia, das sie in einer Ecke des Raumes auf einen kleinen Altar gestellt hatte. Sie hatte das Gefühl, sich dem Wald zu übergeben, den wissenden Winden und den Kraftströmen unter der Erde.

»Große Herrin des Mondes und der Berge«, beendete sie das kurze Gebet, »mach, dass Ramis mir mit Freundlichkeit begegnet.«

Dann drehte sie sich langsam um. Brico wartete ruhig und bereit wie ein Soldat vor dem Kampf, doch an ihrem Mund erkannte Auriane, dass sie ihre Ungeduld kaum unterdrücken konnte.
Die Reise von der Villa hierher hatte ihr bereits gut getan, fand Auriane.
Brico war erst am Vortag in die Festung gekommen. Sie hatte ihr ungeborenes Kind nach einem Unfall verloren, der von den Kindern des Pächters des Victorinus verursacht worden war. Sie hatten Brico aufgelauert und sie mit Steinen beworfen und sie als Sklavin einer verhurten Barbarin beschimpft. Deshalb hatte Auriane sich kurzerhand entschlossen, Brico mit auf ihre Suche nach Avenahar zu nehmen.
»Lösch die Lampen«, sagte Auriane.
Brico begann, die vielen kleinen Flämmchen des Eisenkandelabers in Form eines blühenden Baums zu löschen. »Glaubst du wirklich, sie wird uns helfen?«, fragte Brico, als sie hinaus in den Säulengang traten, wo in den hohen Nischen in langer Reihe steinerne Götter Wache hielten.
»Bei Ramis ist das immer wie beim Würfelspiel«, erwiderte Auriane leise. »Bei Avenahars Geburt war sie Hebamme. Aber ich weiß genau, sie wird mir *nicht* helfen, wenn ich sie nicht darum bitte.«
»Du hast … keine Angst vor ihr?« Brico sah sie unter der Kapuze besorgt an. »Ich habe gehört, sie hat einmal einen Mann in einen Baum gebannt. Du hast erst gestern gesagt, wahrscheinlich sei ihr Fluch der Grund dafür, dass Avenahar davongelaufen ist.«
»Vergiss, was ich gestern gesagt habe. Ich hatte beinahe den Verstand verloren. Du kannst hier bleiben, Brico, falls du lieber nicht mitkommen möchtest.«
»Niemals! Ich habe schon als kleines Kind davon geträumt, Ramis einmal zu sehen. Und ich habe die berühmte Geschichte gehört, wie sie einen Wolf rief, der den Mond verschluckte.«

* * *

Auriane und Brico verließen die Festung von Mogontiacum durch das Tor der Händler. Dann folgten sie der Straße, die in einem weiten Bogen hinunter zum Fluss und zur Anlegestelle führte. Sie kamen an einer Werft vorüber, wo der Rahmen eines unfertigen Schiffs wie das Gerippe eines Riesen aufragte. Es wurde langsam dunkel. Im Westen zögerte die blutende Sonne die letzten Augenblicke ihrer Herrschaft hinaus, bevor sie versank und der Himmel zu einer endlosen, in ein geheimnisvolles Violett mit ultramarinblauen Übergängen getauchten Ebene wurde. Der Rhein hatte sich in eine Geisterstraße verwandelt, die in eine andere Welt führte. Er fing das letzte Licht des Himmels auf und hielt es fest. Auriane sah es mit leichtem Schaudern und staunte darüber, welch große Geheimnisse die Dämmerung barg. Sie glaubte, an ihrer Stirn die Berührung schwebender Geister zu spüren. Die Tore zwischen der Welt der Lebenden und der der Geister standen offen. Darin lag eine Bedrohung, aber auch Hoffnung.

Die beiden Frauen näherten sich dem großen Fluss und den vielen Menschen, die sich am Ufer versammelt hatten. Am dichtesten war die Menge um den gepflasterten Kai mit den zwei weißen Neptunstatuen, wo das Schiff von Ramis anlegen würde. Die meisten der Wartenden blickten angespannt stromabwärts, weil sie hofften, als Erste die kleine Galeere mit der berühmten Seherin zu sichten. Die Männer und Frauen vieler unterworfener Stämme, die zum Teil einen langen Weg hinter sich hatten, verhielten sich bemerkenswert still. Hunderte Aresaker, Angehörige des keltischen Stammes, der im Schatten der Festung lebte, warteten Schulter an Schulter mit germanischen Ubiern und Mattiakern vom anderen Flussufer und vereinzelten Gruppen von Chatten. Die alte Weleda besaß selbst bei den romanisierten Stämmen auf der Westseite des Stroms eine große Autorität. Nicht wenige dieser Menschen hielten sie für eine lebende Göttin.

Starke, angenehme, aber hier seltene Düfte mischten sich in die warme Spätsommerluft. Die Frauen der Aresaker schätzten mediterranen Luxus. Narde und Zimt in ihren Parfüms machten einen glauben, in einem südlichen Garten zu sein. Sie blickte aufmerksam flussabwärts, doch sie sah nichts außer einem breiten Wasserweg, auf dem sich die unterschiedlichsten Schiffe in beiden Richtungen bewegten. Sie bewunderte die Handelsschiffe, deren

Vordersteven in geschnitzten Tierköpfen endeten und über deren Rümpfe sich breite Streifen in leuchtendem Rot, Gelb und Blau zogen. Fährschiffe überholten mit geblähten großen quadratischen Leinensegeln die schwer mit Olivenöl und Wein beladenen Lastkähne. Nur die schnittigen Liburnien der römischen Marine mit ihren zwei Reihen Ruderern waren noch schneller. Sie verschafften sich mit gleich bleibendem Tempo bei allen Schiffen aufgrund ihrer militärischen Mission stets die Vorfahrt. Die *Isis Giminiana,* die zur Flotte des bekannten gallischen Importhändlers von spanischem Olivenöl gehörte, lag am Kai und wurde gerade entladen. Die Stauer begrüßten die Mannschaft mit lauten Zurufen. Zwei Kriegsschiffe der kaiserlichen Flotte, die *Pax* und die *Armata,* schaukelten sanft an ihren Liegeplätzen. Die Truppen an Bord waren zum Eingreifen bereit, falls die Menge außer Kontrolle geraten würde. Männer der zweiundzwanzigsten Legion säumten den Weg, den Ramis nehmen sollte. Sie wurden verstärkt durch eine Kohorte der batavischen berittenen Garde des Statthalters und hundert berittene Bogenschützen. Nichts in den Augen der Menschen deutete auf einen Aufruhr hin, doch Auriane vermutete, dass die große Menschenmenge und die Vorstellung, sie könnten an diesem Abend unter der Macht von Ramis und nicht von Rom stehen, den Statthalter beunruhigte. Ein Nicken der Weleda, und die seit langem entwaffneten Gallier mochten die generationenlange Freundschaft mit Rom vergessen und Steine werfen.

In die Menge vor ihnen kam Bewegung, denn die Männer, die ihren Lebensunterhalt im Hafen verdienten, Kahnführer, Stauer, Kalfaterer, die Taucher, die von den Schiffen gefallene Waren aus dem Wasser holten, und die Sandmänner, die die Schiffe mit Ballast beluden, beendeten ihren Arbeitstag.

Auriane und Brico suchten sich einen Platz zwischen den Männern und Frauen, die sich auf den Stufen des kleinen Herkulestempels drängten. Ramis würde auf ihrem Weg zur Festung nahe an diesem Tempel vorüberkommen, und von den oberen Stufen hatte man einen guten Blick auf den Strom und den Kai.

Brico sah es mit ihren jungen scharfen Augen zuerst: Ein von Fackeln erleuchtetes, anmutig schlankes Schiff löste sich aus der Menge der anderen Wasserfahrzeuge und näherte sich mit majestätischer Langsamkeit dem Ufer. Angetrieben wurde es von einer Reihe Ruderer, die das Schiff scheinbar mühelos gegen die starke Strömung vorwärts bewegten. Beim Herannahen sah man, dass die kleine Galeere mit unzähligen Blumen geschmückt war. Die Kabine am Heck war geheimnisvoll verhüllt.

Am Himmel trieb eine Wolkeninsel davon und enthüllte die Sichel des abnehmenden Mondes. Er wirkte unheilvoll und entstellt in seinem Sterben, war aber immer noch stark genug, um seinen Platz am Himmel zu behaupten.

Er weiß, dass er wieder geboren wird.

Doch der abnehmende Mond beunruhigte sie auch und erschien ihr als Vorbote eines kommenden Unheils.

Beim Herannahen des kleinen Schiffes erlebten Auriane und Brico etwas Wunderbares. In der dicht gedrängten Menge am Wasser glühte eine zarte Flamme auf, verdoppelte sich und breitete sich schnell entlang des ganzen Ufers aus. Die immer länger werdende glühende Spur kam mit derselben Geschwindigkeit näher wie das erwartete blumengeschmückte Schiff der Weleda. Das scheinbar fließende Feuer war in der Dämmerung prächtig anzusehen. Das düstere Halbdunkel ließ die Flammenspur in vollendet warmer Schönheit erstrahlen.

Verblüfft und ehrfürchtig hielt Auriane den Atem an. Sie begriff erst allmählich, was sie dort unten sah. Die Menschen am Ufer trugen Fackeln bei sich. Sobald sich das Schiff auf gleicher Höhe befand, flammte eine neue Fackel auf. So bewegte sich das Licht mit dem Schiff vorwärts, und die Seherin näherte sich Mogontiacum mit einem immer länger werdenden Flammenschweif, der sich weit in die Nacht hinein erstreckte. Aus der Ferne wirkte es, als beherrsche Ramis das Feuer, und ihre Fahrt auf dem Wasser bringe das Licht mit sich. Es war ein großartiges Schauspiel, das den Menschen der Stämme gedämpfte Freudenrufe entlockte und bei den Soldaten des Statthalters Ängste vor Geistern weckte. Alle, die Zeuge dieses Ereignisses waren, wurden daran erinnert, dass es noch andere Arten der Macht gab, die älter waren als

das Schwert, und andere Reiche im Land der Gedanken und Träume.
Auriane wusste, dass die entwaffneten und zum Schweigen verurteilten Menschen mit der Lichterkette ihre römischen Herren warnen wollten: Nehmt euch in Acht. Der Weleda gilt unsere Verehrung. Behandelt sie mit der Ehrfurcht, die ihr gebührt.
Die wogende Lichtspur führte Auriane geradewegs in eine Zeit zurück, an die sie sich eigentlich nicht erinnern wollte. Damals hatte sie Avenahar im Leib getragen und im Inselheiligtum von Ramis das Feuerritual vollzogen.
Ramis hat ihre brennende Fackel an meine gehalten. Aber ich habe sie erlöschen lassen. Ich wollte Sicherheit, ich wollte Marcus und ich wollte Ruhe.
Ramis hatte an jenem Tag zu ihr gesagt: »Deine Wünsche sind Trugbilder, die du blind verehrst.«
Sie hat Möglichkeiten, ihre Novizinnen heimzuholen.
Auriane kam der verrückte Gedanke, dass alle Schwierigkeiten, die sich um sie herum aufbauten, angefangen bei Victorinus bis hin zum Verlust ihrer Tochter, dem Schrecken und dem Rätsel des von höchster Stelle gebilligten Mordversuchs an Marcus, die Folgen des Fluchs der Ramis seien. Die Seherin hatte oft gesagt, dass nur eine Frau, der vom Schicksal alles genommen worden und die aus dem warmen Nest des Vertrauten gefallen war, die Suche nach dem klaren Blick wieder aufnehmen würde.
Brico spürte den Kummer ihrer Herrin. So wie ein Kind, das Vater oder Mutter trösten will, griff sie nach Aurianes Hand.
Das elegant geschwungene Schiff befand sich inzwischen in Höhe der Anlegestelle. Auriane sah, dass es eine alte Handelsgaleere war, die man für die Fahrt der Weleda hergerichtet hatte. Am geschnitzten Vordersteven gingen verspielte Voluten in den Kopf einer Gans über, der Botin zwischen dem Land der Lebenden und dem Totenreich. Der Hintersteven erhob sich mit einem großen majestätischen Schwung hoch über die Aufbauten. Girlanden schmückten die Kabine, in der sich Ramis befand. Am Bug war *Libertas*, der Name des Schiffes, eingeschnitten. Auriane vermutete, dass die Frauen von Ramis die Galeere wegen ihrer Galions-

figur, der Gans, und wegen ihres Namens, *Libertas*, gewählt hatten. Auch die Weleda galt als Botin zwischen Leben und Tod. Und man sagte auch, die alte Seherin bringe den Menschen die einzig wahre Freiheit.

Kurz vor der Anlegestelle hoben alle Ruderer gleichzeitig die Ruder in die Höhe, und das Schiff glitt anmutig wie ein Schwan mit angehobenen Flügeln über die Wellen. Der Rauch von brennendem Beifuß und Salbei trieb über das Wasser. Der Bug mit dem Gänsekopf schob sich sanft und geräuschlos zwischen die beiden schneeweißen Statuen des Neptun, die geisterhaft auf dem gepflasterten Kai aufragten.

Die Menschen streckten ihrer großen Priesterin die Hände entgegen, in denen sie Tonstatuen ihrer Stammesgöttinnen hielten, und riefen leise ihren Namen.

Männer legten eine Planke vom Kai zur Galeere. Auriane sah, dass zwei junge, weiß gekleidete Frauen mit Kränzen im dunklen offenen Haar, die Räuchergefäße trugen, das Schiff verließen. Auriane wusste, dass sie dem Orden der Jungfrauen angehörten, die mit Beschwörungsgesängen die Orakelsprüche von Ramis begleiteten. Eine dritte junge Frau erschien aus der Kabine mit einem großen weißen Leintuch, das sie an den schlammigen Stellen des Wegs ausbreiten würde, damit die Seherin unbeschadet darüber schreiten konnte.

Die Stille war so groß, dass Auriane das helle Läuten der Glöckchen auf dem Schiff hören konnte, das wie das Lachen der Geister von Kindern klang.

In der Menge erhob sich ein Gemurmel, in das sich hin und wieder das Weinen von Säuglingen mischte. Die Menschen warfen Blumen auf den Weg, den Ramis nehmen würde. Auriane sah viele hagere Gesichter, die von Hunger sprachen, und andere, die von Krankheiten verunstaltet waren. Man hatte Kranke auf Bahren herbeigetragen. Ihre Augen verrieten Entkräftung und Mutlosigkeit oder brennende Hoffnung.

Auriane wandte sich Brico zu und stellte fest, dass sich ihre Dienerin in einer Art Trance befand. Sie hatte die Lippen leicht geöffnet, und ihre Augen blickten sehr wach und lebendig in eine andere Welt. Es war, als erwarte sie, dass Ramis sich in einen Schwan verwandle.

»Sie wird mir ein anderes Kind schenken, und es wird leben und gedeihen«, murmelte Brico, als sie feststellte, dass Auriane sie ansah.

Auriane war nicht sicher, ob Ramis so etwas tun konnte, wollte aber das Wasser einer so unschuldigen Verehrung nicht mit ihren Zweifeln trüben.

Vielleicht sind meine Gewissheiten nicht mehr so unerschütterlich, weil ich in mehr als einer Welt lebe.

In ihrer jetzigen Lage beeindruckten sie weniger die erstaunlichen Taten von Ramis. Sie bewunderte vielmehr den meisterhaften Gleichmut der alten Seherin angesichts von Leben und Tod.

Eine vierte Gestalt trat aus der mit Hirschfellen verhängten Kabine. Es war eine Frau in den mittleren Jahren mit einem harten Gesicht. Sie wirkte königlich in ihrem weiten blauen Mantel und trug im grauen Haar einen Kranz aus Wildblumen. Ihr Blick richtete sich nach oben zu den Göttern. In der Menge hörte man leise Rufe: »*Ave!*«, denn manche hielten sie für die Seherin. Doch dann sahen sie, dass die Frau einen schlichten Stab aus Eibenholz in der Hand hielt und nicht den bronzebeschlagenen Stab der Weleda. Es war Algifu, eine der heiligen Neun, der Schwesternschaft von Seherinnen, die in allen Gebieten des Nordens höchste Verehrung genossen. Nur Ramis stand über ihnen. Es war üblich, dass eine oder mehrere der hohen Seherinnen die große Prophetin auf Reisen begleiteten. Algifu kam ebenfalls an Land.

Die Blicke der Menge richteten sich so gebannt auf die Kabine, als beobachteten sie einen Akrobaten auf dem schwankenden Seil. Viele zuckten zusammen, als auf dem Fluss ein lautes Klatschen zu hören war, so als schlage eine Nixe mit ihrem Fischschwanz auf das Wasser. Ein Gardist zog beunruhigt das Schwert. Aber es war nur ein Mann auf der Galeere, der den Anker geworfen hatte.

Ein anhaltender, lieblicher Ton drang plötzlich über das Wasser. Er hob und senkte sich sanft wie ein seidener Brautschleier in der Brise. Eine der jungen, weiß gekleideten Frauen, die auf beiden Seiten der Kabine standen, spielten auf einer Flöte aus Vogelkno-

chen. Die zweite fiel ein, und der Ton wurde zu einer durchdringenden, klaren Melodie, die das Tor zu archaischen Erinnerungen aufstieß und das Gewebe der Nacht in ein zartes Gespinst verwandelte. Ohne Worte wurde die Menge in eine Welt gelockt, die unendlich viel älter war als die, in der diese Menschen lebten. Die Flötenspielerinnen riefen und befriedeten die Geister des Landes. Sie verließen gemessen das Schiff und folgten Algifu ans Ufer.
In der Tür der Kabine blitzte etwas silbern auf. Die Menschen am Ufer hielten den Atem an.
Langsam und mit der Selbstverständlichkeit natürlicher Anmut erschien eine Frau an Deck. Sie hatte die Schatten der Kabine noch nicht verlassen, doch alle spürten bereits, dass sich diese Frau von den anderen unterschied. Von ihr ging eine eigenartige Ruhe aus, die jeden und alles in einem weiten Umkreis erfasste. Leises Gemurmel erhob sich, dann wurde es still.
Schließlich war ein schwerer, mit Bernsteinen besetzter Stab zu sehen.
Zwei junge, weiß gekleidete Frauen mit Fackeln traten neben sie und erhellten das Gesicht der Ramis.
Sie hatte starke und kraftvolle Züge und hinterließ bei allen, die sie an diesem Abend sahen, einen unauslöschlichen Eindruck. Das Gesicht der alten Seherin war von der erschreckenden Schönheit verschneiter Gipfel und der kalten Autorität einer Alabasterstatue im Tempel. Doch dann wurde man das große Leid gewahr, das sich um die Augen zeigte. Ihr Schädel zeichnete sich deutlich unter der Haut ab, als dränge sich der Tod mit Macht in ihr Leben. Trotzdem dachte man angesichts ihrer Schönheit unwillkürlich an die Vollkommenheit des menschlichen Gesichts. Die hohen Wangenknochen betonten die schattenhaften Vertiefungen darunter, die Form des schön geschwungenen Mundes war von strenger Anmut. Ihr dichtes silbernes Haar war zu einem dicken Zopf geflochten, der aber eher an Schiffstaue erinnerte, an schwere Schlangen oder an ein Seil. Auf ihrer hohen glatten Stirn lag eine silberne Mondsichel, die an einem Reif in ihrem Haar befestigt war. Die Augen waren Brunnen der Erinnerung, die das Sichtbare und das Unsichtbare gleichermaßen sahen.

Leise Rufe waren zunächst zu hören, die zu einem nicht enden wollenden Beifall anschwollen. Maximus hörte ihn in der *Principia,* wo er auf seiner Estrade saß, und er machte sich Sorgen. Die Menge war gefährlich nahe daran, dieser eigenartigen Frau wie einer Herrscherin auf ihrem Weg zur Krönung zu huldigen.
Die Legionäre schlossen die Reihen, hielten den Blick unverwandt auf ihre Signalflaggen gerichtet und warteten auf den Befehl, die Menschen zurückzudrängen.
Doch Ramis hob ihren Stab, und es war, als zwinge sie der Menge Ruhe auf. Die römischen Soldaten staunten. Langsam und würdevoll neigte sie den Kopf und betrat die Planke. Und als sie sich mit der Behutsamkeit des gebrechlichen hohen Alters vorwärts bewegte, hatte der Rhythmus ihrer Schritte etwas Besänftigendes. Sie trug einen langen schweren Lammfellmantel von der Farbe des Himmels, der mit weißem Katzenfell gefüttert war. Freia, die Göttin, der sie diente, liebte Katzen. Der Saum des Mantels war mit Edelsteinen besetzt, die wie kleine, funkelnde Monde leuchteten. Sie benutzte ihren Stab, um ohne fremde Hilfe an Land zu gehen. Auriane wusste nicht, wie alt sie eigentlich war, doch man sagte, bei Neros Thronbesteigung sei Ramis bereits im dritten Jahrzehnt ihres Lebens gewesen. Deshalb vermutete Auriane, dass die Seherin ihren achtzigsten Winter schon erlebt hatte. Diese einfache Rechnung steigerte Aurianes Verehrung für sie nur noch mehr. Ramis war eine Frau, die der Bibliothek ihres Bewusstseins mit jedem Jahr einen weiteren Raum hinzufügte.
Was sie alles wissen muss. Ihr Wissen ist ohne Grenzen und ihr Verständnis für das Leben allumfassend.
Der Prophetin folgten zwei weitere junge, weiß gekleidete Frauen. Auriane wartete gespannt, ob auch Sawita aus der Kabine kommen würde. Gunora hatte ihr berichtet, die Seherin, die ebenfalls zu den heiligen Neun gehörte, habe sich mit Elsa verbündet, die König Chariomerus dazu getrieben hatte, Auriane Rache zu schwören.
Doch Sawita, die Auriane nach dem Leben trachtete, war nicht zu sehen.
Als Ramis das Ufer erreichte, gelang es einer Frau, sich durch die

Reihe der Legionäre zu drängen. Sie fiel vor Ramis auf die Knie und streute eine Hand voll Erde vor die Füße der Prophetin. Die Stimme der Frau durchschnitt die Stille so laut, dass Auriane sie ohne Schwierigkeiten verstand.

»Diese Erde kommt vom Grab meines Sohnes! Große Weleda, kannst du ihn sehen? Sag mir, in welcher Welt er lebt!«

Zwei Legionäre packten die Frau und wollten sie zurückzerren.

»Lasst sie!«

Die Stimme klang heiter wie das Summen einer Biene und drang rein und klar durch die Luft. Im Bann solcher Entschiedenheit ließen die Soldaten die Frau los. Sie kniete auf der Erde und blickte flehend zu der Weleda auf.

Ramis legte der Frau die Hand auf die Stirn. Die Umstehenden berichteten später, sie habe angefangen, eine seltsam unirdische und atonale Melodie zu summen, die eher von den Elementen als von einem Menschen zu kommen schien. Andere erklärten, die Töne seien aus der Erde aufgestiegen. Manche behaupteten, sie hätten ein blasses Licht in Gestalt eines Mannes gesehen, der neben der Frau kauerte, einen Geist, der nach einigem Zögern mit der auf der Erde liegenden Bittstellerin eins geworden sei. Das war immer so, ganz gleich, wohin Ramis kam, hinterher schienen nicht zwei Menschen darin übereinzustimmen, was sie gesehen hatten. Als Ramis schließlich sprach, überraschte es Auriane von neuem, wie weit die kristallklare Stimme durch die kühle Luft drang.

»Steh auf, Ivixa, Korbflechterin von den Aresakern. Ich sehe deinen Sohn. Er begleitet dich auf all deinen Wegen.« Niemand wusste, woher Ramis den Namen der Frau, ihr Gewerbe und ihren Stamm kannte. Mit schnellen, klaren Bewegungen zeichnete sie Runen in die Luft. Die Hände durchschnitten den Raum so geschwind, dass Auriane die Bedeutung der Zeichen nicht erkennen konnte. »Ich treibe alles Leid von dir. Geh und entzünde neun Kerzen. Die Kerze, die bis zuletzt brennt, das bist du. Dein Sohn wird die Hebamme deiner Wiedergeburt sein. Geh zurück in dein Dorf und heile die Menschen dort. Von heute an wirst du im Wasser und im Silber die Zukunft sehen.«

Die Frau begann heftig zu zittern, so als habe ein Geist Besitz von ihr ergriffen, doch sie beruhigte sich schnell wieder. Als sie schließlich aufstand und sich umdrehte, lag auf ihrem Gesicht ein überirdischer Friede. Auriane spürte ihn, erkannte ihn und sehnte sich nach ihm. Es kam ihr plötzlich so vor, als bestehe die Menge aus Toten, und nur diese eine Frau sei lebendig.
Die Verwandlung der Frau rief die unterschiedlichsten Reaktionen bei den Umstehenden hervor – Staunen, Bewunderung, heftigen Neid, Verwirrung, Zorn und Angst.
Auriane spürte ihr Gewissen.
Ramis besitzt Kräfte, die sie früher nicht hatte. Warum habe ich ihren Weg verlassen? Was ist in der Mittelwelt wichtiger als dieser Weg? Ich bin von einem großen Rad in die Dunkelheit geschleudert worden. Nein. Ein Unten oder Oben gibt es nicht. Ich bin das Rad, und ich bin die Dunkelheit. Die Zeit ist nie verloren.
Die Menge geriet außer sich, als habe jemand einen Sack Goldmünzen auf die Erde geworfen. Viele Menschen drängten sich jetzt näher an Ramis heran, riefen ihr Fragen und Bitten zu. Als die Weleda diesmal den Stab hob, blieb das ohne Wirkung.
Ein Decurio der berittenen Garde des Statthalters entschied, es sei Zeit zu handeln. Er rief einen Befehl, und über der Reihe seiner Männer tauchte eine rote Signalflagge auf. Dreißig Gardisten trieben mit den Schäften ihrer Lanzen die Menge vom Ufer zurück bis zu den Lagerhäusern. Gleichzeitig näherten sich Ramis zehn berittene Gardisten mit gesenkten Lanzen in einer Doppelreihe. Dicht vor ihr hielten sie an, drehten sich um und warteten darauf, ihr einen Weg zu bahnen.
Legionäre eilten herbei, und die Menschen wurden von den Stufen des kleinen Herkulestempels vertrieben. Auriane musste Brico mit sich ziehen, die ihr nur widerstrebend folgte und jammerte, denn nun bestand keine Möglichkeit mehr, sich der Weleda zu nähern.
Die wogende Menschenmenge riss Auriane und Brico mit. Bald wurden sie getrennt und in entgegengesetzte Richtungen geschoben. Auriane versuchte verzweifelt, Brico zu folgen, denn sie fürchtete, ihre Dienerin, die entschlossen war, Ramis zu sprechen,

könnte in ein Handgemenge mit den Legionären verwickelt werden.

Auriane sah nicht mehr, was in der Nähe von Ramis geschah, hörte aber später immer wieder davon. Der Statthalter hatte sechs Sänften bereitgestellt, um Ramis mit ihren Frauen zur *Principia* der Festung zu bringen.

Ramis nahm die schön gekleideten Sänftenträger in ihren eng anliegenden Tuniken mit Goldstickereien, die prächtig geschnitzten Sänften mit den Seidenvorhängen und weichen Kissen in Augenschein und verkündete: »Wir gehen zu Fuß.«

Der Decurio der Garde widersprach und sagte, es sei ein zu langer Weg, sie werde ermüden, und der Statthalter warte bereits ungeduldig. Ramis erwiderte, sie lasse sich nur dann in der Sänfte tragen, wenn die Träger ihre Freiheit erhielten.

Der Decurio erklärte, das könne er nicht entscheiden. Ramis ließ sich nicht beirren, und der Decurio gab schließlich so weit nach, dass er die Angelegenheit dem Statthalter zur Entscheidung vorlegen würde. Er fürchtete, Ramis könnte auf das Schiff zurückgehen und abfahren. Dann würde man ihn dafür verantwortlich machen, dass die Weleda nicht vor dem Tribunal erschien. Ramis lächelte nachsichtig. Schließlich stieg sie mit ihren Frauen in die Sänften.

Auriane erschien das alles eigenartig, denn sie hatte noch nie gehört, dass sich Ramis zu Sklaven oder über die angemessene Behandlung von Sklaven geäußert hätte. Vielleicht hielt sie wie Marcus und einige wenige seines Volkes die Sklaverei für etwas Unnatürliches. Vielleicht ging sie sogar weiter, sehr viel weiter, und war der Ansicht, die Sklaverei sollte völlig abgeschafft werden.

Als Auriane darüber nachdachte, glaubte sie einen Augenblick lang Rufe in unbekannten Sprachen zu hören. Sie stand wieder einmal vor einem verschlossenen Raum im Bewusstsein der alten Seherin.

Die Sänften kamen so langsam vorwärts wie ein Boot auf einem mit Binsen bewachsenen See. Auriane wollte nur noch Brico finden, denn sie war sicher, dass sie hier eigentlich nichts weiter würde erreichen können. Sie gestand sich nicht ein, wie unglücklich und entmutigt sie sich deshalb fühlte und wie sehr sie auf ihren eigenen schwindenden Mut zurückgeworfen wurde. Aber sie erkannte, dass der Verlust ihrer Tochter an diesem Abend das große Verlangen in ihr geweckt hatte, eine Mutter zu haben.

Manchmal entdeckte sie Brico in der Menge, aber sie verschwand jedes Mal ebenso schnell, wie sie aufgetaucht war. Einmal gelang es Auriane sogar, sie mit der Hand zu fassen, aber es war, als versuche sie, einen Karpfen im Teich zu fangen. Die Erregung der vielen Menschen schien Brico anzustecken. Wie ein Maulwurf wühlte sie sich entschlossen in das Geschiebe und Gedränge, obwohl sie Flüche und Schläge erntete. Auriane hatte allmählich das Gefühl, in einem unbekannten Wald einem Hirsch zu folgen, dessen weißer Spiegel hin und wieder spöttisch im Dunkeln aufblitzte, während er sie in eine andere Welt lockte.

Mit einem Mal befand sie sich auf dem Weg, den die Gardisten für die Sänften frei hielten. Dicht vor sich entdeckte sie Brico, die ohne Zögern und flink wie ein Reh auf die mittlere der sechs Sänften zulief. Brico konnte so wenig wie Auriane gewusst haben, wohin sie sich in dem Menschenstrom bewegte, doch irgendwie hatte sie in ihrer Besessenheit Ramis gefunden.

Auriane blieb wie angewurzelt stehen, als sie sah, wie eine weiße Hand aus der Sänfte auftauchte und sich auf Bricos Stirn legte.

Eine Hand, die Brico Fruchtbarkeit schenkte? Zuckten Flammen um die Hand oder war es nur der Lichtschein von der Fackel eines Gardisten hinter ihnen? Sprang vor Aurianes Augen der Funke des Lebens in Bricos Körper? Oder bedeutete es nur, wenn Brico das nächste Mal bei Demaratos lag, würde sie wieder schwanger werden und ein gesundes, kräftiges Kind zur Welt bringen?

Auriane eilte zu der Sänfte. Sie wollte die verzückte Brico zurückziehen. In ihrem Kopf wirbelten Furcht erregende Bilder von Sterblichen, die einer Gottheit zu nahe gekommen und in Flammen aufgegangen waren. Die Hand, die Leben schenkte, konnte töten, wenn die Berührung zu lange dauerte.

Bricos Knie gaben unter ihr nach, aber Auriane fing sie gerade noch rechtzeitig auf. Über ihnen schnaubten die Nüstern eines

Pferdes. Auriane sah glänzende Anhänger in Kleeblattform am Zaumzeug und die harten funkelnden Augen eines jungen Bataveers, dessen lange Haare dicht über dem rechten Ohr zu einem Knoten in Form einer Acht geschlungen waren, wie es bei dieser Elitetruppe der Reiterei Mode war.
»Geht weiter!«, rief der Bataver und schob Brico mit der blattförmigen Spitze seiner Lanze weg. Dabei durchstach er den Lederumhang. Auf dem Ärmel von Bricos wollener Untertunika erschien dunkles Blut.
»Lass sie in Ruhe!«, rief Auriane zornig.
Seine Lanze blitzte über ihr. Auriane packte die Waffe mit beiden Händen dicht hinter der Spitze, warf sich mit ihrem ganzen Gewicht auf den Schaft und drückte ihn zur Seite. Die Lanze fiel dem Mann aus der Hand. Das Pferd wieherte und stieg.
»Du Hure!« Der Gardist zog wütend sein zweischneidiges Kavallerieschwert.
Auriane packte den Gardisten blitzschnell am Fuß.
»Schieb es zurück in die Scheide, oder ich werfe dich aus dem Sattel.«
»Du elendes Weib!« Doch das Gesicht des jungen Gardisten verriet Angst. Kavallerist zu sein hatte viele Vorteile, aber auch einen großen Nachteil: Man konnte leicht vom Pferd gezerrt werden.
Die missliche Lage hielt ein oder zwei Augenblicke an. Der Gardist hing gefährlich schief im Sattel, weil Auriane sein Bein umklammerte. Das Schwert war nutzlos, denn er war nicht in der Lage, zum Schlag auszuholen.
»Halt!«, hörten sie hinter sich eine belustigte, glockenhelle Stimme. »Auriane, lass ihn los.«
Die Stimme von Ramis drang wie aus alten Träumen hervor. Auriane löste ihren Griff um das Bein des Soldaten.
»Keine Rauferei in meiner Gegenwart! Ambatus, so heißt du doch, nicht wahr? Lass die beiden Frauen in Ruhe. Benimm dich und reite weiter.«
Der Gardist richtete sich im Sattel auf. Sein Zorn war erloschen wie ein Feuer unter einem Wasserschwall. Er sah sich verwirrt um. Auch Auriane fühlte sich angenehm benommen, als bestehe die

Luft plötzlich aus warmem, flüssigem Bernstein und sie selbst verströme sich langsam in ein Meer friedlicher Seelen, wo sich alle Anwesenden in wundervollem Einklang miteinander befanden. Einen Augenblick hatte sie sogar das Gefühl, durch die scharfkantigen Bahnen im Bewusstsein des Gardisten zu schweben. Und plötzlich begriff sie, dass Ramis einen Zauber gewirkt hatte.

»Geh jetzt!«, mahnte Ramis den inzwischen aus seiner Betäubung erwachten Gardisten. Folgsam trat er seinem Pferd in die Weichen und ritt davon. Was war geschehen? Hatte Ramis vor seinem inneren Auge das überlebensgroße Bild seiner Mutter beschworen, an die er sich kaum mehr erinnern konnte? Das Bild seiner Mutter, die inzwischen wie Ramis eine alte Frau war?

Der Decurio kam herbeigeritten und wollte Auriane und Brico vertreiben. Doch dann erkannte er Auriane und zögerte. Er musste wohl oder übel die germanische Frau, die Marcus Julianus in sein Haus aufgenommen hatte, mit Respekt behandeln.

Auriane hörte das helle, unbeschwerte Lachen von Ramis.

»Auriane. Dreh dich um und begrüße mich. Ich hatte vergessen, wie gewitzt du bist.«

»Warte hier«, flüsterte Auriane ihrer Dienerin zu. Brico erhob sich langsam und stand mit gespreizten, zitternden Beinen da wie ein Füllen, das die ersten Schritte macht. »Drück den Stoff auf die Wunde, um das Blut zu stillen.«

Auriane wandte sich Ramis zu. Die Sänfte lag auf den Schultern von acht hoch gewachsenen Trägern. Das Gesicht der Seherin befand sich über ihr wie ein aufmerksamer Mond. Auriane spürte, wie der Blick der verschleierten Augen geradewegs bis in ihren Hinterkopf drang.

»Herrin, wir müssen weiter«, sagte der Decurio zu Ramis. »Du solltest den Statthalter nicht warten lassen.«

Ramis lachte trocken. »Sein Warten wird nicht zu Ende sein, wenn ich komme. Sag ihm, ich bin in letzter Zeit nicht mehr so schnell. Ich bin zu alt. Außerdem würde mir all das Wichtige entlang des Weges entgehen.«

»Du bist nach der Wasseruhr schon eine Viertelstunde zu spät, und es wäre eine Beleidigung …«

»Junger Mann! Weißt du wirklich so genau, was hier das Wichtige ist? Sei vorsichtig. Das Leben ist schließlich nichts anderes als ein verwirrendes Spiel mit Helden, die man nicht erkennt, mit großen Augenblicken, die nicht bekannt sind, und mit Strohköpfen, denen als Könige gehuldigt wird.« Gebieterisch fügte Ramis hinzu: »Ich werde mit dieser Frau sprechen, und du bist jetzt still!«
Der Decurio fluchte leise und sagte dann: »Aber beeil dich.« Damit die beiden ihn nicht vergaßen, lenkte er sein Pferd so nahe heran, dass sich der Kopf mit dem klirrenden Zaumzeug zwischen Auriane und Ramis befand.
»Herrin«, sagte Auriane und neigte den Kopf, »ich begrüße dich im Namen der Ahnfrauen.«
»Schon gut, schon gut. Aber du solltest nicht bei jeder Gelegenheit versuchen, zu ihnen zu gehen. Sie wollen dich noch nicht haben. Obwohl es bei deinem tollkühnen Wesen angebracht ist, sich gut mit ihnen zu stellen.«
»Bitte … ich bin hier, weil ich dich um Hilfe anflehe. Wir suchen …«
»Vor zwanzig Jahren habe ich dir gesagt, du sollst in die Welt hinausgehen und dich dort umsehen.« Der Ton der Weleda veränderte sich. Ihre Stimme klang plötzlich so kalt und hart wie eine Stahlklinge. »Und das hast du getan. Aber du hast vergessen zurückzukommen. Ruhe schenkt neues Leben, wenn man sie denn braucht. Aber wenn man sie nicht braucht, ist Ruhe Gift.«
Auriane starrte Ramis benommen und sprachlos an. Sie fühlte sich auf geschickte Weise irgendwie entwaffnet. Die Weleda wies mit dem schlanken Finger auf sie. »Du hast das Amulett Avenahar gegeben. Das war erbärmlich. Ein Handwerker kann seinen Beruf aufgeben, aber als meine Schülerin kann man das nicht so einfach.«
»Es geht um Avenahar. Ich muss dich ihretwegen um Hilfe bitten«, fuhr Auriane mit trockenem Mund fort. Sie war zu zermürbt, um sich zu fragen, woher Ramis wusste, dass sie Avenahar das Amulett gegeben hatte. »Sie ist davongelaufen. Wenn du meine Familie auch nur noch ein wenig liebst, wirst du mir helfen, sie wieder zu finden.«

»Junger Mann«, sagte Ramis streng zu dem Decurio. »Würdest du das Pferd vor meinem Gesicht wegnehmen?«
Der Decurio murmelte etwas Unverständliches, trieb das Pferd aber zwei Schritte zurück.
»Als du dich in deiner schönen Villa eingerichtet hast, dachtest du, deine Leiden seien zu Ende.« Auriane fühlte sich von dem kalten Blick festgenagelt. Sie hatte die beunruhigende Gewohnheit von Ramis, ohne weitere Umstände in die persönlichsten Winkel des Bewusstseins einzudringen, beinahe vergessen.
»Du dachtest, du hättest eine große Schuld beglichen und wärst von nun an niemandem mehr etwas schuldig. Du wolltest für alle Zeiten friedlich auf deinem hohen Berg sitzen wie ein Fels.« Sie lachte. »Aber vergiss nicht, Auriane, Freia zahlt nicht mit den Münzen, die wir kennen, und sie lässt sich auch nicht damit bezahlen.«
»Ich weiß nichts mehr von solchen Dingen … du hast Avenahar in die Welt geholt, kannst du mir jetzt helfen?«
In der Nähe entstand Unruhe. Mattiaker und Chatten beschimpften und prügelten sich. Ein wenig Wein hatte genügt, um den alten gegenseitigen Hass der beiden Stämme wieder aufleben zu lassen. Die Mattiaker hielten die Chatten für Diebe, die ihre Nachbarn bestahlen. Die Chatten behaupteten, die Mattiaker seien keine richtigen Männer mehr, sondern verweichlichte Schoßhunde Roms. Der Decurio ließ die beiden Frauen allein und ritt zu den Streitenden. Er hatte beinahe das Gefühl, gerettet worden zu sein, denn nun gab es einen Grund für den verrückten Aufenthalt, und er brauchte nicht mehr zu fürchten, dass man ihn vielleicht degradieren werde.
Ramis sagte mit einer wegwerfenden Handbewegung: »Den sind wir für eine Weile los.« Ihr durchdringender Blick richtete sich wieder auf Auriane. »Ich möchte, dass du aufhörst, diese Bücher über mein Leben zu diktieren.«
Das ist doch unwichtig. Dafür ist keine Zeit. Ich bin nicht hierher gekommen, um über …
Doch Auriane stellte fest, dass sie Ramis zuhören musste. Sie konnte sich wie eine Fliege im Spinnennetz nicht mehr bewegen.

Die eigenartige Stille, die von der Weleda ausging, brachte die Ordnung der Menschenwelt durcheinander und machte alle vernünftigen Überlegungen zunichte.
»Aber dein Name wird wie Staub sein«, hörte sie sich flüstern.
»Weniger als Staub. Staub ist sichtbar.«
»Du willst von der Erde verschwinden?«
»Wenn man etwas nicht sieht, heißt das nicht, dass es verschwunden ist. Es ist nicht notwendig, für diese Welt ein trockenes, vergängliches Bild aus Worten von mir zu zeichnen. Es gibt eine andere Welt, in der mein Bild so klar sein wird wie der volle Mond, der sich in einem Teich spiegelt.«
»Nun gut, wie du willst …« Auriane schluckte und rang nach Worten. »Bitte, Herrin!« Verzweifelt klammerte sie sich an das Schnitzwerk der Sänfte. »Weißt du, ob Avenahar noch am Leben ist?«
»O ja, sie ist am Leben. Aber ich mache mir Sorgen um *dich.* Du schleichst dich auf ein bequemes römisches Landgut und vergräbst dich dort. Du bist eine lebendige Frau, die in einen Sarkophag eingeschlossen ist.« Sie hob die Stimme: »Auriane, du solltest ein Schutzschild für Tausende sein, nicht nur für drei oder vier.«
Auriane spürte, wie eine erstickende Angst in ihr aufstieg. Die Streitigkeiten, die verhinderten, dass die Sänften ihren Weg fortsetzen konnten, würden nicht mehr lange dauern. Die berittene Garde sorgte dafür.
Diese Frau treibt mich noch zum Wahnsinn. Die Träger werden sie davontragen, bevor sie mir eine Antwort gegeben hat.
»Wohin muss ich gehen, um sie nach Hause zurückzubringen?«, rief sie, ohne die Worte jedoch über die Lippen zu bringen. Ihr Blick richtete sich stumm auf die Augen von Ramis. In diesem Augenblick wurde ihr plötzlich erst richtig bewusst, dass ihre wichtigste Frage bereits beantwortet war.
Avenahar lebt!
Diese Erkenntnis setzte sich in Auriane fest, und ihre Erleichterung war wie ein Sprung in heißes Wasser an einem kalten Tag. Ihre Gedanken rasten in großen Sätzen voraus, und sie vergaß beinahe, wo sie war.

Ich werde sie selbst zurückholen. Welch ein Wiedersehen wird das für uns beide sein! Aber ich werde ein ernstes Wort mit ihr reden, das sie so schnell nicht vergessen wird …

»Du kannst sie nicht nach Hause zurückholen«, sagte Ramis, »denn sie ist nicht an einem bestimmten Ort.«

»Ich verstehe dich nicht … du hast gesagt, sie lebt.«

»Gewiss, sie ist sehr lebendig. Und sie ist genau dort, wo sie sein soll.«

»Hör auf, deine grausamen Spiele mit mir zu treiben!«

»Sie ist bei Witgerns Wölfen.«

Auriane hatte einmal gehört, man empfinde nichts, wenn man von einem Speer durchbohrt werde, und dass die Sinne, das Herz und das Bewusstsein in diesem Augenblick wie ausgeblendet seien. Man sagte, das sei beinahe barmherzig. Leider hielt diese Gefühllosigkeit bei ihr nur kurz an. Dann erwachten tausend Würmer des Entsetzens und fraßen sich unerbittlich in ihr Herz.

Heilige Freia, nein! Bei Witgern warten auf sie mehr als tausend Tode.

»Sie ist davongelaufen, um zur Schule zu gehen, Auriane«, sagte Ramis etwas freundlicher. »Sie ist zu ihrer Akademie geflohen. Es war Zeit. Du hast in ihrem Alter das Gleiche getan. Hast du das vergessen?«

»Kennst du kein Erbarmen? Ein Rebell und sein vom Rabenbrot wahnsinnig gewordener Trupp, das ist doch keine *Akademie*!«

»Oh, für Avenahar ist es die beste Schule, die man sich denken kann. Sie gleicht dir sehr, als du in ihrem Alter warst. Ihr wahres Wesen hat sich nur etwas überstürzt zu Wort gemeldet. Sie muss ihren ererbten Zorn bis zum Ende ausleben.«

»Das ist Wahnsinn! Rette sie! Gewähre ihr Zuflucht!«

Ramis schwieg etwas zu lange, als wolle sie Auriane Zeit lassen, in sich hineinzuhorchen. In dem ruhigen, rätselhaften Gesicht zeigte sich kein Gefühl. Dann sagte sie: »Niemals. Ich werde das zarte Netz nicht zerreißen, das eine Macht gesponnen hat, die weit größer ist als ich.«

»Dir liegt an keinem von uns etwas! Wozu bist du überhaupt von Nutzen?«

Das schien Ramis zu gefallen. Sie lachte leise. »Dein wahrer Feind, Auriane, ist der Teil in dir, den du für deine Vernunft hältst. Das macht dich so sicher, stets genau zu wissen, was richtig ist. Du enttäuschst mich. Wie hast du dich jemals mit der Vorstellung beruhigen können, die Welt werde nicht auseinander brechen? Hat sie das nicht schon viel früher getan? Tut sie es nicht immer wieder?«

Auriane wich zurück und vergrub das Gesicht in den Händen. Über ihr sprach Ramis, doch die Worte kamen kaum bei ihr an.

»Das ist der letzte Punkt, an dem du noch umkehren kannst, Auriane. Es ist deine letzte Möglichkeit, für diese Welt zu sterben und mir zu folgen.«

In Auriane erwachte eine neue, nicht fassbare Gewissheit. Sie sah Ramis an. »Du hast gewusst, dass ich hier auf dich warten würde.«

»Ja, ich hielt es für sehr wahrscheinlich. Du glaubst doch nicht wirklich, dass ich hierher gekommen bin, um mich von diesem aufgeblasenen Statthalter bestrafen zu lassen, oder?«

Der Decurio der Garde kam auf seinem schaumbedeckten Pferd, das wieherte und die Augen verdrehte, zurück. Seine ledernen Beinschienen und der vergoldete Panzer waren blutbespritzt. Auriane bezweifelte, dass es sich dabei um sein eigenes Blut handelte.

»Vorwärts!«, rief er schon von weitem und wies mit der Lanze auf den inzwischen frei gemachten Weg.

»Du hast immer eine Zuflucht gesucht, Auriane. In der Jugend hat dich das in den Krieg getrieben, denn du konntest nur in der Schlacht Frieden finden. Jetzt suchst du Zuflucht in häuslichem Frieden. Du musst dir einen klaren Blick viel mehr wünschen als eine sichere Zuflucht. Hör auf mich. Du bist eines der Feuer in diesem Land. Ich sehe bei Menschen, die kämpfen wollen, nur ganz selten etwas Reines und Schönes, aber bei dir schon. Du musst wieder aufflammen. Du musst dich jetzt darauf vorbereiten, einmal das zu werden, was ich jetzt bin.«

»Du redest, als wäre ich frei und ungebunden wie ein junges Mädchen. Ich würde meine Kinder niemals im Stich lassen.«

»Nein? Aber das hast du bereits getan, indem du dein wahres Wesen im Stich gelassen hast.«

»Vorwärts!«, rief der Gardist heiser den Sänftenträgern zu.
»Die Lilie öffnet sich. Versuche nicht, sie mit Gewalt wieder zu schließen.« Ramis blickte nach vorne. »Schade, ich muss gehen.« Sie ließ den Vorhang der Sänfte fallen.
Auriane wollte im Staub versinken und das ganze Elend aus sich herausweinen. Doch sie hatte plötzlich das starke Gefühl, ihren Vater neben sich zu spüren. Sie konnte ihm keine Schande machen. Deshalb blieb sie wie angewurzelt stehen, während die Menge lauter wurde und ungeduldig näher drängte.
Der silbergeschmückte Kopf der Weleda tauchte ein letztes Mal zwischen den Vorhängen auf.
»Auriane, Flüsse sind die Grenzen zwischen den Welten. Wenn du nicht handelst, wird ein Fluss über dein Schicksal entscheiden.«
»Verflucht! Sprich so, dass ich dich auch verstehen kann!«
Die Umstehenden sahen sie entsetzt an. War sie eine Verrückte, die sich unbedingt selbst umbringen wollte?
Doch Ramis schien keineswegs gekränkt oder verärgert. Sie gab den Trägern ruhig ein Zeichen, und die acht Männer setzten sich wie von einem Mechanismus kontrolliert in Bewegung. Im Gleichschritt gingen sie den leichten Hang hinauf. Auch die Träger der anderen Sänften bewegten sich mit gleichmäßigen, leicht verhaltenen Schritten.
Auriane wollte ihnen folgen. Doch die Menschen strömten hinter den Sänften wieder zusammen und umschlossen sie wie eine Flutwelle und verhinderten ein Vorwärtskommen. Auriane wurde wieder von ihrer eigenen unbarmherzigen Nacht verschlungen. Die erschütternde Wahrheit, dass Ramis immer noch wollte, dass sie eines Tages ihren Stab tragen würde, war irgendwo jenseits all dieses Elends gegenwärtig. Aber was machte das jetzt schon noch aus? Das Schicksal würde ihre Familie auseinander brechen, so wie man einen Laib Brot beim Mahl auseinander brach. Marcus stand unter einem unheilvollen Verdacht, und sie selbst hatte sich mit eigener Hand zugrunde gerichtet.
Und Avenahar saß auf dem Rücken eines Drachen.

* * *

Die Weleda schritt durch den Mittelgang der *Principia*, ein mächtiges Gebäude in Form einer *Basilica*, das den Platz mit den Verwaltungsgebäuden der Festung beherrschte. Die riesige Steinhalle diente als Gericht, als Versammlungshalle und als Aufbewahrungsort für die Standarten der Legion. Die Dunkelheit verwandelte den gewölbten Innenraum in eine gähnende Höhle, die in regelmäßigen Abständen von den kleinen Lichtflecken der Wandlampen erhellt wurde. Ramis schritt zwischen zwei Reihen riesiger Säulen, die sich hoch oben unter der Decke im Dunkel verloren. Vier ihrer Frauen gingen ihr mit Tonschalen, aus denen der Rauch von glühendem Wollkraut aufstieg, voraus. Entlang der Wände waren Soldaten der Zweiundzwanzigsten Legion in Rüstungen postiert. Schwache Lichtkränze umgaben die Umrisse ihrer nach oben weisenden Speere.

Viele der hier versammelten Menschen hatten schon Geschichten über die größte Seherin des Nordens gehört, aber nur wenige hatten sie schon einmal zu Gesicht bekommen. Die Menschen auf den Bänken vor dem erhöhten Richterstuhl des Statthalters reckten die Hälse, als Ramis sich hinter Wolken von Räucherwerk, der Musik vieler kleiner bronzener Sicheln und Sieblöffel an ihrem Gürtel und dem hallenden Pochen ihres Stabs auf dem Steinfußboden näherte.

Für römische Augen war der Anblick dieser Frau in dem unförmigen Lammfellmantel, den Kalbfellstiefeln und dem Schmuck, der nicht als Zierde gedacht war, sondern ihr Autorität verlieh, eine Provokation. Das Aufblitzen der silbernen Mondsichel auf ihrer Stirn war eine stumme Warnung. Um den Hals trug sie an einem Lederriemen ein Amulett aus schwarzem Leder, das wie ein dunkles ledernes Herz wirkte. An ihrem dicken Ledergürtel hingen Beutel mit Kräutern – schreckliche Gifte, wie die Menschen vermuteten, die schneller töten würden, als man einen Eimer Wasser aus einem Brunnen ziehen konnte.

Die Weleda erreichte die Vierung und stieg auf die niedrige Plattform, die für sie vorbereitet worden war. Nun zweifelten nur noch wenige der Anwesenden daran, dass die Anklage, sie habe einen Legionär zum Tode verurteilt, der kostbare Opfergaben aus einem ihrer heiligen Seen gestohlen hatte, berechtigt war. Denn vor sich sahen sie das Gesicht einer Frau, die sehr wohl ein Todesurteil verkünden konnte. Der Stuhl mit der hohen Rückenlehne, auf dem sie Platz nahm, stand direkt vor dem Richterstuhl des Statthalters Valerius Maximus. Ihre Frauen hatten bei den Vorgesprächen für die Verhandlung darauf bestanden, dass sich die beiden in Augenhöhe gegenübersaßen. Ihre jungen Dienerinnen und die Seherin Algifu nahmen zu beiden Seiten von Ramis Platz. Anders als bei Ramis, die bereits früher hier gewesen war, riefen der mächtige hohle, von Menschenhand geschaffene Berg, in den sie hineingegangen waren, das viele Gold an den Helmen und Brustpanzern der Legionäre, die kühne Geometrie des Mosaikfußbodens, über den sie schritten, und die ganze riesige und geschäftige Festung Mogontiacum bei ihren Frauen Staunen und Verwirrung hervor. Der aus den Gefäßen aufsteigende Rauch zog über das Gesicht der alten Weleda wie Wolken über den Mond.

Ihr gegenüber saßen drei Vertreter des römischen Gesetzes: in der Mitte der Statthalter Maximus, dessen normalerweise schlaffes, freundliches Gesicht zu einer harten Maske erstarrt war, zu seiner Linken ein Tribun, der Ramis mit dem leeren Gesichtsausdruck eines Ochsen anstarrte – er war anstelle des ranghöheren Camillus hier, der nach den schweren Verletzungen durch den Auerochsen immer noch zwischen Leben und Tod schwebte –, und zu seiner Rechten aufrecht und wachsam Marcus Julianus, der als Einziger keine Rüstung trug. Hinter ihnen erhob sich das elegante *Sacellum*, der Marmorschrein mit dem Giebeldach, in dem die durch eine Steinwand den Blicken entzogenen geheiligten Embleme und die goldene Adlerstandarte der Zweiundzwanzigsten Legion aufbewahrt wurden. Zu beiden Seiten der Plattform saßen in Reihen Gerichtssekretäre und Stenographen. Und hinter ihnen stand eine Gruppe Bediensteter des Statthalters – dreißig kräftige Männer aus mehreren Provinzen, zu deren Pflichten die Beschaffung von Pferden für das Heer und die Festnahme von Gesetzesbrechern gehörte.

Die Symmetrie der Szene wirkte auf die Frauen eigenartig. Selbst

der Faltenwurf des schweren Umhangs des Statthalters war nicht dem Zufall überlassen worden. Er lag viel zu gleichmäßig über seinen Schultern, um natürlich zu wirken, und dort, wo er den Boden berührte, waren sogar die Falten kunstvoll drapiert. Maximus saß so still, als werde sein Kopf von einer Schraubzwinge festgehalten. Er blickte starr eine unsichtbare Linie entlang, die die *Principia* in zwei Hälften teilte.
Die Zuschauer bildeten zwei Gruppen. Die besten Bänke waren den Angehörigen der Militärverwaltung, Beobachtern des Palastes und führenden einheimischen Persönlichkeiten der Stadt, die in unterschiedlichen Funktionen in der Festung arbeiteten, vorbehalten. Etwas weiter entfernt saß auf den seitlichen Bänken an der Wand eine kleine Abordnung von Chatten, mit denen der Statthalter den Tag über verhandelt hatte. Es waren Männer in grobem Zeug mit ungeschnittenen Bärten, langen, struppigen Bärten und Augen, die so scharf waren wie die von Raubvögeln. Die Chatten wirkten wild und unzivilisiert in diesem eleganten, würdigen Gebäude. Es war, als hätten sich Brombeeren in einem gepflegten Garten breit gemacht. Ihr Anführer war der junge Kriegshäuptling Sigbert. Er sah gut aus und wirkte hochmütig mit den rotblonden Haaren, die er aus der hohen Stirn nach hinten gekämmt hatte. Es war dieser Sigbert, den Elsa sich so sehr zum Ehemann wünschte, ein aufsteigender chattischer Häuptling, von dem man glaubte, er sei Rom in unerschütterlicher Treue ergeben – allerdings vertraute man hier im militärischen Hauptquartier keinem Chatten allzu sehr. Die anderen Männer gehörten zu seinem Gefolge. Für die Abordnung der Chatten war es ein Tag bitterer Zugeständnisse gewesen. Sie hatten sich gezwungenermaßen bereit erklärt, fünf weitere Meilen Land zwischen der Reichsgrenze und dem Stammesgebiet unbearbeitet zu lassen und gegenüber dem Vorjahr die doppelte Zahl junger Männer aus den Dörfern für einen neu zu bildenden Verband einheimischer Hilfstruppen bereitzustellen. Doch durch die Ankunft von Ramis fühlte sich Sigbert wie ein Soldat, der am Ende eines Tages schwerer Kämpfe Verstärkung herannahen sieht.
Ein Herold mit einer Stimme, die so geschmeidig und kraftvoll

war wie die Sprünge und Drehungen eines Seiltänzers, verkündete die Namen der Weleda und der Angehörigen des Tribunals.
»Ich begrüße dich Ramis, Seherin der Chatten, die Weleda genannt wird«, sagte der Statthalter kühl.
Sie wandte sich nacheinander an die Männer und endete mit den Worten: »Ich begrüße dich, Valerius Maximus, hoch geschätzt unter den Herren der bekannten Welt.« Der Statthalter bemerkte, dass die beinahe unmerkliche Betonung des Wortes »bekannten« das Römische Reich auf die Größe eines Gerstenfelds schrumpfen ließ und die Aufmerksamkeit unerwünschterweise darauf lenkte, dass jenseits der imperialen Grenzen riesige Gebiete und Länder lagen.
Ramis betrachtete die drei Männer abwartend und mit grenzenloser Geduld. Ihre Augen waren stille, lebendige, wache Teiche. Sie saß wie ein stolzer Falke auf ihrem Stuhl – eine fremdartige, würdevolle alte Frau in einem prächtigen blauen Mantel. Ihr Blick war hoheitsvoll, aber gelassen. Von ihr ging eine Ruhe aus, die wie Balsam die Luft erfüllte.
Der Statthalter begann allmählich zu glauben, sie werde sich damit zufrieden geben, eine Stunde lang sein Gesicht zu betrachten, wenn er nicht das Wort ergriff. Die Welt und die Zeit schienen sich für sie langsamer zu bewegen. Er fand sie auf eine unverständliche, fremdartige Weise hoheitsvoll, aber er empfand keine Ehrerbietung für sie. Er blieb bei seinem Urteil, das ihm seine griechische Erziehung vermittelt hatte: Sie war nichts als eine schlaue Schwindlerin, die geschickt mit den abergläubischen Vorstellungen der Einheimischen spielte.
Den Tribun irritierte ihr kühles, überlegenes Verhalten. Er verstand sie nicht und wollte sie auch nicht verstehen. Sie war eine Frau, für die es in seiner Welt keinen Platz gab. Doch er hatte einmal einen Mann gekannt, der von einer etruskischen Hexe verzaubert worden und daran gestorben war. Deshalb beobachtete er sie sehr vorsichtig.
Marcus dagegen erlebte die Überraschung seines Lebens. Er wusste, noch bevor sie ein Wort gesprochen hatte, dass ihm in Ramis jemand mit einem ungewöhnlich hoch entwickelten Bewusstsein

gegenübersaß. Zuerst hielt er es für die Verwirklichung des unerschütterlichsten stoischen Willens, dem er jemals begegnet war. Ramis hatte sich durch eine ihm unbekannte philosophische Lebensweise unempfindlich gegen die Stürme des Schicksals gemacht. Ihre Kräfte waren im Laufe eines langen Lebens gewachsen. Aber wie? Woher kam diese eindrucksvolle Stille? Erstaunt machte er sich klar, dass sie nur ein paar kurze Worte der Begrüßung gesprochen hatte, und doch schien seither alles in dem riesigen Raum sanft zu leuchten, und viele Menschen wirkten, als seien sie gerade aus einem leichten Schlaf erwacht. Er kam zu dem Schluss, dass diese Frau alles bewusst tat, und zwar nicht deshalb, weil sie wollte, dass andere vor ihr kapitulierten, sondern aus Gründen, die er nicht kannte und die etwas mit ihren Göttern zu tun haben mussten. Eine so machtvolle gelassene Ruhe hatte er bisher nur einmal gesehen – in seiner Jugend, im Gesicht seines alten Lehrers Isodorus. Das war am Vorabend des Tages gewesen, an dem Nero den weisen, so beredten und verrückten Kyniker, der unter Brücken lebte, den wilden Hunden vorgeworfen hatte.

Ist sie die Eine, die noch immer wie zur Zeit des Saturn lebt, als alle an einem Tisch aßen, wie Isodorus in seinem letzten Anfall von himmlischem Wahn vorausgesagt hat? Ich hätte wissen müssen, dass von dieser Frau viel zu erwarten ist. Ich hätte darauf vertrauen sollen, dass Auriane niemanden leichtfertig verehrt.

Der Statthalter ergriff zuerst das Wort. »Ich hoffe, du hattest eine gute Reise.«

Auf ihrem Gesicht zeigte sich der Anflug eines Lächelns. Es war, als scheine der Mond etwas heller. »Sie war angenehm, wie es die meisten Flussreisen sind. Ihr habt viele schöne Villen entlang der Ufer gebaut! Welchen Fleiß dein Volk an den Tag legt. Vor nur vierzig Sommern waren es noch nicht halb so viele.«

Maximus nickte leicht, ohne etwas von seiner Zurückhaltung aufzugeben. Marcus unterdrückte ein belustigtes Lächeln. Sie sprach von den Leistungen Roms, als seien sie das Werk frühreifer Kinder.

»Das war«, fuhr Ramis mit ihrer durchdringenden, klaren Stim-

me nachdenklich fort und richtete den Blick auf Marcus, »zur Zeit deines Vaters Marcus Arrius Julianus des Älteren.«
Der Statthalter hörte aus den Worten heraus: Ich habe mit deinem Vater verhandelt, Julianus. Ich war schon damit beschäftigt, die Welt zu ordnen, in der ihr heute lebt, als ihr alle noch Säuglinge gewesen seid. Für Marcus dagegen war es nur eine freundliche Erinnerung an die Verbindung seines Vaters mit dieser ungewöhnlichen Frau.
Ramis wandte sich nun ausschließlich an Marcus. Sie schien ihn ausgewählt zu haben und die beiden anderen Männer zu übergehen, als seien sie von geringerer Bedeutung – der Statthalter besaß zwar eine gewisse Stellung, der Tribun hingegen war völlig ohne Belang.
»Er war ein fähiger Mann, dein Vater«, sagte sie und holte die Worte wohl überlegt aus einer großen Leere. Marcus bemerkte, dass sie einen rhetorischen Kunstgriff gebrauchte, durch den jedes einzelne Wort so viel zählte wie drei. »Ich habe hier in lateinischer Sprache eine Kopie meines letzten Vertrags mit ihm.« Sie zog aus ihren Gewändern eine schlanke, mit Silber beschlagene Bronzerolle hervor und hielt sie hoch, damit die Männer sie sahen.
Der Statthalter runzelte ärgerlich die Stirn und bewegte sich unruhig auf seinem Stuhl hin und her. Seine Gedanken wurden angesichts der Bronzerolle nicht freundlicher.
Rom hat diesen Vertrag viele Male gebrochen, und die gerissene Frau weiß das.
Es war verwegen, diesen Vertrag überhaupt mitzubringen. Marcus konnte die Kühnheit der Weleda nur bewundern. Er war stolz darauf, dass sie seinen Vater mit Lob und Auszeichnung bedachte. Der junge Häuptling Sigbert verzog den Mund zu einem zufriedenen Lächeln, nahm sich aber sofort wieder zusammen. Auf sein Gesicht trat ein ernster, undurchdringlicher Ausdruck.
Marcus kam einer Erwiderung des Statthalters rasch zuvor und sagte: »Mein Vater hat gut über dich gesprochen, Herrin. Er sagte, du seist vernünftig und gerecht, und dein Urteil sei wohl überlegt.«

Maximus wandte sich mit einer leichten Drehung Marcus zu. Seine Gereiztheit war ihm deutlich anzusehen.
Was im Namen von Nemesis hast du im Sinn? Schmeichelst du ihr, damit sie noch eigenwilliger wird?
»Und er hat gesagt, dass du einen Schwur immer gehalten hast«, schloss Marcus.
Jetzt erinnerte sich Maximus. Der alte Vertrag bestimmte, dass sie auf dem Gebiet des *Imperiums*, also des Landes unter römischer Herrschaft, keinen priesterlichen Richterspruch fällen durfte. Das beruhigte ihn etwas, denn nun begriff er, worauf Marcus hinauswollte.
Sie lächelte und nickte kaum wahrnehmbar. »Ich versuche, mich daran zu halten. Der Legionär, der unseren See entweiht hat, befand sich auf der Erlenwiese. Dieser Ort liegt in der Tat auf unserem, auf chattischem Gebiet.«
»Du irrst dich«, erwiderte der Statthalter. »Seit Domitians chattischem Feldzug ist das römisches Reichsgebiet.«
Sie hielt das Bronzebehältnis in die Höhe. »Das war ein Krieg, durch den dieser Vertrag verletzt wurde, der Letzte, den Julianus der Ältere mit mir geschlossen hat. Nach den Zusagen, die er enthält, ist der Anspruch Roms auf dieses Gebiet unrechtmäßig. Mir scheint, euer Volk schreibt Verträge auf Abfallpapier.«
»Unverschämtheit und Betrügereien werden dir nicht helfen, Herrin.« Zum ersten Mal äußerte sich nun auch der Tribun. Aber sein Zorn war wie eine feuchte Fackel, die kein Feuer fängt. Die seltsame Ruhe der Frau zermürbte ihn und gab ihm das Gefühl, das Reich, der ganze Kosmos flimmerten und seien dicht davor, zu schmelzen und eine neue Gestalt anzunehmen.
Sie sah ihn gelangweilt an und richtete dann den Blick wieder auf den Statthalter. »In meiner Welt ist das nicht weiter von Bedeutung«, sagte sie mit einer anmutigen wegwerfenden Handbewegung. »Ihr seid hier, ihr seid dort, es ist das Wesen eures Volkes, andere Völker aus ihrem Land zu vertreiben. Ich rechne nicht damit, dass sich diese Gewohnheit so bald ändern wird.« Ihre Stimme klang kraftvoll und füllte mühelos den Raum. »Aber dass ihr die Menschen von ihrer Heimat trennt, bedeutet nicht, dass ihr

das auch mit den Göttern tun könnt. Ich bin die Hüterin eines heiligen Gesetzes. Und so habe nicht ich über ihn zu Gericht gesessen. Aber ich habe das Urteil den Schicksalsgöttinnen überlassen.«

Der Statthalter erwiderte erregt: »Das Urteil war verbrecherisch und ruchlos. Du hast ihn im Wald ausgesetzt, wo er vor Kälte und unter den Angriffen wilder Tiere gestorben ist. Mit keinem Bürger Roms sollte man so verfahren. Du hattest nicht die Befugnis, ihn zu bestrafen. Du bist keine römische Bürgerin, sondern eine Frau eines unterworfenen Stammes. Deshalb hast du kein Recht, in solchen Angelegenheiten zu handeln. Das scheinst du nicht zu begreifen.«

Sie unterbrach ihn leise, als weise sie ein Kind zurecht. »Mein lieber Maximus, unsere Welten haben keine Berührung miteinander. Du schleuderst Speere ins Meer. Beruhige dich. Ich frage dich … was liegt darunter? Dunkle Stille, nur dunkle Stille …«

Ramis warf die Worte durch die Luft wie ein Netz, das sich über den Köpfen ausbreitete, nach unten sank und sich weich um die Beute legte. Marcus hätte es nicht geglaubt, wenn er es nicht selbst erlebt hätte.

»Mein Urteil sollte dir eigentlich gefallen«, fuhr sie fort, »denn es gleicht auf bemerkenswerte Weise dem Urteil deines erhabenen Herrschers Trajan, der die Übeltäter, die Domitian gedient hatten, auf ein ruderloses Schiff gebracht hat. Ihr Schicksal wurde Neptun überlassen.«

»Ich warne dich, Herrin, du gräbst dir eine Grube!« Sie hatte zielsicher die empfindlichste Wunde des Statthalters getroffen. Maximus richtete sich zornig auf. »Du wagst es, dich mit dem … dem zivilisierten Herrscher einer Welt zu vergleichen, die größer ist, als du jemals wissen kannst. Du stellst dich mit einem Mann auf dieselbe Stufe, vor dem sich selbst Griechenland mit all seinem Wissen und seiner Weisheit verneigt, ja sogar Ägypten mit seiner ganzen ehrwürdigen Geschichte. Er ist ein Mann, der unter den Göttern des Capitols sitzt!«

»Ja.«

Die Stille, die darauf folgte, nahm allen Anwesenden den Atem.

Sie hatte es so schlicht und mit leichtem Erstaunen darüber gesagt, dass er das befremdlich fand.
»Wir wurden beide von Frauen geboren. Wir sprechen beide im Namen vieler Völker.« Ihr Blick war auf einmal nicht mehr so sanft. »Und wir machen beide Gesetze.«
»Auf meinen Befehl, den ich dir, mit der mir vom Kaiser und dem Senat von Rom verliehenen Autorität erteile, wirst du damit aufhören, Gesetze zu machen.«
Der Statthalter nahm eine Wachstafel entgegen, die ihm einer der Sekretäre reichte, und fuhr fort, während er sie überflog: »Vor einem Jahr ist dir befohlen worden, den treuen Sigbert, der heute hier bei uns ist, über alle chattischen Häuptlinge zu erheben, indem du deinem Volk günstige Weissagungen über ihn verkündest. Das hast du nicht getan.«
Marcus schloss peinlich berührt die Augen. Maximus hatte ihm nicht gesagt, dass er die Anklage so formulieren würde. Auf Sigberts Gesicht zeigte sich Empörung, doch er hatte sich schnell wieder unter Kontrolle.
»Die Menschen glauben, meine Weissagungen kommen von den alten Göttern«, erwiderte die Weleda. »Wie enttäuscht wären sie zu erfahren, dass sie nur von Maximus kommen.«
»Ich erinnere dich an den Ernst dieses Gesprächs!«, erwiderte Maximus. »Sag mir nicht, dass du in Wahrheit nicht genau das tust. Du verkündest, begleitet von Weihrauch und Musik und in einer auf Wirkung bedachten Stimme, etwas Zweckdienliches. Du machst eine Weissagung zugunsten dieses oder jenes Häuptlings und sagst, was du für das politisch Klügste hältst. Ich mag mich irren, aber wenn du wolltest, könntest du das bestimmt wenigstens ein einziges Mal zugunsten von Sigbert tun. Falls du dich weigerst, bedeutet das, dass du deinen großen Einfluss gegen uns nutzt.«
Sie lächelte, und nur Marcus sah, dass es ein durch und durch belustigtes Lächeln war, wie das einer Mutter, die sich über einen schlauen Einfall ihres Kindes freut.
Das Lächeln verschwand. »Sag mir, was du beabsichtigst, Herr. Du willst, dass ich diesen Mann über die anderen Häuptlinge der

Chatten erhebe«, sie wies mit einem Nicken auf Sigbert, »weil ein widerspenstiger Stamm besser zu kontrollieren ist, wenn du nur einen Nacken unter das Joch zwingen musst.«
»Herrin, ich rate dir, nicht …«
»Durch deine verführerischen Geschenke schaffst du Oberherren unter uns. In meiner Jugend hat es einen Herrn gegeben, inzwischen sind es durch die ständige Einmischung Roms mehr geworden. Sieh dir diesen Chariomerus an, der wie ein Geschwür am Körper unseres Stammes wuchert. Ich weiß, all das wird in einigen Generationen zu den Dingen führen, die mein Volk bisher nicht kennt. Ich spreche vom vererbten Adel, wie das bei deinem Volk üblich ist. Eure schrecklichste Waffe gegen uns ist nicht die Ballista oder das Katapult, sondern die Kunst, mit der ihr uns dahin bringt, euch nachzuahmen.« Das Licht der Flammen spiegelte sich auf ihrem bronzebeschlagenen Stab, ihrem silbernen Stirnreif mit dem Mond und in ihren Augen, die wie zwei Sterne am nächtlichen Himmel funkelten. »Nein, ich werde dir nicht dabei behilflich sein. Du willst einen Führer, ich bestehe auf vielen. Außerdem setzt sich die Weleda nicht für Häuptlinge ein. Das ist eine römische Vorstellung, die nur Glauben findet, weil sie so oft von den Unwissenden wiederholt worden ist. Ich setze mich nur für das Sehen ein.«
Maximus nickte knapp in Richtung der Sekretäre. »Wir halten ordnungsgemäß einen weiteren Akt von schwerer Insubordination fest.«
Die zunehmende Feindseligkeit des Gesprächs beunruhigte Marcus. Gleichzeitig stellte er fest, dass seine Neugier auf diese Frau wuchs. Er spürte, Ramis war ein überaus wichtiges, ungelesenes Buch, eine lebende Schatzkammer erstaunlicher Verbindungen zwischen Kernpunkten verborgenen Wissens. Sie besaß einen Verstand, der unter der Oberfläche die widersprüchlichen philosophischen Richtungen, die er sein Leben lang studiert hatte, in Einklang bringen mochte. Der Statthalter wirkte auf ihn allmählich wie ein Mann, der sich mühsam durch Goldklumpen hindurchgrub, um einen Ballen Stroh zu finden.
Marcus hob die Hand, um Maximus zum Schweigen zu bringen. »Sag mir, Herrin, was du mit deinen letzten Worten meinst.«

Wieder betrachtete ihn Ramis mit großer Aufmerksamkeit, als sei er der einzige anwesende Mensch, mit dem sie vernünftig reden konnte. »Sehen … das bedeutet Weleda. Wer sieht, blickt durch die Mauern aus Erde und Stein, die jahrhundertealte Vorstellungen verfestigt haben. Die Weleda sieht bis zum wahren Wesen des irdischen Lebens. Du würdest staunen, Julianus, angesichts der Zivilisation des Unsichtbaren! Was dir fest und starr erscheint, ist in Wahrheit unendlich vielfältig. Der Fels, auf dem diese Festung steht, ist nicht fest. Er lebt. Deinem unsterblichen Geist fehlt in Wahrheit nichts. Deshalb bringt alles Streben nach den Dingen deiner Welt den Menschen Leid, und ich rate dazu, es aufzugeben. Du wusstest das ebenso wie ich, bevor du der Kindheit entwachsen warst, bevor du dich in den enger und enger werdenden Gängen der Labyrinthe deiner Welt gefangen hast. Aber du kannst diese Dinge wieder wissen.«
Der Tribun machte ein betont gelangweiltes Gesicht und klopfte sich mit dem Griffel immer wieder leicht gegen das Kinn. Maximus hatte inzwischen harte und glänzende Augen wie ein Scharfrichter.
Marcus dagegen sah Ramis so eindringlich an, dass es schien, als sei er in eine Trance gefallen.
Plötzlich sagte Maximus: »Ramis von den Chatten, du wirst auch beschuldigt …«
»Einen Augenblick, guter Mann!« Sie schnitt ihm wie mit einem Schwertstreich das Wort ab.
Marcus staunte, und seine Bewunderung für diese Frau wuchs.
Sie kommt damit nur durch, weil sie in der Hierarchie von Maximus keinen Platz hat. Sie befindet sich in dem leeren Raum dazwischen.
»Ich habe etwas zu sagen, und zwar zu Marcus Julianus.«
Ramis wandte sich ruhig und gelassen wieder Marcus zu. »Ich kenne dich«, sagte sie. Ihre Stimme klang beinahe unbeteiligt wie Musik zum Schlag einer Trommel, als ergreife der Zustand von ihr Besitz, in dem sie ihre Weissagungen machte. »Du wolltest dein Leben lang erfahren, was Weisheit ist. Du hast dich aber so verhalten, als sei Weisheit eine Sache, die sich irgendwo vor dir

versteckt. Du hast geglaubt, du könntest sie finden, indem du immer mehr und mehr Wissen erwirbst und in deinem hervorragenden und edlen Verstand anhäufst. Du armer Mensch, du könntest die ganze Bibliothek von Alexandria im Kopf mit dir herumtragen und trotzdem keine Weisheit besitzen. Überlege doch, wenn ein Mann einen Albtraum oder auch nur einen lebhaften Traum hat … kann ein anderer, dem er diesen Traum erzählt, wissen, wie schrecklich er war?« Sie hob den langen schlanken Finger. »Weisheit kann nicht gelehrt werden. Man kann sich nur an sie erinnern.«

Marcus stockte vor Staunen der Atem. »Herrin«, flüsterte er, »die letzten Worte stammen von Sokrates.«

»Nun ja, aber es sind nicht nur seine Worte, auch wenn er sie wirkungsvoll gebraucht hat. Vergiss, wessen Worte es sind. Behalte sie einfach im Gedächtnis.«

»Woher im Namen der Götter kennst du sie?«

Der Statthalter räusperte sich laut. »Können wir fortfahren? Ich habe für den Rest meiner Amtszeit genug von Philosophie gehört. Ramis von den Chatten, wir haben dir auch befohlen, dem verbrecherischen Tun des Rebellen Witgern ein Ende zu setzen. Aber du hast keinerlei Anstrengungen unternommen, das zu tun.«

»Warum, mein guter Mann, sollte ich von Witgern verlangen, dass er seinen Wolfsmantel ins Feuer wirft? Ihr wollt doch nur Ruhe vor Witgern haben, damit ihr an anderen Orten noch mehr Unheil anrichten könnt. Du willst, dass ich hier Frieden schaffe, damit ihr dieses ferne Land … Dakien heißt es doch, oder … ausplündern könnt. Wieso glaubst du, dass mir die Daker weniger am Herzen liegen als du?« Sie sah ihn sanft und freundlich an. »Wie schade, dir hat nie jemand gesagt, dass ich so etwas nicht tun werde.«

Maximus schien sie kaum zu hören. Er beugte sich plötzlich vor und sah sie so eindringlich an, als wolle er einen Speer auf sie werfen.

»Ich sage dir, die lange Zeit, in der du unseren Einfluss untergraben hast, ist zu Ende. Ramis von den Chatten, Weleda genannt, du wirst beschuldigt, den Chatten Geld für den Erwerb von Waffen zukommen zu lassen.«

Aus dem Raum schien alle Luft zu entweichen.
»Geld, das du unter Missachtung des Gesetzes über die Reichsgrenze in das Gebiet der Chatten bringen lässt, wo deine Verbündeten Eisenwaffen an feindliche Häuptlinge liefern. Das ist ein todeswürdiges Verbrechen, und es wird mit der Höchststrafe geahndet.«
Marcus brauchte einen Augenblick, um es zu glauben. Maximus hatte ihm nichts von seinem Plan gesagt, dieses große, lange unaufgeklärte Verbrechen Ramis anzulasten.
Der junge Häuptling Sigbert sprang auf. »Das ist Verrat! So lautete die Anklage nicht! Du hast sie durch eine List hierher gelockt!«
Ihm war nicht einmal bewusst, dass er in seiner Sprache schrie. Der Statthalter sah ihn an, als habe er den Verstand verloren. »Bringt ihn hinaus!«, befahl er.
Vier seiner Männer traten aus der Reihe, packten Sigbert und stießen und zogen ihn durch den Mittelgang in Richtung Hof, während das wütende Echo seiner Schreie durch die riesige Steinhalle hallte.
Nachdem wieder Stille eingekehrt war, fragte Maximus: »Was sagst du dazu, Ramis von den Chatten? Gestehst du deine Schuld oder behauptest du, unschuldig zu sein?«
»Du willst keine Gerechtigkeit. Du möchtest eine lästige Klette unter dem Sattel loswerden. Solange ich lebe, werde ich verhindern, dass ihr einen Häuptling habt, den ihr in die Falten eurer Toga stecken könnt.«
Marcus begriff plötzlich, was Maximus vorhatte.
Er hat das von Anfang an geplant. Die Verhandlung mit Sigbert, bei der Maximus den Chatten nichts zugestanden hat, war eine Täuschung. Man hätte sie auch schriftlich führen können. Das Urteil der Weleda war nur ein Vorwand, um Ramis hierher zu bringen. Er wollte mir nichts von seiner Absicht sagen, weil er wusste, ich würde ihrer Festnahme niemals zustimmen. Er irrt sich. Aber das kann ich ihm nicht sagen, ohne Auriane ins Verderben zu stürzen.
Und Auriane befand sich infolge unglücklicher Umstände immer noch hier in der Festung.

Marcus beugte sich zum Statthalter und sagte leise: »Wir müssen unterbrechen. Ich möchte mir deine Beweise ansehen.«
Maximus beachtete ihn nicht und wiederholte: »Gestehst du deine Schuld oder leugnest du?«
»Weder noch.« Sie sagte das so unbeteiligt, als bewege sie eine Figur auf dem Spielbrett.
Das Entsetzen packte Marcus von neuem.
Sie weiß doch sicher, dass sie um ihr Leben kämpft.
Vielleicht ist es ihr gleichgültig.
Ich muss ihr helfen.
»Herrin«, begann er, »wir haben im letzten Monat einen Mann namens Anniolus festgenommen, der gestand, viele Jahre lang die heiligen Karren gefahren zu haben, in denen das Silber versteckt war. Er behauptet, du würdest Gründe für seine Freilassung vorbringen.«
Ramis begriff, Marcus versuchte, sie zu entlasten, indem er Maximus vor Augen führte, dass sie nichts vom Tod dieses entscheidenden Verbindungsglieds wusste. Anniolus war kurz nach seiner Festnahme unter der Folter gestorben. Sie warf ihm einen flüchtigen anerkennenden Blick zu.
»Mein lieber Julianus, das würde nichts nützen. Es sei denn, die Schicksalsgöttinnen erwecken ihn von den Toten.«
Marcus war verblüfft und verzweifelt. Sie ließ sich nicht von ihm helfen. Eilig schrieb er etwas auf eine Wachstafel und reichte sie Maximus.
»Wir müssen unterbrechen. Sie macht sich selbst zur Märtyrerin. Die Beweise deuten darauf hin, dass der Schuldige, wer immer es auch war, über unerschöpfliche Mittel verfügt. Diese Frau lebt nahezu in Armut. Wir müssen woanders suchen.«
Doch Maximus war zu stolz auf die Wendung, die er dem Fall gegeben hatte. Diese Lösung versprach den lästigen Druck von ihm zu nehmen, den Rom wegen der Überführung dieses berüchtigten Übeltäters ausübte. Er schrieb schnell als Antwort: »Bitte höre einen Augenblick ruhig zu.«
Dann sagte er: »Wir glauben, dass du, Ramis, die Frauen der Gilden der Weberinnen in der Stadt Colonia Agrippensis, die dich ver-

ehren und für eine Göttin halten, angestiftet hast, für deine Zwecke Silber zu sammeln, und zwar eine Summe von …« Er sprach noch lange in der schrecklichen Stille weiter und rief mit jedem Wort bei der chattischen Abordnung größeres Entsetzen hervor. Als er sagte: » … und dann beauftragten sie eine gewisse Eppia Silvana, eine Freigelassene chattischer Abstammung, Karren für den Transport zu beschaffen …«, schüttelte Marcus, der sichtlich die Geduld verlor, heftig den Kopf.

Er schrieb hastig: »Nein! Ich habe die Frau einmal in dieser Sache befragt und sie wieder entlassen. Sie ist eine bekannte Lügnerin, die behauptet, Verbrechen nur verübt zu haben, weil sie damit Unruhe stiftet.«

Diesmal schob der Statthalter die Wachstafel ungelesen beiseite. Er war verstimmt, weil für alle erkennbar geworden war, dass Marcus Einwände erhob. Maximus hatte gehofft, Marcus werde das Ergebnis seiner Ermittlungen bewundern. Was trieb seinen exzentrischen Mentor dazu, alle Mühen zunichte zu machen?

»… und sie hat unter sachkundiger Befragung durch unsere erfahrensten Männer gestanden«, fuhr Maximus fort, »dass die Eisenwaffen unter den chattischen Häuptlingen verteilt werden sollten, einschließlich des berüchtigten Rebellen Witgern, der sie bereits gegen uns eingesetzt hat, als er unser Kastell unter dem Kommando des Firmius Speratus zerstörte.«

Marcus unternahm frustriert und wütend einen letzten Versuch und schrieb: »Ramis ist eine heilige Frau und kann kein Eisen berühren. Sie hat nichts mit dem Transport der Waffen zu tun. Jemand hat dir falsche Informationen gegeben. Wir müssen unterbrechen.«

* * *

»… und sie muss sterben!« Der Zwölfjährige, dessen Vater einer der Knechte von Marcus war, beendete keuchend seinen Bericht. Er war auf den Kieswegen von der *Principia* zur Residenz des Statthalters gerannt, wo Auriane ihn im Gästeflügel erwartete. Nachdem sie und Brico zurückgekommen waren, hatte sie den Jungen sofort zur *Principia* geschickt, damit er möglichst alles über die Verhandlung erfuhr. Der Junge war sehr aufgeregt und brachte immer wieder die Reihenfolge durcheinander. Sie hatte ihn zweimal unterbrechen müssen, ihn beruhigt und ihm befohlen, noch einmal zu beginnen.

»Du hast deine Sache gut gemacht«, sagte sie schließlich. »Du kannst gehen.« Sie gab ihm einen *Denarius*, der feucht und warm von ihrer Hand war.

Nachdem der Junge gegangen war, fühlte sich Auriane von allem Leid befreit, als sei ihr Bewusstsein ein Kelch, der nur ein bestimmtes Maß aufnehmen konnte, aber jemand hatte den Inhalt einer ganzen Amphore hineingegossen.

Sie dachte kaum noch darüber nach, dass sich Avenahar bei Witgern aufhielt. Es war, als seien die Blutbahnen durchtrennt worden, die Herz und Kopf miteinander verbanden. Zurück blieb nur eine Gleichgültigkeit, die nicht von dieser Welt war. Sie empfand die Unnatürlichkeit dieser Ruhe und hatte das Gefühl, ihr Geist schwebe dicht über ihrem Körper, als sie zu dem Alkoven ging, wo Marcus seine Briefe diktierte. Dort setzte sie sich an den hohen, eleganten Schreibtisch. Die neue Katastrophe brachte ihr seltsamerweise beinahe so etwas wie Erleichterung. Vielleicht lag das daran, dass die Ereignisse den vor ihr liegenden Weg klar aufzeigten.

Wichtig war nur noch, dass sie die Sache sofort richtig stellte.

Unter den Dokumenten, die auf dem Schreibtisch lagen, fand sie eine unbeschriebene, in Bronze gefasste Wachstafel. Nach kurzem Suchen zwischen Bergen von *Papyrus* entdeckte sie einen Griffel und begann entschlossen, wenn auch quälend langsam, zu schreiben. Sie machte nur einmal eine Pause, als sie von fern ein anschwellendes Stimmengewirr hörte. Offenbar verbreitete sich unter der Bevölkerung die Neuigkeit, die auch sie gerade erfahren hatte. Nun verstand Auriane, weshalb es nötig gewesen war, so viele Legionäre entlang des Wegs zu postieren, den Ramis genommen hatte. Doch selbst das Rufen und Geschrei jenseits der Mauern störte die ruhige Oberfläche ihrer Gelassenheit nicht.

Ist diese Ruhe ein schwacher Abglanz dessen, was die unsterblichen Götter erleben, oder stehe ich unter einem lähmenden Zauber?

Sie nahm ihren schlichten Umhang vom Haken und steckte ihn mit einer silbernen Fibel zusammen. Atlind, ihre Mutter, besaß das Gegenstück dazu. Die Fibel gab Auriane das Gefühl, von den Lebenden und den Toten ihrer Familie begleitet zu werden. Dann rief sie Brico.

Aurianes Dienerin tauchte verschlafen aus dem Alkoven auf und stolperte dabei über den vorderen Saum ihrer langen wollenen Tunika. Doch beim Anblick ihrer Herrin war sie augenblicklich hellwach.

»Du gehst aus?« Sie hatte den Lärm der Menge vor den Mauern ebenfalls gehört. »Irgendetwas stimmt nicht. Was ist los?« Brico bekam große, glänzende Augen.

»Ja, aber es ist nicht nötig, dass du meinetwegen wach bleibst.«

»Wenn du ausgehst, komme ich mit!« Es überraschte Brico nicht sonderlich, dass etwas Schreckliches geschehen war, denn die Anwesenheit von Ramis beschwor viele Gefahren herauf. Die Berührung der Weleda war ein Blitz, der erhellte und verbrannte und eine Bahn geheimnisvoller Zerstörung hinterließ, die man erst im Licht des nächsten Morgens entdeckte.

»Nein. Brico, du schläfst doch schon und hast für eine Nacht genug Abenteuer erlebt. Aber hör mir gut zu. Wenn Marcus Julianus zurückkommt, sag ihm unbedingt sofort, wo Avenahar zu finden ist. Dann habe ich noch eine Aufgabe für dich.« Sie gab Brico die inzwischen zusammengeklappte und ordentlich verschnürte Wachstafel. »Zusammen mit Ramis ist eine Seherin hier. Sie heißt Algifu, und ich möchte, dass du ihr das gibst.«

»Ich? Du willst, dass ich zu einer Seherin gehe? Warum erledigst du das nicht selbst? Wo willst du hin?«

»Danach darfst du nicht fragen. Daran darfst du nicht einmal denken.«

Brico erfasste eine namenlose Angst, gegen die sie sich nicht wehren konnte. Ihre Lippen öffneten sich, sie wandte sich mit einer heftigen Bewegung ab, und ihre Schultern zuckten.

»Brico, bitte, sei mutig. Wir haben beide keine Zeit, uns zu fürchten. Du musst tun, was ich dir sage, und darfst dir über mich keine Gedanken machen.« Sie legte Brico die Hände auf die Schultern. »Algifu wird bestimmt freundlich zu dir sein«, fügte Auriane sanft hinzu. »Sie wird dir nichts tun. Du musst sie bitten, die Tafel Witgern zu übergeben.«

»Witgern …« Brico wiederholte das Wort, als sei es ohne jede Bedeutung.

»Ja. Leg die Wachstafel für den Augenblick an einen sicheren Platz. Und morgen gibst du sie Algifu.«

Witgerns Schar war zwar ständig unterwegs, doch Auriane glaubte, eine der heiligen Neun würde wissen, wo man ihn finden konnte.

Brico hielt die Wachstafel in beiden Händen. Sie zitterte und schien zu fürchten, sie fallen zu lassen.

Witgern würde nicht lesen können, was Auriane geschrieben hatte. Doch sie wusste, dass er hin und wieder mit gallischen Händlern zusammentraf, die meist lesen und schreiben konnten. In der kurzen Nachricht erinnerte sie ihn an ihre alte Blutsfreundschaft, die ein ebenso enges Band war wie die Ehe zwischen Mann und Frau. Auriane bat ihn um dieser Freundschaft willen, Avenahar an einen sicheren Ort zu bringen. Sie schlug den heiligen Eichenwald vor. Dort würden von Marcus Julianus gesandte Männer sie abholen und in Sicherheit bringen. Auriane schwor bei ihrer Ehre als Baldurs Tochter, dass das Unternehmen mit großer Umsicht durchgeführt werden würde und er keinen Hinterhalt befürchten müsse.

Als Auriane den Raum verließ, hatte sie das Gefühl, von den Ahnfrauen wie von einem Strom davongetragen zu werden. Sie ging mit schnellen Schritten durch den dunklen Gang. Dann war sie draußen unter dem Nachthimmel und sah, dass um die *Principia* immer noch Feuer und Fackeln brannten. Es war die dritte Nachtstunde.

Von der anderen Seite der Festungsmauern drang tumultartiger Lärm herüber. Die Rufe und Schreie der Menschen erinnerten sie an das traurige Wolfsgeheul. Rauchwolken trieben über die Zinnen, und sie wusste, in der Siedlung der Einheimischen brannte es.

Als sie sich dem Eingang der *Principia* mit seinen drei Mauer-

bogen näherte, sah sie vor den Toren eine kleine Gruppe ihrer Landsleute. Es war die Abordnung des Stammes, die mit dem Statthalter verhandelt hatte.
Sie ging schneller und zog die Kapuze tiefer ins Gesicht. Doch die Männer erkannten sie trotzdem. Zuerst begrüßte sie einer der großen, bärtigen Krieger und dann ein zweiter. Keiner der jungen Chatten hatte die Tochter Baldurs jemals gesehen, doch alle kannten sie durch die vielen Geschichten ihrer Taten. Sie hatten bereits erfahren, dass sich Auriane in der Festung aufhielt. Es fiel ihnen deshalb nicht schwer zu erraten, dass die stolze Frau mit den langen bronzefarbenen Haaren und den sanften traurigen Augen Auriane war. Wenn sie Zweifel hatten, dann wurden sie durch die Fibel zerstreut.
Ein junger Mann stellte sich ihr mit einem Lächeln breitbeinig in den Weg. Sein Gesicht weckte Erinnerungen. Es kam ihr irgendwie sehr bekannt vor.
»Auriane? Ja, du musst Auriane sein.«
»Es tut mir Leid, aber ich habe keine Zeit für ...«
»Auriane!« Der junge Häuptling Sigbert, denn um ihn handelte es sich, legte ihr die Hände auf die Schultern. »Du bist es wirklich!«
»Bitte, lass mich weitergehen.«
»Auriane, wir sind auf dem Weg nach Hause. Komm mit uns.«
»Bei allen Göttern«, flüsterte Auriane. Sie kämpfte gegen eine schmerzliche, wilde Traurigkeit, als sie plötzlich begriff, wer der junge Mann war. »Du bist Sigwulfs Sohn.«
Sigwulf war nach Witgern der Größte unter den Gefolgsleuten ihres Vaters gewesen und vor vielen Jahren im letzten Kampf des Chattenkriegs an ihrer Seite getötet worden. Jetzt fiel es ihr leicht, die unvergesslichen, kantigen Züge Sigwulfs zu erkennen, die das glatte, hoffnungsvolle junge Gesicht seines Sohnes prägten, und es kam ihr vor, als habe sie den wieder geborenen Vater vor sich.
»Freia behüte dich. Ich werde Baldur von dir grüßen. Ich muss gehen.«
Sigbert hielt sie an ihrem Umhang fest. Sie ging weiter und zog ihn mit sich wie einen unwilligen Hund an der Leine.

»Wir werden die alte Welt zurückgewinnen! Chariomerus und seine Räuber werden wie Spreu in alle Winde zerstreut. Auriane, wenn du mit mir kommst, werde ich dir alle meine Krieger überlassen.«

»Ich kann dir nicht helfen. Ich bin bereits so gut wie tot.«

»Du gehst doch nicht zum Statthalter? Bei ihm erwartet dich nur Verrat.«

»Ich muss zu ihm, wenn ich euch Ramis zurückbringen soll.«

Sie machte sich mit einer heftigen Bewegung los und ging weiter. Er folgte ihr ein paar Schritte.

»Auriane!« Sie wurde nicht langsamer. »Tochter der Esche, führe uns an!« Als Auriane den alten Kriegsruf hörte, blieb sie stehen, als sei sie gegen eine Wand gelaufen. Dann drehte sie sich langsam um.

»Sigbert, du närrischer Träumer, geh, bevor er euch alle festnehmen lässt!« Sie spürte in dem jungen Mann eine Wunde, die sie aus unerfindlichen Gründen an die Verletztheit ihrer verlorenen Tochter erinnerte. Deshalb trat sie näher an ihn heran und sagte etwas freundlicher: »Du kannst mir helfen. Avenahar ist bei Wittgern. Finde sie und pass auf sie auf, bis Marcus Julianus sie zurückholt. Das ist mein letzter Wunsch, du kannst ihn mir nicht abschlagen. Sag ihr, was ich jetzt tun muss, geschieht für sie.«

Der verzweifelte Sigbert blickte hilflos und stumm auf ihren wehenden Umhang, als sie sich schnell und entschlossen entfernte.

Einer der Posten am Tor der *Principia* senkte seine mit einem Banner geschmückte Lanze. Auriane musste stehen bleiben. Sie sagte dem Mann, sie habe Informationen für den Statthalter, die für den Fall von größter Bedeutung seien. Er schickte einen Sklaven zu Maximus, und ihr wurde erlaubt, den Gerichtssaal zu betreten.

Sie hatte das Gefühl, weniger zu gehen, sondern eher wie ein Blatt vom Wind getrieben zu werden. Die Befragung war schon vor einiger Zeit zu Ende gegangen. Maximus war noch zurückgeblieben. Er befand sich allein auf der Estrade und stand gerade auf, um das Gericht ebenfalls zu verlassen. Marcus hatte sich nach einer langen unerfreulichen Erörterung, bei der sich ihre unterschiedlichen Standpunkte nur noch mehr verhärtet hatten, empört zurückgezogen, denn er wollte mit der falschen Anklage nichts zu tun haben.

Auriane konnte noch das Räucherwerk der Weleda und ihres Gefolges riechen, das wie die schweren Duftwolken eines Leichenzugs in der Luft hing. Sie fand die Abwesenheit von Ramis seltsam und beunruhigend. Hatten die Männer des Statthalters tatsächlich Hand an die Weleda gelegt und sie in den Kerker geworfen? Die Vorstellung, dass Ramis unter Arrest stand, hatte etwas Abstoßendes und Widerwärtiges. Ein Teil von Aurianes Wesens glaubte, so etwas könne einfach nicht geschehen, zumindest nicht, ohne dass Ramis die Männer, die sie gefangen nahmen, in Frösche verwandelte.

Maximus lächelte väterlich, als er sie näher kommen sah. »Unser Herkules in Frauengestalt!« Seine Stimme hallte hohl in der steinernen Halle. Es klang in ihren Ohren, als rufe ein Riese von einem Berggipfel zu einem anderen. »Hat Marcus dir gesagt, dass ich in einem Brief an den Kaiser von deiner Heldentat berichtet habe?« Doch seine gespielte Ungezwungenheit klang wenig überzeugend.

Inzwischen sah er Aurianes Gesicht deutlicher, und das Lächeln wich einem Ausdruck der Verwirrung, als erwarte er nichts Gutes.

Die Neugier des Statthalters wuchs, als sie stumm vor seinem Richterstuhl stehen blieb. Flüchtig hatte er das verrückte Gefühl, viele Frauen vor sich zu sehen, die alle in Aurianes Augen lebten. Er sah eine andere Art Stärke, die Stärke von Elementen, die alle Zeiten überdauern, wie etwa das Wasser, das durch seine Beständigkeit den Stein aushöhlt. Aurinia, diese ihm so unverständliche Frau, die beinahe beiläufig auf den Rücken eines Auerochsen gesprungen war und ihm das Leben gerettet hatte, war ein Naturwesen, so geschmeidig und stark wie ein junger Baum.

Jetzt musterte sie ihn ernst und feierlich, als stehe sie vor einem Opferaltar. Die Flammen des Kandelabers erhellten zwei sanfte, unbewegte Lichtpunkte in ihren Augen, die aus silbrigem Glas zu bestehen schienen, das von innen erleuchtet wurde.

Bei Charon, wenn man diese Frau vor sich sieht, dann hält man es für sehr wahrscheinlich, dass es Götter gibt.

Er setzte sich wieder auf seinen Richterstuhl und sagte: »Nenne deinen Namen.« Das war eine Formalität für die Sekretäre. Sie tat es ruhig. Schreibrohre glitten kratzend über *Papyrus*.

Dann sagte sie: »Valerius Maximus, ich bin die Frau, die du suchst.«

»Meine liebe Aurinia ... was sagst du da?«

»Ich bin die Übeltäterin, die du sieben Jahre lang gesucht hast. Und ich kann es beweisen. Ramis ist unschuldig.«

Nach kurzem, angespanntem Zögern sagte er wegwerfend: »Vielleicht solltest du in den Gästeflügel zurückgehen und zuerst mit Marcus darüber sprechen.«

»Behandle mich nicht wie ein Kind!« Ihre Worte zerrissen die Stille wie ein Peitschenknall. Er fuhr zusammen und richtete sich auf seinem Stuhl auf.

»Ich weiß alles«, fuhr sie fort. »Ich weiß, wie die neu geprägten *Denarii* auf der Bank in Lugdunum gegen ältere Münzen mit dem vollen Gewicht eingetauscht wurden. Ich kenne die Namen aller Schiffer, die das Geld befördert haben. Ich weiß, wie die Karren gesichert wurden, die es über die Grenze brachten. Ich weiß das alles, weil ich es geplant habe. Gib Ramis die Freiheit. Nimm mich und lass sie frei. Sonst begehst du einen schrecklichen Fehler, für den die Götter dich bestrafen werden.«

Der Blick des Statthalters wurde hart, während er blitzschnell überlegte, dass ihre Behauptung durchaus wahr sein könnte. Aurinia schien eine zu einfache und direkte Frau, um sich komplizierte Lügen auszudenken. Und bevor sie im Haushalt von Marcus gelebt hatte, war sie lange Zeit eine entschiedene Gegnerin, ja sogar eine Feindin Roms gewesen. War es klug gewesen anzunehmen, ihre Loyalität habe sich nach ein paar kurzen Jahren in der Zivilisation so grundlegend gewandelt? Er war sorglos gewesen. Er hatte zugelassen, dass die herausragende Stellung von Marcus als Schutzschild wirkte, der alle Verdächtigungen von ihr ablenkte.

»Und ... Marcus Julianus?«, fragte er schließlich. Die unausge-

sprochenen Worte waren zu schrecklich, um sie in den Mund zu nehmen
»Ich habe das alles ohne sein Wissen getan. Ich schwöre es bei meinen und euren Göttern.«
»Das ist unmöglich.«
»Sei kein Narr. Es ist möglich.«
»Achte auf deine Worte! Du bist nicht kultiviert genug, um zu wissen, wann du jemanden beleidigst, sonst würde ich dich dafür bestrafen. Wie könntest du an diese hohen Summen gekommen sein, ohne dass er etwas davon wusste?«
Sie sagte es ihm. Sein Gesicht verdüsterte sich zunehmend. Das war eine höchst unwillkommene Neuigkeit. Angespannt klopfte er mit dem Schreibrohr auf die Wachstafel, die Marcus ihm vor einer Weile in die Hand gedrückt hatte.
Schließlich sagte er: »Ich glaube, du gestehst das nur, um deine Weleda zu retten.«
»Nein. Und ich vermute, es ist umgekehrt. Es besteht die Möglichkeit, dass sie dir erlaubt, an ihre Schuld zu glauben, damit sie *mich* rettet.«
Er stellte plötzlich fest, dass er dagegen keine Einwände erheben konnte. Und als er sie ansah, begannen sich ihre hübschen Züge zu verzerren, bis sie die erschreckende Schönheit einer Giftschlange annahmen.
»Das ist ein trauriger Wahnsinn. Es ist zu viel für eine Sitzung. Lass mich allein, damit ich darüber nachdenken kann.«
»Und hätte es der Magistrat in Confluentes in diesem Frühjahr nicht herausgefunden, würde ich mein Volk immer noch bewaffnen. Du kannst dich bei ihm erkundigen. Er heißt Volusius Victorinus. Während wir uns hier unterhalten, ist sein Bericht mit den Beweisen auf dem Weg nach Rom.«
»Wenn das alles wahr ist, bist du die Verkörperung der Nemesis.« Seine Stimme klang leise und grausam. »Im günstigsten Fall hast du mich viel Zeit gekostet und mir große Schwierigkeiten gemacht. Im schlimmsten Fall hast du mit dieser Tat einem edlen Mann schwer geschadet und trägst die Schuld am Tod vieler guter Soldaten. Ich werde diesen Dingen nachgehen. Die Zeit

und die Untersuchungen werden die Wahrheit ans Licht bringen.«

»Du darfst Ramis nichts tun! Sag mir, dass du sie freilassen wirst!«

»Führt sie ab«, sagte Maximus zu den Wachen. »Bringt sie in den Turm.«

Zwanzigstes Kapitel

Durch das vergitterte Fenster konnte Auriane die roten Ziegeldächer sehen, die zum Bad der Festung gehörten. Dahinter lag grünbraun der Exerzierplatz. In der Mitte des Platzes befanden sich Marmorstandbilder der Schutzgötter Victoria und Mars, die den Eindruck erweckten, triumphierend über ihren Sockeln zu schweben.

Ein Tag und eine Nacht waren inzwischen vergangen.

Die Zelle war einigermaßen bequem, wenn man von dem kalten Steinfußboden absah.

Auriane beobachtete teilnahmslos den Drill einer *Kohorte* der Zweiundzwanzigsten Legion, die bald in den dakischen Krieg ziehen würde. Die Soldaten übten sich im Zweikampf. Ein Mann war mit dem *Falx* bewaffnet, dem gefürchteten Krummschwert der adligen dakischen Krieger. Der andere verteidigte sich mit dem *Gladius,* dem Kurzschwert der Legionäre. Sie hatte gehört, dass der Palast wegen der schrecklichen Durchschlagskraft des *Falx* den Gebrauch einer schweren Rüstung wieder eingeführt hatte, die seit Generationen nicht mehr benutzt worden war. Außerdem hatte man die Schilde der Legionäre mit zusätzlichem Holz verstärkt.

So hat Rom sich schon immer behauptet. Es reagiert mit großem Geschick und Anpassungsvermögen auf die Schwächen und Stärken eines jeden neuen Feindes. Mein Volk würde sich empört weigern, so etwas zu tun.

Unsere Krieger hätten in dem dakischen Falx den Fluch eines Gottes gesehen, dessen Ursache eine Missetat der Sippe war. Und sie hätten sich dieser tödlichen Waffe ohne Rüstung gestellt, um etwas von ihrer Ehre zurückzugewinnen.

Aber Ramis hatte immer von der Stärke gesprochen, die daraus entsteht, dass man sich wie das Wasser anpassen kann. Bedeutete das vielleicht, dass sie die Menschen ihrer Stämme für Dummköpfe hielt?
Solche Gedanken waren Brandmauern gegen das, was Auriane nicht sehen wollte: Ramis, die man zur Hinrichtung führt … Avenahar, die in der Wildnis von Raubtieren zerrissen wird … die von Chariomerus gelegten Brände, die sich in Richtung ihrer Mutter, in Richtung ihres Heimatdorfes ausbreiten … und den Zorn von Marcus.
Zweifellos würde er sie für immer verlassen wollen.
Als die Wache vor der Zelle Marcus Julianus ankündigte, empfand sie die kalte, leere Bereitschaft eines Soldaten, der im Morgengrauen durch das Signal der Kriegstrompeten aus dem Schlaf gerissen wird.
Auriane trug noch immer die graubraune Tunika und den Lederumhang, in denen sie vor den Statthalter getreten war. Man hatte ihr nicht genug Wasser gegeben, um sich zu waschen. Sie schämte sich, weil sie niedergeschlagen und ungepflegt wirken musste.
Doch das alles war vergessen, als Marcus in der offenen Tür stand. Er wirkte hager und verhärmt. In seinen Augen brannte der stumme Aufschrei: Warum? Er war unrasiert und an den geröteten Augen sah sie, dass er nicht geschlafen hatte. Auf seinem Gesicht lag ein Ausdruck verschlossener Zurückhaltung. Zum ersten Mal glich er beunruhigend der Büste seines Vaters. Bei seinem Anblick hatte Auriane das Gefühl, einer ganzen Adelsfamilie die Stirn bieten zu müssen, nicht nur diesem einen Mann. Er hatte graue, verschlissene Trauergewänder angelegt. Sie war unangenehm überrascht, als ihr klar wurde, dass er sie ihretwegen trug.
Ohne zu warten, sagte sie: »Wenn du gekommen bist, um mir Vorwürfe zu machen, dann spare dir deine Worte.«
Sie empfand ihre Strenge als kalt und gefühllos, aber sie klammerte sich an ihren Trotz, als sei er die einzige Waffe, die man ihr gelassen hatte.
»Nein, Auriane, ich bin nur gekommen, um Abschied zu nehmen. Und ich möchte dir sagen, was getan werden muss.«

»Welche harten Worte du auch denken und nicht aussprechen magst …«

»Ich finde keine harten Worte für dich«, erwiderte er leise. »Ich komme von der Villa, wo ich das Nötigste geregelt habe. Morgen mache ich mich mit der Kohorte, die du draußen exerzieren siehst, auf den Weg nach Dakien.«

»Ich verzichte auf deine hochherzigen Bemühungen um Verständnis. Ich will, dass du mich *wirklich* verstehst.«

Er wollte widersprechen, tat es aber doch nicht.

»Es ist mir wichtig, auch wenn es sonst niemanden auf der Welt gibt, der mich verstehen wird«, fuhr sie fort und kam langsam näher, bis ihre Gesichter kaum mehr als eine Handbreit voneinander entfernt waren. »Aber du musst wissen, warum ich das getan habe. Mein Wesen …« Sie suchte verzweifelt nach den richtigen Worten. »In mir lebt der Wille zu verteidigen und zu beschützen. Ich wurde geboren, um am Tor zu stehen und zu wachen. Die Schicksalsgöttinnen wissen, warum.« Ihre Stimme klang schwach, als sie flüsterte: »Ich habe immer geglaubt, dass auch du diese Aufgabe hast … und deshalb hatte ich erwartet, dass du mich verstehst.«

Er legte ihr sanft die Hände auf die Schultern. »Ich werde im Frühjahr wieder zurück sein«, sagte er ruhig. »Gibt es eine Hoffnung, den Zorn des Kaisers zu mildern? Wenig bis gar keine. Ich komme mit einer Bitte zu einem Mann, der mich des Verrats verdächtigt. Aber so ist das nun einmal.«

Das angestrengte Bemühen um Selbstbeherrschung machte ihr Angst. Sie wusste nicht genau, was darunter lag.

»Wenn du es sagst …« Sie wich langsam zurück, denn sie fühlte sich plötzlich sehr allein. »… dann ist es gut.« Sie hatte das Gefühl, in der erlöschenden Glut ihres gemeinsamen Herdes zu stochern. »Werden … werden wir uns in diesem Leben wieder sehen?«

»Ich bin keine Sibylle! Frag die Frau, für die du uns beide geopfert hast!«

»Ah, das ist schon besser! Dein Zorn ist mir lieber, als wenn du so tun würdest, als sei nichts.«

»Du hast mich zum Handeln gezwungen. Du hast uns alle gezwungen, Entscheidungen zu treffen. Also erwarte nicht, dass ich mich freue! Das einzig Gute an der ganzen Sache ist, dass Avenahar mit einem tollwütigen Aufrührer herumzieht, auf dessen Kopf ein noch höheres Lösegeld ausgesetzt ist als auf deinen! Wenigstens wissen wir, wo sie ist ... mehr oder weniger! Aber das Gesetz kann sie nicht fassen, noch nicht!«
»Marcus, kein König, kein Geist unter den Lebenden oder Toten hätte mich dazu bringen können zu schweigen, während Ramis, diese große Frau, die im Herzen unseres Volkes lebt, einer Tat beschuldigt wurde, die ich begangen habe.«
»Ich wusste, dein Edelmut würde uns eines Tages zugrunde richten.«
»Könntest du es zulassen, dass ein anderer für dich stirbt?«
»Selbstverständlich nicht. Aber damit hat es nicht angefangen, damit endet es. Ein Mensch kann nicht zwei Herren dienen. Dabei tut er einem immer Unrecht. Wenn du versuchst, in zwei Welten zu leben, bringt dich deine halbherzige Loyalität gegen beide zu Fall. Bleibst du deinen Gesetzen treu, oder brichst du sie und hältst dich an unsere? Bist du eine heilige Frau und gehörst ganz deinem Volk, oder bist du eine Matrone und Mutter einer Familie? Du versuchst, beidem gerecht zu werden, und am Ende verrätst du beides.«
»Gehen wir einen Schritt weiter zurück. Wenn dein Volk mein Land nicht in eine Einöde verwandelt und mich als Sklavin nach Rom geschleppt hätte, wäre es nie notwendig gewesen, dass ich versuche, zwei Seiten gerecht zu werden!«
»Ach, wir wollen damit aufhören.« Er wirkte wie jemand, der einen schweren Sack Steine zu Boden gleiten lässt. »Es ist nutzlos.« Der zornige Ausdruck wich von seinem Gesicht, und das darunter liegende Leid kam zum Vorschein.
Einen Augenblick lang empfand sie schreckliche Zweifel an der Richtigkeit dessen, was sie getan hatte.
»Wir wollen nicht im Zorn auseinander gehen«, sagte er und berührte ihr Gesicht, als sei es Seide. Er fuhr mit dem Finger ehrfurchtsvoll die Linie ihres Mundes nach und legte die Hand unter

ihr Kinn. »Auriane, es gibt keinen zweiten Menschen wie dich auf der Welt. Aber die Welt ist grausam. Wir wollen nicht auch noch zueinander grausam sein.«

Sie nahm seine Hand und legte sie auf ihre Brust. Ein warmer, angenehmer Friede breitete sich in ihr aus, der ihr Kraft gab. Sie kämpfte darum, einen Damm gegen einen reißenden Strom von Tränen zu errichten.

»Du hast Recht«, flüsterte sie.

Er zog sie so sanft an sich, dass sie ein verletztes Lamm hätte sein können. Das tat so gut, dass der Damm brach. Die Tränen kamen in großen stillen Wellen und schwemmten alles Gift aus ihr heraus. Erschöpft drückte sie den Kopf an seine Brust.

Nach einer Weile nahm sie all ihren Mut zusammen und stellte die schreckliche Frage. »Marcus, was haben sie mit Ramis gemacht?«

»Noch nichts. Sie wird in einer ähnlichen Zelle wie dieser hier gefangen gehalten. Maximus glaubt dir. Er hat sich geirrt und ist zu weit gegangen. Er hätte mir besser zuhören sollen. Dein Volk hat auf allen Hügeln Mahnfeuer entzündet. Er weiß, wenn er der Weleda etwas tut, werden die Chatten und ihre Verbündeten einen Krieg beginnen. Und selbst in ihrem geschwächten Zustand könnten sie große Schäden anrichten. Er hat nicht genug Männer, um die Lage unter Kontrolle zu halten. Das hätte ich ihm sagen können. Er hat in dieser Angelegenheit zu schnell gehandelt und es versäumt, sich mit mir zu beraten.«

»Er hat keinen Grund, sie hier festzuhalten!«

»Auriane, du hast ihr das Leben gerettet. Er hätte, gerecht oder ungerecht, auf jeden Fall einen Weg gefunden, sie gefangen zu nehmen. Der Befehl dazu kam vom Kaiser persönlich. Maximus glaubte, dass es notwendig sei, eine List in Form einer Vorladung anzuwenden. Hätte dein Volk vermutet, dass er Ramis als Gefangene festhalten wollte, hätte man sie irgendwo versteckt, wo Rom sie niemals finden würde.«

»Und wird er sie hier behalten, bis sie stirbt?«

»Nein. Aber sie wird weit weg gebracht. Ihr Einfluss ist zu groß. Sie wird das gleiche Schicksal erleiden wie die Weleda vor ihr unter der Herrschaft Vespasians. Man wird sie nach Rom bringen. Sie wird eine kleine Pension erhalten und den Rest ihres Lebens dort verbringen ... fern von allem Unheil, das sie bei deinem Stamm anrichten könnte.«

»Ramis ... nach Rom schicken. Welch ein Wahnsinn. Sie ist eine Frau der Wälder!« Auriane löste sich mit einem Ruck von ihm und trat an das Fenster der Zelle. Eine alte Traurigkeit stieg in ihr auf wie Wasser in einem Brunnen. Schemenhaft tauchen aus den weißen Nebeln ihrer Kindheit ganz frühe Erinnerungen auf, die eine schmerzliche Sehnsucht in ihr weckten.

»Ich wünschte, ich könnte wie früher glauben, dass Ramis fliehen wird, indem sie die Gestalt eines Falken annimmt. Doch ihre Macht ist sehr viel größer. Sie muss nicht fliehen. Sie kann alles hinnehmen, was ihr widerfährt, denn ihre Kraft ist so Ehrfurcht gebietend wie die Berge. Hat Maximus ihre Frauen freigelassen?«

»Ja, alle bis auf zwei der Mädchen zu ihrer Bedienung.«

»Dann ist mein Schreiben unterwegs.«

»Die Nachricht, die du Brico übergeben hast? Ja. Aber Auriane, so unsinnig dir das auch erscheinen mag ... Avenahar ist dort, wo sie sich jetzt befindet, vermutlich besser aufgehoben.«

»Nein! Niemals ...«

»Du willst nicht, dass sie das Leben führt, das du geführt hast. Aber sie war schon immer entschlossen, es zu versuchen. Wir, die Eltern, wollen, dass unsere Kinder von uns lernen. Aber oft tun sie das nicht. Auriane, wir müssen darüber sprechen, was für dich getan werden kann.« Sie setzten sich auf den Strohsack, der auf dem roh gezimmerten Gestell lag.

»Hör gut zu. Wenn ich weg bin, werden sie dich vor Gericht stellen, und sie werden dich ganz bestimmt verurteilen.«

Sie erwiderte seinen Blick, ohne mit der Wimper zu zucken.

Ich werde auf dem Richtblock sterben. Man wird mich hinrichten wie die zehn Geiseln nach Witgerns Überfall. Das ist bei den Römern so üblich. Ich werde nur eine von vielen sein. Es heißt, das ist ein sauberer, schneller Tod. Ich konnte mich gegen jeden Schwertstreich wehren, nur nicht gegen den des Henkers.

Sie nickte ernst.

Er nahm einen gerollten *Papyrus* aus einem Bronzeröhrchen. »Dies ist das Dokument, mit dem dir Kaiser Nerva die Bürgerrechte verliehen hat. Es ist nur ein *Exemplum*, das heißt, die bestätigte Kopie des Originals. Hier ist ein Zeichen, das verrät, wo sich das Original im Archiv der Villa befindet. Demaratos weiß, wo er es findet. Vergiss nicht, auch wenn diese Kopie gestohlen oder vernichtet werden sollte, wird Maximus wissen, worum es geht. Du wirst Berufung einlegen. Das ist dein Recht als römische Bürgerin. Ich habe ihm das bereits erklärt. Am Tag der Urteilsverkündung wird das dein einziger Schutz sein. Das allein kann dich natürlich nicht retten, aber es wird dir Zeit verschaffen, bis ich dir helfen kann. Sprich mit niemandem darüber. Warte die Verhandlung ab.«
Sie nickte zustimmend.
»Berufung heißt natürlich, dass du dich an den Kaiser wenden wirst. Schlecht für das Gericht, aber gut für uns, dass er immer noch in Dakien sein wird. Sie werden sich alle maßlos darüber ärgern, aber ihnen bleibt keine andere Wahl, als sich an die Buchstaben des Gesetzes zu halten und dich dorthin zu schicken. Der Fall ist zu bekannt. Du darfst den Mut nicht verlieren. Ich werde einen Weg finden, das Schlimmste abzuwenden.«
»Marcus, du musst mir nichts vormachen. Ich werde mir keine falschen Hoffnungen machen.«
»Du hast Recht, die Sache ist sehr ernst.«
»Arria darf nichts davon erfahren!« Er nickte. »Marcus, wenn du zugrunde gerichtet wirst, wird die Familie ihres Zukünftigen die Verlobung lösen. Sie werden unsere Tochter nicht mehr wollen. Sie wird dann keine Zuflucht mehr haben.«
»Hör auf, dich zu quälen! Der Kaiser hat keinen Grund zu glauben, ich wollte ihm schaden. Und ich werde herausfinden, wer ihn dazu gebracht hat, das zu denken. Ich werde bestimmt wieder in Gnaden aufgenommen. Arria wird im richtigen Alter mit angemessenen Feierlichkeiten und einer großzügigen Mitgift heiraten, selbst wenn keiner von uns beiden überlebt. Wenn ich schon nichts anderes erreichen kann, so doch wenigstens das.«
»Marcus, da ist noch etwas, was ich dir sagen muss … es tut mir

Leid. Im Frühjahr, als du weg warst, ist Witgern einmal zur Villa gekommen.«
»O ihr Götter! Das ist nicht dein Ernst.«
»Es war vor vier Monden.« Sie erzählte ihm die Geschichte und beendete sie mit den Worten: »Es war mitten in der Nacht, und ich habe ihn rechtzeitig weggeschickt, vielleicht hat ihn aber doch jemand gesehen.«
»Das ist das Schlimmste, was man sich vorstellen kann. Der halbe Senat hat mich bereits im Verdacht, insgeheim deinem Stamm zu helfen.«
»Ich sollte mir das Leben nehmen, ich habe dich zugrunde gerichtet.«
»Hör auf, so etwas auch nur zu denken. Mach dir um mich keine Sorgen.« Er wandte sich ab und sagte leise. »Dein Fall wird nur noch aussichtsloser.«
»Ich fürchte mich nicht, Marcus. Ich bin für alles bereit, was da kommt.«
Sie sagte das mit so großer Schlichtheit, dass ihn beinahe der Mut verließ. Er nahm sie ungestüm in die Arme. Im Raum wurde es dunkel, als sie sich in ihrem Leid stumm und ohne alle Hoffnung aneinander klammerten. Von irgendwo hörte man das schnelle, sanfte Schlagen von Flügeln und den hohlen freudlosen Ruf einer Eule. Sie trieben lange auf dem Meer ihres Schweigens. Auriane drückte ihr Gesicht an seine raue Wange und hielt ihn so fest, dass ihre Arme vor Anstrengung zitterten.
Schließlich standen sie auf, und er machte sich widerstrebend bereit, um zu gehen.
»Auriane«, fragte er plötzlich, »weißt du, welche Ausbildung Ramis erhalten hat?«
»Interessierst du dich für Ramis?« Er nickte. Auriane merkte, dass sie sich darüber freute.
Marcus seufzte. »Sie ist ein unlösbares Rätsel.«
»Habe ich dir das nicht immer gesagt?«
»Es ist eine Sache, etwas zu hören, und etwas ganz anderes, es selbst zu erleben, denn an einer solchen Erfahrung sind alle Sinne beteiligt, nicht nur der Verstand.«

»Sie hatte eine Lehrerin, eine große Seherin. Die ist aber schon vor Neros Herrschaft gestorben.«
Er schüttelte den Kopf. »Das erklärt wenig. Ramis spricht wie die Philosophen. Als man sie abgeführt hat, bin ich mitgegangen, um mich zu vergewissern, dass man sie nicht schlecht behandelt. Dabei habe ich ihr Fragen gestellt. Jede ihrer Antworten gab mir neue Rätsel auf. Sie ist eine Pythagoräerin. Sie beschreibt den unsterblichen Geist, der von einem Leben in das nächste übergeht, genau wie Pythagoras es getan hat. Sie hat sogar vom Goldenen Zeitalter und vom Zeitalter des Eisens gesprochen. Sie kennt die Regeln und Gebote. Einmal hat sie fünf Jahre lang nicht gesprochen. Wie ist das möglich? Diese Frau hat die Schriften des Pythagoras niemals gesehen. Sie kann nicht einmal lesen. Und sie hat ihr Leben fern von jeder Akademie verbracht. Nur der Friede des Waldes hätte sie dieses Wissen lehren können.«
»Aber das ist nicht so seltsam. Unsere Seherinnen haben immer Wissen aus fernen Ländern gesammelt«, erwiderte Auriane. »In alter Zeit sind sie sehr viel freier gereist als heute. Sie haben manchmal in Ländern weit im Süden gelebt, dort Weissagungen gemacht und die Weisheit der Selbsterkenntnis und die Heilkraft der Pflanzen gelehrt. Die Geschichtsschreiber deines Volkes scheinen das vergessen zu haben. Hast du jemals daran gedacht, Marcus, dass ihr das Ganze vielleicht falsch seht? Könnte es nicht so sein, dass die Menschen, die ihre Erdhütten verließen und Steinhäuser bauten, dieses Wissen mit sich genommen haben? Vielleicht hat dein Pitta… Pitha…«
»Pythagoras …«
»… sein Wissen von ihr. Ich meine, von den Seherinnen vergangener Zeiten?«
»Du stellst die Geschichte der Zivilisation auf den Kopf, aber in diesem traurigen Augenblick ist es besser so. Die anderen hier halten Ramis für eine Zauberin, die durch Mauern gehen könnte, wenn sie es wollte. Für mich ist das anders. Sie redet nicht nur von diesen Dingen, sie lebt tatsächlich in einer anderen Welt. Sie scheint bei uns zu sein, aber sie ist es nicht. Und bei den Göttern, Auriane, alle meine Sinne sagen mir, dass ihre Welt eine bessere Welt ist.«

»Ich weiß, Marcus. Mein Volk nennt die Welt, in der Ramis lebt, den Ort ohne Leiden. Begreifst du jetzt, warum ich versucht habe, beiden Seiten treu zu bleiben? Deshalb konnte ich nicht schweigen, so als hätte ich sie nie gekannt! Du sagst es selbst ... es ist eine bessere Welt.«

»Ich würde mich eingehender mit ihr beschäftigen, wenn ich nicht abreisen müsste.«

»Marcus, ich habe das schreckliche Gefühl, dass ich dich in diesem Leben nicht wieder sehen werde.«

»Hör auf damit. Das sind Ängste, die dir dein Kummer eingibt.«

Auriane küsste ihn leidenschaftlich und mit der Kraft ihrer ganzen Liebe, um gegen die brutale Endgültigkeit dieses Abschieds zu protestieren. Sie hatte das Gefühl, eine vom Blitz getroffene Eiche zu umarmen. Er erwiderte ihren Kuss zart, und sie tranken lange voneinander in tiefen Zügen, die ihnen die Kraft gaben, die vor ihnen liegenden, langen und düsteren Monate der Trennung zu überstehen.

Ihr Bewusstsein suchte in der Vergangenheit, um das zu finden, was sich bewahren ließe und in diesem Leben von Dauer sein könnte.

Es war ein Fest der Tage.

Dieser Satz fiel ihr plötzlich wieder ein. Sie hatte das einmal über ihre gemeinsame Zeit gesagt. »Wir sind enger miteinander verbunden als Verwandte, enger selbst als die Mutter mit ihrem Säugling.«

Von draußen fiel das letzte schwache Dämmerlicht in die Zelle und hüllte sie in eine samtige Dunkelheit.

Er zog ein Rasiermesser hervor und schnitt ihr eine Haarsträhne ab und etwas Stoff vom Saum ihrer Tunika, damit er sie auf dieser unglaublich langen Reise in die Fremde immer nahe bei sich haben würde.

Auriane wusste, er würde den größten Teil des Wegs nach Dakien auf einer Galeere zurücklegen, und sie staunte, dass er über die riesige Entfernung hinweg nur von einer römischen Festung zur nächsten zu reisen brauchte. Wie unglaublich weit hatte sich Rom in alle Himmelsrichtungen ausgedehnt! Sie kannte die Namen der

Orte auswendig, die Marcus passieren würde: Castra Regina, Vindobona, Aquincum, Singidunum. Sie lagen alle an einem großen Fluss, der Donau. Nachdem er drei Provinzen durchquert hatte, würde Marcus im Winter endlich diese ferne Stelle erreichen, wo die Donau einen Sporn bildete, der sich tief in das Land Dakien bohrte. Dort zog der Kaiser sein gewaltiges Heer für den Einmarsch zusammen und bereitete sich auf einen Krieg vor. Der Sieg über die Daker, so wollte es Trajan, sollte zu seinem größten Triumph werden. Wer konnte sich gegen die Römer behaupten, wenn sie erst einmal beschlossen hatten, ein Volk zu unterwerfen?

Hinter ihnen öffnete ein Wachposten langsam die eisenbeschlagene Tür. Vom Gang fiel schwaches Licht in die Zelle.

»Vergiss nicht«, flüsterte er heiser, während er seine Lippen eher mit glühender Frömmigkeit als mit körperlichem Verlangen sanft auf ihren Mund und ihre Wangen drückte, so als sei sie ein Standbild der Diana, das von den Feuern ihres Tempels schwach beleuchtet wurde, »dein Geist und mein Geist werden sich finden, auch wenn wir getrennt voneinander sterben sollten.«

* * *

Ein halber Mondzyklus ging vorüber. Auriane wurde in eine bessere Unterkunft verlegt. Sie erhielt ein Gästezimmer im Palast des Statthalters, das auf einen kleinen, von hohen Mauern umgebenen Innenhof ging. Vielleicht, so vermutete sie, hatte Maximus die Menschen, die sie bei der Auerochsjagd retten konnte, gegen diejenigen aufgerechnet, denen sie das Leben genommen hatte, indem sie ihr Volk mit Waffen versorgte. Brico durfte bei ihr bleiben. Obwohl Aurianes Dienerin mit ruhiger Hartnäckigkeit den Haussklaven, niederen Beamten, jedem, mit dem sie sprechen konnte, Fragen stellte, bekam sie weder Neuigkeiten von Avenahar zu hören noch gelang es ihr herauszufinden, wann Aurianes Prozess stattfinden würde. Auriane blieben nur Vermutungen, absonderliche Phantasievorstellungen und schwache Hoffnungen. Es waren die wild wuchernden Blüten eines unbeschäftigten Verstandes.

Brico berichtete, dass sich vor der Zelle von Ramis die Menschen drängten – einfache Soldaten, Händler, Schreiber und Archivare der Festung und Sklaven. Nach Bricos Aussage kursierten immer neue Geschichten über Wunder, die von der Weleda bewirkt wurden. Die Wachen vor ihrer Zelle behaupteten, immer wieder mitten in der Nacht seltsame Lichter zu sehen, flüsternde Stimmen zu hören und manchmal Schritte in den angrenzenden leeren Räumen. Brico fand schnell heraus, dass Ramis auf sie die gleiche Wirkung hatte wie Wein auf andere. Sie erfand Aufgaben, damit sie einen Grund hatte, durch den langen Korridor zu gehen und sich in der Nähe der Zelle aufzuhalten. Die alte Seherin verbreitete bei allen, die ihr nahe kamen, eine unerklärliche Freude, die noch anhielt, wenn sie schon lange wieder gegangen waren. Brico war zu scheu, um Ramis Fragen zu stellen, doch sie lauschte verzückt, wenn die Weleda in ihrer Zelle wie eine Königin auf einer harten Bank saß und die verzweifelten Fragen der Bittsteller beantwortete oder in ihrer ruhigen kraftvollen Stimme über die Welt sprach.

Eines Tages kam Brico bedrückt und niedergeschlagen von einem ihrer Botengänge zurück. Bevor Brico sprechen konnte, wusste Auriane, dass Ramis nicht mehr da war. Und in der Tat berichtete ihr Brico, die Weleda befinde sich auf einer Galeere und sei auf der langen Reise nach Rom.

»Sie hat mich zu sich gerufen und mit mir gesprochen«, erzählte Brico. »Ihre *Augen,* Herrin, ich werde sie nie vergessen. Aus der Nähe habe ich gesehen, dass Geister darin leben, andere Orte und andere Zeiten. Sie hat etwas über das Schicksal gesagt, das ich nicht verstanden habe, über seine Vollendung. Und sie hat mir das hier für dich gegeben. Es sieht nach nichts Besonderem aus, es ist nur ein Stück Stoff. Aber es ist etwas darin. Ich schwöre, ich habe nicht nachgesehen, was es ist.«

Brico übergab Auriane ein gefaltetes Stück weißes Leinen.

Auriane wartete, bis sie allein war, bevor sie den Stoff behutsam auseinander schlug.

Es lag ein schwarzer, vom Tragen glatt und glänzend gewordener Lederbeutel an einem Lederriemen darin. Er enthielt *Aurr,* die heilige Erde aus Freias Heiligtum, nach der Auriane benannt worden

war. Es war das Gegenstück zu dem Beutel, den sie Avenahar geschenkt hatte.
Auriane schüttelte verblüfft den Kopf und seufzte.
Ich werde das Ding nicht los …
Doch dieses Amulett hatte Ramis selbst getragen. Es war, als halte sie Freias Halsband in der Hand. Tränen traten ihr in die Augen. Auriane begann zu zittern, während sie es ehrfürchtig in der Hand hielt. Ihre Gedanken überschlugen sich. Sie staunte darüber, dass Ramis sie noch immer für würdig hielt, das Amulett zu tragen. Sie hatte Angst, die kostbare Erde zu entweihen oder zu verlieren.
Es ist das schlagende Herz der heiligen Neun. Sie hätte mir ebenso gut den Stab der Weleda überlassen können.
Ramis lässt nicht zu, dass ich mein Schicksal einer anderen übergebe.
Die Worte von Ramis: »… du musst dich darauf vorbereiten, das zu werden, was ich jetzt bin«, drängten sich ihr auf.
Aber weshalb schenkte Ramis das Amulett einer Frau, die nicht lange genug leben würde, um den Stab der Weleda zu tragen? Ohne sich in einen Falken zu verwandeln, konnte niemand aus der Festung fliehen.
Hastig wickelte sie den Beutel wieder in das Leintuch und legte ihn beiseite. Seine Nähe verwirrte sie. Das Amulett mochte den Weg zu der gefährlichen, endgültigen Unterwerfung unter Ramis auftun.
Ich befinde mich in der Todeszelle. Was hat sie vor?
Sie versuchte jetzt nicht mehr, das alles zu verstehen. Plötzlich sah sie eine andere Welt vor sich. Der kleine, von der hohen Mauer umgebene Garten wurde zur ganzen, weiten heiteren Welt. Sie befand sich plötzlich in einem unbekannten, endlosen Wald und hörte den Ruf eines Kriegshorns. Auf einer Lichtung loderte ein Scheiterhaufen, auf dem sich Schilde und Schätze türmten. Sie spürte die stolzen Blicke ihres Vaters Baldur auf sich ruhen, der sie über einen breiten Fluss der Jahre durch die Flammen hindurch beobachtete.
Da wusste Auriane, dass sie nicht durch die Hand des Henkers

sterben durfte. Denn dann würden die Götter nicht erlauben, dass sie sich nach dem Tod wieder mit ihrer Familie vereinte.
Ich muss mein Leben in der Schlacht verlieren, nicht auf dem Richtblock.
Eine Flucht ist nicht möglich. Doch das Gesetz der Götter meines Volkes verlangt, dass ich mein Leben bei dem Versuch gebe.
Mit dem Mut der zum Tode Verurteilten griff sie wieder nach dem Amulett und legte es sich beinahe trotzig um den Hals.
Was kann schon geschehen? Hier kann sie mich nicht erreichen.
Das Gesicht von Ramis tauchte über ihr auf wie ein zarter, aber mitleidloser Mond.
Ramis, die Weleda, erklärte nichts und erwartete alles.

DRITTER TEIL

Dagaz
Anbruch des Tages

Einundzwanzigstes Kapitel

Als Avenahar die Hügelkuppe erreichte, war sie so glücklich, dass sie zu fliegen glaubte. Sie fühlte sich eins mit der Einsamkeit, die sie umgab. Der Himmel war ein Feld aus klarem kalten Blau, über das schnelle, übermütige Wolkenberge zogen. Die Hügel sahen wie sanfte Wellen aus, die in verblassenden grauen und grünen Tönen bis ans Ende der Welt rollten und sich am Horizont in eine Geisterlandschaft verwandelten. Bodennebel verhüllte die dunklen Täler. Das Leben dort ahnte man als verstohlene Bewegungen einer unsichtbaren Welt, die immer da war, sich jedoch stets dem Blick entzog. Der Wind strich zärtlich über das Gras und spielte ausgelassen auf den goldenen Teppichen duftender Blüten. Hier war Freia in der Tat eine vertraute, wohlwollende Schwester.

Nach einem Mondzyklus bei Witgern und seinen Wolfskriegern war Avenahar schlank wie ein wildes Pferd. Die langen Tage unter der nördlichen Sonne hatten ihre Haut im Gesicht und an den Armen nussbraun werden lassen. Als man sie gefunden hatte, hingen an ihrem zerzausten Kopf so viele Kletten, dass man die Haare nur noch abschneiden konnte. Was übrig geblieben war, erinnerte an zerschlissene dunkle Seide und hing ihr wie einem Jungen in kurzen Strähnen um den Kopf. Sie trug einen hüftlangen Umhang aus Hirschfell über einem weiten Gewand aus Nesselfasern, das von einem Strick gehalten wurde. Die für die Verpflegung des Trupps verantwortlichen Frauen hatten die schmutzigen Fetzen des Umhangs und der fein gewebten Tunika aus der Villa, die sie bei ihrer Ankunft getragen hatte, in die Abfallgrube geworfen. Ohne den Kranz welker Wiesenblumen im Haar hätte man sie für einen jungen Mann halten können, wie

sie da auf dem Hügel stand und über das Land blickte, als hätte sie es erobert.
Eine gebeugte alte Frau trat mit schnellen Schritten neben sie, hielt zum Schutz gegen die Sonne die Hand über die Augen und ließ den Blick über ihr Reich schweifen. Es war Runhild, die Kräuterfrau, die Witgerns Trupp begleitete. Sie hatte kleine runde Augen, denen nichts entging. Die eingezogenen Schultern deuteten auf ihre wesensmäßige Zurückhaltung hin. Doch sie wusste, was sie wusste, und wenn sie darüber sprach, war davon nichts mehr zu spüren.
Der Wind bauschte ihren Umhang, wehte durch ihr taubengraues Haar, zerrte eine Strähne aus dem dicken Knoten im Nacken und blies sie ihr über das Gesicht. Runhild hob den Kopf und nahm wie ein Wolf die Witterung auf.
»Ich rieche Feuer«, sagte sie. Avenahar roch nichts.
»Runhild«, sagte Avenahar nach einer Weile und sah sie an. »Wir suchen Eisenhut, Wundkraut und die Ringelblume … das sind die Pflanzen, die wir vor einem Kampf sammeln.«
Seit der Stamm erfahren hatte, dass Ramis auf hinterhältige Weise gefangen genommen worden war, plante Witgern einen geheimen, offenbar tollkühnen und gefährlichen Überfall, der die Römer viele Männer und Vorräte kosten sollte.
»Du hast besser zugehört, als ich dachte. Wir werden das Nötige erfahren, wenn es so weit ist. Los weiter, du kleiner Faulpelz, wir sind beinahe da.«
Avenahar rannte den Hügel hinab. Ihre Füße versanken in der weichen Erde. Sie drehte den Kopf und rief übermütig über die Schulter: »Ich will es aber jetzt wissen!«
Runhild folgte ihr so schnell sie konnte. »Langsam, Peregrina, das Leben in der Stadt hat dir die Geduld genommen.«
Avenahar hatte sich den Namen »Peregrina« zugelegt. Er stammte aus einer Geschichte, die ihr Auriane als kleines Kind vorgelesen hatte. Peregrina war ein tapferes Mädchen, das eine Stadt vor dem Untergang rettete. Avenahar hatte Witgerns Kriegern erzählt, sie heiße Peregrina und sei eine Sklavin. Sie habe als Zofe in einer Villa am großen Fluss gedient und sei vor ihrer reizbaren,

jähzornigen Herrin geflohen, die schnell mit einer eisernen Haarnadel bei der Hand war. Nur Witgern kannte die Wahrheit, und Avenahar betete, dass keiner der anderen sie erraten würde, denn ihr lag nichts daran, die Nachsicht der Wolfskrieger auf die Probe zu stellen. Im ersten Monat ihrer Freiheit sollte niemand wissen, wer ihre Mutter und wer ihr Vater war. Als Aurianes Tochter hätte sie noch so mutig sein können, alles wäre immer mit den Heldentaten ihrer Mutter verglichen worden. Und wenn bekannt geworden wäre, dass Decius ihr Vater war … Avenahar wagte sich nicht vorzustellen, was die Wolfskrieger dann mit ihr angestellt hätten.

Vielleicht hätte man beschlossen, sie den Göttern zu opfern.

»Ich habe ihn gefunden … den Eisenhut!«, rief Avenahar voller Stolz, als wäre diese Wiese mit den vielen Blumen ihre Entdeckung. Eifrig stürmte sie in ein Meer feuerfarbener Blüten und begann fröhlich, die Stängel abzureißen.

»Lass das! Sei behutsam und nimm nur die Blüten … so musst du das machen.« Runhild zeigte ihr, wie sie vorsichtig, aber erstaunlich schnell Blüten, und nur die Blüten sammelte. »Verletze meine hübschen Kleinen nicht. Weißt du eigentlich, warum der Eisenhut die beste Salbe für Schwertwunden gibt? Weil er ein wenig Sonne in sich eingefangen hat. Und was heilt besser als die Sonne? Es bedeutet, der Eisenhut trägt die Kraft des Lichts in sich. Sieh nur, wie zart und strahlend die Köpfe sind!«

Runhild behandelte alle Pflanzen mit großer Behutsamkeit. Avenahar fand es lustig, dass sie den Pflanzen mehr Gefühle entgegenbrachte als den Menschen. Trotzdem pflegte und heilte sie mit ganzer Hingabe Verwundete und Kranke. Die Kräuterfrau hatte ihren Weidenkorb lange vor Avenahar gefüllt. Ihre Hände waren hart, glatt und wie Klauen gekrümmt. Sie konnte ohne Werkzeug auch größere Wurzeln ausreißen und behauptete, das käme daher, dass sie zuerst das Vertrauen der Pflanzen erwarb. Runhild war ungebunden und frei. Sie diente nur den guten Geistern in diesem Land. Sollte Witgern ihr jemals nicht die angemessene Achtung erweisen, würde sie spurlos verschwinden. Witgern wusste das.

»Wächst der Eisenhut auf der Wiese von allein?«
»Nein, das ist einer meiner Gärten. Aber auch andere Frauen kommen zum Sammeln hierher. Deshalb nehmen wir nur so viel, wie wir brauchen.« Runhild richtete sich auf und runzelte die Stirn.
»Peregrina, was siehst du da?«
»Dort drüben ... auf dem Hügel! Siehst du es?«
Auf einem nicht sehr weit entfernten Hügel leuchtete ein Feuerpunkt, der immer größer wurde und sich schließlich zu öffnen schien wie das unheildrohende Auge eines Riesen, der in diesem Hügel lebte.
Das gelbe Auge verwandelte sich vor dem strahlend blauen Himmel zu einem hoch erhobenen Feuerschwert.
»Ein Notfeuer«, murmelte Runhild. »Es brennt in der Nähe des Bibertals. Dort scheinen sie die schlimmen Nachrichten immer zuerst zu erhalten.«
»Das Dorf im Bibertal?«, flüsterte Avenahar. »Sind wir so nahe?« Sie spürte ein unangenehmes Ziehen, als habe sie im tiefen Wasser einen Anker geworfen und könne nicht mehr so unbeschwert weitersegeln. Etwas schnürte ihr die Kehle zu. In diesem Dorf stand Baldurs Halle, und dort war Auriane geboren worden. Atlind, Aurianes alte Mutter, lebte noch immer im Bibertal. Avenahar wollte in das Dorf gehen und die Geister der Brunnen in aller Ehrfurcht begrüßen. Sie sehnte sich danach, die alte Halle mit eigenen Augen zu sehen und den Zaubertrank zu trinken, der ihrer Mutter ein so ungewöhnliches Schlachtenglück gebracht und sie auf einen Weg großer Taten geführt hatte, die die Augen der Menschen in diesem Land bei der Erinnerung daran immer noch glänzen ließen. Vielleicht, so hoffte Avenahar, würde sie dorthin gehören, so wie die Eberesche dorthin gehörte. Dann könnte sie endlich vergessen, dass sie innerlich gespalten war und dass das Blut eines Mörders aus den Reihen der Feinde ihr Herz vergiftete.
In Avenahar kämpften verworrene Wünsche miteinander. Sie wollte ihre Mutter übertreffen, sie wollte ihre Mutter verletzen, und sie wollte, dass ihre Mutter sie bewunderte. Doch im Mittelpunkt all ihrer Wünsche stand immer Auriane wie ein Maibaum,

den Avenahar zuerst in der einen und dann in der anderen Richtung umkreisen musste.
Beim Anblick des Notfeuers begriff Avenahar jedoch, dass ihre Flucht wenig dazu beigetragen hatte, alles zu vergessen und hinter sich zu lassen. Sie hatte bisher nur von der Befriedigung gelebt, ihrer Mutter eine ebenso schwere Verletzung beigebracht zu haben wie Auriane ihr.
Auf dem Hügel hinter ihnen flammte noch ein Feuer auf. Im Süden züngelten an zwei Stellen ebenfalls Flammen, die immer höher schlugen.
»Überall brennen Notfeuer!«, rief Avenahar verwundert. »Es ist bestimmt etwas Schreckliches geschehen.«
Man entzündete Notfeuer nur, um die Landgeister zu Hilfe zu rufen.
»Komm, gehen wir zur Höhle und dann auf dem schnellsten Weg zurück ins Lager.«
Avenahar fand das alles eher aufregend als beängstigend. Trotzdem folgte sie Runhild gehorsam auf dem Pfad hinunter zur Höhle, wo die Alte ihre Kräuter, Salben und Tränke aufbewahrte.
»Glaubst du, es sind die Cherusker?«, fragte Avenahar nach einer Weile. Sie befanden sich beunruhigend weit von Witgerns Lager entfernt, und sie hatten keine Waffen.
»Nein, sonst würden wir die Hörner hören. Außerdem ist es zu spät im Jahr für Überfälle.« Auriane sah, wie die Kräuterfrau das Gesicht verzog, als hätte sie etwas Bitteres geschluckt. »Aber wir müssen damit rechnen, dass diese Plage im nächsten Frühjahr über die Hügel kommt.«
Im Laufe des vergangenen Monats hatte Avenahar begonnen, die Lage der Chatten mit unbarmherziger Klarheit zu sehen. Sie war über verlassene chattische Felder gegangen, auf denen Disteln und Flohkraut wucherten. Und einmal waren sie und Runhild beim Kräutersammeln in ein abgelegenes Dorf gekommen, das die Cherusker heimgesucht hatten. Der Platz vor dem Dorfheiligtum war mit Leichen übersät gewesen. Getrocknetes Blut, Münder, die zu stummen Schreien verzerrt waren, ein kleines Kind, das neben seiner Mutter verhungert war – Avenahar konnte den

Anblick nicht vergessen. Die Krieger des Chariomerus hatten die Dorfbewohner kurz nach der Ernte niedergemetzelt. Auf diese brutale Art verschaffte sich das Heer der Cherusker Früchte und Getreide für den Winter, denn die Frauen, deren Aufgabe die Versorgung des Heeres war, hatten Chariomerus im Streit verlassen.

Das alles ist das Werk von Chariomerus. Und Decius, mein Vater, steht an seiner Seite.

Die Schwerter, für deren Beschaffung Auriane ihr Leben riskiert hatte, waren die einzige Hoffnung der Chatten, dass die cheruskische Plage eines Tages vielleicht vertrieben werden konnte. Angeblich befanden sich die Waffen unter Witgerns Obhut in einer verborgenen Höhle. Doch Avenahar schob sofort alle Gedanken beiseite, die den Ruhm ihrer Mutter begründen könnten. Schließlich war die Verachtung, die sie für Auriane empfand, das Feuer, das sie wärmte.

Auf dem Weg ins Tal sahen Avenahar und Runhild noch mehr Feuer, die nah und fern aufloderten und wie die ersten Sterne in der Abenddämmerung leuchteten. Das ganze Land schien zum Zeichen des Protests zu brennen.

Avenahar überkam plötzlich die unerklärliche Gewissheit, dass sie nicht wissen wollte, was geschehen war, weil es schrecklich sein und sie in die Knie zwingen würde.

»Runhild … sind die vielen Notfeuer nicht … wirklich beängstigend?«

»Ich war in Ramsauge, als Chariomerus dort alles, selbst die Ziegen abgeschlachtet hat. Ich habe mich nur dadurch gerettet, dass ich in einen Brunnen geklettert bin. Sie haben die Toten auf mich geworfen. Nach einem solchen Erlebnis ist alles andere nicht mehr als ein Nadelstich.«

Avenahar konnte im ersten Augenblick nur schweigen. Doch schon bald sagte sie: »Das tut mir Leid, Runhild …« Sie zog die Stirn in Falten. »Ramsauge, das ist doch das Dorf, in dem Ramis geboren wurde, nicht wahr?«

»Das war es. Du weißt aber viel über uns, Peregrina.« Runhild ging langsamer und musterte Avenahar prüfend von der Seite.

Avenahar hielt den Atem an. Hatte die alte Frau erraten, wer sie war?

»Sie haben uns alles genommen, jeden heiligen Ort«, fuhr Runhild fort. »Zur Zeit von Baldur hätte das nicht geschehen können. Die Leute verstehen nicht, warum Auriane nie nach Hause zurückgekommen ist. Sie lieben Auriane. Vielleicht ist das ganze Unheil nur deshalb geschehen, weil sie uns verlassen hat. Vielleicht sind wir verflucht, weil sie bei den Römern geblieben ist.«

Will sie mich ködern? Weiß sie, dass es nicht meinem Wesen entspricht, einen Pfeil, der auf meine Mutter abgeschossen wird, unbeachtet zu lassen?

»Vielleicht hatte sie … einen Grund. Vielleicht hat ihre Ehre sie dort festgehalten, wo sie war. Vielleicht hat sie die Absicht zurückzukommen.«

»Das ist es also?« Runhild blieb stehen und stemmte die Hände in die Hüften. »Du weißt heute auf alles eine Antwort, du Villenkind. Aber ich sage dir, wenn ein Säugling nach seiner Mutter schreit, fragt er sich auch nicht, warum er das tut.«

Die Alte zuckte die Schultern und ging schnell auf dem schmalen Pfad weiter, der zu ihrer Höhle führte. Der Wind trieb beißende Rauchwolken in das Tal, und die beiden Frauen hielten sich einen Zipfel ihres Umhangs vor das Gesicht.

Schließlich platzte Avenahar mit der Frage heraus, die sie von Tag zu Tag stärker quälte, seit die Wolfskrieger sie gefunden hatten. »Runhild … was sagen die Leute hier dazu, dass … dass Auriane mit dem römischen Leibeigenen Decius das Lager geteilt hat?«

Runhild blieb so unvermittelt stehen, dass Avenahar mit ihr zusammenstieß.

»Ich sollte dir ein paar mit der Weidenrute überziehen.« Doch als sie Avenahars gequälten Gesichtsausdruck sah, wurde ihr Blick milder. Mit einer wegwerfenden Handbewegung sagte sie: »Ich weiß, es gibt Leute, die das behaupten, Peregrina. Aber du musst wissen, das sind Lügner, die uns hassen. Aurianes Tochter ist ein Kind von Wotan.«

Avenahar wollte sich nichts anmerken lassen. Nach der langen Zeit im Römischen Reich, wo selbst die einfachen Landbewohner mit der Muttermilch ein gewisses Maß an Wissen und Vernunft einsogen, hätte sie es nicht für möglich gehalten, dass es auf der Welt noch erwachsene Männer und Frauen gab, die glaubten, ein Gott könne ein Kind zeugen.

»Runhild, glauben die meisten Menschen hier … ich meine, wissen sie, was du über diese Sache weißt?«

»Die meisten schon. Allerdings gibt es einen üblen Haufen, der es nicht weiß. Manche würden Auriane deshalb sogar umbringen. Aber die wahren Menschen, die guten Kampfgefährten wissen, dass Auriane nicht fähig wäre, so etwas zu tun.«

Avenahar war leicht verwirrt und unterdrückte eine Erwiderung. Sie wusste, Runhilds Einschätzung der Lage konnte nicht ganz stimmen, denn bei der Einweihungszeremonie hatten offenbar alle Anwesenden die Wahrheit gekannt. Aber es wäre unhöflich gewesen, einer alten Frau und noch dazu ihrer Lehrerin zu widersprechen.

Der Pfad, auf dem Runhild ging, war für Avenahar nahezu unsichtbar. Sie fand die Höhle nur, wenn sie nach oben auf die verblassten roten und weißen Stoffstücke blickte, die Runhild vor langer Zeit als Wegmarkierung an die Äste gebunden hatte. Schließlich versperrte ihnen eine moosbewachsene Felswand den Weg. Sie war übersät mit kleinen Vertiefungen, aus denen eine klebrige Masse hervorquoll. Runhild verteilte regelmäßig Butter und Honig als Geschenke für die Waldfrauen und Elfen auf der pockennarbigen Oberfläche, damit sie nicht auf die Idee kamen, weiter vorzudringen und Runhilds Schätze zu stehlen.

Die beiden Frauen gingen vorsichtig an der steinernen Wand entlang, bis sich der Fels teilte. Dann folgten sie dem enger werdenden Spalt, bis die Dunkelheit der Höhle sie umgab. Runhild brauchte einen sicheren, von überall leicht erreichbaren Platz, um ihre Heilmittel zu lagern, während sie mit den Wolfskriegern durch das Land zog. Die Höhle war voll von getrockneten und noch halb grünen Kräutern. Sie hingen sogar an Hanfschnüren dicht unter der Decke, sodass es den Anschein hatte, als regne es in der Höhle Pflanzen. Die süßen, würzigen Gerüche nahmen Avenahar den Atem. Wenn Runhild ihre Heilmittel zubereitete,

verbrachte sie hier manchmal einen ganzen Mondzyklus – das hatte sie Avenahar erzählt.
Sie schütteten ihre Blüten und Blätter in einen Weidenkorb an der Rückwand der Höhle. Dann sammelte Runhild einen Sack voll »Notbrot«, wie die Alte es nannte. Avenahar hatte festgestellt, dass es sich dabei überhaupt nicht um Brot handelte, sondern um eine dünne, harte weißlich braune Wurzel, die ähnlich wie Rüben schmeckte.
»Wir werden es brauchen«, sagte Runhild und nahm den Sack auf den Rücken.
»Du hast mir gesagt, das sei für Notzeiten.«
»Dein schöner Hengst, den wir gegen Lebensmittel eingetauscht haben, hat uns einiges gebracht, aber du kannst nicht erwarten, dass das ewig reicht.«
»Und was ist mit den Vorräten, die man Witgern zugesagt hat?«
»Du meinst das Dorf, das uns diesmal Proviant versprochen hatte?« Runhild zuckte die Schultern. »Die Vier waren zuerst da. Das kommt hin und wieder vor.« Als sie Avenahars verwirrten Gesichtsausdruck sah, fügte sie hinzu: »Die Vier, das sind vier berittene Grenzwachen, die ihren Abschnitt gemeinsam abreiten … Roms Aas fressende Meute. Sie reiten durch die Dörfer und verlangen, was sie wollen. Üblicherweise sind es Dinge, die sie tragen können … Bernsteinschmuck, vergrabenes Silber und Ähnliches. Das verkaufen sie, um ihren Sold aufzubessern. Wenn die Leute in den Dörfern nicht schnell genug damit herausrücken, legen die Soldaten Feuer an die Kornspeicher.«
Solche und ähnliche Geschichten wurden in letzter Zeit immer häufiger erzählt. Es erstaunte und beunruhigte Avenahar, dass die meisten Menschen die Übergriffe offenbar hinnahmen wie Hagel, der die Ernte vernichtet.
Doch Avenahar erwiderte nichts und füllte ebenfalls einen Sack mit Notbrot. Dann überprüfte sie im Halbdunkel aufmerksam den Höhlenboden, entdeckte zu ihrer Erleichterung aber nichts, was nicht dorthin gehörte. Als Runhild sie zum ersten Mal hierher mitgenommen hatte, hatten sie an der Rückwand etwas äußerst Beunruhigendes gefunden – einen Dolch mit einer abgebrochenen

Spitze, um den ein weißer, mit Wolfshaar befestigter Stoffstreifen gewickelt war. Runhild hatte ihr gesagt, das sei ein Fluch gegen den Besitzer des Stoffs, und er sei von einer Seherin gewirkt, die sich in dieser Art Magie auskenne. Die Kräuterfrau war beunruhigt, denn sie hatte geglaubt, nur ihre Gehilfinnen wüssten von der Höhle. Dann hatte Avenahar bemerkt, dass der Wollstoff feiner gewebt war, als sie es jemals in diesem Land gesehen hatte. Außerdem hatte er eine elegante Bordüre. Voll Entsetzen wurde ihr schließlich klar, dass es sich um ein Stück der Tunika handelte, die sie getragen hatte, als Witgerns Männer sie fanden.

Es musste also jemanden in diesem Land geben, der sich über ihre Anwesenheit nicht freute.

Doch an diesem Tag fand sie keine Anzeichen dafür, dass jemand in die Höhle eingedrungen war.

Schließlich machten sie sich auf den Rückweg zum Lager der Wolfskrieger. Es war ein langer Weg, und die Sonne würde bald untergehen. Sie blieben nicht lange auf dem Höhenkamm, sondern folgten einem kleinen Bachlauf durch das dichte Unterholz, überquerten eine wogende Lichtung blauer Wegwarte und tauchten dann in einen dämmrigen Ebereschenhain.

Die Eberesche war ein uralter Baum, der von den Chatten verehrt wurde. Wie Runhild ihr gesagt hatte, war der erste Mensch aus ihm geschaffen worden. An einen der Stämme war ein Wolfsschädel genagelt. Avenahar hatte das Gefühl, die glühenden Augen des darin gefangenen Geistes richteten sich auf sie und folgten ihr.

Plötzlich, als sei es aus dem Boden aufgetaucht, befanden sie sich in Witgerns Lager. Die Unterkünfte der Wolfskrieger bildeten ein wahlloses Durcheinander und wirkten zwischen den hohen Bäumen wie ein Steinschlag nach einem Unwetter. Wenn Witgerns Männer unterwegs waren, bewegten sie sich wie ein Wolfsrudel vorwärts. Manche Hütten bestanden nur aus einem dreieckigen Rahmen, der an einem Stamm lehnte und mit einem Hirschfell bespannt war. Andere Krieger hatten sich wie Füchse in die Erde eingegraben und eine Tierhaut über die Grube gespannt oder sich am Fuß eines Stammes aus Zweigen eine Art Nest gebaut. Das Lager war bis auf ein paar Wachposten zwischen den Bäumen verlassen. Avenahar konnte sich das nicht erklären, bis sie in der Nähe die durchdringende Stimme einer Priesterin hörte, die einen lauten Schrei ausstieß, in dem sich Verzückung und Leid mischten. Es fand ein Opfer statt.

Avenahar und Runhild folgten dem Laut und bahnten sich einen Weg durch Decken und Säcke aus Ziegenfell. Die spärliche Habe der Männer war leicht. Sie trugen ihren Reichtum in Form schöner Silberreifen von unterschiedlichem Gewicht an den Armen oder als kostbare Bernsteinketten am Hals. Die Gemeinschaft der Wolfskrieger zeichnete sich durch Schlichtheit aus. Avenahar hatte in der ersten Zeit das Gefühl gehabt, das Leben des Trupps sei völlig ungeordnet. Die Männer waren nicht in »Gewöhnliche« und »Mächtige« unterteilt, wie in den römischen Provinzen. Ein angesehener Mann, der wegen einer mutigen Tat bekannt war, wurde im Rat vielleicht zuerst um seine Meinung gefragt, doch bei den Ritualen tranken alle aus einem Horn. Erst allmählich erkannte sie, dass auch die Wolfskrieger in ein unsichtbares Netz von Gesetzen eingebunden waren. Jeder einzelne Faden dieses Netzes beruhte auf der Überzeugung, dass eine Familie, eine Sippe oder eine Kriegerschar eine Seele teilte. Etwas später bemerkte sie auch Eigenschaften, die sie bewunderte. Diebstahl war nahezu unbekannt. Freunde wurden mit grimmiger Entschlossenheit beschützt, und die wenigen Leibeigenen, die es gab, wurden gut behandelt. Avenahar wusste, diese großherzige Haltung war auf Witgern zurückzuführen, dessen Geist die ganze Schar beseelte. Doch für Avenahar war das Wichtigste, dass sie alle vom Krieg lebten und unversöhnliche Feinde Roms waren. Rache war für die Wölfe ein heiliges Ritual, denn sie glaubten, dadurch könne man der Sippe ein geraubtes Leben zurückgeben. Sie verachteten, was Avenahar verachtete, und handelten mit einer Schnelligkeit, die das Blut berauschte und die Gefühle beruhigte. Das passte so gut zu Avenahars eigenem Temperament wie die beiden Hälften eines zerbrochenen Gefäßes, die man wieder zusammenfügt. Deshalb war sie bereit, gewisse andere, beunruhigende Dinge zu übersehen. Dazu gehörte, dass einige der Krieger schmutzig und ungepflegt waren oder dass sie sich immer wieder über unwichtige

Dinge stritten, etwa darüber, ob Witgern oder Sigbert eine größere Zahl Goldscheiben von römischem Pferdegeschirr erbeutet hatte. Kurz gesagt, Witgerns Männer lebten wie die Schweine, aber sie waren frei.

Ein bärtiger Wachposten und dann ein zweiter musterten die Frauen stumm. Zwei andere nickten Runhild respektvoll zu, aber Avenahar beachteten sie nicht. Sie hätte ebenso gut einer der Lagerhunde sein können.

Schließlich kamen sie an einem bartlosen Posten vorüber, einem jungen Mann. Nein, es war eine der elf Frauen der Schar, wie Avenahar mit einem verstohlenen Blick erkannte. Ihr Kopf war mit rauer brauner Wolle umwickelt, das kleine Gesicht war von der Sonne verbrannt. Von ihren Schultern hing das Fell eines großen schwarzen Wolfs. Die junge Wolfskriegerin war kaum älter als Avenahar, aber sie wirkte alterslos. Ihr verschlossener Gesichtsausdruck erweckte den Anschein, als erlaube sie sich niemals einen verspielten, kindlichen Gedanken. Sie stand still wie ein Götterbild, beobachtete unverwandt den Wald und hielt den aufgerichteten Eschenspeer fest in der schwieligen Hand. Man sagte, bei der Wahl seiner Krieger zähle für Witgern nur, ob sie vom richtigen Wolfsgeist erfüllt seien. Die Frauen des Trupps hatten ebenso kühne Taten vollbracht wie die Männer. Sie hatten allein ein Wildschwein erlegt oder waren weit in ein feindliches Lager vorgedrungen, um eine Trophäe zu erbeuten. Auch sie hatten sich der Prüfung unterzogen, bei der sie sich bis zur Hüfte in die Erde eingruben und nur mit einem kleinen Rundschild gegen einen Hagel von Speeren schützen mussten. Die Frauen standen im Ruf, keinen Gedanken an ihre Sicherheit zu verschwenden. Oft erkletterten sie beim Angriff als Erste eine Palisade oder zogen sich als Letzte von einem Kampfplatz zurück. Avenahar vermutete, das kam daher, dass sich in ihre Wolfswut auch der Zorn darüber mischte, dass manche der Männer weniger Kühnheit und Mut von ihnen erwarteten.

Avenahar nickte der jungen Kriegerin hoffnungsvoll zu, doch die beachtete sie nicht.

Grünliches Licht fiel durch die Zweige. Trotz der Gleichgültigkeit,

mit der die Krieger sie behandelten, fühlte sich Avenahar in dieser Umgebung so wohl wie ein Pferd auf der Wiese. Sie hatte oft das Gefühl, das Land habe sie wohlwollend aufgenommen. Sie fühlte sich wie von einem großen schützenden Wesen umfangen. Die alten Ebereschen waren die lebenden Säulen eines weitläufigen Tempels, die Stützbalken des Hauses, in dem sie jetzt lebte.
Als Avenahar zwischen zwei Laubhütten hindurchging, stellte ihr unvermittelt jemand ein Bein. Sie stolperte und fiel der Länge nach hin. Ihr Gesicht versank im morastigen Laub.
»Kein Ziegenfleisch für dich, du Villenbalg«, hörte sie eine raue, tiefe Stimme hinter sich. »Ein Feigling wie du, der bekommt nichts zu essen.«
Avenahar blieb einen Augenblick lang wie gelähmt liegen. Erst dann drehte sie sich langsam auf den Rücken und sah das jugendliche, aber entstellte Gesicht eines Wolfskriegers über sich. Der Mann hatte eine gespaltene Oberlippe, von der sich eine schlecht verheilte Narbe im Zickzack durch den roten Bart zog und dicht unter einem Auge endete. Sie war das Ergebnis einer nicht richtig genähten Stichwunde. Das verfilzte, schmutzig rote Haar verdeckte nur schlecht eine kahle Stelle, wo ihm ein römischer Speer die Kopfhaut abgerissen hatte. Die aufgesprungenen Lippen glänzten vom Rosmarinmet, den die Krieger seit dem frühen Morgen getrunken hatten. Er starrte Avenahar hämisch und mit glasigen Augen an.
Plötzlich erschien Runhild hinter der Hütte. Der Betrunkene richtete sich verlegen auf. Er hatte geglaubt, Avenahar sei allein. Die Alte durchbohrte ihn mit ihren Blicken und kam brummend wie ein Bär näher.
»Hör gut zu, Rolf, du armseliger Mehlwurm!«, fauchte Runhild dicht vor seinem Gesicht. »Das ist meine Gehilfin. Sie ist mehr wert als du. Du lässt sie in Ruhe, verstanden?«
Rolf wich zurück, bis er gegen den Stamm der Eberesche stieß und nicht weiterkonnte. Dabei stotterte er immer wieder, das sei alles nicht ernst gemeint gewesen.
Runhild folgte ihm. »Meine Augen werden in letzter Zeit immer schwächer, wenn ich die Kräuter für dich mische«, sagte sie. »Es

fällt mir von Tag zu Tag schwerer, wilde Petersilie von Wasserschierling zu unterscheiden.«

Der Krieger murmelte etwas Unverständliches und umklammerte das Braunwurzamulett, das ihn vor einem bösen Zauber schützte.

Runhild ging weiter und murmelte: »Du sollst eine eiternde Wunde bekommen.«

Avenahar stand langsam auf und stellte fest, wie sehr sie sich darüber freute, dass Runhild sie in Schutz nahm. Und sie staunte von neuem über den großen Respekt, den man der alten Frau entgegenbrachte. Avenahar hatte schnell erkannt, dass die Alten bei den Chatten eine natürliche Autorität besaßen, die den Matronen in der Provinzstadt Confluentes fehlte. Die Frauen des Stammes waren fähig, die Geschicke zu verändern. Sie hatten die Macht, ihren Willen in allen Bereichen des Lebens durchzusetzen, vom Herd zum Altar und bis zum Schlachtfeld. Wahrscheinlich, so dachte Avenahar, hing das unter anderem damit zusammen, dass alle glaubten, die Frauen stünden den Göttern näher. Zum Teil lag es aber auch daran, dass beinahe alle Frauen Hexenkünste beherrschten und sie auch bei jeder Gelegenheit anwendeten – angefangen bei der Zeremonie, die den Säugling in der Wiege stark machte, bis hin zu den Anrufungen, die den Geist eines Toten auf den Weg brachten. In Confluentes hatte Avenahar einmal gesehen, wie die Söhne römischer Beamter vom Obststand einer alten Frau Birnen stahlen. So etwas wäre hier niemals geschehen. Wer in diesem Land eine Alte beleidigte, riskierte Verachtung, Hunger und Tod.

Trotzdem machten sie die abfälligen Worte des Wolfskriegers betroffen. Avenahar wusste, er hatte nur laut ausgesprochen, was viele dachten.

Sie erreichten den Opferplatz. Die Krieger saßen auf Wolfsfellen im Halbkreis am Rand einer kleinen Lichtung, in deren Mitte sich eine flache Grube befand. Die meisten waren hinter dem dichten Rauchschleier verborgen, der durch die Zweige trieb. Die Töne einer goldbraunen Knochenflöte drangen mit der schläfrigen Langsamkeit einer müden Tänzerin zwischen den Bäumen hindurch.

Die melodische Klage schien einen warmen Glanz über die Szene zu werfen. Eine Priesterin in grauen Gewändern, deren lange, offene Haare ihr über das Gesicht fielen, umkreiste langsam und feierlich die Grube und intonierte dabei eine Anrufung. Das Blut einer Ziege färbte die Erde in der Grube schwarz. Einer der Wolfskrieger schleppte das gehäutete Tier gerade zu einem Spieß. Nachdem es gebraten war, würde man das Fleisch bei einem gemeinsamen Mahl essen.

Avenahar und Runhild gingen still an ihnen vorbei zu den vier Proviantwagen, die zwischen den Bäumen eingekeilt zu sein schienen. Dort mühte sich eine junge Frau mit einem großen Getreidesack ab, den sie von einem Karren gehoben hatte. Ihre Arme waren so dünn wie Stöcke. Sie hatte glatte, blassblonde Haare, die ihr in das abgehärmte Gesicht fielen. Es war Ermenhild, die jüngere Tochter einer der Marketenderinnen, die die Verpflegung der Krieger sicherstellten. Sie bildeten innerhalb des Trupps eine unabhängige Gemeinschaft und pflanzten sogar Getreide an. Ermenhild war freundlich zu Avenahar gewesen, die vermutete, das liege daran, dass Ermenhild unter den Frauen einen niederen Rang einnahm und sich deshalb mit einer anderen Außenseiterin verbunden fühlte.

Der jungen Frau liefen Tränen über die Wangen.

»Ermenhild, was ist geschehen«, fragte Avenahar und eilte zu ihr. »Wir haben auf allen Hügeln Notfeuer brennen sehen.«

»Das weißt du nicht?« Ermenhild ließ den Sack zu Boden gleiten und wischte sich die Tränen aus dem Gesicht. Dann blickte sie stumm auf den Wald, als sei ihr persönlich ein Leid geschehen. »Die Feuer brennen für Auriane.«

Die Worte trafen Avenahar wie ein Giftpfeil, der ihren Geist betäubte. Sie schwebte an einem Ort, wo es keine Zeit gab. Wie aus weiter Ferne hörte sie sich fragen: »Warum? Ist sie tot?«

»Sie lebt, aber sie wird gefangen gehalten. Niemand begreift es. Man sagt, sie habe Rom ein Verbrechen gestanden. Das ist ihr Ende, meinen alle.«

Avenahar glaubte irgendwie zu wissen, was mit ihrer Mutter geschehen war, noch bevor Ermenhild es ausgesprochen hatte – als könne etwas so Schreckliches nicht geschehen, ohne dass die unsichtbare Welt ihre Boten aussandte.

So viel stand jedenfalls fest: Die eisernen Kiefer des imperialen Rom hatten zugeschnappt und würden ihre Mutter bald bei lebendigem Leib verschlingen.

Plötzlich schienen ihre Beine aus Wachs zu sein. Runhild fing sie auf, als ihre Knie nachgaben. Zusammen mit Ermenhild führte sie Avenahar zu den Hütten der Kräuterfrauen.

Runhilds Unterkunft bestand aus drei Wänden und einem Dach, alles aus Weiden geflochten und mit Fellen und Häuten bespannt. Vor der offenen vierten Seite brannte ihr Kochfeuer. Im Innern bedeckten dicke Bärenfelle den Boden. Runhild half Avenahar, sich ans Feuer zu setzen. Da Avenahar heftig zu zittern begann, packte Runhild sie in mehrere Felle und murmelte einen Zauber. Dann zwang sie Avenahar, ein starkes Gebräu aus Hartheu und Baldrian zu trinken, das Beruhigungsmittel der Alten bei Angstzuständen.

Avenahar trieb auf einem wogenden Meer, das sie in die Tiefe zu ziehen drohte. Ihre Mutter war für sie die Welt, auf eine Art und Weise, die Avenahar nicht erklären konnte. Sie war die große Bühne, auf der ihr Leben gespielt wurde.

Einen Augenblick lang überließ sie sich dem Gefühl, dass alles gut gehen würde. Das versetzte sie in eine Art Rauschzustand. Sie wusste, Auriane würde sie verlassen, aber sie kam immer wieder zurück, so wie damals, als ihre Mutter sie als Säugling allein gelassen hatte, um in den Krieg zu ziehen, und sie nach vielen Jahren wieder zu sich nahm. Doch im nächsten Augenblick war Avenahar sicher, dass sie die Ursache für das Unglück sei, weil sie davongelaufen war. Da wollte sie ihr Leben auslöschen wie eine Kerze. Sie wünschte sich in ihrer Verzweiflung, dass der leichte Regen, der inzwischen fiel, ihren Körper auflösen und mit der Erde vermischen würde.

Der Gesang auf der Lichtung verriet den Frauen, dass das Opfer beendet war. Als sie bei Einbruch der Dunkelheit hörten, dass der Wolfsgesang einsetzte, mit dem die Krieger die rituellen Vorbereitungen auf eine Schlacht begannen, fasste die Kräuterfrau Avenahar am Kinn und sah sie freundlich an.

Avenahars Gesicht war wie vom Fieber gerötet. Runhild hatte ihr eine kräftige Suppe eingeflößt, aber Avenahar glaubte noch immer, auf einem Nebelmeer zu schaukeln.

»Wenn wir einander helfen sollen«, sagte Runhild, »müssen wir aufhören, uns gegenseitig etwas vorzuspielen. Ich weiß, wer du bist – du heißt Avenahar.«

Jetzt schien die Erde endgültig aus den Fugen zu geraten. Doch dann war Avenahar erleichtert, denn sie fand es allmählich ermüdend, sich für eine andere auszugeben.

»Wie, wie …«, stammelte sie. »Hat Witgern es dir gesagt?«

»Nein, ich wusste es von Anfang an. Auch wenn du vielleicht nur ein einziges Mal ›Peregrina‹ gesagt und ›Avenahar‹ gedacht hast, habe ich ›Avenahar‹ gehört.«

»Wer weiß es sonst noch?«

»Die Alten hier. Nach dem letzten Neumond wimmelte es in den Wäldern weiter südlich von römischen Patrouillen, die Aurianes Tochter suchten. Dann fanden wir ein fein gekleidetes Mädchen mit rabenschwarzem Haar und einem Pferd, das eines Häuptlings würdig wäre. Es war nicht allzu schwer, den richtigen Schluss zu ziehen. Außerdem, jeder, der deine Mutter einmal gesehen hat, würde sie in deinem Gesicht wieder erkennen.«

»Es … es haben mich also viele gesucht?«

»Natürlich. Hast du etwas anderes erwartet?« Runhild schüttelte vorwurfsvoll den Kopf. »Es geschieht nichts, was nicht Einfluss auf das Schicksal anderer hat, sei es zum Besseren oder Schlechteren. Und alle Betroffenen werden durch Katastrophen entweder ein wenig oder ganz aus der Bahn geworfen. Wie viel mehr trifft das auf eine so schlimme Tat zu, wie du sie begangen hast, als du davongelaufen bist.« Sie seufzte. »Ja, ja, die Jugend! An die Folgen denkt ihr nie!«

»Warum hast du mir nicht gesagt, dass du weißt, wer ich bin?«

»Es schien, als müsstest du dich verstecken.«

»Warum hast du mich nicht den Patrouillen übergeben?«

»Das ist Witgerns Angelegenheit. Du bist keine Pflanze. Ich muss mich um die Pflanzen kümmern.«

»Wirst du mein Geheimnis gegenüber den anderen wahren?«

»Ich glaube, ich werde es schaffen, ›Peregrina‹ zu sagen. Bisher ist es mir jedenfalls gelungen.«

»Was müssen wir tun? Wir können nicht zulassen, dass meine Mutter stirbt!«

»Die Römer haben sie ins Gefängnis geworfen. Wir haben dort keine Macht.«

»Runhild, ich muss zurück … und tun, was ich kann, um …«

»… die Mauern zu stürmen und selbst umzukommen? Nein, du musst leben, Avenahar. Jetzt mehr denn je. Du stammst von einem Gott ab, und du bringst uns Stärke und Glück. Du bist jetzt bei uns, ob es dir gefällt oder nicht. Und hier bist du sicher.«

Avenahar traten die Tränen in die Augen. Sie ließ den Kopf sinken. Irgendwie hatte sie immer geglaubt, dass sie, wann immer sie wolle, zu ihrer Mutter zurückkehren könne. Das war nun unmöglich. Jetzt war sie an einem Ort, von dem es keinen Weg zurück mehr gab. Vor sechs Tagen hatte der Bote einer Seherin den Weg ins Lager gefunden. Er trug eine Wachstafel mit Aurianes Handschrift bei sich. Darauf bat ihre Mutter Witgern, Avenahar zum heiligen Wald unter den Eichen zurückzubringen. Witgern hatte ihr die Nachricht übergeben. Avenahar hatte die Wachstafel voller Verachtung und blindem Selbstvertrauen in den Bach geworfen, ohne sie Witgern zu zeigen. Wie leicht war das gewesen, als sie noch geglaubt hatte, die Entscheidung liege bei ihr.

Jetzt lebte sie nicht mehr in einem waldigen Elysium, sondern in einer Einöde ohne ihre Mutter.

»Und wird Witgern nichts unternehmen?« Avenahar machte mühsam Anstalten aufzustehen.

»Bleib sitzen. Wohin willst du? Zuerst wird er das tun, was er bereits geplant hat. Er wird mit seinem geheimen Plan Rom einen schweren Schlag versetzen. Das wird in der unsichtbaren Welt das Gleichgewicht wiederherstellen.«

»Rache? Das ist gut. Aber Witgerns Rache wird sie nicht retten!«

»Avenahar, versuche, dich ein wenig zu beruhigen. Ich habe deine Mutter gut gekannt.« Runhild sprach leise. Ihr Stimme klang besänftigend und tröstlich. »Die Schicksalsgöttinnen bestimmen ihr Handeln. Sie wachen über deine Mutter wie der Hirte über seine

Schafe. Sie werden ihr einen Weg zeigen, der aus der Gefahr führt.«

Avenahar wurde wider Willen wütend.

Runhild, du bist eine dumme alte Frau. Du kennst zwar jeden Stein und jede Wurzel, aber über die Römer weißt du nichts.

»Diesen Weg gibt es nicht. Auf sie wartet der Tod«, flüsterte Avenahar.

»Nimm den Schicksalsgöttinnen nichts von ihrer Macht, sonst rächen sie sich an dir.« Während dieser Worte blickte sich Runhild verstohlen um, als könnten die mächtigen Wesen sie hören.

»Wir sollten kämpfen.«

»Du steckst plötzlich voll kühner Pläne!« Sie schüttelte den Kopf. »Unsere stärksten Kriegshäuptlinge sitzen abwartend in ihren Hallen. Sie werfen sich gegenseitig Verrat an Rom vor, und jeder möchte auf seine Weise den anderen ermorden. Und du vergisst, dass uns die Cherusker wie Luchse im Nacken sitzen. Sie warten nur auf ein Zeichen von Schwäche. Es gibt Zeiten, Kind, da kann man nichts anderes tun, als zu warten.«

Avenahar sank in sich zusammen, vergrub das Gesicht in den Händen und weinte. Ihre schwarzen seidigen Haare streiften die Erde. Runhild beobachtete sie wohlwollend, bis sie aufhörte.

»Avenahar, ich wollte dich schon seit der Nacht, als wir dich gefunden haben, etwas fragen. Du hast versucht, dich den Göttern zu übergeben. Warum?«

Wenn ich dir sagen würde, dass Decius mein Vater ist, würdest du es mir nicht glauben. Aber vielleicht würdest du es diesmal sogar glauben, und das wäre noch schlimmer.

»Nein, Runhild, ich war nur aus Erschöpfung auf die Erde gesunken.«

»Man hat dich in einer kalten Nacht an einen Baum gelehnt gefunden, ohne Decke und ohne Waffen. Und du hattest den Hengst frei laufen lassen. Deine ganze Habe war noch am Sattel festgebunden. Niemand, der in dieser Welt bleiben will, verhält sich so.«

»Nein, Runhild, ich ...« Avenahar gab auf. Runhild beobachtete sie, als wolle Avenahar sie beim Würfelspiel betrügen. »Also gut«, flüsterte Avenahar. »Ich hatte es vor.«

Sie musste jetzt unbedingt einen überzeugenden Grund dafür erfinden, damit Runhild und alle anderen keine weiteren Fragen mehr stellen würden. An dem Abend, als man sie gefunden hatte, war sie von dem breiten starken Rücken des Hengstes auf den lehmigen Waldboden geglitten. Sie war den ganzen Tag nach Norden geritten. Dem Hengst schien es ebenso wie ihr zu gefallen, in vollem Galopp ins Nirgendwo zu stürmen. Das Pferd war wie ein Schiff, das unter den Sternen nach Norden segelte. Nach Sonnenuntergang war der starke Hengst im Halbdunkel eines Ebereschenhains langsamer geworden. Und Avenahar hatte geplant, sich den Wölfen, der Kälte und den Geiern zu überlassen.
Ich gehöre nirgends hin. Als Geist bin ich hier vielleicht willkommen. Als Geist könnte ich hier bleiben.
»Eine ehrbare Frau tut so etwas nicht ohne einen guten Grund«, fuhr Runhild streng fort. »Warum bist du deiner Mutter davongelaufen und hast ihr so viel Leid verursacht?«
Avenahar wich Runhilds Blick aus und murmelte. »Mein römischer Vater wollte mich gegen meinen Willen mit einem dummen Trottel verheiraten.« Sie hatte das Gefühl, sich mit diesen Worten selbst zu beschmutzen. Die Schicksalsgöttinnen würden diese Verleumdung von Marcus Julianus sicherlich rächen.
Glücklicherweise verließ Runhild an dieser Stelle ihr üblicher Scharfsinn. Sie schüttelte mitfühlend den Kopf. »Ja, sie schämen sich nicht, so etwas Schändliches von ihren Kindern zu verlangen. Eine Frau hat das Recht, ihren Mann selbst zu wählen. Das weiß doch jeder. Schlaf jetzt.«
Avenahar gehorchte. Sie war müde und wollte unbedingt weiteren Fragen zu diesem Thema aus dem Weg gehen. Deshalb kroch sie bereitwillig in den hinteren Teil der Hütte und rollte sich wie ein Hündchen zwischen den Wolldecken zusammen. Runhild deckte sie noch mit einem Bärenfell zu.
Vor dem Einschlafen griff Avenahar verstohlen in den Ziegenfellsack mit ihrer Habe und nahm die wundervolle Fibel mit den Schlangenköpfen heraus, die mit Saphiren und einer großen Perle besetzt war. Am ersten Abend nach ihrer Rettung war dieses unglaublich kostbare Ding einfach da gewesen, als sie in ihrem Sack

etwas zu essen gesucht hatte. Die Fibel besaß eine geheimnisvolle Schönheit, in der sonniges Leben schimmerte. Ein unbeschreiblicher Zauber ging von ihr aus. Sie schien ein Unterpfand dafür zu sein, dass die unsterblichen Götter an dem Schicksal der Menschen Anteil nahmen. Trotz aller Zweifel glaubte Avenahar, dass ein guter Waldgott ihr dieses wertvolle Geschenk gemacht hatte, und sie fühlte sich getröstet.

Avenahar drückte die Fibel an die Lippen und schob sie zurück in den Sack. Sie war erleichtert, die Welt eine Zeit lang hinter sich lassen zu können, überließ sich dem Schlaf und sank in eine weiche Schwärze.

Später in der Nacht erreichte Avenahar das Reich der tiefen Träume. Von irgendwoher hörte sie leise Trommeln. Ihr Geist näherte sich behutsam den Tönen. Dabei stellte sie sich vor, das Trommeln sei das Herzklopfen der Welt. Sie musste nur lange genug suchen, dann würde sie es irgendwo finden. Zeitalter fielen von ihr ab wie die Haut einer sich häutenden Schlange, und sie sank immer tiefer. Schließlich befand sie sich in einer hell erleuchteten Höhle, in der ein Feuer brannte. In der Dunkelheit erkannte sie die neun Frauen, die bei der Einweihung zu ihr gekommen waren. Diesmal saßen sie jedoch hinter dem Feuer und sahen sie an. Neun wissende Augenpaare waren auf sie gerichtet, die ihr jeweils eine andere Stärke schenkten. Im Geist hörte Avenahar ihre lautlosen Stimmen.

Sieh her, Avenahar. Wir sind schon lange tot, doch wir leben.

Avenahar spürte die tröstliche Wärme einer engen Verwandtschaft, die wunderbar stark war und so ganz anders zu sein schien als alles Wohlwollen, das sie im wachen Leben gekannt hatte.

Du bist der Stein, den wir beschreiben. Du bist deine Mutter. Wir versichern dir, du bist von unserem Blut.

Sie befahlen Avenahar, vor die Höhle zu treten und zu sehen, was zu sehen war.

Avenahar gehorchte. Vor ihr lag eine Ebene, auf der sich Nebel zu einem weißen See ballte. Ein riesiger, geisterhafter Hirsch tauchte auf. Die Enden seines prächtigen Geweihs waren flehend zum Himmel erhobene Hände. Aus den weißen Dunstwolken kam in

großen Sätzen eine Wildkatze und sprang wie ein Reiter auf den Rücken des Hirschs. Avenahar sah schnelle, geschmeidige Bewegungen und gefletschte Zähne. Doch die Wildkatze war ausgehungert und schwach. Wölfe trotteten durch den Nebel und kamen der Katze zu Hilfe. Avenahar sah die Szene flüchtig mit den Augen eines Wolfes und spürte einen Tritt in die Seite, als der große Hirsch das Rudel unter seinen Hufen zertrampelte. Hirsch und Wildkatze erlitten bei dem Kampf schreckliche Wunden und versanken schließlich in dem dunstigen See. Avenahar blickte wieder über die Ebene. Sie hörte ein Kriegshorn und die Schreie von Frauen. Schmerzliche Trauer erfasste sie. Verzweifelt wollte sie durch den Nebel eilen, um den Verletzten zu helfen.
Aber stattdessen kehrte sie in die Höhle zurück, weil sie irgendwie begriff, dass das den leidenden Menschen mehr helfen würde.
Eine der neun Frauen erhob sich lächelnd und überreichte ihr einen Eibenstab und eine Krone aus Eisenkraut.
Avenahar erwachte, als die Sonne schon hoch am Himmel stand.

Die Hütte war leer – natürlich, es war schon spät am Morgen. Runhild war bereits weg.
Freia, rette meine Mutter!
Das war ihr erster trauriger Gedanke, als sie wieder ganz wach war.
Überrascht stellte sie fest, dass sich der eiserne Griff des Schreckens, unter dem sie am Abend zuvor zusammengebrochen war, gelockert hatte. Das hat bestimmt der Traum verursacht. Er hüllte alles in seine Schönheit und seine Gnade. Die Ahnen waren so nahe, dass Avenahar den Duft des brennenden Wollkrauts roch, der in ihren Gewändern hing. Als sie aus der Hütte blickte, sah sie beinahe die Geister ihrer Familie zwischen den Stämmen der Ebereschen. Der Traum war aber auch auf sanfte Weise herausfordernd. Avenahar spürte, dass er sie in die Richtung drängte, die jetzt notwendig war. Und wenn sie dem Drängen nachgab, würde sie ihrer Mutter Kraft schenken.
Als sie schließlich aufstand und zu dem Bach ging, war sie erfüllt von dem gleichen Willen und derselben Kraft wie der starke

Hengst, der sie hierher getragen hatte. Zum ersten Mal, seit sie davongelaufen war, hatte sie den glühenden Wunsch zu leben.
Wenn Auriane nicht mehr auf dieser Welt war, dann musste sie, ihre Tochter, da sein. Irgendwie wurde das von ihr verlangt. Der einzige Weg, Aurianes bevorstehendem Tod zu trotzen, bestand darin, die Schicksalsgöttinnen als Schwestern, nicht als Feindinnen zu betrachten. Sobald Avenahar sich darüber klar geworden war, kam das Verlangen nach dem Schicksal, das sie sich als Kind sehnlichst gewünscht hatte, wieder zurück. Sie würde für das Land kämpfen. Sie würde alle getöteten Chatten rächen.
Und ihr Blut von dem Gift, von Decius, reinigen.
Avenahar wusch sich in dem Bach und rang dabei nach Luft, weil das Wasser so kalt war. Dann klopfte sie den Staub aus ihrem Umhang und versuchte, sich an die Worte der Ahnfrauen zu erinnern. Anfangs war der Traum in ihrer Erinnerung vage, doch im Licht des Morgens nahm er Gestalt an, und damit wuchs ihre Sicherheit. Um die Mittagszeit sah sie ihren Weg klar vor sich. Hatten die Ahnfrauen nicht gesagt: »Du bist deine Mutter«? Die Ebene, die sie gesehen hatte, war ein Schlachtfeld. Der Hirsch stand ganz sicher für die Cherusker, denn er war ihr Geist-Tier. Es hieß, Chariomerus sei als Kind von einer Hirschkuh gesäugt worden. Die Wildkatze, das war ihr eigener Stamm, die Chatten. Die Wölfe waren Witgerns Schar, und sie war einer von ihnen gewesen. Die Stelle an der Seite, wo die Hirschhufe sie getroffen hatten, schmerzte.
Ramis hatte bei Aurianes Geburt prophezeit: *Du wirst ein lebender Schild sein.* Das war nun auch Avenahars Schicksal.
In Witgerns Trupp gab es elf Wolfskriegerinnen. Sie musste dafür sorgen, dass sich ihre Zahl auf zwölf erhöhte.
Als sie die Hütte aus Weidengeflecht erreichte, warf Runhild gerade einen Arm voll Brennholz neben dem Feuer auf die Erde. Die Alte sah das entschlossene Glänzen in Avenahars Augen.
»Wohin gehst du?«, fragte Runhild.
»Ich muss mit Witgern sprechen.«
Die Augen der Kräuterfrau veränderten sich. Es lag plötzlich eine traurige Dunkelheit darin, die Avenahar noch nie gesehen hatte.
»Er ist nicht da.«

»Aber ich habe gehört, dass er seit gestern Morgen nicht aus seinem Zelt gekommen ist.«
»Und ich höre verräterische Gedanken, die in deinem Bewusstsein lärmen. Warum musst du mit ihm sprechen?«
»Weil ich es muss! Wie kannst du sagen, er sei nicht da?«
»Er ist ein magerer grauer Wolf auf dem Weg nach Süden, um die Festungen auszuspähen und herauszufinden, wann sie am schlechtesten verteidigt werden.«
»Du kannst ihn sehen, wenn sein Geist unterwegs ist?«
»Ja. Und ich weiß, was du vorhast. Vergiss nicht, du bist meine Gehilfin. Du bist eine Kräuterfrau.«
Avenahar senkte den Blick. »Runhild, ich hatte einen bemerkenswerten Traum. Es muss sein.«
»Verräterin!«
Das Wort schmerzte. Avenahar schluckte ihren Widerspruch hinunter, drehte sich um und ging mit großen Schritten davon.
Überall im Lager standen Männer in kleinen Gruppen beisammen und sprachen über die an diesem Morgen eingetroffene Nachricht. Einer der römischen Beobachter, die in das Gebiet der Chatten geschickt worden waren, um über die Ratsversammlungen zu berichten, war von seiner Eskorte weggelockt und ermordet worden. Es hieß, das sei eine Vergeltungsmaßnahme, weil der Statthalter Auriane gefangen genommen hatte.
Avenahar erreichte den Bach und folgte seinem Lauf bis zu der Stelle, wo sich eine kleine Insel aus dem dunklen, glasklaren Wasser erhob. Darauf stand ein festes Zelt aus Ziegenleder. Von seinem spitzen Dach waren Leinen zur Erde gespannt, die von Pflöcken gehalten wurden. Das rechteckige Zelt bot acht Männern Platz. Avenahar kannte solche Zelte. Sie wurden im römischen Heer verwendet. Witgern hatte es als Beute aus einem Legionärslager mitgebracht und durch aufgemalte Monde, Sterne und schützende Runen zu seiner Behausung gemacht. Neun Wolfskrieger standen davor Wache.
Sie ging über eine kleine Brücke aus Stämmen. Laub fiel von den Ebereschen.
»Die Prinzessin aus der Villa!«, rief einer der Posten und lachte.

»Sie kommt, um sich zu beschweren, weil wir das Feuer für ihr heißes Bad nicht geschürt haben.«
»Oder weil der Boden zu hart ist«, rief ein anderer. »Du da, bring ihr doch ein Daunenkissen!«
»Was gibt es? Ist die Sklavin mit der Fischpaste für dein Notbrot nicht schnell genug zur Stelle gewesen?«
Avenahar ging zu dem Posten, der bei diesen Witzen nicht gegrinst hatte, und bat darum, Witgern sprechen zu dürfen.
»Er beschäftigt sich mit wichtigen Plänen und kann dabei von einer wie dir nicht gestört werden. Verschwinde.«
Avenahar ließ sich nicht entmutigen und setzte sich vor den Zelteingang. Irgendwann würde Witgern herauskommen müssen. Die Posten starrten sie anfangs missbilligend an, ließen sie aber bald in Ruhe.
Die Sonne wanderte über das erste Viertel des Nachmittaghimmels. Avenahar hörte im Zelt die Stimmen von drei Männern. Die Beine schmerzten ihr vom Sitzen. Als sie gerade erschöpft aufgeben wollte, kamen zwei Wolfskrieger aus dem Zelt und gingen mit großen Schritten davon, ohne sie zu beachten.
Jetzt war Witgern allein. Avenahar stand auf.
Ein Posten versperrte ihr mit dem Speer den Weg.
»Ich sehe da draußen ein verirrtes Wölfchen«, hörte man Witgerns belustigte Stimme. »Lasst sie herein.«

Zweiundzwanzigstes Kapitel

Avenahar sah zuerst nur den hellen Sonnenstrahl, der durch die Rauchöffnung schräg in das Zelt fiel, und einen kleinen Glühwurm – eine Flamme, in der Kräuter verbrannten. Als sich ihre Augen an die Dunkelheit gewöhnt hatten, entdeckte sie Witgern. Er saß mit gekreuzten Beinen auf einem Wolfsfell und betrachtete sie mit friedlicher Unbestimmtheit. Beim Anblick seines hageren, scharf geschnittenen Gesichts musste sie an welkende Schönheit, an verletzte Anmut denken. Die langen aschgrauen Locken, die bis zu den Schultern gereicht hätten, waren straff aus der breiten hohen Stirn gekämmt. Das fehlende Auge wirkte geheimnisvoll unter der schwarzen Klappe. Wotan, der Sehergott, den seine Männer verehrten, hatte auch nur ein Auge. Die meisten hielten das nicht für eine Verstümmelung, sondern sahen darin ein offenes Tor zu der unsichtbaren Welt hilfreicher Geister. Avenahar glaubte flüchtig zu sehen, wie das Gesicht eines Wolfs Witgerns Züge überdeckte – oder lag das nur an dem gekräuselten Rauchschleier, der in dem Lichtstrahl nach oben stieg?
Witgern bedeutete ihr mit einer Geste, sich zu setzen. Für einen Mann, der nur wenig besser als ein Tier im Wald lebte, wirkte er erstaunlich kultiviert. Er hatte sich die Haare mit batavischer Seife gewaschen, einer Mischung aus Ziegenfett und Buchenholzasche. Sein sorgfältig gestutzter Bart war bemerkenswert frei von den Überresten der letzten Mahlzeit. Der Stoff seines Umhangs glänzte vom vielen Waschen auf Steinen, und an seinem Speerarm schimmerte matt der schwere silberne Armreif eines Kriegers. Die Huflattichblätter über der Flamme verbreiteten einen angenehmen Duft. Witgern verbrannte das Heilkraut als Mittel

gegen einen lästigen Husten, den er den ganzen Sommer über nicht richtig losgeworden war. Das Zelt war bis auf seinen mit Sonne und Mond bemalten Eibenholzschild, dem Sack mit seiner Habe und einem großen Tontopf voll Salz leer. Das Salz war für die Wolfskrieger so kostbar, dass Witgern es verwahrte.
»Avenahar …« Er sprach das Wort langsam aus, als freue er sich an dem Rhythmus ihres Namens, der offenbar viele angenehme Erinnerungen in ihm weckte. Es entstand ein langes Schweigen. Avenahar wurde unruhig, denn sie wusste nicht, ob es richtig war, das Wort zu ergreifen. Witgern schien mit seinen Gedanken woanders zu sein. Schließlich nickte er kaum wahrnehmbar und sagte: »Bring den Teil von dir zum Schweigen, der alles ordnet. Lass deinen unsterblichen Teil sprechen.«
Sie wusste nicht genau, was er meinte. Sie kam sich vor wie ein übervoller Kornsack, der demnächst platzen würde. Er wartete geduldig und belustigt, während sie nach Worten suchte.
»Witgern, ich bin dankbar für deine Klugheit, mich Runhild als Gehilfin zu geben. Ich habe von ihr schon viele Geheimnisse der Pflanzen gelernt, und ich hoffe, eines Tages …« Sie verstummte.
»Was ist daran so lustig?«
»Nichts«, erwiderte er und hörte auf zu lächeln. Es war ihre List und ihre Strategie, zuerst Dankbarkeit zu zeigen, um ihn empfänglicher für das zu machen, was sie bei ihm durchsetzen wollte. Sie tat es mit so kindlichem Ernst, dass er sich nicht darüber ärgerte. »Sprich weiter.«
Durch die Unterbrechung hatte sie den Faden verloren, und so redete sie einfach drauflos. »Ich habe mit meiner Mutter jeden Tag mit dem Holzspeer geübt. Im vergangenen Jahr hat sie mir den Umgang mit dem Schwert beigebracht. Ich habe sie sogar einmal gerettet, als wir auf der Uferstraße angegriffen wurden. Und da meine Mutter jetzt in Gefahr ist, bin ich aufgerufen, sie zu rächen, für sie zu kämpfen und mit dazu beizutragen, dass dieses Verbrechen wieder gutgemacht wird. Schließlich …«
Er gebot ihr mit einer Handbewegung zu schweigen.
»Ich will es kurz machen, sonst kommen wir niemals im Morgengrauen hier weg. Es tut mir Leid, aber meine Antwort ist: Nein.

Ich kann es nicht zulassen. So viel bin ich deiner Mutter schuldig.«
Avenahars Gesicht spiegelte überdeutlich ihre Enttäuschung wider, sodass er hinzufügte: »Das bin ich auch *dir* schuldig. Verstehst du nicht, warum?«
»Nein, ich verstehe es nicht.«
»Avenahar, du bist nicht deine Mutter. Du kannst mir glauben, das ist nicht abwertend gemeint ...«
»Was soll ich sonst glauben? Ich werde dir beweisen, dass ich meine Mutter *bin*.«
»Avenahar, die Prüfungen sind hart. Du bist kaum vierzehn. Du hast noch nie einen Menschen getötet, und du hast noch nie einen Winter in einem Kriegslager mitgemacht.«
»Aber du hast einen Zwölfjährigen unter deinen Kämpfern.«
»Er ist ganz anders aufgewachsen als du. Er war als Sechsjähriger ein Waisenkind, hat mit sieben alles, was er zum Essen brauchte, gestohlen, um zu überleben, und seitdem keinen Tag den Speer aus der Hand gelegt.«
»Ich werde die Prüfungen bestehen. Ich werde an deiner Seite bei Überfällen kämpfen oder sterben.«
»Du bist noch nicht so weit. Ehrlich gesagt, weiß ich nicht, ob du jemals so weit sein wirst.«
»Du irrst dich. Ich hatte einen Traum, der es beweist.«
Sie erzählte ihm den Traum. Witgern zog nachdenklich die Stirn in Falten und strich sich über den Bart. Er neigte dazu, Wissen, das aus Träumen stammte, oft höher zu bewerten, als Informationen, die im Wachzustand gesammelt wurden. Schließlich sagte er: »Das ist ein schrecklicher und bestimmt auch ein bedeutsamer Traum, Avenahar. Es macht mir Angst, dass der Hirsch der Cherusker und die chattische Katze schwer verwundet wurden. Aber manchmal können sich junge Menschen Bedeutungen so zurechtlegen, dass sie ihren glühenden Wünschen oder ihren Ängsten entsprechen. Ich bin mir über deine Rolle in diesem Traum nicht im Klaren. Ich würde ihn einer Seherin erzählen. Gunora kommt im nächsten Mond auf dem Weg zur Herbstversammlung hier durch das Tal. Sie soll ihn für dich deuten. Heute kann ich mich

bei der Frage, ob du geeignet bist, ein Wolf zu sein, nur auf mein Gefühl verlassen.«

»Du hältst mich wie alle hier für ein verwöhntes Villen-Kind.«

»Nein«, erwiderte er entschieden. »Ich bin weit davon entfernt, das zu glauben.« Er schüttelte unwillig den Kopf. »Kannst du so lange, wie man braucht, um eine Ziege zu melken, ruhig sitzen und zuhören? Du legst mit deinem Ungestüm eine Bedeutung in meine Worte, die sie nicht haben.«

Avenahar gelang es unter Aufbietung aller Kräfte, wenigstens äußerlich seinem Wunsch nachzukommen. Sie hielt den Blick fest auf den Lehmboden vor seinen Füßen gerichtet und bewegte sich nicht. Witgern unterdrückte ein Lächeln. Es sah nicht so aus, als könne sie das lange durchhalten.

»Du weißt nicht, welch ein schmaler und bitterer Weg das ist, auf dem du uns folgen möchtest«, sagte Witgern. »Wir Wölfe sind dazu verdammt, in der Wildnis und in der Einöde zu leben, weil man es uns nirgends sonst erlaubt. Du bist in einer größeren Welt aufgewachsen, und das macht dich für uns zu groß. Ich meine damit, du hast einen kritischen Verstand, der für das Leben in seiner ganzen Vielfalt geöffnet worden ist. Du hast Rechnen gelernt und Schreiben, und du verstehst, was Menschen in alter Zeit geschrieben haben. So etwas verändert das Bewusstsein. In dir leben die Geister anderer Völker mit anderen Sitten. In dir brennt ein Feuer, aber es ist das Feuer des Wissens, das Feuer, das Meinungen beeinflusst. Ich glaube nicht, dass du für den Krieg geschaffen bist.«

Er hob die Hand, um ihrem Widerspruch zuvorzukommen, und fuhr fort: »Das ist nicht schlimm. Es gibt so viele andere ehrenvolle Aufgaben auf der Welt.«

Er sah sie forschend an und nickte dann. »Avenahar, ich bin der Meinung, du kannst einfach noch nicht sehen, wie anders du als deine Mutter bist. Du glaubst, nicht so zu sein wie sie, bedeute schlechter zu sein oder sogar kaum würdig, um zu leben. Du siehst den Ruhm und die Größe deiner Mutter. Aber es gibt einen lauten Ruhm und einen stillen Ruhm, ja sogar einen unbekannten Ruhm. Für die Götter sind sie alle gleich. Ist es nicht verrückt zu denken, unsere Größe wachse mit der Zahl der Menschen, die Zeuge der Größe sind? Nein, wirkliche Größe ist einfach da, so wie ein Silberring, ob die Menschen nun darum wissen oder nicht. Diese Größe ist kostbarer als Salz, Avenahar, und man nimmt sie überallhin mit, selbst in andere Welten.«

Sie runzelte die Stirn und unterdrückte mit zusammengebissenen Zähnen eine heftige Antwort. Er sah es und dachte kurz nach. Als er wieder sprach, klangen seine Worte wie das Echo aus einer anderen Zeit.

»Ich habe einmal erlebt, wie Trusnelda aus dem Bibertal ohne Zögern in ein Dorf gegangen ist, das verflucht war. Keine andere Kräuterfrau wagte das, denn es bedeutete, sich der Priesterin zu widersetzen, die dieses Dorf mit einem Fluch belegt hatte. Aber Trusnelda kümmerte sich nicht darum, denn die Menschen im Dorf waren krank, und sie besaß das nötige Wissen, um ihnen zu helfen. Diese Art Feuer, ich meine die Stärke, sich einem großen oder kleinen Übel entgegenzustellen, das dir den Weg versperrt, das ist eine deiner stärksten Kräfte.«

Sie ließ den Kopf sinken. »Avenahar!« Er zwang sie, ihn anzusehen. »Uns erwartet die Folter, wenn wir in Gefangenschaft geraten. Wir kämpfen gegen Männer, die besser bewaffnet sind als wir. Nein, aus Liebe zu deiner Mutter kann ich es nicht zulassen, dass du eine der unseren wirst. Du sollst leben, um eines Tages zu heiraten und das Blut deiner Mutter weiterzutragen. Ich werde dich beschützen, solange du hier im Lager bleiben willst, aber du wirst nicht an unserer Seite kämpfen. Bleib bei Runhild. Das wird dich zu deinem Schicksal führen.«

Avenahar wich seinem Blick aus.

Er irrt sich.

Sie errichtete im Geist schnell eine Mauer um ihr Bewusstsein, damit seine Worte nicht hineindrangen.

Aber dann überfiel sie wieder das ganze Elend angesichts der Nachricht vom Vortag. Schließlich war sie deshalb zu Witgern gekommen. Fast schluchzend vergrub sie das Gesicht in den Händen. »Meine Mutter! Ich kann es nicht ertragen. Was werden sie ihr antun?«

»Avenahar, Avenahar«, sagte Witgern, ergriff ihre Hand und umfasste sie fest mit beiden Händen, »... das weiß keiner von uns. Wir werden alles tun, was wir können, um ihr Kraft zu geben und ihr zu helfen. Aber du musst wissen, deine Mutter und ich haben schon früher solche Notlagen erlebt. Das Leben ist kurz, mein armes Kind. Auriane und ich, wir haben sehr viel länger überlebt als die meisten. Vergiss nicht, in den Hallen der Götter wartet die Ewigkeit, und eines Tages werden auch wir dort sein.«

Sie sah ihn an und spürte, wie eine unerträgliche Verzweiflung in ihr aufstieg. Sie wollte ihm sagen, dass sie entweder eine Wolfskriegerin sein oder auf dem Scheiterhaufen sterben wolle. Doch schließlich biss sie die Zähne zusammen und zwang sich zu schweigen. Es war sehr viel besser, ihre Absichten für sich zu behalten. Auf diese Weise würden sie Kraft gewinnen.

»Nun geh«, sagte er freundlich. »Ich muss unseren Aufbruch vorbereiten.«

Sie stand auf. Nach einem Augenblick gespannten Zögerns fragte sie: »Witgern, kannst du mir versichern, dass du mich nicht deshalb zurückgewiesen hast, weil ... weil Decius ...?«

Er lachte.

»Was ist daran so komisch?«

»Ich werde den Kerl offenbar nicht los! Zuerst hat er mir die Frau weggenommen, die ich wollte, und jetzt stiehlt er unsere Dörfer. Und das alles nur, weil er keine Skrupel kennt und aus Büchern gelernt hat, wie man Krieg führt. Er ist nicht so wichtig, Avenahar. Bei uns Wölfen gibt es Männer, deren Väter Räuber, Mörder und Leibeigene gewesen sind. Andere würden sich die Ohren zuhalten, wenn man ihnen sagen wollte, wer ihre Väter waren. Ich bin schon immer der Meinung, dass das Blut der Mutter stärker ist.« Er zuckte die Schultern und lächelte wehmütig. »Wenn es damals, vor langer Zeit, nach Baldur gegangen wäre, wäre *ich* dein Vater geworden. Weißt du, dass ich Auriane heiraten sollte?«

Avenahar sah ihn mit großen Augen an. Die seltsame Vorstellung verschlug ihr die Sprache. Wer wäre sie in diesem Fall? Hätte sie dann andere Eltern? Oder wäre sie trotzdem sie selbst, wenn auch zufriedener?

»Das wäre mir sehr viel lieber«, erwiderte sie leise. »Aber ich glaube, du bist der Einzige hier, der im Hinblick auf Decius so nachsichtig ist. Ich bekomme Angst, wenn ich mir vorstelle, was deine Männer mir antun würden, wenn sie wüssten, dass er mein Vater ist.«

»Vergiss das. Natürlich gibt es immer Streitsüchtige, die andere für die eigenen Schwierigkeiten verantwortlich machen wollen. Ich habe ein paar davon in meiner Truppe. Aber diese Männer haben mir einen Schwur geleistet. Sie werden es nicht wagen, jemandem etwas zu tun, der unter meinem Schutz steht. Denk nicht zu viel darüber nach. Hilf Runhild.«

Sie hob die Zeltklappe, um zu gehen, blieb aber noch einmal stehen. »Vielleicht ist es nicht richtig, dass ich hier bin. Ich sollte zu meiner Mutter zurück und ihr Schicksal teilen.«

»Ich verbiete dir, so etwas zu sagen.« In seiner Stimme lag eine leise Drohung. »Sie hat dich nicht zur Welt gebracht, damit du in dein Unglück rennst und ihre Linie zum Aussterben bringen kannst. Auriane lebt in dir weiter. Du musst am Leben bleiben und ihr Blut weitergeben!«

* * *

Avenahar war unglücklich und ging niedergeschlagen zu Runhilds Hütte zurück. Im Lager sah sie, wie sich die Männer für den Abmarsch vorbereiteten. Sie kam an einem Wolfskrieger vorüber, der einer Seherin die Namen der Gefährten nannte, die seine Habe bekommen würden, falls er nicht überleben sollte. Das Gesicht des Mannes wirkte ernst und feierlich im Angesicht des Todes, und Avenahar fragte sich, was Witgern wohl vorhatte. Bis auf den innersten Kreis seiner Wölfe wusste das immer noch niemand.

Eine Gruppe Krieger hatte sich um ein Feuer geschart. Sie warfen nacheinander kleine Opfergaben für Wotan in die Flammen. Als Avenahar stehen blieb, löste sich gerade eine Kriegerin mit einem Furcht einflößenden Wolfskopf aus dem Kreis und trat ans Feuer. Mit einer Stimme, die kraftvoll wie der Ruf eines Raubtieres aus ihr hervordrang, pries sie singend den Gott, während sie eine glänzende Gürtelspange aus Bronze hoch in die Luft hob und dann in die Flammen warf. Avenahar wusste aus den Gesprächen der Männer, dass die Frau Gondul hieß. Sie besaß einen starken, geschmeidigen Körper. Ihr kühnes, selbstbewusstes Gesicht wirkte wie aus Holz geschnitzt. Nur die klugen, traurigen Augen schienen nicht zu ihr zu passen. Sie bewegte sich völlig ungezwungen unter den Wolfskriegern. Avenahar sah es voller Trauer, denn in diesem Augenblick glaubte sie zu wissen, dass sie nie zu ihnen gehören würde.

Runhild brachte Avenahar das Essen. Alles, was die Marketenderinnen an diesem Abend für sie hatten, war eine dünne Suppe, in der Brennnesseln, Portulak und Sauerampferblätter schwammen. Am Boden des Napfs lagen ein paar kärgliche Gerstenkörner. Dazu gab es Notbrot. Sie setzten sich an das Feuer der Alten und aßen. Ihnen gegenüber, auf der anderen Seite der Glut, kauerten zwei junge Frauen in Umhängen mit Kapuzen. Es waren ebenfalls Gehilfinnen von Runhild. Sie unterhielten sich leise.

Avenahar war hungrig. Als sie dankbar den rissigen Holznapf entgegennahm, schüttete sie sich etwas von der heißen Brühe über die Hände. Vorsichtig hob sie den Napf etwas höher und entdeckte zwischen den Gerstenkörnern auf dem Boden kleine Kieselsteine.

»Lass das, Av… Peregrina«, sagte Runhild, die sah, wie Avenahar die Kiesel angewidert aus der Brühe fischte. »Die Steine machen starke Knochen.«

Runhild hatte die dünnen, Notbrot genannten Wurzeln geröstet. Als Avenahar hineinbiss, glaubte sie, auf getrockneter Baumrinde zu kauen. Runhild aß nichts davon. Die Alte hatte keine Zähne mehr und lebte nur noch von Suppen und Brei. Als Avenahar einmal den Marketenderinnen beim Mahlen des Korns für das harte flache Brot zugesehen hatte, glaubte sie, den Grund dafür gefunden zu haben, dass die Älteren so früh ihre Zähne verloren. Das Mehl wurde nie von den scharfkantigen Steinsplittern gereinigt, die sich vom Mahlstein lösten. Avenahar erklärte den Frauen, das sei schädlich, doch man sagte ihr kurz und bündig, sie möge sich um ihre eigenen Angelegenheiten kümmern.

»Runhild, weißt du, was Witgern vorhat?«

Die alte Frau schüttelte gleichgültig den Kopf. Was Avenahar bis jetzt in Erfahrung gebracht hatte, machte die Sache nur noch geheimnisvoller. Ein Mann hatte davon geredet, man werde in einem Wald in der Nähe der Stelle, wo der Main einen Bogen beschrieb, ein langes Wolfsgeheul anstimmen. Avenahar verstand nicht, wie das dem Feind schaden sollte.

»Wir essen diese Suppe schon seit fünf Tagen«, sagte Avenahar. »Sie wird jeden Abend dünner.«

»Tut mir Leid, dass wir kein so gutes Essen wie in der Villa haben.« Runhild hielt ihren Napf schief, leerte ihn unter schnellem lautem Schlürfen und wischte sich das Kinn am Umhang ab. »Die Männer hatten keine Zeit, auf Jagd zu gehen. Ermenhild hat heute Netze gestellt. Vielleicht fängt sie etwas. Ein Hase oder eine Wühlmaus machen die Suppe dann kräftiger. Denk nicht darüber nach. Iss einfach.«

»Ich beklage mich nicht. Mir ist nur aufgefallen, dass das Essen immer kärglicher wird, seit ich bei euch bin.«

»Das ist nicht deine Schuld, Peregrina, falls du dich auch dafür verantwortlich fühlst. Ich habe dir ja schon gesagt, dass die Vier wieder da waren.« Runhild ging zur Rückwand der Hütte, und als sie zurückkam, schien sie etwas Kostbares in ihrer geschlossenen Hand zu halten. »Da! Das sind Bucheckern. Iss, sie machen dich satt.«

»Behalte deine Bucheckern. Es macht mir wirklich nichts aus, nur die Suppe zu essen.« Einen Augenblick später fragte sie: »Kann Witgern dem kein Ende machen? Ich meine, den Plünderungen der Vier.«

»Sie sind nur eines von vielen Problemen. Außerdem haben die Vier Geiseln. Sie drohen, die Geiseln umzubringen, wenn wir uns bei den Römern über sie beschweren.«

»Geiseln? In ihrer Festung?« Avenahar stellte den Napf auf die Erde. »Runhild, das ist eine Lüge! Es kann gut sein, dass in ihrer Festung Geiseln gefangen gehalten werden. Aber bei diesen Vier kann es sich nicht um Männer von Rang handeln, wenn sie Patrouille reiten. Sie haben keinen Einfluss auf das Schicksal von Geiseln. Sie unterstehen einem Centurio, der einem Lagerpräfekten untersteht, und nur er hat Macht über die Geiseln. Da die Vier ihre Vorschriften übertreten, bezweifle ich, dass ihnen allzu viel daran liegt, von ihrem Tun überhaupt Bericht zu erstatten.«

»Das ist nicht wichtig. Sie haben das Dorf geplündert, sie sind weg, und wir essen Suppe und Notbrot.«

* * *

Als das erste Licht den fahlen Bodennebel erhellte, der wie ein Teich zwischen den Eschenstämmen lag, und das Land noch zu schlafen schien, bedeckten die Wolfskrieger schweigend die Glut ihrer Feuer mit Erde, schulterten ihre Habe und gingen durch den Wald davon. Für den Weg zum Main, einem Fluss mittlerer Größe, der in den Rhein mündete, würden sie mehrere Tage brauchen. Ihnen folgten Runhild und ihre Gehilfinnen mit sechs Marketenderinnen. Die Frauen hatten ihre Vorräte auf kräftige kleine Pferde geladen, denn die Wagen wären zu langsam vorangekommen. Die Wolfskrieger hielten sich von den Pfaden der Händler ebenso fern wie von den Wegen, die zu den Dörfern führten. Sie vermieden die allgemein benutzten Furten der Bäche und kleinen Flüsse. Sie bewegten sich wie Schatten, während sie durch versteckte Täler und von Wiese zu Wiese zogen.

Als sie schließlich kurz vor Einbruch der Dunkelheit ein Gebiet erreichten, in dem die Wege belebter waren, wo es mehr Dörfer gab und die Menschen der Stämme Handel mit dem römischen Militär trieben, blieben Runhild und die Marketenderinnen zurück und schlugen in einem dichten Buchenwald das Lager auf. Hinter der nächsten Anhöhe fiel das Land zum Mainufer ab. Es war ein gefährlicher Abschnitt des Flusses, denn hier folgte der Limes seinem Lauf. Die Reichsgrenze bestand aus einem Graben mit einem dahinter stehenden Zaun aus Weidengeflecht. Geschützt wurde sie in regelmäßigen Abständen von Wachtürmen und durch Patrouillen der Legionäre.

Als Vorbereitung für das geheimnisvolle Unternehmen schwärzten die Wolfskrieger ihre Gesichter und Körper mit Ruß, sangen leise Siegesrunen über ihre Speere und aßen gemeinsam das heilige Rabenbrot, um den Wolfsgeist zu beschwören, während Witgern ein Gebet für sie alle sprach. Dann verschwanden sie im Wald.

In der Nacht hörten die Frauen aus der Richtung des Flusses einmal das Anschwellen und Verklingen von Wolfsgeheul. In Avenahars Ohren klang es bedrohlich. Danach hörten die Frauen nichts mehr. Nach zwei Tagen nahm Avenahar in Ermenhilds Augen eine große Besorgnis wahr. Bestimmt hatte man die Wolfskrieger entweder alle gefangen genommen oder getötet. Doch als Avenahar mit Runhild darüber sprach, erinnerte die alte Frau sie daran, dass es in dieser Gegend viele wilde Plätze gab, an denen sich die Wölfe verstecken konnten. Außerdem habe Witgern die Patrouillen am Limes genau beobachtet und wisse, wie er ihnen ausweichen konnte.

In der dritten Nacht kamen die ersten Wolfskrieger zurück ins Lager. Sie wirkten nicht wie Sieger, sondern sahen eher so aus wie Männer, die ein Riese mit seinen Fäusten gepackt und durch die Luft geschleudert hatte. Etwas abseits vom Lager hatte Runhild Unterkünfte für die Verwundeten vorbereitet. Sie begann sofort damit, die Männer in zwei Gruppen zu teilen. Die einen würden ihrer Meinung nach überleben und die anderen sterben. Die Behandlung der schwierigsten Fälle übernahm sie selbst. Avenahar lief zu den Vorräten, um Kräuter zu holen, bereitete Wolle für Kompressen vor, verbrannte sich die Hände an Bronzetöpfen, in denen sie Wasser für Heiltränke zum Kochen brachte, oder brach unter dem Gewicht der Verwundeten beinahe zusammen, denen sie zu den Unterkünften half. Dabei erfuhr sie nach und nach, dass römische Reiter die Wolfskrieger verfolgt hatten. Die Flüchtenden mussten sich trennen, damit sie sich vor den Angreifern retten konnten.

Um die Mittagszeit hatte Runhild bereits mehr kritische Fälle, als sie behandeln konnte, und sie überließ einen Schwerverletzten Avenahars Obhut. Der junge Mann hieß Hagbard.

»Er wird sterben«, erklärte Runhild außer Hörweite des Kriegers. »Sieh dir das bläuliche Rot seiner Wunden an. Und hast du bemerkt, wie sie riechen? Vier Tage gebe ich ihm, mehr nicht. Du

wirst ihm den Übergang in die Himmelshalle erleichtern. Weißt du, was du zu tun hast?«
Avenahar nickte tapfer, obwohl der Anblick der schrecklich verstümmelten linken Hand des Verwundeten sie erschreckte. Sie brachte ihn zu einer Hütte und gab ihm gegen die Schmerzen zuerst starke Tränke aus Bilsenkraut und Baldrian. Außerdem flößte sie ihm wärmende Suppen ein. Hagbard war beinahe im dunklen Wasser des Mains ertrunken. Sein Körper hatte die Kälte offenbar nicht verkraftet. Er zitterte von Kopf bis Fuß. Ohne lange zu überlegen, behandelte sie eine klaffende Wunde an der Hüfte des jungen Mannes mit einem Kräutersud, an dessen Zusammensetzung sie sich teilweise aus den heilkundlichen Büchern in der Villa erinnerte. Dieser Rezeptur fügte sie nach eigener Vorstellung noch andere Kräuter hinzu. Während sie Kompressen mit Eisenhutsud auf seine Wunden legte, schien das Wissen wie von selbst in ihre Hände zu strömen. Sie murmelte Zaubersprüche, die sie von Auriane kannte, während sie eine Hand auf Hagbards Stirn legte und mit der anderen das Erdamulett umfasste, das Auriane ihr gegeben hatte. Manchmal saß sie lange einfach nur bei ihm, hielt seine unversehrte Hand und konzentrierte sich auf die Götter, damit sie in seinen Körper eingehen sollten.
Die Linderung der Schmerzen nach Einnahme der Kräutertränke brachte Hagbard zum Reden, und bald erzählte er ihr die ganze Geschichte. Nach Avenahars Ansicht war das Unternehmen ein völliger Fehlschlag gewesen. Die Wolfskrieger hatten – vielleicht zum Glück – so wenig erreicht, dass der Überfall nicht einmal eine Strafexpedition der Römer zur Folge haben mochte. Avenahar fragte sich, ob Rom die Sache überhaupt zur Kenntnis nehmen würde.
Zu Witgerns geheimem Plan gehörte der Einsturz einer Brücke, die über den Main führte. Von seinen Kundschaftern hatte er den genauen Tag erfahren, an dem eine tausend Mann starke Truppe – eine Kohorte der im Kastell Bonna am Rhein stationierten Legion und fünfhundert arabische Bogenschützen – auf ihrem langen Weg zum Kriegsschauplatz in Dakien die Brücke überqueren soll-

te. Nach Einbruch der Nacht tötete ein Wolfskrieger in einer gestohlenen Legionärsrüstung den Posten, der den Brückenzugang bewachte. Danach krochen Männer, die sich freiwillig für die gefährliche Arbeit gemeldet hatten, auf die Brücke. Der größere Teil des Trupps blieb in einem Versteck im Wald und stimmte das Wolfsgeheul an, um die Aufmerksamkeit der Legionäre in der kleinen Befestigung am Brückenkopf auf sich zu ziehen. Die zwanzig Wolfskrieger ließen sich an Seilen zu den Bogen der hölzernen Brückenkonstruktion hinab. Es dauerte den größten Teil der mondlosen Nacht, bis sie das Holz zwischen dem zweiten und dritten Steinpfeiler der Brücke durchgesägt hatten. Dabei hingen sie an ihren Seilen hoch über der reißenden Strömung. Drei stürzten in den Fluss und ertranken.

Auch Hagbard war abgestürzt, doch er war den Nixen entkommen und ans Ufer gekrochen. Noch im Schutz der Nacht kamen die Freiwilligen zu den anderen zurück. Inzwischen hatten die Römer den toten Posten entdeckt, und sobald es im Wald hell wurde, schwärmte die Reiterei im dünnen Morgennebel aus. In einem Buchenwald kam es zum Kampf. Die Lanze eines Reiters nagelte Hagbards linke Hand an einen Baumstamm. Er rettete sich vor dem sicheren Tod durch das Schwert, indem er die Hand losriss und sich in dichtes Unterholz flüchtete, wohin ihm das Pferd nicht folgen konnte.

Die Wolfskrieger töteten drei römische Reiter und verletzten zwei andere. Doch der Trupp verlor durch die langen Lanzen der Römer neunzehn eigene Männer, die als Futter für die Raben zurückbleiben mussten.

Um die Mittagszeit kauerte Hagbard noch immer abgeschnitten von seinen Gefährten in einem Brombeerdickicht auf einer kleinen Anhöhe. Von dort aus sah er die Brücke in der Ferne. So wurde er Zeuge des großartigen Aufmarschs der Römer, die sich auf der Uferstraße näherten: tausend Krieger in Rüstung, flankiert von prachtvollen, schweren Kavalleriepferden, deren Reiter mit ihren Helmbüschen bunte Fahnen trugen, die über den Köpfen der glitzernden und schimmernden Menge im Wind wehten.

Die Römer begannen den Marsch über die Brücke. In diesem Augenblick, so sagte Hagbard, habe er gewusst, dass Witgern das Opfer einer der unvorhersehbaren Launen Wotans geworden war. Die Brücke stürzte nicht ein.

Avenahar hörte ihm staunend und traurig zu, denn ganz in der Nähe feierten die Wölfe mit großen Mengen Met die ganze Nacht hindurch ihren »Sieg«. Sie schienen zu glauben, der zweifelhafte Schlag, den sie den Römern versetzt hatten, werde den Statthalter in Mogontiacum irgendwie dazu bringen, Auriane freizulassen. Avenahar konnte das Verhalten der Wolfskrieger nicht verstehen und fragte sich nicht zum ersten Mal, ob sie es mit Schwachköpfen zu tun habe. Aber dann kam sie sich schäbig und undankbar vor, weil sie so etwas dachte.

Am späten Nachmittag des folgenden Tages, als ihr schwer verwundeter Schützling nach der Einnahme wohltuender Heiltränke tief und fest schlief, ging Avenahar zu einer Wiese, die sich in einiger Entfernung vom Lager befand. Dort übte sie bis zum Einbruch der Dunkelheit mit Hagbards Holzspeer und warf ihn auf immer weiter entfernt stehende Bäume. Das tat sie auch am Tag darauf. Am dritten Nachmittag stahl sie sich mit Runhilds verschlafenem Braunen davon. Es war ein gutmütiges Pferd, das sich aber meist nur zu einem schwerfälligen Trab bewegen ließ und sofort anfing zu grasen, wenn seine Reiterin nicht aufpasste. Manchmal gelang es Avenahar mit großer Mühe, das Pferd zu einem leichten Galopp anzutreiben. Dann warf sie den Speer auf Ziele, die sie vorher markiert hatte. Allmählich spürte sie, dass die Kraft in ihr aufstieg wie im Frühjahr der Saft in den Bäumen. Das machte sie beinahe trunken vor Glück. Ihre Muskeln erwachten, ihre Glieder begannen sich an das stundenlange Üben mit ihrer Mutter zu erinnern. Sie wusste, das war ihr Weg in die Freiheit.

Avenahar musste sich viele Entschuldigungen einfallen lassen, um Runhild zu erklären, weshalb das arme Pferd so erschöpft war.

Avenahar hatte erkannt, dass sie eine gefährliche Tat vollbringen musste, etwas so Eindrucksvolles, dass die Wolfskrieger sie einfach in ihre Gruppe aufnehmen würden.

Am neunten Tag in dem Lager an der römischen Grenze kam Runhild zu Hagbards Hütte, um Avenahar nach einem Tiegel Bären-

fettsalbe zu fragen, den sie nicht finden konnte. Runhild sah gerade noch, wie der dünne, ungewaschene, aber sehr lebendige Hagbard mit seiner zerzausten Mähne in einem langen Gewand, das um seinen mageren Körper schlotterte, mit vorsichtigen Schritten hinter ein paar Bäumen verschwand.
Runhild verschlug es die Sprache. Sie starrte ihm mit offenem Mund nach. »Er ist wieder auf den Beinen und kann *laufen*?«
»Du hast einmal gesagt, Bewegung hilft, das Blut zu kräftigen, wenn die größte Gefahr erst einmal vorbei ist.«
»Peregrina«, sagte Runhild, trat näher und legte Avenahar die Hand auf die Schulter. »Du musst dich nicht entschuldigen, mein Kind. Ich bin dir nicht böse. Ich bin fassungslos vor Staunen. Was hast du mit ihm gemacht?«
»Ich ... ich weiß es nicht mehr.«
»Du bleibst so lange hier, bis du mir dein Geheimnis verraten hast.«
Avenahar zuckte die Schultern. »Ich habe ihn mit Thymianwasser gewaschen, wie die römischen Ärzte es tun. Um die Wunden zu reinigen, habe ich einen Sud aus Tausendgüldenkraut benutzt, ich glaube Celsus hat das empfohlen. Und damit er schläft, habe ich einen Trank gemischt, dessen Rezept aus einem Buch von Soranus stammt, der ...«
»Waren das deine Lehrer? Ich meine dort, wo du herkommst?«
»Nun ja, nicht wirklich ... ich hatte zu Hause viele Bücher über Heilkunst.«
»Bücher? Geschriebenes? Stammen sie von toten Medizinfrauen, die all ihre Geheimnisse aufgeschrieben haben? Davon habe ich schon gehört.«
»Ja, Runhild, nur ...«
»Was hast du sonst noch getan?«
»Ich habe auch die Zaubersprüche meiner Mutter zu Hilfe genommen und ...«
»Die tiefe Wunde an der Seite, in der man eine Rippe sehen konnte. Wie hast du sie geschlossen?«
»Ich habe sie mit meinem Haar genäht.«
»Bei Hel! Das ist ungewöhnlich. Avenahar, zeig mir deine Hände.«

»Leise … du hast meinen Namen benutzt.«
»Keine Sorge, es ist niemand in der Nähe.« Sie nahm die Hände, die Avenahar ihr unwillig überließ, und öffnete sie. Nachdem Runhild sie aufmerksam betrachtet hatte, erklärte die alte Kräuterfrau: »Du hast die Herrin in deinen Händen. Es ist die Macht deiner Linie.«
»Dann ist es ja gut. Hast du die Bärenfettsalbe gefunden?«
»Avenahar! Das ist ein großes Geschenk der Göttin!«
»Ein Geschenk ist nicht so groß, wenn es nicht das Geschenk ist, das man sich wünscht.«
Runhild bedachte Avenahar mit einem Blick, als hätte sie einen Sack Silber auf den Misthaufen geworfen.
Avenahar erwiderte trotzig Runhilds Blick. Doch dann senkte sie den Kopf und murmelte: »Es sind rächende Hände, keine heilenden Hände.«
Die Alte schüttelte traurig den Kopf. Dann stand sie auf und ging.
Die Geschichte von Hagbards Heilung verbreitete sich schnell unter den Wolfskriegern. Doch Avenahar wurde es zunehmend unangenehmer, als die Männer ihre Fähigkeiten als Heilerin priesen. Das Beste an der ganzen Sache war, dass Hagbard ein zuverlässiger Verbündeter wurde. Und das führte dazu, dass viele der anderen sie nicht mehr wie einen herrenlosen Hund behandelten. Außerdem machte ihr Hagbard ein großes Geschenk. Zum Dank für seine Heilung bot er ihr an, sie möge sich aus seiner Habe das aussuchen, was ihr am besten gefiel.
Avenahar entschied sich für ein Holzschwert.
Hagbard besaß zwei, mit denen er übte. Sie waren von einem geschickten Holzschnitzer aus Eschenholz gemacht worden und bestanden aus zwei, zwischen Klinge und Griff zusammengefügten Teilen. Ihr Gewicht war sorgsam ausgewogen, und sie fühlten sich in der Hand wie Eisenschwerter an.
Nach einem Mondzyklus brachen die Wolfskrieger das Lager ab und zogen wieder nach Norden zum Eschenhain. Er war einer der Plätze, an denen Witgern überwinterte. Zu diesem Zeitpunkt waren die Überlebenden entweder stark genug für den Marsch zurück, oder man hatte sie in das nahe gelegene Heiligtum einer Se-

herin gebracht, damit sie dort in Ruhe gesund werden konnten. Die anderen, die an den Folgen ihrer Verletzungen gestorben waren, hatte man den Priesterinnen eines Dorfes zur Verbrennung übergeben.
Avenahar fand den Hain kaum verändert. Nur die Nächte waren inzwischen kälter, die Sonne zeigte sich scheu und fern am Himmel, und die Bäume und Büsche hatten noch mehr kahle Zweige. Auf dem Weg nach Norden war Avenahars Stimmung so trübe wie die langsam dahinziehenden grauen Wolken gewesen. Solange sie sich im Süden des Stammesgebietes befanden, hatte sie gehofft, Nachrichten von ihrer Mutter zu erhalten.
Sie waren kaum einen Tag im Eschenhain, als Häuptling Sigbert in das Lager der Wolfskrieger ritt.

* * *

»Warum lässt sich Witgern mit ihm ein?«, wollte Avenahar von Runhild wissen. Sie hatten an diesem Tag Pilze gesammelt. Nun saßen sie vor der Hütte der Kräuterfrau und legten sie zum Trocknen auf einen Rahmen aus Weidengeflecht. Zwischen den Eschen näherte sich ein Reiter, dessen Pferd sich mit gemessenen Schritten bewegte. Der Mann ritt hoch aufgerichtet wie ein Held durch das Lager. Seine Kampfgefährten folgten ihm in einer langen Reihe. »Ich hätte gedacht, sie würden mit Steinen auf ihn werfen und ihn davonjagen. Sigbert ist ein Diener Roms. Er willigt in alles ein, was die Römer von ihm verlangen, wenn er mit Maximus Verträge abschließt. Hat ihn der Rat nicht gerade wegen seiner Zusammenarbeit mit den Feinden verbannt?«
»Er ist nicht das, was er zu sein scheint, Peregrina«, erwiderte Runhild.
Avenahar sah erstaunt, dass Witgerns Männer Sigbert herzlich begrüßten. Offensichtlich war er nicht zum ersten Mal bei ihnen.
»Aber er wird Elsa, die Tochter des Chariomerus, heiraten!«
»Das Eheversprechen hat vielleicht nur den Zweck, Rom zu verwirren, mein Kind, damit ihm die Römer größeres Vertrauen schenken, und er mehr von ihren Plänen erfährt.«

Avenahar überlegte flüchtig, was das für ein Mann sein mochte, der so weit gehen würde, eine Frau des Feindes zu heiraten, nur um seine wahre Loyalität besser verbergen zu können. Und wer konnte einer solchen Frau trauen, die in erster Linie ihrer Sippe die Treue halten würde?

»Du kannst es ruhig wissen. Er ist ein enger Verbündeter Witgerns«, sagte Runhild. »In letzter Zeit kommt Sigbert immer öfter hierher, um sich mit Witgern zu beraten. Ich glaube, nächstes Jahr wird es so weit sein.«

Avenahar wusste, Runhild sprach von Witgerns lang gehegter Hoffnung, den Stamm zu einen und den großen Krieg zu führen, mit dem er Chariomerus und seine Krieger für immer aus dem Stammesgebiet der Chatten vertreiben würde.

Sigbert war inzwischen näher gekommen. Sein prächtiges Pferd, ein temperamentvoller dunkler Fuchshengst einer edlen südlichen Rasse, suchte sich seinen Weg zwischen den Bäumen und den Behausungen. Dabei nickte der Hengst mit dem schön geformten, nach unten schmaler werdenden Kopf und bewegte sich so behutsam wie in einem Blumenbeet.

Avenahar starrte den Häuptling mit unverhülltem Staunen an. Sie hatte in den vergangenen zwei Monaten niemanden gesehen, der so reich gekleidet war. Ein aus Tuchstücken in vielen Blautönen genähter Mantel fiel in reichen Falten wie die Schleppe eines Fürsten von seinen Schultern auf den Pferderücken. An den nackten Armen trug er schwere, reich getriebene silberne Ringe. Die städtischen Schuhe stammten mit Sicherheit aus der besten Werkstatt der Provinz. Seine dichten Haare umgaben den Kopf wie eine stolze Mähne. Es hatte beinahe die Farbe des Pferdefells. Die Schönheit von Mensch und Tier berührte Avenahar. Sie schienen beide die gleiche Anmut zu besitzen. Bei Sigberts Anblick musste sie an die Sonne mit ihrem strahlend hellen Licht denken, und sie konnte nicht aufhören, den Mann und sein Pferd anzusehen. Beide waren in Gestalt und Bewegung von einer faszinierenden Harmonie, die Avenahar in eine Art süßen Wachtraum versetzte. Sigbert war jünger als die meisten seiner Männer, doch trotz seiner Jugend und seinen bisher wenigen Taten hatte er bereits ein großes Gefolge um sich versammelt. Das lag auch daran, dass sein Vater Sigwulf gewesen war, der vor langer Zeit an Aurianes Seite im Chattenkrieg den Tod gefunden hatte und den die Chatten inzwischen wie einen Helden verehrten. Avenahar hörte einiges von dem, was Sigbert redete. Offenbar wollte Sigbert mit den Männern auf Wildschweinjagd gehen. Er zeigte seinen Männern gegenüber großes Selbstvertrauen und schien ein Liebling der Götter zu sein. Avenahar glaubte, jeder Plan, den er zusammen mit Witgern ersann, würde ihnen Ruhm einbringen.

Im Vorüberreiten warf er einen Blick auf Runhilds Hütte.

Ein magerer, gequält wirkender Waldgeist mit struppigen kurzen Haaren, der kühn seinen Blick erwiderte, zog Sigberts Aufmerksamkeit auf sich. Er brachte mit einem Ruck der Zügel seinen Hengst zum Stehen.

Mit einer knappen Geste bedeutete er Avenahar, zu ihm zu kommen.

Sie näherte sich ihm mit der Faszination eines Vogels, der sich von einem blitzenden Spiegel locken lässt, und trat so nahe neben den unruhigen Hengst, dass sie ihn beinahe berührte. Aus irgendeinem Grund achtete sie nicht auf die leise, drängende Stimme in ihrem Innern, die sie ermahnte, vorsichtig zu sein, damit sie nicht erkannt werden würde. Avenahar hatte das Gefühl, dass sich vor ihr verborgene Pfade auftaten, die sie in eine andere Welt führen konnten, wo unbekannte, heitere Gärten auf sie warteten. Zum ersten Mal seit sie sich Witgerns Wolfskriegern angeschlossen hatte, schämte sie sich bei dem Gedanken an ihre zerzausten Haare und verwünschte die Kletten, die sich einst darin festgesetzt hatten. Unwillkürlich griff sie nach Locken, die nicht mehr da waren. Was konnte dieser schöne stolze Mann von ihr wollen?

Aber seine Augen waren nicht freundlich. Es lag ein metallisches Glänzen darin. Er richtete den Blick in einer höchst beleidigenden Weise auf einen Punkt dicht über ihrem Kopf.

»Ist *das* wirklich das Beste, was du für deine Mutter tun kannst, Avenahar?«

Er hatte die Stimme eines Mannes, in dem der Geist eines Löwen lebte. Die Schauspieler, die bei den Bühnenweihspielen in Conflu-

entes Götter verkörperten, hatten solche voll tönenden und weit tragenden Stimmen.
Er hatte ihren richtigen Namen ausposaunt, sodass alle ihn hörten.
»Du läufst davon wie ein dummes, undankbares kleines Mädchen«, fuhr er fort, »um Auriane noch mehr Kummer zu machen!«
Die Beschimpfung bestürzte Avenahar so sehr, dass sie kaum wahrnahm, wie sich die Umstehenden überrascht ansahen und murmelten: »Avenahar? Das ist Avenahar?«
»Wie kannst du es wagen, dir ein Urteil darüber anzumaßen?«, erwiderte sie leise. »Rede, wenn du weißt, wovon du sprichst, und nicht vorher, damit du nicht vor allen deinen Männern wie ein Narr dastehst.«
Sie drehte sich um und entfernte sich mit schnellen Schritten.
»Es hat ihr nur Schande gemacht, dass du davongelaufen bist!«, rief er ihr verblüfft nach, denn plötzlich war er sich seiner Sache nicht mehr so sicher. »Und das zu einer Zeit, wo sie ihre Familie um sich braucht, die ihr Kraft ...«
Avenahar blieb stehen und sah ihn über die Schulter hinweg an.
»Du weißt überhaupt nichts und redest trotzdem immer weiter! Das ist die Schwäche von Männern, die zu früh im Leben zu viel bekommen und zu wenig dafür getan haben. Eines Tages wird dir die Weisheit vielleicht deinen dummen Mund verschließen. Ich ...«, sie richtete sich kerzengerade auf. »Ich habe vor, mir meinen Ruhm zu verdienen!«
Als Sigbert nach der unerwarteten Zurechtweisung seine Fassung wieder gefunden hatte, lachte er laut. Er fand stets Gefallen daran, wenn sich jemand mutig verteidigte.
Avenahar hielt den Blick fest auf die Erde gerichtet und zwang sich, schneller zu gehen. Sie hatte plötzlich das Bedürfnis, Witgern zu sehen.
Jetzt wissen sie, wer ich bin. Alle wissen es ...
Die Tränen nahmen ihr die Sicht. Sie wäre beinahe über eine Wurzel gestolpert. Viele der Männer waren aufgestanden und traten näher, um sie besser zu sehen. Dadurch kam Avenahar nur

mühsam vorwärts. Runhild bemühte sich, ihr zu folgen, konnte jedoch nicht Schritt halten. Hier und da hörte Avenahar gemurmelte Fragen. Doch dann breitete sich eine eigenartige, nachdenkliche Stille aus. Jeder der Männer und Frauen staunte und wunderte sich auf seine Weise. Avenahar warf verstohlene Blicke auf die Krieger. Die meisten musterten sie jedoch nur neugierig und nickten.

»Kein Wunder, dass sie Hagbard geheilt hat«, hörte sie einen Mann sagen.

Doch in dem näher am Bach gelegenen Teil des Lagers sah sie finstere Mienen und vorwurfsvolle Blicke. Sie konnte die Gedanken der Männer beinahe lesen.

Du und deine Mutter, ihr habt die Bequemlichkeiten der Stadt dem Leben mit eurem Stamm vorgezogen.

Avenahar fand die prüfenden, urteilenden Gesichter schrecklich. Sie spürte den dumpfen Hass, der in der Luft lag.

Tochter einer Mörderin und des verfluchten Decius.

Sie kam sich wie ein zerschlagener Tontopf vor. Jeder hob einen Scherben auf und glaubte, die ganze Avenahar vor sich zu haben.

Bei allen Göttern, wohin soll ich gehen, wenn ich nicht hier bleiben kann?

Ihre ohnmächtige Wut richtete sich auf Sigbert.

Was ist dieser Sigbert doch für ein unverschämter, rücksichtsloser Kerl! Warum verbündet sich Witgern mit einem solchen Mann?

Ein paar Krieger versperrten ihr den Weg. Unter ihnen befand sich auch Rolf mit dem vernarbten Gesicht, der ihr das Bein gestellt hatte. Ein Mann mit einem brutalen, vom Met geröteten Gesicht packte sie bei den Schultern und drehte sie hin und her, damit die anderen sie besser sahen. Er stank abscheulich.

»Kameraden!«, rief er. »Seht her, was uns untergeschoben worden ist! Eine halbe Römerin. Gezeugt von Decius, dem Schoßhund von Chariomerus!«

Sie wäre vor Angst und Scham am liebsten im Boden versunken. Ihr Geheimnis war gelüftet. Sie kam sich vor wie ein verurteilter Verbrecher, der sich in Todesqualen am Kreuz wand.

»Kein Wunder, dass uns das Unglück verfolgt!«, schrie ein Mann hinter ihr.
»Es ist ihre Schuld, dass die Brücke nicht eingestürzt ist!«
»Lass sie los!« Die Stimme des Mannes, der sie verteidigte, klang ruhig, aber er war zu weit entfernt, um ihr wirklich helfen zu können.
»Ist sie als Opfer gut genug?«, rief der Kerl, der sie festhielt. »Oder wird sie unseren Altar beschmutzen? Sollen wir ihr das Leben nehmen als Vergeltung für die anderen, denen es von den Römern genommen worden ist?«
Er ließ Avenahar los. Sie verlor das Gleichgewicht und fiel rückwärts in den Schlamm. Der Betrunkene begann, sie mit den Füßen zu treten. Zwei seiner Kumpane wollten es ihm gleichtun, aber irgendwie gerieten sie aneinander, fielen auf Avenahar und wälzten sich im Dreck. Avenahar glaubte zu ersticken.
Von irgendwoher näherte sich im Galopp ein Pferd. Plötzlich war überall Fisch – schwerer, silberner, glitschiger Fisch, der in den Schlamm fiel und sie unter sich begrub.
Fisch?
Ihre Angreifer waren so überrascht, dass sie alles vergaßen und nur noch versuchten, so schnell wie möglich auf die Beine zu kommen. Avenahar sah über sich Sigbert auf seinem großen Hengst. Er hielt in einer Hand einen umgedrehten Weidenkorb. Weil sich ihm nichts anderes bot, hatte er vom Wagen einer Marketenderin einen Fischkorb genommen und den Inhalt auf die Männer gekippt.
Avenahar stand zitternd auf.
»Du brauchst mir nicht zu helfen, du überheblicher Holzkopf!« Sie griff nach einem Fisch und warf ihn Sigbert ins Gesicht. »Geh lieber Wildschweine jagen!«
Als sie davonlief, hörte sie hinter sich wieder das schallende Lachen. Irgendwo in ihrem Innern staunte sie über ihn und war ihm sogar dankbar. Gegen ihren Willen musste sie sich eingestehen, dass Sigberts Lachen das eines edlen Menschen mit einem guten Herzen war. Und es entging ihr nicht, dass er einen Augenblick zu lange lachte, so als wollte er sie damit festhalten.

Witgern saß vor seinem Zelt. Etelberga, eine der Marketenderinnen, war bei ihm. Die beiden blickten friedlich auf den Bach, während sie offenbar über etwas Wichtiges sprachen. Sie schienen nicht bemerkt zu haben, dass Avenahar beinahe umgebracht worden war.

»Witgern!«, stieß sie atemlos hervor. »Dieser aufgeblasene Kerl, der dein Verbündeter ist, hat mein Geheimnis in alle Welt hinausposaunt. Bedanke dich in meinem Namen bei ihm!«

Witgern schien langsam wie aus einem tiefem Schlaf zu erwachen. Der Blick, mit dem er sie ansah, wurde erst allmählich klar. Schließlich sagte er: »Setz dich, Avenahar. Reg dich nicht auf. Meine Männer wissen jetzt, wer du bist. Das ist gut so.«

»*Gut?*« Avenahar rang noch immer nach Luft. »Das gibt ihnen einen *guten* Grund, mich bei lebendigem Leib zu verbrennen! Wenn du meinen Tod rächst, dann erschlage Sigbert. Er wird so sicher der Grund für meinen Tod sein, als hätte er den tödlichen Schlag selbst geführt!«

Etelberga verzog den Mund zu einem schwachen, wohlwollenden Lächeln.

»Er ist kein schlechter Mensch«, sagte Witgern beruhigend. »Gewiss, er redet manchmal schneller, als er denkt, aber hinterher bedauert er es immer. Beruhige dich. Ich muss dir etwas sagen. Sigbert kommt gerade aus dem Süden und …«

»Ich will nicht länger die Tochter von Decius sein! Ich will, dass das ein Ende hat!«

»Avenahar, hör damit auf!« Witgern zog sie näher zu sich heran und legte ihr mit beinahe väterlicher Vertrautheit die Hände auf die Schultern. »Es wird alles gut werden. Denk nach: Ist es nicht besser, von der Last befreit zu sein, irgendetwas vorgeben zu müssen? Das heißt doch nur, wir werden dich in Zukunft besser vor jenen verstecken, die dir schaden wollen. Du darfst nicht mehr allein in den Wald gehen …«

»Wenn ich für uns kämpfen könnte, würden sie mich nicht mehr wie eine Feindin aus einem anderen Land behandeln.«

»Nein, Avenahar. Ich kann es nicht zulassen. Jetzt ist es wichtiger denn je, dass du am Leben bist. Hör mir gut zu. Verachte Sigbert,

wenn es sein muss, aber er schätzt deine Mutter sehr, und er hat einen weiten Weg auf sich genommen, um mir Nachrichten über sie zu bringen.« Witgern schien sehr besorgt zu sein.
Avenahar erfasste Panik. Sie stürzte durch eine Falltür in eine andere Welt. Die Beleidigungen, der Fisch, alles war vergessen.
»Ist sie… lebt sie noch?« Avenahar erkannte ihre eigene Stimme kaum wieder. Sie kam sich vor wie eine Gefangene auf dem Richtplatz, die über den Block gebeugt in den geheimnisvollen Abgrund des Todes blickt.
»Ja, sie lebt. Und solange sie lebt, gibt es auch Hoffnung. Aber man hat sie in Mogontiacum vor Gericht gestellt. Es heißt, sie habe gegen ein Gesetz ihres Kaisers verstoßen. Man hat sie zum Tode verurteilt.«
Avenahar schloss die Augen.
»Aber aus Gründen, die wir nicht kennen«, fuhr Witgern fort, »haben sie das Urteil noch nicht vollstreckt. Wir versuchen herauszufinden, was das bedeutet. Vielleicht haben sie Angst vor uns.« Er seufzte. »Ach, wenn Auriane im letzten Frühjahr doch mit mir gekommen wäre …«
Avenahar vergrub das Gesicht in den Händen. Sie gab keinen Laut von sich, aber sie zitterte am ganzen Körper.
»Das Beste, was du für sie tun kannst, ist am Leben zu bleiben und dein Schicksal auf dich zu nehmen. Das würde sie von dir wollen.«

* * *

Als Avenahar am nächsten Morgen erwachte, war die Welt irgendwie verändert. Die Krieger erwiderten ihren Blick, wenn sie vorüberging. Man begrüßte sie mit einem schwachen Nicken oder mit ihrem Namen. Hier war also ein kleiner Kampf gewonnen. Doch der Sieg war nicht so süß, wie sie das erwartet hätte. Sie fragte sich, ob das überhaupt ein Sieg gewesen war. Plötzlich schien sie ein anderes Wesen geworden zu sein. Die Wolfskrieger sahen in ihr mehr als nur eine Person. Sie sahen auch die Geister anderer in ihr: Baldur, ihren Großvater, der ihnen eine Generation lang das Leben in Freiheit gebracht hatte, und Atlind, ihre Großmutter, die im Bibertal den Menschen immer noch Rat erteilte. Über Nacht hatte sich Avenahar von einer kaum geduldeten Fremden in einen lebenden Talisman verwandelt. Viele schienen zu glauben, sie werde ihnen beim Kampf Glück bringen. Wenn ihre Widersacher zu nahe kamen, tauchte Hagbard auf, um sie vor Übergriffen zu schützen. Gondul, die Wolfskriegerin, brachte ihr ein Bernsteinamulett mit einem eingeschnittenen Schwan. Da sie Avenahar nicht antraf, ließ sie das Geschenk bei Runhild zurück. Für die Gehilfinnen der alten Kräuterfrau schien nur wichtig zu sein, dass sie Avenahar war, Aurianes Tochter. Sie baten Avenahar an ihr Feuer und wollten bei allen möglichen Dingen ihre Meinung hören. Doch am Rand des Lagers glühte der Hass immer noch unter der Asche und drohte, jederzeit wieder aufzuflammen. Sigbert ging mit Witgerns Männern auf die Jagd. Doch schon am nächsten Tag ritt er nach Hause zurück, denn er hatte Nachricht erhalten, dass ein kleiner Trupp, der sich vom Heer des Chariomerus getrennt hatte, seinen Hof und seine Halle überfallen wollte. Als er das Lager verließ, machte er einen Umweg, damit er an Runhilds Hütte vorüberkam. Er ritt ziemlich nahe heran. Avenahar erwiderte seinen Blick, und damit war stillschweigend ein Waffenstillstand geschlossen. Seine fragenden Augen verwirrten Avenahar. Sie glaubte, freundliches Interesse darin zu sehen. Aber etwas anderes mischte sich hinein, das sie nicht verstand, etwas Reiches, Fremdes, Umfassendes. Das versetzte sie in eine neue Erregung, die von einem brennenden Verlangen begleitet wurde. Auch Trauer lag in seinem Blick und eine Entschuldigung. Sie lächelte schwach und nickte ihm zu.

An diesem Abend brachten die Marketenderinnen Nachricht von der neuesten Schandtat der Vier. Aus einer kleinen Siedlung auf der anderen Seite des Tals hatten die vier Reiter die halbwüchsige Tochter einer Wotanspriesterin mitgenommen, um sie als Sklavin auf dem Markt in Mogontiacum zu verkaufen.

Avenahar verließ Runhilds Hütte, um die Geschichte an Hagbards Feuer zu hören. So erfuhr sie etwas über das nächste Ziel der Vier. Die Reiter hatten davon gesprochen, dass sie ein Dorf namens Rabennest heimsuchen wollten, wo es angeblich einen vergrabenen römischen Silberschatz gab, der einem Lagerpräfekten gestohlen worden war. Das Dorf lag nur weniger als einen halben Tagesritt von Witgerns Lager entfernt.

Avenahar saß eine Weile äußerlich still am Feuer, während sie kühne Pläne schmiedete. Hagbard lächelte und sah sie einmal fragend an, weil er sich über ihr Schweigen wunderte.

Dann verabschiedete sie sich, ging zum Bach hinunter und lauschte im leise rauschenden Wasser auf die Stimme ihrer Mutter.

Siehst du mich? Geht es dir gut?

Sie zog das Erdamulett unter ihrer Tunika hervor und drückte es an die Stirn. Hoch oben am blassen, lavendelblauen Abendhimmel stand der beinahe volle, weißgoldene Mond in seiner ganzen Pracht. Sie dachte an ihren Plan.

Ist das nicht meine Aufgabe?

Avenahar empfand eine wunderbare Stille, die vom Wasser, dem Mond und den Waldgeistern ausging.

Plötzlich zuckte sie zusammen. Am gegenüberliegenden Ufer hatte sie eine kaum wahrnehmbare Bewegung gesehen. Zwischen den flechtenbewachsenen Erlen lief leicht hinkend eine alte, von zahllosen Jagden gezeichnete Wölfin. Sie hatte die Farbe der Abenddämmerung. Die Wölfin blieb stehen und richtete den Blick auf Avenahar. Sie schien ihr so etwas wie eine Botschaft anzuvertrauen. Ihre Augen waren weißgolden wie der Mond. In ihnen leuchtete ein uraltes Wissen.

Ja, das ist deine Aufgabe.

Avenahar nickte stumm. Als sie zu Hagbards Feuer zurückging, wusste sie, was sie tun musste.

Ich werde die Vier vernichten.

* * *

»Runhild«, erklärte Avenahar am nächsten Morgen. »Ich muss das Lager für eine Weile verlassen.«

Die Alte hielt eine Knochennadel in der Hand und nähte einen Riss in ihrem besten Wollmantel. Sie unterbrach ihre Arbeit. Im dünnen klaren Licht des frühen Morgens wirkte ihr faltiges Gesicht noch zerfurchter als sonst. Avenahar zögerte, denn sie hatte das Gefühl, eine absurde Grausamkeit zu begehen. Doch dann zwang sie sich weiterzusprechen. »Ich werde mir meinen Platz unter den Wolfskriegern verdienen. Ich habe vor, die Vier zur Rechenschaft zu ziehen. Ich werde mir ihr bestes Pferd nehmen. Und ich werde dafür sorgen, dass sie nie mehr auf Raubzüge gehen.«

Runhild erhob keinen Einspruch. Sie legte nur den Kopf etwas schief, und während sie über Avenahars Worte nachdachte, wurden ihre Augen immer trauriger.

Das Schweigen bereitete Avenahar Unbehagen, und so sagte sie: »Du hast doch immer gewusst, dass ich keine Kräuterfrau bin.«

Runhild erwiderte eine Weile nichts. Sie zupfte leicht an dem Mantel, sodass die Sonne auf den Riss schien, und fuhr mit schnellen, geübten Bewegungen fort, den gesponnenen Wollfaden durch das grobe Tuch zu ziehen. Dann brach es unvermittelt aus ihr heraus.

»Ich bin nicht dumm, Avenahar. Ich weiß, dass du dich davongeschlichen hast, um mit dem Schwert zu üben … mit Hagbard. Aber vier erfahrene Soldaten gegen ein junges Mädchen? Warum machst du dir die Mühe? Warum schneidest du dir nicht gleich die Kehle durch?«

Es erstaunte Avenahar, dass Runhild nicht stärker protestierte. In ihren Worten lag sogar eine Spur grimmiger Billigung. Doch dann sagte sie sich, Runhild erwarte vermutlich, dass Aurianes Tochter ein ungewöhnliches Schicksal wählen werde. Trotzdem wurde ihr immer unbehaglicher zumute, und sie fuhr nicht sehr überzeugend fort: »Du bekommst ein besseres Pferd, Runhild. Das Pferd, das ich erbeute … das sollst du als Geschenk haben.«

»Das ist ein kleiner Ersatz.«

Avenahar kämpfte mit den Tränen.

Runhild erwiderte ihren Blick: Die Augen der alten Frau waren offene Wunden. »Du hast die Hände einer Heilerin. Diese Gabe wird nicht vielen geschenkt. Und doch wirfst du sie weg wie ausgekochte Suppenknochen.«

»Runhild, sie werden meine Mutter töten. Als Kriegerin habe ich eine gewisse Hoffnung, ihr helfen zu können. Zumindest kann ich sie *rächen,* wenn es notwendig sein sollte. Und bei allen Göttern, rächen werde ich sie.«

Runhild wandte sich wieder ihrer Näharbeit zu und machte jetzt kleine, feste und zornige Stiche. »Du hast kein Vertrauen in die höheren Mächte.«

»Doch, Runhild. Man hat mich gelehrt, Freia als eine Mutter zu lieben. Was ich tun will, geschieht aus Verehrung für sie. Ich vertraue dir so sehr, dass ich es dir gesagt habe, aber bitte verrate mich nicht an Witgern.«

»So dumm bin ich nicht. Ich werde mich nicht dem Wind in den Weg stellen. Also gut, so sei es. Ich habe mein Bestes getan. Du gehörst jetzt den Schicksalsgöttinnen.«

Runhilds Worte gaben Avenahar das Gefühl, eine Tür sei vor ihr zugezogen und abgeschlossen worden.

»Ich … bin dankbar für alles, was du mich gelehrt hast, Runhild. Das musst du wissen.«

Doch Runhild erwiderte nur: »Du solltest nicht allein reiten. Es gibt eine Menge sehr wachsamer Feinde, die nur auf dich warten. Denk daran, was wir in der Höhle gefunden haben. Irgendwo hier in der Gegend lebt eine Seherin, die dir nicht gut gesonnen ist.«

»Ich werde nicht allein sein. Ich habe Hagbard schon gebeten, mich als Zeuge zu begleiten.«

»Aha, wenn du nur ihn als Zeugen aufbieten kannst, zeigt das klar und deutlich, dass nur wenige so ein Unternehmen wollen. Du solltest damit noch ein paar Jahre warten.«

»In meiner Familie ereilt das Schicksal die Frauen früh.«

»Stimmt!« Sie nickte finster. »In jeder Generation früher!« Sie musterte Avenahar mit zusammengekniffenen Augen. »Verlangt die Prüfung nicht drei Zeugen?«

»Wenn es so kommt, wie ich es plane, dann sind alle im Dorf meine Zeugen.« Nach einem kurzen Zögern fuhr sie fort: »Ich muss meine Absicht noch zwei weiteren hier im Lager eröffnen. Wem kann ich sonst noch trauen?«

Runhild überlegte und nannte dann zwei jüngere Krieger des Trupps, die zu ihr hielten, denn sie hatte die beiden Witgern empfohlen. Dann ließ sie den Mantel sinken, an dem sie die ganze Zeit über genäht hatte, und sah Avenahar streng an.

»Wenn du das wirklich tun willst, Avenahar, brauchst du die Wolfskräuter. Wirst du genau zuhören, wenn ich dir sage, wie du sie einnehmen sollst?« Avenahar nickte. »Sie sind heilig und gefährlich. Du musst die richtigen Worte über sie singen. Es sind schon Männer gestorben, weil sie die Kräuter nicht so benutzt haben, wie ihnen befohlen worden war.«

»Ich werde gut zuhören«, beteuerte Avenahar leise. »Darf ich dein Pferd für einen Tag haben, damit ich meine Beute einholen kann?«

»Ich muss also ein Pferd verlieren, damit ich eins bekomme.«

»Ich schwöre bei Freia, dass ich beide Pferde lebendig und gesund zurückbringen werde.«

Runhild nickte und schwieg dann so lange, dass Avenahar glaubte, die Alte werde über die Angelegenheit nicht mehr sprechen. Sie beobachtete, wie die Sonne höher stieg, gab sich alle Mühe, ruhig zu bleiben, und machte sich immer wieder Vorwürfe, zu hart zu sein. Sie fragte sich, wie lange sie dieses bittere Elend noch würde ertragen müssen, das sich wie ein schmerzhafter Knoten in ihrer Brust anfühlte.

Als Runhild nach langer Zeit endlich sagte: »Ich habe ein Geschenk«, zuckte Avenahar beim Klang ihrer Stimme zusammen. Runhild begann, in ihren Medizintaschen und Säcken zu suchen, und murmelte dabei die ganze Zeit leise vor sich hin, weil sie in dem Durcheinander von angestoßenen Tontiegeln mit fettigen Salben, gefalteten Leintüchern, überquellenden Körbchen mit Perlenketten, getragenen Schuhen, Glasstücken, Kochtöpfen, Kupferutensilien und anderen Dingen, die sie sammelte, um damit andere Sachen einzutauschen, nicht das fand, was sie suchte. »Aha!«, sagte sie schließlich und hielt etwas Undefinierbares an einem Lederriemen hoch. Sie legte es Avenahar um den Hals. »Nimm es nicht ab. Lass es dicht am Herzen hängen. Es ist eine Wolfspfote. Meine Mutter hat sie mir gegeben. Sie wird dich beschützen.«

»Aber das ist für deine Tochter. Deine Mutter wird das wissen.«

»Ich habe meine beiden Töchter verloren und bin ein unfruchtbares Feld. Wenn du es nicht tragen willst, wer dann?«

»Ich danke dir, Runhild. Ich weihe dir meinen Sieg.«
»Verliere nie die Ehrfurcht von den höheren Mächten.«
Avenahar konnte nicht sprechen und nickte nur.
Runhild beugte sich vor und sagte Avenahar leise ins Ohr: »Und sag Ermenhild, wo du verbrannt werden möchtest.«
»Ja … natürlich«, erwiderte Avenahar, als habe sie bereits darüber nachgedacht. Doch Runhild sah das Erschrecken, das sich flüchtig in ihren Augen zeigte.
»Es mag sein, dass dir dein Unterfangen nicht gelingt, Avenahar. Wenn du keine Pläne für deinen Scheiterhaufen machst, zeigst du damit, dass du nicht die richtige Achtung vor den Schicksalsgöttinnen hast. Sag es ihr, damit sie es der Priesterin sagen kann. Das Bibertal wäre ein guter Ort, denn dort ist deine Mutter geboren worden.«
»Du hast Recht«, erwiderte Avenahar, die immer noch mit dem Entsetzen kämpfte und sich bemühte, nur an das bessere Leben zu denken, das sie gewinnen würde.
Danach machte sich Avenahar auf den Weg zu Ermenhild. Von ihr bekam sie nicht nur das schwarze Wolfsfell, das sie für das Ritual brauchen würde, sondern auch ein Trinkhorn und einen Schlauch Met zum Mischen der Wolfskräuter. Außerdem gab ihr Ermenhild mehrere Brote aus Einkorn, die wie üblich leicht verbrannt waren, und etwas in Tuch eingeschlagenen Ziegenkäse für unterwegs.
Als ihr Runhild später die Beutel mit den heiligen Kräutern übergab, stellte Avenahar überrascht fest, dass es sich bei dem berühmten Rabenbrot, das bei so vielen Ritualen der Wolfskrieger verwendet wurde, um einen hübschen, getupften Pilz handelte. Sie hatte diese Pilze schon oft gesehen, die wie leuchtende, gesprenkelte Blutflecken im Herbstwald standen, in ihnen aber nie das geheime Mittel vermutet, das in den Menschen die Wolfsstürme weckte. Wenn man sie pflückte, hatten sie schöne rote Kappen mit weißen Warzen. Die Seherinnen behaupteten, die Farbe gehe auf Wotans Pferd zurück, von dessen Nüstern rot gefleckter Schaum tropfte, wenn der achtbeinige Hengst mit dem Gott durch die nächtlichen Winterwolken stürmte. Runhild erklärte Avenahar

ausführlich die Zauberkräfte der einzelnen Kräuter. Sie ermahnte Avenahar immer wieder, sie solle nicht mehr als die angegebene Menge verwenden, da es das erste Mal sei und sie einen zierlichen Körper habe.

* * *

Avenahar und Hagbard verließen das Lager getrennt und trafen sich hinter dem Dorf auf der anderen Seite des Tals. Von dort gingen sie gemeinsam auf dem Handelsweg nach Norden in Richtung Rabennest. Es wären zu viele Fragen gestellt worden, hätte man sie zusammen weggehen sehen. Runhild erzählte im Lager, sie habe Avenahar zur Wurzelhöhle geschickt. Damit sie auf dem Weg durch das Land sicher war, trug Avenahar das graue Gewand und die Kapuze einer Dorfpriesterin. Sie und Hagbard ritten abwechselnd Runhilds stämmigen Braunen.

Sie waren noch nicht weit gekommen, als Avenahar am oberen Rand der Wegböschung die alte Wölfin wieder sah. Avenahar staunte, weil das Pferd keine Angst zeigte. Doch dann begriff sie, dass das Tier irgendwie an den Wolfsgeruch gewöhnt sein musste. Ihm wurden öfter Wolfsfelle auf den Rücken gepackt. Das Fell der Wölfin hatte die Farbe von Stein und Erde, und sie bewegte sich leicht geduckt. Plötzlich blieb sie stehen und betrachtete die beiden Menschen mit ihren scharfen, weißgoldenen Augen, die leicht schräg standen, was ihr einen Ausdruck von Weisheit und Einsicht verlieh. Mit dem längeren Fell unter den Ohren erinnerte sie irgendwie an einen bärtigen alten Mann.

Mondaugen … das sind die Augen meiner Mutter.

In Avenahar breitete sich eine neue Wärme, eine neue Gewissheit aus.

»Die Wolfsgeister wissen, dass wir hier sind«, murmelte Hagbard mit einer Ehrfurcht, die sie an ihm überhaupt nicht kannte.

Die Wölfin trottete weiter und begleitete die beiden noch eine ganze Weile, bevor sie im Unterholz verschwand und in ihre Welt zurückkehrte.

Dreiundzwanzigstes Kapitel

Der Braune ging so schlecht, dass sich Avenahar vorkam wie ein Würfel, der im Becher geschüttelt wurde. Als sie und Hagbard das Dorf erreichten, wo sie die Vier zu finden hofften, fielen bereits lange Schatten über das Land. Ein kühler Mond, der in fünf Tagen voll sein würde, beobachtete sie mit seinem kalten unbeteiligten Auge. Das Rabennest lag im graublauen Dunkel einer Senke in einem bewaldeten Tal. Dort lebten zehn Familien. Ihre Langhäuser waren wie die Speichen eines Rades um einen Trockenspeicher und einen kleinen, aus Holz errichteten Tempel angeordnet. Auf dem runden Platz standen verstreut niedrige, einfache kuppelförmige Öfen, die in der einbrechenden Dämmerung gespenstisch, aber einladend glühten. Die Töpferin des Dorfes war noch bei der Arbeit. Irgendwo weinte ein Säugling. An einem Pfahl, der die Palisade der Siedlung überragte, hing ein Pferdefell mit dem Schädel des geopferten Tieres. Es wirkte verloren vor dem dunklen Himmel. So wie das Fell aussah, hing es schon lange dort. Wer konnte in diesen Zeiten noch etwas so Kostbares wie ein Pferd opfern?
Am Tor zuckten zwei Fackeln im Abendwind.
Avenahar fand einen Platz im Wald, wo Dornengestrüpp Schutz bot, aber gleichzeitig den Blick auf das schief hängende Tor in der Palisade freigab. Sie versteckte das graue Priesterinnengewand, mit dem sie sich verkleidet hatte, zog das zottige Wolfsfell um die Schultern und befestigte es mit einem Dorn.
Währenddessen läutete Hagbard eine zerbeulte Bronzeglocke, die am Querbalken des Tors hing. Bald tauchte aus einem Langhaus ein Mann mit buschigen grauen Haaren auf. Hagbard erklärte wie abgesprochen, er sei unterwegs und suche für die Nacht eine Un-

terkunft. Bei den Stämmen des Nordens war es unvorstellbar, eine solche Bitte abzuschlagen. Eine Sippe vergrößerte ihr Glück durch sichtbar erwiesene Großzügigkeit. Freigebigkeit gegenüber Fremden galt als Zeichen edler Gesinnung, und es war unhöflich, zu genau nach den Absichten eines Reisenden zu fragen. Auch Hagbard wurde ohne weitere Umstände in einem der Langhäuser aufgenommen. Er erhielt einen Platz am Feuer, und man warf Runhilds Pferd Heu vor. Die Familie bot Hagbard Grütze und Met an und führte ihn später zu einem Strohlager bei den Rindern und Schafen, die am anderen Ende des strohgedeckten Hauses untergebracht waren. Hagbard lauschte aufmerksam der Unterhaltung der Familie und stellte vorsichtig Fragen nach den Vier. Die Römer waren komfortabler im Langhaus der Metbrauerin auf der anderen Seite des Dorfes untergebracht. Später nutzte Hagbard einen Gang zum Latrinengraben, um an dem Pferch vorbeizugehen, in dem die Pferde der Vier standen. Anschließend inspizierte er den Schuppen, in dem sie Zaumzeug und Rüstungen abgelegt hatten.

Es war eine klare, stille Nacht. Avenahar hörte an ihrem Platz in der Weißdornhecke, die das ganze Dorf umgab, den lauten, fröhlichen Lärm der Trinkenden und ihre Verzweiflungsrufe beim Würfelspiel, die aus dem Langhaus der Metbrauerin drangen.

In der stillen Zeit vor dem Morgengrauen stahl sich Hagbard davon. Avenahar verfolgte mit ihren Blicken die dunkle, langbeinige Gestalt, die verstohlen über den Platz eilte, einem Hund etwas zu fressen hinwarf, damit er nicht bellte, und geduckt durch das Tor ging, damit die Glocke nicht läutete.

»Die Vier sind im Haus der Met-Brauerin«, flüsterte Hagbard mit leuchtenden Augen. Sein argloses Gesicht mit dem spärlichen Bart und die etwas ungelenke Art, sich zu bewegen, gaben ihm den Anschein, als werde er ewig ein Junge bleiben. Doch sein Blick verriet entschlossene Zielstrebigkeit. »Sie sind wie die Regulären bewaffnet, nicht wie die Hilfstruppen. Sie tragen keine Panzer, sondern diesen Stoff aus Eisen. Du weißt schon, der an den Seiten offen ist und bis hierher reicht …«

»Kettenpanzer«, sagte Avenahar und nickte ihm aufmunternd zu.

»Ja, richtig! Und wie ich an den Schwertscheiden gesehen habe, sind sie mit den normalen, langen Kavallerieschwertern bewaffnet. Und erst die Pferde! Du musst dir diese starken Pferde ansehen. Daneben wirken unsere wie halb verhungerte Ponys.«
Avenahar nickte.
»Die Vier reiten heute weiter«, fuhr Hagbard fort, »irgendwann am Morgen.«
»Irgendwann am Morgen? Genaueres hast du nicht in Erfahrung gebracht?«
»Ich konnte schlecht direkt danach fragen. Aber ich habe mir die voll gestopften Packsäcke angesehen. Ganz bestimmt ist da alles drin, was sie diesen Leuten abgenommen haben.«
»Sehr gut. Das heißt, sie werden langsam reiten müssen«, murmelte Avenahar. Sie erkundigte sich noch nach dem Zaumzeug der Pferde und fragte dann: »Hast du das Mädchen gesehen, das sie bei sich haben?«
»Nein, wahrscheinlich haben sie es in dem Haus untergebracht, in dem sie schlafen, um sicherzugehen, dass die Kleine nicht wegläuft.«
»Danke, Hagbard. Du hast mir sehr geholfen. Wenn ich das Abenteuer überlebe, werde ich dich überall loben.«
Avenahar brach eines der harten Brote, teilte den Ziegenkäse, und sie aßen. Hagbard zog beinahe ehrfürchtig eine Delikatesse hervor, die er beim Abendessen bekommen hatte – einen mit Honig und Nüssen gefüllten gelben Apfel, der im Tonofen gebraten worden war. Avenahar hätte ihn gerne gegessen. Aber sie wusste, Hagbard war solche Leckereien nicht gewohnt. Sie hingegen hatte in der Villa mehr als genug von solchen Dingen genossen. »Iss ihn ganz, Hagbard. Ich bin satt.«
Hagbard legte den Bratapfel behutsam für später in den Sack zurück. Sie wussten beide nicht, wie lange sie auf die Vier würden warten müssen. Etwas Proviant konnte nie schaden.
Avenahar nahm seine Hand und flüsterte: »Die Schicksalsgöttinnen sind mit uns. Geh jetzt, und sei stark.«
Es war noch dunkel, als sich Hagbard auf den Weg zu einer alten Buche machte, die er noch am Abend vorher ausgewählt hatte. Auf

einem der unteren Äste suchte er sich einen geschützten, bequemen Platz, der ihm einen freien Blick auf den Weg und das Tal bot. Avenahar begann das Ritual, das sie in einen Wolf verwandeln würde.

Mit leiser Stimme, die nie das Rauschen der Blätter übertönte, sang sie ein schlichtes Wolfslied, das Einzige, das sie kannte. Die musikalischen Silben beschworen die besonderen Eigenschaften des Wolfs. Zwischen den einzelnen Strophen erinnerte sie den Wolfsgeist daran, wer sie war, und sie sprach auch von den Taten ihrer Mutter.

Allmählich versetzten sie die vielen Wiederholungen in eine andere Welt. Es war eine Welt ohne Worte, eine Welt des Riechens und Fühlens, des Fliehens und Fließens. Es gab keine Wege, die dorthin führten, und keine Wege, die von dort wegführten.

Dann goss Avenahar etwas Met in das Horn und fügte den Inhalt des ersten Beutels hinzu, eine Kräutermischung, deren Hauptbestandteil wilder Rosmarin war. Dieser Trunk versetzte jeden in Raserei. Runhild hatte behauptet, er könne eine sanfte Bauersfrau in ein wildes Riesenweib verwandeln, und sie hatte Avenahar gewarnt, zu viel davon werde zu schlimmen Krämpfen führen. Avenahar nahm vorsichtig einen kleinen Schluck.

Sie goss mehr Met in das Horn und krümelte eine winzige Menge Rabenbrot hinein, das ein scharfes, klares Wissen brachte und den Menschen die Sinne eines Wolfs verlieh. Sie hob das Horn zum Sternenzelt empor, sang die Wolfsworte, die sie von Runhild gelernt hatte, und bat Wotan, den Beschützer von Witgern und seinen Wölfen, um seinen Segen und seinen Schutz. Runhild hatte ihr eingeschärft, nur drei Schlucke zu trinken. Avenahar nahm vorsichtshalber nur zwei und goss den Rest in einem Kreis um sie herum aus. Das hatte sie einmal bei Runhild beobachtet. Damit hielt man hungrige Geister fern, die in der Nacht vielleicht angelockt wurden.

Zum Schluss nahm sie aus ihrem Sack eine glänzende schwarze Beere, die Runhild »Wolfskirsche« nannte. Sie spürte die dunkle Kraft der Frucht, die auf ihrem Handteller lag. Diese Beeren waren ein Geschenk der Walküren, die die tapfersten Toten vom

Kampfplatz abholten. Es hieß, sie seien in der Lage, jedem den Mut eines Gottes zu verleihen. Die Wolfskirsche war überall und unter vielen Namen bekannt. In manchen Dörfern hießen sie »Wutbeeren«, in anderen »Wolfsauge«. Im Osten nannte man sie »Herrin des Waldes« und im Süden »Belladonna«. Krieger aßen vor einem Kampf drei oder vier dieser Beeren. Avenahar nahm eine.

Sie begann, wieder das Wolfslied zu singen, und freute sich über den Klang der seltsamen, komplizierten Worte, die, wie Runhild erklärt hatte, einer uralten Sprache angehörten und aus einer Zeit stammten, als das Eis noch die ganze Welt überzog.

Sie hielt die Luft an. Da war etwas.

Eine eigentümliche Stille breitete sich aus, als beobachte sie ein Wesen mit scharfen goldenen Augen, das so groß war wie die Bäume. Sie schnupperte und hörte dann das leise Knacken von Zweigen unter dem leichten, verstohlenen Druck unsichtbarer Pfoten. Der Geruch von feuchtem Fell war wie ein Duft, der sie wärmte und freundlich stimmte.

Ein warmer Wind, der das Wolfsfell untrennbar mit ihrem Rücken verschmolz, wehte durch sie hindurch. Sie spürte einen großen Geist, der sich in ihr bewegte. Er besaß keine Menschengestalt und schien nur mühsam Platz in ihrem Körper zu finden. Eine erschreckende Stärke strömte in sie, als würden übermenschliche Kräfte in sie hineingezwungen. Wenn sie wollte, konnte sie so leichtfüßig und schnell über den steinigen Boden laufen, dass die Pfoten kaum die Erde berührten. Sie konnte über eine Palisade springen. Sie war erfüllt … nicht so sehr von Wut und Raserei, sondern von einer unbändigen Lust nach ungestümer Bewegung und dem unwiderstehlichen Drang, eine Beute anzuspringen, als sei alles Leben darin enthalten. Sie wusste, Blut würde so berauschend wie Wein schmecken. Ein paar neue Augen schoben sich über die ihren. Es waren Augen aus dem Material, aus dem der Mond gemacht war.

Avenahar verstand jetzt, warum die Wolfskrieger dieses Ritual vor einem Überfall durchführten. Die »Wut« vertrieb die Angst, so wie die Sonne die Nacht.

Sie lebte an einem strahlenden Tag. Sie wollte mit ihren Kiefern schnappen. Das Rudel war bei ihr.

Ihr Bewusstsein erstreckte sich in die Unendlichkeit des Himmels. Sie fühlte sich fest an allen vier Horizonten verankert. Sie konnte unmöglich fallen oder sterben.

Sie war nicht ein Wolf, sondern viele.

Ganz plötzlich sah sie die Schönheit dieser Welt. Die Hügel waren von einer vollendeten Harmonie. Wie ein Juwelenhalsband lagen sie auf dem prächtigen Mantel des Landes aus geheimnisvollem Braun und lebendigem Grün. Die Farben leuchteten sogar im Dunkeln. Das Land atmete, und Avenahar atmete mit ihm. Grün überflutete sie – Grün hatte einen Geschmack. Überall leuchtete es geheimnisvoll von verborgenem Gold. War es das Gold Freias, über das sie Geschichten gehört hatte und das die meisten Menschen nicht sehen konnten? Das Moos und die Pflanzen, die den Waldboden wie einen Teppich bedeckten, waren so prächtig gefärbt wie das Gefieder der Pfauen, die sie einmal in den Gärten einer Villa gesehen hatte. Der Wald war ein Meer mit wogenden Wellen vielfarbigen Lebens. So viel Schönheit schmerzte, und in ihre Augen traten Tränen der Dankbarkeit. Sie wusste, diese Schönheit war immer da. Die meisten Menschen, die in den enger werdenden Kreisen ihres Lebens gefangen waren, sahen sie einfach nicht mehr.

Auf den dunklen Pfaden zwischen den Bäumen erschienen seltsame Elfenwesen, die Avenahar beobachteten. Die Seherinnen hatten die Wahrheit gesagt: Unsichtbares Leben erfüllte den Wald und die Wiesen.

Doch plötzlich waren da auch bedrohliche Wesen. Ein kalter Wind kam auf. Avenahar fühlte, dass mächtige Geister durch Erdspalten nach oben drängten. Sie hörte die Stimmen der Walküren, die sich ihretwegen stritten. In ihrem Kopf hallte ein durchdringender Schrei, und sie spürte, wie sich Hel tief in der Erde regte.

Um die panische Angst zu vertreiben, versuchte Avenahar, sich ihre Mutter vorzustellen. Einen Augenblick lang war es ihr möglich. Doch die Hände ihrer Mutter zerflossen zu einem Flachsfeld, über das der Wind strich, und die Augen wurden zu Kornblumen. Avenahar kämpfte mit der alten Verzweiflung.

Sie hat mich wieder verlassen … wie damals, als ich noch ein kleines Kind war.
Avenahar kannte diese alte Leere. Sie war wie ein Raum tief im Innern der Erde, von dem Gänge abzweigten, die schließlich hierher, an diesen Ort führten, wo sie ein Wolf im Wald war, der gierig das Tor eines Dorfes beobachtete.
An Aurianes Stelle erschien eine Ahne im schwarzen Kapuzengewand. Avenahar wollte sie nicht ansehen. Ihre Anwesenheit war erstickend. Etwas Saures, etwas Fauliges umgab die unheimliche Gestalt, das sich als Geruch bemerkbar machte, aber auch als ein Gefühl. Alles Leben wurde von der Alten eingeengt und erstickt.
Die schwarz verhüllte Alte erklärte, sie sei Avenahars Urgroßmutter Herta, die als freiwilliges Opfer in eine brennende Halle gegangen war. Die Gedanken der Alten stülpten sich über Avenahars Bewusstsein. Sie geriet in Panik, denn sie ahnte, dass sie ein Tor geöffnet hatte, das sie nicht wieder schließen konnte.
Ist ihr Geist wirklich da? Oder habe ich zu viel von dem Wolfstrunk genommen?
Die Alte sprach zu Avenahar, ohne dass Worte zu hören waren.
Deine Mutter hat es aufgegeben, Rache zu nehmen. Du wirst mich an ihrer Stelle rächen.
Der Sog, der von der Alten ausging, war stark und auf geheimnisvolle Weise verführerisch, und Avenahar spürte, wie sie sich ihren Worten angstvoll überließ.
Stolz und Genugtuung erfüllten Avenahar.
Die Geister wollen mich. Ich bin größer als meine Mutter. Wo sie versagt hat, werde ich siegen. Die Rache schließt alle Wunden.

* * *

Der Tag würde bald anbrechen. Das weiche Schwarz des Himmels war einem Holzkohlengrau gewichen, das sich am östlichen Rand muschelrosa färbte.
Ein kurzer, heftiger Regenschauer ging nieder, als habe jemand im Himmel einen Abflussstopfen geöffnet und wieder geschlossen. Avenahars Wolfsfell war danach feucht und klamm.

Doch sie achtete kaum darauf, denn nun gehörte sie hierher wie der Weißdorn, der hier wuchs. Sie hatte ein Fell und Wolfszähne. Ihr Gehör nahm das leiseste Knacken im Laub wahr. Ihr Geruchssinn erkundete wachsam die Gegend und streckte sich weit in den Wald hinaus. Er zögerte, als er den Kot einer Hirschkuh wahrnahm, die nur ein paar Sprünge entfernt äste. Doch dann zog er weiter, um einen toten Dachs zu untersuchen. Irgendwo in der Nähe floss eine unterirdische Wasserader. Die Feuchtigkeit eines Bachs lag schwer über allem. Wie stark und aufdringlich der Dunst des Leben spendenden Wassers war! Der Wind trug aus der Ferne die unterschiedlichsten Düfte herbei. Für einen unerfahrenen Wolf war es schwierig, sie auseinander zu halten ... ein Mensch auf einem Maultier, brennendes Moos, bratendes Wildbret. Der Wind war reich an vielfältigen Duftnachrichten, und er roch so appetitlich wie ein dampfender Kessel über dem Feuer.
Die fahle Sonne warf ein blasses Licht auf den Weg. Avenahar hörte, wie das Leben im Dorf erwachte ... gewichtiges Hämmern, fröhliches Kindergeschrei, das unbehagliche Muhen ungemolkener Kühe, das hohle Klappern eines Eimers, der in einen Brunnen hinabgelassen wurde.
Dann witterte Avenahar die Vier. Sie waren ihre Beute! In den eigenartigen Schweiß der Römer mischten sich die süßere Ausdünstung von Pferden und der tote Geruch gegerbten Leders. Sie konnte den sauren Geruch der Männer nicht beschreiben. Sie wusste nur, dass er sich deutlich vom Geruch der Dorfbewohner unterschied. Sie hörte die gedämpften Stimmen der Dörfler, über die sich das fordernde, misstönende Gerede der Vier legte. Ihre Worte schienen der Luft kleine Wunden zuzufügen.
Eine müde wirkende Frau, an deren Brust ein Säugling in einem Tuch hing, näherte sich der Palisade. Ihr schmutziges Leinenkleid schleifte im Schlamm, als sie langsam das Tor aufstieß. Die Reiter verließen hintereinander das Dorf, und ihre Pferde tänzelten munter auf den Weg. Der kleine, aber in seiner demonstrativen Überlegenheit beeindruckende Zug war eine brutale Erinnerung daran, bei wem die Macht auf Erden lag. Die schweren Lanzen ragten schräg nach vorne. Die tödliche blattförmige Spitze einer

jeden war wie der Bug eines Schiffes. Das Bronzegeschirr der Pferde und die Kettenpanzer der vier Männer glänzten dunkel in der Sonne. Über dem linken Arm trugen die Römer ovale, eisenbeschlagene Schilde, rechts ragten die Griffe ihrer Schwerter warnend aus den Scheiden. Das blutrote Zaumzeug war golden umsäumt und mit bronzenen Medusenhäuptern besetzt. Die Sättel aus rotem Leder mit den vier Knöpfen lagen auf leuchtend blauen Satteldecken. Die Mähnen der Pferde waren straff geflochten und standen zwischen den Ohren aufrecht wie Hörner. Diese Rösser waren Helden angemessen – schwere Tiere mit breiten Rücken, einem würdevollen Gang und edel gewölbten Hälsen. Doch die fragwürdigen Helden auf ihren Rücken schienen von der eigenen Unbesiegbarkeit irgendwie gelangweilt zu sein.

Der Mann an der Spitze führte ein zottiges Pony an einem langen Zügel. Das kleinere Tier war mit seinen kurzen Beinen zu einem schnellen Trab gezwungen, um Schritt zu halten. Auf seinem Rücken saß zusammengesunken ein mageres, vielleicht zehnjähriges Mädchen, dem die hellbraunen Haare ins Gesicht hingen. Die Kleine richtete sich einmal auf, und Avenahar sah nacktes Entsetzen in den vom Weinen geschwollenen Augen. Ihre Hände waren vor dem Körper mit einem Seil zusammengebunden.

Avenahar beobachtete das Geschehen mit Wolfsaugen. Ihre Sinne richteten sich nur noch auf ihre Beute. Die Vier waren für sie ein einziges, unzusammenhängendes Wesen mit sechzehn Beinen, ein plumpes Geschöpf in Rüstungen. Aber mit seinen vier schnellen und schrecklichen Klauen – den Schwertern – war es überaus gefährlich. Das Wesen bewegte sich mit seinem lächerlich schaukelnden Gang auf sechzehn Beinen vorwärts. Es wirkte sorglos und behäbig, und es hatte einen weichen Unterbauch.

Sie hatte keine Angst.

In ihrem Kopf gab es keine Pläne. Die Klugheit eines Wolfs würde in jedem Augenblick neu in sie hineinfließen. Sie wartete geduldig, während die Vier an ihr vorbeiritten. Dann verließ sie vorsichtig ihren Platz.

Geschmeidig schlich sie hinaus auf die schöne Wiese, wo die Walküren warteten.

Die müde Frau am Tor wurde schlagartig wach. Was war das? Ein schmächtiger Junge oder ein Mädchen? Jemand rannte geduckt hinter den Reitern her. Die Frau beobachtete Avenahars Bewegungen sehr aufmerksam. Sie unternahm aber nichts, um die Vier zu warnen.

Avenahar folgte den vieren in sicherer Entfernung, mied den Weg und verbarg sich im Gras. Die Pferde nahmen ihren Geruch nicht auf. Der Wind kam von vorne und schützte sie vor Entdeckung.

Die Vier ritten an Hagbard vorbei, der versteckt auf seinem Baum saß. Die Pferde wussten, dass er dort war. Sie warfen die Köpfe, schnaubten und wollten ihre Reiter auf ihn aufmerksam machen. Doch die Reiter achteten nicht darauf, dass die Pferde ihnen etwas Wichtiges mitteilen wollten.

Avenahar war inzwischen nahe genug herangekommen, um das Dreiblattmuster um den Schildbuckel des letzten Soldaten zu sehen. Beim Näherkommen versuchte sie zu entscheiden, welches Pferd sie sich nehmen würde. Das Letzte war ein rotbraunes Tier, dessen Kopf zu dicht über dem Pfad hing. Das war nicht ihr Pferd. Es hatte sich bereits zu sehr in sein Schicksal ergeben. Sie versetzte sich in den Kopf des Nächsten. Der Hengst war voller Wut und dachte nur daran, den vor ihm gehenden Rappen zu beißen. Es war unangenehm, sich in ihm aufzuhalten. Deshalb wechselte sie in den Kopf des hübschen Braunen an der Spitze. Er war ein vernünftiges, friedliches Tier, das seine Gefährten mochte, aber schneller laufen wollte als sie. Er wehrte sich gegen die Gebissstange und reizte mit seinem Bemühen, sich zu befreien, den Reiter. Der braune Hengst war voller Lebenslust und wollte eins werden mit der schönen Wiese und für immer darauf laufen. Das war ihr Pferd.

Leider war sein Reiter der kräftigste der Vier. Avenahars Sinne richteten sich auf den Mann. Ihre funkelnden Augen glitten an den massigen, bärenstarken Schultern abwärts zu narbigen Oberarmen, deren Muskeln so dick waren wie die eines Ringers. Sie verweilte kurz bei den behaarten geröteten Händen, die energisch an den Zügeln zogen. Der Mann schwankte etwas und schien bei-

nahe zu groß für den Hengst. Trotzdem hatte Avenahar keine Angst. Ihr Zorn kannte keine Grenzen. Die Herrin des Waldes, der sie diente, war unbesiegbar.
Mit federnden Sprüngen näherte sie sich dem letzten Pferd und seinem Reiter. Der Wolf in ihr packte blitzschnell den Pferdeschweif. Sie hielt ihn fest und versuchte mit ihren Gedanken das Pferd zu beruhigen. Sie ließ es wissen, dass sie ihm nichts Böses wollte. Sie zog sich mit einem großen Satz vorwärts und sprang dann lautlos und so leicht im hohen Bogen auf den Pferderücken, dass sie das Gefühl hatte zu fallen.
Es war wunderbar.
Von ihren Lippen löste sich ein Schrei. Es war kein Wolfsgeheul. Es war ein Schrei in der chattischen Sprache.
Rache!
Augenblicklich entstand ein Durcheinander sich drehender Pferde und brüllender Männer. Das Wesen mit den sechzehn Beinen zerbrach in seine vier Teile. Die Ordnung des Zuges löste sich im Handumdrehen auf. Die Reiter verloren die Kontrolle über ihre gut ausgebildeten Kavalleriepferde. Die verängstigten Tiere sprangen in Panik vorwärts, wichen schnaubend zurück, stiegen auf die Hinterbeine und verdrehten wiehernd die Augen. Die Pferde glaubten, ein lebender Wolf sei mitten unter sie gesprungen. Avenahar hatte nicht mit dem Entsetzen gerechnet, das der starke Geruch eines feuchten Wolfsfells bei ihnen hervorrufen würde.
All das ereignete sich sehr schnell, doch für Avenahar zerfiel das Geschehen in langsame, gemächlich verlaufende Abschnitte. Sie verschaffte sich Halt, indem sie sich an den hinteren Sattelknöpfen festhielt. Dann schob sie ihren Fuß unter das rechte Bein des Reiters und riss den Fuß mit einem Ruck hoch. Das geschah so unvermittelt, dass sie damit Erfolg hatte. Der erschrockene Mann kippte nach links, wurde durch das Gewicht von Schild und Rüstung aus dem Sattel geworfen und fiel mit lautem Klirren auf die harte Erde. Es war kein guter Sturz. Er blieb liegen und bewegte sich nicht mehr. Avenahar kroch in den breiten Sattel, griff nach den Zügeln und zog sie mit ganzer Kraft an. Sie war jetzt ein rasendes wildes Tier.

Erst jetzt hörte sie die Schreie der Männer, die wie gellende Hörner die Luft durchschnitten.
»Halt!«
»Achtung!«
»Ein Überfall!«
Die Pferde schnaubten und scheuten bei dem Lärm noch mehr. Die Zügel des Ponys wurde dem ersten Reiter aus der Hand gerissen, und das Tier lief unbekümmert mit dem Mädchen auf dem Weg davon. In dem Tumult gelang es schließlich einem Soldaten, sein Schwert zu ziehen und sein Pferd in Stellung für einen Schlag zu bringen. Er holte in Avenahars Rücken zu einem tödlichen Hieb aus.
Sie ahnte nichts von der Gefahr. Ihr Pferd drängte wiehernd rückwärts und stieg auf die Hinterhand. Die schlagenden Vorderhufe suchten erfolglos Halt in der Luft. Das Schwert verfehlte sein Ziel, und die scharf geschliffene Klinge traf das dicke Lederpolster des Sattels. Avenahar glitt von dem beinahe senkrechten Pferderücken auf das breite Hinterteil des Pferdes, auf dem sich ihr Gegner befand. Noch bevor sie richtig hinter ihm saß, begann sie mit ihrem kleinen Feuersteinmesser wie rasend auf ihn einzustechen. Dabei überkam sie eine grenzenlose Lust. Sie war viele Wölfe, die gepackt von der Raserei der Jagd übermütig schnappend in die Luft springen.
»Haltet den Kerl!«
»Lass ihn nicht los!«
Die Männer kamen ihr wie eine kläffende Meute vor. Jeder versuchte, lauter zu bellen als die anderen.
»Es ist ein *Mädchen*!«, hörte sie den einen plötzlich rufen. Die Betonung des Wortes brachte Enttäuschung zum Ausdruck, Verachtung und Staunen.
Die eine oder andere Kriegerin bei einem umherziehenden Kampftrupp war für die römischen Soldaten ein durchaus gewohnter Anblick. Doch da die Menschen in einem fremden Land eigentlich nur das sehen, was ihrer Erwartung entspricht, schienen sie sich solche Einzelfälle nie richtig einzuprägen.
»Zum Hades, schafft mir diese Furie vom Hals!« Der Mann, hin-

ter dem Avenahar saß, drehte sich plötzlich mit erhobenem Schwert im Sattel um. Doch er befand sich nicht in der richtigen Stellung, um zuzuschlagen. Avenahars Messer traf ihn wie eine spitze Klaue. Die Klinge bohrte sich in den Kettenpanzer, verfing sich in der dicken Wolle des Militärmantels und drang schließlich in den entblößten Nacken des Mannes.
Er schrie auf und warf sich fluchend aus dem Sattel, um der stechenden, beißenden Bestie in Menschengestalt in seinem Rücken zu entkommen. Doch noch während er fiel, packte Avenahar blitzschnell seinen Schwertarm dicht unter dem Ellbogen. Durch die Wucht des Falls wurde sein Arm aus dem Schultergelenk gedreht. Der Mann brüllte vor Schmerzen und ließ das Schwert los. Avenahar schnitt sich an der Klinge, als sie danach griff. Aber dann bekam sie den Griff zu packen, und die Waffe gehörte ihr. Jetzt hatten die Männer eine Furie mit einem Schwert als Gegnerin.
Der sechseckige Schwertgriff war noch warm. Er schien sich in ihre Hand zu schmiegen. Jemandem wie ihr, die bisher nur mit Holzschwertern geübt hatte, wäre ein richtiges Schwert in der Hand normalerweise so ungewohnt erschienen wie einem Reiter ein lebendes Tier, wenn er zuvor nur auf einem Holzpferd gesessen hat. Doch in ihrer Raserei verschmolzen Verstand und Muskeln mühelos miteinander, und sie bekam augenblicklich ein Gefühl für Gewicht und Ausgeglichenheit der Waffe. Avenahar jubelte. Trotz der an Ekstase grenzenden Euphorie gelang es ihr mühelos, den Menschenverstand mit den Muskeln des Wolfs in Einklang zu bringen. Das richtige Gefühl für die Waffe versetzte sie in ein Hochgefühl. In ihrer Freude führte sie einen schwungvollen Abwärtsschlag. Das Schwert glitt durch die Luft, doch seine Bewegung war merkwürdigerweise unvorhersehbar, als werde es von einem eigenen Geist gelenkt. Nun bekam auch der Stärkste der Vier seinen braunen Hengst wieder unter Kontrolle. Er hob das Schwert wie eine Sense und griff an. Avenahar staunte darüber, dass sie auf die gezückte Waffe ihres Feindes mit der Gelassenheit eines erfahrenen Kriegers reagierte. Sie parierte seine Attacke mit einer kurzen Finte, dann stieß sie ihr Schwert unter seinem nach oben. Die Klingen trafen sich mit einem glockenhel-

len Klirren in der Luft. Funken stoben. In ihrem Rücken hörte sie aufgeregtes Geschrei wie bei einem Pferderennen kurz vor dem Ziel. Die Dorfbewohner drängten sich vor dem Tor und feuerten sie an.
Ohne in der Bewegung innezuhalten, sauste ihre scharf geschliffene Stahlklinge nach unten. Das geschah so mühelos, als gleite eine feine Feder über Glas. Der Schlag durchtrennte den rechten Zügel des Hengstes. Das kraftvolle Tier verlagerte sofort sein Gewicht auf die Hinterhand, folgte gehorsam dem Zug des verbliebenen Zügels und bewegte die Vorderhand nach links. Sein Reiter brüllte etwas Unverständliches und hob sein Schwert über den Kopf. Der Mann, den sie aus dem Sattel geworfen hatte, kam wieder auf die Beine. Er rannte auf sie zu und wollte sie am Bein packen. Avenahar versetzte ihm einen Tritt ins Gesicht. Er taumelte zurück, stolperte und fiel zu Boden.
Der Braune hat sich währenddessen einmal um sich selbst gedreht und stieß schnaubend mit Avenahars Pferd zusammen. Sie riss sich das Wolfsfell von den Schultern, packte den verbliebenen Zügel des Hengstes und warf das Fell in seine Richtung. Dabei entschuldigte sie sich stumm bei dem bedauernswerten Tier. Das Wolfsfell landete auf dem Hals des Tieres.
Der Hengst stieg, wieherte, buckelte und wehrte sich gegen den Zügel, den Avenahar aber nicht losließ. Das Wolfsfell fiel zu Boden, das Pferd bockte noch einmal, und der Reiter flog im hohen Bogen über den Kopf des Braunen. Avenahar zog das Tier zu sich heran, griff nach einem Sattelknopf und schwang sich auf seinen Rücken.
Sie hatte ihr Pferd! Auf dem Thron Jupiters zu sitzen hätte nicht berauschender sein können.
Der vierte und einzige unverletzt gebliebene Soldat war vom Pferd gesprungen, als er es nicht mehr unter Kontrolle halten konnte. Er hielt eine lange Lanze in der Hand und zielte auf Avenahar.
»Hinter dir, hinter dir!«, riefen die Dorfbewohner angstvoll.
Avenahar konnte nicht darauf achten. Sie hatte Mühe, im Sattel zu bleiben, denn der Braune ließ sich auch von ihr nicht mit nur

einem Zügel lenken. Das mächtige Tier bockte und sprang, wenn auch weniger heftig als zuvor mit dem Wolfsfell über dem Hals. Der Soldat bewegte den Arm vorwärts, und die schwere Lanze zischte leicht und schnell wie ein Pfeil, der vom Bogen schnellt, durch die Luft.

Der Hengst ging durch. Ein Mann aus dem Dorf hatte ihn mit einem gut gezielten Stein an der Hinterhand getroffen. Avenahar klammerte sich an die geflochtene Mähne, während der Braune den Weg entlanggaloppierte. Die Lanze flog über die Hinterhand des Pferdes, prallte gegen einen Felsbrocken und fiel lautlos ins hohe Gras.

Ein vernünftiger Pferdedieb wäre vermutlich ohne einen Blick zurück weitergeritten. Aber die Wolfsraserei kannte keine Vernunft. Avenahar zog und zerrte an dem verbliebenen Zügel und zwang den schnaubenden, sich wehrenden Braunen schließlich in einen großen Bogen, der ihn auf die Wiese führte. Der Hengst warf immer wieder den Kopf, beruhigte sich jedoch allmählich und gab schließlich nach. Er fiel in Trab, schlug dabei aber wiederholt wütend aus, sodass Avenahar auf seinem Rücken hin und her geworfen wurde. Sobald sich der Braune etwa in Höhe ihrer Beute befand, trieb sie den Hengst wieder in vollen Galopp.

Die römischen Reiter waren die Ursache des ganzen Unglücks in ihrem Leben. Sie hatten Avenahar als kleines Kind ihrer Mutter entrissen. Avenahar würde sie vom Angesicht der Erde hinwegfegen. Sie würde das Land für immer von ihnen befreien.

Zwei der Männer lagen regungslos am Wegrand. Die beiden anderen standen dicht beisammen, hatten die Schilde schützend gehoben und erwarteten den Angriff. Aber die Angst vor übernatürlichen Wesen sickerte allmählich in ihr Bewusstsein und untergrub ihren Mut. Die alarmierende Kühnheit, mit der sie überfallen worden waren, erinnerte sie an Geschichten von Geistererscheinungen und Wundern in den Wäldern des Nordens – von geschuppten Ungeheuern in Seen bis zu den todbringenden Schwanenjungfrauen, die jede Gestalt annehmen konnten. Kein sterbliches Mädchen hätte vier römische Soldaten in solche Bedrängnis bringen können.

Während der Hengst auf die Soldaten zustürmte, warf Avenahar einen Blick auf das Tor in der Palisade. Dort hatte sich inzwischen das gesamte Dorf versammelt. Die ungefähr vierzig Leute reckten die Fäuste und spornten sie mit lauten, rhythmischen Zurufen an.
Der Schrei: »Rache!« entrang sich ihrer Kehle. Ihr Schwert war ein Falke, der blitzschnell und anmutig durch die Luft nach unten stürzte. Ein eisenbeschlagener Schild wurde zum Schutz vor ihrer Klinge hochgehalten.
Der Aufprall schlug Avenahar beinahe die Waffe aus der Hand. Unter der Wucht des anstürmenden Pferdes verlor der Römer das Gleichgewicht und fiel rückwärts auf die Erde.
Das nahm dem letzten Mann allen Mut. Er wollte nicht allein mit diesem rasenden Geistwesen kämpfen. Sein ausgekugelter rechter Arm hing schlaff und wie gelähmt an der Seite. Mit der linken, weniger geübten Hand hätte er sich ohnehin nur schlecht wehren können. Er warf den schweren ovalen Schild weg und lief, so schnell er konnte, auf den Waldrand zu. Sein Gefährte kroch stöhnend unter seinem eigenen Schild hervor und folgte ihm hinkend. Zusammen kletterten sie die Böschung hinauf.
Avenahar wendete den Braunen und wollte die Fliehenden verfolgen, doch als sie sah, dass die beiden bereits den Wald erreicht hatten, gab sie auf.
Sie war die Siegerin.
Mit diesem Wissen schwand schlagartig der Wille zu kämpfen.
Es folgte eine von der Sonne vergoldete Stille.
Sie wurde plötzlich vom lärmenden Jubel der Dorfbewohner zerrissen. Avenahar hatte das Gefühl, in glänzende Gewänder gehüllt zu sein. Der schönste Tag ihres Lebens brach an.
Ich bin meiner Mutter ebenbürtig. Der Ruhm wird mir gehören.
Der braune Hengst scheute, tänzelte unruhig im Kreis und hob die Beine mit erschreckender Anmut, so als bewege er sich durch ein Feld eiserner Lanzenspitzen. Avenahar sprang aus dem Sattel und band das aufgeregte Pferd an einen Baum.
Sie fühlte sich wie die gerissene Saite einer Leier. Die Erschöpfung zog sie nach unten. Am liebsten hätte sie sich ins Gras gelegt, um in den Armen der warmen, mütterlichen Sonne zu ruhen.

Aber dazu hatte sie keine Zeit. Sie lief zu dem ersten Mann, den sie aus dem Sattel geworfen hatte, und untersuchte ihn. Für den Gestürzten gab es keine Hilfe mehr. Er lag in merkwürdig verdrehter Haltung auf der Erde, als sei sein Genick gebrochen. Danach ging sie zu dem Zweiten. Er war verwundet und kroch keuchend auf allen vieren zum Wegrand.

Hagbard sprang vom Baum. Er lachte so laut, dass er kaum gehen konnte. Als er sie hüpfend und tanzend erreichte, fasste er sie an den Schultern und drückte sie ausgelassen an seinen knochigen Körper.

»Avenahar, du warst ein Wolf mit Flügeln! So etwas habe ich noch nie gesehen. Das wird kein Mensch glauben!«

»Wir müssen ein Pferd zurücklassen«, sagte sie und nickte in Richtung der Tiere, die inzwischen auf der Wiese grasten, als sei nichts geschehen, »damit der Verwundete in seine Festung zurückkommt.«

Bei den Chatten ließ man Gefangene nicht am Leben. Außerdem war der Soldat ein Mann mehr, der die Geschichte ihrer Tat verbreiten würde. Hagbard schien sie nicht zu hören, sondern lachte und lachte. Plötzlich drehte er sich um und übergab sich am Wegrand.

»Hagbard?«

»Es ist nichts. Es ist alles in Ordnung.«

»Du siehst so merkwürdig aus. Man könnte glauben, du hättest von der Wolfsmedizin genommen, aber die falsche Menge.«

»Es ist wirklich nichts. Ich werde dem Mädchen hinterher laufen. Ich glaube, das Pony ist nicht weit gekommen. Avenahar, sieh mich nicht so an. Mit mir ist alles in Ordnung.«

»Nun gut. Wir sagen den Leuten, dass die Kleine in ihr Dorf zurückgebracht werden soll, und dann müssen wir …«

Der laute Jubel und das Geschrei der Dorfbewohner, die auf den Kampfplatz eilten, lenkte sie von Hagbard ab. Einen Augenblick lang gönnte sie sich, um die Freude der Dörfler zu teilen. Der Sieg gehörte ihr, und alle waren Zeugen! Avenahar hätte am liebsten jeden von ihnen in die Arme geschlossen. Es tat ihr gut, sich vorzustellen, wie die Dörfler sie bewunderten. Mit dem Großmut der

Siegerin beschloss sie, ihnen eines der schönen Pferde zu geben und dazu die Hälfte des erbeuteten Schatzes.
Wenn doch ihre Mutter hier gewesen wäre, um das alles zu sehen.
Während die Dorfbewohner schnell näher kamen, überließ sich Avenahar der Schönheit des Augenblicks. Deshalb sah sie auch die Mordlust in den Augen der Chatten nicht.
Und Hagbard sah überhaupt nichts, denn er hatte sich wieder zusammengekrümmt und erbrach alles, was er am Vortag gegessen hatte.
Das Gesicht der blassen Frau, die zuerst am Tor gestanden hatte, glühte vor Freude. Avenahar glaubte, die allgemeine Begeisterung gelte ihr. Sie würde am Abend mit den Dorfbewohnern feiern, bevor sie zu Witgern zurückkehrte.
Verwirrt stellte sie fest, dass die Leute an ihr vorbeiliefen, ohne sie zu beachten. Ein paar Männer schwangen Steinäxte.
Avenahar erkannte ihre Absicht zu spät.
»Nein!«, schrie sie entsetzt. »Ihr bringt einen Fluch über euch! Nein!«
Die Dorfbewohner fielen über den verwundeten Soldaten her wie ein Wespenschwarm. Avenahar hatte das Gefühl, ihre eigene Haut werde in Fetzen zerrissen.
Sie lief um das Menschenknäuel herum, fluchte und flehte, bis sie heiser wurde, und machtlos musste sie mit ansehen, wie der Verwundete gelyncht wurde.
Durch den schrecklichen Lärm und ihre eigene Stimme hörte Avenahar das Knistern eines Feuers, das alles versengte. Sie hörte auch ein hässliches Lachen, das aus der Erde aufzusteigen schien. Die vom Rabenbrot aufgestoßenen Pforten waren immer noch weit geöffnet. Die Wesen der Nacht schwärmten ans Tageslicht. Das Land verdunkelte sich unter der schwarzen Wolke ihrer Ahnen.
Avenahar spürte, dass Herta, ihre Urgroßmutter, vor ihr stand. Sie war so groß wie die Fichten, und ihre Haare wehten in den lodernden Flammen. Ihre Stimme glich dem Wind, der durch ein verlassenes Haus pfiff.
Die Rache ist heilig. Sie schenkt der Sippe Leben.
Avenahar zitterte voll Schaudern.

Sie lebt, und sie triumphiert. Ich habe sie in die Welt zurückgeholt.

* * *

Sie kam sich wie eine Gefangene vor, denn sie wurde von einem Feuer zum anderen weitergereicht und war gezwungen, die Geschichte immer wieder zu erzählen. Die erbeuteten Kavalleriepferde standen festgebunden in der Mitte von Witgerns Lager. Die Waffen der Vier und die Rüstungen der beiden Toten lagen in der Nähe und wurden von den Männern und Frauen des Trupps immer wieder eingehend begutachtet.

Avenahar war kurz nach Mittag in Begleitung der Dorfbrauerin und des Wotanpriesters in das Lager der Wolfskrieger zurückgekommen. Hagbard konnte zu diesem Zeitpunkt nicht mehr aufrecht auf dem Pferd sitzen. Als Runhild ihn sah, schickte sie einen Läufer zum Sommerheiligtum von Ramis, um eine Seherin zu holen. Es alarmierte Avenahar, dass Runhild glaubte, es übersteige ihr eigenes Können, ihn in seinem Zustand zu behandeln.

»Ich habe keine Kraft mehr, alles noch einmal zu erzählen. Bitte lasst mich vorbei.«

Avenahar eilte davon. Daraufhin begann der Dorfpriester mit dem silbernen Bart seine Version der Geschichte zu berichten. Sie hörte noch die ersten kleinen Entstellungen der Wahrheit, die sie kannte. Vermutlich würde sie nach einem Jahr die Geschichte überhaupt nicht mehr als ihre eigene erkennen.

»Avenahar hatte keine Waffe, und sie war allein … ihr einziger Verbündeter war ihr Wolfsherz. Und sie hat die Plage, die das Land viele Jahre heimsuchte, besiegt und hat die Pferde und Schilde, die Rüstungen und die Schwerter erobert …«

* * *

»Der muntere braune Hengst da drüben, der gehört dir«, sagte Avenahar zu Runhild. »Dein Pferd und er vertragen sich nicht. Wir haben die beiden auf dem Rückweg voneinander fern halten müssen.«

Runhild blickte auf eine Weise zu dem Pferd hinüber, die Avenahar traurig machte. Dann nickte sie langsam und unbestimmt. Plötzlich begriff Avenahar, dass sich Runhild gewünscht hatte, das Unternehmen möge misslingen, aber Avenahar solle heil und gesund zurückkommen. Sie wusste aber auch, dass Runhild sich im Stillen trotzdem über das Pferd freute.

»Wie geht es Hagbard?«, fragte Avenahar besorgt. »Hat sich sein Zustand inzwischen etwas gebessert?«

»Nein, es geht ihm immer schlechter. Es ist mir ein Rätsel. Aber die beste Hilfe für ihn ist bereits unterwegs. Die Allerbeste! Er hat Glück im Unglück. Die heiligen Neun versammeln sich im Sommerheiligtum.«

»Wieso jetzt, um diese Zeit? Ramis ist doch nicht bei ihnen. Und du glaubst, eine von ihnen wird hierher kommen?«

»Es findet ein Treffen statt, weil sie uns Ramis genommen haben.« Runhild schüttelte den Kopf. Nein, keine von den Neun würde hierher kommen, nicht wegen des armen Hagbard. »Sie werden wahrscheinlich eine Schülerin schicken.«

»Weshalb bist du so sicher, dass du ihm nicht helfen kannst?«

»Weil ich vermute, dass ein starkes Gift im Spiel ist. Die Neun wissen über solche Dinge mehr als alle anderen im Land.«

Avenahar nickte. Sie ließ die Worte auf sich wirken und kroch niedergeschlagen zur Rückwand der Hütte, wo Runhild einen kleinen Essensvorrat aufbewahrte.

»Avenahar, stimmt etwas nicht?«

»Die ganze Welt stimmt nicht«, murmelte Avenahar, während sie Runhilds Körbe durchsuchte. »Mit jedem blöden Grashalm, jedem verfluchten Felsen und jedem Baum in dieser abscheulichen Welt stimmt etwas nicht. Ich habe etwas so Abstoßendes erlebt, dass ich die Erinnerung daran unter einem Berg vergraben möchte. Aber ich kann es nicht.«

»Was redest du für Unsinn? Und warum nimmst du dir meinen Proviant? Avenahar, sieh mich an! Das Glück ist in überreichem Maße mit dir. Du hast das Schicksal gefunden, das du dir gewünscht hattest. Jetzt werden sie dich als Wolfskriegerin in ihre Reihen aufnehmen. Was willst du noch mehr, und was soll das

dumme Gerede und Jammern nach einer so ruhmvollen Tat?«
»Nichts daran ist ruhmvoll. Vielleicht habe ich bewiesen, dass ich weit und breit der beste Pferdedieb bin.«
»Manchmal frage ich mich, ob du wirklich die Tochter deiner Mutter bist.«
»Ich will keine Wolfskriegerin werden.«
»Hast du den Verstand verloren? Was ist nur los mit dir?« Runhild schob sich zwischen Avenahar und die Körbe.
»Runhild, bitte! Ich muss eine Weile weg, und ich brauche etwas zu essen.«
»Du läufst wieder einmal weg? Hast du das in letzter Zeit nicht schon einmal gemacht?«
Avenahar starrte sie wütend an.
Runhild lachte unbeeindruckt. »Vielleicht würden sich die Dinge klären, wenn du einmal lange genug an einem Platz ausharren würdest.«
Avenahar fand ein hartes Brot, schnappte es sich wie eine Beute und verließ wortlos die Hütte.
»Avenahar!«
Aber sie rannte bereits mit leichten, schnellen Schritten den Weg entlang.

* * *

Im Lager wurde es still, nachdem bekannt geworden war, dass Witgern zu den Wolfskriegern sprechen werde.
Er redete lange über Avenahar. Abschließend sagte er: »Freunde, die unsichtbare Welt sendet uns deutliche Zeichen, dass man uns einen Weg öffnen wird, selbst wenn das heute unmöglich zu sein scheint. Die Schicksalsgöttinnen wollen uns von nun an Siege schenken. So wie eine Wolfskriegerin allein die Vier vertrieben und vernichtet hat, so sind wir jetzt stark genug, um alle Feinde aus unserem Land zu vertreiben, auch wenn wir im Augenblick nur wenige sein mögen. Im nächsten Frühjahr ziehen wir gegen Chariomerus in den Krieg.«
»Der Wolf tötet den Hirsch!« Diese Worte wurden von einem Feuer zum anderen weitergegeben.

»Und danach geht es gegen Rom!« Witgerns helle kraftvolle Stimme klang gelassen. »Wenn das Heer der Aasfresser des Chariomerus vertrieben ist, wird sich unser Stamm wieder vereinen, und wir werden uns jedes Stückchen Land zurückholen, das uns diese Geißel aus dem Süden genommen hat.«
Das Klappern und Schlagen der Speere gegen die Schilde vertrieb die Krähen aus den Bäumen. Sie kreisten zornig krächzend in der Luft. Als es wieder etwas ruhiger geworden war, gab Witgern Runhild ein Zeichen. »Bring Avenahar her.«
Runhild sah ihn finster an. »Gerne, wenn du mir sagst, wo sie ist. Avenahar ist davongelaufen.«

* * *

Die von den heiligen Neun gesandte Schülerin saß stumm auf ihrem kräftigen kleinen Pferd, an dessen Zügel silberne Amulette glänzten. Die kostbare Kleidung der Schülerin machte Runhild stutzig. Es hieß, die Anhänger von Ramis verschmähten Reichtum, doch die junge Frau war eher wie die Tochter eines Häuptlings gekleidet und weniger wie eine Seherin in der Ausbildung. Ein schilfgrüner Mantel aus fein gewebtem Tuch fiel weit über den Rücken des Pferdes. Er wurde von einer Fibel in Form eines Falkenkopfs zusammengehalten, deren dunkle Steine mehr wert waren als Runhilds neues Pferd. Unter dem Mantel ragten die Spitzen teurer Kalbslederschuhe hervor.
Die Dienerinnen der Schülerin sprachen für sie. Runhild erfuhr nicht einmal ihren Namen. Im Schatten der mit Lammfell gefütterten Kapuze des Mantels entdeckte Runhild die glatten, ausgeprägten Züge einer vielleicht Zwanzigjährigen. Sie hatte ein schmales, hübsches Gesicht, blasse Haut und große, forschende Augen. Die Pupillen waren wie unbewegte Wasserwirbel, die alles in sich aufsogen und es festhielten. Etwas an dieser Schülerin war so glatt, so gebogen und letztlich auch spitz wie das silberbeschlagene Horn an ihrem Gürtel.
Die Dienerinnen vertrieben alle Freunde Hagbards aus seiner Hütte und befahlen sogar Runhild zu gehen. Sie behaupteten, der

Zauber, den ihre stumme Herrin für Hagbard wirken müsse, mache es notwendig, dass sie allein mit dem jungen Krieger sei.
Die Schülerin stieg vom Pferd und ging zu dem Kranken, während die Dienerinnen die Hütte bewachten und niemandem erlaubten, zu nahe zu kommen. Sie betrachtete Hagbard mit einem scharfen, geübten Blick, drehte seinen schweißbedeckten Körper einmal um und bemerkte die bläuliche Farbe seiner Haut und die glanzlosen Augen. Dann öffnete sie ihm den Mund, um die Farbe seiner Zunge zu sehen. Schließlich nickte sie zufrieden, als sei alles so, wie sie es erwartet hatte. Sie setzte sich neben ihn und beobachtete ihn teilnahmslos.
Hagbard konnte nicht mehr sprechen. Er sah sie an, und in seinen Augen lag die stumme Bitte, ihm zu helfen.
Sein Gesicht verriet, dass er beunruhigt war, als ihm klar wurde, dass sie nicht vorhatte, etwas zu unternehmen.
»Hagbard«, sagte sie schließlich mit klarer, gelangweilt klingender Stimme. »Hast du im Wald vielleicht mit Avenahar einen Apfel gegessen?«
Seine Augen wurden rund wie Geldstücke. Langsam nickte er.
»Brennt deine Zunge? Hast du alles erbrochen, was du gegessen hattest?«
Er bejahte die Frage mit einem Wimmern. Dann stöhnte er etwas Unverständliches, das sich als: »Hilf mir« deuten ließ.
»Da kann man nichts machen. Du hast genug von der Eisenhutwurzel in dir, um drei Männer umzubringen. Ich staune, dass du noch am Leben bist.« Sie richtete sich auf. »Ich bin Elsa, die Tochter des Chariomerus und eine Schülerin von Sawita. Wenn ich mein Gift mische, dann tötet es.«
Er stieß ein lautes, protestierendes Wimmern aus.
»Du bist ein Einfaltspinsel und ein Dummkopf. Der Apfel war nicht für dich bestimmt. Avenahar sollte ihn essen.«
Hagbard versuchte mühsam, sich aufzusetzen. Seine Augen glänzten, so wie Feuer ein letztes Mal auflodert, bevor es erlischt.
Sie stieß ihn auf das Strohlager zurück.
»Ihr beiden habt einfach zu vielen Leuten mitgeteilt, wohin ihr gehen würdet. Es tut mir Leid, dass du stirbst, Hagbard. Aber du

bist unwichtig. Du warst nur ein Stück Holz, das Sawita im Weg lag. Du stirbst anstelle von Avenahar, deren Schicksal offenbar sehr viel stärker ist als deines.«

Er stöhnte. In seinen Augen stand die Frage: *Warum?*

Sie beugte sich über ihn und strich ihm die feuchten Haare mit einer Geste aus dem Gesicht, die Hagbard abstoßend fand, denn es fehlte ihr jegliches Mitgefühl. »Weil wir nicht zulassen können, dass die Menschen anfangen, Avenahar zu lieben, so wie sie Auriane geliebt haben. Beide müssen aus dem Weg geräumt werden, wenn Sawita den Stab der Ramis übernehmen soll.« Sie schüttelte den Kopf und lächelte. »Es war dein Unglück, dass du etwas mit Aurianes Brut zu tun hattest. Sawita hatte Witgern davor gewarnt, ihr Fleisch und Met zu geben. Er hat nicht auf sie gehört. Sawita gibt genau das zurück, was sie bekommt.«

Hagbard wurde zunehmend schwächer, doch Elsa blieb bei ihm. Sie verstand nicht, warum er sich so hartnäckig an das Leben klammerte. Die Leute in Rabennest, die ebenfalls ihre vergifteten Äpfel gegessen hatten, waren inzwischen alle tot. Elsa untersuchte die Amulette, die Hagbard trug, und überlegte, ob er unter dem Schutz eines mächtigen Geistes stehe, den sie nicht kannte. Sie entdeckte jedoch nichts Ungewöhnliches. Aber schließlich ging sein Atem auf eine Weise schneller, die ankündigte, dass er starb.

»Gute Reise, Hagbard«, zischte sie leise. »Sag Hel, dass du mich kennst. Dann wird sie dich besser behandeln.«

Elsa stand auf und hob segnend die Hände über ihn. Es kümmerte sie nicht, dass ihr Opfer noch lebte. Sie hatte als Einzige im Sommerheiligtum keine Angst vor Sawita. Ihre kraftvolle Stimme drang über die Hütte hinaus: »Hagbard, ich übergebe dich den unsterblichen Schicksalsgöttinnen, die älter sind als alle Götter. Hagbard, du Ehrenvoller, ruhe in den weiten Feldern. Aller Ruhm sei der Sonne und dem Mond.«

* * *

»Avenahar, ich will die Geschichte aus deinem Mund hören«, sagte Witgern. Avenahar hatte sich schließlich auf den Rückweg ge-

macht, nachdem sie einen Tag lang durch den Wald gelaufen war. Nun stand sie in Witgerns Zelt und hielt den Blick unverwandt auf den Boden gerichtet.
Witgern stellte eine kleine, aber bedeutsame Veränderung an ihr fest. Er fragte sich, ob das Wissen um ihren großartigen Sieg wie eines dieser Zaubergläser wirkte, die alles verzerren und vergrößern, was das Auge sieht. Sie war jung genug, um noch zu wachsen, und er hätte gewettet, dass sie in den vergangenen beiden Monaten tatsächlich größer geworden war. Sie trug die dunklen, glänzenden Haare glatt zurückgekämmt und, da sie seit einiger Zeit wieder lang genug waren, zu einem kurzen Zopf geflochten. Dadurch wirkte sie irgendwie klug, ruhig und gefasst, doch er bezweifelte, dass ihr das bewusst war. Sie war die sehnige, junge Ausgabe ihrer Mutter, eine geschmeidige Wölfin, stolz und sanft. Das glänzende schwarze Fell schimmerte in der Sonne.
Es ist seltsam, plötzlich zu wissen, wie ein Mädchen als voll erblühte Frau aussehen wird.
»Ich will es nicht noch einmal erzählen«, sagte sie und erwiderte trotzig seinen Blick. »Und ich will keine Wolfskriegerin werden.«
»Nachdem ich meine Meinung geändert habe, hast du es dir anders überlegt! Du hast machtvolle Zeichen erhalten, die so stark sind wie die Sonne. Du kannst sie nicht unbeachtet lassen.«
»Was ist mit Hagbard wirklich geschehen?«
»Die Frauen der Schülerin haben gesagt, er hat Wasser getrunken, das von den Elfen vergiftet war.«
»Ich habe auch von dem Wasser getrunken. Das macht keinen Sinn. Witgern, meine Tat hat allen Unglück gebracht, die etwas damit zu tun hatten.«
»Unsinn. Es war die großartigste Mutprobe, die einer von uns in den sieben Jahren bestanden hat, seit ich den Trupp zusammengerufen habe. Es ist ein Zeichen dafür, dass wir Erfolg haben werden. Und dass du diese Schwerter erbeutet hast …« Er blickte auf die beiden Kavallerieschwerter, deren lange, dünne Klingen das Licht widerspiegelten, das durch die Zeltklappe hereinfiel. »Die Art und Weise, wie du sie gewonnen hast, macht sie zu Schwertern mit großer Macht. Wir haben jetzt Waffen aus ihrer Hand, die wir ge-

gen sie wenden können. Du hast uns wieder Hoffnung auf den Sieg gegeben. Wieso siehst du darin etwas Schlechtes?«
Avenahar schwieg eine Weile, bevor sie flüsterte. »Sie haben einen der Vier umgebracht ... ich meine, die Leute aus dem Dorf.« Sie schlug die Hände vor das Gesicht. »Alle sind über ihn hergefallen, als er wehrlos auf dem Weg lag. Er hat um Hilfe gerufen.«
»Aber Avenahar ...«
»Ich weiß. Ich verachte die Vier auch. Ich glaube, ich hasse sie mehr als jeder andere ... aber als dieser Mann hilflos zu meinen Füßen lag und um Gnade flehte, da wurde er etwas anderes ... Ich weiß nicht, warum *das* die Sache verändert hat, aber so war es. Er hat mich um Hilfe angefleht.«
»Ich weiß über diesen Teil Bescheid. Die Dorfbewohner wollten Rache, Avenahar. Und sie haben die Rache im Licht der Sonne genommen. Rache ist kein Mord.«
»Und was ist mit der Scham, die sie alle empfinden müssten, weil sie jemanden erschlagen haben, der hilflos war? Das ist, als vergehe man sich an einem Toten.«
»Das Leben mit deiner Mutter hat dich verwirrt. In alter Zeit, als die Feinde ehrenhaft waren ... da war alles weniger verwirrend. Deine Mutter wird zu einer Seherin. Sie weiß Dinge, die über das hinausgehen, was wir wissen, und sie hat andere Vorstellungen davon, wo die Grenzen zu ziehen sind.«
»Witgern, als es vorbei war, habe ich ... eine böse Ahne gesehen. Sie war irgendwie gefangen, und ich habe sie befreit.« Avenahar ließ den Kopf sinken und flüsterte: »Durch meine Tat habe ich sie befreit, und das ist schrecklich ...«
»Avenahar, das Rabenbrot kann dich verwirren, wenn du es zum ersten Mal isst. Du hast einen Kampf nicht nur erlebt, du hast *gesehen*. Wenn die Barden von der Schlacht singen, zeigen sie uns ein edles Gerippe ohne Schreie, ohne Leiden, von dem alles Fleisch abgelöst ist. Du hast den Kampf so gesehen, wie er dem Wesen nach ist. Viele sagen, das ist beinahe wie der erste Schluck aus einem Giftkelch. Du trinkst ein wenig mehr, der Körper wird stärker, und du wirst weniger krank davon. Du trinkst noch mehr, und dann tötest du wie ein Wolf.«

Avenahar erwiderte nichts. Sie wollte nichts mehr hören. Sie wollte nur noch nach Hause zurück.
»Vertraue meinem Willen, Avenahar. Beginne das Einweihungsritual der Wolfskrieger.« Witgern nahm ihre Hand und drückte sie kräftig. Avenahar nickte, weil sie ihm einen Gefallen tun wollte.
»Kennst du die Eigenheiten der Wölfe, Avenahar? Ich beobachte sie schon lange. Im Rudel haben sie wie die Krieger in einem Trupp unterschiedliche Aufgaben. Einer ist der Mutigste und stürzt sich als Erster auf die Beute. Ein anderer steht Wache. Wieder ein anderer, und das ist immer eine Wölfin, entscheidet, wo das Rudel lagern wird. Einer befiehlt. Dabei stellt er deutlich erkennbar die Ohren und hebt den Schweif. Und einer plant das Vorgehen des Rudels.«
Er lächelte und sah sie aufmunternd an.
»Du wirst jemand sein, der über unser Vorgehen nachdenkt. Wenn du erst erwachsen und ruhiger bist, wenn du alle Prüfungen bestanden hast, dann werde ich dich als Ratgeberin in meinen inneren Kreis aufnehmen.«
Avenahar staunte bei diesen Worten so sehr und empfand eine so große Freude, dass die Erinnerung an die quälenden Zweifel blasser und undeutlicher wurde. Sie hatte das Gefühl, verwirrt zwischen zwei Welten zu stehen.
»Witgern, du hast vorher zu mir gesagt, ich sei nicht meine Mutter. Glaubst du jetzt … dass du dich geirrt hast?«
»Dein Wesen ist mir ein Rätsel. Ich sehe, du glaubst immer noch, anders als deine Mutter zu sein, bedeute irgendwie schlechter zu sein! Avenahar, ich höre nur auf das Rauschen des Waldes. Wer immer du bist, die Schicksalsgöttinnen schaffen dir einen Platz in dieser Welt. Und sie haben dir eindeutig die Kräfte eines Wolfs gegeben. Du willst um alles in der Welt vor deiner Mutter bestehen können und hast nicht den Mut, so zu sein, wie du bist.«
»Ich weiß nicht so recht …«, erwiderte Avenahar etwas gequält.
»Es besteht kein Grund zur Eile«. Er lachte und ließ ihre Hand los.
»Was ist das?« Witgern deutete auf die matt glänzende Fibel, die ihren kurzen Mantel zusammenhielt.
Unwillkürlich legte sie die Hand auf die Fibel, als schäme sie sich,

etwas so Kostbares im Lager zu tragen. »Sie ist wie durch Zauberei in meinem Sack aufgetaucht, als ich hier ankam. Ich dachte, sie stammt vielleicht von den Waldfrauen. Runhild sagt, die Moosgeister haben sie mir in den Sack gelegt. Ich weiß nur, dass sie mich gestern beschützt hat. Ich möchte sie ständig tragen.«
»Gut.« Er nickte zufrieden. »Sei morgen früh bereit. Wir machen zusammen einen kleinen Ausflug. Nimm deine Kampftrophäen mit.«

* * *

Witgern blieb vor einem niedrigen, mit Knöterich überwucherten Hügel stehen. Es war ein wenig imposanter Höcker aus Erde, von dem Avenahar nie Notiz genommen hätte, wenn sie zufällig daran vorbeigekommen wäre. Er zündete einen harzgetränkten Wollkrautstängel an, schob ein paar Disteln beiseite und bedeutete ihr, ihm zu folgen. Sie krochen durch einen Gang, der dem Vestibül eines römischen Hauses nicht unähnlich war, denn er endete in einem großen Raum.
So weit das Fackellicht die Dunkelheit erhellte, war der gestampfte Lehmboden mit Stroh bedeckt. Avenahar wusste nicht genau, was Witgern ihr zeigen wollte. Sie machte einen Schritt vorwärts, aber Witgern hielt sie an der Schulter fest und zog sie zurück.
»Geh nicht weiter.«
Er kniete nieder und hob etwas Stroh hoch. Avenahar kniete sich neben ihn.
Unter dem Stroh befanden sich Schwerter. Es waren Hunderte, die ordentlich nebeneinander lagen. Die meisten waren Langschwerter, mit Juwelen besetzte Stücke, wie sie nur von den Stämmen hergestellt wurden, aber es gab auch die Kurzschwerter des römischen Heeres. Das Fackellicht verlieh den Eisenklingen ein kaltes Leben. Es schien, als würden sie von vielen strengen, wachsamen Schlangenaugen beobachtet. Die Waffen waren sehr lebendig. Eine dunkle Macht erfüllte die Luft. Sie lag in der Erde wie ein stählernes Samenkorn, das eines Tages keimen und wachsen und die Erde durchstoßen würde wie eine Eiche – ein Baum aus Eisen.
Die Worte von Ramis drängten sich in Avenahars Bewusstsein.

Eisen und Leid … kamen zusammen in die Welt.
Meinte Ramis damit, es habe einmal Menschen gegeben, die keinen Krieg kannten? Das schien unmöglich. Oder war die Rache das »Leid«, von dem sie sprach, weil die Rache kein Ende nahm?
»Es ist ein Wunder«, flüsterte sie.
»In dieser Höhle liegen mehr Eisenwaffen, als wir jemals besessen haben«, sagte Witgern. »Die römischen Patrouillen reiten regelmäßig hier vorbei und ahnen nichts davon. Die Schwerter warten auf den Tag, der nun bald kommen wird, an dem wir die Cherusker für immer aus unserem Land vertreiben werden. Das hat deine Mutter für uns getan.«
»Das sind die Schwerter, die sie …?«
Meine Mutter.
Eine wohltuende Wärme, unter der eine beißende Kälte lag, überflutete Avenahars Körper. Bis zum Ende hatte ihre Mutter gewagt, was andere nicht wagten. Auriane schien im Angesicht der Waffen keine Frau zu sein, sondern eine edle, fließende Kraft, ein Windpferd der Götter, eine Achse der Hoffnungen. Ihr Leben war ein endloses, meisterhaft gesungenes Lied. Und wenn ihr Leben ausgelöscht war, würde alles, was sie in Wirklichkeit gewesen war, nur einigen wenigen bekannt sein. Es kam Avenahar falsch und ungerecht vor, dass ein Haufen Schwerter alles sein sollte, was von ihrer Mutter blieb.
»Ja«, fuhr Witgern fort. »Sie hat uns das geschenkt, und es scheint, als müsse sie jetzt dafür mit ihrem Leben bezahlen. Deshalb erlaube ich nicht, dass man sie schmäht und beschimpft.«
Das »Leid« des Eisens ist meine Mutter, die ihre Hoffnungen auf Frieden immer und immer wieder aufgegeben hat, um jene zu schützen, die sie liebt.
Avenahar rannen brennende Tränen über die Wangen. Ihr Gewissen quälte sie wieder.
Es war eine ungeheuerliche Grausamkeit, dass ich davongelaufen bin.
In diesem Augenblick vergab Avenahar ihrer Mutter die Sache mit Decius, obwohl sie deren Handlungsweise noch immer nicht richtig verstehen konnte.

Aber sich selbst vergab sie nicht.
Witgern nahm die beiden schweren Kavallerieschwerter, die Avenahar mitgebracht hatte, und legte sie behutsam in die flache Grube. »Die Macht deiner Tat fließt in uns alle. Du vergrößerst mit deiner Stärke unsere Stärke.« Dann sagte er: »Komm mit. Ich werde dir etwas noch Großartigeres zeigen.«
Er führte sie zu einem natürlichen Sims an der Seite der Kammer, auf dem etwas lag, das in ein Wolltuch eingehüllt war. Witgern schlug den Stoff gerade so weit zurück, dass sie einen juwelenbesetzten Schwertgriff sah.
»Kennst du dieses Schwert, Avenahar? Du solltest es kennen. Darin lebt der Geist deiner Linie.«
Sie spürte, wie sich etwas in ihr bewegte, als erhebe sich ihr eigener Geist, um den in der Klinge lebenden Geist zu begrüßen. »Es ist Baldurs Schwert«, erwiderte sie. »Das Schwert meines Großvaters. Wie im Namen aller Götter hast du …?«
»Das kleine Kastell, das wir im letzten Frühjahr überfallen haben. Baldurs Schwert wurde dort als Kriegstrophäe aufbewahrt. Deshalb lebe ich noch. Ich, ein alter, auf einem Auge blinder Mann, der seine Tage eigentlich ruhig am warmen Herdfeuer beenden sollte. Deshalb bin ich ein Wolfskrieger: um uns alle zu heilen, indem ich das Schwert in die Hände unseres lebenden Schildes zurücklege …«
»Meine Mutter«, flüsterte sie.
»… unsere Tochter der Esche, die uns ein letztes Mal anführen muss.«
Du Narr mit einem unmöglichen Wunsch.
Avenahar unterdrückte den hässlichen Gedanken, bevor er sich völlig geformt hatte.
»Natürlich ist das jetzt noch unmöglich«, sagte Witgern mit Nachdruck wie als Antwort auf ihren Gedanken. »Nur der Mond könnte es möglich machen. Aber Baldurs Schwert wartet hier auf sie.«
Wenn ich nicht versuche, ihr Schicksal zu erfüllen, dann lasse ich sie im Stich … und alles, was sie aus Liebe getan hat. Es wäre, als sei sie nie geboren worden.

»Witgern.«
Er hielt die Fackel näher an ihr Gesicht, damit er ihr besser in die Augen sehen konnte.
»Ich werde eine Wolfskriegerin.«

Vierundzwanzigstes Kapitel

Die Iden des November

Arria Juliana war in weiße Seide gekleidet und reiste in einer *Reda,* die von vier glänzenden grauen, nebeneinander gespannten Pferden gezogen wurde. Arria war auf dem Weg nach Rom, wo sie bei ihrer Großtante leben würde.

Durch die fransenbesetzten gerafften Seidenvorhänge blickte sie auf die von Raureif bedeckten Hügel. Neben ihr hing eine rote Quaste. Wenn sie daran zog, schlossen sich die Vorhänge. Es war kalt. Der dampfende Atem aus den geblähten Nüstern der Pferde war dick wie Wolle und trieb in weißen Schwaden durch die Luft. Neben ihr saß Philomela, ihre alte Amme. Der Wagen durfte nicht so schnell fahren, wie die Pferde ihn hätten ziehen können, denn dann wären die acht Gepäckwagen mit den Truhen voller Kleider, Arrias gesamten Schätzen, zu weit zurückgefallen. Auch die Wagen mit ihren Dienerinnen und die Lakaien, die laufen mussten, hätten die Geschwindigkeit nicht halten können. Die Lakaien taten Arria Leid. Die mit Stöcken bewaffneten Stallknechte hatten es besser; sie konnten wenigstens reiten. Demaratos fuhr in einem eigenen Wagen. So konnte er ungestört vor sich hin schmollen. Er hatte eine elegante, mit reichen Schnitzereien von Lotus und Ranken verzierte *Reda,* aber sie war nicht ganz so prächtig wie Arrias.

Arria fragte sich, was die Landbewohner angesichts der prächtigen Wagenkolonne wohl dachten, wenn sie aus ihren kleinen strohgedeckten Häusern am Rand der Felder hervorspähten. Bestimmt glaubten sie, eine bedeutende *Matrona* fahre vorbei.

Die uralte Philomela neben ihr spann Wolle. Dabei bewegte sie ihre Hände so wenig wie möglich, weil sie schmerzten. Arria kämmte das silbergraue Fell ihres Schoßhündchens mit einem Elfenbeinkamm, während es die sich drehende Spindel mit glänzenden schwarzen Knopfaugen beobachtete. Die Dienerinnen hatten sich für Arrias Frisur an diesem Tag besonders viel Zeit genommen und ihr die Haare im Nacken zu einem Knoten aufgesteckt. Arria gefiel es, wie kunstvoll die Perlen hineingeflochten waren, die auf den seidigen braunen Haaren schneeweiß wirkten. Von Zeit zu Zeit bewegte sie leicht den Kopf, damit sie sich im silbernen Gehäuse der Wagenlampe sehen konnte. Die Kammerzofe hatte ihr die besten Kleider angezogen, denn sie würden die erste Nacht in einer eleganten Villa verbringen. Sie waren in das Haus des Prokurators der gesamten Provinz eingeladen, dessen Amtssitz sich in der großen Stadt Augusta Treverorum befand.
»Also benimm dich und sei nicht so vorlaut«, hatte Demaratos gesagt. Er hatte die Reise so geplant, dass sie, wo immer möglich, in den Privathäusern von Beamten übernachten würden.
Reisen war beinahe so aufregend wie ein Pferderennen. Sie rutschte unruhig auf ihrem Platz hin und her, zog an ihren Perlenohrringen und zählte im Vorbeifahren, wie viele Apfelschimmel unter den wohlgenährten, glänzenden Pferden auf einer Weide standen. Grau war bei Pferden nämlich ihre Lieblingsfarbe. Philomela gab ihr gelegentlich einen leichten Schubs, um sie daran zu erinnern, dass sie ihre gebügelten Kleider nicht zerknitterte. Arria war aufgeregt und dachte unentwegt an die Pfauen. Sie hatte gehört, der mächtige Mann halte Pfauen in seinen Gärten. Sie spreizten die Schwanzfedern, und das sah aus wie ein mit Edelsteinen besetzter Fächer. Wenn sie nicht bei Tageslicht ankamen, würde es zu dunkel sein, um die Pfauen zu sehen. In dieser Jahreszeit setzte die Nacht dem Tag sehr früh ein Ende.
Arria wünschte sehr, ihre Mutter wäre bei ihr. Beim Gedanken an Auriane zog Arria den Kamm zu heftig durch das Fell, und das Hündchen jaulte empört. Sie entschuldigte sich bei ihm, und Philomela lächelte. Wenn Arria an ihre Mutter dachte, war sie immer wie in Rauch gehüllt. Arria konnte die Ursache dafür jedoch nicht

sehen. Dass Demaratos allen gegenüber gereizt war, hing irgendwie damit zusammen. Das Böse, das sich um ihre Mutter zusammenzog, war auch der Grund für die Abwesenheit ihres Vaters. Und weil er weg war, das wusste Arria, lief alles schlecht. Doch Demaratos war noch aus einem anderen Grund übel gelaunt. Brico durfte ihn nicht begleiten. Brico erwartete ein Kind und konnte nicht reisen, bevor das Kind geboren war.
Arria wusste auch, warum sie nach Rom fahren musste, denn Demaratos hatte es ihr gesagt. Die Villa war nicht mehr sicher, und ihr Vater war nicht da, um sie zu beschützen. Sie hatte gesehen, wie verängstigt die Dienerschaft war. Eines Nachts hatte jemand versucht, die Scheune in Brand zu setzen. Im Haus ihrer Großtante war sie besser aufgehoben, zumindest bis zur Rückkehr ihres Vaters – in acht Monaten, hatte jemand gesagt. Das war lange genug, fand Arria, dann würde sie größer sein, wenn sie ihren Vater wieder sah. Sie ahnte, dass sich mit der Abwesenheit ihres Vaters noch sehr viel Schlimmeres verband, als Demaratos ihr gesagt hatte. Aber sie verschloss die Augen auch davor und dachte lieber daran, was für ein wunderbares Leben sie in der prächtigsten und schönsten Stadt der Welt erwartete. In Rom standen die Paläste an den Hügeln übereinander. In Rom, so hatte ihr Philomela gesagt, beherrschten die Leute *richtiges* Latein und sprachen nicht alles falsch aus, wie diese ungeschliffenen Rübenesser hier.
In ihrer Vorstellung ordnete Arria ihre Zukunft wie die Schreibgriffel in einem Kasten. In vier Jahren würde sie heiraten. Das dauerte noch lange, aber die Zeit würde schnell vergehen, da war sie ganz sicher. Sie konnte sich mühelos vier Jahre zurückerinnern. Bei ihrer Hochzeit würde es Waldschnepfen in grüner Soße geben und Nachtigallenzungen. Vielleicht auch etwas anderes, wenn dann etwas anderes Mode war. Das Festmahl würde drei Tage dauern, und die *Acta Diurna* würde darüber berichten. Sie würde einen gelben Seidenschleier tragen, und das arabische Räucherwerk würde in dichten Wolken aufsteigen. Der beste Augur der Stadt würde die Vorzeichen deuten. Die Eingeweide des Schafs würden bemerkenswerte Omen für Arrias künftiges Glück enthüllen. Ihr zukünftiger Gemahl war in vielen Wissenschaften ge-

lehrt, also würden auch berühmte Philosophen anwesend sein. Die Tore zu einer schönen neuen Welt würden sich ihr öffnen, wenn sie die Stola der Herrin eines prächtigen Haushalts anlegte. Sie würde zwei Kinder haben, nicht mehr. Ihr Gemahl mochte deshalb anfangs vielleicht wütend sein, vielleicht aber auch nicht. Sie konnte sechs oder sieben alte Familien aufzählen, in denen die *Matrona* nur zwei Kinder hatte, manchmal sogar nur eins. Er würde sich leichter damit abfinden, wenn er erkannte, wie nützlich sie für sein Fortkommen war. Sie würde eine Gesellschaft gebildeter Frauen um sich scharen, die in ihrem ausgemalten Speisezimmer über Catull redeten, und sie würde sich die Gunst der bedeutenden Familien erwerben, die für ihren Gemahl wichtig waren.

Sie würde einen Garten mit Pfauen haben.

Es war früh am Nachmittag, und sie spürte ein Glücksgefühl in sich aufsteigen wie eine warme Quelle, die nur dann versiegte, wenn Arria sich wegen ihres Vaters Sorgen machte. Aber er würde da sein, um zu sehen, wie sie ihre in Wein getränkten Hochzeitskuchen aß.

Der Wagen wurde langsamer, und Arria hörte, wie Demaratos direkt vor ihnen Befehle gab. Philomela beugte sich aus der Kutsche und hörte zu. Dann erklärte sie, Demaratos habe einen Unterkämmerer mit dem Pferd vorausgeschickt, um ihren Gastgeber von ihrer baldigen Ankunft in Kenntnis zu setzen.

Nach kurzer Fahrt bogen die Wagen von der befestigten Straße, die zur Stadt führte, auf einen Lehmweg. Von der Spitze des Zugs drangen aufgebrachte Worte zu ihnen. War dieser Weg kürzer oder war es ein falscher Weg? Arria blickte hinaus. So wie der Weg aussah, hatte ihn vermutlich seit mehreren Tagen niemand mehr benutzt. Demaratos stieg aus seiner Kutsche, ging mit großen Schritten an Arria vorbei nach hinten und schimpfte laut. Sie hörte etwas von einem lahmenden Pferd, das ausgetauscht werden musste. Demaratos sagte, sie hätten schon jetzt so viel Zeit verloren, dass sie die Villa vielleicht nicht mehr vor Einbruch der Dunkelheit erreichen würden. Deshalb müssten sie diese Abkürzung nehmen.

Arria wurde unruhig und gereizt. Wegen der Verzögerung würde sie die Pfauen heute also nicht mehr sehen.

Bald bestand der Weg nur noch aus zwei tief in den Lehm gegrabenen Radspuren. Einmal hielten die Wagen an, denn die Stallburschen mussten dicke Äste aus dem Weg räumen. Arria glaubte, sie würden umkehren, aber das taten sie nicht.
Als der Wagen schließlich holpernd weiterfuhr, begann Arria sich zu fürchten. Sie wusste nicht warum – irgendetwas schien nicht zu stimmen. Der Weg war zu einsam und wirkte zu verlassen. Demaratos war zu wütend. Der Wald war zu still. Sie hörte nicht einmal mehr das Muhen der Rinder.
Das alles war beunruhigend und langweilig.
Keine Pfauen …
Sie legte den Kopf in Philomelas Schoß und fiel in einen unruhigen Schlummer.
Geschrei und zornige Rufe brachten sie mit einem Ruck zurück in die Welt. Sie hörte das schnelle Krachen von Holz auf Holz. Es wurde gekämpft.
Philomela zitterte unter ihr wie Espenlaub und betete zu Juno. Sie brachte die Worte durcheinander, und ihre Stimme klang wie die eines winselnden kleinen Hundes.
Draußen gab eine fremde, schroffe Stimme Befehle.
Demaratos übertönte die Rufe des Fremden. Aber seine Stimme beunruhigte Arria. Es lag eine große Angst darin. Es stimmte also nicht, dass sich Demaratos vor nichts fürchtete.
Arria kauerte sich zusammen und saß so still sie konnte. Philomela zog sie im Wagen nach hinten. Arria griff nach ihrem Hund.
»Nein«, flüsterte Philomela, »wirf ihn schnell aus dem Fenster.«
Arria drückte das Hündchen fest an sich. »Ich halte ihm mit der Hand die Schnauze zu, damit er keinen Lärm macht.«
Philomela zog die Decke über sie beide … maigrün, mit fünf Löchern. Würden die schreienden Fremden darunter nachsehen?
Eine Peitsche knallte. Der Wagen drehte und neigte sich so weit zur Seite, dass er beinahe umkippte. Der Vorhang fiel nach innen. Philomela schrie auf und hielt sich an den Seitenwänden fest. Arria rutschte über den Boden, während der kleine Hund versuchte, sich aus ihren Händen zu befreien. Der Wagen richtete sich wieder auf und schaukelte dabei so sehr, dass es Arria beinahe den

Magen umdrehte. Dann gab es einen Ruck, und Arria wurde heftig nach vorne geschleudert. Sie kam sich vor wie ein Ball an einer Schnur. Der Wagen wurde langsamer, um ein Hindernis zu umfahren, und rollte dann viel zu schnell für den Weg weiter. Sie flüchteten … aber wovor?

Arria hatte solche Angst, dass sie unbedingt sehen musste, was dort draußen geschah. Sie sprang so schnell auf, dass Philomela sie nicht zurückhalten konnte. Ihr bot sich ein Anblick, den sie schnell und mit aller Kraft auslöschen musste wie Buchstaben auf einer Wachstafel. Zwei Männer mit dunklen Bärten in langen Ledertuniken schlugen auf Demaratos ein, der blutete und unter ihren Hieben schwankte. Zwei andere Männer saßen auf Pferden. Sie hatten die Köpfe mit schwarzen Wolltüchern verhüllt, sodass man nur die Augen sah. Der eine versetzte Demaratos mit einem Stock einen so heftigen Hieb auf den Kopf, dass der Kämmerer zu Boden sank. Der andere der bärtigen Männer zog ihn hoch, obwohl Demaratos sich nicht mehr auf den Beinen halten konnte, und stieß ihn vorwärts. Dabei schrie er: »Wo? Sag es uns! Oder wir nehmen dich aus wie einen toten Fisch!«

Räuber?

Arrias Angst steigerte sich so sehr, dass sie nur noch weiß sah. Sie zitterte heftig. Ihre Knochen schienen nicht mehr miteinander verbunden zu sein. Dann kam es ihr vor, als ziehe sie sich aus ihrem Körper zurück, so wie man einen Handschuh von der Hand streift. Sie hatte in ihrem Leben nie gesehen, dass man auch nur einen Hund schlug. Und diese Männer misshandelten Demaratos auf eine Art und Weise, wie ihr Vater nicht einmal erlaubt hätte, dass man einen Verbrecher bestrafte. Sie versetzten ihm Tritte, obwohl er sich nicht wehrte.

Philomela zog sie wieder nach unten und hielt sie so verzweifelt fest, dass Arria plötzlich begriff, was ihre Amme bereits wusste: Das waren keine gewöhnlichen Räuber, die den Kasten mit ihren Juwelen wollten. Die Räuber wollten *sie.*

Der Wagen polterte und hüpfte in den tiefen Radspuren. Jeder konnte sie sehen. Wie sollten sie sich hier verstecken?

Einer der Männer ritt an ihnen vorbei und rief: »Halt, halt!« Arria

hörte einen jämmerlichen Schrei – einen Laut, den sie ebenfalls von der Tafel löschen musste – und wusste, dass dem Kutscher etwas Böses und Schreckliches widerfahren war.
Die *Reda* kam mit einem Ruck zum Stehen.
Es hatte keinen Sinn, sich weiter unter der Decke zu verstecken. Arria kroch auf ihre Kissen und zwang sich, stolz und aufrecht zu sitzen, weil sie glaubte, das werde ihr irgendwie helfen. Wenn die Räuber wussten, dass sie von Adel war, würden sie ihr vielleicht nichts antun. Falls Philomela um Mut gebetet hatte, dann, so dachte Arria, hatte Juno ihr Gebet wohl erhört. Philomela richtete sich ebenfalls sehr ruhig auf und setzte sich neben sie.
Das Tuch vor dem Gesicht des Mannes dämpfte den Klang seiner Stimme. »Aha, da ist sie ja! Sie ist so hübsch wie ihr Bild.«
Philomela legte den weichen Arm um Arria.
Eine behaarte Hand riss die Vorhänge herunter, griff in den Wagen und nahm Arria den zitternden kleinen Hund aus den Händen. Er bellte ängstlich in der bedrohlichen Stille.
Die Wagentür wurde aufgerissen.
Es war, als würde sie von einem Tentakel gepackt und in das aufgerissene Maul eines Seeungeheuers gezogen. Sie hatte die Geschichte eines Schiffbrüchigen gelesen, den ein Ungeheuer verschluckt und der tatsächlich eine Weile in seinem Bauch gelebt hatte.
Arria wollte nichts sehen, nichts wissen … harte, knochige Hände hoben sie hoch. Fremde Gerüche und die Kälte … die Kälte traf sie wie ein Faustschlag.
Dann versank sie in Dunkelheit, in eine Art Schlaf, und das war gut so.
Als Nächstes wurde ihr bewusst, dass jemand sie wie einen Sack Korn quer vor einen Sattel gelegt hatte. Sonst wusste sie nichts, denn ihr waren die Augen verbunden. Auch über den Mund hatte man ein Tuch gebunden, und das tat weh. Ihre Haare hingen wirr und lose um den Kopf. Sie wusste, die Perlen waren abgerissen worden. Ihr ganzer Körper schmerzte.
Ihr erster Gedanke galt dem armen Hund, der gewohnt war, im Warmen zu liegen. Jetzt war er ganz allein im bitterkalten Wald. Wer würde für ihn sorgen?

Demaratos!
Schrecklich. Sie hatten ihn so übel zugerichtet, dass er nicht mehr aufstehen würde. Da war sie sicher.
Wo waren all die anderen? Sollte sie diesen Männern sagen, es sei besser, sie freizulassen, weil ihr Vater sie sonst bestrafen würde? Sie beschloss abzuwarten. Sie wünschte mit ganzer Kraft, ihre Mutter wäre hier. Nach Auriane sehnte sie sich jetzt am meisten. Ihre Mutter hätte sie leicht und mühelos gerettet. Auriane hätte keine Angst gehabt wie Demaratos. Sie wäre den Männern wie Minerva mit dem Schild entgegengetreten und hätte sie alle erschlagen.
Arria kamen die Tränen, doch sie kämpfte dagegen an, weil sie das Tuch vor ihren Augen nicht nass machen wollte.
Nachdem sie lange geritten waren, hielten die Männer an und begrüßten jemanden.
»Das habt ihr gut gemacht!«
Die Stimme dieses Mannes klang schadenfroh und eigenartig. Es war eine normale Stimme, wenn auch nervös und mit dem Anflug einer Entschuldigung darin. Diese Stimme kam ihr irgendwie bekannt vor.
»Ich werde sicherstellen, dass eure Gilde dafür mit einträglichen Aufträgen belohnt wird.«
Arria wusste plötzlich, wer das war.
Er hatte gesagt: *Gilde.*
Die Erkenntnis traf sie wie ein Schlag. Das waren keine Straßenräuber. Es waren Steinhauer. Victorinus hatte die Steinhauer von Confluentes benutzt, um heimlich Leute zu bedrohen.
Victorinus, den ihr Vater gedemütigt hatte. Victorinus, den man in Schande aus seinem Gericht vertrieben hatte. Er war jetzt ein zorniger alter Mann, auf den niemand mehr hörte, der in seiner Villa saß und ungute Dinge ausbrütete. Victorinus war das Ungeheuer in der Höhle … es hatte seine Tentakel ausgestreckt und …
»Sie ist hoffentlich nicht verletzt.«
Lucius.
Eine Stimme, die wie das Knurren eines Mastiffs war, erwiderte: »Keine Sorge, wir waren so vorsichtig wie eine Katze mit ihren Jungen.«

»Bindet sie besser.«
Wieder Lucius.
»Bindet ihr auch die Beine fest. Es geht nicht, dass sie strampelt, wenn wir sie durch die Stadt bringen.«
»Zuerst wollen wir unser Geld.«
Jemand hob sie in eine Kutsche oder auf einen Wagen. Einmal verrutschte die Binde vor ihren Augen, und sie sah Lucius. Entsetzen packte sie, in das sich Mitleid mischte. Sie hatte gehört, dass er eine Maske trug, aber an diesem Tag trug er sie nicht. Man sah die zerquetschte Nase, die runzlige, vernarbte Haut um die Augen, die glatte, blaurote Narbe, die sich über eine Seite des Gesichts zog. An dem Tag, als Lucius Arrias Mutter und ihrer Schwester beim Pferderennen den grausamen Streich gespielt hatte und auf der Flucht vor Auriane durch den Wald rannte, war er gestolpert und einen felsigen Abhang hinuntergestürzt. Das hatten sie später in der Villa von den Pächtern erfahren. Felsbrocken, die wie Feuerstein waren, hatten das Gesicht von Lucius so zerrissen, dass niemand es sehen wollte. Doch die Verletzungen hatten keineswegs ein Meeresungeheuer aus ihm gemacht, sondern ein menschliches. Und Lucius wusste, dass er ein Ungeheuer war.
Lucius streckte die Hand aus, als fürchte er sich ein wenig, sie zu berühren, und schob die Binde wieder an ihren Platz.
Der arme Demaratos.
Entsetzlich. Arria wünschte, sie würden auch die Augen ihrer Vorstellung verbinden.
Der Wagen rollte über eine befestigte Straße.
Aber er fuhr in die falsche Richtung.
Ich sollte nach Rom fahren. Bitte, Mutter Juno, ich bitte dich … jemand hat einen Fehler begangen.
Stattdessen bin ich in den Rachen eines Seeungeheuers geraten.
Ich werde nicht sterben. Ich werde mich irgendwie retten. Ich werde nach Rom, in meine Stadt kommen. Wo ist mein Hund? Ich habe sogar die Zaubersamen verloren, die meine Mutter mir gegeben hatte. Ich soll doch ein großes Haus bekommen, eine prächtige Hochzeit, einen Garten mit Pfauen …
Es wird alles gut werden.

Mutter, hilf mir!

Arrias Herz schlug so schnell und heftig wie ein kleines Tier, das verzweifelt darum kämpfte, sich aus ihrer Brust zu befreien. Doch bevor das geschehen konnte, überwältigte sie wieder die weiche, überaus willkommene warme Schwärze, die ihr verworrene Träume brachte.

Fünfundzwanzigstes Kapitel

Die Asche eines Feuers trieb in der Luft über den Häusern und Tempeln des Sommerheiligtums von Ramis. Im heiligsten, dem inneren und abgeschlossenen Bereich, waren die heiligen Neun versammelt. Drei Tage lang hatten die hohen Seherinnen der Ramis gefastet und ihre Träume gedeutet. Ramis war für sie von der Erde verschwunden. Deshalb würden sie in dieser Nacht diejenige wählen, die als Nächste den Stab der Weleda tragen sollte.

Gunora nahm zwei Hasen aus einem Weidenkäfig und steckte sie in einen Sack. Sie wehrten sich überraschend heftig. Gunora staunte immer wieder über die Kraft von Hasen. Sie griff nach ihrem Stock, verließ das kleine Haus, das am Rand des Gemeinschaftsfeldes stand, und verließ in Begleitung einer Opferpriesterin unauffällig das Heiligtum. Die beiden tauchten augenblicklich in die dunstige, von Geistern erfüllte Dämmerung des tiefen Waldes ein.

Der süße, aromatische Duft der heiligen Hölzer, die im Feuer der hohen Schwestern von Ramis verbrannten, hing noch in Gunoras Gewand. Die beiden Frauen erreichten eine Stelle, wo sich ein glasklarer Wasserfall in einen stillen Teich ergoss. In den Tiefen des Teichs schimmerte Mondfeuer. Es waren die Opfergaben, die Gläubige seit vielen Generationen hineinwarfen. Jemand hatte den heiligen Ort mit einem Zaun aus Pfählen umgeben, die sich der Erde zuneigten, weil der uralte Wald sie wieder zurückforderte.

Gunora sprach besänftigend mit den Teichnixen, deren beunruhigtes Murmeln sie hörte. Die Opferpriesterin breitete ein Leintuch aus und legte darauf ein Bronzemesser und einen kleinen Be-

sen aus Ginsterzweigen. Als Altar diente ein flacher, moosbewachsener Stein.
Ihr erstes Opfer war für Avenahar.
Gunora war gerade von der herbstlichen Ratsversammlung zurückgekommen, bei der Recht in Stammesangelegenheiten gesprochen wurde und an der auch die römischen Militärbeobachter teilnahmen. Der Centurio verlangte die Namen der Übeltäter, die nur einen Speerwurf weit von dem Dorf Rabennest entfernt vier Reiter überfallen, zwei davon getötet und ihre Waffen und alle vier Pferde gestohlen hatten. Gunora hatte still und düster unter ihren Stammesgenossen gesessen, die sich um eine Eiche scharten. Sie fürchtete, einer von ihnen werde Avenahar verraten. Schließlich hatte sich Sigbert erhoben und erwidert: »Herr, es waren Witgerns Leute. Sie sind Geächtete, und wie du weißt, haben wir sie ausgestoßen. Sie ziehen durch den Wald wie der Wind. Niemand wird jemals den Namen der Männer erfahren, die das getan haben.«
Doch der Centurio gab sich damit nicht zufrieden. Er erklärte, das Dorf eines jeden, der die Namen der Schuldigen nannte, werde von der Aushebung befreit. Gunora wusste nicht, wie lange ihre Stammesgenossen einem solch verlockenden Angebot widerstehen würden. Wer wünschte sich nicht die Befreiung von der verhassten Bürde, die geforderte Zahl junger Männer für das kaiserliche Heer zu stellen? Nachdem die Versammlung der Chatten zu Ende war, marschierte eine Kohorte Legionäre nach Rabennest. Die Soldaten fanden die Langhäuser leer vor. Das Dorf verlassen. Die Herdfeuer hatte man eilig mit Erde bedeckt. Die Bewohner waren in den Wald geflohen. Die Legionäre machten das Dorf dem Erdboden gleich und rächten sich an einem anderen Dorf, das einen kurzen Marsch in Richtung Westen lag. Von dort verschleppten sie Frauen und Kinder in die Sklaverei.
Jemand würde schwach werden und Avenahar verraten. Ein ganzer Stamm konnte nicht in alle Ewigkeit schweigen.
Mit leiser monotoner Stimme dankte die Opferpriesterin den Hasen dafür, dass sie ihr Leben gaben. Sie griff nach dem Bronzemesser. Ihre starke Hand bewegte sich so schnell, dass man ihr mit

den Augen nicht folgen konnte. Das kleine Tier gab ihr seine Lebenskraft.
»Freia, du mit der Sonne Bekleidete, beschütze Avenahar, die Letzte ihrer Linie«, betete Gunora, »denn ihr wurde der großartige Anblick der heiligen Schwestern aus den frühesten Tagen gewährt. Lass sie in ihr Schicksal hineinwachsen.«
Die heller leuchtenden Sterne schienen ihr Gebet zu erhören. Die Priesterin benetzte den Reisigbesen mit Opferblut und übergab den Hasen dem Teich. Das Wasser war nun vom klugen, beweglichen Geist des kleinen Tieres bereichert und dadurch gesegnet. Der Teich glänzte in der Dunkelheit wie ein Auge, wie das Auge eines Hasen. Die Priesterin schrieb mit schnellen Bewegungen Runen aus Blut auf den Altarstein. Die machtvollen Zeichen beschworen Schutzgeister, sich um Avenahar zu sammeln.
Gunoras zweites Opfer war für die Weisheit der Neun, die sich gerade in einem verborgenen Teil des Heiligtums trafen. Das Bronzemesser blitzte noch einmal, und Gunora sprach ihre Bitte.
»Große Herrin, lass die Seherinnen heute Nacht jede andere als Sawita wählen. Durchkreuze ihre Pläne. Sie strebt mit aller Macht nach dem Amt. Sorge dafür, dass ihre Schwestern sich ihr widersetzen. Die Menschen werden sie niemals so lieben wie Ramis. Viele von uns hatten schreckliche und bedrohliche Träume über Sawita.«
Die Opferpriesterin beschrieb mit dem Blut des Hasen ein bindendes Zeichen, um Sawitas Pläne zu vereiteln. Gunora beobachtete die ganze Zeit unruhig die dunklen Laubhöhlen, die sie umgaben. Sawita konnte jemanden beauftragt haben, ihnen zu folgen.
Als die Frauen zum Heiligtum zurückkehrten, hörte Gunora das geisterhafte leise Pulsieren einer Trommel, das aus den geheimsten Bereichen des Heiligtums kam. Die Seherinnen bereiteten sich auf die Geistreisen vor. Ja, es war die Nacht der Nächte.

* * *

Im abgeschlossenen inneren Bereich des Heiligtums war das Feuer niedergebrannt und glühte nur noch wie das Auge eines Trolls.

Die heiligen Neun saßen auf Rinderhäuten im Kreis um das Feuer. Sie hielten ihre Eibenstäbe umfasst, während sie ihr Bewusstsein stumm mit dem aller anderen vereinigten. Die schwarzen Lammfellkapuzen waren zurückgeschoben und enthüllten die dichten gelösten Haare in allen Farbtönen des Winters – eisengrau, hagelweiß, silber. Nur die lockigen Haare der Jüngsten unter ihnen schimmerten rötlich golden. Das Feuer spiegelte sich in den Augen, die nach innen, auf die Welt der älteren Götter blickten. Die schweren Mäntel waren mit Wildkatzenfell gefüttert, und an den Säumen glänzten Hämatit und Bernstein. Die Schuhe waren gegen Kälte und Feuchtigkeit mit Stroh ausgestopft. Neben dem Feuer befand sich eine flache Grube, in der die Reste des Schweins lagen, das sie Freia geopfert hatten.

Blitgund, die Jüngste, erhob sich, um die neun heiligen Kräuter in die Flammen zu werfen. Ihre langen dichten Haare lagen wie ein feucht gewordener Umhang um ihre Schultern. Eine spiralförmige Locke fiel ihr in die sanft gewölbte Stirn. Das glatte, angespannte Gesicht der jungen Frau verriet ihre Besorgnis, während sie das Feuer im Mondsinn umschritt und in einem rhythmischen Singsang die geheiligten Namen der Kräuter aussprach.

»Seele von Wermut, Geist von Tausendgüldenkraut …« Mit einer anmutigen Handbewegung streute sie eine duftende Wolke ins Feuer. Als Blitgund am Platz von Ramis vorbeiging, empfand sie eine bedrückende Leere. In Anwesenheit von Ramis hatte sie immer das Gefühl gehabt, dem unermesslichen, sonnigen Geheimnis Freia nahe zu sein.

Sie hat uns zu Waisen gemacht. Heute Nacht müssen wir hoffen, dass sich die Kräfte von uns allen miteinander verbinden werden, um einen Geist zu schaffen, der so groß ist wie der Geist von Ramis.

»Ihr Geister von Ziegenbart und Wollkraut …« Blitgund ging hinter Sawita vorbei. Ein Windstoß blies eine Strähne von Sawitas trockenem, dünnem Haar über ihr aufgedunsenes Gesicht. Es war starr wie eine Maske, plump und breit wie ein Block – ein Gesicht wie eine Wand. Sawitas Haar war grau wie ein Wolfsfell, doch bei genauerem Hinsehen entdeckte man Strähnen in verschiedenen

Brauntönen. Ihre Augen erinnerten Blitgund an glänzende schwarze Käfer.
»Geist von Eisenhut, Seele der Schafgarbe …«
Aufgewühlte Wolken fegten über den Mond und trieben eilig weiter, irgendwohin in die Nacht. Blitgund wäre am liebsten mit ihnen gezogen.
»Ihr Seelen von Wasserminze, Mutterkraut und Mondraute … seid alle bei uns in dieser Nacht …«
Anschließend machte Blitgund die Runde mit dem geweihten Met. Als Jüngste der heiligen Neun gehörte das zu ihren Aufgaben. Als sie sich vorbeugte, um das Horn Sawita zu reichen, glaubte sie, eine verstohlene Ekstase im Gesicht der Seherin zu entdecken, die so lange geduldig auf den Stab von Ramis gewartet hatte. Nur Blitgund sah, dass Sawita nur so tat, als nehme sie drei Schlucke, während sie in Wirklichkeit nichts trank. Der Met enthielt Alraune, denn in dieser Nacht mussten sie zwischen neun Bereichen wandern und den Toten begegnen. Sawita hatte offenbar vor zurückzubleiben.
Blitgund reichte das Horn danach Sindgund, der Komplizin Sawitas, die schwer wie ein Mehlsack auf ihrem Platz saß. Sindgunds beinahe grünlich grauen Haare waren wie ein Dornendickicht. Ihre tief liegenden Augen blickten mürrisch und prüfend. Sindgund war Seherin eines benachbarten Stammes gewesen, bevor Sawita für ihre Erhebung in den Kreis der Neun gesorgt hatte. Sindgund trank unter lautem Schlürfen. Blitgund ging würdevoll von einer Seherin zur anderen. Sie bemühte sich darum, ihrem Tun ein größeres Gewicht zu geben, denn ihr war deutlich bewusst, dass ihre Stimme wegen ihrer Jugend am wenigsten zählte.
Zuletzt nahm Blitgund selbst ein paar Schlucke. Als sie an ihren Platz zurückging, empfand sie weder Zufriedenheit noch Trost, wie es in Anwesenheit von Ramis immer der Fall gewesen war.
Die heutige Nacht hatte kein Herz.
Sawita läutete eine Glocke, und gemeinsam sprachen sie die Worte eines tausend Jahre alten Zaubers, der Freia und ihr gesamtes unirdisches Gefolge beschwor. Sindgund begann, eine Felltrom-

mel in einem Rhythmus zu schlagen, der so mühelos, schnell und schön war wie die Bewegungen einer Wasserschlange. Jeder Pulsschlag des schwingenden Rhythmus trug die neun Frauen höher hinauf in den nächtlichen Himmel. Ihre summenden Stimmen vibrierten silbern. Blitgund fühlte sich auf einem langen Weg vorwärts gezogen, über den sich die Äste mächtiger Bäume wölbten. Von dort gelangte sie hinter den Mond. Schließlich wurde sie auf die ineinander greifenden Sternenfelder geworfen, die über dem samtigen Schwarz der Nacht lagen. Sie war ein Geist so alt wie die Berge und tanzte um einen Baum – um eine Esche, die im Mittelpunkt eines jeden Herdes, eines jeden Dorfes stand, und die in ihren Wurzeln, ihrem Stamm und ihrer Krone alle Völker der neun Welten beherbergte.
Einmal dachte Blitgund klar genug, um verstohlen einen Blick auf Sawita zu werfen. Die ältere Seherin erinnerte sie an einen wachsamen Falken mit eng angelegtem Gefieder und glänzenden, ausdruckslosen Augen. Die Augen waren wie schimmernde Bronzespiegel, die ein helles, aber verzerrtes Bild der Außenwelt zurückwarfen. Die Blicke der Welt konnten sie jedoch nicht durchdringen. Mit geschärften Sinnen sah Blitgund einen harten Schnabel, eine gewölbte, gefiederte Brust und mit ledrigen Schuppen bedeckte Beine, deren Krallen das Leben aus ihrer Beute herauspressten. Blitgund fragte sich manchmal, ob die unbegreifliche Ramis die bösartige Sawita all die Jahre als mahnendes Beispiel für die anderen bei sich behalten hatte. Vielleicht wollte sie ihnen zeigen, wie man sich gegenüber anderen *nicht* verhalten sollte. Vielleicht war sie aber auch eine Art Schleifstein, um den Verstand zu schärfen. Denn sie alle waren immer wieder gezwungen, Sawitas falscher Auffassung von beinahe allen Äußerungen von Ramis entgegenzuarbeiten. Sawita hielt sich bei den Riten so starr an die richtige Abfolge wie die Sterne an ihre Bahnen, aber sie bereiteten ihr keine Freude. Sie schien in der Tat überhaupt keine Lebensfreude zu kennen.
Sawita gebot den stummen Seherinnen mit erhobenem Stab Schweigen und enthüllte dabei an ihrem rechten Arm einen schweren Silberreif, den das Gesicht einer mit Eibenbeeren be-

kränzten Ahne schmückte. Der Ruf einer Eule durchbrach die aufmerksame Stille.
Blitgund nickte stumm.
Es besteht immer noch eine gewisse Hoffnung. Sawita kann sich nicht selbst vorschlagen.
Ramis hatte oft genug erklärt, die Frau, die ihren Stab übernehmen würde, dürfe ihn nicht wollen. Bereits das Verlangen, das Amt anzutreten, sei der Beweis dafür, dass sie es nicht verstehe.
Ich hoffe, dass alle vernünftig genug sind, Sawita zuzustimmen, ganz gleich, wen sie vorschlägt.
Dann würde nämlich die Frau, die den nächsten Vorschlag machen sollte, Sawitas Komplizin Sindgund, keine Möglichkeit haben, Sawita zu benennen.
Sawita hatte die volltönende und klangvolle Stimme eines Harfenspielers, aber es lag so wenig Gefühl darin wie im Ruf der Eule.
»Sie, die diese Riten durchgeführt hat, die uns alle am Leben halten, ist nicht mehr hier. Sie, die uns drei Generationen lang Schutz gewährt hat, ist uns geraubt worden. Sie, die uns den Tag genannt hat, an dem wir die ersten Brotlaibe in die Furchen der Felder legen sollten, ist uns genommen worden. Sie, die im Frühling den Wagen der Herrin gelenkt hat, ist nicht mehr bei uns. Sie, die von allen, die den Stab der Weleda getragen haben, am höchsten verehrt wird, hat uns hilflos und verwaist zurückgelassen. Wir müssen an ihrer Stelle eine andere wählen.« Sawita machte eine bedeutungsvolle Pause. Blitgund durchschaute die Absicht. Damit sollten die anderen Zeit haben, sich Sawita auf dem Platz von Ramis vorzustellen.
Sawita sah sie alle nacheinander prüfend an, wie ein Häuptling kurz vor der Schlacht noch einmal die Linien des Feindes in Augenschein nimmt. Dann sagte sie: »Ich schlage vor, dass Algifu den Stab trägt.«
Blitgund hielt das im ersten Augenblick für einen Scherz. Doch dann durchschaute sie Sawitas Absicht. Keine von ihnen war weniger geeignet. Algifu mangelte es an Kampfgeist. Sie war eine Frau, die allein in Ruhe träumen musste, ein sanftes Geschöpf, so

unauffällig wie ein Strohkissen. Ihre größte Freude war es, den gewundenen Wegen ihrer eigenen Gedanken zu folgen.
Die erschrockene Algifu erinnerte an ein schüchternes junges Mädchen, das gezwungen ist, vor eine Menge zu treten und zu sprechen. »Bitte, ich will nicht.«
Sawitas Kopf fuhr herum wie der Kopf eines Raubvogels. Sie musterte Algifu mit offener Verachtung, die deutlich machen sollte, dass diese nur eine gute Schauspielerin war, die mit Bescheidenheit spielte. Oder, so fragte sich Blitgund, war Sawita verrückt genug, das tatsächlich zu glauben? Oder war auch das wieder einer der Fälle, in denen Sawita die Worte von Ramis zu ihrem eigenen Vorteil auf seltsame Weise verdrehte?
Wie oft in unserer Geschichte wollte die Erwählte das Amt nicht annehmen und schien sogar die Flucht davor zu ergreifen.
Doch auf die Gründe der armen Algifu für eine solche Flucht musste man Rücksicht nehmen. Schließlich kam Blitgund zu dem Schluss, Sawita opfere bewusst etwas von ihrem Ruf, vernünftig zu handeln, um die Gewissheit zu haben, dass ihr Vorschlag abgelehnt werden würde.
Blitgund musterte aufmerksam die Gesichter ihrer Schwestern und sah, dass sie Sawitas List ebenfalls durchschauten. Doch jede fürchtete Sawita auf ihre Weise genug, um sich ihr nicht in den Weg zu stellen.
Sindgund antwortete als Erste. »Ich bin dagegen. Algifu hat nie Verhandlungen mit anderen Stämmen geführt, und sie hat auch nie Verträge mit unseren Feinden geschlossen. Sie hat niemals die großen Riten zu Mittsommer oder Eastre geleitet. Sie verkündet gute Orakel, die auch eintreffen, doch auf ihren Rat hin hat sich das Schlachtenglück noch nie gewendet.«
Aus ähnlichen Gründen lehnte eine nach der anderen Algifu ab. Als Blitgund an der Reihe war, bemühte sich Algifu sichtlich angespannt darum, gelassen in die Flammen zu blicken. Es war ihr trotzdem deutlich anzusehen, dass sie sich von all den Worten zutiefst gedemütigt fühlte.
Blitgund war für ihre abweichenden Meinungen bekannt, die sie lebhaft vertrat und die manchmal aus ihr herausbrachen, wenn

andere gerade ihr Feuer zu dämpfen versuchten. Blitgund wusste, dass bei solchen Gelegenheiten die Not sie dazu trieb, Mut zu zeigen.
Sie sah Sawita an, die ihrem Blick auswich. »Ramis hat uns gesagt, ›das Verlangen, über anderen zu stehen, ist eine Posaune in unserem Ohr, und sie übertönt die Stimme der Götter‹«, begann Blitgund. »Das macht einige von uns ungeeignet, aber keineswegs Algifu, die nicht einmal weiß, wie klug und freundlich sie ist, die nie etwas Ungutes gegen ihre Schwestern unternimmt ... und noch niemals jemandem geschadet hat. Vielleicht ist sie die Beste von uns allen. Ich lehne sie nur deshalb ab, weil sie selbst das Amt nicht will.«
Blitgund merkte, dass Sawita ihre Anwesenheit plötzlich auf eine andere Weise zur Kenntnis nahm als zuvor. Sie spürte es mehr, als dass sie es sah, wie Sawitas Blick sich mit bösartiger Erregung auf sie richtete. Es war der Blick eines Raubtiers, das auf die Flucht der Beute wartet. Sawita liebte die Jagd.
Als Nächste war Sindgund mit ihrem Vorschlag an der Reihe.
»Ich nenne den Namen jener, deren Rat am Abend vor einer Schlacht oft gesucht wird, und die fünf Verträge mit Rom ausgehandelt hat. Sie fürchtet sich nicht davor, eine Streitmacht zum Kampf anzufeuern. Sie beherrscht die Kunst, die Zukunft zu erfahren, indem sie eine der Ahnen aus dem Grab ruft. Im letzten Jahr hat sie beim Umzug während der großen Eastre-Riten den zweiten Platz eingenommen. Diesen Sommer hat sie einen Streit zwischen uns und den Hermunduren geschlichtet und damit die jahrelangen Grenzüberfälle am Flussufer beendet, bei denen die Hermunduren Salz erbeutet haben.«
Sie machte eine bedeutungsvolle Pause.
»Am wichtigsten ist es jedoch, dass sie eine Frau ist, die niemals das heilige Gesetz gebrochen hat«, fuhr Sindgund fort. »Sie hat nie mit einem römischen Feind das Bett geteilt. Und sie hat auch nicht unser Land im Stich gelassen. Die Linie ihrer Mütter ist so stark wie die von Auriane. Sie hat länger als jede von uns im Schatten von Ramis gelebt. Aus all diesen Gründen schlage ich Sawita vor.«

Blitgund beobachtete Sawita aufmerksam, der es gelang, angesichts dieser Lobrede leicht verlegen zu wirken.
»Ich werde annehmen«, sagte Sawita mit ihrer kalten schönen Stimme, »wenn ihr mit dem Vorschlag einverstanden seid.«
Sindgund erwiderte: »Dann soll es so sein.«
Die nächste Seherin in der Rangfolge, eine Frau namens Zunrita, erwiderte: »Dann soll es so sein.« Die Spannung löste sich nicht, als eine nach der anderen sprach, denn es war Einstimmigkeit verlangt. Blitgund war sicher, in manchen Augen müde Zustimmung zu sehen, doch Sawita hatte gut vorgearbeitet. Sie hatte beinahe allen Begünstigungen versprochen oder sie sich im Laufe der Zeit durch Geschenke an ihre Familien verpflichtet. Als die sanfte, sehr beliebte Gerberga, die einzige Frau, von der Blitgund dachte, sie sei unabhängig, ebenfalls sagte: »Dann soll es so sein«, erfasste Blitgund eine verzweifelte Trauer. In Sawitas Wesen lag eine so elementare Hartnäckigkeit, dass sie dadurch fast so unvermeidlich wie das Hochwasser im Frühling wurde.
Die Reihe war an Blitgund. Die mächtige Strömung zerrte an ihr.
»Ich sage nein. Es soll nicht sein.«
Ihre Worte wirkten wie eine Sturmglocke. Ihr Läuten riss einige der Frauen für einen Augenblick jäh aus einem Traum, der sie auf eine dunkle Weise in seinen Bann gezogen hatte.
Die Haut um Sawitas Augen zog sich kaum merklich zusammen. Sonst zeigte sie keinerlei Gefühle. Doch Blitgunds vom Trank geschärften Sinne konnten die roten Wellen des Zorns, die Falkenklauen beinahe sehen, die sich auf die schwache Beute stürzen wollten.
Sindgund fand als Erste die Fassung wieder. »Blitgund, mein liebes Kind. Warum sagst du nein?«
Blitgund kam es so vor, als blicke sie geradewegs durch Sawitas glänzende, käferschwarze Augen hindurch in die dahinter liegende Nacht.
»Ich sage, wir sollten die Wahl von Ramis nicht so leichtfertig außer Acht lassen«, erwiderte Blitgund. »Mir erscheint es ungeheuerlich, dem Wunsch von Ramis nicht zu entsprechen, solange Auriane noch am Leben ist.«

»Aber Blitgund, in allerkürzester Zeit wird sich das Schwert heben und auf ihren Nacken niederfallen«, sagte Sindgund. »In Wahrheit ist sie schon tot.«

»Dann sollten wir zusammenkommen, um einen Zauber für ihre Befreiung zu wirken, anstatt eine andere zu wählen.« Blitgund zögerte einen Augenblick, bevor sie weiter in das gespannte Schweigen vorstieß. »Ramis hat Auriane nach der heiligen Erde Aur ihres eigenen Hochaltars benannt. Sind nicht Schicksal und Name ein und dasselbe? Und niemand spricht davon, dass Auriane den weißen Auerochsen getötet hat. Dabei weiß jeder, es war ein Fingerzeig des Schicksals, denn er hatte die Farbe des Todes. Der Auerochse hatte über so viele römische Jäger gesiegt … ganz sicher ist das ein Zeichen dafür, dass sie stärker ist als ihre Herren und dass sie vielleicht doch noch freikommt.«

Bei den letzten Worten sah Blitgund, dass Sawitas Blick unauffällig zum Feuer wanderte. Ihr Gesichtsausdruck war so selbstsicher wie der einer Jägerin, die ihre Beute fängt. Blitgund fand das eigenartig, doch ihr blieb keine Zeit, sich darüber zu wundern.

»Die unerfahrene, kaum eingeweihte Blitgund kennt die großen Zeichen und Omen besser als wir alle zusammen.«

»Auriane erleidet nur die Strafe des Schicksals, Blitgund!«, fügte Zunrita etwas versöhnlicher hinzu. »Sie ist römische Bürgerin geworden. Das ist gleichbedeutend damit, als ob sie die Seele einer Römerin angenommen hätte. Sie hat uns verlassen und sich mit ihrem Körper und Geist einem fremden Mörder übergeben. Wir wissen, Ramis hat sie in der Wiege erwählt, aber ein Mensch kann, wenn die Zeit erfüllt ist, die Hoffnungen enttäuschen, die als kleines Kind in ihn gesetzt wurden. Ich bezweifle, dass Ramis sie noch einmal wählen würde, wenn wir sie heute Abend fragen könnten.«

»Wollt ihr damit etwa sagen, dass Ramis sich geirrt hat?«

Auf mehreren Gesichtern im Kreis zeigte sich großes Unbehagen. Sawita saß weiterhin ruhig und in sich gekehrt auf ihrer Rinderhaut.

Wieder gewann Sindgund als Erste die Fassung. »Natürlich nicht.

Ich kenne die Gründe von Ramis nicht. Ich spreche nur von den Erfordernissen unserer derzeitigen misslichen Lage. Wir können nicht ein Jahr oder auch nur ein halbes Jahr ohne Stabträgerin bleiben. Wir können nicht zulassen, dass die Zeit der Aussaat ohne eine Weleda kommt.« Sie blickte Blitgund an und fügte mit sanfter Grausamkeit hinzu. »Es ist die Selbstsucht eines Kindes, die dich veranlasst, so etwas zu sagen, obwohl wir alle anderer Meinung sind.«

»Es ist ein schändlicher Mangel an Dankbarkeit, der euch dazu bringt, die Frau voll Verachtung zu verschmähen, die ihr Leben aufs Spiel gesetzt hat, um uns zu schützen«, erwiderte Blitgund. Sie sah nacheinander jeder Frau in die Augen. »Auriane hat uns Waffen geschickt, damit wir auch nach der Niederlage gegen Rom am Leben bleiben. Jetzt soll sie dafür hingerichtet werden, und ihr alle sagt: ›Nehmt sie euch nur! Für uns ist das bedeutungslos. Wir suchen uns einfach eine andere!‹«

Das brachte Sawita dazu, sich zu äußern. Ihr selten zu sehendes Lächeln hatte die Süße einer fauligen Frucht. »Aber meine liebe Blitgund, dass sie Silber für diese Schwerter geschickt hat, war eines ihrer Verbrechen.«

Blitgund verschlug es die Sprache. Sawita sagte die Wahrheit. Auriane hätte nichts mit dem Transport von Eisenwaffen zu tun haben dürfen. Das war ein Sakrileg gegen die alten Götter.

»In dir verbinden sich Loyalität und Dummheit, Blitgund«, fügte Sindgund hinzu. »Aber das ist nun einmal so. Du bist jung.« Sindgund zeichnete schnell Runen in die Luft, um die Eintracht zu fördern. »Wir dürfen nicht gegeneinander kämpfen. Wir halten die Welt zusammen. Denke sorgsam über alles nach, was gesagt worden ist, und antworte noch einmal, Blitgund. Bestätigst du unsere Wahl oder nicht?«

Blitgund fiel unter dem Gewicht der Blicke ihrer Schwestern das Atmen schwer.

Welches Recht habe ich, die Wahl von Sawita zu verhindern …?

Sie suchte Zuflucht, indem sie in die ruhige, sonnige Mitte des Feuers blickte.

Ein Holzscheit fiel zur Seite, ein Berg Asche sank in sich zusam-

men. Blitgund sah dort etwas, was ihr vorher nicht aufgefallen war. Aus den niedrigen Flammen und der Glut ragte das lange, gewölbte verkohlte Horn eines großen Tieres hervor.
Wieso verbrennen wir so etwas in unserem Feuer?
Blitgund legte ihre letzte Kraft in ihre Antwort: »Ich halte es für einen Frevel, so etwas zu tun, bevor Auriane tot ist. Ich sage immer noch nein zu Sawita.«
Sawita beobachtete sie mit der Gelassenheit eines Raubtiers nach dem Mahl.
»So wie es aussieht, habe ich jede Stimme außer der von Blitgund.« Sawitas Stimme verriet nur, dass sie gelangweilt war. »Der Mond verblasst, und bald graut der Morgen. Wollen wir eine andere vorschlagen? Oder ziehen wir uns zurück, reinigen uns und kommen in drei Tagen wieder zusammen?«
Eine Seherin nach der anderen stimmte dem Vorschlag zu, dass sie sich zurückziehen und in drei Tagen wieder treffen sollten.
Blitgund konnte den Blick nicht vom Feuer wenden.
Verbranntes Horn … dorthin hat Sawita geblickt, als ich von Aurianes Heldentat sprach.
»Sawita«, sagte Blitgund.
Sawita hob leicht die Augenbrauen.
»Was brennt da in unserem Feuer?«
Sindgund und Zunrita wechselten unauffällig einen Blick. Sawitas Gesicht und Stimme blieben ausdruckslos.
»Mein Kind, ich habe ein Ritual durchgeführt. Die Eingeweihten kennen es, aber du verstehst es nicht. Frag mich in neun Wintern wieder danach.«
»Es sind die Hörner des Auerochsen, den Auriane getötet hat. Du hast sie irgendwie in die Finger bekommen. Du hast Auriane verflucht und die Macht der Hörner gegen sie gekehrt.«
»Dieses eine Mal erlaube ich dir, mich ungerechtfertigt zu beschuldigen. Ich habe Nachsicht mit dir in Anbetracht deiner ungestümen jugendlichen Gefühle«, sagte Sawita. »Aber das wirst du nie wieder tun.«
Alle erhoben sich und machten Anstalten zu gehen. Blitgund stellte fest, dass sie zitterte, als hätte das Gewicht eines riesigen

Steins auf ihrem Rücken gelastet. Ihr war nicht bewusst gewesen, dass sie sich so sehr vor Sawita gefürchtet hatte.

* * *

Es wurde Tag, und der Tag ging über in die Nacht.

Irgendwann zwischen Mitternacht und Morgengrauen bedeckte ein Berg unheilvoller Wolken den Mond.

Blitgund lag schlafend auf der Strohmatte in ihrer kahlen Hütte im Heiligtum. Sie träumte, aus dem tiefen Wald krieche ein Lindwurm herbei. Er schlängele sich unter dem Tor des Heiligtums hindurch und komme in ihre Hütte.

Sie spürte, wie sein schwerer, rauer Körper trocken über ihren Leib und ihre Brust glitt und dass das muskulöse Tier ihr an die Kehle wollte. Er riss das Maul weit auf. Die langen Fangzähne hingen über ihr wie zwei Dolche.

Selbst im Traum fiel Blitgund ein, dass Sawita die Macht besaß, Schlangen zu beschwören, die ihre Opfer im Schlaf überfielen.

Trockene Schlangenhaut, schuppige Hände, die zupackten … plötzlich bekam sie keine Luft mehr. Das Grauen eines bodenlosen Abgrundes füllte ihre Lunge. Ihr raues Keuchen weckte sie auf. Die starke Hand eines Mannes umklammerte ihren Hals und drückte sie ins Stroh, damit sie nicht schreien konnte.

Giftgefüllte Zähne schlugen zu … aber es waren keine Zähne, sondern ein Messer. Es verfehlte ihren Hals und streifte ihre Wange. Heißes Blut floss, als sie sich mit aller Kraft wand und wehrte. Die Schlange war ein Mann. Er roch nach Sumpf und Fäulnis. Sternenlicht glänzte stumm auf einer kurzen Klinge, die wieder in der Luft hing. Eine Handbreit von ihrem Gesicht entfernt sah Blitgund das Glitzern eines wahnsinnigen Auges. Hel lebte in diesem Auge. Hel war durch Sawitas Zauber in einen Mann gebannt. Blitgund wehrte sich und schlug mit ihrer jugendlichen Kraft um sich. Ihr Fuß trat tief in einen weichen Bauch. Der eiserne Griff der Hand lockerte sich. Der Mann richtete sich auf, fiel mit einem erstickten Schrei auf den Rücken und fluchte in der undurchdringlichen Dunkelheit. Blitgund wollte um Hilfe rufen, doch ihre

Stimme klang wie das Quieken einer Maus. Sie hörte das Geräusch schneller Schritte, das bald verklang, als der Mann zum Tor des Heiligtums rannte.
Blitgund kam mühsam auf die Beine und wollte ihn verfolgen. Aber sie stolperte über ihr langes Nachtgewand, stürzte und landete auf Händen und Knien. Das Gift des Traums lastete immer noch schwer auf ihr. Die tödliche Erinnerung an den erdrückenden Leib einer Schlange war hell und nahe wie der tief stehende Mond.
Sawita! Ich habe ihren Fluch irgendwie abgewehrt ... diesmal. Aber sie wird es immer und immer wieder versuchen, bis sie mich zu Hel geschickt hat.
In der dritten Nacht kamen die heiligen Neun wieder zusammen, obwohl der Mond jetzt abnahm, und die Zeit ungünstig war.
Die verängstigte Blitgund nahm ihren Platz am Feuer ein. Sie konnte nach dem Würgegriff nur noch flüstern.
In dieser Nacht ließ Sawita den Stab der Ramis von seinem Platz auf dem Altar des Allerheiligsten bringen. Die schwere Insignie aus altersglattem Eibenholz lag vor ihr auf der Erde. Als man Ramis nach Rom brachte, hatte sie Algifu beauftragt, den Stab der Weleda zurück in die Heimat zu bringen. Über die ganze Länge waren Runen eingeschnitzt und seine Bernsteinperlen glänzten wie gelbe Augen. Irgendwie wirkte der Stab gut dort, wo er lag. Sawita schien die Geistesstärke zu besitzen, um ihn zu tragen.
Blitgund presste die Lippen zusammen.
Sie ist geschickt. Es wirkt, als säße Sawita auf einem Thron.
Als die rituellen Worte gesprochen wurden, senkte Blitgund den Kopf, um ihr geschwollenes Gesicht mit der Wunde zu verbergen.
Blitgund wusste jetzt, dass ihr Mut Grenzen hatte.
Sie sagte ja zu Sawita.

Sechsundzwanzigstes Kapitel

Dakien
Drei Tage vor den Nonen des Dezember

»Dakien ist ein Land böser Geister, ein Ort, der zur permanenten Freudlosigkeit der Seele verführt«, schrieb Marcus Julianus in den Aufzeichnungen, die er über diese Reise führte. »Es ist ein Land rauer Schluchten, die von der Axt eines rasenden Bacchanten geschlagen worden sein könnten, der dieses Gebiet zerstören wollte.«

Am Morgen seiner Ankunft im Winterlager des Kaisers färbte der Frost die Erde knochengrau und nahm den Hügeln den letzten Rest Farbe, die sie noch hatten. Das tosende Wasser der Donau war schwarz wie Onyx. In einiger Entfernung, wo der Fluss aus einer Kluft hervorschoss und in einem felsenübersäten Bett etwas ruhiger dahinfloss, sah er die prächtigen Bogen der großen Steinbrücke, die Trajan hatte bauen lassen – mit der größten Spannweite der Welt. In einem Augenblick kam sie ihm vor wie ein steinerner menschlicher Fuß, der gewichtig in eine unberührte Wildnis gesetzt worden war, und im nächsten sah er sie nur als strenge, disziplinierte Schönheit unter den wilden Geistern des Landes, die einer ruhigen Ordnung den Weg bahnte. Marcus war nach Pontes gekommen. Die Festung schützte die römische Seite der Trajansbrücke am Rand der römischen Provinz Mösien. Im Norden lagen die Berge, die auf seinen Karten als *Alpina Transylvania* bezeichnet wurden und die nicht so hoch waren, wie er das erwartet hatte. Die Flanken waren von Nadelbäumen dunkel gesprenkelt, und ihre wellenförmigen Umrisse erhoben sich öde vor dem aschgrauen Himmel. In ihrer Mitte fanden der mysteriöse dakische Feind und sein niederträchtiger König Decebalus Schutz. Im Süden lagerte in endlosen Reihen, als hätten sich die Sterne des Himmels ordentlich ausgerichtet, das mächtige römische Heer in einer Stärke von über fünfzigtausend Mann und wartete auf das Ende des Winters. Beim Anblick der Menschenmassen, die hier nur zu einem einzigen Zweck zusammengezogen worden waren, seufzte Marcus.

Auch dieses römische Heerlager ist ein Weltwunder, nicht weniger als die Pyramiden oder der Leuchtturm von Pharos, wenn man es wegen seiner Unbeständigkeit nicht für etwas Geringeres hält.

Hier waren die gesamten Legionen der Provinzen Mösien und Pannonien aufgeboten. Sie wurden verstärkt von Einheiten der Legionen aus beinahe allen Provinzen des Reiches. Außerdem dienten noch neuntausend Männer der Prätorianergarde aus Rom und die traditionell bewaffneten Hilfstruppen des Heeres – Schleuderer von den Balearen, Bogenschützen aus Palmyra und Arabien, Britonen und Germanen, die auf den Pferden kämpften. Nicht vergessen durfte man die unzähligen Ingenieure mit ihren Maschinen für die Zerstörung von Festungsmauern, die Kundschafter und Spione, die Waffenmeister, die Männer, die Verhöre durchführten, die Handwerker, das Personal des Kaisers, die Mitglieder seines Rates und seine Freunde. Die Regierung der römischen Welt war in diese Einöde verlagert worden. Trajans großer Krieg würde erst im nächsten Jahr beginnen. Dieses Jahr war mit dem Anmarsch aus Rom über Land und Wasser vergangen. Nach der Schneeschmelze würde Trajan die ungeheure Streitmacht auf Pontonbrücken über den Fluss bringen. Das Heer sollte sich dann in zwei Kolonnen aufteilen und über die beiden wichtigsten Pässe durch die Berge marschieren. Vor der Bergfestung des dakischen Königs würden sich die beiden Heeressäulen dann zur Belagerung und Schlacht vereinen.

Die Galeere, mit der Marcus eintraf, legte neben einer Barke an, die mit Fässern voll Olivenöl für die Legionen beladen war. Er hatte in den letzten Tagen eine Leere empfunden, als befinde sich die-

ses Land im Nirgendwo. Doch dann hatte er sich gesagt, dass ihm das möglicherweise an jedem Ort so ergehen würde, der so schrecklich weit von der Heimat entfernt lag und wo die Menschen keine geschriebene Form ihrer Sprache kannten. Seine Stimmung hatte sich nicht gebessert, als er immer neue Geschichten von den Torturen der Gefangenen durch die Daker hörte. In den überlangen Nächten schien der Wind ihre Schmerzensschreie mit sich zu tragen. Bei seinen Landsleuten galten die Daker, ein Volk, das für sich in Anspruch nahm, mit den thrakischen Stämmen verwandt zu sein, als primitiv – trotz der blühenden Städte, die sich um die mit Palisaden bewehrten Festungen entwickelt hatten, trotz der meisterhaften Goldschmiedearbeiten, trotz eines fein verzweigten Handelsnetzes, über das Töpferwaren ihren Weg nach Rom fanden, die dort sehr geschätzt wurden. Marcus vermutete, dieses abschätzige Urteil beruhe darauf, dass die Daker zu weit entfernt vom ordnenden Licht der griechischen Bildung und Tradition lebten.
Eine kleine Kavallerieeskorte stand zu seinem Empfang bereit. Nach der Begrüßung passierten sie zwei steinerne Wachtürme, die von einem Wall spitzer Pfähle umgeben waren. Überall am Flussufer standen Signaltürme in Dreiergruppen. Zu jeder Gruppe gehörte ein aus zwölf Lagen dicker Baumstämme aufgeschichteter Holzstoß, der entzündet werden würde, falls der dakische Feind bei Nacht versuchen sollte, den Fluss zu überqueren. Sie ritten ungefähr eine Viertelstunde auf der Hauptader des Lagers, der breiten Via Prätoria. Dabei führte ihn sein Weg zuerst an den Zelten der regulären Legionen vorüber, die an den Rändern des Lagers kampierten, da sie als vertrauenswürdiger als die ausländischen Truppen galten. Danach folgten das Lazarett, das *Veterinarium* für die kranken Pferde und schließlich die größeren Zelte der Legaten und Tribunen. Der scharfe Wind brachte eine Kälte mit sich, vor der auch noch so viele wollene Tuniken keinen Schutz boten. Sobald er in einem der Zelte untergebracht worden war, schickte er einen Boten mit der Bitte um eine Audienz zum Kaiser. Innerhalb einer Stunde überbrachte ihm ein kaiserlicher Freigelassener die Nachricht, seine Audienz sei in drei Tagen, an den Nonen des De-

zember, um die elfte Stunde angesetzt. Die schnelle Antwort war für Marcus kein Trost. Der Kaiser hatte die Gewohnheit, jede Aufgabe, die er als schwierig oder unangenehm betrachtete, sofort zu erledigen. Und das Misstrauen, das Trajan gegen ihn gehegt haben mochte, konnte nur gewachsen sein, denn inzwischen wusste jeder, dass die Frau, die seit sieben Jahren unter seinem Dach lebte, gestanden hatte, ihre Landsleute, die Feinde Roms, mit Waffen ausgerüstet zu haben.

Beinahe unmittelbar danach ließ Lappius Blaesus um ein Zusammentreffen bitten. Er war in einem der luxuriös ausgestatteten Senatorenzelte untergebracht.

Ein Friedensangebot? Ein Köder, um mich in einen Hinterhalt zu locken?

Dieser Zwerg muss sich fieberhaft fragen, wie weit zurück und bis in welche Höhe ich Spuren für den Mordversuch gefunden habe. Er nimmt zweifellos an, dass jemand in einer hohen Stellung geopfert werden muss, wenn es mir gelingt, die Angelegenheit zu meinen Gunsten zu wenden.

Marcus schickte Blaesus keine Antwort.

Kurze Zeit später erhielt er die knappe Aufforderung, sich sofort im Zelt des Livianus, des Präfekten der Prätorianergarde, einzufinden. Marcus ignorierte auch das, denn Livianus war ein Mann, der viel zu viel über den misslungenen Mordversuch bei einer inzwischen berühmt gewordenen Auerochsjagd wusste.

Seine Spione haben Wind von der Unterredung mit meinem Beinahemörder auf dem Sterbebett bekommen, ganz so, wie ich es vermutet hatte.

Wäre die Gefahr nicht erkennbar nahe gewesen, hätte Marcus das alles vielleicht sogar komisch gefunden. Er beschloss, kein Essen anzurühren, das nicht von seinen eigenen Dienern zubereitet worden war. Und er würde ohne einen Wachposten keinen Fuß aus dem Zelt setzen.

* * *

An den Nonen des Dezember zügelte Marcus kurz vor der elften Stunde sein Pferd vor dem riesigen Zelt, das vorübergehend der

Mittelpunkt der Welt war – das *Prätorium*. Es diente dem Kaiser als Wohnung. Dort trat auch der kaiserliche Rat zusammen.
Ein Schneesturm, der direkt von den Höhen der Berge kam, fiel heulend im Lager ein. Seine eisigen Vorboten waren launische Windstöße, die von einer bösen Macht kündeten. Hinter Marcus ertönte auf der Via Prätoria der Lärm von Schreien und hohlem Glockengeläut, von Peitschenknall und dem Blöken, Gebrüll und Grunzen von Tieren, als Sklaven eine bunte Herde Wildschweine, Widder und Stiere, die Mars geopfert werden sollten, in einen geschützteren Pferch trieben. In dieser Jahreszeit brach die Nacht früh am Nachmittag an. Es lag bereits jetzt eine winterliche Dämmerung über dem Lager. Harzgetränkte Fackeln zuckten im bitterkalten Wind. Zwei Gardisten in der goldenen Prätorianerrüstung standen zu beiden Seiten des Zelteingangs.
Marcus saß ab. Ein Gardist durchsuchte ihn schnell nach Waffen. Dieser Prozedur musste sich in Kriegszeiten jeder unterziehen, der zum Kaiser vorgelassen werden wollte. Durch das Heulen des Windes hindurch hörte Marcus ihn murmeln: »Du bist bereits ein toter Mann.«
»Sag deinem Herrn, er soll sich nicht zu früh freuen«, erwiderte Marcus knapp.
Ein loser Teil der Zeltklappe flatterte knallend im Winterwind.

* * *

Im vorderen Teil des kaiserlichen Zeltes beugten sich fünf kaiserliche Räte über eine auf Schafshaut gezeichnete Landkarte, die ein übergelaufener dakischer Prinz namens Bikilis mitgebracht hatte. Der Prinz war gekommen, um ihnen zu zeigen, wo der dakische König in aller Eile seinen Goldschatz versteckt hatte. Ein Goldbarren, der, wie er behauptete, aus dem Schatz stammte, glänzte verführerisch im sanften Lampenlicht, das auf den Kartentisch fiel. Trajans Finanzbeamte hatten seit langem schon die Vorstellung, dass mit dem Goldschatz des Decebalus die Kosten dieses Krieges bezahlt werden könnten – wenn man ihn denn fand. Bikilis war aus der Burg seines Vaters geflohen, nachdem er erfahren hatte,

dass seine jüngeren drei Brüder ihn vergiften wollten, und hatte im römischen Lager Zuflucht gesucht. Die Daker waren den Räten seit jeher ein barbarisches Rätsel. Deshalb zweifelten sie keinen Augenblick an der Geschichte vom brüderlichen Verrat. Die sechs Männer am Kartentisch warteten nun auf den obersten Kartographen des Kaisers, der die seltsame Karte des Prinzen Bikilis auf ihre Genauigkeit überprüfen sollte. Doch scheinbar konnte niemand den Mann finden. Angeblich hatte er sich irgendwo verkrochen und schlief einen Rausch aus, den er sich mit dem starken einheimischen Bier angetrunken hatte.
Etwas weiter im Innern des riesigen kaiserlichen Zeltes mit seiner Vielzahl von Räumen, die durch hübsch bemalte Holztafeln abgeteilt waren, hörte Kaiser Trajan ungeduldig einem Sekretär zu, der Briefe eines Legaten in Britannien vorlas und gerade beim letzten langweiligen Bericht des Stapels angelangt war.
In diesem Augenblick schlug der Gardist die Zeltklappe zurück, um Marcus einzulassen.
Mit ihm drang ein heftiger Windstoß in das Zelt, der sofort alle Lampen wie mit einem gewaltigen Atemstoß ausblies.
Marcus nahm in der unmittelbar darauf folgenden Dunkelheit eine erstaunte Stille wahr. Jemand murmelte: »Bei Tartarus, wer hat das Licht gelöscht?« Darauf folgten ein nervöses Lachen, das schnelle, gereizte Flüstern von Dienern, die sich beeilten, wieder Licht zu machen, und ein Krachen, als etwas – ein Kartentisch? – umgestoßen wurde, gefolgt von einem Chor serviler Entschuldigungen. Marcus versuchte, dem Ganzen etwas Komisches abzugewinnen, um den beinahe unwiderstehlichen Gedanken zu vertreiben, das sei ein schlimmes Vorzeichen für den möglichen Verlauf der Audienz.
Die Lampen erlöschen bei meinem Eintreten.
Auch der gerissenste Augur hätte darin nichts Positives erkennen können.
Dann hörte er jemanden, der im Auftrag des Kaisers den Ratsmitgliedern befahl, sich zu entfernen. Diesmal war der Gardist am Zelteingang vorsichtiger, als er die Klappe öffnete, und die fünf verstimmten Räte traten hinaus in die Kälte. Ihnen folgte mit gro-

ßen Schritten der rätselhafte Bikilis. Sein Bart fiel ihm in zwei ordentlichen Reihen Korkenzieherlocken auf die Brust, was die gleiche Wirkung hatte wie die aufwendige Frisur einer Frau. Er trug eine konische Filzmütze, einen bunt karierten Umhang über einem Schuppenpanzer und eine schwarze Wollhose, deren Beine am Saum mit Schlangen bestickt waren.

Im Zelt leuchteten nacheinander Flämmchen auf, als die Diener eilig die Lampen wieder entzündeten. Marcus überkam eine lähmende Traurigkeit, aber nicht wegen der eigenen schlimmen Lage, die ihm in diesem Augenblick nebensächlich erschien, sondern wegen Auriane. Beim Gedanken an sie durchbohrte ihn der Schmerz wie eine Lanze. Er suchte nach etwas Tröstlichem und stellte erstaunt fest, dass er das unvergessliche Gesicht der Frau vor sich sah, die er in der *Principia* von Mogontiacum verhört und die ihn bis ins Innerste bewegt hatte. Etwas an der Anwesenheit von Ramis, das er nicht benennen oder beschreiben konnte, brachte ihm einen tieferen Frieden als alle scharfsinnigen Diskurse des Epiktet oder hundert logische Beweise. Ihr Trost war wie ein Meer.

Marcus trat in das warme, angenehme Halbdunkel mit seinen schweren Düften von Leder, Ölen und Harzen. Sein Blick fiel sofort auf die lederne Karte des dakischen Prinzen, die auf dem Kartentisch ausgebreitet dalag, was ihn veranlasste, sie einen Augenblick näher zu betrachten. Schließlich hatte er auf seiner langen Reise hierher dieses Gebiet gerade eingehend geographisch studiert. Etwas an dem eingezeichneten Weg zum Goldschatz zog mit Nachdruck seine Aufmerksamkeit auf sich, wie etwa ein Bittsteller, der am Mantel zupft. Doch er hatte keine Muße, sich länger damit zu beschäftigen. Dicht hinter dem Tisch befand sich so groß wie ein wirklicher Mann die schlanke, glänzende Statue des Herkules. Die muskulöse goldene Brust des Gottes schien sich im rötlichen Schein der vielen Bronzelampen sanft atmend zu heben und zu senken. Um seine Schultern lag ein stark riechendes frisches Luchsfell. Der Rauch eines kleinen Brandopfers trieb majestätisch über das kalte sinnliche Gesicht.

Der Altar des goldenen Gottes sollte eigentlich das Zelt beherrschen. Das war jedoch nicht der Fall, denn daneben saß ein eben-

falls großer, stolzer Mann mit gekreuzten Beinen auf einem Stuhl, der, wie die meisten Sitzgelegenheiten, zu klein für ihn war.
Kaiser Trajan betrachtete Marcus mit einem Blick, der Schläue, Gewalt und Offenheit in sich vereinte. Gleichzeitig schien er jedoch auf sein Ziel ausgerichtet zu sein wie ein Pfeil, der im nächsten Moment von der Sehne des Bogens fliegen wird. Marcus hatte den Kaiser seit den Feiern in Rom zu Beginn seiner Herrschaft nicht mehr gesehen. Das schmale, kantige Gesicht hatte sich nur wenig verändert, obwohl Marcus erste Zeichen eines sanften Zerfalls entdeckte, die das Werk des Alkohols waren. Die Haut war leicht gedunsen. Es zeigten sich Anfänge von Hängebacken. Und die alles beherrschende Nase – die Götter mussten sie für einen anderen vorgesehen haben, denn sie war das Einzige an ihm, das wie ein Irrtum wirkte – hatte eine bläulich rote Farbe. Doch die weltlichen Genüsse, die sich der Kaiser gestattete, ließen seine Wachsamkeit niemals erlahmen. Das Lampenlicht glitt an den Augen ab, die aus poliertem Stahl zu sein schienen. Marcus stand vor einem Mann, der sich in einem Militärlager sehr wohl fühlte, sehr lebendig war und zufrieden den Winter hier verbringen würde, während er Betrachtungen über seine Beute anstellte und bereit war, nach der Schneeschmelze über sie herzufallen. Es kam nicht überraschend, dachte Marcus oft, dass eine Eigenart dieses höchst praktischen Verstandes militärischer Natur war: Trajan wollte, wie Alexander, die Welt erobern. Alle vermuteten inzwischen, der Kaiser würde in Dakien nicht Halt machen. Parthien, ja sogar das ferne Indien lockten.
Dicht neben der mit Ringen geschmückten Hand des Kaisers stand ein silbernes Weinservice auf einem mit einer erbeuteten dakischen Kriegsstandarte geschmückten Tisch. Es war eine Art gestreifter Luftsack, bestickt mit einem Drachen in Gold und Scharlachrot. Mit dem aufgerissenen Maul war das ein gefährliches, allerdings besiegtes Ungeheuer.
»Julianus!«, rief der Kaiser mit seiner kraftvollen, alles einschließenden Stimme. »Komm her! Setz dich! Welch eine freudige Überraschung!«

Marcus neigte den Kopf, begann die formelle Begrüßung und suchte dabei nach Anzeichen dafür, dass es sich in Wirklichkeit um eine unangenehme Überraschung handelte. Doch im Gesicht des Mannes, der seinen Tod befohlen und seiner Hinrichtung zugestimmt hatte, entdeckte er nur eine förmliche Fürsorglichkeit. Marcus hielt sich für einen guten Menschenkenner, doch Trajan war ihm letztlich ein Rätsel, ein schwieriges Buch, das für immer in seinem Bronzebehältnis versiegelt blieb und der Welt nur eine glatte, glänzende äußere Hülle zeigte.
»… und du gewinnst mit jedem Jahr an Größe und Wertschätzung«, beendete Marcus die Begrüßung und nahm auf einem zweiten Stuhl Platz, den ein junger Ägypter, dessen Anwesenheit er beim Eintreten nicht bemerkt hatte, schnell herbeibrachte. Wieder ging ihm unwillkürlich ein Gedanke an die Karte des dakischen Prinzen durch den Kopf.
Nemesis, ein Wahrzeichen fehlt, ein wichtiges …
Er zwang sich aber dazu, jetzt alle Ablenkungen bewusst beiseite zu schieben.
»Lass mich der Erste sein, der es sagt, Marcus. Wir sind alle der Vorsehung dankbar, dass es dir gut geht!« Trajans laute Stimme klang heiter. »Wir haben eine beunruhigende Geschichte von einem Unfall bei einer Auerochsjagd gehört. Wir sind erleichtert, dass du dich von deinen Verletzungen völlig erholt hast.«
Die dreiste Offensive traf Marcus wie ein Donnerschlag, doch er ließ sich nichts von seiner Verblüffung anmerken.
Er sagt mir auf diese Weise, er weiß, dass ich es weiß. Aber was beabsichtigt er damit? Will er mich erschrecken, sodass ich keine weiteren Nachforschungen anstelle? Oder will er mich wissen lassen, dass er die schändliche Art und Weise des Anschlags ablehnt?
»Es war kein Unfall, Herr«, erwiderte Marcus und achtete dabei auf die kleinste Veränderung im Ausdruck der metallischen Augen. »Ein unterer Beamter der Festung hat mich angegriffen und ist dabei selbst von dem Auerochsen tödlich verletzt worden.«
Marcus entdeckte in den Augen des Kaisers einen Anflug von Beunruhigung. Trajan wusste also Bescheid.

»Wirklich? Das war mir nicht bekannt«, sagte Trajan leichthin. »Dann war es ein Tag der Wunder und seltsamer, aber bemerkenswerter Ereignisse.« Er lächelte. »Ein Mann verliert auf unerklärliche Weise den Verstand und greift dich an. Eine Frau zieht sich den Mantel des Herkules an und tötet das Ungeheuer. Den Göttern sei gedankt, denn nicht alle Tage sind von ihnen mit so viel Glück gesegnet! Dann wollen wir auf dein Glück trinken. Das ist ein vierzig Jahre alter Wein«, sagte er, nahm einen schlanken Weinkrug aus Glas vom Tisch und öffnete ihn geschickt mit einem kleinen Messer. »Er kommt von meinen eigenen Gütern in Hispanien.« Trajan füllte einen ziselierten Silberbecher bis zum Rand mit dem glänzenden, goldenen Wein. Offenbar hatte er nicht vor, ihn mit Wasser zu mischen. Die Geschichten stimmten also. Im Feld trank der Kaiser den Wein unverdünnt wie ein Gladiator oder die Männer der skythischen Stämme.

Marcus bemühte sich, mit ruhiger Stimme weiterzusprechen. »Der Mann hat noch einen Tag gelebt«, fuhr er fort. »Ich war in der Lage, ihn selbst zu befragen.«

Der Kaiser hielt etwas zu plötzlich beim Eingießen inne.

Das hatte er offenbar nicht gewusst. Es weist darauf hin, dass man ihn nicht in alle Einzelheiten eingeweiht hatte.

»Welch ein Glück.« Trajans leichter Nachdruck auf jedem Wort war eine Rüge, mit der er Marcus ermahnte, den Augenblick zu erkennen, in dem er die Sache besser auf sich beruhen ließ. In einem kühlen, herausfordernden Ton fügte er hinzu: »Hast du etwas Wichtiges erfahren?«

»In der Tat, ja. Wie sich herausstellte, war der Mann ein Anhänger Domitians.«

Marcus entdeckte im Gesicht des Kaisers eine plötzliche, ruhige Aufmerksamkeit.

Vielleicht hatte man ihn nicht in alles eingeweiht … aber in groben Zügen kannte er den Plan.

»Tatsächlich?«, sagte der Kaiser vorsichtig. »Die Tentakel des Tyrannen sind lang, wenn sie sich so viele Jahre nach dem Tod um seine Beute schlingen können.«

»Der Fanatismus schläft offenbar selbst nach so langer Zeit nicht …

oder nimmt Vernunft an oder vergisst. Es war der Sohn von Casperius Aelianus.«
Auf dem Gesicht des Kaisers zeigte sich der Ausdruck hervorragend gespielten Erstaunens. Marcus hatte wieder einmal das Gefühl, an dieser glatten, polierten Oberfläche abzugleiten, und ließ sich beinahe dazu verleiten, es für echtes Erstaunen zu halten.
»Ich habe bei diesem Gespräch etwas höchst Beunruhigendes erfahren, und ich dachte, dass du davon Kenntnis erhalten musst.«
Trajan saß so still wie das goldene Standbild des Herkules. Der Wein war vergessen.
»Wie es aussieht, hatte der junge Mann mächtige Freunde«, fuhr Marcus fort, »und zwar an … erstaunlichen Stellen. Er war nur der Pfeil auf einem Bogen, den ein anderer abgeschossen hat.«
Nichts bewegte sich. Nur vom Altar stieg träge der Rauch auf.
»Sprich weiter.«
Hier im Zelt ist es inzwischen kalt genug geworden, um Frostbeulen zu bekommen.
»Man hat ihn sogar mit allem versorgt, was er brauchte … einer Unterkunft, einer *Reda*, selbst mit einer Anstellung in der Festung.«
»Tatsächlich? Schändlich. Schrecklich! Du hättest mich sofort benachrichtigen sollen.« Der Kaiser blickte Marcus durchdringend in die Augen. »Ich werde eine Untersuchung veranlassen.«
»Das wird schwierig sein … und etwas peinlich. Ich glaube wirklich, wir sollten das alles auf sich beruhen lassen.«
Trajans Augen funkelten so dunkel wie Obsidian.
»Du redest, als sei dies eine Zeit der Tyrannen«, sagte er mit unterdrücktem Zorn. Die Augen des jungen Ägypters wurden groß und rund vor Angst. »Ich erlaube nicht, dass jemand so redet. Diese Regierung ist der Gerechtigkeit, dem Licht und der Offenheit verpflichtet. Es gibt keine geheimen Machenschaften. Die Mächtigen sind davon nicht ausgenommen. Nenne mir den Namen des Mannes oder der Männer, und sie werden vor Gericht gestellt.«
Marcus war fasziniert. Die Kühnheit dieses Sprungs mitten ins Gefecht hatte etwas Großartiges.

Es ist, als wolle er mit reiner Willenskraft jede Art von Dunkelheit aus dem Reich vertreiben.

Soll ich es ihm sagen? Er scheint es beinahe zu wollen, dass ich … Nein, ich kenne die Antwort. Er hat den Mord gebilligt, die Mittel dagegen später abgelehnt. Aber was hat ihn überhaupt so gegen mich aufgebracht? Vielleicht werde ich das nie erfahren.

Wahrscheinlich war zu dem Misstrauen nicht viel nötig. Marcus hatte einen Kaiser zu Fall gebracht. Jeder Herrscher würde sich sagen, dass ein Mann, der einen Mord geplant hatte, auch fähig war, einen weiteren zu planen. Es war das Schicksal eines jeden, der den Weg zum Thron frei machte, dass er immer Verdächtigungen ausgesetzt war.

»Der sterbende Mann hat höher gestellte Komplizen genannt, und dadurch konnte ich die Spur geradewegs zu …«

Es ist an der Zeit, einen anderen zugrunde zu richten. Warum soll ich mir eine so gute Gelegenheit entgehen lassen?

»… Lappius Blaesus verfolgen, Herr.«

Die Spannung wich; das Obsidianfunkeln in den Augen des Kaisers verschwand.

»Er ist seit langem mein Feind«, fuhr Marcus fort. »Er hat mich viele Jahre lang bei Gericht belästigt, nachdem ich *ihn* vor zwanzig Jahren angeklagt hatte, weil er in der Provinz, die unter seiner Verwaltung stand, gedungene Räuber auf römische Bürger hetzte, nachdem er sein gesamtes Vermögen verschwendet hatte. Ich bin sicher, du erinnerst dich an den Fall. Ich habe bis jetzt nur gezögert, weil es mich schmerzt, einen Mann anzuklagen, der dein Freund ist.«

»Ach, deshalb hättest du nicht zögern müssen! Es gibt keine Immunität für meine Freunde. Ich werde der Sache nachgehen. Blaesus muss wissen, die *Welt* muss wissen, dass ich solche schändlichen geheimen Intrigen nicht zulasse. Ich werde dir behilflich sein, wenn du ihn vor Gericht bringen willst. Aber unter uns gesagt, Blaesus hat so gute familiäre Verbindungen, dass der Senat ihn nicht mit aller Härte bestrafen wird, falls es zu einer Verurteilung kommt.« Trajans Lächeln war dünn, ironisch und eindeutig unfreundlich. »Können wir jetzt auf deine Ankunft trinken, die sich bedauerlicherweise verzögert hat? Wir wissen alle, dass dieser Feldzug keine Sache ist, an die du glaubst.«

Reine Höflichkeit. Ich kann nicht behaupten, dass es gut läuft. Aber was kann ich anderes erwarten, nachdem ich ihn gerade brüskiert habe?

Beide Männer griffen endlich nach den Weinbechern. Doch Marcus hielt plötzlich mitten in der Bewegung inne, als sei seine Hand in der Luft festgehalten worden. Beim Anblick des Kaisers, der gerade einen großen Schluck Wein trinken wollte, kam ihm blitzartig eine erschreckende Erkenntnis. Es war die Zusammenfassung all dessen, was er in der letzten Viertelstunde erlebt hatte: Die Lampen, die der Wind ausgeblasen hatte, der dakische Prinz unbeobachtet in der unerwarteten Dunkelheit, die Landkarte, auf der ein entscheidendes geographisches Merkmal fehlte, und die unmittelbare Nähe der Weinbecher zum Kartentisch.

Als Nächstes handelte er wie jemand, der den Verstand verloren hatte.

Marcus schlug dem Kaiser den Weinbecher aus der Hand.

Was folgte, sah aus wie eine Schlägerei in einer Taverne. Der junge Ägypter schrie schrill in seiner Muttersprache. Das Vorzelt war plötzlich voller bewaffneter Soldaten. Gezogene Schwerter glänzten im Lampenlicht. Zwei Gardisten packten Marcus, warfen ihn mit dem Gesicht nach unten zu Boden und hielten ihm die Arme auf dem Rücken fest. Weitere Prätorianer drängten von draußen herein, die Flammen der Lampen zuckten und brannten waagrecht, doch diesmal erloschen sie nicht.

Der Kaiser blickte aufmerksam auf den Weinbecher, der über den Fußboden gerollt und dann liegen geblieben war. Mehr als dreißig Augenpaare folgten seinem Blick. Alle sahen die dicke graue Masse, die aus dem umgefallenen Becher tropfte. Sie wirkte so bedrohlich, dass der Giftkundige des Lagers kaum einen Versuch damit anstellen musste.

»Lasst ihn los!«, durchbrach die laute Stimme des Kaisers die Stille.

Die Gardisten ließen Marcus Julianus los, und einer nach dem anderen steckte beinahe widerwillig sein Schwert in die Scheide.

Durch den Lärm hindurch hörte man die Stimme des jungen Ägypters: »… aber der Weinkrug … er ist doch gerade erst geöffnet worden … unser Herr hat ihn selbst geöffnet … er war mit Gips versiegelt …«
»Der Prinz«, sagte Marcus heiser und kam mühsam wieder auf die Beine. »Er hat es im Dunkeln in den leeren Becher gestreut.«
Die Wachen maßen die Entfernung zwischen dem Kartentisch und den Weinbechern und zogen die Schwierigkeit in Betracht, das Pulver in der allgemeinen Verwirrung in die Becher zu streuen. Es *war* schwierig, aber nicht unmöglich. Und es war nicht der erste Anschlag auf das Leben des Kaisers, denn der dakische König hatte bereits im vergangenen Monat versucht, Trajan ermorden zu lassen. Unter den Abgesandten des Decebalus hatte sich einer befunden, der in seinen Haaren einen Dolch versteckt hatte.
Ein Centurio der Garde griff nach dem zweiten Becher, goss den Inhalt in eine Bronzeschale und fand am Becherboden den gleichen üblen Rückstand.
»Es sieht nach Eisenhut aus«, sagte er. Er wollte die offizielle Untersuchung nicht abwarten, verlangte ein Stück hartes Brot, nahm damit etwas von der Substanz auf, klappte das Brot zusammen und verließ das Zelt, um einen der Lagerhunde damit zu füttern.
Trajan war ernst und still. Dass er innerlich erregter war als üblich, zeigte sich nur an seiner noch größeren Ruhe. »Der dakische Prinz«, sagte er zu den Gardisten. »Verfolgt ihn sofort. Und alarmiert jeden Wachturm. Geht!«
Wenn der Daker langsam geritten war, um keinen Verdacht zu erregen, konnte er sich noch innerhalb der Lagergrenzen aufhalten. Die Prätorianer verließen eilig das Zelt, und Reiter nahmen auf der Via Principia die Verfolgung auf. Marcus hörte empörte Rufe, als überall entlang der breiten Straße die Soldaten die Neuigkeit erfuhren. In bemerkenswert kurzer Zeit würde jeder Mann in diesem riesigen Lager von dem Mordversuch erfahren.
In der plötzlich eingetretenen, völlig anderen Stille nahm Marcus wieder Platz und sagte: »Meine Entschuldigung für einen unverzeihlichen Angriff auf deine heilige Person.«
»Unsinn! Wie kannst du so etwas sagen?«

Der Centurio der Garde unterbrach sie. Mit ihm drangen ein eisiger Luftzug und Schneegestöber ins Zelt. Ihm folgte ein Diener, der einen kleinen, rot und weiß gefleckten Hund auf den Armen trug.
Trajan betrachtete das tote Tier einen Augenblick lang mit grimmiger Miene und befahl den beiden mit einem Nicken zu gehen.
»Das war genug Gift, um einen großen Stier zu töten!«, sagte er zu Marcus. »Vermutlich müsste ich mich geschmeichelt fühlen.«
Es sollte heiter klingen, doch Marcus hörte einen Anflug von Beunruhigung in der Stimme des Kaisers. Sein Blick ruhte lange auf Marcus. Allmählich breitete sich eine Atmosphäre von Waffenstillstand, ja sogar von Frieden aus. »Es ist demütigend, sein Leben der Schnelligkeit eines anderen zu verdanken. Was hat deinen Verdacht geweckt, mein guter Freund?«
»Die Karte.« Marcus stand auf und ging zum Kartentisch. »Hier befindet sich ein Pass, der nicht eingezeichnet ist. Es ist ein berüchtigter Ort, tückisch und eng. Steile Klippen überragen ihn – ideal, um dort Bogenschützen zu postieren. Tatsächlich ist er schon früher, zur Zeit, als diese Stämme sich ständig gegenseitig bekriegt haben, für Überfälle aus dem Hinterhalt genutzt worden. Der Pass kann nur bewusst ausgelassen worden sein. Und dann der Weg durch den nicht eingezeichneten Pass. Er ist als der einzige Weg zum Schatz des Königs markiert, der an dieser Stelle eingezeichnet ist.« Marcus deutete auf den Punkt. »Sie hätten unsere Vorhut wie Rinder in einem Pferch erledigt.«
»Wie kommt es, dass du so gute Kenntnisse über ein wildes und fernes Land besitzt?«
»Es war eine lange und langweilige Reise. Ich hatte wenig zu tun, außer zu studieren. Da ich die Philosophie in letzter Zeit … irgendwie als Gift empfinde, habe ich mich auf das Studium der Sprachen dieser Region beschränkt und auf die Werke der Geographen von Alexandria.«
»Das ist ein wahrlich guter Scherz. Ein Mörder wird nicht mit dem Schwert daran gehindert, seine Tat auszuführen, sondern durch das unstillbare Bedürfnis eines Pedanten, beinahe alles genau zu untersuchen, sei es für ihn von Bedeutung oder nicht! Ich

war dir gegenüber ungerecht. Ich verstehe nicht, warum ich dir jemals gestattet habe, dich aufs Land zurückzuziehen.«

Marcus sah in den eisengrauen Augen nichts als eine große Ehrlichkeit und erkannte, dass keine noch so scharfsinnigen Argumente, keine noch so wortreichen Loyalitätsbekundungen das Vertrauen des Kaisers so schnell wiedergewonnen hätten wie dieser Vorfall. Im Stillen dankte er Fortuna.

»Die Daker nutzen es aus, dass du für jeden zugänglich bist. Du solltest bessere Vorkehrungen zu deinem Schutz treffen.«

»Ach, das habe ich schon öfter gehört! Morgen bist du beim Essen mein Ehrengast. Komm um die gleiche Zeit. Ich muss mir überlegen, wie ich dir richtig danken kann. Es wird nicht leicht sein, sich bei dir zu bedanken. Ich weiß, du willst weder Ehre noch eine Stellung.«

Marcus stellte verwirrt fest, dass seine Sinne kaum Schritt halten konnten mit der Geschwindigkeit, mit der er wieder in Gnaden aufgenommen war. Wenige Menschen hatten so viel Glück, um ihren Feinden ein Schnippchen schlagen zu können. Offenbar hatte er das irgendwie geschafft. Doch der Augenblick war bei weitem nicht so honigsüß, wie er es hätte sein können, denn über ihm schwebte immer noch ein Albtraum – Aurianes Notlage.

»Ich will keinen Dank«, sagte Marcus. »Was ich getan habe, hätte jeder Mann getan, der nicht absolut erbärmlich ist. Ich wünsche mir nur eine wohlwollende Anhörung des Falls, der mich veranlasst hat, hierher zu kommen, um ihn dir vorzulegen.«

»Das kann warten! Zuerst feiern wir!«

* * *

Um die Mittagszeit des nächsten Tages brachte der Oberpriester Dankopfer für Mars und Nemesis dar, die beiden Gottheiten, die – so war nach einigen Erörterungen entschieden worden – dem Kaiser das Leben gerettet hatten. Bikilis, der dakische Prinz, war nicht gefangen genommen worden. Er hatte wenige Augenblicke, bevor Trajan Reiter zu seiner Verfolgung ausschickte, die Posten des Haupttors passiert. Das dichte Schneetreiben verhinderte seine

Verfolgung. Nachmittags ließ Marcus unwillig ein ermüdendes Bankett mit sieben Gängen über sich ergehen, dessen Hauptattraktion aus gebratenem Donaukarpfen in Dattelsoße mit Liebstöckel und Gartenraute bestand, sowie hispanischem Wein, der im Jahr seiner Geburt abgefüllt worden war. Begleitet wurde das Mahl von überschwänglichen Lobeshymnen auf ihn und den verschiedensten Varianten fehlgeschlagener Wildschweinjagden, die in halb betrunkenem Zustand erzählt wurden. Die Langeweile erreichte ihren Höhepunkt nach einer *Mensa secunda* aus punischer Grütze mit Weichkäse und Honig, gefolgt von einer Belustigung, die für seinen Geschmack zu roh und martialisch war. Die Darbietung wurde als »Feuer- und Schwertertanz« angekündigt und von den jungen Männern eines nahe gelegenen Dorfes aufgeführt. Wenn der Anblick von Marcus, der Trajans großen Krieg missbilligte, auf dem Platz des Ehrengastes die Gefühle der Tribunen und Senatoren beleidigte, so verbargen sie es gut. Die geistlose Gesellschaft wurde ein wenig belebt durch die Schar von Dichtern und Philosophen, die Trajan auf den Feldzug mitgenommen hatte. Unter ihnen befand sich auch Dion Chrysostomus, der Lieblingsphilosoph des Hofes, und zum großen Erstaunen von Marcus auch der Epigrammdichter Milo mit der unüberhörbaren hohen Stimme, die er bei seiner unerfreulichen Begegnung mit dem berittenen Gardisten in der Villa an der Mosel beinahe für immer verloren hätte. Anwesend war auch, allerdings sichtlich beunruhigt, der Prätorianerpräfekt Livianus.

Zumindest im Augenblick ist dieser Panther an der kurzen Leine.

Auffallend abwesend war Lappius Blaesus. Es erwähnte ihn auch niemand. Er war von der Seite des Kaisers verbannt worden und hatte das Lager in Ungnade verlassen.

Und so konnte Marcus dann endlich in der ersten Stunde des folgenden Tages den Fall zur Sprache bringen, der ihn eigentlich nach Dakien geführt hatte. Zu dieser Zeit schliefen die meisten Teilnehmer des Banketts noch ihren Rausch aus. Er kam im fahlen frühmorgendlichen Licht zurück in das *Praetorium* und traf den Kaiser so klar und wach an, als habe er am Abend zuvor nur Essigwasser getrunken.

Marcus kam kaum weiter als: »Ich möchte mit dir über die Chattin sprechen, die du als Aurinia kennst«, als Trajan ihn unterbrach.
»Wenn es um die Frau geht, mit der du zusammenlebst, die so viel Unheil angerichtet hat, und um ihr Geständnis, das sie gegenüber Maximus abgelegt hat, dann kannst du völlig beruhigt sein. Ich bin nicht so dumm wie andere, die glauben, dass du irgendwelche Kenntnis von ihrem Tun hattest.«
Marcus spürte einen leisen Anflug von Entsetzen. »*Die Frau, mit der du zusammenlebst*«, war eine kalte und oberflächliche Art, von Auriane zu sprechen.
Das ist also der Preis des Vertrauens, das ich gerade gewonnen habe: Die klare Trennungslinie, die er zwischen Auriane und mir zieht.
Ich habe einen solchen Kampf noch nie verloren. Aber jetzt ringe ich nicht mit einem Tyrannen, sondern mit einem gerechten Herrscher, der mir gewogen ist. Warum erfasst mich dann eine so unendliche Trauer?
»Ja, über sie möchte ich sprechen«, sagte Marcus vorsichtig. »Wie du vielleicht bereits weißt, wird sie hierher kommen, um sich an dich zu wenden.«
Trajan runzelte die Stirn und nickte langsam.
»Du musst ihr vergeben«, sagte Marcus.
Die Stirn blieb gerunzelt. Das verhieß nichts Gutes.
»Nur zu, dann lege mir deine Gründe dar.«
»Ich weiß, sie hat gegen das Gesetz verstoßen, doch sie hat gesetzestreu, ja sogar edel gehandelt, wenn man sie als Frau ihres Volkes betrachtet. Unter deiner Herrschaft werden die alten Werte geachtet, aber es werden auch neue Werte geschaffen ...«
»*Neue?* Davon habe ich noch nichts gehört.«
»Du verschiebst nicht nur die Grenzen der Welt, sondern auch die Grenzen dessen, was gut und richtig ist. Ich glaube, *deshalb* wird man sich an dich erinnern und weniger wegen der neuen Gebiete, die du für das Reich gewinnst. Ich spreche von deinen Maßnahmen, um mehr Bürgern als jemals zuvor eine Bildung zu ermöglichen, armen und städtischen Kindern eine Unterstützung zu be-

zahlen und von deinen fürsorglichen Maßnahmen hinsichtlich der vielen Waisenkinder. All diese Dinge sind ohne Beispiel. Und im Hinblick darauf, was gut und richtig ist, gibt es hier noch einen neuen Weg, den du öffnen, eine neue Grenze, die du verschieben kannst. Denn haben wir *sie* nicht schließlich auch zu einer Waisen gemacht?«

Jetzt wirkte die gerunzelte Stirn des Kaisers leicht umwölkt, was darauf hindeutete, dass er nachdenklich, ja sogar unruhig geworden war.

Marcus sprach schnell weiter. »Es sieht so aus, als habe sie sich einen besonders schweren Verstoß gegen das Gesetz zuschulden kommen lassen. Aber in Wahrheit ist das nur eine Frage des Standpunktes, unter dem man den Fall betrachtet. Sie hat schon immer mit einer Tapferkeit gehandelt, der man in diesen friedlicheren Zeiten selten begegnet. Sieht man sie als Tochter ihres Volkes, dann war die Beschaffung von Waffen für die Krieger nur ein Weg, um das Volk vor dem Verhungern zu bewahren, denn es besitzt keine Mittel, um feindliche Überfälle abzuwehren. Nach den Gesetzen ihres Volkes konnte sie kaum anders handeln.«

»Ich weiß, ich muss dich nicht daran erinnern, dass sich niemand auf einen Volksbrauch berufen kann, den das römische Gesetz nicht anerkennt.«

Der unverhohlene Einwand schmerzte Marcus, doch er fuhr trotzdem fort: »Natürlich nicht. Aber das Gesetz selbst wird ständig weiterentwickelt, und es hat viele Feinheiten, die von dir persönlich stammen. Bedenke doch, wir befanden uns nicht im Kriegszustand, als sie das getan hat. Außerdem ist sie in jeder anderen Hinsicht für uns eine hochherzige Freundin gewesen. Und wir wollen nicht vergessen, dass sie mit ihrem mutigen Sprung auf den Rücken des Auerochsen Maximus und noch fünf anderen Männern das Leben gerettet hat.«

»Das ist wahr«, erwiderte der Kaiser. »Aber ein paar Menschen das Leben zu retten, lässt sich kaum damit vergleichen, dass man den ganzen Staat gefährdet.«

»Bedenke, dass ihr Volk von allen Seiten bedrängt wird, so wie Rom es in seinen Anfängen war. Sie ist mit den Helden unserer

Frühzeit verwandt. Sie wollte ihrem Volk nur Nahrung verschaffen, sie wollte nur verhindern, dass die Cherusker die jährliche Getreideernte rauben. Sie hat niemals beabsichtigt, dass diese Waffen gegen uns gerichtet würden. Ich weiß, ein Freispruch ist eine Abkehr vom festen Brauch, aber deine Herrschaft ist in einem hohen Maß eine Abkehr von festen Bräuchen.«

Der Kaiser schwieg. Marcus sprach weiter.

»Wir haben immer die Götter anderer Völker geachtet, und von daher ist es kein allzu großer Schritt, das Handeln zu achten, das diese Götter gebieten.«

Trajans Züge verrieten deutliches Unbehagen.

Ich werde mich mit seiner Ablehnung nicht abfinden. Wenn sie durch Überzeugung nicht gerettet werden kann, dann muss ich einen anderen Weg finden.

»Es tut mir Leid, Marcus, mein guter Freund!«, sagte Trajan. »Du bist seit langem ein Ratgeber von Herrschern und ein Feind von Tyrannen. Ich stehe tief in deiner Schuld, und mein natürlicher Wunsch, dir alles zu geben, worum du bittest, ist so groß, dass es mich zutiefst schmerzt, dir das zu sagen. Wenn du mir erklärst, sie ist unschuldig, dann will ich es glauben. Aber mit dieser Tat hat sie sich zu viel erlaubt. Es gibt Verbrechen, die man um der Sicherheit der Grenzprovinzen und um all jener willen, die auf unseren Schutz zählen, nicht übersehen kann.«

»Aber ich versichere dir, sie wird das nicht wieder tun. Es würde deinen Ruhm unermesslich steigern, wenn du sie am Leben lässt. Sie würde als Beispiel für die Größe deines Zeitalters gelten.«

»Nein«, sagte Trajan, und seine Stimme schloss nachdrücklich eine Tür. »Es kann nicht sein.«

Marcus dachte, dass man gegen die Bosheit eines Tyrannen besser ankämpfen könne als gegen die schlichte, hartnäckige Vernunft dieses Mannes.

»Marcus, du musst diese Angelegenheit auf sich beruhen lassen. Selbst ich kann da nichts tun. Wenn wir die Augen davor verschließen, dass Bürger unsere Feinde bewaffnen, ist das für andere nur eine Ermutigung, es ebenfalls zu tun. Es schmerzt mich, dir das zu sagen, aber ich muss es tun. Es ist sogar unwichtig, mit

welcher Absicht sie es getan hat. Wir müssen in diesem Fall nur an das Wohl des Ganzen denken.«
»Aber wirst du sie anhören, wenn sie kommt?«, fragte Marcus mit erzwungener Ruhe.
»Natürlich. Das verlangt das Gesetz.« Es entstand ein kurzes Schweigen, dann fügte der Kaiser hinzu: »Ist es nicht an der Zeit, dass du endlich eine richtige Frau findest, eine von gleichem Rang und Stand?«
Das war ein unangenehmer Schlag aus einer unerwarteten Richtung. Als Marcus sich von seiner Überraschung erholt hatte, erwiderte er kummervoll: »Du hast Recht. Wir sind nicht von gleichem Rang. Der ihre ist höher. Darf ich gehen?«
Das Gesicht des Kaisers wirkte flüchtig gequält. »Ich sage dir noch einmal, es war sehr schmerzlich für mich, dir diese Entscheidung mitteilen zu müssen.« Das Schweigen zog sich in die Länge und war unbefriedigend. Der Kaiser brach es. »Ich werde in Rom eine Schule gründen, die deinen Namen trägt. Ich werde im Vorhof eine Statue von dir aufstellen lassen. Du wirst unbegrenzte finanzielle Mittel zur Verfügung haben, um Lehrer zu berufen.«
»Das ist überaus großmütig und großzügig«, sagte Marcus gleichgültig.
»Dion wird später sprechen. Du weißt ja, dass er hier ist. Du musst uns unterhalten und dich mit ihm streiten.«
Sieht er nicht, dass ich zu verzweifelt bin, um an solche Dinge zu denken?
Ganz plötzlich begriff Marcus, dass für Trajan seine Fürsprache für Auriane vielleicht nicht mehr gewesen war als das, was jeder Patron für einen Klienten tun würde, zu dem er eine Neigung gefasst hat. Marcus musste einsehen, dass es offenbar nur wenige gab, die verstanden, dass zwischen zwei Menschen, die auf so unterschiedlichen gesellschaftlichen Stufen standen, ein fundamentales geistiges Band bestehen konnte.
»Es tut mir Leid«, sagte Marcus. »Ich führe zurzeit keine Streitgespräche mehr. Es ist mir gleichgültig, was Dion denkt. Es ist mir sogar gleichgültig, was *ich* denke. Der Mann ist voller Gerede und Wind, er könnte eine halbe Idee so weit dehnen, dass sie über ein

ganzes Stadion reicht. Er lebt nur, um zu provozieren. Er wählt Ilion als Ort, um einen Vortrag darüber zu halten, dass Troja niemals existiert hat!« Er hielt inne und sagte ohne Umschweife: »Ich stelle in mir eine … ungewohnte Leere fest. Das heißt nichts anderes, als dass ich schweigen sollte. Die Folge ist, dass ich nicht einmal mehr andere unterrichten will.«

»Mein lieber Freund, was hat dich so bitter gegenüber der Philosophie gemacht?«, fragte Trajan ernst. »Das wüsste ich wirklich gerne.«

Marcus sagte ihm, obwohl er selbst nicht wusste warum, die Wahrheit.

»Ich habe eine alte Frau getroffen. Und seitdem bin ich nicht mehr derselbe.«

»Ha!« Der Kaiser legte seine große Hand auf Marcus' Schulter. »Die Antwort gefällt mir. Unser Dion bringt Senatoren dazu, Zusammenkünfte in der *Curia* zu unterbrechen, nur damit sie ihn hören können. Er hält sogar Barbaren Vorträge, nur auf dich hat er keine Wirkung! Aber eine alte Frau hat Wirkung auf dich!«

»In der Tat. Ihretwegen erscheint mir die Philosophie im Augenblick so sinnlos wie das Zählen von Grashalmen. Und das Philosophieren schmeckt für mich nach Staub.«

»Erstaunlich und merkwürdig. Kannst du mir mehr darüber sagen?«

»Ist dir jemals der Gedanke gekommen, dass wir nicht dadurch frei werden, dass wir mehr und mehr lernen, sondern dadurch, dass wir verlernen, was wir zu wissen glauben?«

»Jetzt weiß ich, dass ich in Gesellschaft eines Philosophen bin. Was du sagst, ergibt keinen Sinn. Wer ist diese unbezahlbare alte Frau?«

»Die große Seherin der Chatten, die Ramis genannt wird.«

»Ramis … Maximus hat sie in meinem Namen erst vor kurzem bestraft und nach Rom geschickt.«

»Genau die meine ich. Sie ist jemand, der all die Dinge lebt, von denen die Philosophen sprechen. Und das spürt man deutlich, wenn man vor ihr steht.«

»Sehr interessant. Ich werde mit ihr sprechen, wenn dieser Krieg vorbei ist. Wirst du mich nach meiner Rückkehr daran erinnern?«

Das war mit der Gleichgültigkeit dessen gesagt, der Philosophen sammelte, so wie andere Männer Kuriositäten oder korinthische Bronzen. Marcus versprach es. Er machte Anstalten zu gehen, als Trajan sich plötzlich an eine Angelegenheit zu erinnern schien, über die er zuvor schon nachgedacht hatte. »Ich stehe vor einer Aufgabe, die dein meisterliches Verhandlungsgeschick erfordert. Hast du nicht gesagt, dass du so lange bleiben wirst, wie ich dich brauche? Wir haben nämlich Informationen, dass Gefangene von einer der Festungen in Mösien, die wir bei unserer Ankunft besetzt haben, in eine Höhle gebracht worden sind. Dort halten die Daker sie hoffentlich fest, um Lösegeld zu fordern. Aber die Daker sind Barbaren. Es ist deshalb ebenso wahrscheinlich, dass sie die Gefangenen töten. Es sind Männer von Rang unter ihnen. Ich will sie zurückhaben. Wirst du an der Spitze einer Abordnung Verhandlungen über ihre Freilassung führen? Ich setze in dieser Angelegenheit größeres Vertrauen in dich als in jeden anderen.«
Marcus erklärte sich ohne große Begeisterung oder andere Gefühle dazu bereit. Er hatte nur den einen Wunsch, bis zu Aurianes Ankunft in diesem Land zu bleiben.

Siebenundzwanzigstes Kapitel

Die Festung Mogontiacum
Die Nonen des Dezember

»Aurinia, du darfst dich in meiner Gegenwart setzen.« Das zufriedene Gesicht des Statthalters war an diesem Tag angespannter als üblich, und in seinen Augen lag ein Anflug von unbestimmter Ängstlichkeit. Es roch nach Tragödie wie nach einem schlechten Parfüm.

Auriane nahm langsam und vorsichtig auf einer Bank Platz. Man hatte sie in diesen kahlen und nackten Raum im Innern der Festung geführt, wo der Statthalter sie allein erwartete. Das an sich war bereits beunruhigend, denn normalerweise war immer ein Schreiber oder ein Tribun der unteren Ränge in seiner Nähe. Sie bereitete sich darauf vor zu hören, dass Witgerns Trupp in einen Hinterhalt geraten war und dass man Avenahar nach dem Kampf tot unter den anderen Opfern gefunden hatte. In Aurianes Magen und in ihrem Herzen breitete sich Eiseskälte aus, während sie überlegte, ob er ihr erlauben würde, den geschundenen Körper ihrer Tochter noch einmal zu umarmen, bevor man ihn auf den Scheiterhaufen legte.

Wenigstens die arme Arria ist in Sicherheit. Die Vorstellung, dass Arria glücklich und umsorgt in der Villa lebt, war der einzige stille und warme Ort in diesem Sturm und der Dunkelheit, in der ich mich befinde.

Auriane hatte seit dem Tag der Urteilsverkündigung nicht mehr mit Maximus gesprochen. Ihre Reise zum Kaiser verzögerte sich bis zum Frühjahr. Dann würden die letzten Truppen für den

Sturmangriff auf die Bergfestung des dakischen Königs in Trajans großen Krieg ziehen. Die Festung von Mogontiacum war also ihre Bleibe für den Winter. Sie konnte nicht wissen, dass die Bemühungen von Marcus in ihrem Fall genau an diesem Tag gescheitert waren.

»Wie du weißt«, fuhr Maximus fort, »habe ich Marcus Julianus versprochen, mich um seine Kinder zu kümmern.«

Auriane spürte, wie etwas in ihr zusammenbrach. »Ich habe seit einem Monat nichts mehr von Arria Juliana gehört«, unterbrach sie ihn und wollte ihn zwingen, ihr in die Augen zu sehen.

In den letzten Monaten war sie sich wie ein wildes Tier vorgekommen, das unablässig in seinem Käfig herumlief und nichts mehr vom Leben wahrnahm, sondern nur nach einer Öffnung suchte, durch die es fliehen konnte. Sie wollte keine Nahrung, sondern eine Nachricht von ihren Kindern oder von Marcus. Bei Vollmond fühlte sie sich stärker. Dann saß sie in dem kleinen, von Unkraut überwucherten Hof vor ihrem Raum. Das fahle Licht überflutete ihr blasses Gesicht, und sie betete. Freia blieb stumm, aber im heulenden Winterwind, der über die Dächer fegte, hörte sie oft die geflüsterten Ermutigungen von Ramis.

Im Schutz der Dunkelheit schlich sie sich hinaus in den Hof und übte mit einem Ast, den sie von einem Weißdorn abgebrochen hatte, Schwertkampf oder warf den Stock auf ein Ziel. Ihr wildes Herz befahl ihr, so lange wie möglich stark und beweglich zu bleiben. Sie war immer wie ein Tier gewesen, das kämpfend überlebt hatte. Für ihre Wachen bedeutete sie ein unterhaltsames Kuriosum. Der eine oder andere Unteroffizier vertrieb sich die Zeit auf dem langweiligen Posten damit, dass er im Hof mit ihr übte, wobei sie ihren Stock, er seine Waffen benutzte –, bis der Statthalter davon erfuhr und dem wütend ein Ende setzte.

»Ich weiß nicht einmal, ob sie meine Briefe bekommen hat«, fuhr Auriane fort. »Ich vertraue darauf, dass du gut auf sie aufpasst.«

Seine Augen wanderten schnell von der Wand hinter ihr zum Tintenfass und wichen dabei geschickt ihrem Blick aus. »Ich habe in den letzten Monaten gespürt, dass deiner Tochter Gefahr drohte.«

Er redete in der gewohnten gemessenen Art, doch man konnte

seinem Gesichtsausdruck entnehmen, dass sein Unbehagen wuchs. »Die bösartigen Streiche eurer Nachbarn waren immer schlimmer geworden. Wie du weißt, werden kleinliche Menschen manchmal kühn, wenn sie glauben, der Sturz eines Mächtigen stehe bevor. Deshalb habe ich es für das Beste gehalten, Arria Juliana nach Rom zu ihrer Großtante zu schicken, wie Julianus es für den Fall vorgeschlagen hatte, dass sich die Lage verschlechtern sollte. Aber offenbar ist deiner Tochter ein … Missgeschick zugestoßen.«

»Ein *Missgeschick?*« Auriane richtete sich zitternd auf. Sie hatte das Gefühl, ihr Körper breche an den Gelenken auseinander.

»Setz dich wieder! Beruhige dich. Arria Julianas Wagen sind allem Anschein nach von einer Räuberbande überfallen worden. Man hat sie aus ihrer Kutsche entführt.«

»Welchen Begleitschutz hattest du ihr mitgegeben?«

»Hüte deine Zunge! Ich warne dich. Anmaßendes Verhalten wird dir nicht helfen! Angehörige deines Haushalts haben uns die Räuber beschrieben, und wir jagen sie. Aber Demaratos, dein Kämmerer, ist leider tot.«

»Ihr Götter«, flüsterte sie. Ihr schien die Kehle plötzlich wie zugeschnürt. »Nein.« Sie vergrub das Gesicht in den Händen und fühlte sich eine Weile so elend, dass sie kein Wort hervorbrachte.

Ihr Raben, hackt mir die Augen aus. Auch das ist meine Schuld. Ich habe mein Volk über mein Kind gestellt. Ich hätte bei ihr sein müssen.

»Andere deiner Diener sind verletzt, aber es sieht so aus, als sei den meisten nichts geschehen. Und …«

Sie hob unvermittelt den Kopf und sah ihn an. »Wann ist das alles geschehen?«

Maximus schloss die Augen. »Vor … einigen Tagen.«

»*Vor einigen Tagen?* Wieso hat es so lange gedauert, bis du es mir sagst?«

»Ich habe den offiziellen Bericht aus Treverum über den Vorfall erst heute bekommen. Wie auch immer, deine Diener sind in Todesangst in alle Winde davongelaufen. Mit dem Boten ist aber eine alte Frau hierher gekommen … sie heißt Philomela.«

»Ihre Amme! Du musst dich ihrer annehmen. Was hat sie gesagt?«

»Ihr geht es so weit gut. Wenn du willst, kannst du mit ihr sprechen. Ich schicke sie mit dem Postwagen zurück zur Villa. Sie behauptet, man habe deiner Arria nichts getan. Man habe sie nur gefesselt und sei mit ihr davongeritten. Sonst habe man nichts mitgenommen. So wie es aussieht, haben die Räuber nur deine Tochter gesucht.«

»Dann wollen sie also Lösegeld.«

»Weder in der Villa noch bei mir ist eine Forderung nach Lösegeld eingetroffen.«

»Das ist verrückt. Es ergibt überhaupt keinen Sinn. Warum haben sie nur meine arme Kleine genommen und weder Schmuck noch Geld?« Die Angst schien Auriane zu ersticken. Sie wollte die Erde aufwühlen, schreien und die Götter verfluchen.

»Wir werden die Entführer finden«, sagte der Statthalter salbungsvoll und mit einer selbstsicheren Ruhe, die sie wütend machte. »Das verspreche ich dir. Das bin ich Julianus schuldig. Beruhige dich. Wer immer sie entführt hat, will sie lebend haben. Du darfst nicht verzweifeln.«

»Fünfundzwanzig Tage«, flüsterte Auriane und schüttelte langsam den Kopf. »Zeit genug, um ihr alles Schlimme anzutun, was sich ein Mensch einfallen lassen kann.«

Auriane saß still auf der Bank. Ihr Bewusstsein wurde zu einer Jägerin im Dunkeln. »Ich weiß, wo sie ist«, sagte sie plötzlich leise. »Ich würde die Ernte eines ganzen Jahres darauf wetten.«

Maximus runzelte die Stirn und beugte sich vor. »Sag es mir. Ich werde sofort Männer dorthin schicken.«

»Volusius Victorinus hat sie.«

»Dieser schmierige Halunke?« Der Statthalter fasste sich nachdenklich ans Kinn. »Der ehemalige Magistrat, der von Hass vergiftet in seinem Haus sitzt …« Er dachte laut nach. »Aber könnte dieser Mann, der nicht mehr ist als eine Küchenschabe, die Julianus zertreten hat … ist es möglich, dass dieser Mann den Mut zu einer so abscheulichen Tat aufgebracht haben sollte, um sich zu rächen? Wie könnte er so etwas wagen!«

»Ich glaube nicht, dass er es aus Rache getan hat. Es ist ein Fall, in dem die Lüsternheit eines Satyrs über die normale Vernunft gesiegt hat.«

* * *

Arria wusste nicht mehr, wie viele Tage sie sich schon an diesem Ort befand. Eigentlich waren es keine Tage, sondern es war eine einzige lange Nacht, denn in dem Raum, in den man sie gebracht hatte, gab es keine Fenster.

Manchmal brannte die Lampe, und dann sah die den Bauch des Ungeheuers.

Sie lernte schnell, die Dunkelheit vorzuziehen. Denn wenn die Lampe brannte, war *er* da. Der Raum hatte eine kleine Tür, durch die eine Dienerin Essen brachte, und eine größere Tür, durch die *er* hereinkam. Es war der Mann mit dem glatten Kopf und den komischen Ohren, der Feind ihres Vaters.

Victorinus.

Er hatte das Gesicht eines verstockten Kindes, das im Licht der Lampe, die auf dem Fußboden stand, eher wie das Gesicht eines traurigen Dämons wirkte. Er beobachtete sie aus der Ecke seiner Höhle und wollte zu ihr, war dazu aber noch nicht fähig. Im Laufe der langen, langen Nacht erzählte er wirre Geschichten von sich als Kind, redete von Grausamkeiten, die keinen Sinn ergaben, und vergoss dabei wehleidige Tränen, die ihr entsetzliche Angst machten. Einmal jammerte er über die Treulosigkeit von Decimina, die, nachdem Marcus Julianus ihn zugrunde gerichtet hatte, ihn immer schamloser betrog. Dieser alte Mann wollte, dass sie ihn bedauerte. Er schien nicht zu sehen, dass sie zu verängstigt war, um zu sprechen. Er war so langsam, verstohlen und unvermeidlich wie die Flut, die in der Dunkelheit näher kam. Näher und jedes Mal näher, ganz langsam näher. Seine Augen waren trüb von einem unbekannten Verlangen. Arria wurde von ihm in einen immer enger und enger werdenden dunklen Tunnel gedrängt. Das Atmen fiel ihr immer schwerer.

Sie fühlte sich in einem Raum eingeschlossen, der sich langsam mit Schmutz füllte, mit stinkendem Schleim, der ihr in die Nase, in den Hals dringen und sie füllen würde, bis sie sich in etwas anderes verwandelte, in ein Wesen aus Sumpfwasser und Dung. Es war ein Raum der Dunkelheit, den sie nie verlassen durfte. Ein Kleiderschrank, eine Nische, ein Strohsack auf dem Boden. Kein Platz, um sich zu verkriechen, damit man nicht gesehen wurde. Sie hätte ein Vogel sein sollen, dann wäre sie an die Decke geflogen, wo niemand sie erreichen könnte.

Vielleicht würde sie ein Schwan werden.

Es kam der Augenblick, als sie schlagartig wach wurde und feststellte, dass er sich über sie beugte.

Mutter, hilf mir!

Aber natürlich war niemand da, um ihr zu helfen. Sie empfand eine solche Angst, dass sie das Gefühl hatte, ihr Innerstes kehre sich nach außen. Sie wünschte, sie wäre klein, während er seine Handfläche, die sich wie ein Wurm anfühlte, auf ihren Bauch legte. Er fürchtete sich davor, es zu tun, tat es aber trotzdem.

Haut wie ein verrotteter Pilz. Fleisch wie eine glitschige tote Kröte.

Er atmete seltsam, wie ein erschöpfter Hund. Sie verwandelte sich in eine Marmorstatue. Dann dachte sie nur noch an die Sicherheit, die mit der Dunkelheit kam, und trat gegen den niedrigen Hocker, auf dem er die kleine Tonlampe abgestellt hatte. Licht und Dunkelheit tanzten über die Wand.

Er schrie nach den Dienerinnen und stieß leise Flüche aus, die Arria galten. Sie sah, dass er eine panische Angst vor Feuer hatte. Eine Wahnsinnsangst, beinahe wie ein Tier.

Die kleine Tür wurde vorsichtig erst einen Spalt und dann ganz geöffnet, und drei seiner Dienerinnen eilten unter lauten Schreckensschreien herein. Sie warfen ihre Mäntel auf die Flammen, um sie zu ersticken. Arria hatte ihn wütend gemacht und verwirrt und dadurch abgewehrt – dieses Mal.

Aber beim nächsten Mal?

Ein Schwan. Ich werde einer der schneeweißen, freundlichen Schwäne sein, die auf dem Fluss leben.

Aber das nächste Mal war so anders, dass er sie überraschte. Zum ersten Mal führte eine Dienerin Arria aus dem dunklen Raum und brachte sie in einen schäbigen Essraum. Dort brannten mehr Lampen, als sie seit vielen Tagen gesehen hatte. Das Licht schmerzte in ihren Augen. Auf den Liegen lagen essende Männer – es war ein Gastmahl aus einem bösen Traum.

Der Raum hatte keine Türen, die auf einen Garten gingen. Wenn ein Raum *schlecht* sein konnte, dann dieser hier. Die verrußten Wandbilder glänzten fettig. Auf dem Boden lagen Fischgräten von früheren Mahlzeiten. Die Steinplatten waren zwar mit Myrthe und Lorbeer bestreut, aber das änderte nichts an dem üblen Geruch, einem schwachen süßlichen Gestank, der einen dazu brachte, dass man sich umsah, um festzustellen, wer eine eiternde Wunde hatte. Die Dienerinnen waren ungepflegt und verhärmt. In einer Ecke spielte ein Zwerg eine Rohrflöte. Knaben mit hübschen Stimmen, die hinter einem Vorhang verborgen waren, sangen Hirtenlieder.

Im Raum war ein Affe, auch ein Gefangener wie sie. Er schrie in seinem Holzkäfig wie ein verängstigter Junge. Ein schnatternder Affenjunge. Und dann war da noch ein schöner grüner Papagei, der auf einer Stange saß und Sätze von Homer sprechen konnte.

Drei Gäste lagen auf einer Liege. Ihre Gesichter glänzten von Nardenöl. Victorinus lag auf der ersten Liege. Das war der Ehrenplatz. Der alte Mann war trunken vom Wein und hatte einen so leeren Blick, dass man glaubte, in seinem Innern wohne niemand mehr.

Zwei große Mädchen mit dunkler Haut in Arrias Alter waren ebenfalls als Gefangene da. Sie hatten die Augen dick mit Kohle geschminkt. Arria vermutete, dass sie von weit her kamen, vielleicht aus Numidien oder Cyrene. Sie tanzten und bewegten sich dabei, als hätten sie Angst.

Man hatte Arria befohlen zu sagen, sie sei auch eine Sklavin, die Tochter eines Kutschers. Plötzlich wusste sie, wenn sie gehorchte, würde sie niemals fliehen. Dann würde sie in dem dunklen Raum sterben.

Ein Mann mit den schwarzen Fingernägeln eines Steinhauers griff mit seiner schwieligen Pranke nach Arrias Hand und zog sie näher. Er tauchte die Finger in Nardenöl und betupfte damit ihre Stirn. Der Hausherr sagte, er könne sie haben, wenn ihm danach zumute sei, lasse er ein Zimmer vorbereiten. Der Gast erwiderte, sie sei nicht nach seinem Geschmack. Sein Feuer brenne nur für kappadokische Jünglinge. Aber er glaube, der Affe dort drüben sehne sich danach, den Wagen der Venus zu steuern.

Alle lachten laut und lange darüber. Sie ermunterten und drängten Victorinus, bis er aufstand. Speichel tropfte ihm aus dem Mund, und er schwankte. Sein Blick war leer. Niemand war Herr seiner Gedanken. Er folgte der Aufforderung und bedeutete einem Diener, den Affen aus dem Käfig zu nehmen. Es war ein Affenjunge. Arria kannte den Unterschied. Der Affe schrie vor blindem Zorn, als er zu ihr gebracht wurde. Man hielt sie so fest, dass sie sich nicht bewegen konnte. Die Knaben hinter dem Vorhang sangen lauter.

Arria erfasste die Art Angst, bei der man zu schweben glaubt. In Geschichten erscheinen Götter manchmal als goldener Nebel. Vielleicht kam einer in diesem Augenblick zu ihr. Sie wusste es nicht, aber etwas Warmes, Schimmerndes hüllte sie ein, und ihr wurde plötzlich klar, was sie zu tun hatte. Sie sah die Waffe, die sie benutzen musste, so deutlich, als liege sie auf dem Tisch vor ihr. Eine Waffe, die so gut war wie ein Schwert.

Sie sagte ihren Namen. Genau genommen schrie sie ihn.

Man hatte sie am ersten Tag an diesem Ort ausgepeitscht. »Nur damit du weißt, wie das ist.« Und man hatte ihr gedroht, das werde wieder geschehen, wenn sie jemals ihren richtigen Namen nenne. Trotzdem schrie sie jetzt ihren Namen.

Und den Namen ihres Vaters.

Der Mann auf der Liege wich vor ihr zurück wie vor einem Feuer, das nahe an seinem Gesicht auflodert. Er begann ebenfalls zu schreien.

Plötzlich waren alle wie verrückt.

Sie hatte ihnen Angst eingejagt. Das war wunderbar. Eine innere Stimme sagte ihr, sie solle davonlaufen wie ein Pferd, obwohl sie nackt war und den Weg nach draußen nicht kannte.

Sie rannte durch den engen Gang, den die Dienstmädchen benutzten, und stieß mit jemandem zusammen, der weich, bedauernswert und traurig war.

Lucius.

Lucius mit dem verunstalteten Gesicht, weil er ihrer Mutter und ihrer Schwester den gemeinen Streich mit dem Ochsenkarren gespielt hatte. Er musste hier gelauert und beobachtet haben, was in dem Raum vor sich ging.

Es war alles verloren.

Sie wehrte sich gegen ihn, aber er war zu stark. Sie versuchte, ihn zu beißen. Es nützte nichts. Seine Arme waren wie aus Eisen. Sie würde in den schlimmen schrecklichen Essraum zurückmüssen …

Plötzlich stellte sie fest, dass er sie weiter durch den Gang schleppte. Dann öffnete er eine Falltür im Fußboden und schob sie hindurch. Sie stand auf Steinstufen, die nach unten führten, unter das Haus. Dort sah sie einen Wald aus gemauerten Ziegelsteinsäulen, der sich in alle Richtungen erstreckte. Hier gab es leise knackende und krachende Öfen, die ein seltsames, trübes Licht verströmten – schön und warm. Dort unten würde sie viele gute Verstecke finden.

Und niemand würde sie suchen. Später berichtete ihr Lucius, er habe seinem Vater gesagt, sie sei an ihm vorbei durch die Küchentür ins Freie gerannt und in der Nacht verschwunden.

Lucius zeigte ihr auch die schrecklichen Striemen auf seinem Rücken. Sein Vater hatte ihn verprügelt, weil er Arria hatte entkommen lassen.

Als sie so lange in diesem Gewölbe war, dass ihr Magen sich vor Hunger verkrampfte, hörte sie verstohlene Schritte. Und dann erschien Lucius. Er hatte sein Gesicht hinter einem Tuch versteckt, aber sie sah seine Augen, und die waren besorgt und freundlich. Er stellte Grütze mit Ei hinter einen der Öfen. Daneben legte er ordentlich gefaltete Leinenkleider. Sie vermutete, dass es spät in der Nacht sein musste, wenn keine Sklaven kamen, um die Öfen zu heizen. Es überraschte sie, dass er ihr half. Sie hatte ihn immer für einen Widerling gehalten, der anderen nur schaden wollte. Aber wie sich jetzt zeigte, war in ihm noch etwas anderes verborgen.

Drei oder vier Mahlzeiten später kamen Männer. Es waren Retter, die der Freund ihres Vaters, der Statthalter, geschickt hatte.

Sie setzten alle im Haus gefangen.
Selbst die Sklaven. Das erschien ihr nicht gerecht.
Die Männer forderten Arria auf, alles zu berichten, was geschehen war. Aber sie tat es nicht. Sie wusste, sie würde es niemals tun, denn das war die einzige Möglichkeit, um die Bilder abzuwehren, die sie zu überwältigen drohten. Und um ihr Herz zu beruhigen, das dann anfing zu galoppieren wie eine Herde Pferde. Sie streute Ätzkalk über die Bilder und vergrub sie tief in der Erde, da wo Würmer und alle möglichen faulenden Dinge lebten.
Und dann begann eine neue Reise – eigentlich dieselbe – zu ihrer Großtante nach Rom. Aber es war eine andere Reise, weil Arria jetzt ein Gesicht hatte, das nicht zu ihrem Inneren passte.
Wie Lucius …
Ohne es beschreiben zu können, hatte sie das seltsame Gefühl, ein Rennen gewonnen zu haben. Vielleicht kam es nur daher, dass sie gewusst hatte, wie sie freikommen würde.
Sie hatte eine Waffe gefunden und den anderen Angst eingejagt.
Sie würde nicht mehr nach ihrer Mutter rufen.
Sie reiste wieder mit einer Wagenkolonne. Aber dieses Mal war alles anders. Ein fremder, vom Statthalter geschickter Kämmerer hatte den Platz von Demaratos übernommen. Und es waren sehr viel mehr Wachen bei ihr, einige sogar aus der Festung, die Speere und Schwerter trugen.
Und Lucius war bei ihr. Sie hatte so lange geschrien, bis die Männer sich bereit erklärt hatten, ihn mitzunehmen. Lucius hatte keinen Vater mehr, bei dem er hätte bleiben können, und seine Mutter wollte nur noch weg. Das machte ihn zu einem Waisen. Außerdem war es nur richtig, dass sie ihm half, denn er war ihretwegen grausam geschlagen worden. Lucius fuhr in einer eigenen Kutsche direkt hinter ihr.
Nur Philomela war noch ganz die Alte.
Während die schöne *Reda* dahinrollte, blickte sie von Zeit zu Zeit hinaus auf die sauberen, verschneiten Hügel und fragte sich, was wohl mit ihrem kleinen Hund geschehen war. Bestimmt lag er kalt und steif irgendwo in einem Grab aus Schnee. Wenn sie an ihren Hund dachte, weinte sie und konnte nicht mehr aufhören. Die

Amme schimpfte aber nicht mit ihr. Philomela sah sie nur traurig an.

Aber eigentlich war nur wichtig, dass sie wieder in die richtige Richtung fuhr: in die prächtigste, reichste und mächtigste Stadt der Erde.

Sie brauchte keine Hilfe.

Und im Mittelpunkt der Welt würde sie Pfauen haben.

Achtundzwanzigstes Kapitel

Frühling
Germanien, im Westwald

Avenahar stand ihrer Großmutter am Herdfeuer in Baldurs Halle gegenüber. Die Mutter ihrer Mutter saß königlich und erhaben auf dem hohen Sitz des alten Häuptlings. Flankiert wurde sie von etwa einem Dutzend ehemaliger Kampfgefährten Baldurs, einer langen Reihe faltiger, graubärtiger Richter. Keine Halle im ganzen Land war so von Geistern bevölkert wie diese. Große Geister mit traurigen Gesichtern sahen Avenahar aus den Dachbalken an, in denen sie eingeschlossen waren. Kein Ort war heiliger. Der Atem der Schicksalsgöttinnen wehte durch das Stroh des Dachs.

Avenahars Magen verkrampfte sich. Sie hätte zu gern gewusst, warum ihre Großmutter sie hatte rufen lassen. Wenn die Geschichten stimmten, die Witgerns Marketenderinnen ihr erzählt hatten, war keine Frau im ganzen Land scharfsinniger und unbeugsamer als Atlind, und keine mischte sich so oft und ungebeten in die Angelegenheiten anderer ein wie sie.

Avenahar schob die Kapuze ihres weiten Umhangs zurück und neigte den Kopf. Sie fühlte sich unwohl in der Halle, als sei jedes Dach, das niedriger war als der Himmel, ein zu großes Gewicht, das auf ihr lastete. Sie stand unter Gunoras Schutz und war als Schülerin des Heiligtums verkleidet hierher geritten. »Ich grüße dich, Atlind, Weise im Rat, Tochter Gandridas, Gemahlin Baldurs, des größten aller Häuptlinge und Mutter von Auriane.« Ihre Stimme zitterte leicht, als sie den Namen ihrer Mutter aussprach. »Ich wünsche dir Kraft und Glück bis zum Ende deiner Tage.«

Hinter Atlinds Sitz hing Baldurs Schild an der Wand. Er wirkte wie ein Reif um das Haupt der hohen Frau. Durch die Rauchöffnung fiel Sonnenlicht und ließ das straff zurückgekämmte und im Nacken zu einem lockeren Knoten gebundene taubengraue Haar aufleuchten. Das schwere Tuch ihres majestätisch drapierten leuchtend roten Umhangs wurde an der Schulter von einer silbernen Fibel in Radform festgehalten. An den langen, von der Arbeit am Webstuhl noch immer beweglichen Fingern blitzte Bernstein. Um ihren Hals, über den sich ein Netz von Linien zog, lag ein Amethysthalsband. Im hohen Alter waren Atlinds große leuchtende Augen, von denen man in ihrer Jugend gesagt hatte, sie glänzten wie die Augen einer Nixe hinter einem Wasserschleier, noch strahlender geworden, als sei darin, umgeben von einem Kranz weicher Falten, ihre letzte Lebenskraft gespeichert.
Atlind kniff etwas die Augen zusammen, um ihren Unmut zu zeigen.
Was habe ich denn getan, um ihren Zorn auf mich zu lenken?
Avenahar war es kalt. Unauffällig schob sie sich etwas näher an das Feuer, wobei sie hoffte, niemand würde es bemerken. Ein neues Jahr hatte begonnen. Es war der Monat, in dem die Brote untergepflügt wurden. In einem anderen Leben hätte sie gesagt, es war ein Tag – aber wer wusste schon noch genau, welcher? – zwischen den Nonen und den Iden des *Februarius*.
Einer der strengen alten Krieger gab Avenahar ein knappes Zeichen. Der Speer. Natürlich. Wie konnte sie nur so unhöflich sein? Hastig legte sie ihn vor sich auf den Boden – etwas zu schnell, denn er klapperte laut auf den Dielen.
Ein Anflug von Belustigung zog über Atlinds zartknochiges Gesicht, verschwand aber sofort wieder. Der Flammenschein glitt um den silbernen Ring auf ihrem Haar, als sie leicht den Kopf neigte. »Ich grüße dich, edle Tochter meiner Tochter. Du bist gewachsen, seit ich dich zuletzt gesehen habe. Ich bin sehr glücklich, dass du gekommen bist. Komm, setz dich.«
Atlind bedeutete Avenahar, auf der Bank Platz zu nehmen. Die Bewegung war so anmutig, als gleite eine blasse Hand über eine Harfe.

»Hast du Hunger?«, fuhr Atlind fort. »Es sieht ganz so aus! Das Räucherhaus ist voll. Wir haben gestern geschlachtet und der Herrin ein Schwein geopfert. Und Mudrin hat gerade Grütze gekocht.« Sie gab der dicken alten Leibeigenen, die im dunklen Schatten hinter ihrem Webstuhl stand, ein Zeichen.
»Danke, Großmutter.« Avenahar setzte sich auf die Bank, stolperte dabei aber über ihren Umhang, denn sie war es nicht gewohnt, in so viel Stoff eingehüllt zu sein. Dann richtete sie sich auf.
»Du meidest alle menschliche Gesellschaft, um mit einem Wolfsrudel herumzuziehen«, fuhr Atlind lebhaft fort und deutete auf das Armband aus Wolfsfell, das Avenahar zum Zeichen ihrer Aufnahme in Witgerns Trupp trug. »Wie berühmt du bist ... und das mit noch nicht einmal fünfzehn!«
In dem Spott lag ein gewisses Maß an Freundlichkeit, aber trotzdem schmerzte es Avenahar. »Ich bin nur unter Geächteten berühmt, Großmutter. Meine Taten verblassen neben denen deines Gemahls.«
Einer der Männer mit den langen Bärten nickte kaum merklich in Atlinds Richtung. Es war ein Zeichen der Anerkennung für die Bescheidenheit ihrer Enkeltochter.
Die alte Leibeigene kam schwerfällig zurück. Ihr Kinn und ihre Hände waren von Warzen übersät. Sie trug eine Holzschale mit wässriger Gerstengrütze, in der kleine Fleischstücke schwammen. Avenahar ließ die dampfende Suppe neben sich auf der Bank stehen, ohne sie anzurühren.
»Iss!«, sagte Atlind. »Wenn du noch dünner wirst, könnten wir dich als Grenzpfahl benutzen.« Das war ein Befehl. Avenahar zwang sich, ein paar Löffel Grütze in den Mund zu schieben.
»Ich habe dich gerufen, denn ich habe eine wichtige Aufgabe für dich«, fuhr Atlind fort. »In meinem Vorratskeller hält sich ein Mann versteckt, der uns allen helfen kann. Man sucht ihn überall, und deshalb muss er dort unten bleiben. Er ist vor kurzem unter großen Gefahren für sein Leben aus der Halle des Chariomerus geflohen ...«
Avenahar verschluckte sich und musste husten.
Nein, das kann nicht wahr sein.

»Er kennt die Kriegspläne des cheruskischen Königs. Er behauptet sogar zu wissen, wann die Cherusker wieder angreifen werden. Der Mann kann sich nirgendwohin wagen. Witgerns Hunde würden ihn zerreißen.«

Avenahar runzelte die Stirn.

Wir sind Wölfe, keine Hunde.

»Und deshalb, Avenahar, sind wir darauf angewiesen, dass du alles, was er weiß, Witgerns Trupp vermittelst.«

»Großmutter … wer ist dieser Mann?«

»Er heißt Decius.«

Avenahar konnte zu ihrer Schande nicht verhindern, dass sie die Gerstengrütze ausspuckte, die sie gerade im Mund hatte. Das Einzige, woran sie sich später erinnerte, wenn sie an das Treffen mit Atlind dachte, war ihr Versuch, trotz des braunen Flecks auf dem Umhang würdevoll auszusehen. Mit heißen, hochroten Wangen wischte sie sich den Mund ab. Dabei schossen ihr alle möglichen Fragen durch den Kopf, doch sie wagte nicht, auch nur eine davon zu stellen.

Wessen Idee war das, seine oder deine?

Weißt du nicht, dass Decius mein richtiger Vater ist?

Atlind musste es wissen. Sie konnte den frommen Unsinn nicht glauben, den Runhild erzählt hatte.

Meine Großmutter weiß zu viel, um sich bei so grundsätzlichen Wahrheiten, die ihre Familie betreffen, täuschen zu lassen.

Ihr Götter, sie hat sich mit ihm verschworen.

»Großmutter, ich bin nicht sicher, dass ich für diese Aufgabe besonders gut geeignet bin. Es gibt bestimmt andere, die …«

»Zu große Bescheidenheit ist auch ein Laster«, unterbrach Atlind sie mit einem Anflug von Schärfe in der Stimme. »Auf dir ruht in hohem Maß das Glück unserer Familie. Witgern vertraut dir. Du kannst als Einzige seines Trupps schreiben. Also kannst du alles, was dieser Decius sagt, als Gedächtnishilfe auf Pergament festhalten …«

Sie hat eine Stimme, die einen wie ein feuchtes Seil immer enger einschnürt.

»… und weil du so lange nicht in unserem Land gelebt hast, bist du nicht von Hass zerfressen. Du kannst diesem Mann ohne Groll gegenübertreten. Du weißt, mein Kind …«

Ohne Groll? Soll das ein schlechter Scherz sein?

»… dass Chariomerus als Nächstes diesen Hof überfallen wird, wenn man ihn nicht aufhält. Willst du, dass die cheruskischen Aasgeier hier an diesem Herdfeuer zechen? Fordere nicht meinen Zorn heraus. Ich will in dieser Sache keine Einwände hören, mein Kind.«

* * *

Die Leiter aus Weidenzweigen schwankte bedrohlich, als Avenahar in den Vorratskeller hinunterstieg, während sie darum kämpfte, nicht das Gleichgewicht zu verlieren, damit die Gerstengrütze in ihrem Magen blieb. Mit wenig Erfolg versuchte sie, die Gedanken daran zu unterdrücken, wie sie Atlind ermorden könnte.

Mit Reisig bedecktes Weidengeflecht verbarg die Erdgrube vor neugierigen Blicken, denn der Vorratskeller erfüllte noch einen anderen Zweck: Er diente der Familie bei Überfällen als Versteck. Er war nicht so kalt, wie Avenahar erwartet hatte. Das lag vielleicht daran, dass man hier unten dem Herzen der Erdmutter näher war. Es roch nach Schimmel und nach Äpfeln.

Sie sprang auf den gestampften Lehmboden. Im Halbdunkel stand ein in Pelze gehüllter Mann und beobachtete sie im gefleckten Licht, das durch die geflochtenen Haselnusszweige fiel.

Es war die erste Überraschung – er war nur ein Mann. Nicht groß. Er sah auch nicht besonders böse aus, sondern wirkte eher wie jemand, der darauf wartete, dass seine Gefährten endlich einen Witz verstanden, den er gemacht hatte. Wo seine dichten, lockigen Haare nicht von Silberfäden durchzogen waren, glänzten sie so dunkel wie ihre eigenen. Er hatte ein faltiges Gesicht, das bis auf das bittere Funkeln der Augen erfreulich jungenhaft wirkte. In seiner Jugend hätte er einen vorwitzigen Silen in einem der komischen Dramen spielen können, die sie im Theater in der Stadt gesehen hatte. Mit Sicherheit hatte er nicht das Gesicht eines Mannes, der zu Verrat oder zu Bluttaten fähig war. Sie war so verblüfft, dass sie ihn sprachlos ansah.

Das also ist Decius.
Er lächelte. Es war das Lächeln eines Schwindlers, der keine Lust mehr hatte zu schwindeln.
»Bei Minervas Augen! Sieh an, ein bezauberndes Geschöpf, wie es lieblicher noch nie über ein Schlachtfeld geschritten ist. Und genauso schön wie die Mutter …« Er musterte Avenahar mit übertriebener Aufmerksamkeit. »… wenn auch vielleicht etwas weniger ordentlich. Was ist das da auf deinem Umhang?«
Avenahar legte schnell die Hand auf den Fleck.
»Ich bitte um Entschuldigung, dass ich vierzehn Jahre zu spät komme, um dich kennen zu lernen«, fuhr er fort. »Aber vielleicht hast du dafür Verständnis, denn ich war gezwungenermaßen verhindert.« Seine Stimme klang rau, als er fortfuhr: »Avenahar, ich habe viel zu lange auf diesen Tag gewartet.«
»Du bist mein römischer Vater«, flüsterte sie und kam sich dabei ziemlich einfältig vor. Sie stand wie erstarrt da und kämpfte gegen Anfälle von Befangenheit und frisch aufsteigendem Zorn darüber, in diese Falle getrieben worden zu sein. Als sie ihre Bemerkung schon beinahe vergessen hatte, erwiderte er:
»Nun ja … ja, aber du sagst ›römisch‹, als seien alle Römer eine Mischung aus Gauklern, Giftmischern und dem schwarzen Mann unter der Brücke.« Er kam vorsichtig näher und streckte die Hand nach ihr aus. »Ich hoffe, ich bin ein wenig besser.«
Sie wich einen Schritt zurück und stieß gegen feuchte Wände.
»Ah, und das da ist mein Geschenk, das du trägst?«
»Welches Geschenk?«
»Die goldene Fibel. Sie glänzt wie deine Augen und steht dir gut.«
Avenahar legte die Hand auf die goldene Brosche, die sie geliebt hatte. «Die ist von *dir*?«
»Von niemandem sonst. Hat deine Mutter dir nicht gesagt, woher sie stammt? Was machst du da? Nimm sie nicht ab. Du brauchst eine Fibel, um den Umhang zusammenzuhalten.«
»Wie kannst du es wagen, mir ein Geschenk zu machen!«, stieß sie heiser hervor und warf die Fibel weg, als sei sie glühend heiß. Sie fiel vor seine Füße. Der Umhang glitt von einer Schulter, und das raue Nesselhemd wurde sichtbar, das sie darunter trug. Ave-

nahar zog den Umhang eng um sich, hob das Kinn und sagte mit übertriebener Verachtung: »Ich habe sie nur getragen, weil ich sie für etwas Heiliges hielt, das von einer Waldfrau … oder einem Gott stammt.«

»Man hat mir schon viele schmeichelhafte Namen gegeben, aber als einen Gott hat mich noch niemand bezeichnet. Wenn du mich mit diesem Blick nicht töten willst, dann darfst du mich vergöttern.«

»Du hast mir eine Falle gestellt. Das war hinterhältig und gemein.«

»Du bist so empfindlich wie deine Mutter. Bedaure, aber ›hinterhältig‹ und ›gemein‹ sind zwei Worte, die mich nicht treffen. Ich nehme an, das kommt von ihrem übermäßigen Gebrauch.« Er machte noch einen Schritt auf sie zu. »Avenahar …«

»Bleib, wo du bist!« Ihre Stimme zitterte. »Bitte.«

»Nimm Vernunft an. Kannst du einem Vater vorwerfen, dass er sein einziges Kind nur einmal sehen will, bevor er in den Hades geschickt wird?«

»Du hast meine Mutter entweiht. Bezeichne dich nicht als meinen Vater.«

»Also für das Entweihen waren zwei nötig.«

»Wie kannst du es wagen, sie zu beleidigen!« Avenahar drehte sich mit einer heftigen Bewegung um und starrte auf die Lehmwand. Doch insgeheim staunte sie über sich. Sie hatte immer geglaubt, dieser Augenblick, falls er denn jemals käme, sei heroisch schlicht. Sie würde ihn anspucken und davongehen. Doch jetzt stellte sie fest, dass sie die Flammen ihres Zorns mit Blasebälgen anfachen musste. Es lag nicht nur daran, dass der liebenswürdige Schurke, der so gut reden konnte, kaum etwas mit dem Decius ihrer Vorstellung zu tun hatte. In den Augen dieses Mannes war Aurianes Jugend lebendig. Nachdem sie sieben Monate allein gegen die Welt gestanden hatte, stellte Avenahar fest, dass sie sich danach sehnte, allem nahe zu sein, was Auriane geliebt oder berührt hatte.

»Welch ein Anfall von Stolz!«, sagte Decius in ihrem Rücken. »Bei den Göttern, du bist so sehr wie deine Mutter, dass mir vor

Rührung die Tränen kommen.« Er lachte leise. »Und das letzte Mal habe ich vor zehn Jahren geweint, als der genießbare Wein endgültig zur Neige gegangen war. Avenahar, du bist einfach nicht gerecht …«

»Du hast sie verlassen, als sie mich im Leib trug.«

»Natürlich! Der halbe Stamm ist mir mit Äxten in den Händen hinterhergerannt!«

»Du warst der Schoßhund des Chariomerus …«

»Das klingt, als wiederholst du die Worte anderer. Wo bleiben deine eigenen?«

»… und du hast ihm jahrelang geholfen, uns abzuschlachten. Das sagen alle.«

»Völliger Unsinn!«, rief er. Seine Heftigkeit brachte sie zum Schweigen. »Und ich glaube, ich brauche keine Lektion in gutem Benehmen von einer eigensinnigen Vierzehnjährigen, die ihren Eltern davongelaufen ist und ihrer Mutter das Herz gebrochen hat, nur um sich einem Trupp aufrührerischer Raufbolde anzuschließen. Du solltest Älteren gegenüber etwas mehr Achtung zeigen. Im Augenblick möchte ich vielleicht überhaupt nicht dein Vater sein. Setz dich, sei still und hör mir zu.«

Sie setzte sich gehorsam auf den Boden. Decius nahm auf einem umgedrehten Holzfass Platz.

»Avenahar, du kannst mir glauben, Chariomerus plant seine Überfälle selbst. Ich war sein Gefangener. Gefangener? Ich war sein Sklave und dem Tod immer nur einen Schritt voraus. Die Chatten haben mich nie gemocht. Ich glaube, sie haben die eine oder andere Geschichte erfunden, um mich noch schlimmer darzustellen. Die nützliche Hilfe, die ich Chariomerus gegeben habe, bezog sich auf den Bau seiner Halle im Teutoburger Wald. Wer weiß, in einer späteren Zeit wird man mich vielleicht als den Mann preisen, der den Barbaren die Heizung gebracht hat. Im Hinblick auf den Krieg war mein Rat für ein so rückständiges Volk nutzlos. Sag ihnen, sie sollen Männer in Reserve halten, und sie glauben, du willst sie beleidigen und einen Teil von ihnen als Feiglinge bezeichnen. Ganz zu schweigen davon, dass schlichte Disziplin und die Vorstellung, als eine Einheit zu kämpfen, unvereinbar sind mit dem primitiven Bewusstsein. Ich kann dich nicht zwingen, mir zu glauben, aber das ist die Wahrheit.«

Sie blieb stumm.

Seine Stimme wurde sanfter. »Avenahar, in all den Jahren habe ich mir mehr als die Freiheit gewünscht, dich wenigstens einmal zu sehen. Du magst über mich nicht glücklich sein, aber ich bin ganz sicher glücklich über dich.«

Er streckte die Hand aus und strich ihr über die zurückgekämmten Haare. Avenahar wich ihm aus, aber nicht so schnell wie zuvor.

»Armes Kind«, sagte er mit einer überraschend liebevollen Stimme. »Du bist alles, was ich mir erhofft hatte. Und auf dich werden andere ihre Hoffnungen setzen. Du bist deine wieder geborene Mutter.«

Mit einer unbewussten, schützenden Bewegung zog sie den Umhang enger um sich. Was für ein schlechter Scherz. Sie hörte aus seinem Mund die Worte, nach denen sie sich so lange gesehnt hatte.

Decius beugte sich zu ihr und sprach leise, als fürchte er, die Äpfel im Keller könnten ihn hören.

»Avenahar, ich bin noch aus einem anderen Grund hier.« Er streckte die Hand aus und hob ihr Kinn. »Vielleicht, aber nur *vielleicht*, kann ich mithelfen, deine Mutter wieder in ihre Heimat zu bringen.«

»Bitte, mach keine Scherze über solche Dinge.«

»Das ist kein Scherz, mein Kind. Ich weiß, sie wird nach Dakien reisen, das bald eine neue römische Provinz sein wird, um ihren Fall dem Kaiser vorzutragen. Und ich weiß auch, das Urteil wird nicht aufgehoben werden. Aber der Weg dorthin führt ein ganzes Stück über Land, nicht wahr?«

»Redest du von … von einer Art Rettung? Ist das möglich?«

»Alles ist möglich, mein Kind.«

Sie kämpfte gegen ein plötzliches Hochgefühl – Hoffnung war die grausamste Falle.

»Ich kenne das Land gut, durch das ihr Weg führt. Sie müssen am Main entlang, weil sich ihnen Truppen aus den Festungen dort anschließen. Ich war einmal in einer der ersten Festungen stationiert, die an diesem Fluss gebaut worden sind. Ich kenne das Land wie das Haus meines Vaters. Dort habe ich meine erste Auszeichnung erhalten. Hat deine Mutter dir je gesagt, dass ich in meiner Legion der Jüngste war, der jemals zum Centurio befördert wurde? Vergiss nicht, Avenahar, ich kenne die Schwachpunkte eines römischen Marschlagers.«

»Woher weiß ich, dass man dir trauen kann? Was weißt du über Chariomerus? Wann will er zuschlagen?«

»Bei den Flügeln des Merkur, glaubst du, seine königliche Hoheit würde *mir* so etwas verraten? Er hat mir weniger getraut als seiner Frau.«

»Du hast also Atlind belogen. Du bist ein Betrüger und ein schlauer Fuchs.«

»Ich gebe zu, ich habe viele Leute betrogen, aber Atlind nicht. Ich habe Informationen über ihn – wenn auch nicht diese. Atlind hat nur die Wahrheit zurückgehalten. Je weniger Leute sie kennen, desto besser. Chariomerus mag mir misstraut haben, aber ich habe ihm zugehört. Ich habe die Augen und Ohren offen gehalten. Und das eine oder andere habe ich von ihm erfahren.«

Avenahar sah ihn gelangweilt an.

Decius flüsterte jetzt beinahe. »Chariomerus ist abergläubisch in Hinblick auf bestimmte Tage. Er hält manche Tage für so ungünstig, dass er niemals einen Angriff auf einen solchen Tag legen würde. Und wenn ihn dann ein Feind überfallen sollte, wäre er völlig durcheinander.« Decius griff hinter sich und brachte ein Bündel dünner Streifen Buchenrinde, die von einem Lederriemen zusammengehalten wurden, zum Vorschein. Darauf hatte er mit Holzkohle lateinische Worte geschrieben. »Hier habe ich seine ›schlechten‹ Tage vermerkt. Du musst sie auswendig lernen.«

Gegen ihren Willen war Avenahar neugierig. Sie nahm die Rindenstreifen entgegen und begann, aufmerksam zu lesen.

»Avenahar, der Mann wird von magischem Unsinn gelenkt. Wenn du weißt, wovor er sich fürchtet, hast du ihn praktisch schon gefesselt und geschnürt. Er glaubt zum Beispiel, die Zahl fünf bringe ihm Unglück. Fünf Tage nach Vollmond, fünf Reiter … solche

Dinge jagen ihm Entsetzen ein. Wenn der Nordwind Boreas weht, fürchtet sich Chariomerus, weil er meint, der Sturm bringe die Geister all jener mit sich, die er getötet hat. Dann wagt er sich nicht einmal nach draußen. Eine Krähe am westlichen Himmel macht Aspik aus ihm. Ich habe es gesehen. Die Farbe Rot, selbst ein rothaariger Mann beunruhigt ihn. Er trägt sogar rote Schuhe, weil er glaubt, das mache die Wirkung irgendwie zunichte. So gibt es noch viele Beispiele.«

»Bei den Göttern, das ist nützlich«, flüsterte Avenahar. Sie sah Decius an. »Wenn es stimmt.«

»Hör damit auf!«, sagte er entschieden. »Glaubst du wirklich, ich hätte so viel riskiert und wäre hierher gekommen, nur um dich zum Narren zu halten und dir falsche Informationen zu geben? Was für ein Mann tut so etwas? Geh, wenn du so wenig von mir hältst.«

Der Ausbruch gerechten Zorns verfehlte seine Wirkung nicht. »Ich nehme zurück, was ich gesagt habe«, sagte Avenahar leise und blickte wieder auf die Rindenstreifen. »Du bist ein schlauer Fuchs, aber du bist kein Betrüger.«

»Ah! Süße Worte von einer liebenden Tochter sind wie warme Honigkuchen an einem Brunnen im Garten.«

»Bitte, Decius, spottest du immer so?«

Jetzt schämte sich Decius. Dieses ernste junge Mädchen, seine Tochter, die in mancher Hinsicht so stark und in anderer so zart war, sah ihn mit ihren unschuldigen Augen an und erwartete, dass er einfach so war, wie er war. Damit überbrückte sie jeden Graben, den er zu seiner Verteidigung um sich herum gezogen hatte. Zum ersten Mal kamen ihm seine spöttischen Bemerkungen lächerlich vor, so wie ein Schauspieler lächerlich wirkt, der mit einem Feind kämpft, den niemand sieht.

»Also gut«, sagte er. »Abgemacht. Es tut mir Leid.«

»Du bist nicht das Ungeheuer, das du sein möchtest«, sagte sie, ohne zu wissen, was sie dazu trieb. »Du bist mehr wie der Gott Hermes als Junge, ein Meister der Schmeichelei, der Überredungskunst und der List … du weißt, dass er einmal Kühe stahl und ihnen Schuhe aus Baumrinde machte, die er mit geflochtenen

Grasschnüren festband, damit niemand ihren Spuren folgen konnte.« Avenahar zog die Stirn in Falten. »Wie hast du Atlind nur so weit gebracht, dass sie zugestimmt hat, mich in die Sache hineinzuziehen? Sie hat vertrauenswürdige Boten, die Witgern diese Informationen hätten bringen können.«
»Vielleicht ist sie so weise, dass sie will, dass wir beide Frieden schließen. Vielleicht glaubt sie, du nützt uns nichts, wenn du deine Tage auf der Erde damit verbringst, dich selbst zu hassen. Das bringt die Körpersäfte in Unordnung. Es führt zur Melancholie. Das wollen wir doch nicht, oder?«
Avenahar gelang der Anflug eines Lächelns, dann senkte sie den Blick, denn die Schnelligkeit, mit der sich alles entwickelte, machte sie doch irgendwie unsicher.
»Avenahar, wenn du es ertragen kannst, etwas mit mir zu tun zu haben, und wenn Witgern zu dem Versuch bereit ist, deine Mutter zu befreien, wirst du dann meine Botin sein?«
»Was ist deine Belohnung?«
»Dein Anblick. Das ist alles.«
Sie zitterte. »Du glaubst also, es gibt eine Möglichkeit.«
»Ganz bestimmt, mein Kind.« Er lächelte. »Avenahar«, fuhr er fort, und sein Gesichtsausdruck wurde ernster. »In all den Jahren wollte ich unbedingt etwas wissen.«
Sie wartete, beruhigt vom Klang seiner Stimme, denn zu ihrer Überraschung lag Demut darin.
»Seid ihr, ich meine deine Mutter und du, in der Villa ihres Adligen zufrieden gewesen? Hat Auriane gute Jahre voll Frieden und Glück erlebt? Ich habe es ihr wirklich sehr gewünscht.«
Avenahar brach wie ein Schilfrohr. Sie beugte sich vor, schlug die Hände vor das Gesicht und weinte leise, weil sich hinter dem Leid Scham bemerkbar machte.
Er legte ihr tröstend die Hand auf die Schulter. Avenahar schob sie nicht weg.
Sie konnte nur nicken.
Ja.
Er wartete einen Augenblick, während sie weinte. In dem Keller breitete sich eine neue Freundlichkeit aus. Dann lächelte er und

vertrieb sie wieder. »Deine Mutter hat auf mich gehört, und das hat ihr geholfen. Und weil ich glaube, dass Fähigkeiten von der Mutter auf das Kind übergehen, ist es wahrscheinlich, dass du ebenfalls dazu in der Lage bist. Deshalb ...«

»Du hast gesagt, du würdest damit aufhören.«

»Tut mir Leid. Es ist die Macht der Gewohnheit. Du hast mir noch nicht geantwortet. Wirst du Witgern meine Anweisungen überbringen, damit wir den Henkern deiner Mutter ein Schnippchen schlagen können?«

»Ja. Wie könnte ich nein sagen.«

»Also gut.« Er setzte sich aufrecht auf das Fass. »Ich glaube, das ist genug für einen Tag. Ich möchte die knospenden zarten Familienbande nicht übermäßig beanspruchen. Geh jetzt. Hilf Atlind, die Abordnung von der Ratsversammlung zu bewirten, oder unterstütze sie bei dem, was immer sie heute tut.«

Als Avenahar langsam aufstand, hob Decius die Fibel auf, blies den Staub ab und hielt sie ihr hin. »Bitte behalte sie. Sie sieht gut auf dem Umhang aus.«

Avenahar schüttelte den Kopf. Aber diesmal schien sie nicht mehr so selbstsicher zu sein.

»Bin ich denn ein solches Ungeheuer?«

»Nein, aber die meisten Menschen deines Volkes sind es. Ich weiß nicht, wer du bist. Ich weiß nicht, wer ich bin. Ich bin nur zur Hälfte eine Chattin, und das ist schwer genug für mich ...« Sie schüttelte langsam den Kopf. »In diesem Ding steckt ein böser Zauber. Ich kann es nicht tragen. Es würde meinem Schicksal schaden.«

»Ich betrachte diese umständliche Antwort als ein Nein. Gut, ich sage dir, was ich tun werde. Ich tausche das Ding gegen ein kleines Stück Land ein. Es wird dir gehören und eines schönen Tages auf dich warten, wenn Chariomerus vertrieben und alles wieder ruhig ist. Nachdem wieder Ordnung herrscht und das Land bestellt wird, kannst du dort leben, wenn du genug davon hast, mit einem Wolfsrudel durch die Gegend zu ziehen. Du kannst dir einen guten Ehemann nehmen.« Er sah sie wehmütig an. »Und vielleicht ... könnte dein alter Vater irgendwo in der Nähe leben. Ich meine, in einem Haus an der Grundstücksgrenze ...«

»Das ist doch Unsinn. Kein Platz im ganzen Land ist sicher oder wird es jemals sein.«

»Sag den Schicksalsgöttinnen nicht, was sie zu tun haben, Avenahar.« Er fuhr ihr mit der Hand durch die Haare, sodass sie ihr ins Gesicht fielen. Sie sah ihn durch diesen Vorhang verloren an, ohne Anstalten zu machen, die Haare zurückzuschieben. »Kommst du mich morgen besuchen? Es wird allmählich schrecklich langweilig in diesem feuchten Loch.«

»Ja«, sagte sie mit rauer Stimme. Dabei traten ihr Tränen in die Augen.

Einen Augenblick lang hegte er die verrückte Hoffnung, sie werde ihn vielleicht umarmen. Doch sie drehte sich plötzlich um und begann die Leiter hinaufzusteigen.

»Avenahar«, rief er ihr fröhlich nach. »Wirst du ›Vater‹ zu mir sagen?«

Sie hielt auf der schwankenden Leiter an. »Würde dich ›Onkel‹ zufrieden stellen?«

»Tut mir Leid, nein! Entweder Vater oder nichts.«

Sie warf ihm über die Schulter einen ärgerlichen Blick zu.

»Atlind hat nicht zufällig irgendwelche Bücher da oben?«

Aber er sprach zu ihren Füßen, denn sie war bereits am oberen Rand des Kellers angelangt. »Das hatte ich auch nicht erwartet«, murmelte er, während Avenahar die Haselnusszweige über die Einstiegsöffnung legte und ihn im Halbdunkel zurückließ.

Neunundzwanzigstes Kapitel

Auriane lag in Ketten auf dem Boden einer schwankenden *Reda*. Sie hatte die Lust am Leben und alle Hoffnung verloren. Eisenfesseln zerrten an ihren Handgelenken. Man hatte alle Verzierungen an dem vierrädrigen Reisewagen entfernt und ihn für den Gefangenentransport hergerichtet: Eine Seite war mit Brettern geschlossen, an der anderen befand sich eine von außen verriegelte Tür. Das einzige Licht fiel durch eine schmale Öffnung in der Rückwand.

Es war die Zeit gekommen, in der das Eis schmolz, obwohl Auriane das kaum bemerkt hatte. Am ersten Tag des *Maius* begann ihre Reise, an deren Ende sie ihren Fall dem Kaiser vortragen würde. Die Kolonne war an diesem Frühlingstag durch das mächtige Steintor der Festung Mogontiacum marschiert. Sie befand sich unter der Obhut von vier Kohorten, die man aus Legionärsfestungen am Rhein abgezogen hatte. Es waren die letzten Truppen, die in den dakischen Krieg zogen.

Auf dem ersten Abschnitt der langen Reise würden sie dem gewundenen Lauf des Mains folgen. In Dakien hatte das römische Heer die Donau bereits überquert und war im Dunkeln verschwunden – seit Monaten waren keine Nachrichten über den Verlauf von Trajans großem Krieg so weit nach Westen gedrungen.

Es waren auch keine neuen Briefe von Marcus gekommen. Die Verbindung war nach den Wintertagen der Saturnalien des letzten Jahres abgebrochen. Sein Schweigen beunruhigte Auriane, denn sie wusste genau, er hätte ihr so oft wie möglich geschrieben, wenn er am Leben und in Freiheit gewesen wäre und Schreibutensilien zur Hand gehabt hätte. Frachtgaleeren fuhren ständig vom Basislager des Heeres an der Donau und dorthin zurück. Es wäre nicht schwierig gewesen, jemanden zu finden, der einen Brief mitnahm. Auriane war sicher, dass in diesem fernen Land ein unbekannter Schatten über ihm lag. In der Stille der Nacht wusste sie im tiefsten Innern auch, dass Marcus den Kaiser in ihrem Fall nicht zu einem Sinneswandel hatte bewegen können. Sie fand sich damit ab, dass sie ihrem Tod entgegenreiste und dass das Urteil im fernen Dakien vollstreckt werden würde.

Aurianes *Reda* fuhr in der Mitte des Zugs zwischen den Wagen mit dem Gepäck der Legionäre und den schweren zweirädrigen Karren, auf denen Katapulte und die größeren *Ballistae* befördert wurden. Sie benutzten eine Militärstraße, die kaum mehr als ein gut geräumter Weg war. Brauner Staub wirbelte auf und fand seinen Weg auch in den Wagen, sodass Auriane immer wieder husten musste. Von Zeit zu Zeit kroch sie so weit nach hinten, wie ihre Fesseln es erlaubten, und blickte hinaus. Hinter den Staubwolken, hinter der Reihe Ochsen und Männer, die gebeugt unter ihren Lasten gingen, warfen blühende Weißdornbüsche weiße Schleier über das Grün. Noch weiter in der Ferne erhoben sich die sanften, weichen Rundungen der Hügel ihrer Heimat. Sie erinnerten Auriane an eine liebevolle Mutter, die an ihrer Seite lag.

Eine liebevolle Mutter ... wie ich es nicht bin.

Seit sie von Arrias Rettung aus den Klauen des Victorinus erfahren hatte, fürchtete sie sich davor, die Augen zu schließen. Denn dann sah sie grelle, abscheuliche Bilder.

Arria geht es gut. Sie ist jetzt in Sicherheit.

Zumindest hatte man das Auriane gesagt, als man ihr Briefe von Arria übergab, in denen sie die Einzelheiten ihrer Reise und ihrer glücklichen Ankunft im Haus der Großtante in Rom beschrieb. Die Briefe waren erfüllt von einem beängstigenden Schweigen darüber, was genau in dieser stinkenden Höhle geschehen war.

Arria in Sicherheit? Nein, das wird sie niemals sein.

Die nächtlichen Schrecken, von denen ich träume – wer kann mich davon heilen? Ein Arzt? Ramis? Das Schwert? Vielleicht nur das Schwert, das auf meinen Nacken fällt.

»Du musst Klarsicht mehr wollen als eine Zuflucht«, hatte Ramis gesagt. Jetzt wollte Auriane weder das eine noch das andere. Die flüchtige, berauschende Hoffnung, die sie an jenem Abend am Kai empfunden hatte, war von ihren eigenen unterdrückten Schreien vertrieben worden.

Ich würde Arrias Wunden in meinen Körper übernehmen, wenn ich könnte.

Auriane wollte nur noch eine letzte Schlacht schlagen, die allem, was sie kannte, ein Ende machen würde. Und sie wünschte sich, dann in die Erde zu sinken, in das ewige Nichtwissen. Dorthin würde sie auch die kläglichen Überreste des Gefühls mit sich nehmen, dass das Wirken der Schicksalsgöttinnen gerecht war.

Hinter ihr in einer dunklen Ecke des Wagens lag Brico schlafend auf einem Stapel schmutziger Decken und hustete ebenfalls. Die dunklen bernsteinfarbenen Haare fielen der jungen Frau über die weiße, volle und sanft gerundete Wange. Ihr weicher Arm umklammerte eine alte Laute, die sie überallhin mitnahm, um darauf Lieder ihres Stammes zu zupfen. Der Präfekt des Marschs hatte Auriane eine einzige Dienerin und eine Truhe mit persönlichen Dingen gestattet. Brico hatte darum gebeten, diese Dienerin sein zu dürfen. Als Brico klar geworden war, dass sie als Einzige des ganzen Haushalts den Mut aufbrachte, die Herrin auf ihrer letzten Reise zu begleiten, hatte sie eine unbeugsame Entschlossenheit erfasst. Auriane hatte zwar zunächst Widerspruch erhoben, doch sie wusste, dass Brico den Gedanken nicht ertragen konnte, in der Villa zu bleiben, weil sie in den Nischen dort, wie sie behauptete, den Geist des ermordeten Demaratos sah, der sie Hilfe suchend anstarrte. Deshalb gab Auriane schließlich widerstrebend nach. Brico war mit ihrer robusten Gesundheit, dem nach Kassia duftenden Haar, der klappernden Sammlung Schönheitsmittel, die sie in einem Säckchen aufbewahrte, und ihrer Fügsamkeit ein sonniger Lichtblick. Sie hatte ein abenteuerlustiges und zufriedenes Wesen wie ein junges Hündchen und fühlte sich überall zu Hause. Auriane hatte den Versuch aufgegeben, sie zu verstehen, und war sehr dankbar für ihre Begleitung.

Sie würden nahe der Grenze zum Gebiet der rebellischen Chatten marschieren. Die Marschordnung des Zugs hatte sich in den Jahrzehnten feindlicher Zusammenstöße mit den chattischen Meistern der schnellen, wilden Überraschungsangriffe und eines ebenso schnellen Rückzugs als die beste erwiesen. Mit den Hilfstruppen der Kavallerie bestand der lange Zug aus beinahe zweitausend Männern. An der Spitze ritten reguläre Kavalleristen auf ihren großen, gepanzerten hispanischen Pferden. Sie trabten in Zweierreihen und wirkten wie eine wandelnde Festungsmauer. Die mit Bronze beschlagenen Helme und die goldenen Scheiben am Brustgurt der Pferde blitzten über die Wiesen und Felder wie Spiegelsignale, um die bedrohliche Großartigkeit des Zugs anzukündigen. Hinter der Reiterei folgten in Sechserreihen Männer der regulären Legionen. Neben Aurianes *Reda* gingen die Sklaven der Legionäre mit der schwereren Ausrüstung. Unter ihnen befanden sich auch Sklavinnen, unauffällige Frauen in groben, erdfarbenen Wolltuniken und Umhängen mit Kapuzen. Es waren die Köchinnen und Wäscherinnen der höheren Offiziere. Außerdem gab es eine Gruppe auffälliger Frauen mit weindunklen Lippen in blassen, mit Kreideschminke aufgehellten Gesichtern. Sie trugen ihre Tuniken in knalligem Rot und dunklem Orange kurz genug, um glänzende goldene Fußringe zu zeigen. Es waren unerschrockene, aufgeweckte junge Aresakerinnen, Angehörige des keltischen Stammes, der in der Umgebung der Festung von Mogontiacum lebte. Sie hatten ihre Siedlung auf der Suche nach Abenteuern verlassen und hofften, ihre Liebeskünste für ein paar Kupfermünzen eintauschen zu können. Diese Frauen erhielten keine Verpflegung und überlebten so gut sie konnten. Alle nicht militärischen Teilnehmer des Marschs hatten geübt, wie sie sich zu verhalten hatten, damit sie bei einem Angriff den Truppen nicht im Weg sein würden. Hinter den Ochsenwagen mit dem Gepäck marschierten zwei Kohorten Veteranen, die in ihrer Zeit als Legionäre viele Auszeichnungen erhalten hatten. Ihre Flanken wurden von Reitern der Hilfstruppen geschützt. Barbaren griffen üblicherweise meist die Nachhut an. Pferde, Maultiere, Gepäck und Legionäre bewegten sich mit gleicher Geschwindigkeit, damit war die Kolonne nicht so leicht zu trennen. Es galt jedoch als unwahrscheinlich, dass ein Trupp chattischer Krieger ein Truppenaufgebot dieser Größe angreifen würde. Deshalb waren die Reiter des Flankenschutzes nicht allzu wachsam, und die Zivilisten lachten oder erzählten sich den neuesten Klatsch. Trotzdem wurden die Regeln des Heeres streng befolgt. Jeden Morgen, bevor das Lager abgeschlagen wurde, ritt ein Spähtrupp voraus, um zu erkunden, ob Überfälle aus dem Hinterhalt zu erwarten waren.

Doch Auriane dachte nicht an Überfälle. Ihr fiel nur auf, dass der graublaue Wald, der Avenahar verschluckt hatte, an diesem Tag wunderbar gütig wirkte. Den ganzen Winter über hatte sie keine Nachrichten von ihrer älteren Tochter erhalten. Sie konnte sich nur an die knappe Aussage von Ramis halten, dass sich Avenahar Witgerns Trupp angeschlossen habe.

Nun sterbe ich, ohne zu wissen, ob ich deine Liebe oder sogar dein Verständnis habe. Aber ich wäre bereits überglücklich, wenn ich nur wüsste, dass du irgendwo zufrieden lebst.

* * *

Es war am ersten Tag des Marschs zur Zeit der Mittagsrast.

Brico durfte sich frei bewegen. Auriane hatte sie zum Lazarettwagen geschickt, um gegen ihre Hustenanfälle Huflattich zu holen. Als Brico zurückkam, glich sie einem vollen Glas, dessen Inhalt überläuft.

»Herrin, die Frauen reden alle nur von Avenahar. Sie ist …« Brico musste eine Pause machen, um keuchend Luft zu holen, denn sie war schnell gelaufen. »… in großen Schwierigkeiten. Sie wird wegen Mord und Aufruhr gesucht.«

Sie lebt.

Auriane stellte fest, dass diese Erkenntnis sie verwirrte und blendete, als sei sie nach einem langen Aufenthalt im Dunkeln plötzlich dem Sonnenlicht ausgesetzt.

»Es ist schon gut, Brico, bleib ruhig«, sagte Auriane, obwohl sie selbst angefangen hatte zu zittern. Sie griff nach Bricos Hand und zog sie in die *Reda*. »Sag mir, was Avenahar getan hat.«

Sie saßen im Halbdunkel nebeneinander. »Sie ist bei Witgerns

Trupp berühmt«, flüsterte Brico. »Es ist ein Kopfgeld auf sie ausgesetzt. Es heißt, sie hat einen Dorfbrunnen vergiftet. Ich habe vergessen, welchen, aber es ist ein Dorf im Grenzgebiet, das den Römern gegenüber zu freundlich geworden war. Man erzählt, sie habe zwei Reiter von einem Vierertrupp ermordet. Die Vier waren bei deinem Volk verhasst, weil sie Dörfer ausgeraubt haben. Sie hat dabei ihre weibliche List gebraucht. Sie ist nachts in ihr Lager gegangen und hat sie verführt. Nachdem sie ihnen einen Trank gegeben hatte, hat sie ihnen im Schlaf die Kehlen durchgeschnitten.«

»Das sind alles Lügen, Brico, verdrehte Wahrheiten und gemeiner Unsinn. Avenahar und weibliche List? Wenn ich früher in den Krieg gezogen bin, hat man solche Geschichten auch über mich erzählt.«

»Die Ratsversammlung hat sie sogar geächtet. Dein eigenes Volk hat das getan. Warum tun sie so etwas?«

»Rom hat sie vermutlich dazu gedrängt. Die Ächtung bedeutet, wenn irgendjemand ihr etwas antut, kann meine Familie ihren Tod nicht rächen. Normalerweise wird jemand geächtet, der gegen die eigenen Leute zur Waffe greift.« Auriane blickte auf den fernen Wald. »Sie ist doch nur ein Kind. Welch trauriger Wahnsinn. Sie hat einen Berg zwischen sich und ihrem Zuhause aufgerichtet!«

Auriane schloss die Augen und legte den Kopf an die Seitenwand des Wagens. »Ihr Leben liegt jetzt in Witgerns Hand. Ich kann nichts tun. Mein armes Kind steht auf einer Insel, die immer kleiner wird. Ich hoffe, Witgern hat Verstand genug, sie zu beschützen.«

In dieser Nacht schlief Auriane nicht. Sie lag still in der Dunkelheit und bemühte sich so lange, ihr Bewusstsein schützend um Avenahars Bewusstsein zu legen und dann um Arrias, bis muschelrosa Streifen den Himmel im Osten erhellten.

Wie konnte es geschehen, dass in einem einzigen Jahr unsere Familie zerteilt wurde wie ein geschlachtetes Tier? Avenahar wirft sich in aufgestellte Speere. Mein Schicksal ist besiegelt. Eine schreckliche Dunkelheit liegt über Marcus. Arria mag durchaus als Einzige von uns übrig bleiben. Lebe für uns, Arria ... mein armes, liebes, zartes und starkes kleines Mädchen. Lebe für uns in deiner neuen Welt.

In dieser Nacht lagerten sie in der Sicherheit der gerodeten Umgebung einer Festung am Main. Am zweiten Tag hörte Auriane die zeremoniellen Trompetenstöße, mit der das Heer Kameraden begrüßte. Zwei Centurien aus Aquae Mattiacorum hatten sich der Kolonne angeschlossen. Zu Aurianes großem Erstaunen schob nicht lange danach einer der zur Bewachung ihres Wagens abgestellten Reiter den Riegel der Tür zurück, holte einen dünnen Eisenschlüssel hervor und nahm ihr die Ketten von den Hand- und Fußgelenken ab. Durch seine grobe, abweisende Art gab er zu erkennen, dass er das eigentlich nicht billigte. Eindeutig kam der Befehl von oben. Das Geheimnis, das diese kleine Freundlichkeit umgab, wurde nicht gelöst. Es überraschte Auriane, wie dankbar sie dafür war. Sie empfand eine beinahe unsinnige Freude darüber, dass sie ihre Hände plötzlich frei bewegen konnte, so als sei ihr Geist in die Luft entlassen worden. Als das Abendessen kam, erlebten sie und Brico eine weitere Überraschung. Anstelle des Gerstenbreis, den gemeinhin nur Gänse, Ochsen und Sklaven aßen, bekamen sie Weizengrütze, harten Zwieback und Essigwasser – die gleiche Ration wie gemeine Soldaten. Zum Dank für diese unerklärlichen Zeichen des Wohlwollens streute Brico als Opfergabe für ihre Stammesgöttin Sirona ein paar Krümel Zwieback auf den Boden. Als später die Zelte aufgeschlagen wurden, erschien einer der Centurionen, der am Morgen zur Truppe gestoßen war, und beobachtete Auriane aus einiger Entfernung. Auriane hätte seinen Rang auch an dem besitzergreifenden Blick erraten, den er über das Lager schweifen ließ, selbst wenn sie das Schwert an dem Gehänge auf seiner linken Seite und den Rebenstock nicht gesehen hätte. Sein lederner Brustharnisch war mit den Goldmedaillen übersät, die das Heer als Auszeichnungen für besondere Tapferkeit verlieh. Er schien mit ihr sprechen zu wollen, tat es aber nicht, sondern entfernte sich nach kurzer Zeit wieder. Auriane war beinahe sicher, dass dieser Mann ihre bessere Behandlung angeordnet hatte. Aber er war ein unbekannter Fremder.

Der dritte Morgen verschwamm mit dem zweiten, und als der Zug sich in Marsch setzte, verschaffte die Bewegung Auriane einen Anflug von Wohlgefühl, obwohl sie sich auf ihren Tod zu bewegte. Der Tag war ein enger Gang, in dem alle den eisernen Fesseln der straff geordneten Marschroutine unterlagen. Nachts hatte Auriane eigenartigerweise am wenigsten Angst. In Dunkelheit gehüllt, öffnete sich ihr die Welt weit. Sie spürte die Geister vieler Menschen, die sich im Wald drängten. Bei Nacht konnte sie wie ein Irrlicht über ihren Knochen und ihrem Fleisch schweben und auf breiten Wegen in andere Welten fliegen.

Am späten Nachmittag, an einer Stelle, wo der Weg vom dunklen Wasser des Mains abbog und nahe an einem dicht mit Buchen bewachsenen, niedrigen Hügel vorbeiführte, hörten Auriane und Brico die hohen, dünnen Töne einer chattischen Totenklage. Zuerst klang sie leise wie das Summen von Bienen, aber allmählich wurde sie lauter, verband sich mit dem Wind und schien vom Himmel herabzukommen. Brico war verwirrt und beunruhigt. Auriane glaubte, ihren Namen zu hören. Sie kroch zur Rückseite der *Reda* und blickte hinaus. Direkt auf dem Hügel sah sie hagere, traurige Gesichter und zerlumpte, graubraune Umhänge. Etwa hundert oder mehr Chattinnen aus den Dörfern hatten sich dort versammelt. Zweifellos fühlten sie sich durch den steil ansteigenden Hang etwas geschützt. Aurianes Aufregung wuchs, als sie Gunora erkannte – aber bei genauerem Hinsehen war es nur eine Frau, die Gunora ähnelte. Die langen Haare der Frauen wehten im Wind, als sie die Reihen marschierender Soldaten betrachteten. Eine Wolke von Blättern und Blüten flog durch die Luft und sank zu Boden. Auriane wusste, die Frauen warfen als einen letzten Segen die neun Kräuter in den Wind. Sie kniff die Augen zusammen. Da trieb noch etwas durch die Luft, wirbelte wie die geflügelten Samen der Espen. Es waren kleine Holzsplitter von der Art, in die man Runen einschnitt. Auriane vermutete, dass es Zaubersprüche für ihre Befreiung waren. Woher hatten die Frauen aus den Dörfern gewusst, dass sie an diesem Tag hier vorbeikommen würde? Manchmal war es ein Rätsel, wie schnell Geheimnisse aus der Festung in den Wald gelangten. Die Klage schwoll an wie ein

Sturmwind. Auriane geriet beinahe außer sich vor lauter unterdrückter Hoffnung und Sehnsucht. Sie wollte sich die Ohren zuhalten. Sie wollte in den Armen ihrer Mutter liegen. Sie fühlte sich am ganzen Körper verletzt. Und als ihr die Tränen über die Wangen rannen, hatte sie das Gefühl, dass ihre Augen bluteten.

Ein Kommando von zehn Reitern galoppierte auf den Hügel zu und vertrieb die Frauen mit lautem Geschrei, obwohl sie friedlich wirkten und in den ausgestreckten Händen keine Waffen trugen.

Als Brico am Abend von einer Besorgung zurückkam, brachte sie eines der dünnen Holzplättchen mit. Eine der Frauen hatte einige davon am Hügel von der Erde aufgehoben und es ihr gegeben. Es war ein kleiner Streifen Apfelholz. Brico konnte die eingebrannte Schrift nicht lesen und beobachtete mit großer Neugier, wie Auriane sich bemühte, den Sinn zu erraten. Aurianes anfängliche Dankbarkeit verwandelte sich in ein trauriges, in sich gekehrtes Schweigen.

Zuerst entzifferte sie die Zeichen für eine Mondfinsternis. »Es ist kein Zauberspruch«, sagte sie leise. »Es ist …« Die drei folgenden Zeichen machten ihr Schwierigkeiten. Sie verwiesen auf einen Namen. Die verwendeten Runen standen für *S*, *T* und *A*. Mit leichtem Schrecken begriff sie, dass es sich um den Namen »Sawita« handelte. Darauf folgten das Zeichen für die Weleda und die drei Runen, die bedeuteten, dass sich ein Feind oder ein Wolf in das Dorf geschlichen hat.

Sie verstand. Sawita war zur Nachfolgerin von Ramis gewählt worden. Die Frauen der Haine waren offenbar nicht froh darüber.

»… es ist eine Warnung und eine Bitte«, fuhr Auriane fort, »in einer Sache, in der ich nichts tun kann.«

Es ist also geschehen. Ich habe mich so lange gesträubt, dass eine andere vorgetreten ist und meinen Platz eingenommen hat.

Auriane hatte das Gefühl, eine große und unbequeme Last abzuwerfen.

Ramis, du hast mich mein Leben lang verfolgt, aber ich bin dir entkommen. Ich fühle mich krank und elend, wenn ich daran denke, welche Enttäuschung ich für dich gewesen sein muss. Ein Teil von mir hat dich geliebt und wollte deinen Willen erfüllen.

Aber ich habe auch das Gefühl, mich befreit zu haben. Ich glaube nicht, dass ich deinen Stab hätte tragen können. Du hast dich getäuscht, als du glaubtest, ich sei deine würdige Nachfolgerin.
Es wurde Nacht. Die milchige Mondscheibe war die Laterne eines Geistes, die langsam über das Meer der Bäume gehoben wurde. Auriane spürte, wie der Mond aufging. Sie kroch gerade zur Rückseite der *Reda,* um seinen uralten Blick zu erwidern, als sie einen Wolf heulen hörte. In dem Klang lag etwas Geheimnisvolles – und ein Versprechen.
Der Menschwolf.
Sie atmete langsamer.
Witgern, bei den Göttern unter der Erde, ist es möglich, dass du es bist?
Sie wartete geduldig darauf, das Geheul noch einmal zu hören. Doch alles blieb still. Hatte die Verzweiflung ihr etwas vorgegaukelt? Sie blickte angestrengt und fragend in das wilde Walddunkel hinter den Feuern. Niemand im Lager hatte darauf geachtet. Die Aufmerksamkeit aller richtete sich auf die kleinen Bequemlichkeiten und Unbequemlichkeiten, nicht aber auf den Wald und den Himmel.
»Brico, hast du einen Wolf gehört?«
»Nein. Wie könnte ich bei diesem Lärm überhaupt etwas hören?« Brico wies auf eine Gruppe halb betrunkener Männer an einem Feuer in der Nähe, die Tierlaute von sich gaben und brüllend lachten. »Vielleicht waren sie es.«
»Du magst Recht haben«, erwiderte Auriane traurig und verwirrt. Es konnte nur ein grausamer Streich ihres Bewusstseins gewesen sein, das gierig nach einem Anlass suchte, neue Hoffnung zu schöpfen.
Nein. Sie hatte den Wolf gehört.
Irgendwo im nächtlichen Wald wartete Witgern.

* * *

Am Abend lagerten sie an einem Platz, den Auriane nicht gewählt hätte, wenn sie gefragt worden wäre. Der Buchenwald reichte zu dicht an das Lager heran. Sie hatten ein wilderes und nur spärlich besiedeltes Land erreicht. Die Festungen befanden sich in größerer Entfernung voneinander. Der Wald war hier dicht und unbekannt. Auf dem gerodeten Streifen neben dem Weg standen noch viele Buchenstümpfe. Ein Trupp Legionäre hatte irgendwann damit begonnen, den Wald abzuholzen, die Arbeit aber zu früh beendet. Überall ragten Felsbrocken aus der Erde, die einem kriechenden Krieger Schutz bieten konnten. Der Fluss in ihrem Rücken war gefährlich trunken vom Frühling – ein schäumender, wilder, dahinstürmender Hengst. Auf dem engen Streifen zwischen Fluss und Wald würden sich die Soldaten mit ihrer schweren Ausrüstung nur mühsam bewegen können. Ein kühner und beweglicher Feind konnte mit diesen natürlichen Gegebenheiten viel anfangen. Aber vermutlich hatte die Notwendigkeit, nahe an einer Wasserquelle zu bleiben, Vorrang gehabt.

Allmählich lockerte die Nacht ihren Griff. Der klare Himmel hellte sich auf und wurde steingrau. Ein Sklave hatte ihnen ihr Essen von der Feldküche gebracht, und die Wagentür stand offen. Auriane sah zu, wie das Lager schnell und ordentlich abgebrochen wurde. Sie staunte immer wieder über das reibungslose Zusammenwirken so vieler Männer, von denen jeder seinen kleinen Platz in der größeren Ordnung kannte. Ihren Essnapf mit der zur Hälfte gegessenen Weizengrütze hatte sie neben sich auf den Boden gestellt. Aus einem unerfindlichen Grund war sie so aufgeregt wie ein Tier, das weiß, dass die Erde bald beben wird.

Die Achtergruppen jeder Centurie arbeiteten mit geübter Behändigkeit. Sie luden den Maultieren die langen, zusammengerollten Lederzelte und die schweren Mühlsteine, mit denen sie ihren Weizen mahlten, auf die Rücken. Dann sammelten sie die Werkzeuge ein, die jeder Mann auf dem Marsch bei sich trug – Spitzhacke, Grasstecher, Sichel und Säge –, und begannen, Kochgeschirr, Eimer, Kleidertaschen und Vorratsbeutel an die dicken Stangen zu binden, die mit zu ihren Ausrüstungen gehörten. Damit sie sich ungehindert bewegen konnten, hatten sie weder ihre Panzer umgeschnallt noch die Helme aufgesetzt oder die Schilde umgehängt. Während ein Mann aus jeder Gruppe die Feuerstelle vor dem Zelt mit Erde bedeckte, streute ein anderer als Opfergabe an die Geister des Ortes etwas Mehl in den Wind. In einiger Entfernung stand eine Reihe Kavalleriepferde mit glänzendem Fell, die darauf warteten, dass ihnen die Stallburschen, die zu zweit arbeiteten, die schweren Sättel auf die breiten Rücken legten und sie zäumten. Flussabwärts führten Sklaven die letzten Pferde, Ochsen und Maultiere noch einmal zur Tränke an den Fluss. Am Ende der Via quintana, dem breiten Streifen, der den hinteren Teil des Marschlagers abteilte und die Zelte der Legionäre vom Gepäck trennte, sah Auriane, wie Legionäre eilig die angespitzten Pfähle herauszogen, die in die Grasböschung getrieben worden waren, als man am Abend zuvor den Verteidigungsgraben um das Lager ausgehoben hatte.

Es war die kurze Zeitspanne, in der die Palisade fast abgebaut war und sich die Männer aber noch nicht in Marschordnung aufgestellt hatten.

Plötzlich hörte sie Schmerzensschreie und überraschte Ausrufe, begleitet vom unerbittlichen Hämmern von Hufen. Der Lärm kam von der breiten Lücke in der Palisade und war offenbar nur mehrere hundert Schritte von der Via quintana entfernt.

Brico sprang vom Wagen, um nachzusehen. Doch Auriane packte sie am Arm und zog sie zurück. In dem Teil des Lagers, wo die Zelte der zweiten Kohorte standen, schienen die Männer in Aufruhr geraten zu sein. Über dem Lärm ihres Wutgeschreis hörte man ihren Centurio, der mit weithin hallender Bassstimme Befehle erteilte: »Seile, schnell, ihr Dummköpfe, oder ich breche die Palisadenpfähle auf euren Rücken in Stücke.«

Das Durcheinander breitete sich in Richtung der *Reda* aus. Die Männer stießen sich gegenseitig beiseite, offenbar um einer Gefahr zu entgehen, die Auriane nicht sah. Neugierig zog sie sich an der Rückwand höher.

Über den lärmenden Männern entdeckte sie undeutlich einen Pferdekopf, der sich schnell hierhin und dorthin bewegte. Das Tier hatte die Ohren angelegt, und seine Augen waren blutunterlaufen. Die grobe, borstige Mähne stand aufrecht wie ein Helmkamm. Das Pferd zuckte und wand sich mit der Geschmeidigkeit einer Schlange, die man am Schwanz festhält. Plötzlich stieg es und schlug mit den Vorderhufen in die Luft. Es war ein klobiger Hengst – klein, mit einem dicken Hals, schweren Beinen und einem plumpen Körper. Das struppige rotbraune Winterfell hatte von Kämpfen mit anderen Hengsten kahle, vernarbte Stellen. Männer gingen zu Boden, als das Tier immer wieder ausschlug. Es schwankte hin und her, bewegte sich ruckartig seitwärts wie ein betrunkener Tänzer, verfing sich schließlich mit einem Hinterhuf in einer Zeltklappe und riss sie herunter. Dann stürmte es vorwärts und schleppte das schwere Zelt aus Ziegenleder hinter sich her, während sich die Männer mit Sprüngen nach beiden Seiten in Sicherheit brachten.

Irgendwie war ein Wildpferd ins Lager geraten.

Es war bemerkenswert, welches Chaos dadurch entstand. Offenbar unterbrach jeder im Lager die Arbeit. Die meisten bemühten sich, den Hengst einzufangen oder zu beruhigen, während andere vor ihm flohen oder versuchten, ihre Habe oder Ausrüstung aus dem Weg des unberechenbaren Tieres zu schleppen. Die Lagerordnung brach schneller zusammen, als Auriane es für möglich gehalten hätte. Es erstaunte sie, wie anfällig das Räderwerk der Römer bei einer unerwarteten Störung war.

Das Pferd galoppierte weiter wie eine Marionette, deren Fäden von oben gezogen wurden. Es schien getrieben von einer dämonischen Musik, die niemand außer ihm hörte.

»Brico, steig aus und verstecke dich unter dem Wagen«, sagte Auriane leise. »Schnell, bevor jemand die Tür verriegelt. Wenn der Wagen in Brand gesetzt wird, könntest du hier im Innern gefangen sein.«

»In Brand gesetzt wird? Wer um alles in der Welt sollte ihn in Brand setzen?« Man sah Brico die Enttäuschung an. Sie wollte lieber das ungewohnte Schauspiel genießen.

»Geh!«

»Schon gut, aber was ist mit dir?«

»Ich glaube, im Lager ist jemand … und der könnte meine Hilfe brauchen.«

Brico schien vor Verwirrung wie gelähmt.

»Geh unter den Wagen und bleib dort. Sofort!«
Brico folgte langsam dem Befehl. Der Ausdruck unerschütterlicher Ruhe auf Aurianes Gesicht ängstigte sie – sie war jetzt eine Kriegerin und nicht mehr die Herrin, die Brico kannte.
Weder die Wachen noch die Maultierkutscher der *Reda* waren in der Nähe. Deshalb zog sich Auriane wieder an der Rückwand hoch, um besser sehen zu können. Der Hengst hatte sich inzwischen hoffnungslos in den Leinen eines Zelts verfangen, von denen sich eine um einen Baumstumpf gewickelt hatte. Das rasende Tier setzte zu einem mächtigen Sprung an, doch die Leine riss es zurück. Es ging in die Knie. Offenbar hatte der Hengst inzwischen einen Mann schwer verletzt oder getötet, denn in einiger Entfernung schleppten zwei Legionäre einen Kameraden davon.
Auriane war wachsam und angespannt wie eine Läuferin, die darauf wartet, dass das Startseil fällt.
Im dichten Buchenwald am Rand des Lagers, der noch in nächtliches Dunkel getaucht war, erhob sich plötzlich ein Trillern. Anfangs war es leise und gespenstisch, dann setzten mehr und mehr Stimmen ein. Das Trillern wurde lauter, schwoll an und klang immer zorniger, bis es rau, schrill und unerbittlich klang, so disharmonisch wie gellende Flöten und so entnervend wie eine Wespe im Ohr. Es bohrte sich in das Gehirn wie ein Eissplitter. Für die Römer klang es schaurig und barbarisch – eine Melodie, die Männer zum Wahnsinn trieb wie der schreckliche Gesang der Sirenen. Manche hielten sich die Ohren zu. Das Trillern schien nicht aus unzähligen menschlichen Kehlen zu kommen, doch die meisten im Lager wussten es besser. Es war der gefürchtete *Barritus*, den die Stammeskrieger hervorbrachten, indem sie ihre Stimmen mit Hilfe der Holzschilde verstärkten.
Es war der Schlachtruf der Chatten.
Für Auriane war es ein vertrauter Gruß.

Dreißigstes Kapitel

Der Himmel wurde wieder dunkler, als habe es sich die Morgendämmerung anders überlegt. Unzählige Holzspeere flogen wie lange Grashalme im hohen Bogen durch die Luft. Auriane sprang auf die Erde und kroch unter die *Reda,* wo Brico sich zitternd an sie klammerte.

Der fürchterliche Hagel ging überall nieder. Er durchschlug das Gepäck der Soldaten, prallte klappernd an hastig erhobenen Schilden ab, nagelte Maultiere an Wagen, durchbohrte Gliedmaßen, verwundete und tötete. Die Speere flogen und flogen, als kämen sie aus einer unerschöpflichen Quelle. Brico schluchzte erstickt. Holzspeere trafen mit einem dumpfen Geräusch das Dach der *Reda,* die unter dem Aufprall schwankte. Auriane wartete geduldig, während sie gleichzeitig Schrecken und Begeisterung erfassten. Die Männer im Lager liefen kopflos durcheinander, als seien sie von vielen kleinen Wirbelwinden geschüttelt worden. Sie stolperten und rannten sich gegenseitig um in dem Bemühen, ihre Schwerter und Speere zu finden. Die meisten trugen immer noch keine Rüstungen und Helme. Das bezahlten viele mit dem Leben.

Rettung!

Auriane hatte diese Hoffnung nicht in sich aufkommen lassen wollen. Aber jetzt öffnete sich in der Mauer ihres Gefängnisses ein Spalt. Nach dem Kriegsgeschrei zu urteilen, musste es sich um eine größere Streitmacht als Witgerns Schar handeln. Offenbar hatte er seine Männer mit anderen chattischen Trupps vereinigt.

Als der Speerhagel nachließ, nahm Auriane ihren Umhang ab und wickelte Brico hinein, um sie zu verbergen. Dann kroch sie vorsichtig unter dem Wagen hervor.

Sie verlor sich sofort im allgemeinen Durcheinander. Niemand hatte Zeit, auf die große Frau mit der gegürteten Tunika und den offenen Haaren zu achten, die mit blitzenden Augen geduckt vorwärts rannte und sich dabei wie ein Bach zwischen den verwirrten Legionären, verängstigten Sklaven, Bergen von Gepäck, wild gewordenen Maultieren und auf der Erde kriechenden Verwundeten hindurchwand. Sie schlich unentdeckt hinter einem Optio vorbei, der zwei verängstigte Rekruten mit seinem schweren Stab bedrohte. Er stand in der Rangordnung unter einem Centurio und hatte die wichtige Aufgabe, Soldaten, die zu langsam waren, in Kampfformation zu treiben. Die Legionäre sahen nur die Signalflaggen ihrer *Centurien* und hörten nichts außer deren Rufen und den tiefen schmetternden Stößen des großen, gebogenen *Cornu*, des römischen Kriegshorns, dessen Befehle im Trillern der chattischen Krieger beinahe untergingen.

Eine Woge entfesselter Begeisterung trug Auriane vorwärts. Der Kampf war wie eine Tür. Sie würde diese Tür weit aufstoßen. Sie würde in ihre Welt zurückkehren, und ihre alten Wälder würden sie umschließen wie die Arme eines Geliebten. Dieser Zusammenprall von Holz und Eisen war ein Kessel, in dem alles verwandelt werden würde. Sie würde wieder mit Avenahar zusammen sein. Sie würde Arria zu sich bringen lassen – irgendwie. Als die Türen zu all diesen Dingen aufflogen, schienen Unwahrscheinlichkeiten nur schlechte Truggebilde zu sein. Natürlich ging es Marcus gut, und er würde sie finden. In ihrem Kopf flossen alle Vorstellungen von einer Wiedervereinigung zu einer unmöglichen Suppe zusammen, zu einem Eintopf von Dingen, die nicht Wirklichkeit werden konnten, die sie aber wegen des wunderbaren, verrückten Trillern plötzlich für möglich hielt.

Wenn Witgern den Mut zu diesem Überfall hat, was ist dann eigentlich noch unmöglich?

Der Schlachtruf brach plötzlich ab, und Auriane wusste, der Angriff der Chatten hatte begonnen, obwohl sie nur das Geschehen in ihrer nächsten Umgebung sah. In einiger Entfernung senkte sich die Standarte einer *Centurie* mit dem Zeichen des Steinbocks, richtete sich aber mit der Entschiedenheit eines Saluts sofort wieder auf, als sich Männer der ersten Minerva in Schlachtordnung aufstellten und sich einen Weg vorwärts bahnten. Zur Linken dieser Männer sah sie über den Helmen das Stierzeichen einer *Centurie,* der achten Augusta, die Seite an Seite mit den Männern der ersten Minerva marschierten.

Das Lager erholte sich allmählich von der Überraschung. Von der Position der beiden Einheiten schloss Auriane auf die Stelle, wo der Kampf am heftigsten tobte, und arbeitete sich langsam dorthin vor. Dabei stieß ihr jemand die Schulter in den Rücken, und ein Schwein rannte zwischen ihren Beinen hindurch, sodass sie stolperte. Der eisenbeschlagene Schuh eines Soldaten, der an ihr vorbeirannte, landete schmerzhaft auf ihrem Fuß.

Schließlich erreichte sie eine Reihe geschlossener Gepäckwagen. Man hatte zwanzig von ihnen als eine Art Schutzwall gegen den Ansturm eng zusammengeschoben. Im Halbdunkel unter einem der Wagen hockten zwei Frauen und starrten Auriane mit leeren Blicken an. Die schwarze Kohle um die Augen war von Tränen so verschmiert, dass die Frauen dunkle Masken zu tragen schienen. Die eine Frau war bis auf ihr Brustband nackt, die zweite umklammerte eine eiserne Haarnadel wie einen Dolch. Auriane hielt sich an den seitlichen Latten des nächsten Wagens fest, benutzte das blockierte Hinterrad als Stufe und zog sich hinauf, um den Kampfplatz zu überblicken.

Zwei Wagen hatten Feuer gefangen. Beißende Rauchwolken nahmen ihr zunächst die Sicht. Aber allmählich verzog sich der Rauch und gab etwa fünfzig Schritte vor ihr den Blick auf ein entfesseltes Menschengewühl frei, in dem man Angreifer und Verteidiger nicht voneinander unterscheiden konnte. Zuerst sah Auriane nur die matt glänzenden Helme der Legionäre. Sie drängten sich Schulter an Schulter so eng zusammen, dass es ihnen unmöglich war, ihre Schwerter zu benutzen. Nach ein paar Augenblicken entdeckte sie eine unregelmäßige Linie, wo Krieger und Soldaten aufeinander trafen. Der Zusammenprall war Furcht erregend.

Dann sah Auriane auf einmal die langhaarigen Krieger mit ihren lockeren, animalischen Bewegungen erstaunlich nahe. Im Kampf bewegten sie sich so frei und ungestüm wie der Hengst. Die Chat-

ten trugen Weidenschilde, die mit Sonne und Mond in leuchtendem Rot und Blau bemalt waren.
Die Wolfskrieger.
Sie wirkten bestialisch und Furcht erregend mit ihren lose herabhängenden Fellen, den flatternden Haaren, den nackten breiten Schultern und ihren großen gespenstischen Augen, die in den mit Holzkohle und Asche geschwärzten Gesichtern leuchteten. Witgerns Feldzeichen, ein grob geschnitzter Wolfskopf mit aufgerissenem Rachen, tanzte ungefähr in der wogenden Mitte. Sie kämpften wie Raubtiere. Ganz sicher floss der heilige Trank der Raserei durch ihre Adern. Auriane staunte, wie weit sie bereits ins Lager der Römer vorgedrungen waren. Ihre Schweinekopf-Formation hatte sich beim Angriff aufgelöst. Die besten Kämpfer hatten einen tiefen Keil in die Menge der sich überstürzt formierenden Legionäre getrieben und die Front der Römer damit durchbohrt. Hinter ihnen strömten immer mehr Krieger mit geschwärzten Gesichtern und wehenden Haaren aus dem Wald. Durch den dichter werdenden Rauch hindurch entdeckte Auriane hoch über dem Getümmel ein zweites Feldzeichen, das sie nur vom Hörensagen kannte: Sigberts Keiler.
Auriane wollte einen Siegesgesang anstimmen.
Einen Herzschlag später wurde ihr klar, dass Witgern einen schweren Fehler begangen hatte, den er allerdings unmöglich hatte voraussehen können: Sein Keil drang genau in den Teil des Lagers vor, den die Veteranen verteidigten. Ihre Linien würden dem Angriff standhalten.
Eine *Tuba,* das lange gerade Horn, das die Kommandos der *Centurionen* übermittelte, schmetterte dreimal blechern, und die Veteranen der ersten und der achten Legion brachten die großen rechteckigen Schilde in Stellung. Die erste Reihe verwandelte sich in eine bewegliche Mauer aus Eisen, die die chattischen Krieger zurückzudrängen begann.
An der linken Flanke dieser kampferprobten Kohorten schrieb die Flagge des *Signifiers* einen knappen Befehl in die Luft. Sofort flog aus den mittleren Reihen der Kohorten beinahe waagerecht ein Hagel von Speeren mit solcher Präzision und Schnelligkeit durch

die Luft, dass man hätte glauben können, sie seien von einer einzigen Kriegsmaschine abgeschossen worden. Die schweren Speere landeten in der Menge von Witgerns Kriegern. Manche durchbohrten mehr als einen Körper. Die vorwärts stürmenden Chatten wurden auseinander gerissen, als habe sich unter ihren Füßen ein Abgrund aufgetan. Die Speere riefen ein solches Entsetzen hervor, dass ein Teil von ihnen aufgab und floh. Witgerns verwundete und sterbende Männer bildeten bald eine Barriere, welche die vorderen Reihen der Angreifer von den hinteren trennte. Die Kohorten der Veteranen drängten sie weiter zurück. Die Legionäre waren wie ein vielgliedriges Ungeheuer, das vorn und an den Seiten von seinem dunklen, glänzenden Panzer aus Schilden geschützt wurde.
Ein verirrter chattischer Speer flog so dicht über Aurianes Kopf hinweg, dass er ihr ein paar Haare ausriss. Sie ließ sich fallen, richtete sich aber sofort wieder auf.
Und da sah sie ihn einen quälend kurzen Augenblick an der Spitze seiner Krieger, die jetzt in der Falle saßen.
Witgern.
Grenzenlose Trauer stieg in ihr auf. Er kämpfte unabhängig von seinen Männern und vollführte mit seinem Langschwert weit ausholende Hiebe wie ein Gott, der darauf vertraut, dass er dank seines eigenen Zaubers siegen wird. Sein Gesicht verriet nichts von Raserei, es lag stattdessen eine unerschütterliche Ruhe darin. Seine Männer kämpften vergeblich darum, ihre Stellungen zu verteidigen, aber sie wurden unerbittlich zurückgedrängt. Witgern schien sich einen Weg zu Auriane bahnen zu wollen, als verrate ihm sein inneres Auge, wo sie sich befand.
Auriane zögerte noch einen kurzen Augenblick. Der dichte, beißende Rauch brannte ihr in der Kehle, und sie hustete, während sie ihren Blick über die Gesichter der wirren Menge chattischer Krieger schweifen ließ und den einen Menschen suchte, den sie nicht zu sehen hoffte: Avenahar.
Freia und all ihr anderen Götter, lasst sie hier nicht dabei sein …
Sie entdeckte unter Witgerns Kriegern keinen mit einem bartlosen Gesicht. Ihre Erleichterung war so groß, dass sie beinahe vergaß, wo sie war.

In diesem Augenblick nahmen die römischen Formationen im Westen, etwa hundert Legionäre der regulären Reiterei und die gleiche Zahl batavischer Hilfstruppen, auf ihren großen, wuchtigen Pferden in drei langen Reihen Aufstellung. Die Spitzen ihrer langen Lanzen wiesen alle im gleichen Winkel nach vorne. Mit ihren dunkelroten Mänteln und glänzenden Helmen, den Pferden mit den goldenen Federbüschen auf den Köpfen und den leuchtend blauen Signalwimpeln, die im Wind flatterten, boten sie einen farbenprächtigen Anblick wie in einem Theaterstück.
Das Lager sammelte Kraft. Und Witgerns Linie war überdehnt. Es war Zeit für den Rückzug. Wie schnell war aus dem gefährlichen Raubtier eine Beute geworden! Die Wolfskrieger in den hinteren Reihen wichen bereits zurück wie eine schnelle Woge, die der Klippe entflieht. Am Waldrand geriet die Flucht ins Stocken. Die Speere der Krieger ragten wie Stacheln in die Luft, als sich die Wolfskrieger bei ihrem ungeordneten Rückzug dort zusammendrängten.
Jetzt hatten sie keinen Platz und keine Zeit mehr, sich neu zu formieren.
Eine Trompete schmetterte im Morgengrauen. Beinahe wie ein einziges Tier setzten sich die Kavalleriepferde in Bewegung und fielen in einen bedrohlich klingenden, trommelnden Galopp. Sie wollten Witgerns Männer beim Rückzug angreifen und spalten. Die im Lager zurückgebliebenen Angreifer würden eingekreist und brutal abgeschlachtet werden.
Ich muss ihnen Rückendeckung geben.
Auriane sprang vom Wagen.
Sie spürte ein Beben in der Erde, das von den zahlreichen Pferdehufen kam.
Das Wildpferd. Die Zeltleinen.
Sie rannte in diese Richtung, umrundete Gruppen von Männern und lief mit geschlossenen Augen in den rußigen Rauch. Inzwischen brannten fünf Wagen. Sie fand das Wildpferd. Es war tot. Die Zeltleine war noch immer um den Baumstumpf geschlungen. Auriane löste die Leine von den Vorderbeinen des toten Pferdes, zog sie hinter sich her und rannte quer über den Weg, den die Kavallerie nehmen musste.

Irgendwo hinter ihr rief jemand: »Die Frau! Sie flieht! Fangt sie ein!«
Auriane versteckte sich rasch hinter einem umgestürzten Ochsenkarren und wälzte sich schnell zur Seite, um nicht von einem zurückrollenden Lazarettwagen zermalmt zu werden. Irgendwie gelang es ihr, die Zeltleine festzuhalten, während mehrere Küchensklaven und Pferdeknechte den Reitern den Weg freimachten und über sie hinwegsprangen wie über einen Holzklotz. Sie erreichte einen Baumstumpf.
Das Donnern der Pferdehufe klang, als gehe ein Felssturz nieder, der sie lebendig unter sich zu begraben drohte.
Einen Augenblick bevor die ersten Reiter sie erreichten, zerrte sie heftig an der Leine und wickelte sie um den Baumstumpf, sodass sie zwischen beiden Stümpfen gespannt war. Sechs Pferde der ersten Reihe verfingen sich in der Leine. Sie riss, doch der scheinbar unaufhaltsame Galopp der Pferde kam ins Stocken. Glänzende hellbraune und dunkelbraune Pferdeleiber hoben sich in die Luft. Die Reiter waren zu überrascht, um zu schreien. Sie flogen in hohem Bogen über die bronzenen Kopfpanzer ihrer Tiere. Die zweite und dritte Reihe stürzten gemeinsam in das Knäuel rollender Pferde und Männer. Die Front der Reiter brach auseinander. Die folgenden Reihen wurden in ihrer Verwirrung langsamer, denn eines der stürzenden Pferde hatte den Offizier mit der Signalflagge unter sich begraben, der jetzt stöhnend versuchte, sich zu befreien.
Würde das Witgern die Zeit geben, die er zur Flucht brauchte? Auriane rannte zurück in die Richtung, wo der Kampf am heftigsten tobte. Während sie sich in die dichten Rauchschleier warf, die einen Großteil der Schlacht den Blicken entzog, stellte sie sich vor, sie sei ein Falke, der durch aufziehende Gewitterwolken flog. Sie wusste nicht, dass vier Soldaten Befehl hatten, sie zu verfolgen.
War Witgern klug genug gewesen, in der Nähe frische Pferde bereitzuhalten? Wenn nicht, würde die römische Reiterei seinen Trupp im Wald jagen, bis der letzte Mann – und die letzte Frau – getötet war.
Avenahar …

Einmal konnte Auriane einen kurzen, von Rauch getrübten Blick auf die Wolfskrieger und ihre Verbündeten werfen, die mit den Speeren die vorrückenden Legionäre abwehrten, während sie über die Leichen ihrer Gefallenen krochen und im Wald verschwanden. Witgerns geschnitztes Feldzeichen, der Wolf, bildete die Nachhut und schien sich mit munterem Trotz in die Luft zu werfen. Die langen Schwerter der römischen Reiter würden wie Sensen auf ihre Nacken fallen und eine blutige Ernte einfahren.

Such eine Waffe. Hilf ihm.

Erst jetzt konnte Auriane daran denken, dass für sie keine Hoffnung mehr auf Rettung bestand. Aber die Erregung des Augenblicks ließ ihr keine Zeit, deshalb traurig zu sein.

Ihre vier Verfolger wurden aufgehalten, weil die Mannschaft einer *Ballista* das Katapult in Stellung brachte und ihnen damit den Weg versperrte. Die Rauchschwaden verbargen Auriane zwar immer noch, aber da sie auch nichts sah, stolperte sie über die Leiche eines gefallenen Legionärs. Ein chattischer Speer hatte seinen Hals durchbohrt. Auriane zog ihn heraus. Wenn sie ihn benutzte, würde sie ihr Gelöbnis nicht brechen, denn er bestand nur aus Holz. Die Kleidung des Toten beschränkte sich auf die Tunika aus grober Wolle, welche die Legionäre unter der Rüstung trugen, und die bis über die Knie reichende Kaltwetter-Hose. Um die Hüfte hatte er das Schwert gegürtet.

Auriane ließ den Speer fallen, kniete sich neben den Mann und drehte ihn auf den Rücken. In der Scheide an seiner rechten Seite steckte noch das kurze Legionärsschwert. Es war ihm keine Zeit mehr geblieben, es zu ziehen, bevor die Götter ihn von der Erde genommen hatten.

Ein Schwert aus Eisen.

Ihre Hand verharrte nur kurz über der verbotenen Waffe. Sie hatte schon in großen Zügen von dem berauschenden Trank der Schlacht getrunken, sonst hätte sie länger überlegt.

Behutsam, beinahe ängstlich zog sie den *Gladius* des Legionärs aus der Scheide.

Der gerippte Griff aus Bein verschmolz mit ihrer Hand wie heißes Glas.

Sie wunderte sich nur flüchtig über die Kühnheit, mit der sie ihr eigenes Gesetz machte. Der Ratsversammlung in ihrem Innern, die protestierte und erklärte, eine Frau, die von den Seherinnen berufen worden war, dürfe niemals Eisen berühren, antwortete sie:

Diese hier schon.

Warum hätten die Götter ihr das Können einer Meisterin zusammen mit der Ermahnung geschenkt, es niemals zu gebrauchen? Und hatte sie als Säugling nicht auf einem Schwert geschlafen, das ihre Mutter in die Wiege gelegt hatte – so etwas gestaltete immer das spätere Schicksal.

Und überhaupt, was machte das jetzt noch aus, nachdem Sawita ihren Platz eingenommen hatte?

Sie spürte das harte Gewicht des Schwertes in der Hand, und sie erschauerte, als sie langsam aufstand. Sie hob das Schwert zum Himmel, damit der Kriegsgott es sah, während sie schnell ein Gebet murmelte, um den Geist des Toten zu ihren Füßen aus der Klinge auszutreiben und sie mit der Seele ihrer Familie zu erfüllen.

Sie schwang das Schwert durch die Luft in einem langen Hieb, der wie der gemessene Schritt einer Tänzerin war, um ein Gefühl für die Reichweite zu bekommen und sich an die Länge der Klinge zu gewöhnen. In ihr ballte sich etwas wie ein Gewitter zusammen, und sie vergaß, wo sie war, und fühlte sich nur noch wie eine Waldmutter, die bereit war, ihren Nachwuchs mit Klauen und Zähnen zu schützen.

Mit tief gehaltenem Schwert schlich sie an der Wagenreihe entlang und überließ sich der alten dunklen Musik, die töten wollte.

Sie erreichte eine Lücke in dem Wall auf Rädern, durch die eine wenig geordnete *Centurie* strömte. Die Gruppe bestand aus unerfahrenen Kriegern, die in kunterbunten Reihen Witgerns Männer vor sich her trieben wie eine Herde Rinder.

Auriane stürzte sich wie ein Raubtier im Blutrausch auf die letzte Reihe.

Es war, als stürze ein Pferd bei einem Rennen im vollen Galopp, denn sie war bereits in Bewegung, als sie zwischen den Männern landete. Ein peitschenschneller Hieb traf drei gepanzerte Rücken gleichzeitig. Die getroffenen Männer drehten sich um und sahen sich einem wilden Tier gegenüber, das sich losgerissen hatte, einer rasenden Tänzerin. Noch bevor der erstaunte Ausdruck von ihren Gesichtern schwinden konnte, traf Aurianes mächtiger Hieb mit hellem Klirren eine Klinge. Dem Mann, den sie entwaffnet hatte, blieb keine Zeit, sich vom Anblick seines durch die Luft wirbelnden Schwertes zu erholen, denn Auriane machte eine Reihe geschickter Ausfälle, mit denen sie die beiden anderen zurücktrieb. Dann stieß die Schwertspitze mit der Geschwindigkeit einer Schlange zu, und der Mann sank langsam vornüber auf seinen Schild.

Sie nahm undeutlich wahr, dass die Legionäre wie Hunde jaulten. Ein Mann richtete den Speer auf sie, doch ihr Schwert fuhr scheinbar aus eigenem Antrieb und mit einer Kraft, die es aus der Erde zu ziehen schien, nach oben. Die Klinge schnitt tief in das harte Holz und schlug den Speer hoch. Auriane packte den Griff mit beiden Händen und zog die Klinge wieder heraus. Der Mann verlor durch die Wucht das Gleichgewicht. Dann schlug sie gleichzeitig auf zwei Schwerter ein – ein frenetisches Stakkato in rasender Geschwindigkeit, sodass man den einzelnen Schlägen nicht folgen konnte, während ein dritter Mann sie mit lautem Wutgeheul von hinten angriff, um ihr den scharfkantigen Schildbuckel in den Rücken zu rammen.

Während dieses furiosen Tanzes schien ihr Bewusstsein irgendwo am Himmel zu schweben. Sie sah alles um sich herum, als sei es mit einem einzigen Herzen verbunden. Sie bewegte sich mit dem Mann vorwärts und nahm damit dem Stoß die Wucht. Der Schildbuckel verfehlte sie knapp. Sie rollte sich geschickt von dem eisenbeschlagenen Schild ab, während sie gleichzeitig dem Mann einen Tritt versetzte. Er verlor das Gleichgewicht, schwankte und riss im Fallen die beiden Soldaten neben ihm mit sich, während Auriane in der nächsten Reihe der Männer landete.

Lange Augenblicke half ihr die Überraschung der Legionäre. Niemand erwartete einen Angriff hinter den eigenen Linien, erst recht nicht von einer unbewaffneten Gefangenen.

Durch ihre Schnelligkeit wob sie ein Netz aus Stahl um sich. Nun griffen sie fünf Männer gleichzeitig an, während Dutzende andere warteten, bis die Reihe an ihnen wäre. Sie ermutigten ihre Kameraden mit Zurufen oder starrten einfach mit offenen Mündern ungläubig auf die Furie, die aus der Erde hervorgebrochen war, dieses Wunder, das zu ihrem Erstaunen mit einem offenbar in einer Kampfschule gelernten Stil ein unglaubliches Werk der Zerstörung vollbrachte. Die Unwahrscheinlichkeit des Schauspiels von gezügelter Wildheit bei vollkommener Beherrschung der schwierigen Techniken, wie sie in Gladiatorenschulen gelehrt wurden, brachte mehr und mehr Männer der vorderen Reihen dazu, sich umzudrehen und zuzusehen. Einige von ihnen, die beim Sturz Domitians in Rom gewesen waren, kannten ihre Geschichte. Sie war das seltsame Wunderwesen namens Aurinia, dem es mit Hilfe von Zauberei und Glück gelungen war, im Sand des Colosseums einen Favoriten Domitians, einen schwer bewaffneten Schwertkämpfer, zu töten. Diese Männer hielten einen respektvollen Abstand zu ihr und versuchten, ihre Kameraden aus dem Weg zu ziehen.

Bald kam der Marsch der gesamten Einheit zum Stillstand.

Auriane hatte keinen anderen Plan, als bis zu ihrem Tod zu kämpfen. Die grimmigen Geister der Schlacht, die ihr Volk Walküren nannte, umschwebten sie unsichtbar und führten ihr die Hand. Lange unterdrückte Erinnerungen brachen sich Bahn.

Der scharfe Geruch von Tieren.

Sandfontänen.

Siegesgeschrei aus den Kehlen Tausender.

Wie konnte ich so verrückt sein, der Arena als dem Geliebten zu entsagen?

Es war, als werde sie in die Wolken geschleudert und entdecke von neuem die verloren gegangene Fähigkeit zu fliegen. Jemand hatte einmal zu ihr gesagt, der Kampf gehöre ihr. Richtiger wäre es gewesen zu sagen, sie gehöre dem Kampf.

Doch allmählich geschah das Unvermeidliche. Die Störung zog die Aufmerksamkeit einer kämpfenden Veteranenkohorte auf sich. Mehr als zwanzig Legionäre verließen ihre Formation und rann-

ten in Aurianes Richtung. Unter lautem Geschrei, viel Gedränge und großer Verwirrung bildeten die Männer mit ihren vorgehaltenen großen rechteckigen Schilden einen Kreis um sie.
Sie zogen den Kreis immer enger.
Auriane blieb weniger und weniger Bewegungsfreiheit. Ihr Schwert traf nur noch auf Eisen, sodass die Funken sprühten. Sie hatte es nicht mehr mit Gegnern zu tun, sondern mit Schilden. Ein scharfkantiger Schildbuckel traf sie im Rücken. Als sie sich blitzschnell umdrehte, zuckte hinter ihr ein Schwert auf. Sie wusste es und wich dem Hieb aus, doch die Klinge verfing sich in ihren wehenden Haaren. Sie wurde mit brutaler Gewalt zu Boden gerissen.
In schneller Folge traf sie ein Speergriff seitlich am Kopf, und jemand trat ihr mit seinem genagelten Schuh so heftig in den Rücken, dass sie wie betäubt war. Ein zweiter Fuß trat auf ihr Handgelenk, und ein Mann entriss ihr das Schwert.
»Tötet sie, tötet sie!«, hörte sie mehrere Stimmen. Die vier Legionäre, die sie verfolgt hatten, waren inzwischen am Schauplatz eingetroffen. Sie berichteten, welches Unheil Auriane mit der Zeltleine angerichtet hatte und welch schwere Verletzungen die Reiter dabei davongetragen hatten. Das weckte neue Empörung. Ein Mann packte sie unter den Armen und warf sie in den blutgetränkten Schlamm.
Auriane blieb regungslos liegen. Sie hatte sich in die letzte Dunkelheit zurückgezogen und sich mit ihrem Schicksal abgefunden. Den Tod auf diese Weise zu finden war nicht schlimmer als der Tod, der mit Sicherheit später kommen würde. Und hier gab sie ihr Leben wenigstens für etwas Nützliches, wenn sie damit die Kräfte der Römer lange genug teilte, sodass Witgern genug Zeit zur Flucht blieb.
»Lebe, Witgern«, flüsterte sie in ihrer Muttersprache, als ein Tritt mit einem genagelten Schuh ihren Brustkorb traf und eine Rippe brach.
Harte Hände packten sie bei den Haaren und zogen ihren Kopf zurück, um ihre Kehle zu entblößen. Natürlich würde man sie mit dem Schwert töten, das sie gestohlen hatte. Auriane hatte eine rö-

mische Waffe gegen die Legionäre gerichtet. Wenn sie damit getötet wurde, kehrte sich der Fluch um.
Auriane wartete auf den schnellen heißen Schmerz am Hals und auf das Vergessen. Eine blinde, animalische Angst erfasste sie, gefolgt von einer tiefen Trauer darüber, hinunter in das düstere Reich geworfen zu werden, wo Marcus nicht war. Dann empfand sie Dankbarkeit, denn ihr schoss plötzlich der Gedanke durch den Kopf, dass nach ihrem Tod das Leben in dieser Welt vielleicht einen Sinn enthüllen würde.
»Zurück! Tut ihr nichts!« Die Worte klangen ärgerlich. Die Stimme gehörte einem Mann, der unbedingten Gehorsam gewohnt war.
Man ließ sie fallen wie einen Sack Gerste. Eine weiche Schwärze hüllte Auriane ein. Verschwommen nahm sie wahr, dass man sie grob auf die Füße stellte. Sie klammerte sich an eine gepanzerte Schulter und kämpfte darum, aufrecht zu stehen, weil ihre Knie sich in warmes Wachs verwandelt hatten. Sie glaubte, in Baldurs Halle zu sein, und ein Gefolgsmann ihres Vaters sprach bei einem Festmahl höflich mit ihr. Dann verstand sie so viel, dass sich ihr ein römischer Centurio vorstellte.
Jetzt hatte sie mit Sicherheit den Verstand verloren.
Innerlich zuckte sie bei seinem Namen zusammen – Firmius Speratus, doch im ersten Augenblick wusste sie nicht, warum. Sie blutete am Kopf und sah durch den dünnen Vorhang aus Blut kaum etwas. Doch allmählich nahm sie ein bekanntes, kantiges, vom Wetter gegerbtes Gesicht wahr, zusammengekniffene Augen und eine schmale Nase, die aussah, als sei sie einmal gebrochen gewesen. Es war der Mann mit den vielen Auszeichnungen, der sie vor zwei Tagen beobachtet hatte.
Zwei Legionäre führten sie unter den wachsamen Blicken dieses Firmius Speratus zurück zur *Reda.* Wahrscheinlich hätten die Soldaten sie sofort misshandelt, wenn er sie auch nur kurz aus den Augen gelassen hätte.
Jetzt erinnerte sie sich. Marcus hatte diesen Namen einmal erwähnt. Firmius Speratus war der Mann, den Marcus im vergangenen Jahr nach Witgerns Überfall auf die Grenzfestung bei der

Ratssitzung gerettet hatte, und der danach auf sein Betreiben hin befördert worden war. Das erklärte das Verhalten des Mannes, denn in gewisser Hinsicht entsprach es auch den Sitten ihres Stammes. Marcus war sozusagen der Häuptling des Firmius Speratus, der Mann, der ihm Geschenke machte, und dafür schuldete ihm Speratus Treue. In den Augen von Firmius gehörte sie Marcus wie ein Gürtel oder wie ein Pferd. Deshalb würde der Centurio mit allen Mitteln dafür sorgen, dass sie respektvoll behandelt wurde – zumindest bis zu dem Zeitpunkt, an dem in jenem fernen Land ein Höherstehender über sie verfügen und das Urteil vollstreckt werden würde.

Bevor Auriane in die Dunkelheit zurücksank, glaubte sie, den *Barritus* noch einmal zu hören, diesmal aber aus größerer Entfernung. Aber er drang nur noch dünn und schwach durch den Lärm des Kampfes, der in der Nähe tobte.

Dann wusste sie nichts mehr, bis sie aufwachte und feststellte, dass ihre Füße wieder gefesselt waren und dass Brico sich eng an sie schmiegte. Im ersten Augenblick erkannte Auriane ihre Dienerin nicht. Aus Bricos Lippen war alle Farbe gewichen, schlammverkrustete Haare klebten an den feucht glänzenden, geschwollenen Wangen, und die weit aufgerissenen Augen blickten starr wie die einer Wahnsinnigen.

Es gab nirgendwo Ruhe. Auriane wusste nicht, wie viel Zeit vergangen war, aber unglaublicherweise tobte der Kampf immer noch. Er schien sogar mit neuer Macht entbrannt zu sein. Witgern oder seine Verbündeten mussten Reservetruppen zurückgehalten haben, obwohl eine solche Taktik bei ihrem Volk nicht üblich war. Auriane kroch zur Rückseite der *Reda* und sah sich um. Zwei Männer des Speratus schoben den Wagen vorwärts, vermutlich, um Auriane aus dem Gefahrenbereich zu bringen. Eines der Maultiere brüllte durchdringend. Vermutlich war es von einem Speer getroffen worden. Der Wagen schwankte, als das Tier in seinem Todeskampf mit den Hinterhufen gegen die Deichsel schlug. Doch selbst die kleine Anstrengung, sich zu bewegen, ging über Aurianes Kräfte, und sie sank wieder in die empfindungslose Dunkelheit.

Später erwachte sie erneut und stellte fest, dass um sie herum der Kampf noch nicht zu Ende war. Die Hiebe von Schwertern gegen Schilde klangen wie ein Hagelschauer. Schildbuckel krachten gegen die Seiten des Wagens. Speere rutschen über das Dach. Der Wagenboden schwankte heftig. Brico schlug keuchend gegen die Seitenwand der *Reda.* Die Tür erzitterte unter den Schlägen. Auriane erkannte, dass jemand versuchte, den Riegel zurückzuschieben. Es herrschte ein ohrenbetäubender Lärm, ein Gewirr von Schmerzensschreien, mit rauen Stimmen gebrüllten Befehlen, dem harten und schrillen Gellen der *Tubae* und darunter hartnäckig und beinahe ununterbrochen das tiefe, unheilvolle Dröhnen des *Cornu.* Sein hohler gespenstischer Klang war wie der Schatten dunkler Flügel über dem Land. Das Dröhnen des *Cornu* weckte in jedem, der einmal Rom in einer Schlacht gegenübergestanden hatte, uralte Ängste. Der Holzrahmen des Wagens bog sich nach innen, als werde er auf beiden Seiten zusammengepresst. Auriane überlegte, ob der Wagen als eine Art Schutzwall zwischen den feindlichen Lagern diente. Im nächsten Augenblick sank ein sterbender chattischer Krieger mit blutverklebtem Bart vor die rückwärtige Öffnung. Sein Arm hing über dem Holz, seine langen, feuchten roten Haare füllten die Fensteröffnung wie ein schmutziger Mop. Ein *Gladius* hieb nach unten, versetzte ihm den Todesstoß, und Brico wurde mit heißem Blut bespritzt. Sie schrie laut auf, doch der Schrei ging im allgemeinen Lärm unter. Auriane packte sie und zerrte sie von der Öffnung zurück. Dann warf sie sich auf ihre Dienerin und hielt ihr mit einer Hand die Augen zu. Auriane kämpfte darum, das eigene Entsetzen zu unterdrücken. Sie schloss die Augen und bemühte sich, die stillen Flammen des Feuerrituals zu sehen, so wie Ramis es sie vor langer Zeit gelehrt hatte.
Doch das Bild wollte sich nicht einstellen, und bald zerrte sie wie rasend an ihren Fußfesseln. Die Ketten waren mit Bolzen am Boden der *Reda* befestigt. Sie überlegte, welche Stammeskrieger an diesem Kampf beteiligt waren, denn Witgerns und Sigberts Trupps zusammen bildeten keine Streitmacht dieser Größe. Allmählich wurde ihr in ihrer Benommenheit klar, dass mindestens ein Viertel, vielleicht sogar die Hälfte der kampffähigen Männer

des Stammes zu ihrer Rettung gekommen waren. Der große Rat musste an den Planungen für diese Schlacht beteiligt gewesen sein. Erst jetzt drang für einen flüchtigen Augenblick die Erkenntnis in ihr Bewusstsein, dass viele ihrer Stammesgenossen sie noch immer lieben mussten, wenn sie bereit waren, sich einem Hagel römischer Speere entgegenzuwerfen, um Auriane vor dem Schwert des Scharfrichters zu bewahren.

Dann sah sie einen Krieger, der seine Kameraden um einen Kopf überragte. Er bahnte sich wie ein Rammbock einen Weg durch die dicht gedrängten Körper zur rückwärtigen Öffnung der *Reda*. Seltsamerweise trug der Riese keine Waffe. Das grobknochige, hässliche Gesicht war so grotesk wie die dämonischen Masken des Charon, die von den Männern getragen wurden, die in Rom die Toten aus der Arena schleppten. Vielleicht verließ er sich darauf, dass er seine Feinde zu Tode erschreckte. Seine nackte Brust war so breit wie ein Schild. Er hatte einen seltsam friedlichen Gesichtsausdruck, als träume er. Unter einem Arm trug er ein langes, wie ein Säugling dick in Leinen gewickeltes und mit einem Hanfstrick verschnürtes Bündel. Um besser vorwärts zu kommen, hielt er es aufrecht und drückte es an seinen Körper. Und dicht hinter dem schwerfälligen Riesen folgte wie Schutz suchend ein schlanker, bartloser junger Mann, der im allgemeinen Gewühl flüchtig sichtbar wurde und wieder verschwand – ein junger Krieger mit einem Wolfspelz über den Schultern. Er hatte ein ovales Gesicht und große, traurige schwarze Augen. Das Gesicht war von der Stirn bis zum Kinn mit Schlamm verschmiert.

Es war kein junger Mann. Es war eine junge Frau.

O ihr Götter, nein!

Es durfte nicht sein …

Avenahar.

Auriane war wie vom Blitz getroffen. Sie schrie, ohne dass jemand es hörte, und verfluchte Witgern.

Wie konntest du Avenahar in dieses Schlachthaus schleppen?

Doch dann füllte der Furcht erregende Riese mit seinem Bündel das schmale Fenster und verdeckte Avenahar. Er zerrte den toten Krieger vom Fenster weg.

Auriane richtete sich mühsam auf und versuchte verzweifelt, Avenahar nicht aus den Augen zu verlieren. Ganz plötzlich tauchte das Gesicht ihrer Tochter wieder auf, diesmal näher, und einen Augenblick lang, der gleichzeitig flüchtig und endlos lange war, trafen sich die Blicke von Mutter und Tochter in einer vielschichtigen, ungestümen Umarmung. Auriane nahm dankbar jede Einzelheit des sanften Gesichts in sich auf, das entschlossene Kinn, den unter Schlamm halb verschwundenen Mund, die stolze und anmutig gewölbte Stirn. Mit diesem einen Blick umschlang sie ihre Tochter und drückte sie fest an sich. Sie streckte die Hände in einer Umarmung nach ihr aus, die keine Erfüllung finden konnte. Wie dünn Avenahar war – so mager war sie noch nie gewesen.
Könnte ich sie doch nur in meiner Obhut haben, um sie wieder zu pflegen.
Avenahars Augen wirkten in dem abgezehrten Gesicht groß, erstaunt und verloren.
Auch Schrecken und Mitleid zeigten sich in Avenahars Gesicht, und Auriane erinnerte sich plötzlich, dass ihre Kopfwunde nicht gereinigt worden war. Sie musste aussehen, als sei sie mit Blut übergossen worden.
Avenahar rief Worte, die Auriane nicht hören konnte. Doch die Gesten ihrer Tochter verrieten ihr, dass es die Worte eines Waffenstillstands waren. Tränen rannen über Avenahars Wangen.
Dann hasst sie mich also nicht mehr.
Doch Auriane blieb keine Zeit, sich der wundervollen Erleichterung zu überlassen, die diese Erkenntnis ihr brachte.
Mein geliebtes Kind, werden wir in diesem Leben noch einmal zusammen sein?
Auriane glaubte danach, in dem Gesicht noch mehr zu erkennen – ein neues Verständnis, ein Blick, der einen größeren Bereich der Welt umfasste.
»Bring dich in Sicherheit! Geh weg von hier!«, schrie Auriane. Doch ihre Worte gingen im Lärm unter.
Der Krieger schob das Bündel durch die Öffnung der *Reda*. Avenahar unternahm in diesem Augenblick eine letzte vergebliche Anstrengung, näher heranzukommen. Sie stieg auf die Schulter

eines Mannes, der mit gespreizten Beinen auf die Knie ging. Und Auriane sah das Aufblitzen einer Brosche, die den kurzen Umhang aus Wolfspelz zusammenhielt. Sie hatte den sanften Glanz von purem Gold.

Es war die goldene Fibel.

Ihr Götter, sie trägt die Fibel, die Decius ihr geschenkt hat.

Aber weiß sie überhaupt, von wem sie stammt? Ich hatte keine Möglichkeit, es ihr zu sagen.

Hinter Avenahar, viel zu nahe, pflügte ein schreckliches Geschoss eine Furche durch die Menge der Stammeskrieger, riss eine breite Bahn durch die dicht gedrängten Männer. Auriane wusste, es war der Bolzen eines Katapults.

Sie schrie, dass ihr die Lunge schmerzte: »Bring dich in Sicherheit, schnell!« Sie zerrte so wild an den Fesseln, dass sie ihr ins Fleisch der Fußknöchel schnitten. Hinter Avenahar und dem Riesen wichen die Männer in Panik aus der Bahn des Geschosses, aber schon kam ein zweiter Bolzen auf einer Flugbahn, die niemand voraussah, und plötzlich beherrschte die Männer nur noch der Gedanke an Flucht. Die Krieger, die sich um Avenahar drängten, stoben auseinander. In dem verzweifelten Versuch zu fliehen, spießten sich einige sogar an den Speeren der Männer hinter ihnen auf. Der Strom der Flüchtenden trug Avenahar wie auf einer hohen Woge davon.

Aurianes Tochter war wieder verschwunden wie ein Geist in einem Traum.

Auriane kauerte immer noch auf dem Wagenboden und streckte einen Arm nach ihrer Tochter aus, als der Riese mit dem Bündel mit einer heftigen Geste ihre Hilfe forderte. Flüchtig blickte sie in seine blassen, schiefergrauen Augen, in denen sich Ekstase mit der unerschütterlichen Ruhe eines Menschen mischte, der für die Reise in die Himmelshalle bereit war. Ohne nachzudenken, begann sie in wortloser Übereinstimmung mit ihm an dem sperrigen Bündel zu ziehen, das er von hinten schob, bis es sich ganz in der *Reda* befand. Mit den Bewegungen einer Schlafwandlerin zog Auriane das geheimnisvolle Ding über den Boden, öffnete ihre Zedernholztruhe und legte das Bündel hinein, um es zu verstecken.

Sie blickte noch einmal zurück zu dem Krieger, dem Überbringer des Geschenks. Er erwiderte ihren Blick lange, als wolle er sich ihr Gesicht einprägen und zeichnete dabei schnell die vogelfußähnliche Schutzrune *Algiz* in die Luft. Dann wich der Riese von der *Reda* zurück. Gleich darauf blieb er wie angewurzelt stehen und sank langsam zu Boden. Seine Augen waren leer wie eine unbeschriebene Tafel. Auriane sah die Waffe nicht, die ihm den Tod brachte.

Dann traf sie wie ein Hammerschlag die Dunkelheit, und sie sank wieder in einen schwarzen Schlaf.

Einunddreißigstes Kapitel

Als Auriane wieder erwachte, war der Kampf vorüber, und es herrschte eine traurige Stille. Sie hörte die Geräusche des Waldes – das trockene Rascheln verschlungener Äste, die in den Windströmen dort oben in den Baumkronen miteinander rangen, das muntere beruhigende Lied des Flusses und die rauen, spöttischen Rufe der großen schwarzen Raben, die zu einem Festmahl vom Himmel herabsanken.

Der Kopf schien ihr vor Schmerzen zu zerspringen. Sie kroch zur Rückseite, um hinauszublicken. Der Boden war mit Trümmern übersät wie nach einem heftigen Sturm.

Avenahar, du warst keine Erscheinung meiner Einbildungskraft. Ich hätte sonst niemals das Geschenk von Decius an deinem Umhang gesehen.

Überall lagen tote Männer, Pferde und Maultiere. Angstvoll betrachtete Auriane die halb nackten, blutigen Leichen in der Nähe des Wagens – nur die gefallenen Krieger ihres Stammes waren noch da. Die Römer hatten ihre Toten bereits ehrerbietig weggebracht. Viele Leichen lagen übereinander. Die schwarz glänzenden Vögel hatten schon Besitz von ihnen ergriffen und beanspruchten wie selbstverständlich ihren Anteil an den Toten. Nach einer Weile wuchs in Auriane die Gewissheit, dass sich Avenahar nicht unter diesen Kriegern befand. Etwas Lebenswärme durchströmte sie wieder, doch sie konnte sich nicht freuen. Ihre Tochter mochte erschlagen irgendwo im Wald liegen.

Nicht weit von ihr entfernt arbeiteten Soldaten ohne Helme und Schilde zwischen den Bäumen. Sie hackten Gestrüpp ab und schleppten Holz für die Scheiterhaufen herbei. Verletzte Legionäre und Sklaven lagen in ordentlichen Reihen auf der Erde und stöhnten leise unter ihren Decken. Es waren zu viele für das Lazarettzelt. In den scharfen Schweiß ungewaschener Körper mischte sich der saubere, strenge Geruch von Terpentinharz, mit dem der *Medicus* die Wunden säuberte.

Der riesige Krieger mit dem in Leinen gewickelten Bündel – war er eine Erscheinung gewesen?

Auriane wagte nicht, die Zederntruhe zu öffnen oder auch nur in diese Richtung zu blicken, denn sie fürchtete, die Aufmerksamkeit der vier grimmigen Reiter darauf zu lenken, die an der Rückseite der *Reda* Posten bezogen hatten. Ein Mann war gestorben, um ihr das Bündel zu übergeben. Bestimmt wachte sein Geist jetzt über sie, um sich davon zu überzeugen, dass sie es sicher aufbewahrte. Auriane glaubte, ein sanftes Licht der Unterwelt zu sehen, das von der Truhe ausging und an dem sie sich in der bitteren Kälte beinahe wärmen konnte. Brico schlief immer noch tief und fest. Auriane zog behutsam eine Decke über ihre Dienerin, um sie nicht zu wecken, denn sie wusste, Brico brauchte das kurze Vergessen dringend, das der Schlaf brachte.

Als sich Brico schließlich bleich und zitternd aufrichtete, nickte sie ernst, als Auriane von ihr wissen wollte, ob auch sie den Krieger mit dem Geschenk gesehen habe.

Auriane trug wieder Fußfesseln, und sie vermutete, man würde sie von nun an nicht mehr entfernen. Man hatte ihr sogar die Fibel abgenommen, die ihren Umhang zusammengehalten hatte. Offensichtlich traute man ihr nicht mehr, und sie durfte keinen spitzen Gegenstand in ihrem Besitz haben. Der wollene Umhang glitt ihr deshalb immer wieder von der Schulter, und Brico zog ihn jedes Mal pflichtbewusst hoch.

Mittags kam – zweifellos auf Befehl von Speratus – ein *Medicus.* Es war ein ungeduldiger junger Grieche mit einem ordentlich geschnittenen schwarzen Bart und dem stolzen Verhalten einer Katze. Er untersuchte Auriane mit der schnellen, kompetenten Gleichgültigkeit, die er vielleicht einem verletzten Maultier gegenüber an den Tag gelegt hätte. Voll Abscheu nahm er den schmutzigen Verband ab, den Brico angelegt hatte. Er vergewisserte sich, dass die gebrochene Rippe die Lunge nicht verletzt hatte, und legte Streifen weicher, in Essig und dem Sud von Tausendgüldenkraut getränkter Wolle auf die Schwertwunden an ihrer Schläfe und am Oberarm. Dann gab er ihnen beiden einen Becher warmen, mit Bilsenkraut und Mohnsaft gemischten Rotwein. Das wirkte so gut, dass sich Brico völlig beruhigte und Auriane sie später wegschicken konnte, damit sie ihre Hilfe anbot, wo sie vielleicht gebraucht würde. Außerdem sollte sie so viel wie möglich über Avenahar und Witgern in Erfahrung bringen.

Als Auriane allein war, lauschte sie den Unterhaltungen der Legionäre, die inzwischen ihre Rüstung trugen und den Leichen der Chatten alles abnahmen, was von Wert sein mochte – Bernsteinketten, Pelzumhänge, mit Steinen besetzte Gürtel und Dolche mit beinernen Griffen. Auriane litt Folterqualen, weil sie das Schicksal von Witgern und seinen Männern nicht erwähnten, sondern nur von Sigberts Verrat sprachen, den alle für einen treuen Verbündeten Roms gehalten hatten. Sie hörte viele abfällige Bemerkungen über die Verschlagenheit der Barbaren.

Viele Stunden später kam Brico mit rot geschminkten Wangen zurück. Ihre beste Haarnadel aus Elfenbein war nicht zu sehen. Lange Strähnen der normalerweise straff zurückgekämmten Haare hingen in Medusa-Locken herab. Auriane kniff die Augen zusammen, um besser zu sehen. Trug Brico ihre Tunika links?

»So, wie du aussiehst, hast du deine Zeit in einem Zelt verbracht!«, sagte Auriane, als Brico mit der Gelenkigkeit der Jugend in die *Reda* kletterte. »Du erinnerst mich an eine zufriedene, streunende Katze! Wer hat dir die Schminke gegeben?«

»Scylla, eines der Mädchen. Sie ist die einzig Nette hier!«

»Ich hoffe, du bist vorsichtig. Denk daran, du hast jetzt keine Milch mehr.«

»Ich passe auf. Was sollte ich tun? *Das* war alles, was sie von mir wollten. Keine Sorge, es passiert schon nichts, wenn *ich* im Lager herumziehe.« Sie nickte viel sagend in Richtung der Truhe. »Wir haben immer noch diese guten Samenkörner.«

»Ich mache mir nicht nur Sorgen darüber, dass du ein Kind bekommen könntest. Wer war es?«

»Ein redseliger Legionär namens Cacus von der sechsten Kohorte der achten Augusta.«
»Halte dich von den gemeinen Soldaten fern … besonders von denen der achten. Ich habe gehört, sie paaren sich auch mit Hündinnen und Schafen. Such dir nur Offiziere.«
»Gut, nur Offiziere, versprochen.«
»Du hast etwas erfahren, deine Augen sind voll davon.«
»Ja, aber nichts über Avenahar.« Brico senkte die Stimme zu einem Flüstern, als sie sich setzte. »Und das ist bestimmt nicht schlecht! Der gütigen Sinora sei Dank. Scheinbar hat niemand deine Tochter auch nur gesehen …«
»Und niemand hat unter all den Toten die … die Leiche eines Mädchens gefunden?«
»Ich glaube, darüber hätten sie geredet. Avenahar muss in Sicherheit sein. Ich bezweifle, dass außer dir sie jemand überhaupt erkannt hätte. Ich jedenfalls habe sie nicht erkannt. Und Witgern ist in Freiheit. Er hat …« Sie dachte nach. »Cacus hat gesagt, sie haben sechsundsiebzig Tote gezählt – oder hat er siebenundsechzig gesagt? Ich verwechsle immer die Zahlen. Jedenfalls hat er viele Männer verloren. Aber du weißt ja, wie sie übertreiben, damit ihr Sieg noch ruhmvoller ist.«
Auriane erschrak und wandte sich ab. »Wir bezahlen jeden Schlag, den wir jemals geführt haben, immer teurer als sie.«
»Jetzt hassen sie Witgern noch mehr, weil er so geschickt war«, fuhr Brico fort. »Er hat ihnen große Schwierigkeiten gemacht. Sie haben ihn in den Wald verfolgt. Dort hat er zwischen den Reitern ein Wildschwein losgelassen, und seine Männer haben auf die Schilde geschlagen, um die Pferde zu erschrecken. Außerdem hatte er im Wald einen Graben mit angespitzten Stangen ausgehoben, der mit Gestrüpp zugedeckt war. Ein paar Reiter sind hineingestürzt und dabei ums Leben gekommen. Das ganze Lager schäumt deshalb vor Wut.«
»Das klingt nicht nach Witgern«, sagte Auriane mehr zu sich selbst. *Es klingt … o ihr Götter, es klingt nach Decius. Ich glaube beinahe, Decius war an Witgerns Seite und hat ihm Ratschläge für den Überfall gegeben …*

Auriane hing ihren Gedanken nach und hörte Brico nur mit halbem Ohr zu.
»Und alle im Lager fürchten, sie werden auf dem Marsch von jetzt an noch mehr angetrieben, um die verlorene Zeit wieder gutzumachen. Was sonst noch? Lass mich nachdenken … sie haben eine Menge dummer, grausamer Dinge über dich gesagt, die ich nicht wiederholen werde«, sagte sie mit einer geringschätzigen Kopfbewegung. »Aber Witgern ist in Sicherheit. Avenahar lebt. Du hast es geschafft!« Brico lachte. »Du hast deine Retter gerettet!« Sie legte Auriane die Hand auf die Schulter. »Du hast deine Retter gerettet!«
Mit der Geschwindigkeit eines Mimen wurde Bricos bewegliches Gesicht wieder ernst, und sie sank gegen die Seitenwand der *Reda.*
»Aber wer wird *dich* jetzt retten?«
»Niemand, so wie es aussieht«, sagte Auriane müde und blickte hinaus auf den Wald.
Und es werden keine Retter mehr auftauchen.
Gunoras Traum fiel ihr wieder ein. Was hatte die alte Frau gesagt? »Ich habe neun Feuer gesehen. Für dieses Jahr brannte kein Feuer. Entweder stirbst du in diesem Jahr, oder du kommst zu uns zurück.«
Und das bedeutet für mich jetzt den Tod, Gunora.
Avenahar, mach du an meiner Stelle weiter. Vertreibe die Cherusker aus unserem Land. Finde mein Schicksal.
Arria, du sollst wissen, dass mein Geist immer über dich wacht.
Sie kam sich vor wie ein großes leeres Gefäß, das sich schnell mit allem Leid der Welt füllte. Sie hatte einen kurzen Gang durch die Welt gemacht, der mit Schmutz, Blut und Schmerz begonnen hatte und auch damit enden würde. Dazwischen hatte nur flüchtig ein Licht geleuchtet, sodass sie nicht glauben konnte, dass die Götter ihre Menschenkinder für besser hielten als die Fliegen, die einen Misthaufen umschwärmten. Auriane legte die Hand auf das Amulett von Ramis, von dem sie nicht mehr wusste, ob die heilige Erde sie vergiftete oder unterstützte.
Meine Götter wollen mich nicht. Das hat sich gezeigt, als der hochherzige Rettungsversuch fehlschlug. Zweifellos würde mich

jetzt selbst Ramis davonjagen, denn ich habe mich mit todbringendem Eisen verunreinigt. Das Volk von Marcus will mich haben, aber nur, um mich zu töten. Ich dachte, ich könnte alle Seiten zufrieden stellen. Am Ende habe ich niemanden zufrieden gestellt.

Marcus erschien ihr in diesem Augenblick als der einzige Trost. Er besaß die Fähigkeit, einen Sinn in Dingen zu sehen, wo sie nur noch Sinnlosigkeit sah. Seine Stimme schützte sie vor der nebelverhangenen Leere. Sie sehnte sich traurig nach seinem wohltuenden Schweigen. Ihr Leben in der Villa lag so weit zurück, dass es so fern und so mythisch war wie die Himmelshalle.

»Vermutlich sollte es nicht sein«, sagte Auriane leise und griff nach Bricos weicher Hand. Sie bemühte sich krampfhaft darum, die undeutliche Erinnerung an Avenahars Gesicht nicht zu vergessen, auch nicht die brennende Liebe und Trauer in den Augen ihrer Tochter, als sie verzweifelt versucht hatte, näher zu kommen.

* * *

Den ganzen Nachmittag über war das Lager mit den Toten beschäftigt. Die Leichen der Männer von Rang wurden für den Rücktransport in die Festungen vorbereitet, in denen sie stationiert gewesen waren und wo man sie in Ehren bestatten würde. Kleine Kommandos wurden als Eskorten zusammengestellt. Für die gewöhnlichen Soldaten errichtete man am Flussufer Scheiterhaufen. In der Abenddämmerung beobachtete Auriane eine lange Reihe von Fackeln, die ihren Weg durch das Lager nahmen, und sie wusste, dass ein Leichenzug unterwegs war. Der süße Duft von fremdem Räucherwerk trieb in einer sanften Wolke zu ihrem Wagen. Flötentöne stiegen in die Luft, wurden vom Wind davongetragen und fanden sich wieder zu einer Klage, die so düster war, dass Auriane sich fragte, wie sie den Toten Trost bringen könne. Bei Anbruch der Nacht loderten die Scheiterhaufen. Es war ein erschreckender Anblick. Die Hitze war so groß, als sei die Sonne der Erde zu nahe gekommen.

In dieser Nacht wurde die *Reda* von doppelten Posten bewacht.

Auriane und Brico bekamen als Abendessen Dinkelgrütze mit Fenchel sowie den allgegenwärtigen harten Zwieback. Die Soldaten erhielten außerdem eine großzügige Ration Wein. Bald hörten sie und Brico betrunkene Stimmen, die immer lauter grölten: »Bestraft das Weib, bestraft sie jetzt!« Ein halbes Dutzend Legionäre umringten fackelschwingend den Wagen. Einer warf einen Stein, der die *Reda* mit solcher Wucht traf, dass sie schwankte.
Es dauerte qualvoll lange, bis Auriane die Stimme von Firmius Speratus hörte, die den Lärm der Soldaten übertönte. Er wies die Männer zurecht und erklärte, Aurinia sei eine Gefangene auf dem Weg zu einem höheren Gericht als dem ihren. Wie konnten sie es wagen, sich die dem Kaiser von den Göttern übertragene Richterrolle anzumaßen? Sie missachteten die Autorität des Mannes, dem sie einen heiligen Eid geschworen hatten, und sie sollten sich schämen. Jeder, der dieser Frau etwas zuleide tat, würde damit bestraft werden, dass ihn die Kameraden seiner *Centurie* mit Stöcken prügelten. Die Aussicht auf diese brutale Strafe ernüchterte die Männer.
Auriane und Brico hörten dankbar und staunend zu.
Auriane wartete, bis die Nacht halb vorüber war, bevor sie es wagte, die Zederntruhe zu öffnen. Die meisten im Lager schliefen unruhig. In jedem Zelt gab es mindestens einen Mann, der schnarchte. Hin und wieder schrie jemand von Albträumen gequält auf und hinderte damit die anderen am Schlafen. Doch allmählich wurde es so still, dass sie das Geräusch der Hufe im Schlamm hörte, als die Wachen ihre Runden um das Lager ritten. Mehrere der Posten am Wagen starrten wie in Trance auf die Scheiterhaufen. Zwei steckten die Köpfe zusammen, würfelten und murmelten dabei so leise miteinander wie Liebende.
Auriane glaubte, die Truhe geräuschlos geöffnet zu haben, doch Brico fuhr hoch wie ein erschrecktes Eichhörnchen, setzte sich auf und beobachtete sie stumm mit hellen, glänzenden Augen. Zusammen hoben sie das Bündel heraus und lösten mit Mühe den Knoten des Hanfstricks, mit dem es zusammengebunden war. Dann half ihr Brico, den langen Leinenstreifen abzuwickeln. Helles Blut quoll aus Bricos Finger, als sie sich plötzlich an einer Stahlklinge schnitt.

»Was ist das?«, flüsterte Auriane, obwohl sie es bereits wusste. Es war das Schwert, das einmal ihr gehört hatte ... und davor ihrem Vater Baldur. Mit diesem Schwert hatte er den Eroberungen Roms eine Generation lang Einhalt geboten.
Sie hob das noch nicht ganz ausgepackte Schwert hoch. Schlangen aus Licht wanden sich an der langen, gravierten Klinge nach oben und nach unten, die geisterhaft zu zittern schien. Dunkel schimmernde Edelsteine an Griff und Knauf glänzten wie Falkenaugen. Ein Schmied, den manche Stämme inzwischen als Gott verehrten, hatte Baldurs Schwert vor über hundert Jahren geschmiedet. Auriane schloss die Hand um den Griff. Das vertraute Gewicht des Schwertes rief eine Woge turbulenter Erinnerungen in ihr wach – an Tage zu Hause und in Freiheit, an Monate des Hungers in einem Kriegslager, die in einer Niederlage endeten. Es nützte nichts, sich zu sagen, dass dieses Schwert das Tor zu allem öffnete, von dem sie sich abwandte: Die Trennung der Welt in heilige und unheilige Dinge. Das blinde Leben in der Knechtschaft der uralten, nicht enden wollenden Racheschwüre. Es waren Leidenschaften, die Ramis als dumm und unwissend verabscheute.
Wenn ich kein Eisen berühren soll, weshalb drücken die Schicksalsgöttinnen es mir immer wieder in die Hand?
Schließlich fühlte sie sich getröstet, denn der Geist ihres Vaters lebte in der Klinge. Sie würde im Tod nicht allein sein.
»Ich habe nicht zu hoffen gewagt, es in meinem Leben noch einmal zu sehen«, flüsterte Auriane. »Aber was beabsichtigen sie damit, Brico? Der Mann, der es mir gebracht hat, muss gesehen haben, dass der Rettungsversuch scheiterte. Ich kann das Schwert nicht vor den Männern schützen, die mich gefangen halten. Die Wachen werden es finden, wenn nicht in den nächsten Tagen, dann mit Sicherheit, wenn ich tot bin. Witgern hat große Mühen auf sich genommen, um es aus einer römischen Festung herauszuholen. Und nun hat er nur erreicht, dass es wieder in die Hände von Römern fällt.«
»Vielleicht«, sagte Brico, »dachten sie, du könntest damit einen Zauber wirken und dich selbst retten. Deine Leute müssen glauben, dass ein mächtiger Zauber in dem Schwert liegt, wenn sie es

dir zurückgeben.« Sie sah Auriane mit leuchtenden Augen an. »Sie sind nicht verrückt. Sie müssen damit etwas bezweckt haben.«
»Wie sehr Witgern auf das Gute in den Göttern vertraut.«
»Vielleicht hat das alles der Geist deines Vaters bewirkt. Ich kenne viele wahre Geschichten von Geistern, die sich in die Angelegenheiten der Menschen eingemischt haben.«
Auriane stellte fest, dass zwei Edelsteine am Knauf herausgebrochen worden waren. Zweifellos war das das Werk von gierigen Händen, als sich das Schwert auf dem Weg zur Versteigerung in Rom befunden hatte. Die leeren Fassungen erinnerten sie an einen Mann, dem man die Augen ausgestochen hatte. Baldurs blinde Augen.
Ich bin deine lebenden Augen!
Dein Bewusstsein ruht in meinem Bewusstsein. Du hast eine letzte Aufgabe für mich. Du willst, dass ich dein Schwert ergreife … und die cheruskischen Räuber aus deinem Land vertreibe. Aber du scheinst nicht zu sehen, dass ich eine Gefangene in Fesseln bin. Oder ist dir das gleichgültig?
Vermutlich denken Geister nicht daran, dass auf der Erde manche Dinge einfach unmöglich sind.
Auriane wickelte das Leinen wieder um das Schwert und legte es in die Truhe zurück. Vorsichtshalber versteckte sie es unter ihren ordentlich gefalteten Kleidern, Dokumenten und Tontiegeln mit Kräutern und Salben, bevor sie den Deckel der Truhe schloss und das Schnappschloss zudrückte.
»Brico, wir müssen das Schwert loswerden, bevor wir zu weit von meiner Heimat entfernt sind.
»Wie kannst du so etwas sagen! Es ist ein Familienstück.«
»Ich weiß. Wenn wir den Fluss überqueren, musst du es hineinwerfen. Flüsse sind voller Geister. Vielleicht findet es auf diese Weise den Weg zurück zu meinem Vater.«
Brico schüttelte langsam den Kopf. »Das Schwert macht mir Angst. Ich werde es nicht anfassen. Bitte zwinge mich nicht dazu.«
»Was ist das für ein Lärm?«, schnitt ihr die raue Stimme eines Mannes wie eine Säge das Wort ab.

Einer der Posten hatte unbemerkt den Kopf durch die Öffnung an der Rückseite gesteckt. Das Innere des Wagens roch sofort nach seinem weinsauren Atem. Das stoppelbärtige Gesicht mit den finster blickenden Augen war nur ein paar Handbreit von ihnen entfernt.
Sein Blick fiel auf die Zederntruhe.
»Was ist in der Truhe?«
Auriane fluchte im Stillen. Brico hatte auf die Truhe gestarrt wie auf eine Schlange – ein sicheres Mittel, um die Aufmerksamkeit des Mannes darauf zu lenken.
»Was ist in der Truhe?«, wiederholte er und schlug mit dem Schildbuckel gegen die Holzwand des Wagens, um seinen Worten Nachdruck zu verleihen. »Mach sie auf! Sofort!«
»Natürlich«, sagte Auriane schnell, nachdem sie sich von ihrem Schreck erholt hatte, und machte sich umständlich an dem Schnappschloss zu schaffen. Dann ließ sie die Arme sinken, drehte sich um und sah den Mann an. »Aber ich muss dich warnen, du mischst dich in … Angelegenheiten, die nur Frauen betreffen.«
Er zog leicht angewidert den Kopf zurück.
»Ihre Regel hat eingesetzt«, fuhr Auriane fort und wies mit einem Nicken auf Brico. »Wir bewahren die Lappen hier in der Truhe auf, bis die Sklaven sie abholen, damit sie nicht draußen herumliegen. Wenn du willst, zeige ich sie dir.«
Er brummte missmutig und machte eine wegwerfende Handbewegung.
»Jetzt seid aber still da drinnen.«
Er zog sich schnell zurück. Kurze Zeit später fiel Auriane, zum Schutz vor der Kälte eng an Brico gedrückt, erschöpft in Schlaf.

* * *

Am dritten Tag nach dem Überfall hatten sich die Truppen einigermaßen erholt, und der Marsch wurde fortgesetzt. Es fiel ein unangenehmer, eisiger Regen, der wenig dazu beitrug, die Männer zu besänftigen, die Auriane immer noch mit kaum beherrschtem Zorn ansahen. Brico hatte bei ihren Ausflügen im Lager erfahren, dass ein Soldat der batavischen Kavallerie bereit war, eine Bestechungssumme in jeder Höhe zu bezahlen, um Zeuge ihrer Hinrichtung sein zu können. Offenbar war der Bruder dieses Mannes ein Reiter gewesen, den Auriane im Kampf verwundet hatte und der später an seinen Verletzungen gestorben war. Auriane verstand ihn und nahm es ihm nicht übel.

Sie folgten immer noch dem Lauf des Mains und näherten sich allmählich der Stelle, wo sich der Fluss in einem Bogen von ihrer Heimat abwandte. Am nächsten Tag würde das Land ihres Stammes für immer hinter ihr liegen.

Als sie mittags anhielten, kam Speratus zum Wagen, um sich nach ihrem Befinden zu erkundigen. Auriane nutzte die Gelegenheit, um ihn zu fragen, was er von Marcus wusste. Wenn es keine offiziellen Berichte gab, hatte er dann vielleicht Vermutungen oder Gerüchte gehört?

Firmius Speratus versicherte ihr, er habe nur gehört, Julianus sei Mitglied von Trajans hoch geachtetem Thronrat gewesen, als die kaiserlichen Truppen das Hauptlager verlassen und die Donau überquert hatten. Geduldig erklärte er ihr, das Ausbleiben von Nachrichten sei durchaus verständlich, denn der Krieg habe begonnen. Und Geschichten aus diesem rauen Land könne man nicht als glaubwürdig ansehen. Er selbst habe im vergangenen Monat drei Versionen über das Geschick des römischen Heeres gehört. Nach der einen nahm Rom ohne große Gegenwehr eine dakische Festung nach der anderen ein. Trajan rückte so langsam vor, dass die Legionen sogar Zeit gehabt hatten, Getreide auszusäen, das sie im Frühsommer ernten würden. Gemäß der zweiten Geschichte war die Hauptstadt der Barbaren, die Bergfestung des dakischen Königs, bereits gefallen, und Decebalus hatte an den römischen Geiseln solche Grausamkeiten verübt, dass der Anblick, der sich den einrückenden Römern bot, auch einem Mann, der sich durch nichts erschüttern ließ, für den Rest seiner Tage Albträume verursachen würde. Und die dritte Geschichte berichtete, dass das gesamte römische Heer in den rauen dakischen Schluchten vernichtet und bis auf den letzten Mann niedergemetzelt worden sei. Auriane müsse Geduld haben, sagte Speratus. Irgendwann

werde sich das trübe Wasser klären, und die Wahrheit werde für alle sichtbar.
Als sie ihn nach dem Schicksal Witgerns fragte, wurde Speratus vorsichtig. Er sagte nur, es werde eine Strafexpedition gegen die Chatten geben. Das hatte Auriane nicht anders erwartet. Wenn sich ein Brett löste, nagelte man es eben fest. Das Pferd warf seinen Reiter ab, und es bekam die Peitsche zu spüren. Auch das kleine Dorf, in dem Witgern geboren war, würde man niederbrennen.
Doch kurze Zeit später, als sie Speratus all diese Fragen gestellt hatte, gab es Nachrichten von Marcus.
Es war am nächsten Tag. Und als die Geschichte von Marcus bekannt wurde, erfuhr nicht nur Auriane davon, sondern die ganze Welt. Marcus Julianus war einer der Helden und eines der Rätsel des dakischen Kriegs geworden.

* * *

Als die Sonne an diesem Tag unterging und der blasse Mond bereits am immer noch hellen Himmel stand, trafen unter großem Lärm zwei Reiter der kaiserlichen Post im Lager ein. Sie kamen direkt vom dakischen Kriegsschauplatz. Die Militärberater des Kaisers wollten die Position der Truppen in Erfahrung bringen und die Geschwindigkeit, mit der sie marschierten. Kurze Zeit später kursierten im Lager neue und genauere Nachrichten vom Krieg.
Die Kochfeuer erhellten die Dämmerung, als zwei Legionäre an Aurianes *Reda* vorbeigingen und darüber sprachen, ob »der edle Julianus möglicherweise hatte fliehen können«. Auriane unterdrückte ihr Erschrecken, denn sie dachte, die Männer könnten durchaus von jemand anderem reden. Schließlich war »Julianus« kein seltener Name. Doch bald darauf hörte sie, wie einer der Posten mit lauter Stimme verkündete: »Welch ein großartiges Ende für einen Mann wie Marcus Julianus!«
Das war wie ein Faustschlag in die Magengrube. Und sie fühlte sich so elend, als ob sie in einen tiefen, bodenlosen Brunnen sank. Auriane kämpfte gegen ihre lähmende Angst und schickte Brico

ins Lager, um mehr zu erfahren. Aber diesmal geriet ihre Dienerin mit zwei der Prostituierten in Streit. Die Frauen nahmen es Brico übel, dass sie ihre Gunst auf einem Gebiet verschenkte, das sie als das ihre abgesteckt hatten. Und so kam Brico mit blauen Flecken zurück und nass von einer Rauferei, die in einem Wassertrog geendet hatte. Sie wusste nur wenig Neues zu berichten. Allerdings versicherte sie Auriane, dass die Männer tatsächlich von ihrem Julianus sprachen. Auriane verbrachte die Nacht zusammengekauert auf dem Boden des Wagens und kam sich vor wie ein zerbrechliches, vertrocknetes totes Geschöpf, das von einer Spinne ausgesaugt worden war. Als sie schließlich einschlief, jagte ein Albtraum den anderen.

Am nächsten Morgen nahm man Auriane die Fesseln ab. Die Wachen des Firmius Speratus führten sie auf dem breiten Weg durch das Lager. Für Auriane war es ein Spießrutenlauf zwischen unfreundlichen Blicken und Flüchen, denn die Männer unterbrachen ihre morgendlichen Aufgaben, um den seltsamen Trupp mit dem Ausdruck von Neugier, Abscheu und sogar offenem Hass zu beobachten. Auriane schämte sich, denn sie musste einen schrecklichen Anblick bieten mit den dünnen Händen, die den Umhang zusammenhielten, dem blutigen Leinenverband an einem Arm und den Haaren, die vor Schmutz sehr viel dunkler wirkten, als sie tatsächlich waren. Sie fühlte sich nackt und schutzlos vor diesen Männern.

Sie könnten aus mir ein Standbild machen, das die Niederlage meines Volkes darstellt. Ich habe solche jämmerlichen Darstellungen schon über den Toren ihrer Festungen gesehen.

Das Einzige, was ihr Halt gab, war das Erdamulett von Ramis unter der schmutzigen Tunika, ein listiges Herz aus Leder, das stärker schlug als ihr eigenes.

Die Wachen brachten sie zum Zelt des Centurio. Dort saß Speratus auf einer Klappbank und erwartete sie bereits. In seinen harten Augen lag ein Anflug von Freundlichkeit – ein Mann, der gegen sein Wohlwollen ankämpfte. Er hatte längere Bartstoppeln als gewöhnlich, die an seinem Kinn schon ergraut waren. Auriane fiel das auf, aber gleichzeitig erinnerte sie sich, dass sich die Römer manchmal nicht rasierten, wenn sie trauerten. Doch die Trauer in seinem Gesicht war nüchtern und korrekt, etwa wie bei einem Mann, der sein Geld damit verdient, dass er an Begräbnissen teilnimmt, und nicht wie bei jemandem, der hilflos leidet.

Sein Anblick machte ihr Angst.

Als sie sich ihm gegenübersetzte, bot er ihr wortlos einen Becher unverdünnten Wein an, und aus Höflichkeit trank sie einen großen Schluck. Eigenartigerweise empfand sie die respektvolle Behandlung als große Freundlichkeit, obwohl sie wusste, sie entsprang allein seinem Pflichtgefühl gegenüber Julianus.

»Es sind keine guten Nachrichten«, begann Speratus. Ein heftiger Regen hatte eingesetzt, und das straff gespannte Ziegenleder des Zeltes verstärkte das Trommeln der Tropfen. »Marcus Julianus war ein großer und guter Mann, wie unser Land sie nicht mehr hervorbringt, und ich halte ihn für umso größer …«

»*War* ein großer Mann?« Sie verschüttete etwas Wein.

»Verzeih, ich greife vor. Niemand kennt sein Schicksal genau. Aber nach allem, was ich dir sagen werde … fürchte ich, wirst du erkennen, dass er nicht mehr am Leben sein kann. Bist du bereit, alles zu hören?«

Ihr Magen verkrampfte sich und wurde schwer wie ein Stein. Doch sie zwang sich zu antworten: »Ja, natürlich. Erspare mir nichts.«

Speratus schwieg einen Augenblick, als sammle er Kraft, um die Geschichte zu berichten.

»Der tapfere Julianus erklärte sich freiwillig bereit, eine letzte Abordnung anzuführen, die in der Bergfestung des dakischen Königs Friedensverhandlungen führen sollte. Die große Eroberung entwickelt sich ruhmreich für Rom, und wir stehen dicht vor einem eindrucksvollen Sieg, von dem man noch in fernen Zeiten sprechen wird. Das wusste dieser Schurke von König. Es blieb Decebalus nichts mehr anderes übrig, als um Gnade zu bitten. Und so bemühte er sich um eine letzte Unterhandlung mit uns. Trajans Ratgeber glaubten, es bestünde durchaus die Möglichkeit, dass König Decebalus seine Festung und sich selbst übergeben werde, ohne dass ein Speer geschleudert oder ein Stein von einer Wurfmaschine geworfen werden müsse. Deshalb erklärte sich Trajan schließlich auch bereit, seine Unterhändler zu schicken. Es stellte sich jedoch heraus, dass es sich nur um eine List des verräterischen Decebalus handelte, um sein armseliges Leben und sein Gold zu retten.«

In der Ferne grollte der Donner – ein Krieg im Himmel, aber beruhigend fern.

So fern, wie dieser Krieg der Römer in Dakien für mich ist.

»Julianus machte sich mit der zwanzig Mann starken Abordnung auf den Weg durch die Schluchten. Er tat es in dem Glauben, den Schutz eines Gesandten zu genießen. Aber lass mich dir sagen, wie kühn es von ihm war, überhaupt zu gehen. Die Festung befindet sich in einem trostlosen Gebiet, sie steht auf einem hoch aufragenden Felsen, auf dem nichts wachsen will. Die Sonne weigert sich, diesen Ort zu bescheinen. Über der Festung hängt eine schwarze Wolke von Aasgeiern, die ihren Platz niemals verlassen. Das Tor der Festung ist mit den Köpfen von Gefangenen und wilden Ungeheuern aus Gold geschmückt. Du musst sehr stolz auf ihn sein. Ich würde mich eher in die Höhle des einäugigen Polyphem wagen.«

Auriane nickte, während sie ungeduldig die Hände verkrampfte. Konnte er nicht schneller zum Ende kommen? Doch sie drängte ihn nicht, denn sie war dankbar für jedes Wort.

»Als unsere Abordnung eintraf, ließ der falsche König Julianus ergreifen und stellte ihn unter Bewachung. Verstehst du, Decebalus hatte davon gehört, dass Julianus im letzten Winter dem Kaiser das Leben gerettet hat, denn die Geschichte ist inzwischen überall bekannt.«

»Davon hatte ich keine Ahnung«, flüsterte Auriane tonlos.

Marcus, du hast ein zweites Leben in diesem Land gelebt, von dem ich nichts weiß.

»Ja, das hat er tatsächlich getan. Einem dakischen Gesandten war es gelungen, Eisenhutpulver in den Wein unseres Kaisers zu schütten. Die ganze Welt ist Marcus Julianus wegen seiner Geistesgegenwart zu Dank verpflichtet. Also glaubte Decebalus, ein gerechter und guter Herrscher wie Trajan würde für den Mann,

der ihm das Leben gerettet hat, alles tun. Er rechnete sich aus, mit Julianus das Goldene Vlies in der Hand zu haben. Er schickte einen unserer Männer mit seinen Forderungen zurück zu Trajan. Und die sahen so aus: Decebalus wird nicht getötet, sondern geht in die Verbannung. Er darf seinen Reichtum behalten – den sagenumwobenen Goldschatz, der irgendwo unter dem Fluss Sargetia vergraben liegt. Decebalus ließ Marcus Julianus Tag und Nacht von zwanzig Soldaten bewachen, denn der gerissene Hund erinnerte sich noch gut daran, dass die letzte hochrangige römische Geisel ihn überlistet und Gift genommen hatte.«
Auriane stellte den Becher ab. Ihre Hand zitterte so sehr, dass sie ihn nicht länger halten konnte. Sie wollte Speratus drängen, schnell weiterzusprechen, doch sie zügelte ihre Ungeduld. Wenn sie die ganze Geschichte nicht jetzt von ihm hörte, würde sie die Einzelheiten vielleicht niemals erfahren.
»Der letzte Teil der Geschichte stammt aus dem Mund unseres einzigen Gesandten, der lebendig aus der Festung fliehen konnte«, fuhr Speratus fort. »Man hat Julianus in einem schmutzigen Hof mit Schweinen festgehalten, in dem die halb aufgefressenen Leichen von Gefangenen lagen, die man dort hatte verhungern und verfaulen lassen. Der Hof war von einer Mauer umgeben, um zu verhindern, dass die Schweine über den senkrechten Felsen in ein tiefes, enges Tal stürzten. Wachen standen in regelmäßigen Abständen entlang der Mauer.
Julianus wählte den edelsten Weg. Er beschloss, sich das Leben zu nehmen und Trajan das grausame Dilemma der Entscheidung zu ersparen, ob er die Forderungen des Decebalus erfüllen solle oder nicht. Julianus hatte kein Gift. Deshalb wartete er auf die erste Nacht, in der kein Mond zu sehen war. Dann überraschte er einen der Posten. Er stürzte sich auf ihn und …«
Auriane konnte einen leisen Aufschrei nicht unterdrücken.
»Er wand dem Posten seinen Falx aus der Hand. Aber nicht, um den Mann zu töten. Eine Flucht war unmöglich. Er wollte den Plan des Decebalus vereiteln und sich selbst das Leben nehmen. Es kam zu einem langen, schrecklichen Kampf, und …«
Auriane sprang unruhig auf. Alle ihre Muskeln waren angespannt.

Sie empfand sich als ein Wesen aus Luft und Feuer. Sie war bereit, sich in den Kampf zu stürzen und Marcus zu verteidigen. Vorsichtig ging sie zum offenen Zeltausgang. Ihre rechte Hand umklammerte den Griff eines imaginären Schwertes, als sie über das neblige Meer des Waldes blickte, der sich endlos nach Osten erstreckte, bis hin zu diesem unheimlichen Ort der Finsternis.

»Du hast gesagt, du willst die ganze Geschichte hören«, sagte der Centurio leise in ihrem Rücken.

Auriane blieb noch einen Augenblick stehen und ging dann zurück zu ihrem Platz. »Ja. Verzeih mir. Sprich weiter.«

»Also gut«, fuhr Speratus fort. »Ich will, dass jemand, der ihm teuer war, weiß, was geschehen ist. In der ganzen Festung entstand ein Höllenlärm. Decebalus selbst rannte wütend in den Hof und drohte den Wachen, ihnen bei lebendigem Leib die Haut abzuziehen, falls Julianus sich etwas antat. Julianus erhielt Wunde um Wunde. Er kämpfte wie Herkules. Die Wachen überwältigten ihn schließlich. Am Ende konnte niemand sagen, ob Julianus von der Mauer sprang oder gestoßen wurde. Aber er stürzte. Und so ist er gestorben.«

»Wer war der Mann, der das gesehen hat?« Auriane musterte aufmerksam das Gesicht des Centurio, und ihre Stimme klang beherrscht. »Wie hoch war der Felsen?« Sie wusste, sie bat ihn um mehr, als er ihr geben konnte. »Ist es möglich, dass er überlebt hat?«

»Ich weiß es nicht. Von diesen Dingen hat man mir nichts gesagt. Aber es muss ein Sturz aus großer Höhe gewesen sein. Es ist Feindesland. Und er hatte bereits viel Blut verloren. Der einzige römische Zeuge sagt, Julianus sei tot. Und Decebalus selbst hat das offenbar auch geglaubt. Denn er zog unmittelbar danach seine Lösegeldforderungen zurück und floh aus der Festung.

Sei dankbar, dass es ein Heldentod war«, fuhr Speratus fort, und seine Stimme klang pathetisch, »ein glorreiches Ende, das eines solchen Mannes würdig war. Kannst du dir nach einem solchen Leben voll kühner Taten einen passenderen Abgang vorstellen? Er hat einen Tyrannen überlistet. Man wird Julianus zu allen Zeiten und überall ehren.«

»Ich kann es nicht glauben«, murmelte Auriane schließlich und schüttelte langsam den Kopf. »Das ist keine glaubwürdige Geschichte.« Genau genommen kam sie ihr nicht so sehr falsch vor, sondern einfach zu glatt. Es war eine Geschichte für die Öffentlichkeit, die durch Wiederholung allzu sehr geschönt worden war. Sie stand im gleichen Verhältnis zur Wahrheit wie die Porträtbüste, die einen heiter gelassenen Apollo darstellt, zu dem lebenden Vorbild, das schwitzt und Angst hat. Hätte Marcus die Erde so schnell verlassen? Hätte er im Angesicht zweier schlimmer Alternativen nicht eine dritte gesucht?

Aber wieso kann ich seine Präsenz nicht fühlen ... wieso fühle ich überhaupt nichts?

»Er lebt«, sagte sie mit sanftem Nachdruck. »Ich will nicht hören, dass du etwas anderes sagst.«

Speratus schwieg. Einmal sah sie flüchtig ihr Spiegelbild in seinen Augen und wusste, er glaubte, sie widerspräche nur, weil ihr das Leid die Sinne verwirrt habe.

Sie saß lange stumm da und zitterte.

Der Regen trommelte immer heftiger auf das Zelt.

»Es tut mir Leid«, sagte Speratus und streckte die geöffneten Hände aus, wie um zu sagen, mehr habe ich nicht zu geben.

Auriane stand auf. Ganz plötzlich traf sie wie ein Blitz der Gedanke, dass sie Marcus in diesem Leben nicht wieder sehen würde. Es geschah mit solcher Heftigkeit und war so verwirrend, dass alles Alltägliche von ihr abfiel, und der Schleier, der die Zukunft verbirgt, sich hob.

Sie sah das Kommende so klar und unvermittelt wie die Gestalten auf einer Wandmalerei in einem dunklen Raum, in den gerade eine Fackel gebracht wird. Doch die Fackel wurde wieder zurückgezogen, bevor sie Zeit hatte, ganz zu begreifen, was sie gesehen hatte. Das Entsetzen rollte sich in ihr zusammen wie eine unsichtbare Schlange.

Ein namenloses Unheil droht.

»Was ist?«, fragte Speratus, der sie sehr beunruhigt beobachtete.

Auriane stand vorgebeugt wie jemand, der in einen Brunnen blickt. Ihre klaren grauen Augen schienen in der Lage zu sein, Steine zu durchdringen. »Bist du krank?«

»Es wird uns etwas Schreckliches widerfahren ... und das schon sehr bald.« Sie kniff die Augen zusammen, als versuche sie, besser zu sehen. »Vielleicht schon morgen.«

»Was sagst du da?« Er betrachtete sie sehr aufmerksam, denn er glaubte, der wahre Geist ihrer primitiven Landsleute lebe in ihren Frauen, wenn sie mit der Stimme sprachen, in der sie Weissagungen verkündeten. »Was ist das?« Er senkte die Stimme, damit die Wachen ihn nicht hören konnten. »In dir leben Geister, nicht wahr? Du hast die Fähigkeiten eines Auguren ... nur sind deine Geschichten echt und nicht erfunden. Sag mir, kommt das, was uns widerfahren wird, von Menschen oder von der Natur?«

»Von der Natur«, flüsterte sie, »*und* von Menschen ... von beiden.«

Er sah sie immer noch an, gefangen in der heiligen Stille und durch den Regen von der Welt abgeschlossen. Die Lage hatte sich umgekehrt. Jetzt bat er um mehr, als sie geben konnte. Sie schüttelte den Gedanken an das Eigenartige dieses Umstandes ab und wurde wieder höflich zurückhaltend. »Es tut mir Leid. Mehr sehe ich nicht.«

Der Centurio stand auf und beendete damit die Unterredung. Da er nicht recht wusste, was er sagen sollte, wiederholte er: »Marcus Arrius Julianus war ein großer Mann. Gib dich damit zufrieden.«

Die freundlichen harmlosen Worte machten sie unerwartet wütend.

»Zufrieden? Niemals! Julianus hat diesen Krieg für eine dumme Torheit gehalten, die über das Ziel hinausschießt. Für ihn war der Krieg nichts anderes als vorsätzlicher Raub und Mord, um ein Land zu erobern, das so fern liegt, dass es nicht gehalten werden kann. Wenn er gestorben ist, dann nicht für eine Sache, die die seine war, und es war ein schmutziger, elender und sinnloser Tod!«

»Welche Pietätlosigkeit. Wie kannst du ...?!«

»So sinnlos wie auch mein Tod sein wird. Ich bin zum Tode verurteilt für etwas, das jede ehrenhafte Frau meines Volkes getan hätte. Ihr preist Marcus, weil er sich aus Liebe für sein Land geopfert hat, und mich tötet ihr dafür. Das alles ergibt keinen Sinn. Er ist einen schrecklichen Tod gestorben. Sag mir nicht, ich soll damit zufrieden sein.«

»Das Leid hat dir die Sinne verwirrt. Ich werde mir so etwas Niederträchtiges nicht anhören.«

Nach einem kurzen gequälten Schweigen senkte sie den Blick und wandte sich ab. »Ich muss undankbar klingen«, sagte sie tonlos. »Das sollte nicht sein. Du warst ehrenwert und freundlich.«

An den Rückweg durch das Lager erinnerte sich Auriane kaum. Danach wiederholte sie die Geschichte von Marcus' Tod immer wieder in Gedanken und erzählte sie manchmal auch Brico. Dann unterbrach sie häufig und fragte ihre Dienerin, was sie dachte. Sie war wie einer der Ärzte aus Alexandria, der die Leiche eines möglichen Giftopfers aufschneidet, um die Wahrheit über das Verbrechen herauszufinden. Sie zog die Farbe und die Form jedes Teils der Geschichte, die Speratus ihr erzählt hatte, ans Licht und untersuchte sie genau.

Mitten in der Nacht rüttelte sie Brico wach und flüsterte: »Er lebt.«

Brico sah sie mit glasigen Augen an.

»Brico, wenn es tatsächlich seine Absicht war, den Plan des dakischen Königs zu vereiteln, wieso sollte er dann ein Schwert an sich reißen, wenn der Sturz von dort oben den sicheren Tod bedeutet?«

Bricos verschlafener Gesichtsausdruck verriet, dass sie allmählich begriff, aber gleichzeitig wirkte sie hilflos und traurig.

»Warum ist er stattdessen nicht einfach gesprungen?«, fuhr Auriane eifrig fort, und ihre Stimme verriet die innere Anspannung. »Wäre das nicht leichter gewesen, als die Wachen anzugreifen?«

»Wahrscheinlich schon, aber …«

»Er muss sich ausgerechnet haben, dass ein Sturz, so schrecklich er auch sein mochte, nicht auf jeden Fall den Tod bedeuten würde.«

»Ich … ich nehme an, das wäre möglich.«

»Das heißt, er könnte durchaus noch am Leben sein.«

Brico war inzwischen völlig wach. Sie erwiderte nichts, denn es erschien ihr grausam, Auriane daran zu erinnern, dass selbst Decebalus an den Tod von Julianus geglaubt hatte.

Auriane lag den Rest der Nacht wach. Sie war so niedergeschmettert, dass sie nicht einmal weinen konnte.

Es ist unmöglich. Wir sind die beiden Flügel eines Vogels. Wenn du nicht mehr da wärst, dann wüsste ich es.

Sie hätte seinen Tod im selben Augenblick gespürt, als ob die Spannung aus einem Netz feiner unsichtbarer Fäden verschwunden wäre. Die auffällige Stille der Wälder hätte es ihr verkündet. Sie hätte seine Abwesenheit von der Welt als traurige Lücke in den Bändern der Sterne am Nachthimmel gesehen. Einer dieser Sterne wäre verschwunden gewesen und hätte ein kalte Leere hinterlassen.

Als sie kurz vor dem Morgengrauen endlich einschlief, träumte sie von Ramis.

Die Seherin war von einer gelassenen Heiterkeit und unerklärlich jung. Ihr kastanienbraunes Haar schimmerte golden, ihre Stirn war glatt wie eine Alabastervase, und auf den schön geformten Lippen lag ein wohlwollendes Lächeln. Sie trug eine Krone aus leuchtend blauen Blüten und saß im sonnigen Hof eines Hauses. Vor ihr stand eine flache Bronzeschale, in der still eine dolchförmige Flamme schwebte. Auriane roch schweres, aromatisches Räucherwerk, das sie an Honig und Pflaumen denken ließ.

Ein starker Duft in einem Traum?

Ein Kribbeln im Bauch und ein leichter Stoß ihres Herzens wiesen darauf hin, dass die Vision nicht einem träumenden Bewusstsein entsprang. Der Geist von Ramis hatte noch nie Entfernungen gekannt, und Auriane spürte, wie er kraftvoll und besitzergreifend ihren Geist umschwebte.

Auriane beschäftigte nur eine einzige Frage.

Hatte das alles einen Sinn?

Ramis antwortete, ohne zu sprechen. Ihre Worte fielen auf Auriane nieder wie ein feiner Regen.

Keinen, den du verstehen kannst, solange du lebst.

Die nächste Frage Aurianes kam wie von selbst.

Ist Marcus noch am Leben?

Ramis runzelte die Stirn wie ein Schulmeister angesichts eines Schülers, der sich nicht genug Mühe gibt.
Du klammerst dich an die Welt der Körper. Doch das Land der Lebenden und das Land der Toten unterscheiden sich nicht sehr voneinander. Die Lebenden sind Wasser, die Toten Schnee. Das Wasser hält am Boden fest als schwerer Gefährte der Erde. Der Schnee treibt durch die Luft, hinterlässt keine Spuren und ist doch ebenso lebendig. Und die Schneeflocken werden wieder Wasser sein.
Es folgte eine heiter gelassene Stille.
Ich kann ihn nicht sehen, Auriane. Von dir wird jetzt verlangt, dass du so lebst, als sei er nicht mehr.
Auriane fühlte schwarze Schwingen um sich, die ihr die Luft nahmen.
Kannst du mir nicht die geringste Hoffnung machen?
Die Antwort von Ramis kam sogleich.
Du brauchst keine Hoffnung. Du brauchst nicht einmal mich. Die Summe dessen, was du brauchst, befindet sich hinter deiner Stirn. Du musst die Macht kennen lernen, die in der Zustimmung zur Auflösung liegt. Im Zulassen, dass du immer und immer wieder auseinander gerissen und neu geformt wirst, so wie die vom Wind getriebenen Wolken.
Wehre dich nicht länger gegen das, was Marcus widerfahren ist oder deinen Kindern oder dir. Begegne ihm mit Achtung, als sei es Freia selbst. Dann wirst du eine Helligkeit erleben, die heller strahlt als die Sonne.
Du hast keine Wahl. Vor dir liegt die letzte Wegkreuzung.
Die Erscheinung zitterte wie ein Spiegelbild im Teich, in den man einen Stein wirft. Auriane spürte, wie sich ihr ganzer Körper in einem stummen Aufschrei zusammenzog.
Bitte, verlass mich nicht!
Es half nichts. Das strenge Gesicht, der wasserblaue Mantel wurden unerbittlich von der Schwärze des Traums verschluckt.
Auriane erwachte mit heftigen Kopfschmerzen. Brico beugte sich besorgt über sie.
»Herrin, ich habe einen Geist gesehen. Er war silbern. Er ist um

dich herumgeschwebt und dann davongeflogen. Und was … was ist das für ein Duft? Er ist so süß wie eine Frucht.«
Auriane setzte sich auf und roch an ihrer Tunika. Ein leichtes Zittern durchlief ihren Körper, als sie feststellte, dass der starke Duft des Räucherwerks, das Ramis verbrannt hatte, in ihrer Kleidung hing.
»Es war nichts«, sagte Auriane schnell, als ihr das Unbehagen langsam wie eine Spinne den Rücken hinaufkroch. Die Worte von Ramis klopften in ihren Schläfen wie starke Kopfschmerzen oder ein Gift, das ihr Blut loswerden wollte. Sie hätte sofort ihr Leben noch einmal geopfert, um Ramis zu retten, wenn es erforderlich gewesen wäre. Doch in diesem Augenblick hasste sie die alte Seherin wegen ihrer Worte, die sie als einen unnötig grausamen Stachel empfand.
Annehmen, was uns widerfahren ist?
Das von ihr zu verlangen, war zu viel.
»Aber es *war* doch etwas«, sagte Brico hartnäckig. Sie sah Auriane flehend an. Ihre runden Augen waren klar und vollkommen, wie die mit Wasser gefüllten Silberschalen, in denen die Sibyllen die Zukunft lesen. »Ich habe gesehen …«
»Du siehst zu viele Geister«, unterbrach Auriane sie sanft.
Sie kroch zur Rückseite der *Reda* und blickte hinaus. Doch sie nahm von dem geschäftigen Treiben im allmählich erwachenden Lager nichts wahr. Sie sah nur Marcus, der mit zerschmetterten Gliedern blutend in einem kalten unbekannten Wald lag. Und Arria, der etwas, das die Götter nicht hätten zulassen dürfen, unerträgliches Entsetzen bereitete. Und sie sah Avenahar, die einem Leben um zu töten verfallen war. Schließlich sah sie ihre eigene schreckliche Schande, weil sie die Ursache all dieser Dinge war.
Ihre Stimme zitterte, als sie sich zwang, unbeteiligt zu sagen: »Am heutigen Tag werden wir den Fluss überqueren.«
Brico wich von der Zedernholztruhe zurück. »Ich werde das Schwert nicht ins Wasser werfen. Bitte, befiehl mir nicht, es zu tun.«
»Es ist nicht wichtig, Brico. Das Schwert wird dorthin gelangen, wohin es gelangen soll.« Sie zog Brico in eine freudlose Um-

armung, die keinen Unterschied zwischen Herrin und Dienerin kannte. Sie waren zwei Wanderer in der Fremde, die sich Trost suchend zusammendrängten.

Die morgendlichen Geräusche um sie herum waren inzwischen so vertraut wie ein Wanderlied: Das unzufriedene Murren der Männer, während sie ihre schweren Acht-Mann-Zelte zusammenrollten, die Befehle eines Centurio, die weit durch die feuchte Luft hallten, und das plötzliche Klappern von Hufschlägen, als berittene Späher ausgeschickt wurden, um den Uferweg nach einem möglichen Hinterhalt abzusuchen.

Gefangen in ihrem Leid, fand Auriane kaum Platz für einen Gedanken an die unbekannte Katastrophe, die sie für diesen Tag vorausgesehen hatte.

Zweiunddreißigstes Kapitel

Der Fluss rauschte und gurgelte. Der Wind hatte sich mit ihm verschworen und brauste mit erwachender Wut über das Land. Der Himmel war von einem unbarmherzigen Blau und wölbte sich unendlich hoch über der Truppe schwer bewaffneter Männer, die vor einer Holzbrücke auf Steinpfeilern Aufstellung genommen hatten. Ein dünner Strang von sechs nebeneinander marschierenden Soldaten löste sich von dem Verband und überquerte geduldig und langsam den Main.

Die *Reda* mit Auriane und Brico stand auf einer kleinen Anhöhe hinter den Männern, die in Reih und Glied darauf warteten, bis sie an der Reihe sein würden. Von ihrem Aussichtspunkt sah Auriane die sanft geneigte Wiese und am Fuß des Abhangs ein glänzendes schwarzes Band mit weißer Gischt. Normalerweise benahm sich der Fluss besser, aber der Frühjahrsregen hatte ihn anschwellen und zu einem reißenden Strom werden lassen. Deshalb rauschte er an diesem Tag mit sehr viel größerem Ungestüm als gewohnt dahin. Er bäumte sich auf und wehrte sich gegen das viel zu enge Bett.

Der Main war ein lebendiger Strom und wurde seit Äonen von immer neuen Seelen genährt, die darum kämpften, sich aus den Fluten zu befreien. Es war ein Fluss mit zahllosen Geistern, die unaufhaltsam nach Norden strebten.

Seit dem frühen Morgen tobte die schaumgefleckte Luft über dem Wasser vor Zorn. Die fünf wuchtigen und standhaften Brückenpfeiler aus hellem Stein erinnerten an Zähne, zwischen denen das schwarze Wasser hindurchschoss. Erst bei genauerem Hinsehen entdeckte man, dass die Pfeiler mit graugrünem Moos bewachsen waren, das seit der Herrschaft von Domitian, dessen Legionen die-

se Brücke gebaut hatten, die Pfeiler emporkroch. Die zerbrechlich wirkenden Brückenbögen aus Holz ruhten als leichte Last auf dem Stein und waren ein geordnetes Geflecht aus Holz, das nur dank der massiven Stützpfeiler darunter der Brücke Bestand verlieh.
Auriane überließ sich wehmütig ihren Gedanken.
Die Pfeiler sind Knochen, das Holz ist das Fleisch.
Die klare Geometrie der Holzbögen, die sich scheinbar mühelos von einem Ufer zum anderen spannten, wirkte auf sie wie etwas kindlich Zudringliches, das dem jungen, kraftvollen Strom nicht gewachsen war.
Die vier ranghöchsten Centurionen hatten sich aus der Marschordnung gelöst. Sie flankierten den Brückenaufgang, um die Überquerung zu beaufsichtigen. Ihre blutfarbigen Militärmäntel flatterten wie Fahnen. Eine Einheit der regulären Kavallerie ritt langsam zum anderen Ufer. Die Planken der Brücke waren mit Grassoden abgedeckt, und unter den stampfenden Hufen wirbelte feiner, steinfarbiger Staub auf, der in sandigen Wolken um die Pferdeleiber hing.
Auriane empfand ein großes Unbehagen, und sie wusste, dass es vielen der Männer ebenso erging. Sie fragte sich, warum die Priester des Heeres dem Main nicht ein Versöhnungsopfer dargebracht hatten. Vielleicht wussten die Römer nichts von den tückischen Geistern, die in den Flüssen des Nordens hausten.
Inzwischen überquerte eine Centurie der achten Legion den Fluss. Die Männer hatten die Helme abgenommen und an die rechte Schulter geschnallt, die Schilde hingen über der linken, während sie ebenso teilnahmslos wie die Sklaven und die Maultiere über das Gras gingen. Dort oben auf der Brücke dachten sie nicht an Ruhm und Heldentaten, so wie sie es taten, wenn sie an einem Dorf vorbeimarschierten. Jetzt konnte die Welt sie nicht sehen. Sie waren schwer arbeitende Männer, die nichts anderes wollten, als das Nachtlager aufzuschlagen, bevor Hunger und Durst sie überkamen.
Sonnenstrahlen überfluteten die fernen, mit Fichten und Buchen bewachsenen Hügel, sodass die Erde wie von einem inneren, dunstigen Licht zu leuchten schien. Auriane hatte das Gefühl, dass die

Geister des Landes Abschied von ihr nahmen. Der Main änderte an dieser Stelle seinen Lauf nach Norden und strömte in ihr Land. Hätte sich ihr Geist nicht schon auf dem langsamen Weg in die Tiefe, in Hels Reich, befunden, wäre ihr dieser Weg nach Hause sehr verlockend erschienen.

Als Nächstes war eine ubische Einheit der berittenen Hilfstruppen an der Reihe – zweihundertvierzig junge, frisch gemusterte Germanen mit langen Bärten. Ein *Signifier* am Brückenaufgang gab ihnen das Signal, sich in Bewegung zu setzen.

Doch ihr Decurio sprang von seinem kräftigen braunen Hengst. Alle Männer der Einheit folgten seinem Beispiel. Die jungen Ubier stellten ihre Schilde vor sich auf die Erde, beugten das Knie und verharrten ernst und still neben ihren Pferden. Der frische Wind blähte ihre schweren Mäntel, während sie die Drohungen der beiden ranghöchsten Centurionen und schließlich die ruhigen Bitten von Firmius Speratus missachteten.

Auriane kannte ihre Gedanken. Die Ubier waren ein Stamm, der ähnliche Bräuche wie die Chatten hatte. Auch sie wussten um die Gefahren der Flüsse im Norden. Ein abgelegter Eid auf einen fernen, nie gesehenen Kaiser war schnell vergessen angesichts der bedrohlichen, feindlichen Gegenwart von Geistern, die sehr viel älter waren als die Menschheit.

Die Centurionen und der Marschpräfekt berieten, was zu tun sei, um die Einheit zum Überqueren der Brücke zu bewegen. Als brutale Strafen in Erwägung gezogen wurden, erinnerte sich Firmius Speratus an Auriane. Ohne Absprache mit den anderen Offizieren verließ er die Runde und kam zu ihr.

»Die Ubier rebellieren«, sagte er, nachdem der Posten den Riegel an der Tür der *Reda* zurückgeschoben hatte. »Wenn du ein Mittel weißt, das wir nicht kennen, dann musst du es mir sagen.«

Ihr erster Gedanke war zu schweigen.

Warum soll ich ihnen helfen?

Aber eine Verzögerung brachte ihr keinen Nutzen. Und wenn sie sich der Bitte verschloss, würden die Männern eines verwandten Stammes in Schwierigkeiten geraten.

»Sie halten dich für eine Art heilige Frau«, sagte Speratus. »Bring sie irgendwie hinüber. Sporne sie an, ermahne sie, erzähle ihnen, dass deine Götter sagen, sie müssen ans andere Ufer. Dann werde ich dafür sorgen, dass ihr beide für den Rest des Marschs Vergünstigungen erhaltet.«

»Sie haben zu Recht Angst vor dem Fluss. Niemand hat das angemessene Ritual am Ufer durchgeführt. Der Main muss ein Geschenk bekommen.«

Er runzelte die Stirn. »Was für ein Geschenk?«

»Die Nixen, die in diesem Fluss leben …«

»Die *was*?«

»Die göttlichen Frauen, die von Anbeginn der Zeit im Fluss leben. Man nennt sie auch Elfen. Sie gehen manchmal an Land. Wenn man sie erzürnt, ziehen sie einen Menschen mit sich in die Tiefe, und er ertrinkt. Wenn jemand von euch etwas gestohlen hat, muss er einen Teil davon dem Fluss opfern.«

Speratus rieb sich das Kinn. Er hatte Geschichten von schrecklichen Wasserwesen gehört, die in den Flüssen des Nordens lebten. Sie waren räuberisch und wollüstig und sahen beinahe wie Menschen aus. Aber sie hatten Entenfüße und auch Rückenflossen. Zwar war ihr Vorhandensein für ihn nicht so verbürgt wie das des vertrauten Mars oder der Göttin Bellona, aber wer konnte es wagen, die Wirklichkeit dessen zu leugnen, was unsichtbar in einem fremden Land lebte?

Schließlich sagte er: »Nun vermutlich kann es nicht schaden.«

»Es ist ein Ritual zur Beruhigung der Nixen erforderlich. Euer Priester muss zuerst ein Flusslied singen, um die Wassergeister zu rufen, und dann müssen sie …«

»Kennst du solche Lieder?«

»Ich glaube, ich erinnere mich an eines. Es stammt von meiner Mutter, die es einmal gesungen hat, als der Bach über die Ufer trat und drohte, die Felder zu überschwemmen. Aber …«

»Dann sollst du das Ritual durchführen. Unsere Priester sind in solchen Dingen nicht ausgebildet. Ich stehe zu meinem Wort. Wenn du Erfolg hast, wirst du besser behandelt.«

»Ich brauche einen Bronzespiegel. Und vor allem, haltet alles Eisen vom Fluss fern.«

Speratus ließ ihr die Fesseln abnehmen und schickte einen Sklaven zu den Frauen des Lagers, um einen Bronzespiegel aufzutreiben.
Als Auriane zum Ufer geführt wurde, konnte sie sich wegen der schmerzenden gebrochenen Rippe und der starken Kopfschmerzen nur quälend langsam bewegen. Die ubischen Reiter beobachteten sie in tiefem Schweigen. Beim Vorübergehen nickten einige ernst, andere murmelten etwas in ihrer Sprache und sahen sich zustimmend an. Ein paar zeichneten verstohlen Runen in die Luft, um die Hilfe der Geister des Landes zu beschwören.
Auriane erinnerte sich kaum an das Ritual. Doch um der Männer willen unterdrückte sie entschlossen ihre Niedergeschlagenheit und richtete den Blick auf das Wasser, bis sie nur noch den Fluss vor sich sah. Am Ufer zog sie die Schuhe aus, damit sie die Wärme spürte, die aus Hels Höhlen tief unten durch die Erde aufstieg.
Der Fluss war an dieser Stelle etwa halb so breit wie ein Feld, das von einem Ochsen an einem Tag umgepflügt werden konnte. Das Wasser schoss mit der ungebremsten Kraft eines Streitwagens in der Arena kurz vor dem Ziel in einem weiten Bogen vorwärts. Auriane schloss die Augen, versenkte sich in Gedanken in den Fluss und hob den Bronzespiegel hoch, um die Nixen anzulocken, die sich gerne in Spiegeln ansahen.
Eine aufmerksame Stille – teils verblüfft, teils belustigt – senkte sich über die Truppen an beiden Ufern, als die große fremde Frau mit den bronzefarbenen Haaren, die zu einem schwer herabhängenden Zopf geflochten waren, in ihrem zerrissenen Mantel am Ufer ein unbekanntes Ritual vollzog. Für lange Augenblicke war das Rauschen des Wassers das einzige Geräusch.
Auriane hob die Hände über die Wellen. Ihre Finger brannten, als sei der wirbelnde Schaum heißer Dampf. Sehnsüchtige Tränen liefen ihr über das Gesicht, als sie begann, ein Lied über Flüsse zu singen, an das sie sich aus der fernen Zeit erinnerte. Damals war sie ein geliebtes Kind in der Halles ihres Vaters gewesen. Sie war nicht sicher, dass sie die Strophen in der richtigen Reihenfolge sang, und ihre Beschwörungen erschienen ihr schwach angesichts des tosenden Wassers. Es kam ihr vor, als versuche sie, sich schrei-

end im Lärm eines großen Tumults verständlich zu machen. Doch irgendwo in der Tiefe des Flusses ahnte sie aufmerksam lauschende Ohren.

Nachdem sie zu Ende gesungen hatte, nahm sie eine Scholle von der Erde unter ihren Füßen und warf sie in die tosenden Wellen. Es überraschte sie nicht, dass Speratus niemanden gefunden hatte, der gestand, etwas gestohlen zu haben. Doch Auriane sagte sich, die Erde werde vielleicht genügen, da das Volk von Speratus das ganze Land geraubt hatte.

Der Fluss toste weiter, und sie fühlte sich zurückgewiesen. Doch den Ubiern schien das nichts auszumachen. Einer nach dem anderen stieg auf sein Pferd, und sie begannen, in Viererreihen die Brücke zu überqueren. Das Gesicht von Speratus verriet deutlich, wie dankbar er Auriane war. Zwar achtete er sorgsam darauf, die Tür der *Reda* zu verriegeln, doch zu Aurianes Erleichterung ließ er ihr nicht mehr die Fesseln anlegen. Sie hatte keine Lust, das aufgerissene Maul des wilden Stroms in Ketten zu überqueren. Speratus schien die eisernen Fesseln vergessen zu haben, doch sie wusste, der Geist eines Menschen machte manchmal unbewusst Geschenke, weil die unsichtbaren Wesen es ihm befehlen.

Vor ihr rumpelten die ersten schweren Karren mit den *Ballistae,* den Katapulten und den Sturmleitern auf die Brücke. Dann trieb ihr Kutscher die Maultiere mit der Peitsche an, und die *Reda* setzte sich knarrend in Bewegung. Aus einem unerfindlichen Grund erfasste Auriane in diesem Augenblick ein wachsendes Entsetzen, in das sich erstaunlicherweise auch Jubel mischte.

Die Räder der *Reda* sanken tief in das weiche Gras auf der Brücke. Hinter dem niedrigen Holzgeländer zu beiden Seiten wich das Land unvermittelt zurück. Der scharfe, feuchte Atem der Wellen hüllte sie ein. Die prickelnde Angst, die Auriane immer empfand, wenn sie einen unheiligen Ort erreichte, meldete sich mit unvermuteter Wucht. Dort unten im Fluss schwärmten dunkle Geister. Die Fluten hatten sich keineswegs besänftigt, im Gegenteil, das Wasser war gestiegen. Ihr Ritual hatte die Flussgeister nicht beruhigen können! Auriane hörte das Brüllen mächtiger Wasserwesen und spürte den starken Zug ihrer Kraft. Es waren die Seelen Er-

trunkener und die unersättlichen Nixen, die auf neue Opfer lauerten. Der Fluss war ein kochender Kessel, in dem sich das Fleisch von den Knochen der Ertrunkenen lösen würde.
Flüsse sind die Grenzen zwischen den Welten.
Marcus hatte ihr vom Styx erzählt, dem Fluss, den die Gestorbenen überqueren mussten. Er sagte, der Styx wasche den Geist des Toten rein von allen Erinnerungen an das alte Leben und bereite ihn auf die neue Welt vor, die er gereinigt und neugeboren betrat.
Marcus, wartet dein Geist irgendwo dort unten in dem strudelnden Wasser auf mich?
Sie blickte unwillkürlich auf den schmalen Goldring, den Marcus ihr am Anfang ihres gemeinsamen Lebens geschenkt hatte. Es war das schlichte Andenken an die übervolle, reiche Schatzkammer ihrer gemeinsamen Tage. Sie ertastete die feinen Vertiefungen an der Stelle, an denen er in seiner Sprache *Anima mea* – mein Leben – hatte eingravieren lassen. Im Geist hörte sie seine etwas raue Stimme, mit der er die Worte einst ausgesprochen hatte. Damals klang seine Stimme so sanft und behutsam, wie man etwa einen Säugling auf ein Kissen legt. Auriane dachte, sie würde all die wenigen erbärmlichen Tage, die ihr noch blieben, hingeben, um nur noch einmal die geliebten und edlen Züge seines Gesichts sehen zu können, um nur noch einmal einen Augenblick lang in der Dunkelheit ihrer engen Kammer Haut an Haut mit ihm zu liegen und in der honigsüßen Wärme seines Verständnisses zu ruhen. Sie wünschte sich nichts sehnlicher, als ein letztes köstliches Zusammensein, das sie vielleicht mit in die Ewigkeit nehmen könnte. Verzweifelt drückte sie die Lippen auf den Ring und empfand die Abwesenheit von Marcus als eine nicht enden wollende Qual, die schlimmer zu sein schien, als lebend in einem lodernden Feuer zu verbrennen. Sie empfand in diesem Augenblick jedoch auch die Gewissheit, dass alle Menschen, die sie geliebt hatte, jetzt in ihr lebten. Marcus war da und auch ihr Vater. Auriane verstand das alles nicht, aber sie war nicht allein.
Sie fuhren bereits über den zweiten Brückenpfeiler.
Das Tosen des Flusses schmerzte in den Ohren. Auriane blickte auf die Zederntruhe. Ihre überreizten Sinne nahmen einen bern-

steinfarbenen Lichtschein wahr, der um die Truhe tanzte. Das geheimnisvolle Leuchten ging plötzlich in ein Rot über und schien Alarm zu schlagen. Das Schwert ihres Vaters wehrte sich dagegen, das Land zu verlassen.
Es will, dass ich es nach Hause bringe.
Vielleicht habe ich den Verstand verloren.
Sie war sich sehr deutlich der Entfernung zum Wasser bewusst. Von der Brücke in die Tiefe zu stürzen wäre das Gleiche, wie von einem zweistöckigen Haus zu springen. Ihr Unbehagen wuchs und erfasste auch Brico. Die beiden Frauen saßen mit erhobenen Köpfen unbeweglich da – wie zwei Vögel eines Schwarms, die bereit waren, gleichzeitig aufzufliegen.
Die Hälfte der Brücke lag bereits hinter ihnen.
Plötzlich hörten sie ein langsam anschwellendes, rasch näher kommendes Knallen und Krachen, das laut genug war, um den Lärm des Flusses zu übertönen. Seltsamerweise schien es von oben zu kommen, wie von der Peitsche in Wotans Hand, der mit einer merkwürdig langsamen Bewegung die Windpferde antrieb. Tief unten in der Holzkonstruktion geriet etwas in Bewegung, das sich nicht bewegen sollte. Die kreuzweise verankerten Balken begannen zu beben. Sie bogen sich knarrend. Das Stöhnen des Holzes drang wie ein Zittern nach oben.
Es folgte ein ohrenbetäubendes Krachen, wie das Brechen von Riesenknochen. Die Balken zwischen dem zweiten und dritten Brückenpfeiler krümmten sich, und für die Menschen und Tiere auf der Brücke neigte sich die Welt langsam und erschreckend zur Seite.
Die Männer waren zuerst vor Überraschung stumm, aber dann fanden alle gleichzeitig die Sprache wieder. Gebrüllte Befehle und Gegenbefehle, lautes Schimpfen und ermunternde Rufe zerrissen die Stille. Angstvolle Schreie wetteiferten mit dem verzweifelten Gebrüll der Maultiere. Kutscher und Männer in Rüstung rannten an der *Reda* vorüber. Sie flohen in der Hoffnung, das sichere Ufer noch erreichen zu können.
Brico wurde in Aurianes Schoß geschleudert. Hinter ihnen stürzte ein Ochsenkarren um. Er war mit den großen glatten Steinen

beladen, die vom *Onager*, einer Kriegsmaschine, geschleudert wurden. Die Planken unter ihnen zitterten, als das Gepolter schwerer Steine darauf niederging, die eigentlich dafür gedacht waren, Breschen in feindliche Mauern zu schlagen. Einige der gelben Quarzbrocken sprangen nach einem dumpfen Aufprall noch einmal in die Höhe, andere rollten dröhnend und polternd in alle Richtungen, zerschlugen Radspeichen, zerschmetterten Maultieren die Sprungbeine und warfen Männer auf die Knie, bevor sie schließlich über die Brücke schossen, geräuschlos durch die Luft flogen und tief unten klatschend im Wasser landeten.
Die Nordseite der Brücke senkte sich langsam, aber unaufhörlich, dann sackte sie ruckartig unter dem Gewicht der rollenden Steine und der vielen Wagen ein ganzes Stück ab. In der entstandenen Schieflage kamen die Wagen ins Rutschen. Aus Männern und Tieren wurde ein strampelndes, Halt suchendes Durcheinander. Alle und alles prallte gegen das schwere Holzgeländer.
Aurianes *Reda* rutschte mit. Am Brückengeländer hingen Männer, deren Beine im Leeren strampelten. Sie flehten schreiend ihre Schutzgötter um Hilfe an. Die Ersten verloren den Halt, stürzten in den Fluss und ertranken, denn sie wurden augenblicklich vom Gewicht ihrer Ausrüstung hinunter in die Tiefe gezogen.
Am Brückenaufgang war das Chaos ausgebrochen. Die Wagen bildeten eine unüberwindliche Barriere. Die Fliehenden, die hinter ihnen gefangen waren, kletterten in ihrer Verzweiflung über die Hindernisse hinweg, um vielleicht doch noch an Land zu gelangen. Die Befehle der Centurionen erreichten die Ohren der von Panik erfassten Männer nicht. Es war für die Betroffenen wie ein Weltuntergang. Die Erde barst unter dem dröhnenden Schall von Hörnern.
Auriane kämpfte darum, in der langsam nach unten gleitenden *Reda* das Gleichgewicht nicht zu verlieren. Brico klammerte sich an sie wie bei einem Sturm an einen sicheren Pfosten. Mit einem zweiten Ruck sank der Brückenboden weiter ab. Der Kutscher des Ochsenkarrens hinter ihnen landete im hohen Bogen im Fluss. Inzwischen war der Brückenboden zwischen dem zweiten und dem dritten Pfeiler auf einer Seite ohne Halt und hing in einem steilen

Winkel nach unten. Ein Maultier rutschte mit gebrochenen Vorderbeinen ins Leere. Durch seinen verzweifelten Todeskampf zog es das zweite Maultier mit sich. Unter dem Gewicht der beiden Tiere stellte sich die *Reda* langsam hochkant. Schließlich wurde sie nur noch von den gekreuzten Balken des splitternden Brückengeländers gehalten.
Auriane handelte aus einem Antrieb heraus, der zu schnell für jeden Gedanken war und von den Geistern ihrer Familie und dem Stamm ausging. Sie stürzte sich wie eine Wildkatze auf die Zederntruhe, stemmte den schweren Deckel hoch, griff nach dem Schwert ihres Vaters, befreite es von der Leinenbinde und steckte es in den mit Bronze gefassten Gürtel ihrer wollenen Tunika. Das geschah alles so einfach und so natürlich, als hätte sie ein Paar Schuhe angezogen. Doch einem anderen Teil von ihr kam es vor, als habe sie sich für den Ritt in eine andere Welt auf den Rücken eines Himmelspferdes geschwungen. Mit dem Schwert zog sie die Familie, den Stamm und das Schicksal um sich wie einen Mantel. Dann fasste sie Brico Halt suchend um die Hüfte und trat mit aller Wucht gegen die Tür des Wagens. Der Riegel gab nicht nach.
»Wir müssen springen, Brico.«
»Nein! Ich kann nicht, bitte, zwing mich nicht dazu!«
»Wir müssen springen. Hier sterben wir!«
Dort, wo die Seitenwand und das Dach der *Reda* aufeinander trafen, öffnete sich plötzlich ein Spalt, und sie sahen den Himmel. Beide Frauen schrien aus Leibeskräften. Auriane trat noch einmal gegen die Tür, doch sie schien noch stabil zu sein, obwohl sich der Rahmen der *Reda* immer stärker verbog.
Aber plötzlich war das alles nicht mehr wichtig. Das Brückengeländer krachte und brach. *Reda* und Maultiere stürzten von der Brücke.
Es war entsetzlich und unfasslich, aber der schwere Wagen befand sich im freien Fall. Es geschah mit einer Schnelligkeit, als sei die *Reda* von einem Hammerschlag der Götter getroffen worden. Die Maultiere schlugen um sich und traten gegen ihr Geschirr.
Die Angst ließ keinen Schrei mehr aus den Kehlen. Die beiden Frauen klammerten sich stumm aneinander. Der Wagen schlug im

nächsten Augenblick so hart auf dem schäumenden Fluss auf, als sei das Wasser gestampfte Erde. Irgendetwas traf Auriane am Kopf, und um sie herum wurde alles schwarz. Für kurze Zeit schaukelte der Wagen auf den Wellen, richtete sich auf und sank dann schnell in die Tiefe. Die Maultiere wurden von ihrem Geschirr festgehalten und ebenfalls hinabgezogen.

Die Männer an den Ufern sahen zu, wie der Fluss die *Reda* verschlang. Es schien, als griffen die gierigen Schaumhände der Flussgeister nach dem Wagen, um ihn nach unten zu ziehen. Dann war er verschwunden, und zwei Seelen mehr trieben in dem tosenden Strom.

Die beiden Frauen wurden immer weiter nach unten gedrückt, als seien sie große Steine, die in den kalten trüben Schlamm auf dem Grund gepresst wurden.

Die eisige Kälte des Wassers brachte Auriane wieder zur Besinnung. Instinktiv wand sie sich wie ein Aal im Netz und hielt die Luft an.

Wer bin ich?

Wo bin ich?

Die Erinnerung kam schlagartig: Die Welt war auseinander gebrochen … die Schreie der Männer … sie und Brico fielen durch die Luft … das unheimliche Tosen des Wassers.

Nein, das kann nicht sein. Ich bin bereits im Fluss … ich bin lebendig begraben … der Wagen ist mein Sarg.

Todesangst packte sie wie eine Zange.

Die Nixen haben uns zu sich gezogen. Sie werden uns zu den ihren machen.

Sich zu beruhigen war so schwer, wie ein Gespann durchgehender Pferde zu zügeln, und es gelang ihr nicht sofort. Aber dann begann sie in der Dunkelheit, nach einem Weg nach draußen zu suchen.

Aurianes rechte Hand tastete ins Leere. Hoffnung regte sich.

Sie griff in die nasse Schwärze und zog Brico an sich, die das kalte Wasser nicht ins Bewusstsein zurückgeholt hatte. Sie fasste ihre Dienerin um die Hüfte und zog sie durch das in der *Reda* entstandene Loch.

Sobald sie sich aus dem Wagen befreit hatten, riss der Fluss sie mit sich. Auriane klammerte sich fest an Brico, während die Strömung sie erfasste.
Die Nixen!
Auriane konnte in dem schlammigen Wasser nichts sehen, aber sie wusste, die Flussgeister waren da. Sie folgten den beiden wie ein hungriger Fischschwarm. Blasse Hände mit stachligen Schuppen griffen nach ihr. Sie strichen ihr zuerst vorsichtig, dann kühner über das Gesicht und zerrten an ihrer Tunika. Sie und Brico rollten und trieben auf die aufgesperrten Rachen der Wasserwesen zu. Die Geister würden sie zerstückeln und verschlingen. Sie würde eine von ihnen werden, ein Fisch, der sich in einer grauen, zeitlosen Ewigkeit am Grund eines Flusses bewegte.
Bin ich noch am Leben, oder gleite ich in eine der Spalten, die hinunter zu Hel und in den nassen Schlund des Todes führen?
Die Dunkelheit presste ihre Lunge zusammen.
Ich muss am Leben sein … Geister ringen nicht nach Luft.
Die Männer dort oben. Wenn sie sehen, dass ich den Sturz überlebt habe, dann beginnt die Jagd.
Ihr Bewusstsein und ihr ganzer Körper schrien nach Luft. Doch sie war fest entschlossen, so lange unter Wasser zu bleiben, wie sie es ertragen konnte, um eine möglichst große Entfernung zwischen sich und die Brücke zu bringen.
Auriane stieß sich energisch vom Grund ab und begann in der Richtung des fernen, schwachen Leuchtens über ihr aufzusteigen. Sie hatte das Gefühl, vom Licht nach oben gesaugt zu werden, als sie mit brennender Lunge durch das Wasser trieb. Die schlaff in ihren Armen hängende Brico und das schwere Schwert an ihrer Seite verlangsamten die Aufwärtsbewegung. Aber schließlich stieß sie mit dem Gesicht durch die Wasseroberfläche, rang gierig nach Luft und hoffte, dass die Schaumkronen der Wellen sie vor ihren Feinden an den Ufern verbargen.
Doch einen Blick musste sie sich erlauben, um zu sehen, was die Schicksalsgöttinnen angerichtet hatten.
Der Anblick war so entsetzlich wie die Verheerung auf einem Schlachtfeld. Die Brücke war in zwei Teile zerbrochen. Zwischen

dem in die Luft ragenden Balkenwerk klaffte eine Öffnung. Es sah aus, als wäre ein tollpatschiger Riese mit dem Fuß zwischen den zweiten und den dritten Pfeiler getreten. Der Balkenboden war verdreht wie ein elastisches Band. Er war mit Trümmern übersät, über den Rand hingen schlaffe Stofffetzen. Von einem Teil der Brücke hing ein riesiges Netz wie ein geknüpftes Leichentuch herab. Zweifellos wollte man damit die Ertrinkenden retten. Kleine Gestalten hasteten hierhin und dorthin, trugen Verletzte, schleppten Tote. Einige warfen Leinen aus, um jene zu retten, die immer noch im Wasser um ihr Leben kämpften. Todesschreie drangen an Aurianes Ohren.

Ist dieses Unglück das Werk von Göttern oder Menschen?

Die Strömung hatte sie nicht so weit getragen, wie sie gehofft hatte. Wenn jemand aufmerksam auf die Fluten blickte, würde man sie entdecken. Noch während sie zögerte und keuchend im Wasser trat, um nicht ziellos abgetrieben zu werden, lösten sich Männer der regulären Reiterei mit ihren roten Mänteln von den Gruppen, die sich an den Brückenaufgängen gebildet hatten, und ritten an den Ufern entlang. Um die Arme frei zu haben, hatten sie die Schilde zurückgelassen. Über den Hälsen der Pferde hingen Fischernetze. Die Vernunft sagte Auriane, die Männer wollten Ausrüstung und Vorräte aus dem Wasser holen. Trotzdem erfasste sie die namenlose Angst eines Kaninchens, das von einer Hundemeute verfolgt wird.

Sie drehte Brico auf den Rücken und sorgte dafür, dass nur ihr Gesicht nicht vom Wasser bedeckt wurde. Dann schob sie einen Arm unter Bricos Kinn und schwamm mit kraftvollen Bewegungen neben ihr her. Es gelang ihr auf diese Weise, die kleinere, aber immer noch bewusstlose Brico mit sich zu ziehen.

Brico ... meine liebe Brico... warum bewegst du dich nicht? Wach auf, bitte ... ich weiß, du kannst leben ... ich will nicht allein sein.

Auriane kam sich wie ein blinder Wurm vor, der sich im Wasser wand und verzweifelt darum bemühte, einen zweiten Wurm nicht ertrinken zu lassen. Sie wollte nur an die Reiter an den Ufern denken, denn bei dem Gedanken an die Nixen im Fluss hätte sie vor Entsetzen den Verstand verloren.

Der Fluss war ungestüm, mutwillig und jung. Es wäre nicht ratsam gewesen, Angst zu zeigen. Der Fluss war entweder die Straße in die Freiheit oder ins Grab.

Auriane drehte sich noch einmal um, damit sie Brico besser fassen konnte. Sofort füllte der Geschmack nach Blut ihren Mund. Blut färbte das Wasser um ihre Dienerin rot – zu viel Blut, wie Auriane sah. Mit einem leisen Aufschrei entdeckte sie zitternd, dass Bricos Brustkorb zerschmettert war … vermutlich war das beim Aufprall auf das Wasser geschehen.

Brico, ihre geliebte Dienerin und gute Gefährtin, war tot. Bricos Göttin Sirona hatte ihr schnell und barmherzig das Leben genommen. Auriane wehrte sich entschieden gegen Trauer und Kummer – dazu hatte sie jetzt keine Zeit.

Die ersten Reiter würden bald auf gleicher Höher mit ihr sein. Die Panik gebot ihr, unterzutauchen. Mühsam kämpfte sie sich vorwärts, ohne Brico loszulassen. Sie hatte keinen Plan und würde einfach so lange schwimmen, bis ihre gemarterte Lunge es nicht mehr ertrug. Die Vernunft riet ihr, sich von der Last der Toten zu befreien, doch sie brachte es nicht über sich, Bricos Leiche den Wellen zu überlassen, damit die groben Hände des Flusses sie wie einen abgebrochenen Ast umherwirbeln würden. Brico verdiente die heiligen Riten und die angemessene Trauer der Menschen, die sie liebten.

Als Auriane keuchend wieder auftauchte, deutete einer der Reiter mit seinem Decuriostab auf sie und rief: »Da ist noch einer! Lebt er noch?« Nach einer Pause rief er: »Es ist die Frau! Bringt die Netze!«

»Bist du verrückt? Sie ist ertrunken!«, erwiderte jemand am anderen Ufer. »Den Sturz von der Brücke hat sie unmöglich überlebt!«

»Es ist einer unserer Männer. Beeilt euch, reitet voraus!«

Auriane schluckte blutiges Wasser und schwamm, so schnell sie konnte, weiter.

Ich bin verloren. Selbst wenn ich die arme Brico nicht mitschleppen würde, könnte ich einem Reiter, der mich am Ufer verfolgt, nicht davonschwimmen.

Der Decurio brachte seinen Hengst zum Stehen. Sein getriebener

Bronzepanzer glänzte wie das Auge eines Wolfs im Feuerschein. Er wandte sich nach den Reitern um, die ihm folgten, und rief: »Ich sage euch, es ist die Frau! Wenn sie uns entkommt, dann sorge ich dafür, dass ihr alle degradiert werdet!«

Aurianes Hoffnung schwand. Der Decurio trat seinem Pferd in die Weichen. Das gepanzerte Tier fiel schwerfällig in Trab. Ein Reiter am anderen Ufer blieb mit ihm auf gleicher Höhe. Der ganze Trupp nahm die Verfolgung auf. Die schweren Pferde sprangen über gestürzte Erlen, brachen durch Weißdorngestrüpp und umrundeten Felsbrocken, die am Ufer lagen. Das bedrohliche Klirren von Zaumzeug klang erschreckend nah.

Der tückische Fluss tat ihnen jetzt auch noch einen Gefallen und wurde an dieser Stelle etwas schmaler. Auriane hatte das Gefühl, in einen Flaschenhals zu schwimmen. Inzwischen drängten sich noch mehr Reiter am Ufer.

»Bleibt zurück! Überlasst sie den Batavern. Sie brauchen eine Auszeichnung!«

»Es ist nicht die Frau ... du siehst nicht mehr gut!«

»Es bleibt noch genug Zeit, darüber zu streiten, *nachdem* wir sie aus dem Wasser gezogen haben.«

Dicht vor ihr wurde ein Netz ausgeworfen. Die beiden Enden kamen gleichzeitig auf dem Wasser auf und trieben wellenförmig wie ein Meerestier mit Fangarmen dahin, bis die Männer die Leinen spannten und quer über den Fluss zogen.

Ich muss den Römern die tote Brico überlassen.

Wenn die Reiter Zeit damit verloren, die Leiche aus dem Wasser zu ziehen, bestand für Auriane eine gewisse Hoffnung, ihnen entkommen zu können. Auriane glaubte nicht, dass ihre Verfolger Brico bereits entdeckt hatten, denn Bricos Körper wurde von den Dingen nach unten gezogen, die an ihrem Gürtel hingen – Feuerstahl, Sieblöffel, Schlüssel. Nur das bleiche Gesicht ragte etwas aus dem Wasser. Vielleicht würden die Römer mit ihrer Leiche zufrieden sein und die Jagd beenden.

Die Strömung trug Auriane schnell auf das Netz zu. Als sie noch etwa eine Pferdelänge davon entfernt war, übergab sie Brico dem Fluss.

Brico! Ich lasse dich bei Fremden zurück. Das ist schrecklich, denn sie werden keine Begräbnisriten für dich halten …
Gleichzeitig füllte sie ihre Lunge bis zum Bersten mit Luft und sank nach unten wie ein Otter. Die wilden Arme der Strömung rissen sie weiter. Auriane hoffte, unter den Netzen hindurchschwimmen zu können, doch beinahe sofort spürte sie die Bleigewichte. In Panik schlug sie um sich, kämpfte blindlings gegen das störrische Netz, gab dann aber auf und tauchte tiefer, während das Netz ihr folgte.
Über sich spürte sie ein Ziehen, als Bricos Leiche von den Maschen aufgefangen wurde und sich in dem Netz verfing.
Auriane sank auf den schlammigen Grund. Es war ein ekelhaftes Gefühl, als ob sie in ein Fass mit Eingeweiden geworfen worden wäre. Ein schlangenartiges Wesen glitt über ihren Rücken. Das schleimige Wesen, halb Mensch, halb Fisch, war neidisch auf die Lebenden. Es schlängelte sich aus dem Schlamm und klammerte sich mit grauen, suchenden Händen an ihre Arme und Beine.
Nixen! Freia, geliebte Mutter, halte sie fern von mir!
Aber es waren keine Nixen, es war nur das Netz. Die Bleigewichte hatten es immer weiter nach unten sinken lassen, bis es sich um sie schlang und an ihr haftete wie eine zweite Haut.
Die Strömung trug Auriane mit sich. Sie war ein Pflug, der eine Furche durch den tückischen Schlamm zog. Doch selbst die unbändige Kraft des Flusses reichte nicht aus, sie den tausend Händen des Netzes zu entreißen. Mit jeder Bewegung verstärkte sich der Zugriff der Maschen.
Sie hatte das Schwert ihres Vaters in der Hand, noch bevor sie sich daran erinnern konnte, es gezogen zu haben. Es war einfach da, schnell wie eine geliebte Erinnerung, und lag bequem in ihrer Hand. Sie stemmte sich in den Schlamm, schnitt weit ausholend und langsam durch das Wasser, stieß die Klinge nach oben durch die vielen Maschen hindurch. Auriane wollte sich mit dem Schwert eine Tür öffnen, durch die sie fliehen konnte. Sie glaubte eine lebende Frau im Kampf auf Leben und Tod mit den Nixen zu sein.
Die Klinge war scharf, und das gespannte Netz gab bei der leich-

testen Berührung nach. Auriane hoffte, dass die Nixen vor der heiligen Waffe zurückweichen mussten.
Ein Gedanke durchzuckte sie so schnell und hell wie ein Blitz: Eine Seele kann nichts beflecken. Wie falsch ist es, etwas auf Erden, selbst das Eisen, für nicht heilig zu halten, denn unser Geist ist die reine Flamme aus dem Herzen der Sonne. Diese Erkenntnis war hell und strahlend, und Auriane wusste, dass die Warnungen von Ramis vor dem Eisen nur eine andere Art Netz waren, in dem jene sich fangen sollten, deren Blick sich nicht völlig der Wahrheit öffnen konnte.
Wie lange sie so kämpfte, das wusste sie nicht, aber es kam ihr wie eine Unendlichkeit vor. Doch die wilde, hoffnungsvolle Raserei begann zu schwinden, als das Netz sie immer weiter bedrängte, und hundert blinde nasse Schrecken auf sie einstürmten. Die Nixen konnten atmen, Auriane nicht. Sie würden mit ihr spielen, bis sie ertrank.
Ihre Lunge schien zu bersten. Todesgewissheit durchzuckte ihre Glieder.
Ich sterbe im Schlamm. Und dieses Ende ist nur angemessen. Ich habe mein Volk verlassen und mit Marcus im Luxus gelebt. Mein Leben ist ein Sakrileg. Jetzt bezahle ich für meine Schuld, denn ich habe das heilige Gesetz gebrochen …
Ihre Panik wuchs und wurde zu einem Gespenst, das immer größer wurde, bis es sich zu dem aufgerissenen Mund einer Nixe mit dünnen scharfen Zähnen verdichtete. Der starke Schlund zog sie hinunter in eine erstickende Nacht. Das Entsetzen frohlockte. Doch dann ließ die Angst sie aufbrechen wie eine Samenkapsel, und alles löste sich sanft in wohltuende Wärme auf. Sie empfand ein Entzücken, das alles überstieg, was sie auf dieser Welt für möglich gehalten hatte, eine Schönheit, die größer war, als der Säugling sie an der Brust erlebte, oder was Liebende in dem süßen schwebenden Augenblick empfanden, wenn sie auf dem Gipfel der Lust zu einem Wesen verschmolzen. Dort unten im Schlamm fand Auriane eine Sonne mit einem feurigen, majestätischen und gleichzeitig mütterlichen Gesicht. Es konnte nur das Gesicht Freias sein, der Göttin, die sie schon in der Wiege gekannt hatte.

Sie zweifelte nicht daran, vor den Schicksalsgöttinnen zu stehen. Im Fluss gab es keine Nixen mehr. Nur die Angst ihrer Opfer machte sie zu unbezwinglichen Ungeheuern.
Auriane gelang ein Schlag mit dem Schwert, der sie herumwirbelte, aber einen dichten Klumpen der Maschen durchtrennte. Sie schlug mit der Klinge noch einmal nach oben und unten. Ganz plötzlich kam sie frei und schoss pfeilschnell davon. Sie gelangte in den Sog der starken Strömung. Die sonnendurchflutete Wärme folgte ihr. Getragen von dem Wohlgefühl des Wassers stieg sie langsam zur Oberfläche, während sie mit kraftvollen Bewegungen weiterschwamm. Sie drehte sich auf den Rücken, ihr Gesicht tauchte kurz aus dem Wasser auf, und sie füllte die Lunge mit dem Atem des Lebens. Sie kostete die unbeschreibliche Süße der Luft, die sie sonst überhaupt nicht wahrnahm. Gestärkt sank sie in die Wellen zurück und schwamm in die heiligen Strahlen des Lichts, das alle Wunden zu heilen schien.
Begegne allem, was dir widerfährt, mit der gleichen Achtung wie Freia selbst.
Das waren die Worte von Ramis gewesen, und jetzt tat Auriane genau das. Das helle Strahlen wurde stärker. Es wurde so weit und hoch wie der Weltenbaum. Auriane erlebte, welch ein umfassender Friede darin lag, sich an nichts zu binden, nackt und frei von allen Gedanken zu sein wie ein Tier auf dem Feld. Der Kampf darum, an einer Form, an einem Ort, an einem Weg, an einem Wesen festzuhalten, brachte Qualen mit sich, die so schmerzhaft waren, als werde einem bei lebendigem Leib die Haut abgezogen.
Ihr wurde plötzlich bewusst, dass sich ein zweites Licht mit dem ersten verbunden hatte. Sie spürte, wie ein Bewusstsein ihr folgte, eine deutlich erkennbare Präsenz, die streng, aber gütig war.
Ein beweglicher Geist umfing sie, und eine vertraute Stimme drängte sich in ihre Gedanken.
Ah, du bist stärker, als ich dachte. Und ich glaubte, du könntest mich nicht mehr überraschen.
Auriane blieb stumm.
Ramis?
Sie hörte die Antwort deutlich und klar.

Natürlich. Jetzt habe ich dich. Du gehörst mir.
Auriane brachte nicht die Geistesgegenwart auf, über die Bedeutung dieser Worte nachzudenken. Sie war zu glücklich, endlich nicht mehr allein zu sein. Eine gedämpfte Trauer erfasste sie.
Schade, dass du dich bei deinem vierzigjährigen Galopp weg von mir so erschöpfen musstest. Aber vielleicht wirst du jetzt begreifen, dass die Bahnen für so manches Schicksal festgelegt sind. Ich habe versucht, dir das zu sagen.
In der inneren Stille bewegte Auriane eine Frage.
Welcher Gott hat die Brücke zerstört? Hast du sie mit Zauberei einbrechen lassen?
Die Antwort klang kühl und etwas gekränkt.
Die Künste einer Seherin waren dabei nicht im Spiel. Der Einsturz war nur das Werk von ganz normalem Fleiß … nicht meinem, sondern dem Fleiß deines alten Kampfgefährten Witgern. Er hatte seinen Männern im vergangenen Jahr befohlen, die Brückenbalken durchzusägen. Als die Brücke danach nicht einstürzte, glaubte er, sein Vorhaben sei misslungen.
Aber jetzt ist sie eingestürzt und hat dich gerettet.
Es war ein Winter mit Regen und Frost notwendig, um Witgerns Werk zu vollenden.
Witgerns Wolfskrieger hatten das Balkenwerk durchgesägt?
Auriane glaubte, in einem Fluss aus Licht zu schwimmen. Das Wasser war wohltuend lebendig und warm, wie ein Bad oder eine heilende Quelle.
Dann, mein lieber alter Freund, hast du mich doch gerettet.
Eine andere Frage drängte sich ihr quälend auf.
Herrin, du und Arria, ihr seid beide an diesem fernen Ort. Wie geht es meiner kleinen Tochter?
Die Worte von Ramis flossen durch sie hindurch wie eine starke Strömung.
Sie ist an einem schönen Platz, wo sie heranwachsen und geliebt werden wird. Ich verspreche dir, ich werde über sie wachen, wie ich einst über Avenahar gewacht habe. Vertraue darauf, dass die Schicksalsgöttinnen für sie nur das Beste geplant haben. Das Gespinst, das sie weben, ist leicht.

Die überströmende Dankbarkeit und Liebe, die Auriane empfand, wurden von der qualvollen Notwendigkeit verdrängt, wieder Luft zu holen. Als sie vorsichtig auftauchte, entdeckte sie neben sich einen kräftigen Ast. Sie klammerte sich keuchend daran fest. Dabei kam sie sich wie ein Säugling vor, der gerade den Mutterleib verlassen hatte, und fragte sich, ob sie womöglich den Verstand verloren hatte. Ein Stück Netz lag über ihrem Kopf wie ein Brautschleier und wand sich um einen Arm wie Schlingpflanzen. Ihre Landsleute hätten sie vermutlich für eine der Fischfrauen gehalten.

Die Reiter. Sind sie in der Nähe?

Doch Auriane sah keine Anzeichen dafür, dass sie verfolgt wurde. Die Männer, die sich weiter flussaufwärts an den Ufern drängten, waren inzwischen weit weg. Sie wurden immer kleiner, während die Strömung Auriane mit sich trug. Die Reiter schienen einen Mann mit einer langen Greifstange zu beobachten, der etwas untersuchte, das sich in den Netzen gefangen hatte.

Brico, meine liebe Freundin, ich habe dich missbraucht.

Doch die List schien Erfolg gehabt zu haben.

Ich bin frei.

Auriane konnte noch nicht glauben, dass sie tatsächlich dem Schwert des Henkers entronnen war. Entschlossen drehte sie sich um und begann, so schnell sie konnte, weiterzuschwimmen. Die starke Strömung verdoppelte ihre Bemühungen und trug sie auf geschwinden Händen in Richtung ihrer Heimat nach Norden. Das Lachen von Ramis schien sie wie die Wellen einer Kaskade zu überfluten. Alles, was sie sah, vom blühenden Bärlauch am Ufer, den moosbewachsenen Steinen, die glänzend aus dem Wasser ragten, bis zu dem gewölbten Spitzengewebe der Baumäste über ihr, strahlte in einem leuchtenden Glanz. Es war ein wundersames Silberfeuer, in dem der Mond zu fließen schien.

Auriane war sich nicht bewusst, dass sie mit den Augen einer Seherin blickte. Sie glaubte einfach, so sei es immer gewesen.

Sie glitt scheinbar mühelos wie ein Falke über eine glänzende schwarze Wasserfläche und durch die auffällige Stille des Waldes, in dessen Laub die Augen von Göttern sie beobachteten. Sie hörte

im Geist noch einmal die verwirrenden Worte, die Ramis im vergangenen Sommer gesprochen hatte.
Wenn du nichts tust, wird ein Fluss dein Schicksal entscheiden.
Die Schicksalsgöttinnen hatten sie mit Gewalt für ein neues Leben gefordert. Ein wilder gesetzloser Fluss war ihr Werkzeug. Auriane wusste sehr wohl, dass in der Welt, die hinter dieser Welt auftauchte, mehr Dunkelheit schimmerte als Licht. Von nun an würde sie nur mehr die begrenzte Freiheit einer Flüchtigen haben und es niemals mehr wagen können, einen Fuß auf das römische Reichsgebiet zu setzen. Eine raue und kalte Freiheit ohne Marcus wartete auf sie, ein Leben in einem Land, so fern von Arria, dass sie ebenso gut hätte tot sein können. Auriane wurde in eine Welt getragen, in der Sawita, die neue Weleda, schnell handeln würde, um eine lästige Rivalin, die leider immer noch lebte, zu vernichten. Und sie kam in ein Land, wo alle Gefolgsleute des Chariomerus ihren Tod geschworen hatten.
Doch im großen Rausch ihrer Rettung sah sie nur die Schönheit der unsichtbaren Schicksalsfäden. Sie waren der Blutstrom der Schicksalsgöttinnen, der sie schnell mit sich trug. Auriane erkannte die Hilfe, die ein Geschöpf dem anderen gewährt, und dahinter die wärmende Liebe Freias, der Mutter des Lichts, das sich so überreich in jedes Wesen, in alle Dinge ergoss. Ihr war nichts geblieben als das Erdamulett, das sie hatte weggeben wollen. Am Finger trug sie den schlichten Goldring von Marcus, und sie hatte ein Schwert, in dem der Geist ihres Vaters lebte. Doch Auriane fühlte sich so reich beschenkt, als sei sie Herrin über mehr als hundert Landgüter.
Auf der ganzen Welt gab es keinen anderen Laut als das geisterhafte Rauschen des Wassers. Doch in diesem Geräusch lag das lautlose Lachen von Ramis, volltönend, unverkennbar – und näher als vorher.
Graue Erlen säumten inzwischen die Ufer, ein Wald bewegungsloser, eleganter Tänzerinnen, so schlank wie Schreibgriffel. Sie hoben die starren Arme wie in einem stummen Freudenschrei in die Luft. Das war gut. Die Erlen würden die Fliehende verbergen, wenn sie das Ufer erreichte.

Auf einer kleinen Landzunge, die nicht weit vor ihr in den Fluss hinausragte, stand ein einzelner Baum, eine uralte Weide. Der wasserliebende Baum schien in einer anderen Welt zu schweben. Er hatte eine eigenartige Form. Viele lange Zweige wuchsen aus einem knotigen Stamm, der aussah wie eine trotzig geballte Faust. Die Weide schien eine vollbusige alte Frau zu sein mit einem Fächer von Haaren.

Die Toten leben in Weiden.

Auriane starrte den Baum ehrfürchtig an.

Die Strömung trug sie näher. Da entdeckte sie unter der Weide eine menschliche Gestalt.

Auriane wäre beinahe wieder untergetaucht, aber ein ängstliches Staunen zerriss den ruhigen Schleier ihrer Verwirrung. Es war Ramis.

Sie kann nicht hier sein. Sie ist in Rom.

Ramis stand aufrecht und so gerade wie ein Schwert in dem Gewirr der hohen Gräser und duftenden Menningstängel am Ufer. Die Weide hinter ihr wirkte wie ein ausladender Thron oder eine Himmelstür, durch die sie getreten war.

Meine Augen täuschen mir die Sinne.

Vielleicht bin ich ertrunken und weiß es noch nicht.

Auriane blickte noch einmal zum Ufer, aber die alte Seherin war immer noch da. Das war so unmöglich wie ein Stern am hellen Tag, und doch war die Gestalt so wirklich wie die Weide. Der knochenweiße Mantel lag würdevoll und bewegungslos um ihre Schultern, obwohl ein stürmischer Wind wehte. Irgendwie war sie da und doch nicht da. Eine milde, anmutige Stille umgab sie. Um ihre grauen Haare herum schien die Luft merkwürdigerweise heller zu sein. Von ihr ging so viel Liebe und Trost aus, dass Auriane nicht anders konnte, als in ihre Richtung zu schwimmen.

Von einem der langen Äste flatterte ein Rabe auf, zog einen Kreis und flog dann ärgerlich krächzend auf Auriane zu. Sie hörte Worte in seinem Ruf.

Auriane, ich befehle dir, eine brennende Fackel an die zu halten, die erlischt.

Ich ernenne dich zur Weleda.

Gehe jetzt und fordere meinen Stab.
Auriane blieb stumm.
Aber das ist nicht möglich. Eine andere hat Anspruch darauf erhoben.
Ramis lächelte nachsichtig wie ein milder Sommertag, und Auriane gab sich geschlagen.
Also gut, Ramis, du sollst deinen Willen haben. Ich kämpfe nicht mehr gegen dich. Du hast gewonnen. Ich werde dein Heiligtum aufsuchen und die Schwüre auf der heiligen Erde ablegen. Ich werde den blauen Mantel tragen und mit den Neun die Riten vollziehen. Und eines Tages werde ich auf den Turm hinaufsteigen. Ich werde das tun, was ich tun muss, um deine Nachfolgerin zu sein.
Eine kleine Welle schlug Auriane ins Gesicht. Als sie wieder klar sehen konnte, war Ramis verschwunden.
Auriane schwamm weiter in Richtung der Weide, denn sie war sicher, die alte Seherin war ihr dort erschienen, damit sie an dieser Stelle ans Ufer gehen solle.
Sie bahnte sich ihren Weg durch einen wogenden Teppich von Sumpfklee mit Sternenblüten. Dann griff sie nach einer Wurzel und zog sich aus dem Wasser. Der Wind zerrte an ihren nassen Kleidern, und sie fühlte sich augenblicklich wie in Eis eingeschlossen. Zitternd griff sie an ihren Gürtel und stellte zu ihrer Erleichterung fest, dass sie den Feuerbohrer nicht verloren hatte. Damit konnte sie sich ein Feuer machen. Mit angehaltenem Atem lauschte sie auf das Klirren von Eisen, auf das Schnauben von Pferden, auf jedes Geräusch, das eine näher kommende Patrouille ankündigen konnte. Doch sie hörte nichts außer der stürmischen Stille.
Nach kurzer Suche fand sie einen blühenden Weißdornbusch. Sie kniete am schlammigen Ufer nieder, schloss die Augen und warf die Blüten ins Wasser, während sie ein Gebet sprach. Sie bat die gütigen Geister, Bricos Seele zu sich zu nehmen.
Das Geräusch schnell schlagender Flügel am anderen Ufer schreckte sie auf. Störche. Als die Schar am Himmel ihre Flugordnung bildete, entstand flüchtig die Rune, die Aurianes Stamm *Dagaz* nannte – Tagesanbruch.

Es war das Zeichen für Wiedergeburt.
Auriane brach in Tränen aus. Sie war traurig, und sie fühlte sich schwach und verletzt. Sie griff nach dem Erdamulett wie nach der Hand der Mutter und drückte den Goldring von Marcus an die Brust.
Ein Tagesanbruch ohne dich, Marcus. Als Seherin werde ich vielleicht die Macht erlangen, um zu sehen, was dir widerfahren ist. Ich schwöre, ich werde nicht ruhen, bis ich dein wahres Schicksal kenne.
Plötzlich fiel ihr ein, dass der Fluss die Richtung wieder änderte und durch das von den Römern geraubte Land floss, bis er in einen anderen strömte, in den Mutterfluss, dessen breites Wasser sich schließlich mit dem der Mosel vereinigte, die sich zurückwand bis zur Villa von Marcus Julianus – und ihrem verlorenen Leben. Es brachte ihr wenig Trost, dass all diese Gewässer ineinander flossen, so wie ihr neues Leben, in das sie gerade hineingeboren worden war, mit dem alten verbunden bleiben würde. Ihre Lebensspanne stellte sich als eine Kette von Welten dar, von denen jede einen größeren und lauteren Chor von Ahnen hatte als die vorausgegangene.
Die Störche verschwanden am Himmel, und Auriane fand sich damit ab, dass sie wieder frei war, das zu tun, was sie tun wollte und sollte. Als Erstes würde sie Witgerns Trupp ausfindig machen und mit Avenahar zusammen sein. Sie vermutete, dass die Wolfskrieger irgendwo in der Nähe lagerten. Dann würde sie dem Befehl folgen, den ihr der Geist ihres Vaters gegeben hatte. Das Schwert, das sie aus den Maschen des Fangnetzes befreit hatte, würde auch die Dörfer ihres Volkes befreien.
Das Schwert muss aus einem bestimmten Grund zu mir zurückgekommen sein. Es haben viele Geister zusammengewirkt, um es mir in die Hand zu geben.
Doch der große Befreiungskampf sollte ihre letzte Aufgabe in dieser Welt sein. Nach dem Sieg über die Cherusker würde sie das Schwert ihrer Mutter übergeben, und Atlind konnte es dorthin bringen, wohin es gehörte – in das Grab ihres Vaters.
Wenn Auriane sich von dem Schwert befreit hatte, konnte sich

ihre Hand um den Stab der Seherin schließen. Alles würde so sein, wie Ramis es vor langer Zeit vorausgesagt hatte.

Sie blickte noch einmal flussaufwärts in Richtung der zerstörten Brücke. Die Männer an den Ufern waren aus der Ferne so klein und namenlos, dass sie keinem Volk und keiner Sippe mehr angehörten. Sie hatten die Leiche einer Frau aus dem Wasser gezogen.

Ruhe in Freia, arme Brico.

Auriane ging langsam zurück zur Weide und kniete sich dort, wo Ramis gestanden hatte, zitternd in das hohe Gras. Langsam machte sie sich eine Art Kuhle, zog den nassen Mantel wie eine Decke um sich und legte sich nieder.

Im Schutz der heiligen Weide und gewiegt in ihren Armen sank sie erschöpft in einen tiefen Schlaf.

Danksagung der Autorin

Zuallererst bedanke ich mich herzlich bei Manfred Ohl, der mich dazu gebracht hat, wieder zu schreiben. Ohne ihn wäre dieses Buch wahrscheinlich nicht entstanden. Ich danke auch Hans Sartorius für sein intuitives Verständnis, sein unerschöpfliches Wissen und die Geduld, die er beim vielfachen Lesen des Manuskripts immer wieder bewiesen hat.

Ich danke außerdem Phyllis Holliday, die sich jedes Problem angehört hat, das beim Schreiben auftauchte, und immer mit gutem Rat zur Stelle war. Ich bedanke mich bei Victoria Micu und Judy Wilson für ihre Ermutigung und die liebevolle Unterstützung, die sie mir über die Jahre hinweg zuteil werden ließen, und bei Julie Whelly, die immer da war, wenn ich sie brauchte. Und ich bin meiner Web-Freundin Barbara Ling dankbar, deren Begeisterung und Unterstützung nie erlahmten.

Wie immer bin ich auch der Stadtbibliothek San Francisco zu großem Dank verpflichtet.

Donna Gillespie
MONDFEUER
Roman

Aus dem Amerikanischen von
Manfred Ohl und Hans Sartorius
Band 13191

Auriane, die Tochter des germanischen Chattenfürsten Baldur, wird in eine kriegerische Welt geboren. Schon bei ihrer Geburt prophezeit ihr die Priesterin Ramis, dass sie eines Tages ihren Stamm anführen wird, zuvor aber in einem fremden Land viel Leid erdulden muss. Im letzten großen Kampf der Chatten gegen die Römer wird Auriane gefangen genommen und nach Rom verschleppt. Dort kämpft sie im Circus maximus als Gladiatorin um ihr Leben. Aber ein reicher Römer, Marcus Julianus, hält seine schützende Hand über sie und an seiner Seite kehrt sie nach Germanien zurück. Donna Gillespie beschreibt in ihrem großen historischen Roman eine mutige Frau an der Grenzlinie zwischen germanischer Tradition und römischer Herrschaft, zwischen Bestimmung und Liebe.

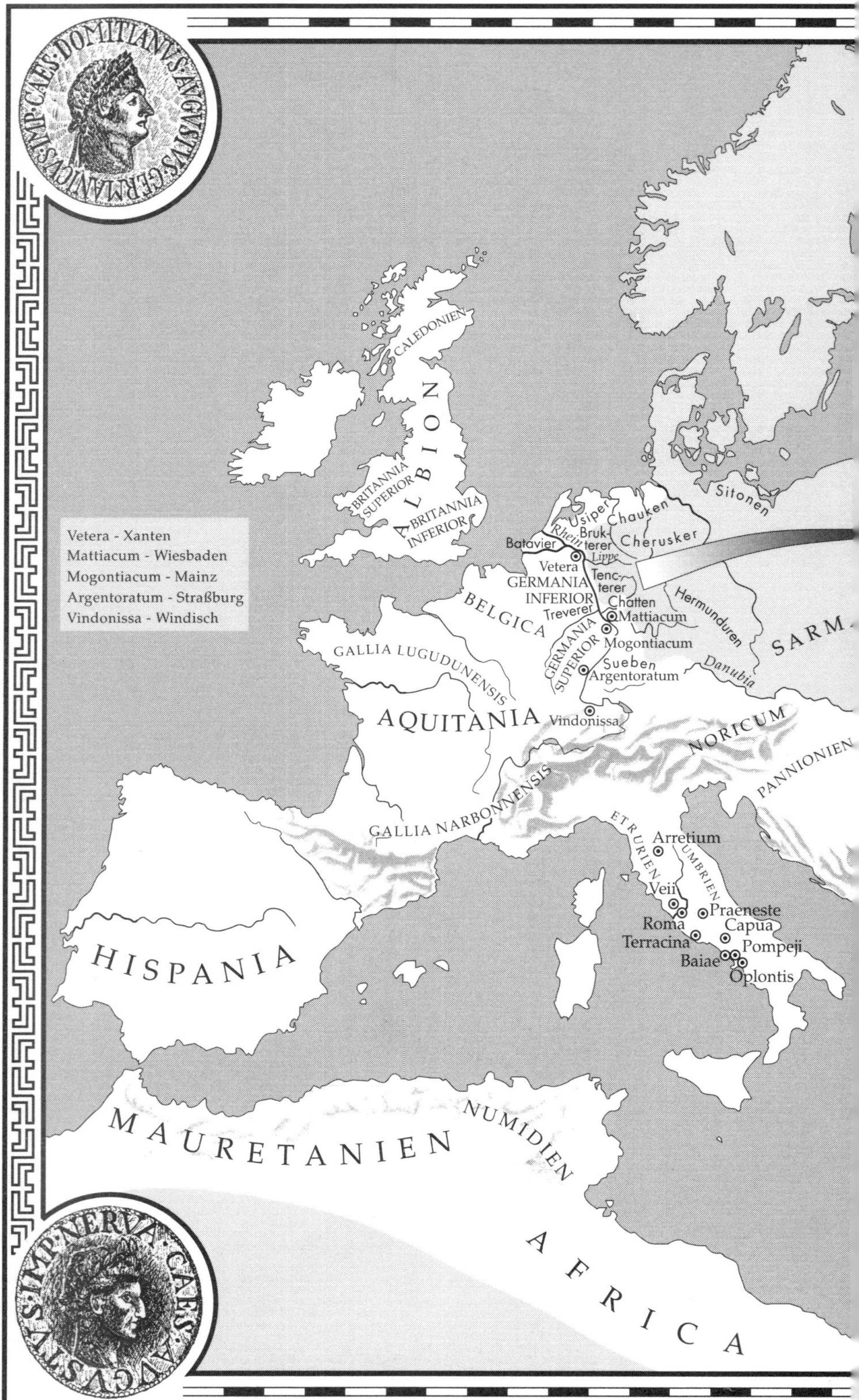
IMP·CAES·DOMITIANVS·AVGVSTVS·GERMANICVS
Vetera - Xanten
Mattiacum - Wiesbaden
Mogontiacum - Mainz
Argentoratum - Straßburg
Vindonissa - Windisch
CALEDONIEN
ALBION
BRITANNIA SUPERIOR
BRITANNIA INFERIOR
Usiper
Chauken
Bruk-terer
Rhein
Batavier
Cherusker
Sitonen
Lippe
Vetera
Tenc-terer
GERMANIA INFERIOR
BELGICA
Treverer
Chatten
Mattiacum
Hermunduren
SARM
Mogontiacum
GERMANIA SUPERIOR
GALLIA LUGUDUNENSIS
Sueben
Argentoratum
Danubia
AQUITANIA
Vindonissa
NORICUM
PANNIONIEN
GALLIA NARBONNENSIS
ETRURIEN
Arretium
UMBRIEN
Veii
Praeneste
Roma
Capua
Terracina
Pompeji
Baiae
Oplontis
HISPANIA
MAURETANIEN
NUMIDIEN
AFRICA
IMP·NERVA·CAES·AVGVSTVS